dtv

Widerwillig sitzt Florian Baumgartner im Flieger nach Berlin. Er hat den Auftrag, den bekannten und umstrittenen Filmemacher David Mosbach zu porträtieren und dafür seine Kontakte zum einstigen Jugendfreund zu nutzen. Als Florian im winterkalten Berlin eintrifft, muss er feststellen, dass David seit Tagen spurlos verschwunden ist. Mehr von Sorge um den bewunderten Freund als von journalistischem Eifer getrieben, stürzt er sich in die Recherche, und ihn überkommt das blanke Entsetzen: Mosbach hat in seinen Filmen nicht nur die Grenzen des Geschmacks, er hat auch die Grenzen der Menschlichkeit überschritten. Kein Wunder, dass die Polizei bereits gegen ihn ermittelt – und zwar wegen Mordes. Eine Irrfahrt durch die Abgründe der Hauptstadt beginnt, bei der Florian mit Erlebnissen und Bildern konfrontiert wird, die weit über das hinausgehen, was er sich jemals hätte vorstellen können. Dabei läuft ihm die Zeit davon: Er muss sich entscheiden, auf welcher Seite er steht.

Jonas Winner, geboren in Berlin, ist in Rom und den USA aufgewachsen. Nach einem Studium in Berlin und Paris und seiner Dissertation über die Spieltheorie arbeitet er fürs Fernsehen, für das er Reportagen (u.a. ARD III, ZDF, arte) und Drehbücher (ZDF, RTL, SAT1) erstellt. Mehr auf: www.jonaswinner.de

Jonas Winner

Davids letzter Film

Psychothriller

Deutscher Taschenbuch Verlag

Ausführliche Informationen über
unsere Autoren und Bücher
finden Sie auf unserer Website
www.dtv.de

FSC
www.fsc.org
MIX
Papier aus verantwortungsvollen Quellen
FSC® C019821

Originalausgabe 2011

Umschlagkonzept: Balk & Brumshagen
Umschlaggestaltung: Wildes Blut, Atelier für Gestaltung,
Stephanie Weischer unter Verwendung eines Fotos von
plainpicture/Arcangel
Satz: Fotosatz Amann, Aichstetten
Gesetzt aus der Aldus 10,25/13˙
Druck und Bindung: Druckerei C.H. Beck, Nördlingen
Gedruckt auf säurefreiem, chlorfrei gebleichtem Papier
Printed in Germany · ISBN 978-3-423-21260-1

»Süßmaus!«

Christine Marin stellt den tropfnassen Teller zum anderen Geschirr neben das Spülbecken, zieht die Gummihandschuhe aus und dreht sich um.

»Süßmaus?«

Eben war sie noch hinter ihr gewesen. Das Malbuch liegt aufgeschlagen auf dem Küchenfußboden, die Stifte sind wild unter dem Tisch verstreut.

Christine geht durch die Tür ins Wohnzimmer. »Maja?«

In dem Zimmer ist niemand. Aber die Glastür, die in den Garten führt, steht offen und schwankt ein wenig im Wind.

Kommt die Kleine denn jetzt schon an die Klinke?, schießt es Christine durch den Kopf. Sie tritt durch die Tür in den Garten.

»Maja – wo steckst du denn?«, ruft sie und spürt, wie der Klang ihrer Stimme sie beunruhigt.

»MAJA!« – als würde mit jedem Ruf aus dem, was doch nur die leise Vorahnung eines möglichen Albtraums sein kann, ein Stückchen mehr Wirklichkeit.

Christine zwingt sich, ruhig zu atmen. Die Kleine ist mit Sicherheit beim Buddelkasten. Mit Förmchen spielen – die letzten Tage war sie ganz versessen darauf.

Mit hastigen Schritten eilt Christine am Rosenbeet vorbei zu der Ecke des Hauses, hinter der sich der Buddelkasten befindet. Sie achtet nicht darauf, dass sie barfuß ist, dass die Kälte des Winterbodens ihr in die Fußsohlen schneidet.

»Maja!« Echolos verfliegt ihr Ruf in der Winterluft. Christines ganze Aufmerksamkeit ist darauf konzentriert, einen Laut, einen Blick, ein Lachen, IRGENDWAS von ihrer Tochter zu erhaschen –

Leer. Er ist leer. Der Buddelkasten ist leer!

»MAJAA! Um Himmels willen, Maja, MAAJAAA!«

Christine zittert. Sie dreht sich im Kreis. Das Herz in ihrer Brust pocht. Das … Das kann doch nicht … Ist sie auf die Straße gelaufen … Bei all den Autos …

Christine rennt. Ihre nackten Füße fliegen über den harten Winterboden. Zur Gartenpforte.

Die Straße der Wohngegend liegt ruhig und verlassen da. Ein paar geparkte Autos. Die Vorgärten der anderen Häuser. Niemand zu sehen.

Im nächsten Augenblick hat Christine ihr Handy am Ohr, die zuletzt gewählte Nummer aktiviert. Das Klingelzeichen.

Geh ran!, schreit es in ihr. Geh ran!

»Ja?«

»Maja, sie … es …«

»Was ist mit Maja?«, unterbricht sie die männliche Stimme am anderen Ende der Leitung.

»Sie ist weg.«

Für einen Sekundenbruchteil scheint die Zeit stillzustehen. Es kann doch nicht sein. Sie kann doch nicht weg sein.

Christines Blick fliegt die Straße hinauf – hinunter. Niemand zu sehen.

»Ich komme«, dringt es aus dem Telefon – dann bricht die Leitung zusammen.

Christine läuft. Zum Vordereingang. Sie reißt das Einfahrtstor auf, schrammt sich an dem spröden Holz die Hand blutig, springt über die flachen Feldsteine, mit denen Hannes die Einfahrt gepflastert hat, die kleine Anhöhe zum Haus hinauf. Sie hat ihm so oft gesagt, dass er die Finger davon lassen soll. Dass er sich von diesen Leuten lösen muss. Dass er nicht länger zögern darf, aber er hat nicht auf sie gehört –

NEIN, sie selbst, schießt es ihr da durch den Kopf, als würde ihr Blut plötzlich aufgekocht, sie selbst ist schuld daran, sie hätte ihn zwingen müssen, sich von diesen Leuten zu trennen, sie hat doch gewusst, dass so etwas passieren würde, dass es irgendwann zu spät sein würde. WIE HAT SIE ES NUR SO WEIT KOMMEN LASSEN KÖNNEN –

Da hört sie es. Ein leises Schniefen.

»Maja?« Christine wirbelt herum.

Die Kleine steht an der Ecke des Hauses, beim Durchgang zum Garten, und starrt sie mit großen Augen an.

Christine fliegt. Hat das Mädchen im nächsten Moment in den Armen geborgen. Als wollte sie Maja wieder in ihren Körper aufnehmen, den einzigen Platz, wo sie sie wirklich beschützen kann –

»Maja Maja Maja Maja Maja Maja Maja Maja Maja«, perlt es aus Christines Mund, während sich die Dreijährige an ihre Mama kuschelt, ganz fest, die dünnen Kleider von der Winterluft kalt, die Arme um den

Hals der Mutter geschlungen, das Gesicht an ihrer Wange verborgen.

»Wo warst du denn, ich –«

»Ich hab nichts Böses gemacht, Mama.«

Christine hält ihr Töchterchen vor sich hin, erkennt den Schrecken und die Ratlosigkeit, die in dem so zarten, kleinen, verletzlichen Gesichtchen stehen.

»Ich wollte nur ... ich darf doch ... es war ... ich hab nichts Böses gemacht –«

»Was ist denn passiert?«

In Christines Kopf tost es. Das Gesichtchen der Tochter verzieht sich, ein Schluchzen schüttelt den kleinen Körper, Tränen hängen plötzlich an ihren Wimpern. Sie kämpft gegen den Griff an, mit dem die Mutter sie vor sich festhält, sie will nicht ausgefragt werden, sie will umarmt werden ... windet sich endlich los, stürzt zurück an den Hals der Mutter, das Gesicht daran schmiegend.

Da nimmt Christine aus dem Augenwinkel einen Geländewagen wahr, der die Straße heruntergerast kommt, auf ihr Haus zu. Hannes. Er ist ganz in der Nähe gewesen. Christine löst eine Hand vom Rücken der Tochter, winkt dem Wagen zu. Er kommt am Bürgersteig der gegenüberliegenden Straßenseite zum Stehen, die Fahrertür springt auf, Hannes taucht auf. Sein Blick trifft den seiner Frau.

Christine lächelt, die Tränen verwischen ihr die Sicht. Maja ist da. Sie wird sie niemals wieder aus den Armen lassen. Nichts wird sich zwischen sie drängen können, nichts und niemand sie auseinanderreißen.

Es ist der vielleicht schönste Augenblick in Christines Leben. Sie sieht Hannes die Wagentür hinter sich zuwerfen, um den Wagen herumgehen. Sie fühlt das Kind in ihrem Arm, spürt, wie es sich langsam wieder beruhigt, und lächelt ihrem Mann zu, dem die Erleichterung anzusehen ist – auch wenn die Sorgen der letzten Wochen sein Gesicht tief gezeichnet haben. Der vielleicht schönste Augenblick in Christines Leben, in den im selben Moment, in dem Hannes die Straße betritt, um zu ihnen zu kommen, mit unerbittlicher Schärfe das Entsetzen einschlägt.

I

Der Raum ist vollständig gekachelt. Boden. Wände. Decke. In der Mitte des Fußbodens befindet sich ein Abfluss. Direkt darüber steht eine Pritsche mit höhenverstellbarem Kopfende, mehreren Riemen und einem Ausleger für den Arm.

Auf der Pritsche liegt ein junger Mann. Fast noch ein Junge. Seine Augen sind tief in die Höhlen gesunken. Er blinzelt, sieht irritiert aus, verschreckt. Seine Gesichtszüge wirken ein wenig grobschlächtig. Die Stirn ist niedrig, der Mund breit.

Der Mann, der vor ihm steht, trägt einen weißen Kittel und sieht aus wie ein Arzt. Er ist blond, die Brille auf seiner Nase randlos. Seine Hände, lang und schmal, überprüfen die Riemen. Sie sitzen fest am Körper des Jungen. Der Mann sieht dem Jungen in die Augen. Will er eine Spritze?

Der Junge nickt. Er zuckt nur kurz, als der Arzt ihm die Nadel in den Arm sticht, beobachtet, wie sein Betreuer die Flüssigkeit aus der Kanüle drückt. Sein hastiges Atmen verlangsamt sich. Die Muskeln erschlaffen, er legt den Kopf zurück auf die Pritsche.

Der Mann wendet sich einem Apparat zu, der auf einem Rolltischchen neben der Pritsche steht: ein Plastikkasten mit Anzeigen, Schaltern und Reglern. Aus dem Kasten kommen Kabel in unterschiedlichen Farben. Ihre Enden sind abisoliert und mit Pflastern versehen. Der Mann nimmt zwei Kabel, rollt das T-Shirt des Jungen hoch und klebt ihm die Pflaster auf die Haut. Eins unter die linke Brustwarze. Das andere mitten auf den Bauch. Der Junge versucht etwas zu sagen, aber die Worte kommen nur unverständlich aus seinem Mund.

Der Arzt zieht die Augenbrauen hoch. »Bitte?«

Der Junge bemüht sich, die Worte richtig zu formen. Aber es ist, als wäre seine Zunge festgewachsen. Speichelblasen treten zwischen seinen Lippen hervor.

Der Mann lächelt. Mit der Rechten zieht er vorsichtig die Zunge des Jungen zwischen den Zähnen hindurch. Die Augen des Jungen glänzen feucht. Seine Brust hebt und senkt sich ruckartig. Aber er wagt es nicht, seinen Kopf dem Griff des Mannes zu entwinden.

Der Arzt löst das Pflaster vom Bauch und fixiert es behutsam an der Zungenspitze des Jungen. Fragt ihn, ob er bereit sei.

Der Junge starrt ihn mit aufgerissenen Augen an. Seine Zunge hängt mit dem Kabel verbunden zwischen seinen Lippen hervor. Er gibt keinen Laut von sich.

Der Arzt atmet aus. Wenn er nicht kooperiere, werde doch alles nur schlimmer.

Der Junge keucht. Schweiß tritt auf seine Stirn.

Der Arzt lächelt. »Also?«

Der Junge grunzt. Es klingt wie ein Ja.

Der Arzt nickt und legt einen Schalter an seinem Kasten um. Eine Leuchtdiode glimmt auf. Hinter einem Fensterchen klettert eine Nadel auf null.

Dann löst er den Stromstoß aus. Es knallt wie ein Schuss. Ein rauer Aufschrei entwindet sich der Kehle des Jungen. Seine Muskeln versteinern, sein Körper wird hart gegen die Riemen gepresst. Aber sie lassen dem Krampf keinen Spielraum.

Der Arzt verzieht das Gesicht. Er kann sich den Schmerz, den er zufügt, kaum vorstellen. Wieder betätigt er den Schalter. Der Körper des Jungen klatscht zurück auf die Pritsche, unter den Pflastern tritt verschmorter Blutsud hervor.

Der Arzt löst das Pflaster von der Zungenspitze des Jungen. Rohes Fleisch kommt zum Vorschein, an den Wundrändern haben sich Hitzeblasen gebildet. Statt die Zunge zurück in den Mund zu ziehen, lässt der Junge sie schlaff heraushängen. Er starrt dem Arzt ins Gesicht. Sein Atem geht jetzt pfeifend und stoßweise.

Der Arzt löst auch das andere Pflaster. Die Brustwarze scheint sich vollständig vom Körper gelöst zu haben und schwimmt auf einem blutigen Schweißfilm.

Der Arzt untersucht die Augen seines Opfers. Das Weiße ist von geplatzten Äderchen durchschossen. Er entnimmt der Schublade des Rolltisches ein Portionierfläschchen und träufelt dem Jungen ein wenig Flüssigkeit in die ausgetrockneten Tränenkanäle.

Florian Baumgartner atmete durch. Wie nannten sie das? *Torture Porn*? Das war alles, was David zu bieten hatte? Flo hasste diese Blut- und Gewaltorgien. Sie betäubten ihn, machten ihn stumpf im Kopf und gaben ihm das Gefühl, etwas Falsches zu tun, etwas Unrechtes. Etwas, wofür er sich schämen musste.

Wieder waren ein Knall, das Prasseln und Knistern aus

den Lautsprechern zu hören. Der Arzt hatte einen neuen Stromstoß ausgelöst. Flo blickte zwar auf die Leinwand, aber er vermied es, sich auf die gezeigten Bilder zu konzentrieren.

Seine Gedanken schweiften ab. Für diesen Trash hatten sie all die Sicherheitsvorkehrungen getroffen? Er hatte sich für die Vorführung persönlich anmelden müssen und ein Passwort gemailt bekommen, das er hier am Eingang einem Türsteher aufsagen musste. Allein den Keller zu finden, in dem sie den Film zeigten, war eine Herausforderung gewesen. Ein heruntergekommenes Fabrikgebäude in Oberschöneweide, einer Gegend, in der er noch nie gewesen war.

Verstohlen blickte er sich im Halbdunkel des Raumes um. Im Widerschein der Projektion konnte er die anderen Zuschauer nur schemenhaft erkennen. Die meisten schienen zwischen dreißig und vierzig zu sein. Anzüge, Jeans, Mäntel, Pullover. Die Leute wirkten ganz normal, nicht wie Freaks auf der Suche nach einem verbotenen Kick. Aber das Publikum war ja auch handverlesen, vielleicht gab es in anderen Vorführungen ganz andere Leute.

Sein Blick wanderte zurück auf die Leinwand. Ihm fiel auf, dass die Bilder zwar den körnigen Look eines echten Zelluloidstreifens hatten, aber nicht von einem Filmprojektor auf die Leinwand geworfen wurden, sondern von einem Beamer, der auf einer kleinen Platte direkt unterhalb der niedrigen Decke angebracht war. Wenn das, was sie hier sahen, kein richtiger Filmstreifen war, sondern ein Video, eine avi-Datei oder sonst was, warum dann diese altmodische Vorführung in einer Art Kino, auch wenn es so etwas wie ein Geheimkino war? Warum wurden die Bilder nicht einfach im Internet gezeigt, geschützt durch ein Passwort – genauso wie hier –, aber mit viel geringerem Aufwand?

Florians Aufmerksamkeit wurde erneut vom Geschehen auf der Leinwand gefesselt. Das Bild begann zu flackern, Perforationslöcher blitzten auf, der Ton setzte aus. Im nächsten Augenblick war eine junge Frau im Bild zu sehen. Sie sprach direkt in die Kamera. »Die Aufnahmen aus der gekachelten Kammer, die Sie eben gesehen haben«, sagte sie, »stammen aus dem Behavior Research Center in Massachusetts, USA. Dort werden schwer erziehbare und autoaggressive Jugendliche mit Elektroschocks behandelt, damit sie sich nicht selbst verstümmeln. Eine umstrittene Praxis. Eine Praxis, die tödlich sein kann. Eine Praxis, an der nicht nur deutsche Ärzte, sondern auch deutsche Patienten beteiligt sind.«

Flo verschränkte die Arme. Waren die Aufnahmen wirklich echt? Oder war das nur ein Trick, um den Zuschauern einen besonders heftigen Schauer über den Rücken zu jagen? Aber es gab keine Schnitte in dem Filmmaterial, wie sollten das Blut und die Verletzungen des Jungen also getrickst worden sein? Waren die Bilder digital nachbearbeitet worden, damit man die Schnitte nicht mehr erkannte?

Erneut blendete der Film in den gekachelten Raum über. Die Elektroden waren diesmal an den Zähnen des Jungen befestigt. Der Mann rieb den Körper seines Opfers mit einem feuchten Waschlappen ab. Der Junge zitterte, das Wasser musste eiskalt sein. Mitfühlend sah ihm der Mann in die Augen. Der Junge versuchte erneut, etwas zu sagen. Dickflüssiges Blut, mit Speichel vermengt, rann ihm übers Kinn. In dem Blubbern war kein Wort zu verstehen.

In dem Moment öffnete sich eine Tür im Hintergrund des Raumes. Und die Frau, die eben zu den Zuschauern gesprochen hatte, betrat die gekachelte Kammer.

Flo zuckte zusammen. Hatte sie nicht eben gesagt, es seien Aufnahmen aus den USA? Und dieses Research Center soll einer Deutschen erlaubt haben, bei einer solchen Behandlung dabeizusein? Das Ganze war doch nichts anderes als eine hinterhältige Suggestion!

Er sah sich im Halbdunkel des Vorführraums um. Ihm war flau von den Bildern, er wollte sich setzen. Aber es gab weder Kinosessel noch Stühle in dem fensterlosen Kellerraum. Er hatte zwar gesagt, dass er sich die Vorführung ansehen würde. Aber warum sollte er sich das antun? Konnte er nicht einfach gehen, bevor er diese Bilder nie mehr aus dem Kopf bekam?

Auf der Leinwand war jetzt groß das Gesicht des Jungen zu sehen, der bleich auf der Pritsche lag – niedergepresst durch die Riemen, nass von dem Waschlappen, zitternd vor Kälte. Um seine Augen hatten sich schwarze Schatten gebildet. Der Arzt setzte ihm einen Becher an die aufgesprungenen Lippen. Die Flüssigkeit floss an den Drähten vorbei in den Mund, tropfte aus den Mundwinkeln heraus.

Der Ausschnitt weitete sich, und die Frau kam ins Bild. Sie nickte dem Mann im Kittel zu und wandte sich wieder an die Zuschauer. »Das hier ist kein Spielfilm und keine Aufzeichnung«, sagte sie, »sondern eine Übertragung übers Internet – und zwar live.«

Florian musste hart schlucken, in seiner Kehle klickte

es. Eine Live-Übertragung? Hieß das, dass sie so lange weitermachten, wie hier im Raum Leute zusahen? Damit wollte er nichts zu tun haben! Fieberhaft begann er, mit den Augen das Halbdunkel nach dem Ausgang abzusuchen, durch den er verschwinden konnte. Erst jetzt sah er, dass einige Zuschauer bereits zu der schweren Eisentür strebten, durch die sie in den Keller hineingekommen waren, dass sie sich davor stauten, daran zu schaffen machten, vergeblich daran rüttelten. Flo fühlte Wut in sich aufsteigen. Was war hier los? Hatte man sie in dem Scheißkeller etwa *eingeschlossen*?

Da hörte er wieder die Stimme der jungen Frau von der Leinwand. »Die Übertragung, die Sie hier sehen, wird an ausgewählte Kunden verkauft. Teuer. Diskret. Und in erstklassiger Qualität. Normalerweise sind die Stromschläge um ein Vielfaches schwächer. Heute aber werden wir weitergehen als sonst.«

Flo blickte zurück auf die Leinwand. Was redete sie da? Was sollte das denn? Warum hörten sie nicht endlich auf, den armen Teufel auf der Pritsche zu quälen?

In dem Moment wechselte das Bild erneut. Eine Eisentür wurde auf der Leinwand sichtbar. Florian keuchte. Das war doch der Eingang, durch den er vorhin in den Keller gelangt war, in dem er sich gerade befand! Ein Mann war zu sehen, der vor der Eisentür auftauchte und dem Türsteher das Passwort nannte.

Flo prallte zurück. Der Mann – das war ja er! Es waren Aufnahmen von ihm vor fünfzehn Minuten, als er angekommen war, sein Passwort gesagt und den Keller betreten hatte! Sein Gesicht war deutlich zu erkennen!

Gleichzeitig hörte er die Frau sagen: »Heute werden

wir in Bereiche vorstoßen, in die wir uns bisher nicht gewagt haben. Und zwar seinetwegen. Florian Baumgartner. Er ist unser bester Kunde. Er hat uns darum gebeten.«

Entsetzt schrie Flo auf. Was hatte er denn mit dieser entsetzlichen Übertragung zu tun? »Das stimmt doch gar nicht! Hören Sie auf! Ich will das nicht!« Laut dröhnte seine Stimme in dem niedrigen, stickigen Kellergewölbe, das im selben Augenblick in grelles, gleißendes Licht getaucht wurde – Licht aus Dutzenden von Neonröhren, die schlagartig an der Decke des Gewölbes aufflammten.

Geblendet riss Florian die Hände über die Augen, wollte sie abschirmen – und nahm gleichzeitig wahr, wie sich die anderen Zuschauer zu ihm umdrehten, wie sich Ekel und Empörung in ihrem Blick mischten. Sie glaubten der Frau!

Er wollte etwas sagen, sich verteidigen, das Missverständnis aufklären, doch sein Mund gehorchte ihm nicht. Die Blicke der anderen schienen ihn glatt zu durchbohren. Verzweifelt riss er seinen Mantel hoch, bis übers Gesicht, nur um sich vor diesen Blicken, vor diesem Licht zu verbergen – während gleichzeitig aus den Lautsprechern zu hören war, wie es erneut knallte und der Junge auf der Leinwand, von einem dritten Stromstoß durchzuckt, die Zähne so hart aufeinanderschlug, dass sie zersplitterten.

2

12 Stunden vorher

Florian Baumgartner lag noch im Bett, als das Telefon klingelte. Er schlug die Augen auf. Sein Blick fiel auf den Radiowecker: kurz vor elf Uhr vormittags. Das dünne Laken klebte an seinem Rücken, er war völlig verschwitzt. Die Sonne brannte direkt auf die Fensterläden.

Wieder klingelte das Telefon. Hastig schlug er das Laken zurück und setzte sich auf. Er war erst spät eingeschlafen, hatte die halbe Nacht an einem Artikel gearbeitet, den er am Nachmittag abliefern musste.

Er griff nach der halbvollen Wasserflasche, die neben dem Bett auf dem Boden stand, nahm einen kräftigen Schluck und stand auf. Würde seiner Stimme anzuhören sein, dass er noch geschlafen hatte? Er räusperte sich kräftig und stakste vom Schlafzimmer ins Wohnzimmer, das er zugleich als Arbeitszimmer nutzte und in dem sich Bücher, Zeitungen und Magazine an den Wänden stapelten. Direkt vor dem Fenster stand sein Schreibtisch, auf dem – halb verdeckt von Rechnungen, Korrespondenzen und Merkzetteln – das Mobilteil seines Telefons lag und klingelte.

Flo griff danach und warf einen Blick aufs Display. Eine

Nummer aus Deutschland, 004969, Frankfurt am Main. Ein gutes Zeichen. In Frankfurt saßen gleich zwei große Tageszeitungen, für die er ab und zu aus Spanien schrieb. Zwar nicht als fester Korrespondent, aber als freier Mitarbeiter, der sich unter den Redakteuren den Ruf erarbeitet hatte, der richtige Mann für die eher abseitigen Storys zu sein, für die Geschichten, die den festen Korrespondenten eher nicht so lagen.

»Baumgartner!«, bellte er ins Telefon, um seiner Stimme jede verdächtige Brüchigkeit zu nehmen.

»Florian?«, tönte es zurück. »Tut mir leid, hab ich … hab ich Sie geweckt?«

Flo spürte, wie sich sein Magen zusammenzog. Hölzemann. Einer der beiden Redakteure, genau, wie er vermutet hatte. Er versuchte, den Restalkohol abzuschütteln, der wie Spinnweben sein Hirn zu verkleben schien.

»Richard. Schön, von Ihnen zu hören.«

»Wie geht's? Alles in Ordnung da unten?«

Hölzemann rief mit Sicherheit nicht an, um zu hören, wie es ihm ging, sondern weil er etwas von ihm wollte.

»Alles bestens. Ich habe gerade neulich an Sie gedacht.«

»Ach ja? Haben Sie wieder etwas für uns, Florian? Eine von Ihren Geschichten?«

Für einen Augenblick schwindelte ihn. Was konnte er Hölzemann anbieten? Die Sache mit den Katakomben? War das auch unverbraucht genug? Das Porträt des Marathonläufers? Interessierte das die Leute in Deutschland überhaupt? All die Ideen, die er seit Monaten für den Redakteur beiseitegelegt hatte, kamen ihm plötzlich nichtssagend und ausgelutscht vor.

»Hören Sie, Florian, Sie müssen mir unbedingt bei Gelegenheit davon erzählen«, fuhr Hölzemann zu Florians Erleichterung fort. »Heute bin *ich* jedoch derjenige, der etwas für *Sie* hat.«

Umso besser! »Schießen Sie los.«

»Mosbach. David Mosbach. Schon mal von ihm gehört?«

Florian musste lachen. »David? Na und ob! Wie kommen Sie denn auf den?«

»Sie sind befreundet, oder?«

»Ja, sicher.« Flo zögerte. Er hatte schon länger nichts mehr von David gehört.

»Ein Kollege sprach mich gestern an«, sagte Hölzemann. »Er will schon seit einiger Zeit etwas über Mosbach machen. Die Dreharbeiten zu seinem letzten Film haben ziemliches Aufsehen erregt.«

Flo merkte, dass er keine Ahnung hatte, wovon Hölzemann sprach. »Sein letzter Film?«

»Ja, ›Tabu‹. Hat er Ihnen nichts davon erzählt?« Hölzemanns Stimme klang ein wenig verzerrt. Die Verbindung war nicht besonders gut.

»›Tabu‹? Ist das nicht ein Film von Murnau?«

»Es ist nur der Arbeitstitel, der endgültige Titel steht noch nicht fest. Mosbach hat daraus ein großes Geheimnis gemacht.«

»Das sieht ihm ähnlich.«

»Diesmal scheint er es auf die Spitze getrieben zu haben. Die Arbeit an dem Film wurde streng überwacht und geheim gehalten. In Spanien haben Sie davon vielleicht nichts mitbekommen, aber hier in Deutschland war das in aller Munde. Es gab keinen Pressetermin während der Dreharbeiten. Niemand, der nicht unmittelbar gebraucht wurde, durfte ans Set. Bis heute hat kaum jemand etwas von dem Film gesehen. Aber es kursieren Gerüchte, dass die, die Ausschnitte vorab zu Gesicht bekommen haben – Sie wissen schon, Leute im Kopierwerk und so weiter –, dass die ziemlich verstört gewesen sein sollen.«

»Donnerwetter.«

Florian tigerte mit dem Telefon am Ohr im Zimmer auf und ab. Das hörte sich allerdings ganz nach David an.

»Mein Kollege arbeitet in der Feuilleton-Redaktion«, fuhr Hölzemann fort. »Er hat vor einigen Jahren schon einmal über Mosbach berichtet, aber diesmal steckt er fest. Keiner seiner Reporter kommt an Mosbach heran. Ich hatte ihm erzählt, dass Sie ab und zu für mich schreiben und dass Sie Mosbach noch aus Ihrer Jugend kennen. Deshalb sprach er mich an. Ob ich bei Ihnen einmal nachfragen könnte.«

Florian blieb stehen und starrte durch das Fenster auf die Straße. Was hatte er heute vor? Er musste seinen Artikel fertig schreiben und wollte Marisa treffen. Marisa sollte den Kontakt zu einer Frau herstellen, die angeblich einen deutschen Millionär kannte, der wilde Partys auf seinem Landsitz feierte. Florian hoffte, an einer der Partys teilnehmen und die Erlebnisse für eine Reportage verwenden zu können. Einen Titel hatte er schon: »High Life in La Mancha«. Na, klasse.

Hölzemann unterbrach seine Gedanken. »Passen Sie auf, hier ist mein Vorschlag. Sie nehmen den nächsten Flieger nach Berlin und versuchen etwas über Mosbachs Film herauszubekommen. Wenn das klappt, schreiben Sie einen Artikel darüber. Wenn nicht, machen wir eben eine Reportage, wie perfekt dieses Filmprojekt abgeschottet wird. Was halten Sie davon? In jedem Fall ziehen wir das Ding richtig hoch, vielleicht sogar als Titelgeschichte unserer Sonntagsbeilage. Schließlich handelt es sich nicht um irgendein Studentenfilmchen. Da steckt richtig Geld dahinter, das ist eine große Produktion.«

Florian starrte aus dem Fenster. »Ja, sicher.«

Er musste daran denken, dass die Anzahl der Aufträge, die er aus Deutschland bekam, in letzter Zeit stetig zurückgegangen war. Inzwischen hielten ihn vor allem seine Rücklagen über Wasser, und es war klar, dass das auf Dauer nicht gutgehen konnte. Aber so gern er auch einen Artikel bei Hölzemann platziert hätte – seit er wusste, dass er ihn auf David ansetzen wollte, war sein Arbeitseifer merklich abgekühlt.

»Trotzdem, ich weiß nicht, Richard …«

»Sie wissen nicht?« In Hölzemanns Stimme schlich sich eine Spur Ungeduld. »Was soll das heißen? Sie müssen mir schon sagen, ob Sie den Auftrag haben wollen oder nicht.«

»Ja, ja, nur, verstehen Sie, David ist … Er ist so etwas wie mein bester Freund, wir kennen uns seit über dreißig Jahren.« Flo nahm seine Wanderungen durch das Zimmer wieder auf. »Und ich habe nicht wirklich Lust, diese Freundschaft für einen Artikel aufs Spiel zu setzen, der am nächsten Tag wieder Altpapier ist.«

Hölzemanns Stimme wurde eindringlich. »Sie wissen doch, Florian, ein guter Artikel hält sich, auch wenn die Zeitung schon alt ist. Das hängt ganz allein von Ihnen ab. Machen Sie was draus! Was Großes meinetwegen! Sie haben von mir jede Unterstützung.«

Florian schwieg. Ihm war die ganze Sache nicht geheuer. In den vergangenen Jahren hatte er immer wieder gehofft, David würde sich mal bei ihm melden. Am Anfang hatte Flo noch von Madrid aus bei ihm angerufen. Aber auch das war inzwischen vorbei, und sie hatten lange nichts mehr voneinander gehört. Das war etwas, das ihn schmerzte, aber das ging auch nur ihn etwas an. Und ausgerechnet über David sollte er jetzt einen Artikel schreiben?

Durch die Leitung hörte er, wie Hölzemann sich eine Zigarette anzündete. »Es ist Ihre Chance, Florian. Glauben Sie mir, ich habe Sie immer gemocht. Aber die Sachen, die Sie uns liefern … Das ist nicht wirklich – wie soll ich sagen … nichts wirklich Weltbewegendes. Bisher jedenfalls nicht. Nehmen Sie's mir nicht übel, ich bin sicher, Sie können es besser. Sie haben einfach noch nicht den richtigen Stoff gefunden. Ich habe schon mit vielen Autoren gearbeitet, fragen Sie die Kollegen. Nicht jeder kann alles. Die Mosbach-Story aber, die würde Ihnen liegen, da bin ich mir sicher. Wenn Sie eine Arbeit abliefern wollen, mit der Sie sich endlich einen Namen machen können – und ich weiß, es ist höchste Zeit bei Ihnen, ohne Ihnen zu nahetreten zu wollen –, dann sollten Sie diesen Job annehmen.«

Florian schwieg. Vor seinem geistigen Auge tauchte David auf an dem Tag, an dem sie sich zum letzten Mal gesehen hatten. Es musste acht oder neun Jahre her sein. Sie hatten sich abends auf ein Bier verabredet. Am nächsten Tag musste Florian nach Israel fliegen, es ging um eine langweilige Reisegeschichte aus Jerusalem. David war schwer beeindruckt gewesen, er wollte nichts davon wissen, dass Reisejournalismus irgendwie zweitklassig wäre.

Im Gegenteil, wenn Flo das anpackte, würde mit Sicherheit etwas Besonderes daraus werden, davon war David überzeugt. Sagte er zumindest. Ja, es musste 1999 oder 2000 gewesen sein. Sie hatten bis tief in die Nacht darüber geredet, wie sie die Welt mit ihren Arbeiten erobern würden. Es war ein schöner Abend gewesen, voller Erinnerungen an vergangene Zeiten, aber auch voller Zuversicht, dass die Erwartungen, die sie in die Zukunft gesetzt hatten, nicht enttäuscht werden würden. Wobei David damals schon sehr viel überzeugter davon war als Florian. Was würde ihm David heute raten, fragte er sich. Den Artikel zu schreiben? Was würde David denn selbst machen?

Er wechselte den Hörer in die andere Hand. »Okay, Sie haben recht, Richard, ich mach's.«

Hölzemann atmete hörbar aus. »Gute Entscheidung, Florian. Das wird eine große Sache. Ich freue mich auf den Artikel. Ich habe auch schon ein wenig recherchiert. Jetzt, wo Sie an der Sache dran sind, kann ich es Ihnen ja sagen.«

»Ja?«

»Seit ein paar Wochen kursieren Gerüchte«, fuhr Hölzemann fort, »es gebe außer ›Tabu‹ noch einen anderen neuen Film von Mosbach, der aber in keinem normalen Kino läuft. Angeblich wird er nur in irgendwelchen Kellern, in schwer zugänglichen Locations gezeigt, die auch noch ständig wechseln, damit die Behörden nicht dahinterkommen. Es heißt, man müsse persönlich eingeladen worden sein, um reinzukommen. Keine Ahnung, worum es in dem Film geht. Es sei keine so große Produktion wie ›Tabu‹, viel kürzer und billiger, und der Titel sei ›Audience‹, sagt man.«

Flo kniff die Augen zusammen. Plötzlich war er aufgeregt. Er hatte schon lange darauf gebrannt, endlich mal einen von Davids Filmen zu sehen. Aufgrund seines ständigen Herumreisens hatte er das bisher nie geschafft.

»Können Sie mir so eine Einladung besorgen, Richard? Das wäre sicher ein guter Aufhänger!«

»Ich spreche mit dem Kollegen, der mich auf Mosbach aufmerksam gemacht hat«, hörte er Hölzemann sagen. »Er mailt Ihnen eine Einladung weiter, dann brauchen Sie sich nur noch persönlich anzumelden. In Ordnung?«

Flo musste grinsen. Auf nach Berlin!

»In Ordnung.«

»Gut. Und ich sag meiner Sekretärin Bescheid. Die besorgt Ihnen Flug und Hotel.«

Flo nickte. »Okay.«

Er wollte das Gespräch beenden, aber da ergriff Hölzemann noch einmal das Wort.

»Und ... Florian?«

Flo hielt den Hörer noch mal ans Ohr. »Was denn noch, Richard? Wenn ich heute Nachmittag nach Berlin fliegen soll, hab ich jetzt dringend ein paar Sachen zu erledigen.« Er hasste es, wenn Hölzemann am Telefon kein Ende fand.

»Es ist nur ... Wissen Sie, Sie sollten das in Ihrem Artikel nicht überbewerten. Es ist auch noch nicht offiziell bestätigt, nur der Kollege von der Polizeiredaktion hat davon gehört, aber das kann sich von einem Tag auf den anderen auch wieder ändern ...«

»Was denn, Richard, spucken Sie's schon aus!«

»Ihr Freund ... Mosbach ... er ist vermisst gemeldet. Seit über zehn Tagen.«

3

Die beiden Düsentriebwerke der Boeing 737 heulten auf. Florian wurde leicht in seinen Sitz gedrückt. Der Flughafen Madrid-Barajas raste an seinem Fenster vorbei. Dann zog die Maschine in den strahlend blauen Himmel über der Stadt.

Flo griff nach der Mineralwasserflasche, die er sich noch gekauft hatte, und nahm einen Schluck. Er war froh, dass er den Flug noch erwischt hatte.

Nach Hölzemanns Anruf hatte er sich beeilen müssen. Er hatte den Artikel, an dem er schon seit Tagen gearbeitet hatte und für den er eigentlich noch hatte recherchieren wollen, zu Ende geschrieben und abgeschickt. Dann hatte er Marisa angerufen und ihr erklärt, dass er für ein paar Tage nach Berlin fliegen würde. Wann genau er wieder zurück sei, wisse er nicht. Da es nicht das erste Mal war, dass er für einen Artikel verreisen musste, hatte sie nicht groß nachgefragt. Schließlich hatte er seinen Kühlschrank ausgeräumt, die verderblichen Sachen weggeworfen und den Aluminiumkoffer gepackt, den er immer benutzte, wenn er auf Reportagereise ging. Am Flughafen war er erst kurz vor dem letzten Aufruf eingetroffen.

Florian schraubte die Wasserflasche wieder zu, steckte

sie zurück in die Vordersitztasche und schloss die Augen. Vermisst gemeldet. Hieß das, dass er David vielleicht nie wiedersehen würde?

Das erste Mal waren sie sich begegnet, als sie beide noch Kinder waren. Erst wenige Tage zuvor war Florian mit seinen Eltern in die Kleinstadt gezogen, in der sein Vater eine Anstellung als Gymnasiallehrer bekommen hatte. Sie hatten eine schöne Wohnung in einem Mietshaus gefunden, an dessen Ecke sich eine Kneipe befand. Und diese Eckkneipe betrieb niemand anderer als Davids Vater, der mit seiner Familie – der Frau, den beiden Töchtern und David, dem Jüngsten – in der Wohnung über der Kneipe wohnte.

Zuerst begegnete Florian David nur hin und wieder im Treppenhaus. Eines Tages aber stellte sich heraus, dass sie beide in den letzten Monaten eine beachtliche Sammlung von Miniatursoldaten, Plastikpanzern und Modellflugzeugen aufgebaut hatten. Damals – Ende der Siebziger – haftete dem Spiel mit Armeen noch nicht der Ruch des politisch Unkorrekten an. Und so wurde die Passion der beiden Jungen von den Eltern auch gleichmütig hingenommen. Für David und ihn aber war dieser Zeitvertreib mehr als nur ein Spiel unter vielen. Für sie war es der Grundstein ihrer Freundschaft, denn es brachte die wunderbare Möglichkeit mit sich, nachmittagelang Truppen gegeneinander aufmarschieren zu lassen, Taschengelder in beliebiger Höhe für eine endlose Aufrüstungsspirale zu verschleudern und sich in immer ausgefeiltere Modellbautechniken zu versteigen.

Bald lernten sich auch ihre Eltern flüchtig kennen, teilten die Freundschaft der Söhne jedoch nicht. Denn immer wieder wurde gemunkelt, dass der alte Mosbach nicht nur trinken, sondern im Suff auch seine Frau schlagen würde. Mit solchen Leuten wollten die Baumgartners nun wirklich nichts zu tun haben. Flo aber empfand es als umso reizvoller, wenn David ihn zu sich einlud und sie auf Zehenspitzen durch die Wohnung schleichen mussten, weil der alte Mosbach noch schlief.

Unzertrennlich wurden sie jedoch durch etwas anderes. Und zwar durch ihre Begegnung mit der Welt des Kinos und der Filme – eine Begegnung, die ihr Leben von Grund auf verändern sollte. Natürlich war es David, der als Erster entdeckte, was für ein schier unüberblickbares Abenteuer-Universum sich einem eröffnete, wenn man die Welt des Kinos betrat. Schon immer war er derjenige, der ihren Spielen mit seinen Ideen neue Impulse verlieh, während Flo, der Ältere und Vorsichtigere, sich von Davids verrückten Einfällen gern anstecken ließ. So war er auch gleich Feuer und Flamme, als David vorschlug, Woche für Woche in die Lichtspielhäuser der Innenstadt zu pilgern, um dort ein neues Leinwandabenteuer in Augenschein zu nehmen, das den weiten Weg aus den Studios der Welt in ihre Stadt gefunden hatte. Es waren die Meisterwerke aus jenen Tagen, von »Krieg der Sterne« bis zu »Die durch die Hölle gehen«, die sie dort zu sehen bekamen und die dafür sorgten, dass der Zauber des Kinos sie bald fest im Griff hatte. Warum? Weil nichts von dem, was sie aus eigener Erfahrung kannten, mit den Gefühlen mithalten konnte, die sie packten, wenn die Heroen Hollywoods über die Leinwand tobten.

Stundenlang unterhielten sie sich nach einem Film

über jedes Detail. Sie begannen mit der Schießtechnik des Helden, kamen auf die Gefahrensituation, die der Film heraufbeschworen hatte, streiften kurz die Frage, ob die Liebesgeschichte nachvollziehbar sei, und erörterten schließlich ausgiebig die Entscheidungen, mit denen sich der Held am Ende seinem Schicksal stellte. Ursprünglich hatten sie sich am liebsten die Klamotten von Bud Spencer und Terence Hill angesehen – mit dem Verstreichen der Jahre aber gewann ihr Geschmack an Profil. So schwärmte Florian später vor allem für Sergio Leones »Es war einmal in Amerika«, während David nicht genug von Ridley Scotts Science-Fiction-Schocker »Alien« bekommen konnte – obwohl es Monate dauerte, bevor er wieder ins Bett gehen konnte, ohne zuvor nachsehen zu müssen, ob sich darunter nicht doch das Monster aufhielt, das dem einen Kosmonauten direkt aus der Bauchhöhle geplatzt war.

Sicher, mancher Film war ein kläglicher Versager gewesen und hatte sie, statt sie in die unendlichen Weiten des Vorstellbaren zu entführen, in die helle Welt des Alltags mit dem schalen Gefühl entlassen, einem Stümper dabei zugesehen zu haben, wie er die sakrosankten Instrumente der Magie entweihte. Wenn der Zauber aber funktionierte, dann nahm die Filmerzählung sie auf ihre Schwingen und mit hinauf in solch luftige Höhen, dass es ihnen glatt den Atem verschlug. Genau diese Höhenflüge – das war es, womit sie ihr Leben verbringen wollten! Keine andere Vision konnte da mithalten.

So war es nur ein logischer nächster Schritt, als David auf die Idee kam, selbst Filme machen zu wollen. Und diese Idee war so zwingend, dass Flo nie so recht wusste, was er dem entgegensetzen sollte. Erst als sich herausstellte, dass David nichts dagegen hatte, wenn auch Flo sich diesem sagenhaften Projekt verschrieb, fand seine halbherzige Suche nach einer Alternative ein Ende. Genau wie sein Freund David wollte er dies und nichts anderes machen: Filme! Was für ein großartiger Einfall!

Mit dem Abitur in der Tasche stand ihr Ziel also fest. Filme konnte man nicht nur sehen, man konnte sie auch *drehen*. Und das war für sie mehr als nur ein Berufswunsch – es war eine regelrechte *Mission*! Eine Lebensaufgabe, der sie sich stellen wollten, koste es, was es wolle. Bald allerdings zeigte sich, dass es sehr viel schwieriger war, dieses Ziel zu erreichen als es ins Auge zu fassen. Denn die beiden Filmschulen, die es damals in Deutschland gab, in München und in Berlin, wollten sie erst zur Bewerbung zulassen, wenn sie mindestens einundzwanzig Jahre alt waren.

So zogen sie erst einmal nach Berlin, um dort ein Studium zu beginnen, bis sie alt genug waren, um sich an den Akademien bewerben zu können. Sie mieteten gemeinsam eine Wohnung, arbeiteten nebenher, um ein wenig Geld zu verdienen, und trieben sich an der Uni herum. Bald bildete sich ein kleiner Kreis Gleichgesinnter um sie herum, mit denen sie bis tief in die Nacht über Filme, Filme und nochmals Filme diskutierten. Das alles vermochte jedoch nicht das bedrückende Gefühl zu vertreiben, dass sie letztlich ihre Zeit nur vergeudeten, solange sie sich nicht endlich ihrer eigentlichen Aufgabe, dem Filmemachen, zuwandten.

Kurz nach dem Mauerfall war es dann so weit, und sie begannen, an ihren Bewerbungen für die Akademien zu feilen. Lange genug hatten sie über Filme geredet – jetzt war der Zeitpunkt gekommen, zu beweisen, dass sie auch das Zeug dazu hatten, selbst welche zu schaffen. In gewisser Weise war es die Stunde der Wahrheit, und nur einer von ihnen hatte das Glück, sie zu meistern: David. Er wurde genommen, Florian nicht.

Von da an hatten sich ihre Lebenswege, die so lange so eng miteinander verwoben gewesen waren, voneinander entfernt. Denn während David an der Berliner Akademie begierig alles über das Filmemachen lernte, musste Florian plötzlich erkennen, dass er sich nie gefragt hatte, was er mit seinem Leben eigentlich anfangen wollte, wenn das mit dem Filmen nicht klappte. So zögerte er nicht, einen Artikel für eine Lokalzeitung zu schreiben, als sich ihm die Gelegenheit dafür bot. Sein Text gefiel der Redaktion gut, und bald arbeitete er fleißig als freier Reporter für das Blatt.

So vielversprechend seine Laufbahn als Journalist auch begonnen hatte, mittlerweile war er Ende dreißig und konnte nicht länger die Augen davor verschließen, dass er sich in einer Sackgasse befand. Dass er bereits in den neunziger Jahren nach Spanien gezogen war, um von dort aus für deutsche Zeitungen zu berichten, hatte daran nichts geändert. Nach wie vor musste er mindestens einmal im Jahr bangen, ob er mit seinen Artikeln auch genug Geld zusammenbekommen würde, um davon zu leben. Wie lange konnte das wohl noch gutgehen? Das hatte er sich schon oft gefragt, und das fragte Flo sich auch diesmal, als er mit geschlossenen Augen auf seinem Flugzeugsitz saß und über den Wolken Richtung Berlin raste.

Er solle sich einen Namen machen, hatte Hölzemann vorhin zu ihm gesagt. Florian hatte zwar keine Lust, aus einem Artikel über David einen persönlichen Vorteil zu schlagen. Dafür war ihm ihre alte Freundschaft nach wie vor viel zu teuer. Aber er könnte doch einen Artikel schreiben, der dem Freund gar nicht schaden würde – überlegte er. War es nicht höchste Zeit, dass er eine Titelgeschichte bei Hölzemann unterbrachte? Das wiederum würde weitere, spannendere Aufträge nach sich ziehen, sodass er in einigen Monaten – wenn alles gutging – endlich auch wieder aus Spanien nach Deutschland zurückkehren könnte, bevor er dort gänzlich den Anschluss verpasste.

So dachte er. Und hatte dabei völlig verdrängt, dass er ursprünglich aus einem ganz bestimmten Grund aus Deutschland fortgezogen war. Aus einem Grund, der unmittelbar mit dem Auftrag zusammenhing, den er gerade angenommen hatte.

4

Es war bereits dunkel, als Florians Maschine in Berlin-Tegel landete. Das Flugzeug war halb leer gewesen, so dass es nicht lange dauerte, bis er seinen Alukoffer vom Gepäckband nehmen und Richtung Ausgang streben konnte. In der Haupthalle glaubte er für einen Moment zu bemerken, dass eine junge Frau ihn beobachtete. Da er jedoch nicht erwartete, abgeholt zu werden, achtete er nicht weiter darauf und trat ins Freie. Es pfiff ein eisiger Wind. Er schauderte. Solche Temperaturen kannte man in Spanien nur aus dem Kühlhaus.

Wenig später saß er in einem Taxi und rauschte über die Stadtautobahn Richtung Zentrum. Hölzemanns Sekretärin hatte ihm ein Zimmer im Savoy in der Fasanenstraße reserviert. Das war zwar nicht das Kempinski, aber Florian mochte das Hotel. Es lag in Charlottenburg, dem Bezirk, der ihm von allen immer der liebste gewesen war.

Alles ging glatt. Im Savoy wurde er erwartet, und man hatte ein schönes Zimmer für ihn vorbereitet. Der Boy wuchtete den Koffer auf die Ablage, grinste, als Flo ihm ein Trinkgeld in die Hand drückte, und ließ ihn mit einem freundlichen »Schönen Abend noch« allein.

Florian atmete aus. Erst jetzt spürte er, wie anstrengend die Reise gewesen war. Er trat an das Fenster und öffnete es. Direkt gegenüber befand sich das Delphi-Kino, in dem er schon als Student die neuen Woody-Allen-Filme gesehen hatte.

Er warf einen Blick auf die Uhr. Um elf hatte er sich mit Walter verabredet, Walter Kunert. David und Flo hatten Walter vor etlichen Jahren gemeinsam an der Universität kennengelernt. Flo hatte ihn noch von Madrid aus angerufen und zu einem späten Abendessen eingeladen. Walter war zwar erstaunt gewesen, so plötzlich von Flo zu hören – sie hatten sich bestimmt seit fünfzehn Jahren nicht mehr gesehen –, aber er hatte die Einladung gern angenommen.

Jetzt war es kurz vor acht. Vor seiner Verabredung mit Walter blieb ihm also noch genug Zeit, um die Vorführung von »Audience« aufzusuchen, bei der er sich über Hölzemanns Kollegen angemeldet hatte. Der Film sollte um neun beginnen, in einem Fabrikkeller in Oberschöneweide, wie der Mail zu entnehmen gewesen war, die er weitergeleitet bekommen hatte.

Er schloss das Fenster und machte sich auf den Weg.

***

In der Ferne hörte er das Brausen der Stadt. Über ihm wölbte sich der Nachthimmel des winterlichen Berlin. Die Kälte umklammerte sein Gesicht, seine Beine zitterten. Er musste sich setzen! Im selben Augenblick zog sich sein Magen zusammen. Er keuchte, beugte sich nach vorn, bekam die Mauer des verlassenen Fabrikgebäudes zu fassen, aus dem er gerade herausgetreten war, und erbrach das Mittagessen, das er im Flugzeug serviert bekommen hatte, auf das Pflaster des Gewerbehofs. Es dauerte nur ein paar Sekunden, dann war es vorbei. Er spuckte mehrfach kräftig aus, richtete sich wieder auf und wischte sich mit einem Papiertaschentuch den Mund ab.

Der unerwartete Anruf Hölzemanns, die überstürzte Abreise aus Madrid, die entsetzlichen Bilder von dem Jungen auf der Pritsche und nicht zuletzt der Schock, als sein Name genannt und sein Bild gezeigt worden war, obwohl er mit dem Grauen auf der Leinwand nun wirklich nichts zu tun gehabt hatte – all das war entschieden zu viel auf einmal gewesen.

Florians Blick schweifte über den Gewerbehof. Ihm gegenüber befand sich der Eingang, durch den man hinaus auf die Straße gelangte. Zu seiner Rechten erstreckten sich verlassene Lagerhallen und verwahrloste Schuppen, zu seiner Linken wurde der Hof durch eine zum Teil eingestürzte Brandmauer begrenzt. Mit noch unsicheren Schritten begann er, an dem Fabrikgebäude vorbeizugehen, in dessen Keller bis vor wenigen Minuten die »Audience«-Vorführung gelaufen war. Ein schwarzes Schimmern hatte durch eine Öffnung der Brandmauer hindurch seine Aufmerksamkeit erregt. Als er an dem Fabrikgebäude vorbei war, sah er es. Direkt dahinter wälzte sich die Spree durch die Nacht. Er ging um das Gebäude herum, entdeckte eine Laderampe, die die Fabrik mit dem Flussufer verband, ließ sich darauf nieder und starrte erschöpft in den schweigend dahinfließenden Strom.

Nur Sekunden, nachdem im Keller das Licht angegangen war, war die Tür entriegelt worden. Die Moderatorin und der Mann im weißen Kittel, die im Film zu sehen gewesen waren, waren hereingekommen, um die verstörten Zuschauer zu beruhigen. Aufgebracht hatten die Menschen sie zur Rede gestellt. Was für Aufnahmen waren das gewesen? Eine Übertragung? Eine Aufzeichnung? Ein Spielfilm? Was?!

Die Moderatorin hatte sie aufgeklärt: Selbstverständlich seien die Aufnahmen nur Special Effects gewesen, und dem jungen Schauspieler, der die Rolle des Opfers übernommen hatte, sei kein Haar gekrümmt worden. Auch dass ein bestimmter Zuschauer verantwortlich gemacht worden sei, habe natürlich zur Vorführung gehört. Bei jedem Screening treffe es einen anderen Teilnehmer aus dem Publikum. Aufgrund der persönlichen Anmeldung und Einlasskontrolle verfüge der Veranstalter ja über Foto und Namen jedes einzelnen Zuschauers. Wer sich auf »Audience« einlasse, erwarte schließlich eine ganz besondere Erfahrung. Sie hoffe, die Zuschauer nicht enttäuscht zu haben.

Während alle anderen auf die Frau eingeredet hatten, hatte Florian sich zurückgehalten. Der Schock war tiefer gedrungen, als er sich das hatte anmerken lassen wollen, und er hatte nur noch einen Wunsch gehabt. Weg von diesen Leuten! So war er der Erste gewesen, der den Keller verlassen hatte.

Florian starrte in den Fluss. Das also hatte David aus ihren früheren endlosen Gesprächen über Filme gemacht? Florian musste zugeben, dass die Bilder eine beträchtliche Wirkung auf ihn gehabt hatten – aber um welchen Preis? Gab es etwas, das solche Bilder hätte rechtfertigen können? Was wollte David denn mit dem Schock erreichen, den der Film bei jedem Zuschauer auslösen musste? Ging es ihm nur darum, die Leute aus dem sicheren Dunkel des Kinosaals heraus ins Licht zu zerren? Und zwar genau dann, wenn es ihnen am Unangenehmsten sein musste? Ging es ihm darum, die Scham des ertappten Zuschauers auf die Spitze zu treiben? Aber wieso?

Flos Blick fiel auf einen Wasserhahn, der neben der Rampe an einem Rohr angebracht war. Er stand auf und drehte daran. Klares, eiskaltes Wasser schoss auf das Pflaster. Er stellte sich breitbeinig davor, schöpfte das Wasser mit den Händen, wusch sich das Gesicht und spülte den Mund aus. Dann trank er in langen Zügen.

Erfrischt drehte er den Hahn wieder zu. Die Moderatorin, der Mann im Kittel, der Türsteher – mussten sie nicht, direkt oder indirekt, mit David in Verbindung stehen, wenn er wirklich derjenige war, der sich hinter dieser Veranstaltung verbarg? Er musste sie zur Rede stellen!

Mit schnellen Schritten ging er um das Fabrikgebäude herum wieder zurück zum Eingang, durch den er es verlassen hatte. Wie lange hatte er auf der Laderampe gesessen? Zehn Minuten? Fünfzehn? Er betrat das Gebäude, eilte durch die Eingangshalle zum Treppenhaus und begann, die zum Teil gesprungenen Betonstufen hinabzusteigen. Außer seinen Schritten war nichts zu hören. Von einem unguten Gefühl getrieben, hetzte er in den Gang, in den die Treppe mündete und von dem die Eisentür in den Vorführraum abgegangen war. Fahl fiel das Licht der Laterne, die auf dem Gewerbehof stand, durch die kleinen, vergitterten Fenster des dämmrigen Korridors. Schon konnte er die Eisentür an seinem Ende erkennen. Mit wenigen Schritten war er bei ihr und riss sie auf.

Schwarz und verlassen gähnte ihn der Kellerraum dahinter an.

»Scheiße!«, entfuhr es ihm, und seine Stimme brach sich dumpf in dem niedrigen Gewölbe.

Hatte er sich in der Tür geirrt? Aufgeregt schlug er sie wieder zu und suchte mit den Augen den halbdunklen Gang nach einer weiteren Tür ab. Aber es gab keine. Wieder griff er nach der Klinke und drückte sie hinunter. Kein Zweifel. Dies war die Tür, durch die er vorhin in den Vorführraum getreten war. Genau hier hatten sie das Bild von ihm gemacht, das sie am Ende des Films gezeigt hatten!

Er zog die Tür wieder auf und tastete sich in den Raum dahinter. Unter seinen Fingern löste sich feuchter Putz von der Wand und rieselte zu Boden. Er meinte noch den Schweißgeruch wahrnehmen zu können, den die Zuschauer hinterlassen hatten. Sehen aber konnte er nichts – der Schein der Laterne auf dem Hof reichte nicht weit genug.

Dann fühlte er es. Ein Lichtschalter. Er betätigte ihn. Heiß flammten die Neonröhren an der Decke des niedrigen Gewölbes auf. Flo fuhr herum. Die trostlose Kammer lag kahl und fensterlos vor ihm. Abgeplatzter Putz an der Wand, Schutt in der Ecke und ein unbehandelter Betonfußboden. Sonst nichts. Kein Beamer, keine Leinwand, keine Lautsprecher. Nichts deutete darauf hin, dass hier noch vor wenigen Minuten ein Film gezeigt worden war.

5

Es war beinahe halb zwölf, als Florian das Sachs betrat, das Restaurant in der Nähe seines Hotels, in dem er sich mit Walter verabredet hatte. Walter hatte es vorgeschlagen, und Flo hatte gleich gedacht, dass es eine gute Wahl war. Das Lokal war trotz später Stunde noch voll und strahlte jene Betriebsamkeit aus, die herrscht, wenn Menschen gut essen und zugleich ihre Geschäfte besprechen wollen.

Er sah ihn sofort. Walter saß an einem Tisch in der hinteren Ecke und hatte sich richtig verändert. Er hatte Haare verloren, war breiter geworden, und seine fleischigen Gesichtszüge erschienen fast ein wenig teigig. Florian blieb bei den Kleiderständern stehen, zog langsam seinen Mantel aus und beobachtete verstohlen Walters Gesicht. Gab es etwas Vertrauteres als ein Gesicht, das man kennt, seit es fast noch ein Kindergesicht war? Dann aber fiel ihm auf, dass sich in dieses Gesicht hinein Linien geschlichen hatten, die ihn irritierten. Waren es die tiefen Ringe unter den Augen? Die Falten um den Mund? Hatte Walter schon früher so ausgesehen, und er hatte es nur nicht bemerkt? Ihm schien, als strahlten die Züge des alten Bekannten eine gewisse Unaufrichtigkeit aus, von der er nicht wusste, ob sie schon immer darin gelegen hatte, die ihn aber umso deutlicher ansprang, je länger er jetzt hineinsah.

Er drückte sich noch ein wenig tiefer in die Nische am Eingang. Erst jetzt fiel ihm wieder ein, dass Walter viel besser mit David als mit ihm befreundet gewesen war. Er erinnerte sich an das Unbehagen, das ihn nach den gemeinsamen Abenden mit David und Walter meist beschlichen hatte. Während die beiden anderen stets einer Meinung gewesen waren, hatte er, Flo, seinen Standpunkt immer allein vertreten müssen. Er hatte förmlich gespürt, wie sie es genossen, sich gegenseitig in ihrer Meinung zu bestätigen und gleichzeitig abzugrenzen gegen ihn als den Dritten, wie sie sich darin gefielen, gemeinsam zu rätseln, wie Flo nur darauf kommen konnte, eine derart abwegige Position zu vertreten. Je länger das so gelaufen war, desto mehr hatte es ihn genervt, dieses absehbare Zwei-gegen-einen-Spiel mitzuspielen. Vor allem aber hatte ihn gestört, dass Walter seine Meinung – egal, wie sie wirklich ausgesehen hatte – immer ganz gezielt an die von David angepasst hatte, um nur ja auf dessen Seite und keinesfalls auf der Seite von Flo zu stehen. Dabei hatte Florian auch zu spüren gemeint, dass David das ganz genau wusste, dass er es aber vorzog, darüber hinwegzusehen und lieber den verlogenen Konsens mit Walter zu pflegen. Einmal hatte er ihn sogar darauf angesprochen. Doch David hatte es weit von sich gewiesen, Walter in irgendeiner Form zu beeinflussen. Es sei doch vielmehr so, dass er und Walter hin und wieder einfach eine Auffassung teilten. Das sei eine schöne Sache, und Flo solle nicht versuchen, daran etwas Schlechtes zu finden. Nach dieser Auseinandersetzung hatte Florian es vermieden, das Gespräch mit David noch einmal darauf zu bringen. Allzu oft war er danach allerdings nicht mehr mit den beiden weggegangen.

Flo zuckte zusammen. Walter blickte ihm direkt ins Gesicht. Er hatte es gar nicht bemerkt. Unbeholfen hob er die Hand, trat aus seiner Nische hervor und lief auf Walters Tisch zu. Walter grinste und stand auf.

»Hey, Flo! Long time no see. Oder?«

Sie umarmten sich, kurz, aber nach all den Jahren doch herzlich, wie Florian fand. Auch wenn es früher ein paar Reibereien mit Walter gegeben haben mochte – er traf gerne alte Bekannte, und Walter war einer davon.

Sie setzten sich, und Walter begann sofort zu reden. Er sprach von seiner Frau und seinen Töchtern, von seiner Arbeit und dem Leben in Berlin, von gemeinsamen Studienkollegen und zum Teil von Leuten, die Florian kaum kannte. Erst als die Kellnerin an ihren Tisch trat, um Brot hinzustellen und die Bestellungen entgegenzunehmen, brach er ab und schob Flo die Karte herüber.

»Hast du schon gegessen?« Walter grinste. »Die Küche hier ist ganz ordentlich.«

Florian warf einen Blick auf die Auswahl, schlug die Karte aber gleich wieder zu. Er fühlte sich noch ein wenig flau und bestellte nur ein Bier.

Walter orderte das Schnitzel, wartete, bis die Kellnerin den Tisch wieder verlassen hatte, und beugte sich vor. »Also was ist, Flo?«, sagte er, und sein Blick war plötzlich seltsam hart. »Was treibt dich nach Berlin?«

Florian lächelte. »Du wirst es nicht glauben. Ich bin wegen David hier.«

»David?« Walters Gesicht schien unangenehm überrascht aufzublitzen. »Er ist verschwunden, keiner weiß, wo er steckt.«

Flo nickte. »Ich mache mir einfach Sorgen um ihn. In

den vergangenen Wochen habe ich mehrmals versucht, ihn telefonisch zu erreichen. Aber ohne Erfolg. Dann habe ich gehört, dass er vermisst wird. Vermisst? Erst dachte ich, gut, der taucht wieder auf. Aber inzwischen frage ich mich wirklich, was los ist.«

Walter fuhr sich mit der Hand über die Glatze, sagte aber nichts.

»Deshalb hab ich einen Flug gebucht und bin hergekommen«, fuhr Florian fort. »Wahnsinn, oder? Auf der anderen Seite – hey, David ist mein Freund.« Er spürte, dass er klang wie ein amerikanischer Serienheld aus den Neunzigern. Aber den eigentlichen Grund für sein Kommen wollte er nicht so ohne Weiteres preisgeben. »Wenn *ich* mich nicht um ihn kümmere, wer dann?«

Walter griff sich ein Brötchen aus dem Korb, den die Kellnerin hingestellt hatte. »Du hast recht. Ich hätte mich schon längst mal erkundigen müssen, nur im Moment hab ich schlichtweg keine freie Minute. Und soweit ich weiß, hat Thea die Polizei auch schon eingeschaltet.«

Thea? Wer ist Thea?

Walter musterte ihn. »Du kennst sie?«

»Wen?«

»Thea.«

Flo schluckte.

»David ist seit Jahren mit ihr zusammen, und du kennst Thea nicht?« Walter sah ihn abwartend an, beinahe lauernd.

»Doch … doch, er hat sie erwähnt –«

Walter unterbrach ihn. »Ihr seid schon noch in Kontakt, oder? David und du, meine ich. Auch seitdem du unten wohnst?«

»Klar, wir sind in Kontakt, also regelmäßig, aber wir haben jetzt nicht jeden Tag telefoniert«, beeilte sich Flo zu sagen. »David hat eine Menge zu tun.«

»Kann man wohl sagen.« Walter biss in sein Brot und sprach kauend weiter. »Und wie willst du jetzt vorgehen?«

»Ich weiß noch gar nicht, wo ich anfangen soll«, antwortete Flo. »Habt ihr euch denn öfter gesehen in letzter Zeit, David und du?«

Walter schluckte den Bissen hinunter. »In den vergangenen Jahren nicht mehr so häufig. Inzwischen vergehen oft Monate, ohne dass wir uns über den Weg laufen.« Er lehnte sich zurück und zeigte ein Lächeln. »Mit Frau und Kindern bin ich inzwischen ja eher der häusliche Typ. David ... David ist eher ein Abenteurer geblieben, weißt du.«

Flo nickte. »Und ›Audience‹? Hast du das mal gesehen?«

Walters Gesicht wurde undurchdringlich. »Was?«

»›Audience‹, der Film von David –«

Walter legte den Kopf auf die Seite, als versuche er zu verstehen, wovon Florian sprach.

»Ich war vorhin in einer Vorführung«, fuhr Flo fort, »das war schon heftig.«

Walter lächelte, seine Oberlippe schob sich ein wenig über die Schneidezähne. »›Audience‹? Meinst du diese Show, die sie in obskuren Kellern hinten in Oberschöneweide abhalten?«

Flo grinste zurück. »Genau.«

»Ja, klar, davon hab ich gehört. Aber das ist nicht von David. Irgendein Filmstudent hat sich das ausgedacht und herumerzählt, es wäre ein echter Mosbach. Damit hat David nichts zu tun.«

Flo runzelte die Stirn. »Bist du dir sicher?«

»Na ja …« Wieder fuhr sich Walter mit der Hand über die Glatze. »Ich kann mir nicht vorstellen, dass so ein Schund von ihm ist, aber wer weiß? David hat schon immer gemacht, was er wollte, und sich von niemandem in die Karten gucken lassen.«

»Und was ist mit ›Tabu‹?«, nahm Flo das Gespräch wieder auf, nachdem die Kellnerin Walters Schnitzel und zwei große Bier gebracht und er Walter eine Zeit lang schweigend beim Essen zugesehen hatte. »Ist der auch nicht von ihm?«

Walter ließ sein Besteck sinken. »›Tabu‹? Die Produktion, die komplett abgeschirmt wird?«

»Genau. Hast du schon was sehen können von dem Film? Ausschnitte? Oder Fotos?«

Walter schüttelte den Kopf. »Natürlich nicht. Keiner hat bisher etwas gezeigt bekommen, soweit ich weiß. Ist der Film überhaupt fertig?«

»Keine Ahnung.« Flo nahm einen Schluck Bier. Walters Ausweichmanöver machten ihn langsam nervös. »Und worum es in ›Tabu‹ geht, weißt du auch nicht.«

Ein Hauch von Ärgerlichkeit huschte über Walters Gesicht. »Ich sag doch, nein! Sie haben absolutes Stillschweigen über das Projekt verhängt.« Er sah Florian einen Moment lang an, wurde dann wieder freundlicher. »Du kannst dir vorstellen, wie das die Neugier der Leute anstachelt.«

Flo nickte. Daran hatte er auch schon gedacht.

»Auch, dass er jetzt plötzlich vermisst wird«, fuhr Walter fort. »Überleg doch mal. Die Gerüchteküche um Davids Verschwinden ist gute Publicity. Ich könnte mir vorstellen, dass das durchaus in seinem Sinn ist.«

»Er ist verschwunden, aber es ist nur ein Marketing-Gag?« Enttäuschung stieg in Florian auf. Er glaubte, einen großen Artikel zu schreiben, und war in Wirklichkeit nur eine Marionette in den Händen der Werbefritzen?

Walter wiegte den Kopf hin und her. »Könnte sein, allerdings – als ich mit Thea telefoniert habe, hatte ich nicht den Eindruck, sie würde das Ganze auf die leichte Schulter nehmen.« Er schnitt einen neuen Bissen von seinem Schnitzel ab und führte ihn zum Mund, hielt aber noch einmal inne. »Aber – ich rede hier die ganze Zeit. Wie ist es dir eigentlich ergangen in all den Jahren?« Jetzt steckte er sich die Gabel zwischen die Zähne.

Florian lächelte. »Gut, gut, ich kann nicht klagen.«

»Du hast inzwischen da unten richtig Fuß gefasst, oder?«

»Ja, schon … Aber vielleicht bleibe ich gar nicht mehr so lange dort.«

»Ach! Und das sagst du erst jetzt? Ich dachte, du hast dich inzwischen als Spitzen-Spanien-Experte etabliert.« Walter grinste mit vollem Mund.

Florian spürte, wie ihm die Verlegenheit ins Gesicht kroch. Aber er wollte sich keine Blöße geben. »Spanien-Experte schon. Ich schreibe für zwei überregionale Blätter von dort, ganz zu schweigen von den Lokalzeitungen. Aber immer da unten bleiben? Das hatte ich eigentlich nie vor.« Er stützte seine Ellbogen auf den Tisch und breitete die Hände aus. »Am Anfang war's toll, gutes Wetter, super Frauen, Essen wunderbar. Aber mittlerweile kenne ich das, irgendwie hat es ein wenig von seinem Reiz eingebüßt. Deshalb denke ich in letzter Zeit darüber nach, wieder nach Deutschland zurückzukehren.«

Ihre Blicke trafen sich. Flo kniff die Augen zusammen und nahm die Hände wieder herunter. Da war es wieder. Dieses Gefühl, Walter nicht richtig trauen zu können, egal, wie viele Abende sie schon gemeinsam verbracht hatten. Aus Walters Blick war alle Freundlichkeit gewichen. Plötzlich sah dieser fette Mann überhaupt nicht mehr aus wie ein halbwüchsiger Junge, sondern wie ein Typ, der ganz genau aufpasste, dass er von seinem Gegenüber nicht in etwas hineingezogen wurde, mit dem er nichts zu tun haben wollte.

Walter musste bemerkt haben, wie Florian schluckte, denn wie an Strippen gezogen gingen seine Mundwinkel hoch. »Du machst das schon, Kumpel.«

Er stopfte sich eine neue Gabel Schnitzel zwischen die Zähne. Seine Augen aber blieben kalt.

Und blieben es für den Rest des Abends.

6

Am nächsten Morgen war Flo früh auf den Beinen. Viel hatte er bei dem Treffen mit Walter nicht herausbekommen. Er hatte zwar immer wieder versucht, das Gespräch auf David zu lenken, aber Walter hatte hartnäckig abgeblockt. Und war immer nervöser geworden, je öfter Flo nach David gefragt hatte. Kaum hatte er aufgegessen, hatte er die Rechnung bestellt, etwas von »morgen früh raus« gemurmelt und sich beinahe hektisch verabschiedet. Ein weiteres Treffen hatte er gar nicht erst angesprochen, und auch Florian hatte nicht die geringste Lust verspürt, danach zu fragen.

Das Unwohlsein, das ihn gleich zu Anfang in Walters Anwesenheit wieder beschlichen hatte, hatte sich im Laufe des Abends verstärkt, und er war froh gewesen, als er endlich allein war. Bestürzt war er deswegen nicht – Walter war eigentlich nie ein Freund gewesen. Und doch hatte diese Begegnung eine gewisse Melancholie in ihm ausgelöst.

Eine Information hatte er allerdings doch noch aus Walter herausgeholt. Nämlich wo David wohnte, bevor er verschwand. Und genau dort wollte sich Flo heute umsehen.

Vom Savignyplatz aus fuhr er mit der S-Bahn bis Potsdam und stieg am Hauptbahnhof aus. Ein Taxi brachte ihn in die Potsdamer Innenstadt. Gemütlich auf dem Rücksitz des Wagens ausgestreckt, ließ er die alte Garnisonstadt an seinem Fenster vorüberziehen. Potsdam hatte ihm schon immer gefallen. Die seltsam mediterrane Stimmung in den Straßen und Parks, die Schinkel-Villen mit ihren Türmchen und Loggien, nicht zuletzt das Filmstudio und seine Aura hatten es ihm angetan. Als Florian noch in Berlin gelebt hatte, hatte er sich manchmal vorgestellt, wie es wohl sein würde, in einer alten Potsdamer Villa zu wohnen. Doch in Wahrheit hatte ihm dazu immer das Geld gefehlt. Viele der großen Häuser waren in den ersten Jahren nach der Wende zwar noch recht preiswert und ramponiert gewesen – und dadurch nur umso verwunschener, wie er fand –, die Renovierung eines solchen Gebäudes hätte jedoch schnell seine Kasse gesprengt.

Am Brandenburger Tor in der Nähe von Sanssouci stieg er aus, zahlte den Fahrer und schlenderte hügelan zur Weinbergstraße, die Walter ihm als Davids Adresse genannt hatte. Der Himmel war beinahe makellos blau, die Luft verglichen mit dem Madrider Smog wunderbar rein, nur der eisige Wind, der durch die Straßen blies, machte Flo ein wenig zu schaffen. Neugierig musterte er die prachtvollen Häuser, die beiderseits der Straße vom einstigen Reichtum der Großindustriellen und Bankiers zeugten, die hier gewohnt hatten. Vor allem eine Jugendstilvilla fiel ihm auf. Sie stand auf dem Scheitelpunkt der Weinbergstraße und hob sich deutlich von den Nachbarhäusern ab. Statt zu Tode saniert worden zu sein, hatte sich diese Villa jenes abgestoßene Flair bewahrt, das er vor Jahren an Potsdam so geliebt hatte. Ein überdimensionales Fenster dominierte die Fassade und ließ schemenhaft das Eingangsfoyer und ein großzügiges Treppenhaus erahnen. Zwei groteske Riesen, deren Rümpfe in Säulen übergingen, hockten auf den Giebeln der Fenster im Erdgeschoss und umklammerten den Balkon im ersten Stock. Auf den Pfeilern des gusseisernen Gitters, das das Grundstück umschloss, erhoben sich blassrote Terrakottavasen, in denen sorgfältig getrimmte Buchsbäume wuchsen.

Flo blieb vor der Villa stehen und blickte auf das Namensschild neben der Klingel. »Mosbach« stand dort. Niemand sonst schien in dem Haus zu wohnen.

Beeindruckt marschierte er an dem Gitter entlang um das Grundstück herum. Es lag in einer Sackgasse, die erst leicht anstieg, bevor sie in eine kurze Treppe mündete, über die man in den tiefer gelegenen Teil der Altstadt gelangte. Von dem höheren, hinteren Teil der Sackgasse aus hatte Flo einen guten Blick auf die Rückseite und in den Garten des Hauses. Ja, von so einem halb verfallenen, halb verwunschenen Schlösschen hatte er immer geträumt. Die Villa wurde an einer ihrer Ecken von einem Türmchen überragt, von dem aus man ganz Potsdam überblicken können musste. Im ersten Stock prägte ein ringsum verglaster Wintergarten die verspielte Architektur, durch dessen Scheiben er die Palmen, Oliven und Oleander erkennen konnte, die David dort in großen Töpfen angepflanzt haben musste.

Florians Blick wanderte in den verwilderten Garten. Erst jetzt bemerkte er, dass eine junge Frau das Laub zwischen den hochstämmigen Bäumen zusammenharkte. Ihr Gesicht war ebenmäßig und offen, kastanienbraunes, langes Haar fiel ihr auf die Schultern. Sie wirkte nicht älter als dreißig.

Florian trat an das Gitter. »Sie müssen Thea sein!«, rief er ihr zu und hob die Hand.

Die Frau hielt mit dem Harken inne und sah auf. Als sie Florian hinter dem Gitter bemerkte, runzelte sie die Stirn.

Flo setzte sein bestes Lächeln auf. »Entschuldigen Sie, dass ich hier so plötzlich auftauche.« Er streckte eine Hand durch die Gitterstäbe. »Mein Name ist Baumgartner, Florian Baumgartner, ich bin ein alter Freund von David.«

Die Haltung der Frau lockerte sich ein wenig, und sie kam zu ihm an das Gitter. »Florian?«

Er nickte.

Sie ergriff seine Hand und schüttelte sie. »Ja, doch, natürlich, David hat oft von Ihnen gesprochen.« Sie ließ seine Hand los und zuckte bedauernd mit der Schulter. »Aber er ist jetzt nicht da.«

»Ich weiß.« Flo umfasste mit beiden Händen die Stäbe. Recherchieren – das konnte er doch! »Deshalb bin ich hier. Ich will nicht aufdringlich erscheinen, aber … ich habe ein paar Fragen und würde gern kurz mit Ihnen reden. Über David.«

Er hatte eigentlich immer ganz gute Karten bei Frauen gehabt, vorausgesetzt, er gab sich Mühe. Und die gab er sich gerade.

Einen Augenblick starrte sie ihn an. Dann riss sie sich zusammen. »Natürlich, Florian, entschuldigen Sie.« Sie wirkte ein wenig verwirrt. »Kommen Sie zum Eingang nach vorn, ich mache Ihnen auf.«

7

Die Innenausstattung des Hauses hielt, was die Fassade versprochen hatte. Es verschlug Florian beinahe die Sprache, als er es betrat. Die Wände waren strahlend weiß getüncht, der Fußboden durchgehend mit goldbraunem Parkett ausgelegt. Die Einrichtung war sparsam, beinahe streng, jedes einzelne Stück aber sorgfältig ausgewählt und genau dort platziert, wo es genug Raum hatte, um seine Wirkung voll zu entfalten. Hier eine Stahlskulptur, dort ein antiker Altaraufsatz aus einer toskanischen Kirche – mehr nicht.

Thea führte Florian durch eine Eingangshalle ins Wohnzimmer, wo der Blick ungehindert durch eine breite Fensterfront in den Garten ging, der vor dem Haus sanft abfiel und weiter unten an einem verschilften Seeufer endete. Die Decke des Wohnzimmers war teilweise herausgenommen, sodass sich dem Auge über eine Galerie hinweg eine Vielzahl von Durchblicken und Perspektiven bis hinein in die oberen Stockwerke erschloss. Dominiert wurde das in viele Richtungen offene Zimmer jedoch von einem gigantischen, hochglänzenden Schwarzweißfoto, das eine ganze Wand für sich allein in Anspruch nahm.

»Kaffee?«

Thea sah zu Florian, der mitten im Raum stehen geblieben war und sich an dem Zusammenspiel von Gartenlandschaft, Jugendstilarchitektur und modernem Ausbau kaum sattsehen konnte. David musste viel Zeit, Liebe und Geld investiert haben, um einen solchen Raumeindruck zu schaffen.

»Wahnsinn – das Haus ist ein Traum«, stieß er hervor und musste grinsen.

Thea lächelte. Für einen Moment standen sie ratlos im Zimmer, dann riss Flo sich zusammen.

»Kaffee? Ja, gern! Das wäre klasse!«

Seine spontane, jungenhafte Art löste ein wenig die Anspannung, die sich aus der ungewohnten Situation ergeben hatte.

»Espresso, Cappuccino, Latte macchiato, normaler Kaffee?«

»Am liebsten Espresso.«

»Ja.«

Sie trat zu der Wand mit dem Foto und betätigte einen kleinen Knopf, der daneben angebracht war. Kurz darauf erschien eine junge Frau in einem einfachen blauen Kleid. Thea bat sie, zwei Espressi und Gebäck zu bringen. Dann setzte sie sich auf das blau-weiß gestreifte Sofa in der Mitte des Raumes und bot Florian einen Sessel an, der sich auf der anderen Seite eines niedrigen Glastischs befand.

»Waren Sie mit David verabredet?« Sie blickte ihn fragend an.

Florian zögerte und setzte sich ebenfalls. Sollte er sagen, dass er von einer Zeitung geschickt wurde? Würde sie ihn dann nicht empört hinauswerfen? Andererseits hatte er keine Lust, die Freundin seines besten Freundes zu belügen.

»Nein, also um ehrlich zu sein, ich bin hier, weil ich mir Sorgen mache.« Er schlug die Beine übereinander. Dass er sich Sorgen machte, stimmte jedenfalls.

»Sorgen?« Thea zog die Augenbrauen hoch. Sie schien zu spüren, dass Florian ihr etwas verschwieg.

»Hören Sie, Thea, es ist doch kein Geheimnis. David wird vermisst. Keiner weiß, wo er steckt. Ist er in Schwierigkeiten geraten? Vielleicht kann ich helfen! Wenn David Ihnen von mir erzählt hat, wissen Sie, dass wir uns gegenseitig helfen, wenn Not am Mann ist. Wir kennen uns seit über dreißig Jahren. David ist mein bester Freund.«

Er sagte das nicht nur so dahin. Er war immer bereit gewesen, David zu helfen. Als sie klein waren, hatte er es getan. Und er hätte es auch später immer wieder getan, wenn es nötig gewesen wäre. Dass es das tatsächlich war, kam ihm allerdings seit gestern zum ersten Mal so vor. Obwohl David sich auch als Erwachsener noch notorisch leichtsinnig verhalten hatte und dementsprechend oft in Bedrängnis geraten war, hatte er sich später immer – soweit Florian das beurteilen konnte – selbst aus allen Klemmen befreit.

Flo beugte sich vor und sah Thea in die Augen. »Ich könnte es mir nicht verzeihen, wenn ihm etwas zugestoßen wäre und ich nicht alles versucht hätte, um ihn da wieder rauszuholen.«

In dem Moment kam die junge Bedienstete im blauen Kleid mit einem Tablett voller Kaffeegeschirr und Kekse zurück in das Zimmer. Sie stellte es auf den Glastisch und wollte die Tassen verteilen, doch Thea nickte ihr freundlich zu. »Lassen Sie nur, Joanna, wir schaffen das schon, vielen Dank.«

Joanna lächelte, ließ das Tablett stehen und zog sich zurück.

Thea schob Florian ein Espressotässchen über den Tisch. »Woher wissen Sie, dass David vermisst wird?«

Er antwortete, ohne nachzudenken. »Walter hat es mir erzählt, Sie kennen doch Walter? David und ich waren vor ewigen Zeiten mit ihm befreundet.«

Jetzt lügst du sie doch an!, schoss es ihm durch den Kopf.

»Ja, natürlich ...« Sie rührte in ihrer Tasse. Als Flo ihr kurz ins Gesicht sah, bemerkte er den Anflug von Dunkelheit, der sich um Theas große, schöne Augen gelegt hatte. »Es stimmt schon, David ist verschwunden«, sagte sie. »Inzwischen sind es zwölf Tage. Ich habe keine Ahnung, wo er steckt.« Sie richtete ihre Augen auf Florian, um zu sehen, wie er reagierte.

Sie tat ihm leid. Es musste die Hölle für sie sein. Unwillkürlich senkte er die Stimme. »Was ist passiert?«

»Es war ein Tag wie jeder andere«, antwortete sie. »David ist in sein Büro gefahren, am Abend wollten wir zu Freunden, waren zum Essen eingeladen. Aber er kam nicht nach Hause. Erst dachte ich, es würde nichts weiter bedeuten. Es war nicht das erste Mal, dass er seine Pläne kurzfristig änderte, ohne mir Bescheid zu sagen. Natürlich ärgerte ich mich, dass er unsere Freunde so schlecht behandelte, aber die wussten ja, dass David sich an keine Regeln hält. Ich rief auf seinem Handy an, aber es meldete sich nur die Mailbox.«

Sie sah Flo an. Aber er schwieg, wartete ab. Also fuhr sie fort. »Am nächsten Tag ließ es mir keine Ruhe mehr. Er war schon mehrfach über Nacht weggeblieben, hatte sich aber immer am Morgen darauf gemeldet. Doch diesmal nicht. Ich fuhr in sein Büro, aber die wussten von nichts. Er war am Vortag ganz normal um acht gegangen.« Sie nahm einen Schluck aus ihrer Tasse.

Florian nickte, hütete sich jedoch, sie zu unterbrechen.

»Seine Sekretärin hatte allerlei Meetings für die nächsten Tage vereinbart«, hob Thea wieder an. »Aber bei keinem tauchte er auf. Obwohl es zum Teil Verabredungen mit Leuten waren, die sich für seine nächsten Projekte interessierten. Die an der Finanzierung beteiligt werden sollten, verstehen Sie?«

»Ja, klar.«

»Bei keinem meldete er sich. Er musste doch wissen, dass er die Geldgeber damit vergraulte.« Sie schaute hoch. »Und was war David jemals wichtiger als die Finanzierung seiner nächsten Projekte?«

Flo rührte in seinem Espressotässchen, ohne sie aus den Augen zu lassen. Ihm fiel auf, dass Thea nicht aussah wie eine Frau, die sich grämt, weil sie verlassen worden ist. Sondern wie eine Frau, die Angst hat, ihrem Geliebten könnte etwas zugestoßen sein.

»Walter meinte, dass Sie die Polizei informiert hätten«, sagte er.

Sie nickte. »Am dritten Tag. Ich wollte eine Vermisstenanzeige aufgeben. Aber die Beamten haben mich fast ausgelacht. Erwachsene Männer würden täglich zu Dutzenden in Berlin verschwinden, die Männer hielten es zum Teil einfach nicht mehr aus. Die Frauen glaubten, es sei wer weiß was passiert, in Wirklichkeit aber flüchteten die Männer einfach Hals über Kopf aus der Beziehung, sagten sie.«

Flo stellte seine Tasse auf den Tisch. »David taucht wieder auf, Thea, da bin ich mir sicher. Der geht nicht einfach unter.«

Sie schluckte. »David war immer unberechenbar, ich weiß. In letzter Zeit aber war er besonders viel unterwegs. Keiner weiß genau, was er alles gemacht hat. Er gab das Geld mit vollen Händen aus. Dabei war die Gage, die er für ›Tabu‹ kassiert hatte, längst aufgebraucht.«

Sie blickte zu Flo. Der stand auf und ging zum Fenster. Der Himmel war noch immer strahlend blau, nur der Wind hatte sich verstärkt. Die alten Bäume im Garten wiegten ihre mächtigen Kronen. Eine Weile sah er hinaus, dann drehte er sich zu Thea um. »Sie kennen David doch. Was steckt dahinter? Glauben Sie, dass ihm etwas passiert ist?«

Thea lehnte sich im Sofa zurück. »Ich weiß es nicht. Vielleicht hat er herumexperimentiert und sich in Gefahr begeben. Vielleicht ist etwas schiefgegangen. Vielleicht gehört sein Verschwinden mit zum Experiment.«

»Sie glauben, er hat das alles hier«, Florian machte eine vage Geste, die das Haus und Thea zu umfassen schien, »einfach so hinter sich gelassen?«

Thea zögerte, die Antwort schien ihr schwerzufallen. Vereinzelte Strahlen der Wintersonne drangen unter den Baumkronen hindurch bis ins Wohnzimmer und spielten in ihrem Haar. Erst jetzt, als Flo sie ruhig betrachtete, bemerkte er, wie ungewöhnlich attraktiv sie war. In dem blassen Schein der Wintersonne wirkte sie wie eine Schauspielerin aus längst vergangenen Zeiten. Wie ein russisches Fotomodell. Zugleich war sie so präsent, so sehr ein Wesen aus Fleisch und Blut, so liebreizend und verführerisch, dass es ihm vorkam, als schmölze in seinem Inneren ein Widerstand, von dessen Existenz er bisher noch gar nichts gewusst hatte. Unwillkürlich musste er daran denken, dass er seit langem versuchte, sich eine Frau vorzustellen, in die er sich noch einmal verlieben könnte. Und dass Thea dieser bisher nur diffusen Vorstellung ganz plötzlich ein Antlitz zu geben schien. Als hätte er endlich den Menschen gefunden, den er so lange schon gesucht hatte. Gleichzeitig war ihm klar, dass jeder Mann in ihrer Anwesenheit so empfinden musste. Niemand, der Frauen liebte, würde sich Theas Ausstrahlung entziehen können, dessen war Flo sich sicher. Deshalb war David mit ihr zusammen. David war immer ein Freund attraktiver Frauen gewesen und hatte keine Mühen gescheut, wenn es darum ging, sie auf sich aufmerksam zu machen.

Ihre Stimme war leise geworden, als sie antwortete. »Wir haben uns geliebt. Ich weiß nicht, was passiert ist.«

»Und die Polizei hat bisher wirklich nichts unternommen?«

Thea schüttelte den Kopf. »Die Verleihfirma, die ›Tabu‹ im Sommer herausbringen will, hat ein wenig für Wirbel gesorgt. David ist vertraglich verpflichtet, eine Reihe von Marketing-Aktivitäten für den Film zu absolvieren. Sie wissen schon, TV-Auftritte, Interviews und so weiter. Der Film war für deutsche Verhältnisse richtig teuer, er muss ein Erfolg werden, sonst überlebt die Produktionsfirma das nicht. Als David die ersten Veranstaltungen verpasst hatte, hat die Produktion den Verleih unter Druck gesetzt: Sie sollten aus der Not eine Tugend machen und Davids Verschwinden als Werbung vermarkten. Aber der

Trick war zu billig, David hätte das nie gutgeheißen. Und keiner wollte auf den Zug aufspringen.«

Flo nickte. »Was wollen Sie jetzt tun?«

Thea zog die Füße auf das Sofa. »Jeden Tag treffen die Briefe der Banken hier ein, Rechnungen, Mahnungen, Aufforderungen. Lange werde ich die Stellung nicht mehr halten können. Ich arbeite als Modedesignerin, verdiene damit genug Geld, um zu überleben. Aber nicht genug, um ein Haus wie dieses hier zu bewirtschaften. Wenn der Gerichtsvollzieher kommt, muss ich gehen.«

Florian wandte sich wieder zum Fenster und blickte hinaus, während sie weitersprach. »David hat immer auf seiner Freiheit bestanden. Es gibt so viel in seinem Leben, wovon ich keine Ahnung habe. Ich wüsste nicht, wo ich anfangen sollte, nach ihm zu suchen. Er hat seine Freiheit verdient. Und vielleicht –«, Flo hörte, wie sie hinter ihm ausatmete, »vielleicht hat er ja alle an der Nase herumgeführt. Mich eingeschlossen.«

8

Der Vormittag schritt voran, während sich Florian weiter mit Thea unterhielt. Irgendwann war sie aufgestanden und hatte noch einmal nach der Bediensteten geklingelt. Als Joanna erschien, bat Thea sie, ein wenig Brot, Käse und Wurst zu bringen.

Thea sah zu Florian. »Sie essen doch auch einen Happen, oder?«

Er lächelte. »Gern.«

Sein Blick fiel auf das große Schwarzweißfoto, das den Raum beherrschte und dem ansonsten lichtdurchfluteten Ambiente einen düsteren Einschlag gab – als eröffnete sich in dem Bild so etwas wie der Eingang in eine Schattenwelt. Mit seinem schmalen Aluminiumrahmen und dem dunkelblauen Passepartout musste das Foto beinahe fünf mal drei Meter groß sein. Die Aufnahme war extrem vergrößert, sodass man auf den ersten Blick nichts Figürliches darauf erkennen konnte. Dennoch war Florian das Bild bekannt vorgekommen, als er den Raum betreten hatte. Und als er jetzt noch einmal hinsah, fiel es ihm plötzlich wieder ein.

»Es ist aus ›Das Auge‹!« Er zeigte auf das Foto. »Aus dem ersten Film, den David gemacht hat!«

Theas Gesicht hellte sich auf. »Ach ja? Das hat mir

David nie erzählt. Aber es ist ein Auge, das stimmt, das hat er mal erwähnt.«

Florian ging auf das Bild zu. »Ja, klar, es ist ein Auge, hundertfach vergrößert. Es ist Davids Auge.«

Er blieb vor dem Bild stehen. »Worauf es ihm ankam, war der Reflex auf der Netzhaut. Hier, sehen Sie?«

Er zeichnete mit der Hand einige Umrisse in den scharfkontrastigen Konturen des Bildes nach. »Das ist Hannes. Können Sie es erkennen? Hannes Marin, der Kameramann. Es ist ein Standbild aus dem Film. Der Kameramann spiegelt sich im Auge von David!« Florian trat einen Schritt zurück. »Wahnsinn. Zuerst denkt man, es sei eine Gewitterlandschaft oder so, stimmt's?«

Thea nickte.

Er sah sie an. »Ich war dabei damals, Winter '88. Wir waren noch ziemlich neu in Berlin, hatten uns zusammen eine Wohnung gesucht, in Kreuzberg. Da stand die Mauer noch. Kreuzberg war sozusagen das Ende der westlichen Welt.«

Thea lächelte. »Ich war als Kind mal in Berlin, als die Mauer noch stand. Ich kann mich noch an die Grenzer erinnern, wie die mich angesehen haben, bevor sie uns durchließen.«

Flo grinste. »Man hatte automatisch ein schlechtes Gewissen. Berlin war komplett abgeriegelt, das kann man sich heute gar nicht mehr vorstellen. Auf dieser merkwürdigen Insel herrschte eine Endzeitstimmung, die keiner der späteren Milleniums-Apokalyptiker je wieder so hinbekommen hat. David war begeistert.«

Er warf Thea einen Blick zu und bemerkte, dass sie ihn aufmerksam ansah. »Wir waren im Winter hergezogen«, fuhr er fort, »und hatten nur eine Ofenheizung. Nachts fiel das Thermometer auf minus vierundzwanzig Grad, ich erinnere mich noch genau, das war Rekord. Heute kommt es mir so vor, als wäre es immer dunkel gewesen. Das muss daran liegen, dass wir erst mittags aufstanden und im Morgengrauen zu Bett gingen. Praktisch haben wir nachts gelebt und tagsüber geschlafen. Aber das war ganz normal.«

Er steckte die Hände in die Hosentaschen. »Na ja, vielleicht nur in Kreuzberg. Die Leute gingen ja teilweise erst nachts um zwei aus dem Haus. Den milchigen Berliner Vormittag schenkten sie sich einfach mitten in der Woche.«

Sein Blick wanderte wieder zu dem Foto. »Eine verrückte Zeit. Kein Mensch hält so was lange durch. Immer wieder kam es vor, dass jemand psychisch einknickte. David hingegen blühte auf. Er konnte tun und lassen, was er wollte, niemand regte sich darüber auf. Nur die Uni hat ihn genervt. Er wollte Filme machen, aber das ging an der Uni nicht. Also fing er an zu arbeiten. Bei den Heinzelmännchen, der Arbeitsvermittlung für Studenten, da hat er sich die Jobs besorgt. Aufm Bau. Als Umzugshelfer. Treppen putzen. Alles.« Flo unterbrach sich. »Aber das hat er Ihnen sicherlich schon x-mal erzählt.«

Thea lächelte. »Nein, nein, erzählen Sie weiter. Ich höre gern die alten Geschichten. David hatte nie viel Zeit, um in Erinnerungen zu schwelgen. Was gestern war, interessierte ihn nicht. Für ihn gibt es nur heute und morgen.«

Florian zeigte auf das Foto. »Mit dem Geld von den Jobs hat er sich eine Beaulieu Super8 gekauft, die beste Schmalfilmkamera, die es damals gab. Und Schwarzweißfilme. Ich weiß noch, die musste man direkt bei Kodak in der Berliner Zweigstelle holen, die gab's in keinem normalen Geschäft. Zu der Zeit drehten ja nur noch ein paar Familienväter ihre Babys auf Super8, aber in Farbe. Die meisten stiegen sowieso gerade auf Video um. Das kam für David aber nicht in Frage, es musste Film sein. Am liebsten sechzehn Millimeter, nur war das zu teuer. Also hat er die Beaulieu gekauft. Und dann hat er losgelegt. Den Film hat er für seine Bewerbung an der Akademie gemacht.«

Er sah zu Thea. »Haben Sie ›Das Auge‹ mal gesehen?«

»›Das Auge‹? Ja. Ja, das habe ich …« Ein Schatten huschte über ihr Gesicht.

Florian runzelte die Stirn. »Und?«

»Ich weiß nicht, es war merkwürdig.« Sie schwieg.

Flo ging zum Sofa und setzte sich neben sie. »Wieso?«

»Der Film hat mich irritiert irgendwie. Erst hatte ich mich sehr gefreut, als David vorschlug, dass wir ihn uns gemeinsam ansahen. Wir waren damals ganz frisch verliebt, und ich war sicher, was auch immer für ein Film es sein würde, ich würde ihn lieben …«

»Und?«

»Aber dann legte sich dieser Film wie ein Krake auf mich, ich weiß gar nicht, wie ich es anders beschreiben soll. Er zog mich förmlich in sich hinein. Ich hab mich dagegen gewehrt, aber ich wollte David auch nicht enttäuschen. Also sah ich mir den Film bis zum Ende an, obwohl ich deutlich spürte, dass es nicht richtig war, sich das anzuschauen, was dort vorne über die Leinwand flimmerte. Als es vorbei war, fühlte ich mich … wie … beschmutzt. David wollte mich umarmen, wollte wissen, ob es mir gefallen hatte –«, sie brach ab.

Florian wartete darauf, dass sie weitersprach.

»Aber«, fuhr sie fort, »wie soll ich sagen … es war … mir graute vor ihm. Ja, so muss man das sagen.« Sie sah Florian verunsichert an. »Später legte sich das wieder, aber in dem Augenblick …«

Florian nickte schweigend.

Sie strich sich eine Haarsträhne aus dem Gesicht. »Haben Sie den Film nie gesehen?«

Er schüttelte den Kopf. »Nein. Am Anfang dachte ich, David und ich würden ihn zusammen machen. Da war noch gar nicht die Rede davon, dass der Film für die Bewerbung gedacht war. Erst im Lauf der Vorbereitungen kam David diese Idee, und er nahm die Sache mehr und mehr allein in die Hand. Damals war ich darüber furchtbar enttäuscht. Mir kam es so vor, als würde er unsere Freundschaft verraten. Er traf sich plötzlich mit ganz anderen Leuten, nahm ganz neue Einfälle in das Projekt auf. Mit mir hatte das bald nichts mehr zu tun.«

Er sah zu Boden. »Deshalb brach ich zu einer Reise auf, bevor der Film fertig war. Ich hielt es nicht mehr aus, immer mehr aus dem Projekt herauszufallen. Ich hatte eine eigene Bewerbung zusammengestellt und bereits eingereicht.«

Er blickte auf. Theas Augen ruhten auf ihm. Er lächelte sie an. »Als ich von meiner Reise zurückkam, war die Arbeit am ›Auge‹ längst abgeschlossen und David schon mit ganz anderen Dingen beschäftigt. Seinen Super8-Projektor hatte er schon wieder verkauft. So konnte er mir zwar die Spulen zeigen, nicht aber den Film.«

Flo kniff die Augen zusammen. »Ich habe mit den Leuten gesprochen, die ihn gesehen hatten. Und alle waren begeistert. Danach stand es fest: David war der Meister des Undergroundfilms. Ich habe auf dieses Urteil aber nie viel gegeben. Die Typen, mit denen er in dieser Zeit zu tun hatte, das waren schon komische Existenzen, ehrlich gesagt. Zum Teil ziemliche Spinner, die auf allen möglichen Hokuspokus abfuhren.«

Er bemerkte, dass Thea ihn so ansah, als verstünde sie, was er meinte. »Haben Sie den Film hier in der Villa gesehen?« fragte er.

Thea nickte. »Wollen Sie ihn sich anschauen?«

Florian griff unwillkürlich nach ihrem Arm. »Wäre das möglich? Wow! Aber ja!«

9

Als die ersten Bilder über die Leinwand tanzten, fühlte Florian sich auf Anhieb um zwanzig Jahre in die Vergangenheit geworfen.

Thea hatte ihn durch einen langen, schmalen Gang in den hinteren Teil der Villa geführt, wo in einem fensterlosen, schwarz angestrichenen Raum eine Art Privatkino eingerichtet war: Acht bequeme Sessel, eine professionelle Kinoleinwand und ein verglaster Sichtschlitz, der in die gegenüberliegende Mauer gestemmt worden war und durch den der Film projiziert werden konnte. Sie hatte ihn gebeten, in einem der Sessel Platz zu nehmen, erklärt, dass sie im Wohnzimmer auf ihn warten würde, und ihn allein gelassen. Wenig später war es in dem Raum dunkel geworden, ein heller Lichtstrahl war quer durch das Dunkel auf die Leinwand gefallen – dann hatte schlagartig der Film begonnen.

Bereits auf den allerersten Bildern war David zu sehen, der eine regennasse Kreuzberger Straße entlanglief. Den Kragen seines schwarzen Jacketts hatte er hochgeschlagen, die Beine steckten in den obligatorischen schwarzen Jeans. Wie jung er war – er sah fast aus wie ein Kind! Und doch kam es Florian so vor, als würde man ihm bereits ansehen, wie entschlossen er war, die Dinge auf seine Weise anzugehen. Zwar wurde dieser Ausdruck durch die Jugendlichkeit seiner Züge gemildert. Aber umso faszinierender wirkte er.

Als Flo ihn aus der zeitlichen Entfernung jetzt auf der Leinwand wiedersah, begriff er zum ersten Mal, warum die Mädchen immer nur David angeschaut hatten, wenn er mit ihm unterwegs gewesen war. Davids Gestalt zog die Blicke wie magisch auf sich. Selbst auf der Leinwand schien seine Persönlichkeit einen förmlich anzuspringen.

In dem Moment – genau als David in die Kamera guckte – fror das Bild ein. Der Titel wurde eingeblendet. »Das Auge – Ein Film von David Mosbach«, in einer Schrift, die aussah wie aus einem deutschen Schwarzweißfilm der sechziger Jahre.

Flo atmete durch. Die Ruhe und Unerschrockenheit, die von Davids Standbild ausgingen, während zugleich respektloser Humor in seinen Augen aufblitzte, irritierten ihn.

Dann lief der Film weiter. Eine raunende, ungeschliffene Musik begann wie von Ferne die schrammligen Bilder zu begleiten. Der Ton war rauchig und zerkratzt, aber es wirkte absichtsvoll und passte gut zu der grobkörnigen Qualität der Aufnahmen. Immer wieder hatte Florian während der Dreharbeiten versucht, von David zu erfahren, worum es in dem Film eigentlich ging. Der aber hatte hartnäckig behauptet, das selbst nicht so genau zu wissen. Er würde eher Impressionen sammeln als einem roten Faden folgen. Doch jetzt – während Flo den fieberhaften, flirrenden Bildern folgte – wurde ihm klar, dass »Das Auge« alles andere war als eine lose Kette von Eindrücken. Vielmehr erzählte David darin mit gekonnter Ökonomie eine sehr geradlinige Geschichte.

Hauptfigur in dieser Geschichte war natürlich er selbst. David. Er spielte einen jungen Mann, der ziellos durch die Berliner Nächte driftete, Freunde traf und sich mit Frauen einließ. Bis ihn ein seltsames Gefühl zu beschleichen begann, das Gefühl, ganz langsam die Kontrolle über sich zu verlieren. Als würden seine Entscheidungen zunehmend von fremden Kräften gelenkt, als würde er sozusagen als Herr seiner selbst verdrängt werden. Erst versuchte er sich einzureden, dass das nur eine Täuschung sei. Doch dann bemerkte er an den Reaktionen anderer Leute, dass er sich wirklich veränderte. Es begann damit, dass die Menschen um ihn herum unruhig wurden, wenn er längere Zeit mit ihnen in einem Raum verweilte. Dann fingen sie an, ihm auszuweichen, wenn er das Gespräch mit ihnen suchte. Und schließlich reagierten sie mit blinder Wut und Aggression, kaum dass er in ihre Nähe kam.

Jetzt konnte er nicht länger die Augen davor verschließen: Die seltsame Veränderung, die er bisher nur vage verspürt, von der er aber im Spiegel nichts wahrgenommen hatte, musste der Grund für die Ablehnung sein, die er bei den anderen hervorrief. Mit aller Kraft versuchte er, sich dagegenzustemmen. Bis es ihn mit einer solchen Wucht übermannte, dass er bis in die Grundfesten seiner Persönlichkeit hinein erschüttert wurde. Von da an erschien jeder Widerstand zwecklos.

Nun wandelte sich auch sein Äußeres. Eine merkwürdige Asymmetrie, die jeden unwillkürlich abstieß, schlich sich in seine Gesichtszüge. Es trieb ihn in immer düsterere Gegenden, in die Arme immer unheimlicherer Leute.

Aber was war das, was ihn da trieb? Er wusste es nicht und gab sich doch immer rückhaltloser diesem Drang hin, der längst übermächtig geworden war. Ein unaufhaltsames Abrutschen in immer bedrohlichere Unfreiheit. Eine Qual, die noch vertieft wurde durch die wenigen lichten Momente, in denen es ihm gelang, einem Mädchen zu gestehen, dass er nicht wusste, wie ihm geschah. Dass er vor Angst kaum atmen konnte. Bis auch diese Momente jäh abrissen und die Furcht vor dem Unsagbaren sein Gesicht zu einer grauenhaften Fratze entstellte.

Je länger der Film lief, desto mehr erinnerte er Florian an die düsteren Lichtspiele des deutschen Expressionismus. Mit angehaltenem Atem beobachtete er, wie David die Leinwand beherrschte als ein Mann, der von seinen eigenen Dämonen zur Verzweiflung getrieben wird. Gleichzeitig spürte Flo, dass auch ihn das ergriff, wovon Thea gesprochen hatte. Der Film schien sich an seinem Gesicht förmlich festzusaugen. Es kam ihm so vor, als kröchen die Bilder durch seine Augen hindurch in sein Hirn. Als würde er nichts lieber tun als die Augen zu schließen und könnte es doch nicht.

Erst als David sich in einem kaum zu ertragenden Strudel aus Bilderfetzen wie ein verlorener Hyde in einem durch kein Licht der Welt zu erhellenden Winkel der gottverlassenen geteilten Stadt auf ein schwarzes Bündel stürzte, um es mit bloßen Händen zu zerreißen, an deren Fingern messerscharfe Klauen gewachsen zu sein schienen – erst da gelang es Florian, die Hände vor die Augen zu reißen, um nicht erleben zu müssen, was dort auf der Leinwand geschah. Doch die Geräusche trafen ihn weiter, schienen wie flüssiges Blei aus den Lautsprechern in seine

Ohren zu tropfen. Ein unerträglicher Mix aus kreischendem Winseln, Schluchzen und Schreien, die Hilferufe eines Wesens, das jede Hoffnung, dem Reich der Finsternis noch zu entkommen, aufgegeben zu haben schien und das aus nackter Angst vor dem, was es erwartete, doch nicht anders konnte, als um Gnade zu flehen.

Da hielt Flo es nicht länger aus. Er sprang aus dem Sessel, presste die Daumen in seine Ohren, um nur dieses Schreien und Kreischen nicht länger zu hören, stolperte im Dunkeln durch den Raum, stieß gegen die Sessel, rappelte sich auf, ja, rannte schließlich, rannte wie um sein Leben – nur raus hier, raus, raus, RAUS!!

10

Der alte Mercedes schnurrte ruhig über die Avus Richtung Funkturm. Florian war in den Rücksitz gesunken, seine Schultern schienen zu Beton verhärtet, aber das Herzrasen ließ langsam nach. Der massige Rücken des Taxifahrers, der nur gebrummt hatte, als Flo ihm sein Hotel nannte, strahlte eine Ruhe aus, die ihm guttat. Ohne sich von Thea verabschiedet zu haben, hatte er beinahe fluchtartig die Villa verlassen, war die Weinbergstraße hinunter zur Hauptstraße gerannt und hatte das erstbeste Taxi angehalten.

Er schaute aus dem Fenster. Der Grunewald rauschte an ihnen vorbei, in der Ferne waren einige Mietshäuser zu erkennen. Das war keine Stadt der Gespenster, auch wenn es David und ihm manchmal so vorgekommen sein mochte.

Der Wagen scherte aus der Autobahn aus, rollte die Ausfahrt hinunter und schlängelte sich am Kongresszentrum vorbei zur Kantstraße. Der Himmel hatte sich zugezogen, und es herrschte jenes farblose, weißliche Licht, das so typisch ist für die kurzen Berliner Wintertage.

Träge glitt Florians Blick über die Leuchtschriften der Läden, die an seinem Fenster vorbeihuschten. Viele Geschäfte erkannte er wieder, nicht alles hatte sich offenbar seit damals geändert. Nur den einen oder anderen Coffee-to-go-Shop hatte es früher noch nicht gegeben.

Davids Film hatte ihn in eine gleichsam schwebende Stimmung versetzt. Fast fühlte er sich, als hätte »Das Auge« den Schock von »Audience« noch verstärkt. Er hielt die Augen halb geschlossen und dämmerte vor sich hin. Was wollte er hier? Was wollte er in Berlin? War es nicht naiv zu glauben, mit einem Artikel allein könnte er aus seiner beruflichen Sackgasse wieder herausfinden?

An der Ecke Wilmersdorfer Straße bat er den Fahrer zu halten. Sicher, es wäre noch ein Stück, aber er würde laufen. Er zahlte, stieg aus und mischte sich unter die nachmittäglichen Passanten, die von Geschäft zu Geschäft eilten und ihre Einkäufe erledigten. Florian lief langsamer als sie. Er hatte es nicht eilig. Im Gegenteil. Als könnte er seine flüchtigen, wild durcheinandertaumelnden Gedanken so zügeln, schritt er betont bedächtig die Straße hinunter.

Was ihn wirklich bedrückte, war nicht die Sackgasse, in der er steckte. Es war etwas anderes. Immer wieder hatte er sich gesagt, dass er – wenn in Madrid alle Stricke reißen würden – noch nach Berlin zurückkehren konnte, wo David sein würde. Dass sie sich seit Jahren nicht gesehen hatten, dass sie nicht telefoniert und keine Mails geschrieben hatten, hatte er dabei erfolgreich ausgeblendet. Jetzt aber musste er den Tatsachen ins Auge sehen. David war verschwunden. Vielleicht war er tot, wer konnte schon wissen, in was er hineingeraten war. Aber nicht nur das. Flos langjährige Gewissheit, David sei sein bester Freund, eine Gewissheit, an der er trotz aller Irritationen immer festgehalten hatte, diese Gewissheit war in sich zusammengestürzt. Er musste sich eingestehen, dass sie schon lange nur noch eine Illusion gewesen war. Was wusste er denn noch von David? Hatte er damals, '88, gewusst, was David für einen Film machte? Nein! Und da hatten sie noch zusammengewohnt!

Er blieb stehen. Vor der Auslage eines Buchladens, damit es nicht so sehr auffiel. Und mit einem Mal überkam ihn tonnenschwer das Bewusstsein seiner Einsamkeit. Nie zuvor hatte er so klar gesehen, wie allein er in den letzten Jahren gewesen war. Er starrte auf die Auslage des Buchladens. Für einen Augenblick schien es ihm, als wäre sein Kopf völlig blank.

Dann aber riss er sich zusammen. David kannte vielleicht viele Leute. Aber kein anderer war so vertraut mit ihm wie er, Flo. Das konnte ihm niemand ausreden. Deshalb stand auch fest, was er zu tun hatte. Er musste herausbekommen, was mit David geschehen war. David war sein Freund, komme, was wolle. Er war verpflichtet, sich um ihn zu kümmern. Gerade jetzt! Was nützten David seine zahlreichen Bekannten, wenn sie ihn im entscheidenden Moment im Stich ließen? Das würde er, Flo, nicht tun. Er würde zeigen, dass ihre Freundschaft etwas bedeutete!

Und damit setzte er sich wieder in Bewegung. Die scheinbar unaufhaltsame Traurigkeit, die ihn vor dem Buchladen übermannt hatte, schüttelte er ab wie ein Hund Regenwasser. Er wollte sich nicht unterkriegen lassen! Nicht jetzt! Nicht hier! Denn in einem verborgenen Winkel seiner Seele ahnte er, dass er sich nicht mehr erholen würde, wenn er der Wahrheit, von der er eben einen Zipfel erblickt hatte, zu lange ins Auge blickte.

11

Rührei, Speck und Brötchen, Obstsalat und Croissants – am Buffet des Savoy gab es alles, was er für einen reichhaltigen Start in den Tag brauchte. Florian hatte das Gefühl, seit seiner Abfahrt aus Spanien nicht mehr richtig gegessen zu haben. Hungrig lud er sich seinen Teller voll, steuerte einen der Tische an und nahm Platz. Tageszeitung und Stadtmagazin, die er auf einem Servierwagen am Eingang des Frühstücksraums gefunden hatte, legte er neben sich.

Als er am Abend zuvor das Hotel betreten hatte, hatte ihm der Rezeptionist mitgeteilt, dass sich ein gewisser Herr Hölzemann aus Frankfurt gemeldet und eine Nachricht hinterlassen habe. Dem Zettel, auf dem die Telefonistin die Nachricht notiert hatte, hatte Flo entnommen, dass Hölzemann wissen wollte, wie es voranging, und dass er die erste Rate – wie mit dem Sekretariat vereinbart – bereits auf Flos Konto habe überweisen lassen. Da Florian nach dem langen Tag jedoch keine Lust verspürt hatte, mit seinem Redakteur zu reden, war er nach einem heißen Bad todmüde ins Bett gefallen und sofort eingeschlafen. Sich bei Hölzemann zu melden, kam ihm aber auch jetzt nicht in den Sinn. Vielmehr wollte er ihn noch ein bisschen zappeln lassen. Das hatte noch nie geschadet.

Ein Telefonat hatte er am Morgen dennoch bereits

geführt. Und zwar mit Hölzemanns Kollegen, der ihm die »Audience«-Einladung weitergemailt hatte. Viel hatte er dabei allerdings nicht erfahren. Der Kollege hatte berichtet, dass eine Praktikantin, die schon nicht mehr bei ihnen arbeitete, auf einer Techno-Party in Frankfurt zum ersten Mal von »Audience« gehört hätte. Sie hätte sich mit ihrer Mail-Adresse auf einer Liste eingetragen und ein paar Tage später die Einladung zugeschickt bekommen, die er an Florian weitergeleitet habe. Er habe es bereits nachgeprüft: Die Antwortadresse, zu der Florian auch sein Foto und die Anmeldung geschickt hatte, sei nicht mehr geschaltet. Es habe sich um einen Gratis-Account bei einem großen Provider gehandelt, wo Zehntausende solcher Adressen jeden Monat umsonst vergeben würden. Mehr wisse er auch nicht.

Flo schlug die Tageszeitung auf, die er sich mitgebracht hatte, und überflog die Schlagzeilen. Wenn er David finden wollte, wo sollte er anfangen zu suchen? Wusste er überhaupt noch, was in Deutschland wirklich los war? Klar, Regierungswechsel, Wirtschaftskrise, Reformbemühungen – das hatten auch die spanischen Nachrichten und ›Der Spiegel‹ vermeldet, den er regelmäßig in Madrid kaufte. Aber was war unter der Oberfläche los? Die kleinen Anzeichen, die Aufschluss darüber gaben, was für das Land in den nächsten Jahren zu erwarten war, diese Anzeichen waren nicht bis nach Spanien durchgedrungen. Die bekam man nur mit, wenn man in dem Land lebte.

Ungeduldig schlug er die Tageszeitung wieder zu und widmete sich dem Berliner Stadtmagazin, das seit jeher ausführlich über die Filmszene berichtete. Er blätterte zum Filmteil vor, in dem regelmäßig die Produktionen besprochen wurden, die neu ins Kino kamen. Auch diese Woche wieder hauptsächlich Hollywood-Blockbuster, die in der ganzen Welt liefen. Daneben starteten jedoch zwei, drei deutsche Filme, von denen man in Spanien niemals hören würde, Filme mit kleinem Budget und zum Teil sehr speziellem Ansatz.

Dann sah er es. »Nach dem verbotenen ›Metafilm‹ das neue Werk von David Mosbach, Arbeitstitel: ›Tabu‹. Ab Sommer im Kino!« Eine Werbeanzeige für Davids neuen Film!

Neugierig sah Florian sich die Anzeige mit dem Filmplakat näher an. Offensichtlich zitierte das Plakat das Gangsterfilmgenre der vierziger Jahre. Im Vordergrund war eine halbautomatische Pistole zu sehen, die mattschwarz glänzend von einer kräftigen Männerhand umklammert wurde. Im Hintergrund, durch die Größe der Waffe auf die Dimension einer Spielfigur reduziert, drehte sich eine junge Frau zum Betrachter um und sah ihm direkt in die Augen. In ihrem Gesicht stand jedoch keine Furcht, eher eine sonderbare Mischung aus Irritation und Erregung. Oder einfach Lust, wie Flo entschied, während er ihren Ausdruck studierte. Eine Assoziation, die durch die leichte Öffnung ihres Mundes, das clevere Make-up ihrer Augen und nicht zuletzt dadurch hervorgerufen wurde, dass sie nichts als einen raffinierten Büstenhalter trug, der die zarte Farbe und satte Rundung ihrer Brüste betonte und durch den sich ihre hart aufgerichteten Brustwarzen abzeichneten. Da sie ab knapp oberhalb ihres nackten Pos zu sehen war, während sie mit den Händen ihre langen Haare auf dem Kopf zusammennahm, war die Aufnahme zwar jugendfrei, zugleich aber von so durchschlagender erotischer Intensität, dass Florian schlucken musste.

Er schenkte sich Kaffee aus dem Kännchen nach, das man ihm auf den Tisch gestellt hatte, und machte sich daran, die winzigen Namen zu entziffern, die unten auf das Plakat gedruckt waren. Von den Schauspielern kannte er keinen. Kein Wunder, deutsche Schauspieler waren in Spanien wirklich kein Thema. Produktion, Schnitt, Musik – nichts sagte ihm etwas. Doch dann, Kostüme: Thea Harloff. Na bitte. Und Kamera: Hannes Marin. Hannes Marin? Mit dem hatten sie doch schon »Das Auge« gedreht!

Hastig schlang Flo den letzten Bissen seines Croissants hinunter, spülte mit Kaffee nach und stand auf. Er musste Hannes treffen, möglichst noch heute. Eigentlich kannte er ihn kaum – Hannes hatte sich während des Drehs von »Das Auge« nie besonders für Florian interessiert und immer nur mit David die Auflösung der nächsten Szene besprechen wollen. Andererseits hatte Hannes während der Dreharbeiten aber auch ein paarmal in ihrer Wohnung übernachtet und würde sich bestimmt an ihn erinnern.

Auf dem Weg durchs Hotelfoyer zückte Florian sein Handy und wählte die Nummer der Auskunft. Eine Frauenstimme meldete sich. »Hannes Marin – in welcher Stadt?«

Florian wusste es nicht und ließ die Nummer überall suchen. Ja, es gab einen Hannes Marin. In Berlin.

»Soll ich Sie nach der Ansage mit der Nummer verbinden?«

»Ja, bitte.«

Im Gehen fummelte er einen Stift aus der Tasche und

notierte die Nummer. Als er aus dem Hotel auf die Straße trat, ertönte bereits das Klingelzeichen bei Hannes zu Hause. Was sollte er sagen, wenn sich Hannes doch nicht an ihn erinnerte?, schoss es Flo durch den Kopf. Da hob jemand ab.

»Marin.«

Florian erkannte ihn sofort. »Hannes, unglaublich, deine Stimme hat sich nicht verändert!« Er musste sich räuspern, beinahe hätte er vor lauter aufgesetzter Beiläufigkeit angefangen zu husten. »Florian hier, Florian Baumgartner, erinnerst du dich? Ich habe damals mit David zusammengewohnt, als ihr ›Das Auge‹ zum Teil bei uns gedreht habt, ewig her.«

Keine Antwort. Florian atmete aus. Was konnte er noch sagen? Da schien Hannes etwas zu dämmern.

»Florian, warte mal, doch ... du meinst Flo, der Kumpel von David?«

»Genau. Ich hab gesehen, dass du bei seinem neuen Film wieder Kamera gemacht hast. Klingt spannend. Ich würd mich gern mit dir treffen, ich bin grad in Berlin.«

Keine Antwort.

»Ich weiß, du bist ein gefragter Kameramann«, sprach Flo hastig weiter, »und hast eigentlich keine Zeit für so was. Die Pressearbeit wird von einem Büro organisiert, mit denen muss ich mich absprechen und so weiter. Alles klar. Aber ich will gar keine Einzelheiten über den neuen Film wissen, es geht mir vielmehr um David.«

Im Hintergrund hörte er, wie ein Kind plärrte. Papiere raschelten. Hannes hielt den Hörer zu, dumpfes Stimmengemurmel, dann meldete er sich wieder.

»Klar, Florian, das wär was, ich würd dich auch gern mal wiedersehen. Das kriegen wir schon hin. Ruf mich am besten heute Abend noch mal an, dann habe ich mit meiner Frau gesprochen. Im Moment drängen sich ein bisschen die Termine, und ich weiß nicht genau, wann ich das dazwischenschieben kann.«

»Ich will dich nicht lange aufhalten, Hannes«, insistierte Flo. Das kannte er schon, wenn man beim ersten Anruf vertröstet wurde, kam man beim zweiten meist gar nicht mehr durch. »Es ist nur – David wird vermisst, ich nehme an, du weißt das.«

Wieder war zu hören, dass Hannes das Telefon zuhielt, dennoch vernahm Flo, wie er mit erhobener Stimme sein Kind aufforderte, den Raum zu verlassen.

»Flo?«

Er war wieder dran. »Wo bist du jetzt?«

»Ich wohne im Savoy, Fasanenstraße.«

»Okay. Wir sehen uns im Literaturhaus, kennst du das?«

»Ja, klar.«

»In einer Stunde. Aber ich hab nicht viel Zeit, das sag ich dir gleich.«

Florian merkte, dass Hannes' Stimme hart geworden war, beinahe unfreundlich. Er versuchte einzulenken. »Also, wenn's dir jetzt nicht passt, Hannes, lass es uns auf später verschieben, ich ruf dich heute Abend noch mal an.«

»Nein, nein, Flo, das will ich nicht. Also von mir aus können wir uns treffen, wenn du willst. Aber ich möchte das nicht ewig aufschieben. Lass es uns hinter uns bringen.«

Und damit legte er auf.

12

Florian sah auf die Uhr. In einer Stunde. Das ließ ihm genug Zeit, um in aller Ruhe den Weg zum Literaturhaus, das sich ganz in der Nähe befand, mit einem kleinen Ku'dammbummel zu verbinden.

Sein Spaziergang führte ihn durch die Gegend zwischen Schlüter-, Knesebeck- und Mommsenstraße, wo sich ein fragwürdiger Schick gehalten hatte, den Flo aus keiner anderen Stadt der Welt kannte. Eine typisch Westberliner Wohlstandsatmosphäre, die auch nach dem Mauerfall ihre seltsame Provinzialität bewahrt zu haben schien. Udo Walz frisierte hier die ewig gleichen B-Prominenten, sogenannte In-Restaurants säumten die Straßen und aufgetakelte Zahnarztgattinnen sprangen aus protzigen Geländewagen, um in kleinen Boutiquen Stiefelchen mit spitzen Absätzen zu kaufen.

Flo musste grinsen. So war es schon immer gewesen. In gewisser Weise mochte er die Gegend. Wenn man sie aus dem richtigen Blickwinkel betrachtete, war es rührend, wie die Menschen hier versuchten, die Stimmung einer internationalen Metropole zu erzeugen – und daran scheiterten. Chanel und Dior gab es hier zwar auch, die dazugehörigen Millionärs-Apartments, wie man sie in den Nebenstraßen der Champs-Elysées, der Park Avenue oder den weitverzweigten Sträßchen von Notting Hill finden konnte, fehlten jedoch. Oder war die zu den Luxusboutiquen gehörige Klientel längst in Mitte zu Hause? Flo lief kopfschüttelnd weiter. Er hatte echt keine Ahnung mehr.

Als er schließlich den liebevoll gepflegten Garten des Literaturhauses betrat und zu den Fenstern des Cafés hochschaute, das im ersten Stock des schönen Altbaus untergebracht war, fiel ihm eine ältere Frau auf, die zu ihm herunterzublicken schien. Zeigte sie auf ihn? Doch im nächsten Augenblick wurde er abgelenkt, denn ein Mann eilte die Treppe herab, die zum Café führte, und kam ihm durch den Garten entgegen. Florian erkannte ihn sofort wieder. Es war Hannes, ganz in Schwarz gekleidet, wie viele Leute vom Film. Der Haarschnitt erstklassig, der Mantel teuer. Aber er wirkte irgendwie aufgescheucht, der Schal hing ihm schief um den Hals, die Brille war nicht geputzt.

»Grüß dich, Flo, entschuldige, dass ich dich hier so abpasse, aber mir ist da was dazwischengekommen.« Er blieb vor Florian stehen, nestelte an seinem Schal, atmete schwer und sah schlecht aus.

Florian lächelte. »Mensch, Hannes, du siehst gut aus.« Sie gaben sich die Hand.

Hannes nickte geistesabwesend. »Ich muss wirklich gleich weiter, tut mir leid.« Er blickte Flo kurz in die Augen, offenbar von sich selbst ein wenig überrumpelt.

Florian nutzte die kleine Irritation. »Ist schon okay, Hannes, ich dachte nur, du hättest vielleicht Neuigkeiten von David. Kein Mensch kann ihn erreichen, Thea macht sich Sorgen.«

»Ist er immer noch nicht aufgetaucht?«

»Nein. Deshalb wollte ich dich sehen. Ihr habt zusammen ›Tabu‹ gedreht?«

»Nur ein paar Szenen, der Film ist ja noch nicht fertig.«

»Ihr habt doch schon ›Das Auge‹ zusammen gemacht –«

Hannes unterbrach ihn. »Ich hab's dir doch gesagt, Flo. Ich hab nicht viel Zeit, und ich kann dir nicht helfen.« Er warf einen nervösen Blick auf das Display seines Handys, das er in der Hand hielt.

»Schade.« Flo schwieg kurz, setzte aber noch einmal an. »Weißt du, ›Das Auge‹ … ich habe es gestern zum ersten Mal gesehen. Die Bilder sind wirklich stark.« Er lachte ein wenig und nickte mit dem Kopf.

»Fandst du?« Hannes ließ das Handy sinken. Das Kompliment war nicht spurlos an ihm vorbeigegangen.

Flo kniff die Augen zusammen. »Der Film hat mich glatt umgehauen, so etwas hab ich noch nie erlebt.«

Der Glanz in Hannes' Blick erlosch. »Ach, das meinst du. Das ist nicht mein Verdienst, das sind Davids Tricks.«

»Was für Tricks?«

»Hat er dir damals nichts davon erzählt?«

»Wovon?«

»Von den subliminalen Bildern.«

»Von den was?« Florian starrte Hannes an. Davon hatte er noch nie was gehört.

In dem Moment vibrierte Hannes' Handy. Der Kameramann warf einen Blick auf das Display. Sein Gesicht verhärtete sich, und er drückte das Gespräch weg. Als er wieder hochsah, kam es Florian so vor, als sei er noch ein wenig bleicher geworden.

»Wie gesagt, Flo, schön dich zu sehen, aber ich muss

jetzt wirklich weiter.« Er nickte Florian zu. »Lass uns telefonieren.«

Schon wollte er an ihm vorbei zum Ausgang des Gartens eilen, da trat Florian ihm in den Weg. »Das gibt's doch nicht, dass ich extra nach Berlin komme, und alle weichen mir hier aus!«, entfuhr es ihm.

Einen Augenblick sahen sie sich in die Augen, dann fauchte Hannes ihn an: «Ruf mich nie wieder an!« Seine Stimme war heiser und laut. »Ist das klar?«

Florian prallte zurück. Mit einer so heftigen Reaktion hatte er nicht gerechnet.

Im gleichen Moment packte Hannes seinen Arm und zog ihn zu sich heran. »Jetzt hör mir mal zu, Flo. Ich hab eine kleine Familie, eine süße Frau und eine süße Tochter.« Seine Stimme war schneidend, sein Atem schlug Florian heiß ins Gesicht. »Davids Schweinkram interessiert mich nicht mehr. Ich hab viel zu lange für ihn gearbeitet. Damit ist jetzt Schluss!«

Er hielt sein Gesicht so dicht vor Florians, dass der ihm genau in die Augen sehen musste. Und plötzlich erkannte er, was Hannes quälte. Es war Angst, nackte Angst.

»›Das Auge‹ war nur der Anfang«, zischte Hannes. »Und ich hab die Schnauze voll von dem Scheiß!« Damit stieß er Florian zurück und marschierte auf den Ausgang des Gartens zu. Im selben Moment hielt ein schwerer Geländewagen direkt davor auf der Straße, der in zweiter Reihe auf ihn gewartet haben musste. Hannes überquerte den Bürgersteig, riss die Beifahrertür des Wagens auf, stieg ein und schlug die Tür hinter sich zu, während das Fahrzeug schon wieder anfuhr.

»Hannes!« Jetzt hatte auch Flo die Straße erreicht. Mit

zwei Sätzen war er an dem Wagen, der rasch an Fahrt gewann, bekam den Griff von Hannes' Tür zu fassen, hielt sich daran fest und hämmerte gegen die Scheibe. Da wandte ihm Hannes noch einmal sein Gesicht zu. Vielleicht war es nur eine ungünstige Spiegelung im Glas, vielleicht war es Florians Aufregung – aber der Schreck fuhr ihm eisig unter die Haut. Hannes' Gesicht schien den letzten Rest seiner Farbe verloren zu haben, sein Mund wirkte wie zugetackert, die Augen wie von verkrampften Muskeln versiegelt. Im selben Augenblick musste Flo den Türgriff loslassen, um von dem schweren Wagen nicht umgerissen und überrollt zu werden. Keuchend blieb er stehen und sah dem Fahrzeug nach, das mit aufheulendem Motor bis zum Ende der Straße raste, um die Ecke bog und dahinter verschwand.

13

»Subliminale Bilder«, hallte es in Florians Schädel, als er den Ku'damm entlanglief. Er war verschreckt. Verwirrt. Verunsichert. Ihm war klar, dass er beim Blick in den Wagen vor lauter Aufregung Dinge zu sehen geglaubt hatte, die mit der Wirklichkeit nichts zu tun haben konnten. Doch je länger er versuchte, etwas über David herauszubekommen, desto bizarrer wurde es. Was zum Teufel war hier los? Hannes mochte schon immer ein komischer Kauz gewesen sein – der Mann, der eben vor ihm weggerannt war, konnte einem jedoch regelrecht leidtun. Offensichtlich steckte Hannes bis über beide Ohren in Schwierigkeiten, und diese Schwierigkeiten hatten aller Wahrscheinlichkeit nach etwas mit Davids Verschwinden zu tun. War auch David in Gefahr? Versteckte er sich vor etwas?

Subliminale Bilder, sagte Flo sich wieder. Also kurze Bildfolgen, die so in einen Film hineingeschnitten waren, dass man sie gar nicht bewusst wahrnahm. Das musste der Grund für den überwältigenden Effekt des »Auges« gewesen sein!

Aber was war auf diesen Bildern zu sehen? Eigentlich hatte Flo sie ja schon gesehen, sonst hätte er die außergewöhnliche Wirkung des Films nicht erlebt. Bewusst wahrgenommen hatte er sie jedoch nicht. Das wollte er jetzt schleunigst nachholen.

Ein Anruf bei der Auskunft brachte ihn einen Schritt weiter. Die nächste Videothek befand sich nur wenige Querstraßen entfernt direkt auf dem Kurfürstendamm. Als Florian fünf Minuten später die Filiale einer großen Kette betrat, wurde ihm jedoch klar, wie gering die Wahrscheinlichkeit war, hier fündig zu werden. Im Eingangsbereich waren die Neuerscheinungen ausgelegt, weiter hinten standen ein paar Regale mit Klassikern, ganz hinten, abgegrenzt, der Porno-Bereich. Wer einen ausgefalleneren Film suchte, würde in dieser Videothek sicher keinen Erfolg haben. Aber er wollte es wenigstens versuchen.

Der Verkäufer runzelte die Stirn. »Filme von David Mosbach? Der Name sagt mir was. Aber auf DVD? Nie gehört, tut mir leid.«

Er wollte sich wieder abwenden, doch Flo ließ nicht locker. »Sein erster hieß ›Das Auge‹, eine Super8-Produktion. Sie wissen schon, kleines Budget, die Leute machen mit, weil's Spaß macht, nicht wegen des Geldes.«

Der Mann schüttelte genervt den Kopf. »So was haben wir nicht, Meister. Aber wenn Sie drauf stehen: Es gibt einen Laden hinten in Schöneberg, die haben Amateursachen, Experimentalfilme, auch krasses Zeug.«

Florian ließ sich den Weg beschreiben und saß bald darauf im Taxi.

Mitten im Regenbogenkiez hinterm Nollendorfplatz ließ ihn der Fahrer raus. Was noch vor wenigen Jahren ein unscheinbares Viertel gewesen war, das vorzugsweise von Schwulen und Lesben bewohnt wurde, hatte sich inzwischen zu einer Art Getto mit unverwechselbarem Look und perfekt durchorganisierter Infrastruktur gemausert. Eine einschlägige Bar grenzte an die andere. Um diese Tageszeit waren »BearBack«, »Toms« und »Dick Tracy« allerdings geschlossen.

Flo sah sich um. Ein schwarz-goldenes Schild wies den Weg zu einer Videothek im Souterrain eines Mietshauses. Er kletterte die steile Treppe hinab und drückte auf eine klebrige Klinke. Als die Tür aufging, ertönte ein langgezogenes Klingelzeichen. Es klang, als würde ein Hund überfahren.

In dem kleinen Kellerladen war schlechte Luft. Hinter der Theke schaute ein Typ mit geschorenem Schädel auf. Er trug eine viel zu große Armeejacke, darunter ein Unterhemd. Er warf Flo einen kurzen Blick zu, widmete sich dann wieder seiner Zeitung.

Florian trat an den Tresen. »Sie sind meine letzte Hoffnung«, fing er an und schenkte dem Typen sein schönstes Lächeln.

Der Mann grinste gutmütig, entblößte dabei jedoch Zähne, die Flo lieber nicht gesehen hätte. Er bemühte sich, nicht zu sehr auf die grauen Stümpfe zu starren.

»Ich habe gehört, Sie haben die Filme von David Mosbach.«

Der Typ rollte die Schultern. »Mosbach, ja?« Er sah Florian an und schien zu überlegen, in welche Schublade er ihn stecken sollte. »Also ›die Filme‹ ist übertrieben, wir haben nur einen, seinen ersten, ›Das Auge‹. Das ist aber auch der einzige, der auf dem Markt ist.«

»Den nehm ich.« Flo grinste. Na bitte.

Der Typ nickte, ging an ein Regal, das mit Hunderten von gleichfarbigen Plastikhüllen vollgestellt war, und zog eine daraus hervor. Damit kehrte er an den Tresen zurück. »Aber nicht zu oft gucken, wa?« Er lachte und blinzelte Flo zu.

Der wusste nicht, wie er reagieren sollte. »Dann muss ich wohl Mitglied werden«, meinte er schließlich und sah den Typen fragend an.

»Immer eine gute Wahl«, erwiderte der Kahlkopf und holte einen schmierigen Kugelschreiber unter der Theke hervor, um den Mitgliedsausweis auszustellen.

Eine halbe Stunde später lag Flo vor dem TV-Gerät in seinem Hotelzimmer und verkabelte es mit einem DVD-Player, den er auf dem Rückweg zum Savoy für ein paar Euro in einem Discounter erworben hatte. Auf dem Tisch lagen die DVD, die er ausgeliehen hatte, sowie zwei Sandwiches. Daneben stand eine geöffnete Dose Bier. Flo richtete sich auf, griff nach der Fernbedienung und schaltete das TV-Gerät ein. Das Bild baute sich auf und zeigte an, dass es das Signal von dem DVD-Player empfing. Flo tippte auf »Eject«. Die Schublade fuhr aus. Er nahm einen Schluck von dem Bier, holte die DVD aus der Hülle und legte sie ein. Bevor er auf »Play« drückte, hielt er aber noch einmal inne.

Reichte ihm noch nicht, was er vom »Auge« schon gesehen hatte? Wollte er sich die DVD wirklich anschauen? Warum eigentlich? Den Artikel für Hölzemann könnte er auch so schreiben. Und herausbekommen, wo David steckte, würde er dadurch auch nicht.

Er legte die Fernbedienung wieder auf den Tisch, trat

ans Fenster und öffnete es. Kalt strömte die frische Winterluft herein. Draußen hatte es zu nieseln begonnen. Der Asphalt glänzte nass, einige Autos hatten bereits ihre Scheinwerfer eingeschaltet. Vor dem Delphi standen vereinzelte Kinobesucher, die auf ihre Verabredung warteten, andere gingen zu zweit oder zu dritt zielstrebig in das Kino hinein. Eine Weile schaute Florian den Passanten zu. Dann riss er sich zusammen. Es hatte keinen Sinn, einen Bogen zu machen um das, was vor ihm lag. Viel zu oft hatte er sich schon davor gedrückt, den Tatsachen ins Auge zu sehen. Außerdem konnte er die DVD ja im Schnelldurchlauf und Einzelbildmodus ablaufen lassen, dann würde der Film seine Wirkung erst gar nicht entfalten können.

Mit einem Ruck schloss er das Fenster, ließ sich aufs Sofa fallen und drückte die Playtaste auf der Fernbedienung.

Eine Tafel mit den verschiedenen Menüpunkten der DVD baute sich auf. Die schleifende, grollende Musik, die er schon kannte, ertönte. Er stellte den Ton ab und wählte »Film starten«.

Den Anfang kannte er ja bereits. Er spulte vor. Subliminale Bilder. Von einem Werbespot aus den Fünfzigern, der mit solchen Bildern den Konsum von Popcorn und Coca-Cola bei den Zuschauern eines Kinos in New Jersey ankurbeln sollte, hatte er mal gelesen. Er konnte sich jedoch nicht erinnern, jemals von einem Spielfilm gehört zu haben, in dem nachweislich subliminale Bilder verwendet worden waren. In Finchers »Fight Club« vielleicht, das hatte ihm mal jemand erzählt, er hatte es aber nie nachgeprüft.

Der Film spulte lautlos weiter. Als die Sequenz kam, in der David sich auf das Bündel stürzte, ging Florian auf »Pause« und ließ den Film in Einzelbildschritten weiterlaufen.

Tatsächlich! Zwischen die Aufnahmen waren einzelne Schnipsel von drei, vier Bildern Länge geschnitten, die er bei der ersten Sichtung in Normalgeschwindigkeit nicht bemerkt hatte.

Flo drückte die Pausetaste, eines der Bilder fror ein. Er beugte sich vor. Was war das?

Langsam erkannte er, was zuerst wie eine formlose Masse ausgesehen hatte. Es war Fleisch. Große Brocken blutigen Fleischs, in dem tiefe Schnitte klafften. Flo spulte Bild für Bild weiter. Blut trat aus dem Fleisch hervor. Es war aus immer neuen Winkeln aufgenommen, Kader für Kader ein Stückchen versetzt.

Florian ließ den Film weiterlaufen, fror ihn wieder ein. Die subliminal eingeschnittenen Sequenzen wurden immer kürzer, aber auch der Abstand zwischen ihnen verringerte sich. Offensichtlich hatte David mit Farbfiltern experimentiert. Das Fleisch war bald rot, bald blau, dann braun, schwarz, grün. Auch schien es zu zucken, ein Effekt, der durch das Versetzen der Bilder hervorgerufen wurde.

Florian staunte, wie sorgfältig die kurzen Stücke gearbeitet waren. Nach und nach entfernte sich die Kamera von dem Fleisch, und die anfangs noch makroskopischen Aufnahmen ließen das Umfeld erkennen, in dem es sich befand. David hatte nicht nur ein paar Brocken Fleisch aus einem Supermarkt gefilmt, sondern direkt in einem Schlachthof! Es waren nicht Aufnahmen einzelner Fleischstücke – es waren die einer tiefen Fleisch*wunde*! Es waren Aufnahmen von der Schlachtung eines Ochsen!

Schlagartig wurde Flo klar, dass der subliminale Film, also die Sequenz, die sich aus den subliminalen Bildern ergab, sozusagen rückwärts lief. Je weiter die DVD ans Ende spulte, desto mehr setzten sich die Fleischstücke wieder zu einem ganzen Tier zusammen. Eine verstörende Entwicklung, die darin kulminierte, dass David die Augen des armen Viehs aufgenommen hatte, als ein Stromstoß es exekutierte und sein Blick brach.

Florian betätigte die Stopptaste.

Die Kleider schienen an seinem Körper festzukleben. Er legte die Fernbedienung auf den Tisch, stand vom Sofa auf und ging ins Bad. Sein Blick fiel in den Spiegel, und er erschrak. Seine Wangen waren eingefallen, seine Augen von harten Schatten umlagert. Irritiert drehte er den Hahn am Waschbecken auf und spritzte sich ein wenig Wasser ins Gesicht. Als ihn das nicht wirklich erfrischte, zerrte er sich seine Sachen vom Leib, drehte die Dusche voll auf und sprang unter den angenehm kühlenden Wasserstrahl.

14

Eine Viertelstunde später kehrte er einigermaßen erholt und in ein Handtuch gehüllt ins Schlafzimmer zurück. Der Fernseher zeigte noch immer das Hauptmenü der DVD. Florians Blick fiel auf die Unterkapitel, zwischen denen man wählen konnte: »Film starten«, »Audio Set up«, »Extra Features«. Er klickte auf »Extra Features«. Es stand nur eine Option zur Verfügung: ein Interview mit dem Regisseur.

Ein Interview mit David?! Flo aktivierte das dazugehörige Symbol. Unmittelbar darauf erschien David im Bild. Er saß auf einem alten Ledersessel mitten in einem Park. Der Himmel war blau, die Sonne schien, und hinter dem Sessel wogte ein Meer aus Blüten und Knospen. Verglichen mit seinem Auftritt im »Auge« wirkte er allerdings um Jahre gealtert. Offenbar war das Interview vor nicht allzu langer Zeit für das DVD-Release aufgenommen worden.

Florian stoppte die Wiedergabe, zog das Handtuch enger um seinen Körper und packte die Sandwiches aus. Wenn er nicht bald etwas aß, würde er noch umkippen. Hungrig biss er in eins der Brote. Es war frisch und gut. Er ließ die DVD weiterlaufen.

David sprach den Zuschauer direkt an. Zunächst redete er davon, dass er – wie viele andere Filmemacher auch – sein ganzes Leben in den Dienst seiner Arbeit gestellt habe. Trotz vieler Enttäuschungen und Rückschläge, die wohl unvermeidlich seien, habe er an seinem Wunsch, Filme zu machen, immer festgehalten. Dabei habe ihn vor allem eines motiviert: dass die Filme, die produziert und zu Hunderten Jahr für Jahr auf den Markt oder in die Sender kämen, nur ein Bruchteil dessen abdeckten, was mit den Mitteln des Films tatsächlich möglich sei.

Typisch David, immer gleich programmatisch werden, musste Flo denken und biss in sein Sandwich.

»Film ist ein viel mächtigeres Instrument, als wir bisher ahnen!« David sah in die Kamera.

Mächtiger als wir ahnen? Wieso das denn?, grübelte Flo, während er kaute. Aber er musste zugeben, dass es David immer wieder gelang, ihn neugierig zu machen.

»Diese Ahnungslosigkeit kommt nicht von ungefähr«, fuhr David fort. »Ich würde sogar sagen, sie ist beabsichtigt. Mit einem Wort: Es gibt eine Art *Zensur.*« Er hob abwehrend die Hand. »Moment, lassen Sie mich das kurz erklären! Die Filme, die wir tagtäglich sehen, befinden sich alle sozusagen in dem gleichen winzigen Ausschnitt der großen Menge der *möglichen* Filme. Deswegen kommen uns – wenn man es sich einmal richtig überlegt – diese *realisierten* Filme auch alle mehr oder weniger gleich vor. Jahr für Jahr werden Hunderte, Tausende, Zehntausende solcher Filme in aller Welt produziert, und sie alle – oder die meisten von ihnen – bedienen die immer gleichen Schemata. Von variieren kann schon gar keine Rede mehr sein.«

David ließ sich in seinen Ledersessel zurücksinken. »Wollen wir das wirklich sehen? Nein! Oder? Ich glaube nicht! Niemand will zum tausendsten Mal das sehen, was er bereits bis zum Überdruss kennt. Warum also wird es uns immer wieder vorgesetzt? Weil man mit filmischen Mitteln gar nichts anderes machen kann? Noch mal nein! Das behauptet auch niemand! Vielmehr wird gesagt, dass andere Filme keinen *Erfolg* haben und deswegen nicht gemacht werden. Aha! Also ein sauberes marktwirtschaftliches Argument. Wir leben in einem freien Markt, und da kommt nur das auf den Tisch, was nachgefragt wird. Alles klar!«

An dieser Stelle wurde das Interview abrupt von dem schockierenden Bild eines Mannes unterbrochen, der auf seine Arme starrte, von denen die Hände abgeschlagen waren.

Flo zuckte zusammen. Aber es war nur ein kurzer Flash. Danach tauchte David in seinem Park wieder auf.

»Haben Sie das gesehen? Nicht den Mann ohne Hände, das Bild *danach*?! Den Bergbach! Spulen Sie zurück und sehen Sie es sich an!« Er grinste.

Florian stoppte und spulte zurück. Tatsächlich. Nach dem Schockbild von dem Mann ohne Hände waren im Einzelbildlauf fünf Bilder eines idyllischen Bergbachs zu sehen.

Flo ließ die DVD weiterlaufen.

»Das waren nur fünf Bilder«, fuhr David fort. »Aber normalerweise nimmt man die wahr.« Kurz blitzte der Bergbach auf. »Sehen Sie? *Diesmal* haben Sie den Bach gesehen, oder?« David lächelte. »Beim ersten Mal haben Sie den Bach nur deshalb nicht gesehen, weil der bemitleidenswerte Herr ohne Hände davorgeschnitten war. Beide Male war der Bach fünf Bilder lang zu sehen. Aber wahrgenommen haben Sie ihn nur beim zweiten Mal. Und warum? Weil Sie nach einem schockierenden Bild eine Fünftelsekunde lang blind sind. Wussten Sie das? Der Anblick des Mannes ohne Hände hat sie eine Fünftelsekunde lang glatt geblendet! Etwas ganz Ähnliches passiert übrigens nach einem erotischen Bild.«

Er grinste. »Hopp!«

Nichts passierte.

David lachte. »Aber das sparen wir uns für ein andermal auf. Worum es mir heute geht, ist Folgendes: Wir haben noch nicht im Entferntesten ausgelotet, wie der Mensch durch sorgfältig eingerichtete Bilderfolgen *manipuliert* werden kann. Man kann zum Beispiel Entsetzen stiften, wie im Horrorfilm. Tatsächlich ist vielleicht kein anderes Genre in den letzten Jahren so erfolgreich weiterentwickelt worden wie der Horrorfilm. Vielleicht noch der Pornofilm. Alle anderen Genres waren schon vor dreißig, vierzig Jahren auf dem Stand, auf dem sie heute noch sind. Thriller. Western. Melodram. Science-Fiction. Kriegsfilm. Da hat sich nicht viel getan. Aber Horror? '73 schockierte Tobe Hooper mit seinem ›Chainsaw Massacre‹ – aber was war das schon, verglichen mit heutigen japanischen Kultschockern, wie zum Beispiel der ›Guinea Pig‹-Reihe?«

Er machte eine Pause.

»Zu schocken ist im Grunde genommen aber nicht besonders interessant. Es ist ein kurzer Moment, von dem wir im Nachhinein eigentlich nichts haben außer dem Gefühl, uns irgendwie besudelt zu haben. Wichtiger erscheint mir deshalb etwas anderes. Dass wir das Bergbachbild nach dem Schockbild nicht sehen, zeigt, dass unser Hirn wie eine Maschine, also *automatisch,* auf bestimmte Reize reagiert – ob wir wollen oder nicht. Die spannende Frage ist nun, ob wir es auch auf nachhaltigere Weise beeinflussen können. Indem wir zum Beispiel bestimmte Gedanken, Empfindungen und Überzeugungen hervorrufen, die erst als Reaktion auf ganz gezielt strukturierte Reize entstehen.«

Er hob die Hände. »Sicher, die Idee ist nicht neu. Sehen Sie sich beispielsweise ›A Clockwork Orange‹ an. Was der arme Malcolm McDowell da erlebt, ist genau das. Die Behörden ordnen an, dass er ultrabrutale Dinge im Film ansehen muss, um seine Empfindungen ein für alle Mal nach ihren Wünschen zu konditionieren. Aber das ist wohlgemerkt nur eine fiktive Geschichte.«

Er erhob sich aus seinem Sessel und kam auf die Kamera zu.

»Lassen Sie mich nur so viel verraten. Neu an den Sachen, die ich mache, ist, dass sie einen Bereich unseres Seelenlebens beeinflussen, den man bisher mit Filmen weitgehend in Ruhe gelassen hat. Es ist zwar bekannt, dass dieser Bereich manipuliert werden kann. Aber man hat bisher die Finger davon gelassen.«

Er war jetzt ganz nah an die Kamera herangekommen.

»Und die Frage, die ich mir nun stelle, ist: wieso? Wieso hat man dieses Gebiet weitgehend unerforscht gelassen? Es muss einen Grund für diese Scheu geben, dessen bin ich mir sicher. Und ich will Ihnen auch verraten, was ich für den Grund halte. Es ist die Angst davor, die Menschen könnten bemerken, dass ihnen die Augen geöffnet werden.«

Er zog die Augenbrauen hoch und erweckte den Eindruck, ein Schmunzeln zu unterdrücken. »Ich spreche von einer Reise in unbekanntes Gebiet. Wenn Ihnen ›Das Auge‹ gefallen hat, wollen Sie mich dabei vielleicht begleiten. Wenn nicht, sollten Sie weiter mit dem vorliebnehmen, was die Demagogen aus Hollywood oder die Einfaltspinsel in den Fernsehanstalten Ihnen anbieten. Allen anderen verspreche ich, sie nicht zu enttäuschen. Ihnen kann ich versichern: Jeder meiner Filme ist ein Schritt auf dem Weg zu dem, was spätere Wissenschaftler den Beginn einer neuen Epoche nennen werden.«

Er machte ein Gesicht, als ob er über das, was er eben gesagt hatte, selbst erschrocken wäre. Dann grinste er und hauchte, nach einer kurzen Pause, mit Jim-Carrey-artiger Übertreibung: »Yeah.«

Erst sah es so aus, als wollte er noch etwas sagen. Doch dann schien er es sich anders überlegt zu haben und verließ den Bildausschnitt, der kurz darauf im Schwarz versank.

15

Florian stoppte die DVD und blieb in Gedanken versunken sitzen. Richtig schlau war er aus Davids kryptischen Äußerungen nicht geworden. Jeder seiner Filme war ein Schritt auf einem Weg? Was meinte er damit?

Es war das Klingeln seines Handys, das Flo schließlich aufschreckte.

»Und? Kommen Sie gut voran?«

Hölzemann. Der hatte ihm gerade noch gefehlt! Florian unterdrückte ein Stöhnen. Die Dinge, auf die er bei seiner Suche nach David bisher gestoßen war, hatten ihm die Lust, einen launigen Artikel zu schreiben, endgültig ausgetrieben. Was ihm hier in Berlin gleichsam aus den Ritzen zwischen den Brocken seiner Vergangenheit entgegenquoll, war alles andere als der Stoff für eine feuilletonistische Etüde, die sich in der Sonntagsbeilage gut machen würde.

»Richard?«

»Florian! Ich versuche schon seit gestern Abend, Sie zu erreichen. Aber Sie rufen ja nicht zurück. Schon etwas herausgefunden? Wir sind alle sehr gespannt.«

»Ja, natürlich, nur … ich … hm –« Flo brach ab, suchte nach den passenden Worten.

»Hoppla, das klingt nicht gut. Was ist los?!«

Florian hasste es, wenn Hölzemann seine ungeduldige Redakteurstour fuhr, aber er zwang sich, ruhig zu bleiben. »Also, ehrlich gesagt – ich hab's mir anders überlegt. Ich hatte es ja gleich gesagt, noch in Madrid. Ich habe bei der ganzen Sache einfach Bauchschmerzen –«

Hölzemann ließ ihn nicht ausreden. »Ja, das haben wir verstanden, aber –«

Diesmal war es Flo, der ihn unterbrach. »Nein, wirklich, Richard, mein Entschluss steht fest. Ich werde diesen Artikel nicht schreiben.«

»Und warum nicht?«

»Sie wissen es doch selbst, so viele gute Kumpel hat man nicht. Warum soll ich für ein klägliches Honorar öffentlich über einen Mann reden, dem ich mich aufgrund einer langjährigen Freundschaft verpflichtet fühle? Ich meine, wir sind schon gemeinsam zur Schule gegangen. Und ich bin mir nicht sicher, ob ein Artikel über den Fall Mosbach überhaupt in seinem Interesse ist. Öffentlichkeit ist ja nicht zwangsläufig was Gutes.«

Das schien gesessen zu haben, denn Hölzemann antwortete nicht sofort. »Sie wissen mehr, als Sie sagen wollen«, meinte er schließlich.

»Tut mir leid, Richard.« Flo hatte keine Lust, sich Einzelheiten aus der Nase ziehen zu lassen.

Hölzemann räusperte sich. »Okay, ich will Sie bestimmt nicht in eine unangenehme Situation bringen, Florian, aber ich weiß wirklich nicht, wie wir uns da wieder rauswinden wollen. Ich meine, ich habe den Artikel fest eingeplant –«

Florian unterbrach ihn erneut. »Erzählen Sie mir nichts,

Richard. Dann nehmen Sie eben einen anderen Artikel stattdessen rein. Sie sind der Redakteur, es ist Ihr Job, das Blatt vollzubekommen, auch wenn mal ein Stück wegbricht.«

»Sicher. Aber was ist mit den Flugkosten? Mit den Hotelkosten? Das haben wir doch alles schon bezahlt.«

Florian biss die Zähne zusammen. Stimmt! Das hatte er ganz vergessen. »Kein Problem, ich überweise Ihnen das Geld zurück.«

Er glaubte, durch die Leitung zu hören, wie Hölzemann nervös wurde. Er wollte den Artikel wirklich haben, daran bestand kein Zweifel.

»Florian, hören Sie, was soll das denn? Passen Sie auf, ich sag Ihnen was. Ich erhöhe die Gage. Ich verdoppele sie. Nein, ich verdreifache sie. Genau. Neuntausend Euro. Sie können schreiben, was Sie wollen. Schreiben Sie, dass David ein Freund ist. Schreiben Sie, warum Sie ihn schätzen. Was Sie zusammen erlebt haben. Dass Sie das Wichtigste aber lieber verschweigen. Ich verspreche Ihnen, wir werden Ihren Text praktisch nicht redigieren. Sie brauchen nichts zu veröffentlichen, was Ihnen unangenehm wäre, nichts, was ein schlechtes Licht auf Mosbach wirft, nichts, was Sie nicht wollen.«

Florian dachte nach. Neuntausend. Nicht schlecht. So viel hatte er noch nie für einen einzigen Artikel bekommen. Aber er hatte kein gutes Gefühl dabei. Er wollte über David nicht schreiben. Das war seine Sache, seine Sache allein, und die ging niemanden etwas an. Auf der anderen Seite wollte er sich die Connection zu Hölzemann aber auch nicht verscherzen. Immerhin hatte er mit ihm schon manch gutes Geld verdient. Und er war dem Redakteur dankbar dafür, dass er ausgerechnet ihm diesen Artikel über David angeboten hatte.

Er atmete aus. Ihm blieb nur ein Ausweg. Er musste eine Summe fordern, die so hoch war, dass Hölzemann von selbst aufgab. »Zwölftausend, Richard. Für zwölftausend mach ich es.«

Einen Moment lang rauschte es in der Leitung. Dann war Hölzemanns Stimme wieder zu hören. »Zwölftausend? Mann, Florian, wo haben Sie plötzlich verhandeln gelernt?« Er lachte, ohne eine Antwort abzuwarten. »Aber gut! Ich lasse Ihnen eine Vereinbarung rüberfaxen, die Sie mir bitte unterschreiben und zurückfaxen, in Ordnung?«

Als Flo auflegte, hatte das ungute Gefühl in seinem Bauch noch zugenommen. Zwölftausend? Seit wann zahlte Hölzemann zwölf Tausender für einen einzigen Artikel?

16

Als Florian am nächsten Morgen aufwachte, wusste er, was er zu tun hatte. Nach dem Gespräch mit Hölzemann hatte er noch lange wachgelegen und darüber nachgedacht, wie er weiter vorgehen sollte, bevor er endlich in einen unruhigen Schlaf gefallen war. Doch jetzt sah er klar. Er hatte keine Ahnung, was David nach dem »Auge« für Filme gemacht hatte. Wie sollte er über ihn schreiben – geschweige denn ihm helfen –, wenn er nichts über das Einzige wusste, was David jemals etwas bedeutet hatte? Über seine Filme!

Während er aufstand, duschte, ein frisches Hemd überzog und in seinen dunkelblauen Leinenanzug schlüpfte, legte Florian sich die nächsten Schritte zurecht. Soweit er wusste, war bisher nur ein einziger Film von David ins Kino gekommen. »Das Corps« von 1996. Es war sein Abschlussfilm an der Filmakademie gewesen, aber er musste erhebliche Gelder dafür aufgetrieben haben, denn er hatte einen aufwendigen Film gedreht und mit dem Ergebnis großen Erfolg erst bei den Festivals, dann beim Publikum eingefahren. Florian erinnerte sich, dass die Zeitungen damals voll davon gewesen waren. Das große neue Regietalent. Endlich ein würdiger Nachfolger für die längst nicht mehr aktuellen Herzogs, Fassbinders und

Schlöndorffs. Ein Mann, der den deutschen Film aus dem traurigen Tal der Beziehungskomödien herausführte. Der den Anschluss fand an die neuen, internationalen Meisterwerke. Die Kritiker hatten sich überschlagen, die Zuschauer waren scharenweise ins Kino gelaufen. Hätte er nicht »Das Corps« gemacht, würde kein Mensch heute Davids Namen kennen.

Florian selbst hatte »Das Corps« nie gesehen. Dabei war der Film natürlich auch in Spanien gelaufen. Nicht gerade in jedem Kino, aber in Madrid gab es zwei, drei Häuser, die ihn eine Zeit lang im Repertoire gehabt hatten. Nach drei Wochen allerdings war er plötzlich wieder aus den Sälen verschwunden. Und ausgerechnet in diesen drei Wochen hatte Flo einfach keine Zeit gehabt, ins Kino zu gehen.

Als er erfahren hatte, dass der Film überraschend abgesetzt worden war, hatte er natürlich wissen wollen, wieso. Dass keine Zuschauer mehr gekommen waren, war jedenfalls nicht der Grund, denn »Das Corps« hatte in jeder Woche mehr Leute angezogen. Als er ein wenig nachgeforscht hatte, hatte er herausbekommen, dass die Verleihfirma nicht nur in Spanien, sondern global sämtliche Kopien eingezogen hatte, die auf den Markt gekommen waren. Das Material war angeblich nicht einwandfrei gewesen. Es war die Rede davon, dass das Orginalnegativ und damit auch die Vorführkopien nicht richtig farbbestimmt gewesen seien. Aber wieso war der Verleih erst drei Wochen nach Kinostart auf die Idee gekommen, dass die Kopien technisch mangelhaft waren, hatte sich Florian gewundert. Hatte das denn vorher niemand bemerkt? In Madrid hatte ihm damals jedoch niemand seine

Fragen beantworten können. Und mit David hatte er in jenen Tagen nur noch selten telefoniert. Bald waren es wieder ganz andere Dinge gewesen, über die er sich den Kopf zerbrechen musste, sodass »Das Corps« für ihn in den Hintergrund getreten war.

Als er jedoch jetzt wieder daran dachte, fiel ihm auf, dass der Film auch später nicht mehr ins Kino zurückgekommen war. Hätte der Verleih nicht farbkorrigierte Kopien ausliefern müssen? Ganz offensichtlich konnte man mit dem »Corps« doch gutes Geld verdienen – warum war also nie eine neue, technisch einwandfreie Kopie aufgetaucht?

Nach einem raschen Frühstück begann er, in seinem Hotelzimmer das Telefon zu bearbeiten. Was er damals immer wieder aufgeschoben hatte, wollte er jetzt endlich nachholen. Er wollte »Das Corps« sehen, und zwar möglichst heute noch. Irgendwo musste doch eine Kopie davon aufzutreiben sein! Die Videothek, bei der er »Das Auge« gefunden hatte, schied als Quelle allerdings aus. Der Kahlkopf hinter dem Tresen hatte ja eindeutig gesagt, dass er nur diesen einen Film von Mosbach hatte. Also rief Flo bei der größten Buchhandlung Berlins an und versuchte, den Film als Kauf-DVD oder -Videokassette zu bestellen. Doch das führte nicht weit. Die nette Frau aus dem Callcenter, die seinen Anruf entgegennahm, fand von Mosbach rein gar nichts in ihrem Katalog. Aber sie hatte einen Tipp für ihn: einen Laden, ebenfalls in Berlin, der auf den weltweiten Import von DVDs und Videokassetten spezialisiert war. Doch auch dort Fehlanzeige. »Das Auge« konnten sie zwar liefern, »Das Corps« jedoch nicht.

Langsam wurde Flo unruhig. Das war kein Film aus der Zeit vor dem Ersten Weltkrieg, von diesen Filmen waren inzwischen ja einige verschollen. »Das Corps« war aus den neunziger Jahren. Wie war es möglich, dass ein Streifen, der erfolgreich im Kino gelaufen war, nicht mehr aufzufinden war?

Sein dritter Anruf verband ihn mit der Berliner Filmstelle des Bundesarchivs, da er wusste, dass jeder deutsche Produzent eine Kopie seines fertigen Films dort zu hinterlegen hatte. Wieder eine freundliche Frauenstimme am Apparat, diesmal die Archivassistentin. Der Titel, den Flo ihr nannte, sagte ihr etwas. »Das Corps«, ja, sie erinnere sich, der Film hätte doch seinerzeit beträchtliches Aufsehen erregt. Sie fand den Titel auch tatsächlich binnen Sekunden in ihrem Computer, zusammen mit einer knappen Inhaltsangabe.

»Geschichte eines jungen Mannes, der Mitglied einer Studentenverbindung wird«, las sie vor. »Fesselnde Charakterstudie des siebenundzwanzigjährigen David Mosbach. Spezialpreis der Jury in Cannes, Silberner Bär für den Hauptdarsteller bei der Berlinale 1997.«

Keine Frage, es war der Film, den Flo suchte. Doch als er sich erkundigte, ob er noch am selben Tag vorbeikommen und sich eine Kopie ansehen könne, musste die junge Frau passen. Erstens sei es erst seit 1998 Pflicht, eine Kopie im Archiv zu hinterlegen, und zweitens fehle die Belegkopie noch.

Enttäuscht fragte Flo nach der Produktionsfirma, die den Film damals hergestellt hatte. David hatte den Film ja nicht aus seiner Studentenbude heraus produziert, da hatte Geld dahintergesteckt, also musste es auch eine

Firma geben, die die Organisation damals in der Hand gehabt hatte.

Doch auch das lief ins Leere. Die Archivarin konnte ihm zwar mitteilen, dass eine gewisse Judas-Film GmbH »Das Corps« hergestellt hatte. Diese Firma aber – und auch das fand sie innerhalb von Sekunden mit ihrem Computer heraus – war bereits 1997, also kurz nach der Fertigstellung des Films, aufgelöst worden. Außer dem »Corps« hatte sie nichts produziert.

Flo ließ nicht locker. Wer besitze denn dann die Rechte an dem Film, wollte er wissen. Es konnte doch nicht sein, dass alle Spuren im Sand verliefen, irgendeinen Ansprechpartner musste es doch geben! Aber auch das brachte ihn nicht weiter. Da es offensichtlich weder möglich war, den ganzen Film, noch Ausschnitte davon zu bekommen, hatte auch die Frage des Rechteinhabers – so weit die Archivarin das in ihren Unterlagen sehen konnte – bisher nicht geklärt werden müssen.

Schon wollte er resigniert auflegen, da bemerkte sie noch, dass sie wenigstens ein paar Kritiken rüberfaxen könne, die zum Filmstart erschienen und archiviert worden waren.

Besser als gar nichts. Flo nannte ihr die Faxnummer des Savoy, die auf dem bereitliegenden Briefpapier stand, dankte und beendete das Gespräch.

Zehn Minuten später lag er mit den gefaxten Kritiken auf dem Bett und überflog die zum Teil nur schwer lesbaren Seiten. Dabei stellte er fest, was er damals schon mitbekommen, in der Zwischenzeit aber wieder vergessen hatte: Zunächst hatte Davids Film aufrichtige Empörung ausgelöst. Erst als ein scharfsinniger Kritiker Partei für ihn ergriffen und behauptet hatte, dem Regisseur des »Corps« sei es gelungen, an die Stelle der gängigen Klischees ein realistisches Bild vom Verhältnis des Einzelnen zu seiner Gemeinschaft zu setzen, hatte sich das Blatt zu Davids Gunsten gewendet. Immer mehr Rezensenten hatten sich diesem Urteil angeschlossen und einen wahren Hype um den Film ausgelöst. Die zwiespältige Wirkung, die von dem Film ausging, hatte das allerdings nicht geschmälert. So hatte »Das Corps« bald als sogenannter Skandalfilm gegolten, der es locker mit anderen Klassikern aufnehmen konnte, die in der Vergangenheit dieses verkaufsfördernde Etikett verpasst bekommen hatten, wie etwa Marco Ferreris »Das große Fressen« oder Oliver Stones »Natural Born Killers«.

Da Florian »Das Corps« damals nicht gesehen hatte, hatte er nie so ganz verstanden, warum der Film derart widersprüchliche Reaktionen auslösen konnte. Erst jetzt, als er die Kritiken durchsah, begann er den Grund dafür zu erahnen. Offensichtlich hatte David eine der klassischen Heldenreisen, die in vielen Filmen sehr erfolgreich erzählt werden, ganz einfach *auf den Kopf gestellt.*

Die Heldenreise, die er umgedreht hatte, bestand darin, dass die hartgesottene, abgebrühte Hauptfigur im Lauf der Geschichte ihr Herz, ihr Gewissen, ihre weiche Seite entdeckt. Bestes Beispiel: »Angels with dirty faces«, den David immer geliebt hatte. Darin entscheidet sich Cagney, der Gangster, auf dem elektrischen Stuhl, doch noch das Richtige zu tun und um Hilfe zu flehen, um so den Mythos zu zerstören, den die Nachwuchsganoven zweifellos aus seiner Person gemacht hätten. Oder »On the Waterfront«. Brando, ein tougher Werftarbeiter, der wie alle seine Freunde in einem Ringverein organisiert ist, entscheidet sich gegen die Korruption und damit gegen seine Kumpel. Filme also, in denen der Einzelne sein Gewissen wählt und das Richtige tut, auch wenn er alte Seilschaften damit zerstört. Auf den ersten Blick eine vielleicht etwas altbackene Fabel, die aber nach wie vor sehr erfolgreich erzählt wurde.

Und genau *diese* Fabel hatte David in seinem Film umgedreht. Bei ihm fing es nicht damit an, dass ein Mann mit den anderen mitlief, und endete auch nicht damit, dass er sich für das Richtige und gegen seine Freunde entschied. Bei ihm fing es damit an, dass der Held ein Außenseiter war, der mit den verwerflichen Machenschaften seiner Kumpel nichts zu tun haben wollte, und endete damit, dass er mit den anderen mitlief, dass er sich ihnen anpasste. Der Effekt, den David dadurch erzielte, war natürlich auch genau der umgekehrte. Nicht erbaulich, sondern niederschmetternd. Aber genau das machte seinen Film zu etwas Besonderem.

Je länger sich Flo jedoch mit den alten Kritiken herumschlug, desto dringender wurde sein Wunsch, sich endlich ein eigenes Bild von dem Film zu machen. Was genau war denn die Geschichte, die David im »Corps« erzählte? Darüber fand er in keiner der Rezensionen eine zufriedenstellende Auskunft.

17

»Richtig viel Glück hat David mit seinen Filmen bisher ja nicht gehabt.« Thea lächelte. »Die meisten sind entweder zerstört, nicht fertig geworden oder unter Verschluss.«

Unter den Informationen, die ihm die Archivarin geschickt hatte, hatte Florian zu guter Letzt gefunden, dass niemand anders als Thea Harloff die Kostüme für »Das Corps« gefertigt hatte. Er hatte nicht gezögert, sie anzurufen. Zu seiner Erleichterung hatte sie sich gefreut, von ihm zu hören, und vorgeschlagen, gemeinsam im Einstein in der Kurfürstenstraße zu Mittag zu essen.

Als er das Lokal betrat, wartete sie bereits an einem der Tische auf ihn. Nach einer herzlichen Begrüßung, Flos umständlicher Entschuldigung dafür, dass er sich neulich nicht mehr von ihr verabschiedet hatte – Thea kannte »Das Auge« ja und hatte dafür Verständnis –, sowie der Vereinbarung, sich am besten einfach zu duzen, bestellten beide den Lammrücken vom Tagesmenü und zusammen ein großes Mineralwasser. Kurz darauf kamen sie auf David zu sprechen, und Flo erzählte von dem Bonusmaterial, das er auf der DVD gefunden hatte, von dem Interview, und davon, dass David auch seine anderen Filme erwähnt hätte. Dabei sei ihm, Flo, aufgefallen, wie wenig er von Davids anderen Arbeiten wusste, zum Beispiel vom »Corps«.

Thea griff nach ihrer Tasche. »Als du am Telefon sagtest, dass du mehr über ›Das Corps‹ wissen wolltest, dachte ich gleich, dass es vielleicht eine gute Idee wäre, dir ein paar Standfotos von dem Film mitzubringen.«

Sie fischte eine Reihe von Fotos aus der Tasche und reichte sie Flo über den Tisch. Er warf einen Blick darauf. In den Kritiken waren immer die gleichen Bilder abgedruckt gewesen: Großaufnahmen der Hauptfigur und ein verwinkeltes Haus, das aussah wie eine Burgimitation aus dem 19. Jahrhundert. Auf Theas Fotos hingegen war eine Handvoll junger Männer zu sehen, die in seltsamen Uniformen durch ein hohes, holzgetäfeltes Zimmer schritten. Die zusammen aßen, zusammen Sport trieben. Besonders die Uniformen fielen Flo auf. Obwohl sie auf den ersten Blick fast lustig und farbenfroh wirkten, erschienen sie bei näherem Hinsehen doch ungewöhnlich. Sie gaben den Männern ein regelrecht gewalttätiges Aussehen.

»Die Uniformen hier sind von dir, oder?« Flo sah zu Thea. »David hat ›Das Corps‹ '96 gedreht, da musst du ja noch ziemlich jung gewesen sein.«

Thea nickte. »Ich war Modestudentin an der Kunsthochschule und machte gerade ziemlich verrückte Sachen. Viel mit Polyester, mit High-Tech-Fasern, zum Teil auch mit Plastik. Auf einer Party hatte jemand David von meinen Arbeiten erzählt. Er suchte zu der Zeit einen Kostümbildner für seinen Abschlussfilm und kam zu mir. Ich zeigte ihm ein paar Stücke, und er war recht beeindruckt.«

Flo schenkte ihr aus der Mineralwasserflasche ein, die der Kellner ihnen hingestellt hatte.

»Ursprünglich war ich gar nicht daran interessiert, für Filme zu arbeiten«, fuhr Thea fort. »Ich wollte lieber Sachen entwerfen, die wirklich getragen werden. Aber dann fing ich doch an, mich für David und sein Projekt zu interessieren. Meine ersten Entwürfe gefielen ihm so gut, dass er mich nicht mehr gehen lassen wollte. Er stellte mir ein außergewöhnliches Budget zur Verfügung, so viel hatte ich bis dahin noch für kein Kleid ausgeben können.«

Sie tippte auf eines der Fotos, die Flo wieder auf den Tisch gelegt hatte. Darauf waren die Männer in dunklen Anzügen beim Essen zu sehen. »Nicht nur die Uniformen waren von mir. Auch diese Anzüge hier, jedes Kleidungsstück, das in dem Film auftaucht, habe ich extra designt. Das war der Hauptgrund für mich, bei dem Projekt mitzumachen. Es ging darum, sozusagen eine ganze Kollektion zu entwerfen. Das war eine einmalige Gelegenheit, die Gestaltung einer ganz eigenen Welt, weißt du.«

Flo nickte. »Ich habe versucht, eine Kopie von dem Film aufzutreiben. Aber es ist wie verhext, niemand kann mir weiterhelfen.«

»Das kann ich mir vorstellen.« Thea steckte die Fotos wieder in ihre Tasche. »Ich bin froh, dass es die Standfotos gibt, sonst wäre von der ganzen Arbeit überhaupt nichts mehr übrig.«

Flo stutzte. »Wieso das denn?«

»›Das Corps‹ war kein Low-Budget-Film wie ›Das Auge‹ oder die anderen Abschlussfilme der Akademie. Es war sogar eine ziemlich große Produktion.« Thea sah ihn ernst an. »David hatte Monate gebraucht, um die Finanzierung auf die Beine zu stellen. Die üblichen Geldquellen, Sender, Förderanstalten und so weiter, wollten nichts mit seinen

Ideen zu tun haben. Also hat er angefangen, sich in der Privatwirtschaft umzuhören.« Sie atmete aus. Etwas schien sie zu bedrücken.

Flo beugte sich vor. »Und?«

»Schließlich fand er jemanden, der bereit war, in den Film zu investieren. Keine Ahnung, wie David ihn dazu bekommen hat. Ein Galerist, der Anfang der Achtziger beim Boom des Kunstmarkts viel Geld verdient hatte. Er stellte David ein Budget von knapp zwei Millionen Mark zur Verfügung. Das war damals viel Geld, davon konnten die anderen Filmstudenten nur träumen.«

»Und wieso kann man den Film heute nicht mehr sehen? Der lief doch auch ein paar Wochen regulär in den Kinos.«

Thea musste lachen. »David hat alle Kopien zerstört – aber das ist eine lange Geschichte.«

Flo staunte. »Zerstört? Erzähl!«

Jetzt, da die Erinnerung sie zum Lachen gebracht hatte, fiel ihm auf, dass ihre Augen unter den langen Wimpern grün-blau schimmerten. Am liebsten wäre er um den Tisch herumgegangen, um sich das einmal ganz aus der Nähe anzusehen. Aber er blieb sitzen und hörte ihr einfach nur zu.

»Während der Vorbereitungen zu dem Film stellte sich heraus, dass der Geldgeber ein anderes Ende als David wollte. Aber das kam für David nicht infrage«, berichtete sie. »Also drehte er heimlich das Ende, das ihm vorschwebte, schnitt den Film, wie er sich das gedacht hatte, und brachte ihn bei den Festivals unter. Seinem Galeristen aber zeigte er eine Kopie mit einem anderen Ende – und zwar dem, das der gewollt hatte. So schöpfte der

Mann keinen Verdacht. Erst als der Film längst im Kino war, wurde ihm klar, dass David ihn hintergangen hatte. Du kannst dir vorstellen, wie wütend er war.«

Ihre Augen blitzten. Flo musste grinsen. Das klang ganz nach David. »Und dann? Wie ging es weiter?«

»Der Mann hatte den Film bezahlt, das Ding gehörte ihm«, antwortete Thea. »Also veranlasste er, dass alle Kopien wieder eingezogen wurden, und zwar wirklich alle. Es ging ihm nicht ums Geld. Davon hat dieser Galerist mehr als genug. Es ging ihm darum, David zu beweisen, dass er ihm nicht auf der Nase herumtanzen konnte.«

»Wie hat David denn reagiert, als sein Film eingezogen wurde?«

»Er war natürlich außer sich. Aber er konnte nichts machen. Und es kam noch schlimmer. Sein Geldgeber beschloss, den Film umzuschneiden. Er wollte ihn in der Form herausbringen, die ihm immer vorgeschwebt hatte. Und da David sich strikt weigerte, diese Änderungen durchzuführen, beauftragte er einen anderen Regisseur.«

Flo blies die Backen auf. Etwas Schlimmeres hätte der Mann David wahrscheinlich nicht antun können.

Thea lachte. »Du kannst dir das Theater vorstellen! Der andere Regisseur erzählte schon überall herum, dass er eine ganz eigene Vision für den Stoff entwickelt hätte. Möglicherweise hätte er den Film vollkommen verstümmelt. Für David ein unerträglicher Gedanke. Also ist er zusammen mit Hannes in den Lagerraum des Kopierwerks gegangen, wo sämtliche Kopien aufbewahrt wurden. Sie hatten einen Kanister Salzsäure dabei. Mit der Säure haben sie die Kopien binnen Sekunden zerstört. Als die Wachleute kamen, war alles vorbei.«

»Um was ging es in dem Film eigentlich?«, nahm Florian das Gespräch wieder auf, nachdem der Kellner den Lammrücken gebracht und sie den ersten Hunger gestillt hatten. »In den Kritiken stand etwas von einer Studentenverbindung. Ich erinnere mich noch dunkel, dass David sich vor Jahren für so was interessiert hat. Ich konnte ihm da nie so recht folgen, verstand nicht, worauf er hinauswollte. Ich weiß noch, wie es mich bedrückt hat, dass er für Sachen schwärmte, mit denen ich nichts anfangen konnte.«

Thea lächelte. »Mir hat er während der Arbeit am ›Corps‹ erzählt, du würdest absichtlich nicht wissen wollen, was er macht. Wahrscheinlich, weil du selber Filme drehen wolltest, es aber nie geschafft hast, meinte er.« Sie zuckte zusammen, selbst ein wenig erschrocken über das, was sie gerade gesagt hatte.

»Der Arsch!«, entfuhr es Flo. »Manchmal ist er echt ein Arsch, oder?«

Als Thea sah, dass er schmunzeln musste, lachte sie. »Ein Arsch? Kann man wohl sagen!« Sie schob ihren Teller beiseite. »Aber du hast recht, der Film spielte in einem Studentencorps, unter den Mitgliedern einer schlagenden Verbindung.«

»Eine schlagende Verbindung, genau! Fechten, saufen, Lieder singen. Aber was zum Teufel hat ihn daran interessiert?«

Thea strich sich eine Haarsträhne aus dem Gesicht. »Einmal habe ich ihn sogar direkt danach gefragt. Ich wollte meine Sache besonders gut machen und den Film, den er plante, besser begreifen. Aber er antwortete nur, dass er schließlich nicht die *Erklärung* des Films, sondern den *Film selbst* machen würde.«

Flo stocherte auf seinem Teller herum. »Na schön. Aber was war die Geschichte des Films? Sehen kann ich ihn ja nun nicht mehr. Und in den Kritiken stand nur, dass ein junger Mann in ein Corpshaus einzieht, weil sein Vater zu Studentenzeiten dort gewohnt hat und weil die Miete billig ist. Im Grunde seines Herzens will er mit den Corpsstudenten aber nichts zu tun haben. Er mag ihren Jargon nicht, ihre Lieder nicht und ihre gestelzten Manieren auch nicht, oder?« Er sah sie an.

Thea lächelte. »Ja, genau. Und was stand weiter drin?«

»Nicht viel. Nur, dass die anderen seinen Widerwillen natürlich schnell rausbekommen und ihm drohen, dass er das Haus wieder verlassen muss, wenn er sich nicht in ihre Gemeinschaft einfügt. Von da an beginnt er, sich an die Gepflogenheiten der Verbindung anzupassen. Er beginnt zu fechten, lernt die Lieder und macht bei den Trinkgelagen mit. Aber dann? Wie geht es weiter?«

Thea nickte. »Nach einem Jahr eröffnen die älteren Studenten dem Helden, dass er hinlänglich bewiesen habe, dem Kodex ihrer Gemeinschaft gewachsen zu sein. Es sei an der Zeit, ihm die höheren Weihen der Verbindung zu verleihen.«

»Ah«, brummte Flo.

»Sie zeigen ihm Räume im Corpshaus, die er noch nie zuvor gesehen hat«, fuhr Thea fort. »Er nimmt an Fechtturnieren auf dem Dachboden teil, bei denen die Drahtmasken, die sie sonst immer tragen, nicht aufgesetzt werden. Er erlebt mit, wie ein Corpsstudent, der gegen die Regeln des Hauses verstoßen hat, regelrecht ausgepeitscht wird – ein Vorgang, der ihm zuvor absolut undenkbar erschienen wäre.«

Ausgepeitscht? Flo rückte seinen Teller ebenfalls zur Seite.

»Dem jungen Mann kommt das natürlich merkwürdig vor«, sprach Thea weiter, als er nichts sagte. »Immerhin war schon sein Vater Student des Corps gewesen, aber von solchen Exzessen hatte der ihm nie etwas erzählt. Und einer solchen Verbindung will er keinesfalls angehören. Dennoch schiebt er den Entschluss, aus der Gemeinschaft endgültig auszutreten, immer wieder auf. Er versucht zwar, das Vertrauen eines älteren Corpsstudenten zu gewinnen und ihn davon zu überzeugen, dass sie ihre exzessiven Bräuche überdenken sollten. Als der Ältere jedoch deutlich macht, dass der junge Mann jetzt zeigen muss, wie er zu seiner Verbindung steht, dass er die Erwartungen, die in ihn gesetzt wurden, jetzt nicht enttäuschen darf, knickt er wieder ein und fügt sich.«

Florian genoss den Klang ihrer Stimme. Sie war ein wenig tiefer, als man es vielleicht erwartet hätte, und schien durch das sanfte Auf und Ab ihrer Tonlage einen ganz eigenen, rein gefühlsmäßigen Kommentar zu dem Gesagten zu modulieren.

»So geht die Geschichte ihren Gang«, fuhr Thea unbeirrt fort. »Der Junge verliert sich immer mehr in diesem seltsamen Corps. Er wohnt Züchtigungen bei, bizarren Wettkämpfen, ja sogar kollektiven Orgien.«

Flo hakte ein. »Und für die Orgien hast du die Kostüme geliefert.«

»Das gehörte dazu.« Ihre Augen blinkten. »Die Fotos davon hab ich aber nicht mitgebracht, ich wollte sie nicht hier im Lokal ausbreiten.«

Flo lächelte. »Schon klar.«

»Die Kostüme werden in dem Film sogar einmal richtig wichtig«, setzte Thea ihren Bericht fort. »Denn der junge Mann lässt sich schließlich dazu überreden, einem Mädchen ihre angeblichen Wünsche zu erfüllen. Das fängt mit Verkleidungen an und schraubt sich immer höher. Die anderen Mitglieder des Corps stacheln ihn immer weiter an. Bis etwas schiefgeht und das Mädchen das nicht überlebt.«

Sie sah Flo an. »Aber das Corps hält dicht. Sie lassen ihren Kameraden nicht hängen. Jetzt erst recht nicht.«

Flo stutzte. »Wie, das war das Ende?«

»Nein, das Ende fehlt noch, du wirkst nur etwas abgelenkt.«

Florian schüttelte den Kopf. »Komm schon, erzähl weiter!«

Sie lächelte. »Na schön. Und dann folgte die Wendung, die der Geldgeber nicht wollte.«

»Ach.«

»Es stellt sich nämlich heraus, dass das ganze Corps nur die Kulisse eines wissenschaftlichen Experiments ist.«

Florian ließ sie nicht aus den Augen.

»Das Haus, die Mitglieder, die Rituale, das tote Mädchen, alles nur eine gigantische Show, um den Helden zu täuschen, aufgezogen von einer Gruppe von Wissenschaftlern, die herausfinden wollen, wie weit ihr Versuchskaninchen geht, um von seiner Gemeinschaft akzeptiert zu werden.«

»Um von seiner Gemeinschaft akzeptiert zu werden?«

»Ja. All die Exzesse, zu denen er sich hat hinreißen lassen, haben in Wirklichkeit gar nicht stattgefunden, sondern waren nur vorgespielt. Das wusste der Junge aber nicht. Und er hat mitgemacht. Er hat den vermeintlichen Tod des Mädchens in Kauf genommen, obwohl er wusste, dass es falsch war. Einzig und allein, weil die anderen ihn dazu gedrängt haben.«

»Und als er erkennt, dass sie ihn getäuscht haben?«

»Bricht für ihn eine Welt zusammen.«

»Er hat sich verführen lassen.«

»So kann man es sagen.«

Flo goss sich von dem Mineralwasser ein. »In den Kritiken, die ich gelesen habe, wurde gesagt, dass die außergewöhnliche Wirkung des Films auf der Geschichte eines Mannes beruhe, der sein Gewissen abschaltet. Das hätte man in noch keinem anderen Film so gesehen.«

Thea nickte. »Ohne die Wendung am Ende, dass diese Entwicklung von Wissenschaftlern gesteuert war, wäre es nicht nur eine niederschmetternde, sondern auch eine abstoßende Geschichte gewesen.«

»Und ausgerechnet diese Wendung wollte der Geldgeber nicht?«

Thea nickte. »Er wollte, dass es endet mit einem Helden, der vollkommen in seiner Verbindung aufgegangen ist. Egal, wie pervers sie ist.«

Flo atmete aus. Ein unangenehmer Gedanke.

»Aber in dem Punkt ließ David nicht mit sich reden«, fuhr sie fort. »Er meinte, ohne sein Ende, ohne die Wissenschaftler wäre der Film unerträglich. Und ich glaube«, fügte sie hinzu, und dabei machte das Lächeln, das Florian eben noch in ihren Augen hatte blinken sehen, einem ernsten, traurigen Schatten Platz, »damit hatte er recht.«

18

Das Hupen war ohrenbetäubend. Es fuhr Florian durch Mark und Bein. Gerade noch konnte er sich zurück auf den Bürgersteig werfen. Dann donnerte der tonnenschwere Lkw an ihm vorbei. Millimeter von seinen Füßen entfernt. Genau dort, wo er eben auf die Straße getreten war. Er hatte den Wagen überhaupt nicht gesehen!

Er rappelte sich auf und klopfte sich den Staub von Hose und Mantel. Seine Knie und Hände zitterten, sein Herz raste. Wenn er einen Augenblick später reagiert hätte, hätte der Laster ihn voll erwischt. Vorsichtig ging er ein paar Schritte zu einer Bank und setzte sich.

Im Einstein hatte er versucht, mehr von Thea zu erfahren. Mehr über Davids andere Filme, mehr über David und mehr über seinen Geldgeber. Irgendwann war sie misstrauisch geworden. Ob er noch immer als Reporter arbeite, hatte sie wissen wollen. Als er daraufhin zugab, dass seine Zeitung ihn für einen Artikel über David nach Berlin geschickt hatte, hatte sie ihr gemeinsames Essen enttäuscht und abrupt beendet. Er hätte ihr reinen Wein einschenken müssen, hatte sie zum Abschied gesagt und sich in ein Taxi gesetzt. Er hatte zwar noch einmal versucht, den Namen des Galeristen von ihr zu erfahren, aber sie hatte nur mit dem Kopf geschüttelt.

Florians Blick fiel auf einen Passanten, der weiter unten auf dem Bürgersteig stehen geblieben war und zu ihm herüberzuschauen schien, den Blick aber abwendete, als Flo ihn ansah. Hatte er den Mann schon mal gesehen? Aber wo? Er beobachtete, wie der Mann seinen Weg fortsetzte, weg von dort, wo Florian saß. Der Mann hatte wohl bemerkt, dass er um ein Haar überfahren worden wäre, und war nur kurz stehen geblieben, sagte sich Flo.

Seine Gedanken kehrten zu David zurück. Walter, Hannes, Thea. Wie verschlossen sie reagiert hatten, als er versucht hatte, von ihnen mehr über David zu erfahren! Walter sowieso. Aber auch Hannes. Und jetzt Thea. Bei ihrer ersten Begegnung hatte sie noch offen erzählt, was sie wusste – nachdem sie erfahren hatte, dass er für die Zeitung arbeitete, hatte sie ihn jedoch rundheraus auflaufen lassen. Wirklich nur, weil sie ihm nun misstraute? Was hatte sie denn zu verbergen?

Er stand auf und ging langsam die Straße hinunter. Wie sollte er weiter vorgehen? Er hatte sich entschlossen, die Suche nach David nicht so schnell aufzugeben. Aber was war mit dem Artikel? Hölzemann wartete doch darauf. Sollte er sich nicht am besten gleich dransetzen und das erst einmal hinter sich bringen? Ihm fiel ein, dass er noch ein paar Briefe haben musste, die David ihm vor Jahren geschrieben hatte. Die waren doch genau das, was er für seinen Artikel jetzt brauchte!

Kurz bevor er endgültig nach Spanien gezogen war, hatte er zwei Kisten mit seinen persönlichen Habseligkeiten in ein Berliner Lager gegeben, für das er seither monatlich eine kleine Miete bezahlte. In den Kisten mussten sich doch auch diese Briefe befinden. Zusammen mit seinen Eindrücken vom »Corps«, vom »Auge« und den Gerüchten um »Audience« hatte er doch allemal genug beisammen, um einen schönen Artikel über David zu schreiben, mit dem er sich erst mal das Honorar würde verdienen können!

Das Lager war im ersten Stock eines alten Moabiter Fabrikgebäudes untergebracht. Als Florian aus dem Lastenaufzug heraustrat, wurde er von einem hageren Mann im grauen Kittel begrüßt, an den er sich dunkel zu erinnern glaubte. Gemeinsam schritten sie durch ein weit verzweigtes Labyrinth schäbiger Metallregale, deren graugrüne Farbe weitgehend abgeplatzt war. Es roch modrig, und die Luft war viel zu feucht für ein Lagerhaus. Hunderte vergilbter und verstaubter Kartons schimmelten in den Regalen vor sich hin. In einer schlecht beleuchteten Ecke blieb der Angestellte stehen und deutete auf zwei Umzugskartons im untersten Fach. Florian erkannte sie sofort wieder. Das waren seine Kisten.

Nachdem er mit dem Mann vereinbart hatte, dass er die Kisten nur kurz durchsehen, aber im Lager stehen lassen würde und der andere wieder im Halbdunkel der Lagerhalle verschwunden war, zog Florian den ersten Karton hervor. Er kam ihm seltsam leicht vor. Hatte er ihn nicht randvoll mit Papieren und Kleinkram gestopft? Er holte einen Kugelschreiber aus der Innentasche seines Jacketts und trennte den Klebestreifen durch, mit dem der Karton verschlossen war. Wie würde er ihn danach wieder zukleben? Er würde ihn offen stehen lassen müssen. Egal.

Flo klappte den Deckel auf und starrte hinein. Papiere,

Notizhefte, alte Kalender, kleine Schachteln. Sogar ein Stofftier war in der Kiste, ein Hund. »Tilmann« hatte er den als Kind getauft und über alles geliebt. Dass er ihn mit nach Berlin genommen hatte, hatte Flo inzwischen völlig vergessen. Keine zwanzig Jahre war er alt gewesen, als er mit David hierhergezogen war, die Welt hatte ihm offen gestanden. Und heute? Nachdem er beinahe doppelt so alt geworden war?

In Gedanken versunken kramte er weiter, fummelte eine kleine Pappschachtel hervor, hob ihren Deckel ab. Alte Eintrittskarten, Feuerzeuge, ein Zahn, Münzen, Schlüssel, von denen er beim besten Willen nicht mehr wusste, wozu sie gehörten, ein Lippenstift. Der musste einem Mädchen gehört haben, in das er verliebt gewesen war. Er hatte nicht damit gerechnet, dass diese Dinge, die ihm einst teuer gewesen waren, plötzlich keinen Wert mehr für ihn besaßen. Was sollte er eigentlich mit dem ganzen Zeug? Waren nicht auf dem Dachboden seiner Eltern kistenweise solche Erinnerungsstücke? Die interessierten doch auch niemanden. Nicht einmal mehr ihn! Reliquien von sich selbst, zu Lebzeiten angehäuft.

Flo verschloss die kleine Pappschachtel wieder. Er verzettelte sich. Wo waren die Briefe von David? Darauf kam es jetzt an.

Er ging die Kiste weiter durch, hob die Papiere hoch, die unter der Pappschachtel lagen. Seiten und Seiten und Seiten. Tagebucheintragungen, kopierte Briefe, die er geschrieben hatte, kleine Texte, die er als Zwanzig-, Fünfundzwanzigjähriger auf karierte Heftseiten gekritzelt hatte. Nacht für Nacht hatte er sich dafür um die Ohren geschlagen.

Er wühlte weiter. Die Papiere tiefer unten waren braunfleckig, die Tinte war teilweise verwischt. Erst sah es so aus, als sei nur auf einige Seiten Wasser gespritzt. Aber die Flecken wurden dunkler und größer. Hastig zog Florian die Seiten stapelweise heraus. Irgendein Vollidiot musste die Kiste in eine Pfütze gestellt haben! Ganz unten waren die Papiere zu einem matschigen Brei verklumpt. Die Tinte war komplett zerlaufen und unleserlich!

Es gab ihm einen Stich. Dass er die Schriftstücke wirklich noch einmal gebraucht hätte, hatte er nicht ernsthaft geglaubt. Jahrelang hatte er die Sachen nicht angesehen. Dennoch hatte er sich die Hoffnung, die alten Texte könnten besser sein, als er befürchtete, nicht nehmen wollen. Aber jetzt waren sie schlichtweg zerlaufen! Da war gar nichts mehr, das ihm Hoffnung hätte geben können. Außer der Schachtel mit dem Lippenstift und ein paar Seiten, die den Wasserschaden überlebt hatten, war die ganze Kiste ein einziger Müllhaufen!

Verwirrt zog Flo den zweiten Karton aus dem Regal. Auch er hatte etwas abbekommen, aber weniger. Zuoberst lagen einige Bücher, die er einst liebgewonnen hatte. Aber die meisten Titel hatte er ohnehin inzwischen noch einmal erworben. Unter den Büchern befanden sich ein paar Packen Briefe. Wenigstens etwas. Flo fischte die alten Kuverts aus dem Karton. Es mussten Hunderte sein. Von seiner Mutter. Von Freundinnen, an die er seit Jahren nicht mehr gedacht hatte. Sogar alte Rechnungen waren darunter.

Endlich stieß er auf die Briefe, die David ihm geschrieben hatte. Insgesamt nicht mehr als ein halbes Dutzend.

Flo erinnerte sich dunkel daran, dass ihn der letzte besonders beeindruckt hatte. Er zog den Brief aus dem Umschlag und überflog die Zeilen.

Sie stammten vom Dezember 1996. David schrieb, dass er kurz davorstehe, den Film »Das Corps«, seine Abschlussarbeit für die Akademie, fertig zu schneiden. Dabei sei ihm ein Gespräch wieder in den Sinn gekommen, das sie früher öfter zusammen geführt hätten. Bei diesem Gespräch habe es sich immer um die Frage gedreht, welche Aufgabe ein Film eigentlich erfüllen sollte. Ihm, David, sei während der Arbeit am »Corps« noch einmal sehr klargeworden, wie wichtig die Beantwortung dieser Frage sei – und dass er bisher leider keine zufriedenstellende Antwort darauf gefunden habe.

»Was hatten wir denn damals gesagt, Flo?« schrieb er. »Ein Film sollte spannend und unterhaltsam sein, richtig? Er sollte eine perfekte Illusion erzeugen. Mit den Autorenfilmern der Siebziger, ihren Verfremdungseffekten, Reflexionen und Verkopfungen wollten wir nichts zu tun haben. So habe ich ›Das Auge‹ auch gemacht. Der Film sollte einen voll in seinen Bann ziehen. Wenn man den Reaktionen der Leute Glauben schenken darf, ist mir das auch ganz gut gelungen. Doch ist das wirklich alles, was ein Film leisten kann und soll? Eine Illusion aufbauen, einen Schein erzeugen – letztlich eine Lüge erzählen??

Schon bald, nachdem ich ›Das Auge‹ fertiggestellt hatte, erschien mir das denn doch zu wenig. Also fing ich von vorne an. Müsste ein Film dem Zuschauer nicht vielmehr die Augen *öffnen*, statt sie mit Lügen *zuzukleistern*? Ihm also eine Wahrheit zeigen, die er noch nicht gesehen hat, statt ihn in einen Traum zu verstricken, der mit der Wirklichkeit nichts zu tun hat?

Das war es dann auch, was ich mit dem ›Corps‹ versucht habe. Für mich ist ›Das Corps‹ vor allem die Geschichte eines Mannes, der dahinterkommt, dass die Gemeinschaft, in die er sich einfügen soll, nichts anderes ist als eine Inszenierung, die mit großem Geschick aufgebaut wurde, um ihn in die Irre zu führen. Am Ende durchschaut er das und erkennt die Wahrheit hinter der Illusion. Und indem er das erkennt, erkennen auch *wir Zuschauer* eine Wahrheit: nämlich, dass wir durch und durch von den Gepflogenheiten der Gemeinschaft geprägt sind, der wir angehören. Das ist eine Erkenntnis, die auch außerhalb des fiktiven Universums des Films voll und ganz ihre Gültigkeit hat. ›Das Corps‹ erschöpft sich somit nicht darin, einen Schein aufzubauen beziehungsweise eine Lüge zu erzählen. Sondern er öffnet dem Zuschauer die Augen für eine Wahrheit, die von der Fiktion dieses Films unabhängig ist.

Habe ich damit endlich eine befriedigende Antwort auf die Frage gefunden, welche Aufgabe ein Film erfüllen soll? Ich fürchte, nicht. Denn jetzt, wo ich die Arbeit am ›Corps‹ fast hinter mir habe, beschleicht mich das Gefühl, auch in dieser Produktion die Möglichkeiten der filmischen Mittel nicht vollends ausgeschöpft zu haben.

Lass mich erklären, was mich an diesem Film nach wie vor nicht zufriedenstellt. Es stört mich, dass ich im ›Corps‹ eine gewaltige *Illusion* aufbauen musste, um am Ende mein Ziel – die Vermittlung einer *Wahrheit* – erreichen zu können. Kannst du mir folgen? Im ›Corps‹ habe ich das Corpshaus, die Studentenverbindung, die Kommilitonen, die Wissenschaftler et cetera erfunden und inszeniert, um am Ende die Wahrheit zu vermitteln, um die es mir ging: dass wir von unserer Gemeinschaft geprägt sind. Das Corpshaus, die Studenten, die Wissenschaftler et cetera sind jedoch nur eine Fiktion, eine Lüge, eine Illusion! Der Film operiert also gerade mit dem, was er hinter sich lassen wollte: mit der Illusion, dem Schein.

Haben wir also mit dem ›Corps‹ nach dem ›Auge‹ doch keinen Schritt nach vorne gemacht? Inzwischen glaube ich, in dieser Frage etwas klarer zu sehen: Wir haben einen Schritt nach vorne gemacht. Aber wir sind noch nicht am Ziel. Lass mich auch das kurz erläutern. Der Schritt nach vorn, den wir mit dem ›Corps‹ gemacht haben, besteht darin, dass wir nicht länger nur eine Illusion aufbauen, sondern dass wir diese Illusion auch durchschauen. Wir sind jedoch noch nicht am Ziel, weil sich anhand des ›Corps‹ die Frage stellt, ob jeder Versuch, eine Wahrheit auszudrücken, nur um den Preis einer noch umfassenderen Illusion geleistet werden kann.

Versteh mich nicht falsch. Es geht mir nicht darum, nur noch Dokumentarfilme zu machen. Sondern es geht mir um die Frage, wie wir mit den Mitteln der Fiktion etwas anderes als reine Unterhaltung, reine Illusion, reinen Schein erzeugen können!

Lass mich den Gedankengang noch eine Wendung weiterdrehen: Müssen wir möglicherweise die Vorstellung *aufgeben,* wir könnten hinter den Illusionen an eine Wahrheit gelangen? Und stattdessen eher anfangen, mit diesen Illusionen selbst geschickt zu operieren? Ist ein solches *Spiel mit den Illusionen* das, was uns am weitesten an das heranbringt, was ich hier wieder und wieder ›Wahrheit‹ nenne? Kann es am Ende nur darum gehen, den *Argwohn* an den Illusionen zu schüren, und nicht mehr darum, *hinter* die Illusionen zu blicken?! DAS ist es, was ich in meinen nächsten Arbeiten herausbekommen möchte!«

Florian richtete sich auf. Na bitte. Das war doch was. Die Reflexionen des Meisterregisseurs als junger Mann, genau das, was er für seinen Artikel brauchte. Er griff nach dem Kugelschreiber, mit dem er die Kiste geöffnet hatte, und machte sich ein paar Notizen in seinen Taschenkalender. Dann las er den Brief zu Ende. In den letzten Absätzen berichtete David von seinen Schwierigkeiten, Geld für sein neues Projekt aufzutreiben. Er erwähnte auch einen Galeristen, der ihm beim »Corps« geholfen hatte, mit dem er sich jedoch inzwischen verkracht habe. Dennoch wolle er den Mann noch einmal aufsuchen.

»Denn es gibt etwas, womit ich diesen Galeristen trotz allem noch einmal ködern kann«, schrieb er. »Soweit ich weiß, hast du ›Das Corps‹ nie gesehen. Der Mann hatte meinen Film finanziert, weil ich ihm glaubhaft versichern konnte, dass er darin eine Geschichte zu sehen bekäme, wie er sie noch nie gesehen hatte. Und ich habe mein Wort gehalten. Das, was ich ihm zeigte, hat ihn hingerissen. Und weißt du, warum? Weil er noch versessener darauf ist als ich, in Abgründe einzutauchen, vor denen andere schockiert zurückweichen.

Ich unternehme diese Ausflüge wie ein Entdecker, der neugierig ist auf die letzten weißen Flecken der Landkarte. Er aber genießt es, in den Strapazen und Verwerfungen zu baden, die solche Exkursionen mit sich bringen. Er schwelgt darin, kann nicht genug davon bekommen und giert danach, die Schraube der Perversion immer noch weiterzudrehen. Beim ›Corps‹ kam es deshalb zum Streit zwischen uns, weil er noch weitergehen wollte als ich. Inzwischen ist mir klargeworden, dass er vielleicht gar nicht so unrecht damit hat. Was nützt es uns, vor Schritten zurückzuschaudern, die uns unbekanntes Gebiet erschließen? Wollen wir ewig auf das uns bereits Bekannte beschränkt bleiben? Nein! Oder?

Manchmal werfe ich mir vor, dass ich bald so abgestumpft sein könnte wie er. Dann aber packt mich wieder der Drang, Neuland zu betreten – egal, wie versumpft es sein mag. Und genau damit werde ich meinen Finanzier auch diesmal wieder ins Boot holen. Mit der Aussicht, ihm etwas bieten zu können, das er noch nie gesehen – noch nie erlebt hat. Denn ich kenne niemanden, der so großzügig sein Geld dafür investiert, der so versessen darauf ist, wie Tegtmeyer.«

Tegtmeyer!

Flo richtete sich auf. Der Galerist. *Das* war sein Name!

Hastig warf er die Sachen, die er aus dem Karton hervorgeholt hatte, wieder zurück. Nur den Brief und ein Foto, das er in dem Karton gefunden hatte und auf dem er zusammen mit David zu sehen war, steckte er ein.

Dann schob er die beiden Kisten zurück ins Regal, stand auf und verschwand in dem trüben Licht zwischen den Metallregalen der Lagerhalle.

19

Als Florian wenig später aus dem Gewerbehof trat, in dem sich das Lagerhaus befand, hatte er sein Handy am Ohr und war mit der Auskunft verbunden. Die Telefonistin gab ihm die Adresse von Tegtmeyers Galerie durch. Ein bisschen hatte sie suchen müssen, aber dann gab es doch nur eine Möglichkeit. Die Galerie befand sich in der Linienstraße, in Berlin-Mitte.

Bis zur nächsten S-Bahn-Station ging er zu Fuß. Er wusste, dass es von dort die schnellste Verbindung in den Ostteil der Stadt gab. Die Fahrt auf der erhöhten Schnellzugtrasse, die in weitem Bogen am neuen Machtzentrum der Hauptstadt vorbeifuhr, war für Flo eine angenehme Überraschung. Die Gegend zwischen Tiergarten und Brandenburger Tor hatte in den letzten Jahren ein ganz neues Gesicht bekommen. Hauptbahnhof, Kanzleramt, Reichstag – die Weitläufigkeit der Anlage gefiel ihm gut.

Am Hackeschen Markt stieg er aus und ließ sich von den Menschen treiben, die dicht gedrängt durch die Gassen und Sträßchen dieses alten Teils von Berlin wuselten. Gut zwei Stunden waren seit seinem Essen mit Thea vergangen, als er in die Linienstraße einbog. Nach ein paar Querstraßen gelangte er an ein aufwendig restauriertes Mietshaus, in dessen Erdgeschoss sich die Galerie Tegtmeyer befand, wie eine dezente vertikale Schrift neben der Tür anzeigte. Die beiden Schaufenster des ehemaligen Obst-und-Gemüse-Ladens waren mit Rauchglas ausgestattet, nur zwei schmale Streifen in Augenhöhe, die quer über die ganze Fensterfront verliefen, erlaubten einen Blick ins Innere. Flo trat an die Sichtschlitze heran und lugte hinein. Nichts als kahle, weiß gekalkte Räume. Niemand zu sehen. Er wandte sich um. Schräg gegenüber der Galerie mündete die Linienstraße in einen schönen und ruhigen Platz, auf dem sich eine Grünanlage befand.

Auf einer Parkbank am Rand der Anlage nahm er Platz. Sollte er einfach so in die Galerie hineinplatzen? Was er bisher über Tegtmeyer gehört hatte, hatte ihm nicht gefallen. Sein Instinkt sagte ihm, dass er sich lieber vorsehen sollte. Wieso hatte ihm Thea den Namen des Galeristen verschwiegen? War es klug, nach Tegtmeyers Verbindung zu David zu fragen? Auch Davids Andeutungen über den Galeristen in seinem Brief waren Flo nicht ganz geheuer.

Während er darüber nachdachte, wie er weiter vorgehen sollte, fiel ihm ein älterer Herr auf, der quer über den Platz auf die Galerie zusteuerte. Es war der Mantel des Mannes, der Flos Aufmerksamkeit erregte. Denn als der Wind die Mantelschöße aufwehte, war zu erkennen, dass er innen komplett mit dem gleichen seidig glänzenden Fell gefüttert war, das auch den Pelzkragen zierte.

Florian blickte dem Mann ins Gesicht. Er hatte eine spitze, blutleere Miene, die abweisend und zugleich verletzlich wirkte. Irgendetwas an dem Alten machte einen puppenhaften und artifiziellen Eindruck. Aber erst als er unmittelbar an Florians Bank vorüberlief, erkannte er, woran das lag. Der Alte trug eine Perücke – das war es! Die künstlichen, tiefschwarz gefärbten Haare hingen dem Greis bis vor die kleinen, stechenden Augen, mit denen er Flo für einen Augenblick musterte – dann war er an ihm vorbei.

Florian sah ihm nach. Der Alte lief geradewegs auf den Eingang der Galerie zu, deren Tür sich jetzt öffnete. Ein jüngerer Mann trat auf die Straße heraus und ging dem Alten entgegen. Flo zuckte zusammen. Den Jüngeren kannte er – es war Walter!

Unwillkürlich duckte er sich auf seiner Bank, um nicht gesehen zu werden, und beobachtete, wie Walter und der Alte ein paar Worte wechselten. Dann verschwand der Pelzkragen-Mann hinter der Rauchglastür im Inneren der Galerie, und Walter lief die Linienstraße in die Richtung hinunter, aus der Flo gekommen war.

Florian stand auf und setzte sich in Trab. »Walter!«

Walter schien ihn nicht gehört zu haben, denn er zog nur unmerklich die Schultern hoch und eilte weiter.

»Hey, Walter!« Flo holte ihn ein. »Bleib doch mal stehen.«

Als Walter ihn sah, verhärtete sich sein Gesicht. »Flo! Was machst du denn hier?«

Flo schlug ihm freundschaftlich auf den Rücken. »Ich war gerade auf dem Weg zu Tegtmeyer.«

Walter verzog den Mund. »Ach.« Einen Augenblick schien er nachzudenken, dann richtete er seine weißlichen Augen direkt auf Florians Gesicht. »Du, ich bin ein wenig in Eile.« Er spitzte die Lippen.

»Wirklich?« Florian lächelte. »Merkwürdig. Wen ich auch treffe, alle haben es eilig. Am schlimmsten Hannes.«

Walter nahm seinen Weg wieder auf. »Du hast Hannes getroffen?«

Flo lief neben ihm her. »Was ist los mit ihm, er wirkt, als ob er vor jemandem wegläuft.«

»Tatsächlich?« Walter beschleunigte seinen Schritt. »Hat er was gesagt?«

»Nein … beziehungsweise doch, er hat erzählt, dass im ›Auge‹, du weißt schon, Davids erstem Film, dass da subliminale Bilder drin sind.« Flo warf Walter von der Seite einen Blick zu. »Ich hab's nachgeprüft, es stimmt.«

Walter blieb bei einem großen schwarzen Benz stehen und ließ die Türen aufschnappen. »Und?«

»Wusstest du das?«

»Nee, keine Ahnung.« Walter ließ ein lebloses Grinsen aufblitzen und ging zu der Fahrertür des Wagens, zog sie auf, sah aber noch einmal zu Flo. »Ich kann dich nicht mitnehmen, das verstehst du doch, oder?«

»Klar, kein Problem«, entgegnete Florian, der auf dem Bürgersteig stehen geblieben war.

»Sag mal, Flo, was ich dich neulich schon fragen wollte«, sagte Walter, die weißlichen Augen versonnen in die Ferne gerichtet.

»Ja?« Flo lächelte, gespannt, was jetzt kam.

»So gut befreundet waren wir doch eigentlich gar nicht, oder?«

Florian musste lachen. Was für ein Drecksack!

Aber da tauchte Walter schon ab, verschwand in dem schweren Wagen und schlug die Wagentür hinter sich zu.

Am liebsten hätte Florian ihm kräftig aufs Dach geschlagen. Aber dann ließ er es doch und sah nur zu, wie sich der schwere Wagen aus der Parklücke schob und die

Straße hinunterglitt. Dass Walter ein Mistkerl war, war ja nun wirklich nichts Neues!

Er wandte sich um. Am anderen Ende der Straße waren die Rauchglasscheiben der Galerie zu sehen. Sollte er jetzt doch einfach dort reinplatzen? Wenn ihn sein Gefühl nicht trügte und der Alte, der vorhin an ihm vorbeigegangen war, tatsächlich Tegtmeyer war, konnte er sich allerdings schon denken, was er aus ihm herausbekommen würde. Nämlich gar nichts. Aber einen Versuch war es doch wert, oder?

Sein Blick fiel auf einen Mann, der wenige Schritte neben der Galerie in einem Hauseingang lehnte. Flo zuckte zusammen. Schon wieder derselbe Typ! Der Passant, der ihn beobachtet hatte, als ihn der Lkw um ein Haar überfahren hätte. Was hatte der denn hier zu suchen? Das war doch kein Zufall! Die Wut stieg ihm zu Kopf. Was war hier los? War das auch einer von Tegtmeyers Leuten? Wie Walter?

Ärgerlich steuerte Florian auf den Mann zu, der den Hauseingang inzwischen verlassen hatte und schnellen Schritts die Straße hinuntereilte. »He, Sie!«

Der Typ reagierte nicht, sondern begann, immer schneller von Florian wegzugehen.

Flo fiel in Trab. Jetzt reichte es ihm. »Wir haben uns doch vorhin schon mal gesehen, richtig?«, rief er.

Aber der Mann drehte sich nicht um, sondern fing an zu laufen. Er lief vor ihm weg!

»Verdammte Scheiße, bleiben Sie stehen!«, brüllte Flo aufgebracht.

Jetzt begann auch er zu laufen. Er spürte, wie seine Tritte schwer auf das Pflaster stampften, während der

Mann vor ihm leichtfüßig und federnd vorankam. Aber Florian wollte sich nicht abhängen lassen. Er nahm all seine Kraft zusammen, achtete nicht auf den stechenden Schmerz in der Lunge, nicht darauf, dass sein Mantel ihn beim Laufen behinderte, dass er keuchte, dass die Leute stehen blieben und ihm verwundert nachsahen. Er wollte den Kerl erwischen, der dort vor ihm davonlief!

Der andere nutzte das Rot einer Ampel und sprintete vor den wartenden Autos zur gegenüberliegenden Straßenseite. Als Florian ihm folgen wollte, sprang die Ampel auf Grün, und die Wagen fuhren an. Aber es war Flo egal. Er lief einfach weiter, geradewegs vor die startenden Fahrzeuge. Das Hupen drang laut in sein Ohr – im nächsten Augenblick hatte er den Bürgersteig auf der anderen Straßenseite erreicht. Er hörte, wie die Autos mit aufheulendem Motor hinter ihm vorbeifuhren, wie jemand ihm wütend hinterherrief. Aber er hastete weiter. Er wollte sich nicht abhängen lassen, das war jetzt alles, was zählte.

Schon verringerte sich der Abstand zwischen ihnen. Flos Jagdinstinkt war erwacht. Er flog beinahe über das Pflaster, wie angekettet an den Verfolgten, angekettet mit einer Kette, die er Glied für Glied einholte.

Der andere musste bemerkt haben, dass der Abstand zwischen ihnen schrumpfte – denn plötzlich blieb er stehen und wandte sich um.

Keuchend lief Florian aus und baute sich vor ihm auf. »Was wollen Sie von mir?«, stieß er hervor und packte den Fremden am Arm.

Sein Gegenüber blieb überraschend ruhig. »Wie bitte?«

Erst jetzt bemerkte Flo, dass sie in etwa gleich groß

waren, dass der andere aber durchtrainierter und kräftiger wirkte als er. Für einen Rückzieher war es jedoch zu spät.

»Wer schickt Sie, Mann?«, polterte Flo.

Im selben Moment spürte er einen stechenden Schmerz in der Seite, dann flog sein Kopf nach hinten. Für den Bruchteil einer Sekunde kam es ihm so vor, als würde sein Schädel vom Rumpf gerissen. Er taumelte zurück, verlor das Gleichgewicht und knallte aufs Pflaster. Wie eine rote Sonne ging der Schmerz zwischen seinen Augen auf.

Dann verlor er das Bewusstsein.

20

Als er wieder zu sich kam, schien sein Hirn den Schädel von innen aufsprengen zu wollen. Das Tageslicht stach messergleich durch die Pupillen in seine Augäpfel.

Flo stöhnte auf. Er lag auf dem Bürgersteig. Eine Frau hockte neben ihm. Von dem Mann, der ihn niedergeschlagen hatte, keine Spur.

»Bleiben Sie liegen, ich rufe einen Krankenwagen, okay?« Die Frau sah ihn an, ihr Mobiltelefon in der Hand.

Flo ächzte. »Haben Sie etwas gesehen?«

»Sie liegen hier mitten auf dem Bürgersteig – das hab ich gesehen.«

Vorsichtig tastete Flo nach seinem Kopf. Bei jeder Bewegung schienen die Nervenstränge bis tief in die Wirbelsäule hinein aufzuglühen. Er sank zurück.

Die Frau fing ihn auf, bevor sein Kopf aufs Pflaster schlug.

Flo blinzelte. »Ich muss zur Polizei.«

Sie nickte. »Gleich.«

Er rappelte sich auf. »Nein, jetzt.«

Die Auseinandersetzung mit den Beamten auf der Wache, zu der ihn die Frau netterweise gebracht hatte, zog sich in die Länge. Einfach so niedergeschlagen? Wie? Ohne

Streit – von einem wildfremden Mann? Das konnten sich die diensthabenden Polizeimeister gar nicht so recht vorstellen. Seine Angaben wurden zwar sorgfältig zu Protokoll genommen. Als alles aufgeschrieben war und Florian sich immer noch nicht verabschieden wollte, wurden sie allerdings unwirsch. Aber Flo ließ nicht locker, trotz seiner Kopfschmerzen. Er wollte wissen, was sie als Nächstes zu unternehmen gedachten.

Endlich bequemten sich die Beamten, einen Vorgesetzten dazuzubitten. Der interessierte sich dann schon ein wenig mehr für Florian und sein Anliegen. Herr Baumgartner sei also zu Besuch in Berlin? Als Tourist? Nein, beruflich? Aha. Er recherchiere für einen Artikel? Presse? Ah ja. Über einen gewissen Mosbach, David? Hm. Und der ist was? Vermisst? Sieh mal an!

Dann hieß es wieder warten. Die Stunden vergingen. Flo wollte die ganze Sache schon abblasen, als ein weiteres Mal die Tür zu dem fensterlosen Zimmer aufging, in dem man ihn geparkt hatte. Ein hagerer Mann mit grauem Stoppelhaarschnitt betrat den Raum. Im Gegensatz zu den Polizisten, die sich zuvor um Flo gekümmert hatten, sah er aus wie jemand, der nicht nur Anweisungen befolgte, sondern auch mal seinen Kopf einschaltete.

Der Beamte streckte die Hand aus. »Herr Baumgartner?«

Florian stand auf und nahm die Hand. »Ja?«

»Riemschneider, LKA Berlin.«

Der Mann setzte sich hinter den graugrünen Stahlschreibtisch, der in dem Zimmer stand, und knipste die kleine Lampe darauf an. »Sie sind wegen David Mosbach hier?«

Florian blieb vor dem Schreibtisch stehen. »Nein. Ich bin hier, weil ich am helllichten Tage niedergeschlagen wurde.« Er ärgerte sich. »Das habe ich doch den Kollegen schon gesagt.«

Riemschneider nickte. »Sie haben warten müssen, das tut mir leid. Heute ist viel los.« Er deutete auf den Stuhl vor dem Schreibtisch. »Setzen Sie sich doch, und lassen Sie uns in Ruhe reden.«

Flo betastete seine Seite, die heftig schmerzte. Was hatte der andere ihm bloß angetan? Hatte er ihm in die Seite geschlagen? Aber warum war er davon gleich bewusstlos geworden?

»Ich will ja nur wissen, ob Sie die Sache jetzt einfach im Aktenschrank versenken oder ob Sie konkret was unternehmen.« Er ließ sich in den Stuhl fallen. »Und was David Mosbach angeht – der wird seit Wochen vermisst. Aber von Polizeiseite scheint sich niemand darum kümmern zu wollen.«

»Wie kommen Sie denn darauf?« Riemschneiders Stimme war plötzlich scharf.

»Ich habe mit der Dame gesprochen, die die Vermisstenanzeige aufgegeben hat.«

Riemschneider sah ihn an. »Thea Harloff?«

Florian zuckte zusammen. Wieso kannte er ihren Namen?

Riemschneider zog ein Päckchen Zigaretten aus der Tasche und steckte sich eine an. »Hören Sie, Herr Baumgartner, ich will ganz offen mit Ihnen sein. Der Fall Mosbach wird bei uns sehr genau geprüft zurzeit. Der Eindruck, den Frau Harloff gewonnen hat, trügt.«

»Ah.«

»Sie müssen wissen, dass wir Mosbach schon im Auge hatten, bevor er verschwand.«

Das ungute Gefühl in Flos Bauch verstärkte sich. Was sollte das heißen?

»Er ist wiederholt aufgefallen«, fuhr Riemschneider fort. »Die Ermittlungen laufen noch, deshalb möchte ich über Einzelheiten nichts sagen. Aber Sie scheinen es ja ganz genau wissen zu wollen.«

Worauf hatte David sich eingelassen? Drogen? Die hatten ihn aber eigentlich nie interessiert. Oder ging es um »Audience«? »Na ja. Ich würde gern wissen, was ihm zugestoßen ist.«

»Dass Sie die Informationen, die ich Ihnen jetzt gebe, nicht veröffentlichen dürfen und vertraulich behandeln müssen, ist Ihnen klar?«

»Okay.«

Wie sehr musste er Riemschneiders Spiel eigentlich mitspielen?

Riemschneider zog an seiner Zigarette. »Es geht um verbotene Filme.«

Verbotene Filme?

«Gewaltverherrlichung, Volksverhetzung, die ganze Palette.«

Der Beamte beugte sich vor und sah Florian in die Augen. »Ich weiß nicht, ob Sie wissen, was da mittlerweile so alles auf dem Markt ist. Manche Videos sind so ekelhaft, dass es einem glatt hochkommt.«

»Ist das nicht Geschmackssache?« Trotzig lehnte sich Flo in seinem Stuhl zurück.

»Wenn bestimmte Grenzen überschritten werden, eben nicht!«, antwortete Riemschneider.

Flo verschränkte die Arme. Er musste an die Bilder denken, die er in dem Keller in Oberschöneweide gesehen hatte. Scheiße.

»So wie es aussieht, hat Mosbach die Dinger zum Teil selbst produziert«, fuhr Riemschneider fort und stand auf. »Ich gehe davon aus, dass das auch der Grund für sein Abtauchen ist.«

Für sein Abtauchen? Florian betastete seinen Nacken. Er brauchte dringend ein Aspirin. Oder besser einen anständigen Drink. Er konnte sich kaum auf das konzentrieren, was Riemschneider ihm da erzählte.

Der Beamte kam um den Schreibtisch herum und lehnte sich direkt vor Flo gegen die Tischplatte. »Ich muss mich bei Ihnen entschuldigen. Der Kerl, der Sie vorhin ausgeschaltet hat, war einer von uns.«

Florian sah wütend zu ihm hoch. »Soll das heißen, dass sie mich ... wie heißt das? ... beschatten lassen?«

Riemschneider antwortete nicht gleich. »Robert Tegtmeyer, der Galerist«, sagte er schließlich. »Er gehört zu den Leuten, die nicht genug von dem Dreckzeugs bekommen können. Wir haben seine Galerie und sein Umfeld seit Längerem unter Beobachtung. Deshalb haben wir auch mitbekommen, dass Sie sich mit Walter Kunert getroffen haben. Also sind wir an Ihnen drangeblieben. Als Sie unseren Beamten vor der Galerie attackierten, konnte er nicht sicher sein, wie weit Sie gehen würden. Er hat seinen Taser gegen Sie eingesetzt. Eine angemessene Vorsichtsmaßnahme, ich hoffe, Sie haben Verständnis dafür. Sie können sich gar nicht vorstellen, mit was für Leuten wir es in dieser Szene teilweise zu tun haben.«

Flo wurde langsam misstrauisch. »Warum erzählen Sie mir das alles?«

»Sie machen auf mich den Eindruck, als gehörten Sie nicht zu diesen Leuten.«

»David Mosbach und ich sind seit Jahren befreundet.«

»Schon eine Weile nicht gesehen, oder? Sonst wären Sie nicht so erstaunt, dass er etwas mit illegalen Filmen zu tun hat.«

»Mag sein.« Florian hatte die Nase langsam voll. Erst hatte er ja unbedingt mit einem Verantwortlichen sprechen wollen. Aber nun hatte er genug gehört. Er wollte endlich gehen.

Da beugte sich Riemschneider zu ihm vor. »Unsere Ermittlungen laufen bereits seit Längerem. Weit sind wir bisher allerdings nicht gekommen.«

»Ja.«

»Vielleicht können Sie uns helfen.«

Jetzt stand auch Florian auf. »Da muss ich passen.« Er hatte Polizisten nie leiden können. Man wusste nie, wie tief sie einen in ihre Arbeit hineinzogen. Und der hier rückte ihm ganz eindeutig zu sehr auf die Pelle.

»Ich kann Sie nicht zwingen, Baumgartner.« Riemschneider stieß sich von der Platte ab und ging wieder hinter den Schreibtisch.

Flo schnaubte. »Das wär ja noch schöner.« Er wandte sich zur Tür. Das Gespräch nahm eine ungute Wendung. Er wollte raus hier. Und zwar so schnell wie möglich. Kurz vor der Tür blieb er aber noch einmal stehen und drehte sich um. »Wer sagt Ihnen, dass David Mosbach abgetaucht ist? Vielleicht ist ihm etwas zugestoßen! Erst recht, wenn diese Szene so gefährlich ist, wie Sie sagen.«

Riemschneider hatte sich wieder hinter den Schreibtisch gestellt. Sein Gesicht lag in dem Schatten, den der Schirm der kleinen Lampe warf, und er schwieg.

Flo holte Luft. »Vielleicht sollten Sie lieber versuchen, ihm zu helfen, anstatt ihn zu verdächtigen!«

»Ich glaube nicht, dass Mosbach in Gefahr ist.« Riemschneiders Stimme klang klar, kühl und gefasst aus dem Halbschatten zu Florian herüber. »Ich glaube, dass die Gefahr von ihm ausgeht.«

21

Flo war froh, als er zurück im Savoy die Hotelzimmertür hinter sich zuwerfen konnte. Sein Kopf schmerzte, als würde er zwischen zwei Mühlsteinen zermahlen. Aber nach zwei Aspirin, die er in seinem Kulturbeutel fand, ließ der Schmerz langsam nach. Eine halbe Stunde lang blieb er mit dem Gesicht im Kissen auf dem Bett liegen und ließ dem Aspirin Zeit zu wirken. Dann zog er sich aus, wusch sich, schlüpfte in ein frisches Hemd und schnappte sich ein eisgekühltes Bier aus der Minibar. Das würde bei den Kopfschmerzen vielleicht nach hinten losgehen, aber das brauchte er jetzt. Er öffnete es und schaute gedankenverloren aus dem Fenster auf das Kino gegenüber. »Verbotene Filme«, hatte Riemschneider gesagt. Was genau sollte das heißen?

Mit der Flasche in der Hand rief er bei der Rezeption an und ließ sich erklären, wie er mit dem Notebook, das er aus Madrid mitgebracht hatte, vom Hotelzimmer aus online gehen konnte. Es war kein Problem. Sie hatten einen Netzwerkanschluss, der zu der Karte in seinem Rechner passte. Florian nahm einen Schluck aus der Flasche und baute seinen Computer auf. Zwei Minuten später loggte er sich ein.

Splatter, Horror, Slasher, Gore. Florian hatte sich nie

sonderlich dafür interessiert. Während er die ersten Suchmaschinenergebnisse überflog, wurde ihm klar, dass die Horrorfilm-Fangemeinde, die mit dem Aufkommen des Videovertriebs Mitte der Achtziger entstanden war, nie aufgehört hatte zu wachsen. Die Liste der in Deutschland indizierten Filme umfasste inzwischen weit über hundert Titel. Offensichtlich machten sich in letzter Zeit besonders deutsche Regisseure als Schlachtmeister einen Namen. Jörg Buttgereit hatte den Anfang gemacht, Flo erinnerte sich noch gut an »Nekromantik« und den »Todesking«. Seine Jünger hießen heute Ittenbach, Holzner oder Schnaas – die düsteren Stars des »German Gore«. Der Vertrieb ihrer Filme war zum Teil streng verboten. Und das sollte etwas heißen. Denn japanische Schocker, die das Revival des Genres Ende der Neunziger eingeleitet hatten, Filme, in denen ein Mann einer Frau bei lebendigem Leibe die Brust abschneidet und sie verspeist oder in denen ein hilflos Gefesselter von einer Frau genüsslich mit einem heißen Draht zerteilt wird, waren ohne Weiteres in den einschlägigen Videotheken zu bekommen.

Je länger Flo recherchierte, desto mehr stieß ihn ab, was er erfuhr. Gleichzeitig ergriff ihn aber auch eine unfreiwillige Neugier. Was war erst in den verbotenen Filmen zu sehen, wenn solche Szenen erlaubt waren? Der Schock über »Audience« saß noch tief. Und doch fragte er sich unwillkürlich, wie weit die Fantasie in dieser grafischen, bösartigen Richtung inzwischen wohl ging.

Aber so sehr er sich auch bemühte herauszufinden, wo in Berlin die Uncut-Versionen der Indexfilme seit »Cannibal Holocaust« zu bekommen waren, kam er im

Netz doch nicht weiter. Kein Wunder. Wer veröffentlichte schon, dass er illegalen Aktivitäten nachging? Auch die Suche unter dem Stichwort »Audience« brachte keine brauchbaren Ergebnisse. Außerhalb von ein paar Foren, in denen mit dem üblichen Internet-Halbwissen darüber diskutiert wurde, tauchte der Film nicht auf.

Kurzerhand notierte Florian sich ein paar von den indizierten Titeln, trank das Bier aus und verließ das Hotel.

Wenig später betrat er die Videothek in Schöneberg, in der er schon »Das Auge« bekommen hatte. Der Kahlkopf von neulich grinste ihm entgegen. Flo legte die DVD auf den Tisch und begann beiläufig zu erzählen, dass er auch heute wieder auf der Suche nach einem außergewöhnlichen Film sei. Der Videothekar hinterm Tresen musterte ihn schweigend.

»Zum Beispiel ›Dark Rock‹«. Es war Flo so peinlich, als würde er einen Hardcore-Porno bestellen.

»Von Holzner?«

Florian nickte.

Der Typ stülpte die Unterlippe vor. »Hamm wa nich.« Er wirkte betont ruhig.

»Was ist mit ›Burning Moon‹?«

Der Kahlkopf lehnte sich auf den Tresen. »Willst du mich verarschen?« Das Gutmütige war weg. »Die Filme sind indiziert. Ich verlier meine Lizenz, wenn ich die hab.«

Florian zog einen Hundert-Euro-Schein aus der Tasche und legte ihn auf die Theke. »Schon klar. Ich wollte ja auch nur wissen, wer mir weiterhelfen kann.«

Der Kahlkopf sah auf den Schein. Und wirkte plötzlich

richtig schlecht gelaunt. Flo machte, dass er aus dem Laden herauskam.

Zurück auf der Straße lief er ziellos an den Bars und Cafés entlang, die sich seit Einbruch der Dunkelheit langsam füllten. Es war immer das Gleiche. Ob illegale Prostitution, Käfigkämpfe oder indizierte Filme – in einer illegalen Szene zu recherchieren brauchte vor allem Geduld und viel Zeit. Ihm fiel ein, dass er bei seiner Internetrecherche erfahren hatte, dass eingefleischte Horrorfilmgucker oftmals auch leidenschaftliche Metal-Fans sind. Er winkte einem Taxi. Vielleicht konnte er in einer Metal-Bar mit ein paar netten Leuten Bekanntschaft schließen?

Der Taxifahrer starrte ihn ratlos an. »Metal-Bar?«

»Gibt's das nicht mehr in Berlin?«

»Das weiß ich doch nicht.«

»Könnten Sie vielleicht mal Ihre Kollegen fragen? Das wär super!«

Über Funk erfuhr der Fahrer von einem Metal-Eck in Friedrichshain.

Als Flo sich knapp zwanzig Minuten später an der Theke dort niederließ, sah er, dass seine Idee vom Ansatz her gar nicht so schlecht gewesen war. In der Kneipe gab es kaum Licht, die Musik war ohrenbetäubend, und die Nachtgestalten, die sich hier tummelten, sahen ziemlich genau so aus, wie er sich echte Splatterfans vorstellte. Der Barmann bediente erst alle anderen, bevor er sich ungeduldig an Florian wandte.

»Ein Bier, bitte.« Flo legte seinen Hunderter auf den Tresen, der im blauroten Licht der Bar verführerisch funkelte. Wenn es jetzt nicht klappte, konnte er die ganze Sache ohnehin vergessen.

»Und eine Info.« Er schob den Schein Richtung Barmann, hielt ihn aber noch fest.

Der Zottelbär hinter dem Tresen verlagerte sein Gewicht auf das andere Bein. Flo hatte jetzt seine ungeteilte Aufmerksamkeit.

»Ich hab gehört, in Berlin wird viel Splatter geguckt.«

Keine Reaktion.

»Uncut.« Flo zog die Hand zurück. Der Schein lag jetzt scheinbar herrenlos zwischen ihnen.

»Ja?«

»Ja. Da wollt ich mal fragen.«

Der Barkeeper nahm den Schein an sich. Das war schon mal gut. Er checkte, ob sie jemand beobachtete. Noch besser. Dann war der Schein plötzlich weg. Jetzt musste allerdings auch die Info folgen.

»'s gibt 'n kleines Kino unten in Neukölln, da zeigen sie Filme nach Mitternacht. Hab ich mal gehört.«

»Wie heißt es denn?«

»Das Galaxy.«

»Das gibt's noch?«

Zottelbär sah Flo ausdruckslos an. »Willste das Bier noch?« Er schien der Auffassung zu sein, sich das Geld bereits redlich verdient zu haben.

Flo stand auf. »Nee, lass ma.«

Als er beim Galaxy ankam, war es kurz vor halb zwölf. Vor Jahren hatte er hier in langen Filmnächten die zerschrammelten Kopien der üblichen Klassiker gesehen. Lange Sergio-Leone-Nacht. Lange Stanley-Kubrick-

Nacht. Lange Indiana-Jones-Nacht. Die Holzsitze waren mörderisch gewesen, der Ton erbärmlich. Aber das Kino hatte die Filme, die sonst keiner mehr brachte, auf großer Leinwand gezeigt. Und das hatte was.

Er warf einen Blick auf die Anzeigetafel über dem Eingang. Es lief ein Bollywood-Streifen, von dem er noch nie was gehört hatte. Letzte Vorstellung um halb elf. Es konnte also nicht mehr lange dauern.

Florian beschloss, sich vor dem Ausgang in der Seitenstraße zu postieren. So waren sie auch früher schon umsonst in die Spätvorstellung gekommen. Einfach vor der Tür warten, bis jemand das Kino verlässt. Die Tür aufhalten, bevor sie wieder ins Schloss fällt – und sich möglichst nicht erwischen lassen.

Gegen halb eins traten die ersten übermüdeten Bollywood-Gucker aus dem Kino ins Freie. Mehr als ein Dutzend Zuschauer hatten sich den Film nicht angesehen. Flo drängelte sich an ihnen vorbei durch die Tür. Er wurde spöttisch gemustert. Zu sagen wagte jedoch niemand etwas.

Der Saal war leer, als er ihn betrat. Wurde sauber gemacht zwischen den Vorstellungen? Gab es einen Code oder so etwas? Musste man Mitglied sein? Er beschloss, hinten bei den Toiletten erst einmal abzuwarten.

Kurz vor eins begann sich eine Handvoll Leute in dem Saal zu versammeln. Flo schlenderte wie selbstverständlich aus dem Gang, der zu den Toiletten führte, zurück in den Saal. Keiner beachtete ihn. Er entschied sich für einen Holzsitz in den hinteren Reihen und beobachtete unauffällig die anderen Besucher. Das übliche Berliner Szene-Publikum. Ein paar von ihnen schienen Drogen geschluckt zu haben, andere hielten sich einfach nur an ihrem Bier fest, einer wollte seiner Freundin offenbar zeigen, was für abgefahrene Sachen er draufhatte. Die meisten waren keine dreißig und sahen eher harmlos aus.

Endlich lief der Film an.

Schon nach wenigen Minuten hatte Florian genug gesehen. Es war eine geist- und herzlose Kette von Schlachtfesten, Blutorgien und Verstümmelungen. Ohne Zusammenhang, ohne Gefühl, beseelt einzig von dem Wunsch, den Sadismus der Zuschauer zu befriedigen.

Er schloss die Augen. Den Dreck brauchte er sich nicht anzusehen. Stoisch ließ er das dumpfe Geheul und die Schreie, das Geräusch von knackenden Knochen und platzenden Gedärmen, den Sound des Hackens, Schlitzens, Brechens und Berstens über sich ergehen.

Es bestand kein Zweifel, mit so etwas würde David nichts zu tun haben. Er mochte sich über Tabus und Verbote hinwegsetzen, möglicherweise sogar, um ein besonderes Vergnügen dabei zu empfinden. Einen so verrohten, abgestumpften, ja unendlich langweiligen Film würde es von ihm aber nicht geben.

Genervt ließ Florian die endlosen hundert Minuten des Machwerks über sich hinwegbrausen.

Als die Lichter in dem Saal endlich wieder angingen, schien die gute Laune, die zu Beginn noch unter den Zuschauern geherrscht hatte, verflogen zu sein. Der Gewaltexzess war auch an diesen Hardcore-Fans nicht spurlos vorübergegangen.

Beim Hinausgehen fiel Flo ein Mann auf, der allein gekommen war. Er wirkte etwas älter als die anderen, vielleicht sogar älter als Flo. Wenn der sich nicht auskannte, wer dann?

Florian richtete es so ein, dass sie nebeneinander das Kino verließen. Vor der Tür haute er ihn an. »War ja nicht so doll heute, wa?«

Der Mann zündete sich gerade eine Zigarette an. Er warf Florian einen kurzen Blick zu, grunzte und wollte weitergehen.

Flo lächelte. »Hast du eine über? Meine sind alle.« Er nickte zu dem Zigarettenpäckchen.

Der Kerl trug einen Trainingsanzug, hatte schlechte Haut und war übergewichtig. Was musste er für ein Leben führen, dass er sich die Nächte mit so einem Müll um die Ohren schlug?

Er nestelte an seiner Jacke, um das Zigarettenpäckchen aus der Tasche zu ziehen.

Flo ergriff die Gelegenheit beim Schopf. »Haste mal 'nen Film vom Mosbach gesehen? Außer dem ›Corps‹ mein ich.«

Der Typ zog eine Zigarette halb aus dem Päckchen und hielt es Flo unter die Nase. »›Das Auge‹, hm? Nicht schlecht.«

»Ja, das sowieso, aber ich mein die andern.« Flo griff nach der Zigarette.

Der Typ sah ihn an. »Welche andern?« Das schien ihn zu interessieren.

»Keine Ahnung von den Titeln, aber ich hab gehört, die sollen verschärft sein.«

Der Dicke schien ihm kein Feuer geben zu wollen. Flo nahm die unangezündete Zigarette aus dem Mund. »Feuer?«

Der andere grunzte wieder und begann, zerstreut nach seinem Feuerzeug zu suchen. »Mosbach hat noch andere Sachen gemacht? Ich dachte, nach dem Tokio-Ding hätte er sich nicht mehr getraut, illegal zu arbeiten.«

Jetzt war Florian der Interessierte. »Tokio-Ding?«

Der Typ hielt ihm das Feuerzeug hin. »Ja, diese Fernsehsache, haste davon nie was gehört?«

Florian sog an der Zigarette und schüttelte den Kopf.

Der Typ ließ das Feuerzeug zuschnappen. »Nee, ich weiß auch nicht. Es ging wohl um irgendwelche Muster, die bei bestimmten Leuten krasse Symptome hervorrufen. Also wenn man sich die Muster ansieht.«

»Muster?«

»Bilder halt, abstrakt, weißte? Mosbach hatte die Bilder aufgetrieben und es irgendwie hinbekommen, dass das Zeug über einen Sender gejagt wurde. Geil!«

Er strahlte Flo an, fast so stolz, als wäre ihm dieser Coup selbst gelungen.

22

Hölzemann war einverstanden, er wollte sehen, was sich machen ließe. Von Riemschneider und seinem Ausflug in die Schattenseiten der Kinokultur hatte Florian seinem Redakteur erst gar nichts erzählt. Aber er hatte ihn wegen dieser Tokio-Sache angerufen. An die Archive der Sender kam er ohne Hölzemann nicht heran.

Am späten Vormittag klingelte Flos Handy.

»Die würden am liebsten so tun, als wüssten sie nichts davon.« Hölzemann klang richtig aufgeregt.

»Was haben Sie rausbekommen, Richard?« Wenn die Arbeit investigativ wurde, zeigten sich Hölzemanns Qualitäten.

»Gehen Sie zum Hauptstadtstudio, ein Redakteur aus der Hauptabteilung Unterhaltung, ein gewisser Melzer, erwartet Sie dort. Mir wollte er die Einzelheiten am Telefon nicht sagen. Die Fernsehnasen haben immer noch eine Mordswut auf Mosbach. Wenn ich nicht damit gedroht hätte, dass wir die Sache mit oder ohne sie herausbekommen, hätten sie sich nie bereit erklärt, mit uns zu kooperieren.«

Eine knappe Stunde später nahm Florian im Foyer des Senders Platz. Bald darauf eilte ein hochgewachsener Mann um die fünfzig durch die sterile Halle auf ihn zu. Das konnte nur Melzer sein.

Sie begrüßten sich kollegial. Melzer hatte Geheimratsecken, einen leicht mutlosen Gesichtsausdruck und eine vorsichtige Stimme. Ein Beamtentyp, dem es wichtiger zu sein schien, nur ja keinen Fehler zu machen statt endlich einmal das Richtige, dachte Flo, als er ihm die Hand schüttelte.

Melzer bat Florian, wieder in der zugigen Sitzecke des Foyers Platz zu nehmen. Offenbar hoffte er, ihn zwischen Tür und Angel abfertigen zu können. Nach den üblichen Höflichkeitsformeln kam Flo auf Davids vorübergehendes Engagement für den Sender zu sprechen.

Melzer nickte. »Herr Mosbach bekam damals, Anfang '98, von uns den Auftrag, einen Kriminalfilm für den Freitagabendplatz zu inszenieren. Er hatte einige Jahre zuvor die Filmschule absolviert, sein Abschlussfilm hatte großes Aufsehen erregt. Kein Wunder, dass wir uns für ihn interessierten. Wir hatten ein Gespräch mit ihm geführt und waren zu der Überzeugung gekommen, mit Herrn Mosbach einen qualifizierten Regisseur zu engagieren.«

»Um was für einen Stoff ging es denn?«

»Eine ganz normale Polizeigeschichte, ich erinnere mich jetzt nicht mehr an alle Details. Das aber weiß ich noch: Wir waren übereingekommen, dass er die Geschichte relativ glatt inszenieren würde, also nicht oberflächlich, aber doch ohne allzu sehr aus den Konventionen des Senders auszuscheren. Und Herr Mosbach hatte mehrfach versichert, dass er sich freuen würde, den Film für uns zu machen.«

Melzer machte eine Pause.

»Aber?«

»Aber dann kam alles ganz anders. Denn er drehte *zwei* Filme.«

»Tatsächlich!« So was Ähnliches hatte er ja auch gemacht, um Tegtmeyer hinters Licht zu führen, schoss es Flo durch den Kopf.

»Einmal unseren Krimi«, fuhr Melzer fort. »Und außerdem eine Doku über die angebliche Wirkung bestimmter Bildmuster.«

»Hm.«

»Nur – von der Doku wussten wir nichts! Stattdessen fand ganz normal die Abnahme des Krimis statt. Der Film war nicht schlecht, aber ein wenig gewalttätiger, als wir uns das gewünscht hatten. Der Abteilungsleiter entschied deshalb, dass wir ihn nicht – wie geplant – um 20 Uhr 15 senden würden, sondern auf einem weniger beachteten Platz um 22 Uhr 45.«

»Das wird David nicht gefallen haben.«

»Das weiß ich nicht. Aber ich weiß, dass am Sendetag das Band aus dem Archiv geholt wurde. Es war korrekt beschriftet, es fand die technische Abnahme statt, alles bestens. Doch dann, um 22 Uhr 45, als die Sendung begann, lief nicht der Krimi …«

»… sondern die Doku.«

»Genau. Es hat uns kalt erwischt, keiner war darauf vorbereitet. Mosbach muss sich in die Sendeleitung geschlichen haben, wo die Bänder, die ausgestrahlt werden, von einer Maschine abgespielt werden. Später erzählten uns die Mitarbeiter, dass er sich in den Tagen zuvor öfter dort herumgetrieben hatte, angeblich, weil er sich für die Technik interessierte. Dabei wird er gecheckt haben, wann es möglich ist, unbemerkt das Sendeband auszutauschen.«

»Ein Anschlag auf Ihr Haus!«

»Das kann man wohl sagen. Wir stellten auch fest, dass das Band mit der Tokio-Doku dieselbe Archivnummer hatte wie der Krimi. Er muss alles mit erheblichem Aufwand vorbereitet haben.«

»Alle Achtung.« Florian setzte sich zurecht. Die gestrige Nacht steckte ihm noch in den Knochen. »Das ist damals gar nicht richtig durch die Presse gegangen, oder?«

»Nur am Rand. Die Intendanz hatte mit den Behörden vereinbart, dass die Sache kleingehalten würde. Man wollte nicht, dass publik würde, wie einfach es ist, in den Betrieb unseres Hauses einzugreifen.«

»Worum ging's denn in der Doku?«

»Es war reiner Unsinn. Mosbach hatte in Tokio gedreht. Angeblich schauen sich dort bestimmte Freaks speziell präparierte Videos an, auf denen abstrakte Bildmuster zu sehen sind. Spiralen, Blitze, Farbmuster, so was. Je länger man sich diesen Mustern, die vom Bildschirm ja abgestrahlt werden, aussetze, desto stärker sei die Wirkung. Teilweise würden die Videos sogar stärker wirken als jede Droge, so die Doku. Mosbach ließ vermeintliche Wissenschaftler auftreten, die mit allerlei Fachtermini dieses Phänomen zu erklären schienen. Fans, die von der sagenhaften Wirkung der Videos sprachen, kamen zu Wort. Sogar Fahnder, die berichteten, dass die Videos zum Teil ihren Weg schon bis nach Deutschland gefunden hätten, jedoch strengstens verboten und hoch gefährlich seien. Hanebüchener Unsinn. Wir hätten das natürlich niemals über den Sender gelassen.«

»Es ging ihm gar nicht um den Krimi, sondern um die Doku.«

»Das sagte er später auch. Er habe den Krimi nur als Tarnung gedreht, um auf dem Sendeplatz die Tokio-Doku platzieren zu können.«

Flo musste grinsen.

Melzer blieb ernst. »Wenn man sich die Doku ansieht, ist sofort klar, dass es sich nur um einen Scherz handeln kann. Aber bei uns wurde die Sendung ja ohne jeden Hinweis auf Satire, ohne jede Warnung ausgestrahlt. Und dann wurde die Ausstrahlung auch noch ganz plötzlich abgebrochen, als die Sendeleitung merkte, dass irgendetwas schieflief. Damit wirkte alles nur umso authentischer.«

Flo war jetzt wieder hellwach. War es das, was David in seinem Brief angedeutet hatte?

»Können wir uns das Material mal ansehen?«

Melzer seufzte. »Ich hatte ja Ihrem Redakteur schon mitgeteilt –«

»Richtig«, unterbrach Flo ihn. »Und Hölzemann hat mir gesagt, dass Sie kooperieren würden.« Er lächelte Melzer an.

Der wand sich.

»Kommen Sie, Melzer. Wenn Sie meinem Redakteur nicht schon zugesagt hätten, dass Sie sich in die Karten sehen lassen, hätten wir uns doch gar nicht erst getroffen.« Er stand auf.

Widerwillig erhob sich auch Melzer. »Da entlang.«

Durch endlose grauweiße Flure gelangten sie in einen kleinen Sichtungsraum, in dem sich ein Beta-Player und ein Monitor befanden. Melzer hatte das Tape mit der Tokio-Doku bereits eingelegt.

Florian setzte sich an den Apparat und bediente die Knöpfe.

Bilder von Tokio flimmerten über den Bildschirm. Eine High-Tech-Stadt wie aus einem Science-Fiction-Film.

Melzer stöhnte. »Den Kollegen in der Sendeleitung fiel natürlich gleich auf, dass etwas nicht stimmte. Aber die Beschriftung war korrekt. Und bis sie um diese Uhrzeit einen Verantwortlichen erreicht hatten, waren bereits weit mehr als fünf Minuten über den Sender gegangen.«

Auf dem Monitor war eine junge Japanerin zu sehen, die mit der U-Bahn durch die Stadt fuhr. Dazu war die Stimme eines Kommentarsprechers zu hören, der erzählte, dass das Mädchen einer Gruppe von Teenagern angehörte, die rätselhafte Videos konsumierten. Dann begann die Japanerin, sich mit dem Reporter zu unterhalten, der sie begleitete, der aber nicht selbst im Bild zu sehen war. Sie berichtete von der sagenhaften Wirkung der Videos, giggelte und schlug die Augen nieder.

»Das ist alles vollkommen frei erfunden«, meldete sich Melzer wieder zu Wort.

Florian hob die Hand. Er wollte lieber dem Band zuhören, Melzer hatte seinen Standpunkt ja bereits deutlich gemacht.

In der Doku erreichte die Japanerin unterdessen eine Wohnung, in der sich ein paar ihrer Freunde bereits versammelt hatten. Die Teenager begrüßten sich und bereiteten sich darauf vor, die Bänder, die einer von ihnen mitgebracht hatte, in einem großen Fernseher anzusehen. Ein junger Mann ließ sich von den anderen fesseln, während er dem Reporter erläuterte, dass er Angst habe, er würde unter der Wirkung der Bilder sich selbst oder den anderen etwas antun. Die Japanerin vom Anfang hielt verschiedene Sonnenbrillen und Sehschlitze in die Kamera und erklärte, dass sie damit die Wirkung der Bilder auf eine harmlose Dosis abschwächen könne. Ungeschützt seien die Videos für sie zum Teil zu heftig, ganz darauf verzichten wolle sie jedoch auch nicht. Schließlich wurden dem Reporter zwei kräftige Tokioter Typen mit raspelkurzem Haar vorgestellt, die *hinter* dem Fernseher Stellung bezogen. Die beiden würden die Bilder selbst nicht sehen, aber eingreifen können, wenn etwas bei denen, die sich den Strahlen aussetzten, außer Kontrolle geriet.

Dann ging es los. Die Bilder, die auf dem Fernseher in der Tokioter Wohnung liefen, waren in der Doku nicht zu sehen. Stattdessen hatte sich der Kameramann mit den beiden Aufpassern hinter dem Fernseher postiert, um von dort aus die Zuschauer zu drehen, die sich die Videos ansahen. Erst starrten die Teenager mit zunehmend glasigen Augen in den blauen Widerschein, dann fing einer von ihnen plötzlich an, konvulsivisch zu zucken. Eines der Mädchen wimmerte immer durchdringender und riss sich langsam die Kleider vom Leib. Ein Junge taumelte aus dem Zimmer, nachdem seine Nase heftig zu bluten begonnen hatte. Das Paar neben ihm fiel, wie von einem Liebestrank gesteuert, ungezügelt übereinander her. Und schließlich begann der, der minutenlang gezuckt hatte, wieder und wieder seine Faust mit großer Wucht ins eigene Gesicht zu schlagen. Als die Schläge nicht nachließen, sondern immer gewaltsamer wurden und mit einem deutlichen Knirschen gar sein Nasenbein zu bersten schien, sprangen die beiden Aufpasser hinter dem Fernseher hervor, um ihn zu überwältigen.

An diesem Punkt wurden die Aufnahmen aus der Wohnung schlagartig unterbrochen, und ein Neurologe der Tokioter Universität kam ins Bild. Er hatte mehrere Tafeln mit abstrakten Bildmustern hinter sich aufgestellt und erklärte, dass die soeben gesehene Wirkung der fraglichen Videos zunächst zwar überrasche, dass es für dieses scheinbar rätselhafte Phänomen jedoch durchaus Erklärungen gebe, wenn man sich die Muster genauer ansehe, die die Betroffenen angeschaut hätten.

»Wenn man sich erst einmal darauf einlässt, wirkt es ganz überzeugend, oder?«, hörte Flo Melzer neben sich sagen. »Aber alle Personen, die Sie da sehen, sind Schauspieler.«

Florian warf ihm einen kurzen Blick zu. »Ach ja?«

Melzer stoppte das Band. »Mosbach hat das zugegeben. Die ganze unsägliche Geschichte ist frei erfunden.«

»Das hat er zugegeben?«

»Ja. Sie können sich vielleicht vorstellen, dass die Polizei ihn umgehend befragt hat, nachdem die Sache gelaufen war. Und er hat es gleich von vornherein eingeräumt. Sowohl die Interviews als auch die Bilder hat er selbst inszeniert. Es sei gar nicht seine Absicht gewesen, irgendjemanden damit einfach nur zu täuschen.«

»Ach.« Florian drückte wieder die Playtaste.

Der Tokioter Wissenschaftler hatte das Wort. »Unsere Netzhaut ist nichts anderes als eine Ansammlung von Millionen von Rezeptoren«, hörte man die Stimme des deutschen Sprechers über dem O-Ton des Japaners. »Wenn auf diese Schnittstelle bestimmte Muster treffen, kann es zu mentalen Phänomenen kommen, die alles, was wir bisher kennengelernt oder erfahren haben, bei Weitem übertreffen. Entscheidend dabei ist, wie genau diese Muster strukturiert sind. Im Grunde genommen funktionieren die Videos, die sich diese Jugendlichen ansehen, wie eine Droge, die aber weder oral noch intravenös noch als Rauch eingenommen wird – sondern eben über die Augen.«

Die Bilder der japanischen Teenager, die sich tiefer und tiefer in ihre Ekstase verstrickten, liefen weiter. Dazu setzte erneut die Stimme des Kommentators ein.

»Wir wollten es genauer wissen: Was ist dran an diesen Effekten? Doch wir müssen Sie warnen. Im weiteren Verlauf unserer Analyse werden Teile der Videos selbst zu sehen sein. Die Wirkung der Bilder ist nach wie vor heftig umstritten und wird untersucht. Wir haben mit der Sendeleitung lange darüber diskutiert, was davon gezeigt werden kann, und uns schließlich darauf geeinigt, Sie ausdrücklich auf die möglichen Nebenfolgen einer Sichtung der Bilder hinzuweisen. Kinder und Jugendliche unter achtzehn Jahren dürfen den folgenden Bildern keinesfalls ausgesetzt sein. Wenn Sie Epileptiker sind oder in neurologischer beziehungsweise kardiologischer Behandlung, möchten wir Sie dringend bitten, ihr Gerät – Bild und Ton – *jetzt* abzuschalten. Wenn Sie unter Albträumen leiden oder sich in einer schwierigen psychischen Phase ihres Lebens befinden, möchten wir Sie ebenfalls bitten, das Gerät *jetzt* abzuschalten.«

Diesmal war es Flo, der das Band stoppte. »Wenn Herr

Mosbach gar nicht wollte, dass man das alles glaubt, wieso hat er sich dann die Mühe gemacht, es so zu inszenieren?«

Melzer zuckte die Schultern. »Wir haben damals stundenlang mit ihm darüber gesprochen. Warum, wieso, weshalb?! Für Mosbach war das eine ganz klare Sache. Er meinte, er wolle in dem Film ›mit den Illusionen spielen‹ und den ›Argwohn schüren‹. Ich erinnere mich genau, das waren seine Worte, er hat diese Wendungen mehrfach benutzt.«

»Hm.« Das kam Flo bekannt vor. *Mit den Illusionen spielen.* Das war es doch, was David nach dem »Corps« machen wollte und wovon er in dem Brief geschrieben hatte. Die Tokio-Doku war nach dem »Corps« für ihn offenbar der nächste Schritt. Der nächste Schritt auf dem Weg, von dem er in dem Interview gesprochen hatte?

Flo ließ das Band weiterlaufen.

Ein deutsches Team aus Kognitionswissenschaftlern, Hirnforschern und Informatikern kam ins Bild. Anhand eines virtuellen Modells der Augen und der Neuronenverbindungen im Gehirn setzten sie sich mit der Wirkung auseinander, die die Videos auf den Zustand dieser Verbindungen hatten. Sie bestrahlten die Augen ihres Modells mit verschiedenen Bildmustern und zeigten, wie der Ruhezustand des Gehirns zunehmend aus dem Gleichgewicht geriet. In bestimmten Regionen des Gehirnmodells bildeten sich Intensitätszentren, während andere Bereiche gänzlich unberührt blieben. Überraschend anschaulich konnten die Wissenschaftler vorführen, dass scheinbar einfache Muster wie Gitterblitze oder extrem rasch wechselnde Farbverläufe die bereits gebildeten

Intensitätszentren weiter und weiter stimulierten, bis sich gewisse Grenzwerte einstellten, Grenzwerte, bei denen einzelne Verbindungen aufgrund der Überbelastung auszufallen begannen.

Diese auf rein materieller Basis durchgeführte Veranschaulichung, so die Wissenschaftler, sage natürlich noch nichts über das subjektive Empfinden derjenigen aus, die die Manipulationen erlebten. Ihre Interpretation der Daten lege jedoch nahe, dass eine solche Überbelastung zu extrem anstrengenden Vorstellungsketten und Assoziationskaskaden führen müsse. Gleichwohl könne eine *vorsichtige* Handhabung der Muster durchaus geeignet sein, um ein schwächeres Erlebnis hervorzurufen, das alles andere als unangenehm sei. Unter experimentellen Bedingungen befragte Testpersonen hätten ihre Erfahrungen jedenfalls als die stärksten, aber auch angenehmsten Emotionen beschrieben, die sie je erlebt hätten.

Wieder meldete sich der Kommentator zu Wort. Diese abgeschwächten Sequenzen würden dem Zuschauer jetzt – unter den vorhin genannten Vorsichtsmaßnahmen – gezeigt.

Und dann liefen die Muster über den Bildschirm. Der Monitor wurde schlagartig monochrom rot eingefärbt, dann begann der Farbton langsam zu pulsieren. Die Frequenz wurde beschleunigt, die Farbe heller, bis sich die Bilder zu einem gleißenden Flackern gesteigert hatten. Eine Art stroboskopisches Licht, das die Augen rasch ermüdete und zur Folge hatte, dass in Flos Blickfeld gelbe Lichtpunkte zu tanzen begannen, als der Monitor kurz darauf sekundenlang schwarz blieb. Es folgten Spiralen,

Punktflecken und grelle Blitze, dass ihm ganz schwindlig wurde.

Er stoppte das Band, rieb sich die Augen und lachte.

Selbst Melzer musste grinsen. »Es sieht nach nicht viel aus. Trotzdem: Jedes Mal wenn ich die Bilder sehe, frage ich mich, ob ich unbedingt da hineinstarren soll – oder doch lieber den verdammten Apparat einfach ausstellen!«

23

Mit tränenden Augen kam Florian aus dem Sender. Die grellen Farbblitze hatten es in sich gehabt – auch wenn die ganze Doku eher ein Scherz gewesen war. Ein nettes Stück Fernsehgeschichte – mit den Gruselstorys, die ihm Riemschneider erzählt hatte, hatte das aber nichts zu tun. Warum also war der Kripobeamte hinter David her, fragte er sich und entschied, dass es höchste Zeit war, sich Tegtmeyer einmal vorzuknöpfen.

Als Florian jedoch vor der Galerie aus dem Taxi stieg, klingelte und gegen die Scheibe wummerte, öffnete ihm niemand. Durch die Sichtschlitze war auch niemand zu sehen. Und niemand antwortete, als er die Nummer der Galerie wählte, die ihm die Auskunft gegeben hatte. Nicht einmal ein Anrufbeantworter sprang an.

Der Taxifahrer, der am Straßenrand gewartet hatte, ließ das Seitenfenster herunter. Ob er ihn noch brauche?

Ärgerlich stieg Florian zurück in den Wagen. So kam er nicht weiter! Im Sender hatte er sich noch den Abspann der Tokio-Doku angesehen und festgestellt, dass die Kameraarbeit wieder Hannes Marin gemacht hatte. Was hatte Hannes eigentlich für einen Grund, derartig panisch vor ihm davonzulaufen, wenn alles, was David machte, harmlose Fernsehspielereien waren?

Er nannte dem Taxifahrer Marins Adresse, die er sich von Melzer hatte heraussuchen lassen. Dann musste er eben Hannes noch einmal stören!

Während das Taxi über die Hauptverkehrsadern quer durch die Stadt rauschte, lehnte Flo sich in dem weichen Lederpolster zurück. Fast war er froh, dass es nun doch nicht zu einer Begegnung mit Tegtmeyer gekommen war. Jedes Mal, wenn er an den Alten mit der Perücke und dem Pelzkragen dachte, fröstelte ihn.

Vor einem kleinen Bungalow in Lichterfelde, einem ruhigen Wohnbezirk im Süden der Stadt, setzte der Taxifahrer ihn ab. Florian sah sich um. Hannes mochte zwar großartige Bilder machen, die Gegend, in der er wohnte, war jedoch alles andere als »bigger than life«.

Als er zu der Eingangspforte im Jägerzaun ging, bemerkte Flo, dass die Küche des Hauses zur Straße hin lag. Die Vorhänge vor dem Fenster waren zurückgezogen, dahinter war eine junge Frau zu sehen, die am Küchentisch stand und in die Essensvorbereitungen vertieft war.

Florian drückte den Klingelknopf. Das Schellen war bis auf die Straße zu hören. Die Frau in der Küche sah auf und schaute durch das Fenster zu ihm nach draußen. Sie sah nett aus, trug ein weißes Hemd und das lange, blonde Haar offen.

Flo hob halbherzig die Hand. Es schien ihm, als würde sich ein Ausdruck der Sorge auf ihr Gesicht legen, als sie ihn sah. Doch dann war sie schon vom Fenster zurückgetreten und aus seinem Blickfeld verschwunden.

Zeit verging. Flo sah in die Bäume hinauf. Über ihm

rauschte der Wind in den kahlen Zweigen. Hatte er sich völlig verrannt?

Endlich öffnete sich die Haustür des Bungalows, und Hannes erschien. Er sah düster aus. Mitgenommen. Ausgelaugt.

Statt Florian die Gartenpforte aufzudrücken, kam er zu ihm heraus an den Zaun. »Mann, Flo, was willst du noch?«

Er war müde. Genervt.

»Tut mir leid, Hannes, aber …« Flo atmete aus. Was sollten sie sich vormachen? Sie kannten sich lange genug. »Die Polizei hat mich abgefangen.«

Hannes schwieg. In seinem Gesicht spiegelte sich Kummer.

»Sie sagen, dass David mit illegalen Filmen zu tun hat«, fuhr Florian fort.

Hannes sah zu Boden. Hinter ihm tauchte seine Frau in der Tür des Bungalows auf.

»Hannes?«

Hannes blickte sich um. Ein kleines Mädchen in einem grünen Kleidchen drängte sich an das Bein der Mutter und schaute mit großen Augen zu seinem Papa.

»Soll ich noch einen Teller dazudecken?« Ein wenig unsicher lächelte die Frau Flo an. Sie schien zu spüren, dass etwas nicht in Ordnung war, dass sie ihrem Mann zur Seite stehen sollte, dass er von der Ankunft dieses Fremden bedrückt war.

»Nein, ich komme gleich, Christine, fangt schon an«, rief Hannes ihr zu.

»Hallo.« Das kleine Mädchen winkte in Florians Richtung.

Die Mutter lächelte. Sie ahmte das helle Stimmchen

des Mädchens nach und winkte ebenfalls. »Hallo.« Sie war wieder beruhigt. Oder wollte es zumindest sein. Nichts konnte so schlimm sein. Sie nickte Florian zu und kehrte ins Haus zurück. Das Mädchen blieb in der Tür stehen.

Hannes wandte sich wieder Florian zu. »Ich hab dir doch gesagt, du sollst mich in Ruhe lassen.« Sein Blick war hart und ärgerlich.

»Das geht nicht, Hannes. Was ist mit David? Wir können ihn nicht im Stich lassen.«

»Der kommt schon klar.«

Florian sah Hannes in die Augen. Er mochte ihn – trotz allem. Hannes war immer in Ordnung gewesen, anders als Walter.

»Sind es irgendwelche Horrorstücke? Macht ihm das zu schaffen?«, fragte er.

»Papa«, war da wieder die Kleine zu hören.

Hannes drehte sich erneut um. »Geh zu Mami, Maja, ich komme gleich, dann essen wir zusammen.« Er versuchte, freundlich zu klingen, aber seiner Stimme war die Anspannung anzumerken.

»Jaha«, krähte die Kleine und verschwand jetzt ebenfalls im Haus.

»Was?« Hannes hatte sich wieder Florian zugewandt.

»Erzähl mir einfach, was du weißt, Hannes, dann lass ich dich in Ruhe«, sagte Flo.

Ärgerlich zerrte Hannes die Gartenpforte auf. »Du machst mich wahnsinnig!«, fauchte er und marschierte an Florian vorbei zu dem Geländewagen, der am Straßenrand parkte.

Die Schlösser des Wagens sprangen auf.

Vorsichtig steuerte Hannes den breiten Wagen durch die Straßen der Wohngegend. Auf beiden Seiten waren Autos geparkt, das Fahrzeug kam kaum zwischen ihnen hindurch. Florian hatte auf dem Beifahrersitz Platz genommen. Minutenlang sagte keiner von ihnen ein Wort.

Es war Hannes, der das Schweigen brach. »Fahr nach Hause, Flo, ich weiß nicht, wie oft soll ich dir das noch sagen.« Er warf Florian einen kurzen Blick zu. »Ich habe viel mit David gearbeitet. Du kennst ihn. Er lässt sich durch nichts aufhalten. Und seine Ideen werden immer schräger. Erst vor ein paar Monaten ist mir klar geworden, dass ich im Grunde genommen gar nicht verstanden habe, was er mit seinen Filmen wirklich erreichen will. Was ihn zuletzt faszinierte, hat mich nur noch abgestoßen. Es war völlig drüber. Keine Ahnung, wie so was kommt. Ob er Drogen genommen hat oder irgendwelche fertigen Typen kennengelernt hat, ich weiß es nicht.«

Er holte Luft. »Und um ehrlich zu sein, es ist mir auch scheißegal inzwischen. Ich muss das nicht haben. Ich bin heilfroh, dass ich schon länger nichts mehr von ihm gehört habe.«

Flo starrte auf die Straße. Einzelne Schneeflocken begannen durch die Luft zu tanzen.

»Kann es sein, dass er tot ist?«

»Auch das ist möglich. Ich sag doch, der Typ war in letzter Zeit völlig daneben. Du weißt ja, das kommt immer mal wieder vor, besonders hier in Berlin.«

Das stimmte. Manche behaupteten, es läge am Berliner Winter. Oder an der fehlenden Sperrstunde. Oder an der verdammten Stimmung in der Stadt. Jeder kannte jemanden, der früher oder später in der Psychiatrie gelandet war. Einen? Ach was! Drei oder vier Namen fielen Florian auf Anhieb ein. Männer oder Frauen, die einfach zusammengebrochen waren. Meistens fing es damit an, dass sie ihren Alkohol- oder Drogenkonsum hochschraubten. Dann konnten sie ein paar Tage lang nicht schlafen. Wenig später kam der Zusammenbruch.

»Deswegen hake ich ja so nach.« Flo sah Hannes von der Seite an. »Wenn David hier in irgendeiner Geschlossenen versauert, braucht er uns. Wir müssen ihn da rausholen.«

»Bist du dir da so sicher? Vielleicht ist er dort ganz gut aufgehoben! Ich kann mich nicht um alles kümmern, dafür sind Ärzte und Pfleger da –« Hannes unterbrach sich. »Aber ich glaube nicht, dass David in der Psychiatrie steckt.«

»Woher willst du das wissen? Hast du mal nachgefragt?« Langsam wurde Flo ungeduldig. Hannes sollte endlich ausspucken, was er wusste. »Ich kann verstehen, dass du nicht sein Kindermädchen sein willst. Du hast schließlich selber ein Kind«, fuhr er fort und zwang sich zu lächeln. »Eine süße Tochter, jetzt hab ich sie ja kennengelernt. Aber das ist noch lange kein Grund zu verschweigen, was du weißt. Hältst du mich für blind? Sieh doch mal in den Spiegel. Du siehst scheiße aus, Mann. Du zitterst. Fast könnte man meinen, *du* solltest eingeliefert werden, nicht David!«

Hannes schnaubte. Diesmal war es ein Lachen. Bitter, aber ehrlich. Er zog den Wagen an den Bordstein. Sie waren einmal um den Block gefahren und nur eine Querstraße von seinem Haus entfernt. Er stellte den Motor ab und sah zu Florian herüber.

»David hat das, was man mit Filmen machen kann, einfach missbraucht, Flo. Ich habe mit vielen Regisseuren gearbeitet, aber keiner ist so wie er. Auf seine Weise ist er genial, er beherrscht die Bildersprache wie kein Zweiter. Es ist, als wären die Bilder für ihn wie Worte. Er kennt ihre geheime Wirkung, seine Filme funktionieren auf vielen Ebenen. Ich habe keine Ahnung, wie er das macht, er kann es einfach. Aber er ist dabei, sein Talent für fragwürdige Ziele einzusetzen. Und er hat die Grenze längst überschritten.«

»Was denn für Ziele?« Flo verstand nur noch Bahnhof. »Was für eine Grenze? Red endlich Klartext!«

Hannes sah ihm in die Augen. Doch statt zu antworten, stieß er die Wagentür auf und sprang ins Freie.

Das Schneetreiben hatte zugenommen. Sie gingen schweigend ein Stück in den Wald hinein, der hier an die Straße grenzte. Während sie durch den Neuschnee stapften, wurde Flo klar, dass seine spanischen Schuhe nicht wasserdicht waren. Innerhalb kürzester Zeit hatte er eiskalte Füße.

»Individuelle Filme zum Beispiel«, ergriff Hannes das Wort, während sie weitergingen. »Das ist eine von Davids Erfindungen. Die Filme sind auf einen einzigen, ganz bestimmten Zuschauer zugeschnitten. Wenn man will, kann man sich so einen Film bei ihm bestellen. Also, natürlich nicht jeder. Dazu sind sie viel zu teuer. Aber wenn du das nötige Kleingeld hast und er dir vertraut, dann geht das. Ein paar davon habe ich selber gedreht. Hauptsächlich werden sie allerdings im Schneideraum produziert.«

Er blieb stehen. »Der Film inszeniert eine Art Wunsch-

oder Albtraum für denjenigen, der ihn bestellt hat. Der Kunde sieht sich selbst in dem Film, verstehst du? Wie er im Meer schwimmt, durch einen Wald geht, in den Himmel fliegt. Das ist mit ein paar Tricks heute nicht schwer, die Tricks sind auch nichts Besonderes. Für einen Unbeteiligten sieht es zum Teil lächerlich aus. Aber der Punkt ist, dass der Kunde genau das *nicht* ist: unbeteiligt. Er sieht sich ja selbst in dem Film, und das hat auf jeden eine ganz besondere Wirkung.«

Hannes sah zu Flo. »Diese Wirkung hat David dann noch gesteigert, indem er in dem Film Bekannte des Kunden auftreten lässt. Die Nachbarin, auf die er schon lange scharf ist und die ihm einen bläst, zum Beispiel. Kein Problem. Oder der Chef, der ihn seit Jahren nervt und dem er eine Kugel durch den Kopf jagt. Warum nicht? Manche stehen drauf. Natürlich passt das Material nicht immer perfekt zusammen, aber es funktioniert trotzdem. Im Kopf des Zuschauers fügen sich die Bilder besser zusammen, als man meinen sollte. Und am Computer lässt sich ohnehin viel tricksen.« Er sah auf den Boden.

Flo trat einen Schritt zurück. »Na und. Was soll's? Das ist doch alles halb so wild.«

Hannes zertrat einen Zweig, der auf dem Weg lag. »Manche Kunden hatten spezielle Wünsche. Einer wollte sich dabei zusehen, wie er von seinem eigenen Vater vergewaltigt wird. Egal, wie abgefahren es war, David hat es gemacht. Und sich dabei totgelacht.«

Flo musste grinsen. »Na schön. Aber das sind doch nur Spielereien.«

Hannes stöhnte auf. »Dieser Tegtmeyer? Hast du ihn kennengelernt?«

In dem Moment klingelte sein Handy. Hannes zog es aus der Jackentasche und wandte sich ab. »Ja?«

Florian sah in den Wald. »Was ist mit Maja?«, hörte er Hannes hinter sich sagen. Die Flocken rieselten von den Baumkronen auf den Laubboden. Ein vereinzeltes Paar lief weiter hinten zwischen den Bäumen entlang. Hatten die beiden gerade in seine Richtung geschaut?

»Ich muss zurück.«

Flo fuhr herum. Hannes stand hinter ihm, das Handy noch in der Hand. Und aschfahl im Gesicht.

Unwillkürlich legte Flo ihm eine Hand auf den Arm. »Moment, was ist mit Tegtmeyer?«

Aber der Kameramann schüttelte Florian ärgerlich ab und lief zurück zu seinem Wagen. »Sorry, dass ich dich hier so stehen lasse, Flo, aber ich muss dringend nach Hause.«

Flo hielt mit ihm Schritt. »Wieso, was ist denn?«

»Es ist was mit meiner Tochter.« Die Aufregung machte Hannes' Stimme heiser.

Ohne Florian noch einmal anzusehen, riss er die Tür seines Autos auf, sprang hinters Steuer und gab Gas.

Überrumpelt starrte Flo dem schweren Fahrzeug nach, das sich mit quietschenden Reifen entfernte. Er sah sich um. Weit und breit kein Taxi, geschweige denn eine Bushaltestelle oder U-Bahn-Station. Nur Einfamilienhäuser und Vorgärten.

Missmutig begann er, die kleine Straße den Wald entlang hinunterzumarschieren. Ihm blieb keine Wahl, er musste zur nächsten Hauptstraße laufen. Dabei wurde das Eiswasser, das nach wie vor in seine viel zu dünnen Sommerschuhe sickerte, langsam richtig unangenehm.

In dem Moment zerriss ein dumpfer Knall die Stille. Entfernt heulte ein Motor auf. Dann gellte eine Stimme.

Es war die Stimme einer Frau.

Flos Mund wurde trocken. Was war das denn? Er drehte sich um und hastete in die Richtung, aus der Knall und Stimme zu hören gewesen waren.

Nach wenigen Schritten gelangte er an eine Kreuzung und versuchte sich zu orientieren. Es war die Querstraße, in der sich Hannes' Haus befand. Er entdeckte es keine zweihundert Meter von der Kreuzung entfernt. Vor dem Haus herrschte Bewegung, Menschen liefen zusammen. Jemand wurde hineingetragen.

Es war Flo, als ob eine kalte Hand durch seinen Brustkorb hindurch nach seinem Herzen greifen würde.

Als er Hannes' Grundstück erreicht hatte, fiel ihm auf, wie verstört die Menschen waren, die vor dem Bungalow auf der Straße standen.

»Was ist passiert?« Er rang nach Luft und sah eine alte, zerbrechliche Frau an, die mit ihrem Dackel an der Leine auf dem Bürgersteig stehen geblieben war.

Die Frau blickte verwirrt auf ihren Dackel. »Herr Marin –« Sie brach ab.

Flo ergriff ihren Arm. »Was!?«

Sie hob das Gesicht und schaute ihn an. Ihre Augen schwammen. »Ich … ich weiß es nicht.«

»Ein Unfall? Ich hab einen Knall gehört.« Er ließ ihren Arm los.

Sie wickelte die Hundeleine um ihre knochigen Finger, als fürchte sie, der Dackel könne ihr weglaufen. »Ich habe nicht viel gesehen … nur den großen Wagen.« Sie nickte mit dem Kopf zum Geländewagen, der am Bürgersteig parkte. »Er kam viel zu schnell die Straße runter … da bin ich stutzig geworden … Ich habe in meinem Vorgarten gerade dem Hund was gegeben –«

»Und?« Flos Augen schnellten zum Bungalow. Die Haustür stand offen.

»Herr Marin sprang aus seinem Wagen, guckte zu seinem Haus – und lief auf die Straße … Es ging alles ganz schnell – ein Lieferwagen …« Jetzt war sie es, die Flo am Arm berührte. »Wissen Sie, so einer vom Handwerker –«

Flo ließ sie stehen, eilte auf den Eingang des Bungalows zu. Ihm war, als hätte ihm jemand Watte in die Ohren gestopft, als bewege sich alles in Zeitlupe. Auf den Gehwegplatten im Vorgarten ringelte sich eine feine Spur klebriger Tropfen. Blut. Flo folgte der Spur. Durch die offene Haustür hinein in den Bungalow.

Sie hatten Hannes im Wohnzimmer aufs Sofa gelegt. Menschen liefen durcheinander, flüsterten. Flos Blick fiel auf Hannes' Gesicht. Die Züge des Kameramanns hingen schlaff herunter, aus seinem Mund tropfte Flüssigkeit. Die Augen waren offen. Und starr.

Wie in Trance trat Flo an das Sofa. Im selben Augenblick hörte er ein raues Kreischen hinter sich. Er fuhr herum. Erschrocken. Betroffen. Verstört. Da sah er sie kommen.

Hannes' Frau. Sie stürzte sich auf ihn. Ihr Ausdruck war verzerrt, auf dem Arm hielt sie ihre Tochter. Strähnen ihres weichen, blonden Haars klebten ihr im Gesicht, nass von Tränen, Speichel und kaltem Schweiß. Sie schrie aus vollem Hals, Flo ins Gesicht. Erst verstand er nicht, was sie sagte. Dann dämmerte es ihm. Sie schrie seinen Namen. Sie schrie, was er hier suche. Was er mit ihrem Mann gemacht habe. Was sie von ihm wollten.

Das Kind auf ihrem Arm war von den Schreien der Mutter vollkommen verstört. Es weinte, versuchte mit seinen kleinen Händen, ihr den Mund zuzuhalten. Aber sie schob die Händchen der Tochter immer wieder beiseite.

Ein paar von den Nachbarn versuchten sie zu beruhigen. Doch der Schock über den Unfall ihres Mannes schien der Frau fast den Verstand geraubt zu haben. Sie begann mit der freien Hand auf Florian einzuschlagen. Er nahm sie wie durch einen Schleier wahr, bemerkte zugleich aber auch, dass die Stimmung unter den Nachbarn langsam umschwenkte. Dass sie anfingen, ihn zu beäugen, dass das Gefühl, der verzweifelten Frau helfen zu müssen, in ihnen immer zwingender wurde. Schon waren ihre Blicke misstrauisch geworden, schon begann sich der Kreis zusammenzuziehen, in dem die anderen um sie herumstanden.

Florian blieb keine Wahl. Unverständliche Floskeln murmelnd schob er Hannes' Frau beiseite, stieß einen fetten Kerl vor die Brust, der sich ihm in den Weg stellen wollte, stolperte durch das Haus und gelangte endlich nach draußen, in den Vorgarten, vor dem im selben Moment die Ambulanz hielt. Ihr stummes Blaulicht tauchte die Auffahrt in hektische Blitze. Sanitäter sprangen aus dem Wagen, rissen mit lautem Klackern eine Trage heraus, eilten zielstrebig an Florian vorbei in das Haus.

Mit wenigen Schritten durchmaß er die Auffahrt. In seinem Kopf brauste es, seine Kehle war trocken, die Augen schmerzten. Ihm war, als bekäme er kaum noch Luft. Nur weg hier, bevor sie ihn aufhielten, hämmerte es in seinem Schädel.

Als er die Straße erreicht hatte, drehte er sich noch einmal um. Der Vorgarten war leer, für einen Augenblick schienen sich alle im Bungalow zu befinden. Erst als er zur Haustür blickte, sah er sie. Sie stand auf der Schwelle, genau wie vorhin, als er Hannes geholt hatte, und blickte ihm nach. Hannes' Tochter. Die Augen weit aufgerissen, das zarte Kinn unter dem Mund zitternd.

»Papa da?«

Es war nur ein Stimmchen, aber es traf ihn wie eine Nadel, die durch die Watte in seinen Ohren hindurchstach und das Trommelfell dahinter durchbohrte.

Er wandte sich ab. Und rannte.

24

Als Thea ihm eine gute Stunde später die Tür öffnete, erschrak sie. Der Schock über Hannes' Unfall hatte sich in Florians Gesicht gegraben.

Sie stellte keine Fragen und ließ ihn herein.

Nachdem er erzählt hatte, was passiert war, saßen sie lange stumm im Wohnzimmer. Thea auf dem blau-weiß gestreiften Sofa, er auf dem Sessel gegenüber.

Nach einer Weile stand Florian auf und ging zum Fenster. Die Abendsonne war durch die dichte Wolkendecke gebrochen und schien in den Garten. Das bisschen Schnee, das liegen geblieben war, begann rasch wegzuschmelzen.

»Hannes war früher oft hier«, hörte er Thea hinter sich sagen. »In letzter Zeit nicht mehr, aber noch vor einem Jahr haben wir fast jede Woche an einem Abend zusammen gegessen. Er liebte den großen Grill im Garten. Manchmal hat er seine Frau und die Kleine mitgebracht. Dann haben wir Steaks gegrillt und bei gutem Wetter draußen gegessen. Für seine Tochter war das das Größte.«

Flo sah die Augen des kleinen Mädchens vor sich. Aufgerissen und mit dem Entsetzen darin, das ein Kind packt, wenn es merkt, dass die Welt um es herum in den Grundfesten wankt.

»War die Kleine auch da?«

Er nickte.

»Ich weiß nicht, worüber sich Hannes und David zerstritten haben«, sagte Thea, »aber eines Tages wollte David nichts mehr von Hannes wissen. Er war stinksauer, schrie herum, tagelang, so kommt es mir heute vor. Hannes wäre nichts ohne ihn, er habe ihn gemacht, aber Hannes glaube wohl, er sei ihm nichts schuldig.«

Florian schwieg.

»Du kennst das sicher«, fuhr Thea fort. »Wenn David sich in etwas hineinsteigert, bekommt er sich einfach nicht mehr in den Griff!«

»Würdest du ihm eigentlich alles verzeihen?«, fragte Flo unvermittelt und wandte sich um.

»Wem, David?« Sie runzelte die Stirn.

»Er hat dich ganz schön hängen lassen.«

»Wir wissen nicht, was passiert ist.«

»Liebst du ihn noch?«

»Ob ich ihn liebe?« Fast war es, als spräche sie zu sich selbst. »Lieben.« Sie lauschte dem Klang des Wortes nach. »Er liebt mich, hat er gesagt.« Sie blickte Flo an. »Und ich würde ihn lieben, wenn er mich ließe.«

Ihre Blicke trafen sich. Eine Zeit lang sahen sie sich schweigend an. Dann gab Flo sich einen Ruck. Sie musste ihm helfen. Anders würde er niemals weiterkommen. Sie musste ihm sagen, was sie wusste. Über David. Über seine Filme. Über das, was er vorgehabt hatte, bevor er verschwand.

»Ich muss wissen, was mit David passiert ist, Thea«, sagte er.

Sie sah ihn an. »Um einen besseren Artikel zu schreiben?« Ihre Stimme war nur ein Flüstern.

»Nach all dem, was geschehen ist?«, entgegnete Flo. »Vergiss den Artikel, den hätte ich längst fertig haben können. Deswegen bin ich nicht mehr hier.«

Sie regte sich nicht.

»Die letzten Jahre hatte ich immer das Gefühl, zurück nach Berlin kommen zu können, wenn alle Stricke reißen sollten«, begann Florian stockend zu sprechen. »Berlin – wo auch David wäre. Das war für mich eine Art Sicherheitsnetz. Erst als mein Redakteur anrief und mir erzählte, dass David vermisst wird, wurde mir klar, dass ich diese Option nicht ewig aufschieben kann. Dass ich mich entscheiden muss, was ich mit meinem Leben anfangen will.«

Er kannte sie doch kaum. Wie konnte er derart vertraut mit ihr reden? Das musste sie doch unangenehm berühren. Doch es kam ihm so vor, als müsste er ehrlich zu ihr sein, wenn er wollte, dass auch sie ehrlich zu ihm war. Er musste die Schale, mit der er sich sonst immer schützte, durchbrechen, um sie zu gewinnen.

»Deshalb bin ich noch hier«, fuhr er fort. »Ich muss wissen, was dran ist an dem diffusen Gefühl, hier in Berlin noch mal von vorn anfangen zu können. Und zwar nicht irgendwas. Mein Leben lang habe ich an den Ideen, an den Vorstellungen, Zielen und Träumen festgehalten, die ich in den Gesprächen mit David für mich entdeckt habe. Ich muss wissen, was aus ihm geworden ist, um mir über mich selbst klarzuwerden.«

Sie schwieg.

Er beugte sich vor, um in ihr Gesicht sehen zu können. Sie aber starrte an ihm vorbei aus dem Fenster.

»Die Polizei behauptet, David habe mit verbotenen

Filmen zu tun. Hast du davon etwas gewusst?«, fragte er schließlich. Wenn sie ihn jetzt hinauswarf, war es ihm auch egal.

»Wieso die Polizei? Hast du mit denen gesprochen?« Ihre Augen wanderten zu ihm und blieben an seinem Gesicht haften.

»Ja … Ja, kann man so sagen.«

»Und?«

»Sie haben erzählt, dass gegen David ermittelt wird. Sie wollten, dass ich ihnen helfe. Aber was soll ich ihnen erzählen? Ich weiß doch von nichts.«

»Vielleicht ist das ja auch besser so. Hast du dir das schon mal überlegt?« Ihr Blick wurde hart.

»Ja, habe ich«, erwiderte Flo. Er ging zum Sofa und stellte sich vor sie hin. »Hör zu, Thea. Es hat doch keinen Sinn, darauf zu warten, was als Nächstes passiert. Wie stellst du dir das denn vor? Noch ein Unfall? So wie Hannes dalag, glaub ich nicht, dass er das überlebt hat. Wir müssen endlich etwas unternehmen!«

Sie erwiderte nichts.

»Als ich Hannes vorgestern getroffen habe, war deutlich zu spüren, dass er Angst hatte. Und jetzt stirbt er bei einem Unfall. Was ist das? Zufall?«

Flo starrte sie an. »Aber warum stürzt sich seine Frau auf mich und schreit, dass wir sie in Ruhe lassen sollen. Wir? Wer wir, Thea? Was kann ich dafür, dass ihr Mann vor einen Lieferwagen läuft?!«

Sie verschränkte die Arme, weiterhin schweigend.

»Es kann doch nicht sein, dass David wie vom Erdboden verschluckt ist«, fing Flo wieder an. »Irgendwo muss er doch stecken! Vielleicht ist er tot. Okay. Aber dann will ich die Leiche sehen, auch wenn das makaber klingt.«

Thea blickte ihn stumm an.

Flo fuhr sich durchs Haar. »Was ist, wenn er unsere Hilfe braucht? Es kann tausend Gründe geben, weshalb er keinen Kontakt zu uns aufnimmt.« Er sah sie an. »Jetzt sind wir dran, Thea. Wir müssen versuchen herauszubekommen, was wir für ihn tun können. Und dazu muss ich wissen, was du weißt.«

Was er sagte, schien nicht spurlos an ihr vorüberzugehen. »David hat schon immer viele Sachen gleichzeitig gemacht«, sagte sie endlich leise. »Ich habe noch nie über alles Bescheid gewusst. Er wollte das nicht. Und ich wollte es auch nicht. Kann sein, dass er Sachen gemacht hat, die indiziert worden sind.« Sie zog leicht fröstelnd die Schultern hoch. »Mich hat die Polizei auch schon danach gefragt, aber ich konnte ihr nicht helfen.«

Von einer polizeilichen Befragung hatte ihm Thea bisher gar nichts erzählt, musste Florian unwillkürlich denken. Aber er sagte etwas anderes. »Ich bin mir sicher, dass Davids Verschwinden etwas mit seiner Arbeit zu tun hat. Ist er untergetaucht, weil er ein paar Horrorvideos gedreht hat? Das kann ich mir nicht vorstellen! Mit Sicherheit steckt mehr dahinter. Aber was? Seit zwanzig Jahren geht er mit seiner Arbeit einen ganz bestimmten Weg. Von nichts würde er sich dabei aufhalten lassen.«

Er beugte sich hinunter und ergriff vorsichtig ihre beiden Arme, die sie noch immer verschränkt hielt. »Ich will wissen, was das für ein Weg ist, Thea. Wo er hinführt.«

Sie entwand sich nicht seinem Griff. Aber ihr Gesicht

blieb undurchdringlich. »Warum sollte ich dir vertrauen?«, sagte sie.

»Weil David dir von mir erzählt hat«, erwiderte Flo. »Wenn er sich auf jemanden verlassen würde, dann auf mich. Du hast mit ihm zusammengelebt. Du musst doch wissen, an welchen Projekten er gearbeitet hat!«

Thea starrte ihm gedankenversunken ins Gesicht. »Nach dem ›Corps‹ hat er eine Dokumentation gedreht«, sagte sie endlich langsam, aber bestimmt.

»Die Tokio-Sache?«

Sie nickte.

»Und danach?«

»Danach hat er an einem Projekt namens ›Metafilm‹ gearbeitet, dann an ›Tabu‹. Die beiden letzten Projekte sind aber bis heute nicht fertig geworden.«

Flo ließ sie los und richtete sich wieder auf. »Was ist mit ›Audience‹?«

»›Audience‹? Ja, davon habe ich auch schon gehört. Aber dazu kann ich dir nichts sagen. Ich weiß nicht einmal, ob es überhaupt von David ist«, antwortete sie. »Auch über ›Tabu‹ kann ich dir nichts sagen. Das Projekt hat er komplett abgeschirmt, auch vor mir. Nur der ›Metafilm‹ –«

»Ja?« Gebannt starrte Flo sie an. »Was ist damit?«

Thea löste ihre Arme, griff nach ihrem Pferdeschwanz, legte ihn über die Schulter nach vorn und schaute Flo nachdenklich an.

»Komm«, sagte sie schließlich, »ich zeig dir was. Vielleicht wirst du ja daraus schlau.«

Flo atmete auf. Wie schön sie war!

25

Durch das Haupttreppenhaus der Villa führte Thea ihn in den ersten Stock. Über die Galerie, die man vom Wohnzimmer aus sehen konnte, gelangten sie in den Seitenflügel, von dem aus eine Wendeltreppe hinauf in den Turm führte. Im obersten Stockwerk des Turms war Davids Arbeitszimmer eingerichtet. Fasziniert blickte Florian sich um, als sie dort ankamen.

Der Raum nahm die ganze Grundfläche des Turmes ein. Durch die großen Fenster in allen vier Wänden reichte der Blick bis hin zur Schinkel-Kuppel der Potsdamer Nikolai-Kirche. Unterhalb und zwischen den Fenstern waren die Wände mit maßgeschneiderten Regalen und Rollschränken ausgekleidet, in denen sich Bücher, Aktenordner, Kassetten, Zeitschriften, Papiere und nicht zuletzt Filme stapelten. Die Mitte des Raumes wurde von einem schweren, weit ausladenden Schreibtisch beherrscht, der über und über mit Notizheften, Zeichnungen, Storyboards und Agenturfotos bedeckt war.

Thea zeigte auf eine Skizze, die in einem hübschen kleinen Holzrahmen unter Glas so auf der Tischplatte stand, dass man sie vom Schreibtischstuhl aus stets im Auge hatte. Ein paar Kugelschreiberstriche auf einer Papierserviette.

»Das war die erste Idee, die David zu dem ›Metafilm‹ hatte«, sagte sie. »Ich war dabei, als er sie in einem Restaurant skizzierte. Er war ganz aufgeregt, versuchte es mir zu erklären, aber ich fand die ganze Sache ziemlich verdreht. Doch davon wollte er nichts hören. Es ginge nicht darum, das Immergleiche immer wieder zu imitieren, sondern darum, etwas Neues zu machen, schimpfte er.«

Flo musste lächeln. »Was Neues machen. Das kenn ich. Das hat er immer gesagt.« Er nahm den Holzrahmen mit der Papierserviette hoch, um die Skizze besser anschauen zu können.

Bei näherem Hinsehen zeigte sich, dass David einen Filmprojektor gezeichnet hatte, der einen Film auf eine Leinwand warf. Und was in dem Film zu sehen war, hatte er ebenfalls gezeichnet: Es war ein Projektor, der wiederum einen Film auf eine Leinwand warf. Insgesamt waren es also zwei Projektoren und zwei Filme, die man sehen konnte. Wie bei einem Kinderbuch, auf dessen Titelblatt der gestiefelte Kater ein Kinderbuch in der Hand hält, auf dessen Titelblatt ein gestiefelter Kater ein Kinderbuch in der Hand hält.

Die zweite, kleinere Leinwand in Davids Skizze war fast leer, obwohl er mit ein bisschen Geschick auch auf diese Leinwand noch einen Projektor hätte zeichnen können. Stattdessen hatte er nur »F3« auf die Leinwand gekritzelt. Ebenso wie er auf die erste Leinwand »F2«, und noch darunter »F1« geschrieben hatte. Außerdem hatte er das Ganze mit einem Kasten umrahmt und darüber »F3=F1« notiert.

»Wie gesagt, ich hab nie verstanden, um was es David bei dem ›Metafilm‹ wirklich ging«, sagte Thea, die sich zusammen mit Flo über die Skizze gebeugt hatte und ihm jetzt einen Seitenblick zuwarf. »Es war mir richtig peinlich. Ich wusste ja, dass etwas dahinterstecken musste, dazu hatte ich lange genug mit ihm zusammengearbeitet.« Sie richtete sich wieder auf und strich sich nachdenklich eine Augenbraue glatt. »Aber es war wohl eine Geschmacksfrage. Zu dem Projekt fehlte mir einfach der Zugang.«

Flo stellte die Zeichnung wieder auf den Schreibtisch und ließ den Blick über das Zimmer gleiten. »Gibt es hier noch andere Aufzeichnungen oder Entwürfe zu dem Film?«

Thea deutete auf die Papiere in den Regalen hinter dem Schreibtisch. »Die Unterlagen zum ›Metafilm‹ befinden sich vor allem dort. David hat monatelang über dem Projekt gebrütet. Ach was, Jahre! Die meiste Zeit saß er hier oben und tüftelte an irgendwelchen Zeichnungen und Texten herum. Ich fürchtete schon, er würde sich völlig verirren. Aber ich traute mich nicht, ihm das zu sagen. Jedesmal wenn ich eine Andeutung in der Richtung machte, wurde er schrecklich wütend. Wenn ich meinte, er sollte die Sache vielleicht erst einmal sacken lassen oder etwas anderes versuchen, rastete er regelrecht aus und sprach tagelang kein Wort mehr mit mir. Nur um irgendwann zu zischen, dass er sich mehr von mir versprochen hätte, als dass ich ihm ausgerechnet dann in den Rücken falle, wenn er sich in einer schwierigen Phase befände.«

»Es ist nie was draus geworden?«

Thea lehnte sich gegen den Schreibtisch. »Doch. Anfang 2004 wurde er richtig euphorisch. Er meinte, er würde den Film revolutionieren, er hätte es geschafft.

Und er traf sich mit den Produzenten der deutschen Tochterfirma eines US-Studios. Die Amerikaner waren durch die ersten Aufführungen des ›Corps‹ auf ihn aufmerksam geworden und hatten sich auch die Tokio-Doku kommen lassen. Beides hatte sie schwer beeindruckt. Sie wollten unbedingt etwas mit ihm machen. Aber erst als David das Konzept des ›Metafilms‹ fertig im Kopf hatte, hat er sie angerufen. Nachdem sie sich getroffen hatten, meinte er, dass sie ganz begeistert von seinem Konzept seien. Sie würden ihm nicht nur gute Schauspieler bezahlen, sondern das Ganze auch mit einem ordentlichen Budget für Effekte ausstatten. Insgesamt achtzehn Millionen wollten sie investieren, es sollte der mit Abstand teuerste deutsche Film des Jahres werden.«

Flo pfiff durch die Zähne.

Thea nickte. »David brannte darauf, endlich wieder zu drehen. Das Letzte, was er gemacht hatte, die Tokio-Doku, war da schon fast sechs Jahre her. Effekte, Stars, große Kulissen – ihm schwebte ein Blockbuster vor, in dem er Sachen perfektionieren wollte, die er zuerst nur für einen kleinen Experimentalfilm entworfen hatte, die aber – davon war er fest überzeugt – auch in einem teuren Hochglanzfilm ganz wunderbar funktionieren würden, wenn man sie nur richtig verpackte. Und zunächst schien er damit auch richtigzuliegen. Das Studio unterstützte ihn bei allen seinen Einfällen, es lief wie am Schnürchen.«

Flo grinste. »Super.«

»Als die Amerikaner die erste fertig produzierte Sequenz sahen, waren sie begeistert und wollten unbedingt mehr«, erzählte Thea weiter. »Doch dann begannen die Probleme.«

Flo ließ sich in den Stuhl hinter dem Schreibtisch fallen und sah sie an. »Was ist passiert?«

Thea zuckte die Schultern und drehte sich zu ihm um. »Über die Details hat David mich nicht auf dem Laufenden gehalten. Er nahm mir wohl übel, dass ich mit dem Projekt ohnehin nicht so viel anfangen konnte. Fest steht, dass er während des Drehs immer nervöser wurde. Und nach sechs Wochen wurde die Produktion von einem Tag auf den anderen abgebrochen. Von da an war klar: Das Projekt war gescheitert. Die Amerikaner verboten es ihm sogar, die Entwürfe in anderen Arbeiten erneut zu verwenden.« Sie lächelte. »Daraus versuchte David später dann noch Funken zu schlagen. Es war seine Idee, bei der Werbung für ›Tabu‹ den ›Metafilm‹ als verbotene Hollywood-Produktion hochzujubeln.«

Flo nickte. Das hatte er in der Zeitschrift gesehen.

»Der ›Metafilm‹ wurde jedenfalls nie fertiggestellt«, fuhr Thea fort. »Ich hatte das Gefühl, am Ende vielleicht gar nicht so falsch mit meiner Ahnung gelegen zu haben, David könnte sich verrannt haben. Andererseits … warum haben die vom Studio überhaupt erst angebissen? Irgendetwas muss an dem Projekt dran gewesen sein. Aber was?« Sie sah Florian skeptisch an. »Das kann ich dir nicht sagen.«

Flo drehte sich mit seinem Stuhl zu dem Regal um, das hinter dem Schreibtisch stand. Mit verschiedenfarbigen Schildchen hatte David jedes Fach einzeln beschriftet. Vorsichtig strich er über die Notizhefte, Ausdrucke, Skizzen und Vermerke, die sich in den Fächern stapelten.

»Am liebsten würde ich mir die Sachen hier mal in

Ruhe ansehen«, meinte er. »Oder hättest du was dagegen?« Er warf ihr einen fragenden Blick zu.

»Nein … nein, ist schon in Ordnung.« Thea zog unmerklich die Schultern hoch. »David hätte zwar nie jemanden an seine Unterlagen gelassen«, ihre Augen zuckten, »aber wer weiß, was überhaupt mit ihm ist.«

26

Nachdem Thea die steile Wendeltreppe, die zum Turmzimmer heraufführte, wieder hinuntergegangen war, machte sich Florian unverzüglich an die Arbeit. Zunächst sah es so aus, als würde er ewig brauchen, um das augenscheinliche Chaos, das in dem Arbeitszimmer herrschte, auch nur annähernd zu durchdringen. Bald jedoch zeigte sich, dass David seine Notizen sehr viel besser geordnet hatte, als es zuerst den Anschein gehabt hatte. Und damit hatte Flo insgeheim auch gerechnet.

Bald wurde ihm klar, was David für seinen »Metafilm« vorgeschwebt haben musste: ein Film über das Filmemachen. Daher auch der Titel. Und David war noch einen Schritt weitergegangen. Offensichtlich ging es in seinem Film nicht nur um einen Regisseur, der einen Film machte, sondern um einen Regisseur, der einen Film *übers Filmemachen* drehte. So entschlüsselte sich auch die Skizze auf der Papierserviette, die auf seinem Schreibtisch stand! Wenn man den Film, den David plante, als Film 1 bezeichnete, den Film, den sein fiktiver Regisseur drehte, als Film 2, und denjenigen Film als Film 3, der von der Crew gedreht wurde, die dieser fiktive Regisseur in Szene setzte, so machte die Nummerierung auf der Skizze Sinn. Und dann wurde auch klar, was »F3=F1« bedeutete, die Gleichung, die David über der Skizze auf der Serviette notiert hatte: Film 3 – also der Film, den die Crew drehte, die der fiktive Regisseur in Szene setzte – dieser sozusagen innerste Film war genau der, den David plante. Davids »Metafilm« war also *zugleich* der Film 3 der Crew, die der fiktive Regisseur inszenierte, *und* der Film 1, in dem sich die anderen Filme abspielten. Kurz: »F3=F1«.

Eine bloße Spielerei? Nachdenklich lehnte sich Flo in den Schreibtischstuhl zurück.

Eine Zeit lang hing er verschiedenen Gedankensplittern nach, die eher konfus als geordnet durch seinen Kopf zogen. Ziellos wanderten seine Augen durch das Arbeitszimmer. Bis sie an einer flachen Metallbox hängen blieben, die unter einem Regal hervorlugte und an deren Schmalseite jemand ein Stückchen gelbes Klebeband angebracht hatte. Auf dem Klebeband war eine Gleichung notiert. »F3=F1«.

Schlagartig war Florian hellwach. Er stand auf, ging zu dem Regal und zog die Box darunter hervor. Es war eine kreisrunde Filmbüchse. Vorsichtig öffnete er sie. Ein sorgfältig aufgerolltes und in einer durchsichtigen Plastiktüte verpacktes Filmnegativ kam zum Vorschein.

Florian öffnete die Plastiktüte, holte die Filmrolle daraus hervor und hob den perforierten Streifen gegen das Licht. Ein 35-Millimeter-Breitwand-Negativ, dessen einzelne Kader so groß waren, dass er mit bloßem Auge winzige Figuren darauf erkennen konnte. Es musste die einzige Sequenz vom »Metafilm« sein, die jemals produziert worden war. Die Sequenz, die David den Amerikanern vorgeführt hatte!

Mit der Filmrolle in der Hand kehrte Florian zum Schreibtisch zurück, fand nach einigem Suchen in den Schubladen eine Lupe und beugte sich gespannt über das Material. Eins nach dem anderen begann er die Bilder durch das Vergrößerungsglas hindurch zu betrachten.

27

Es war weit nach Mitternacht, als Florian mit der Filmbüchse unterm Arm die Wendeltreppe vom Arbeitszimmer wieder hinabstieg. Von der Galerie aus sah er, dass Thea noch wach war. Sie lag auf dem Sofa im Wohnzimmer und las in einem Buch. Florian blieb an der Balustrade stehen und blickte hinunter. Thea hatte sich mit einer Wolldecke zugedeckt und lag auf dem Rücken, ihr offenes Haar breitete sich wie ein kostbarer Teppich unter ihrem Kopf aus. Als er sie so sah, schien sie ihm die begehrenswerteste Frau zu sein, der er jemals begegnet war.

»Da bist du ja.« Sie hatte ihn über den Rand ihres Buches hinweg auf der Galerie bemerkt. »Hast du etwas herausgefunden?«

Als er ins Wohnzimmer kam, hatte sie sich aufgesetzt und das Buch zur Seite gelegt. Ein halb gefülltes Rotweinglas stand vor ihr auf dem niedrigen Glastisch.

Flo deutete auf die dazugehörige Flasche. »Ist er gut?«

Thea griff nach ihrem Glas und schwenkte es. »Find ich schon. Dort hinten sind Gläser. Nimmst du dir eins?« Sie zeigte auf einen Schrank in der Ecke.

»Hat David eigentlich mal über Verschwörungstheorien mit dir gesprochen?«, fragte Flo, während er die Filmbüchse und das Vergrößerungsglas auf einen Stuhl legte und sich mit einem langstieligen Glas aus dem Schrank versorgte.

»Verschwörungstheorien … ja, ich glaube schon«, antwortete Thea. »Aber da muss ich schon abgeschaltet haben, ich kann mit solchen Überlegungen nicht viel anfangen.«

Flo kam mit dem Glas zurück zum Tisch und schenkte sich ein. »Was genau er mit dem ›Metafilm‹ plante, ist mir auch noch nicht ganz klar«, sagte er, stellte die Flasche ab und setzte sich in den Sessel, Thea gegenüber. »Aber ein wenig habe ich schon begriffen was David vorschwebte, glaube ich.«

»Ach ja?« Thea sah ihn ungeduldig an.

Flo lächelte. »Ich glaube, es ging ihm um das, was Geschichten, in denen Verschwörungstheorien eine Rolle spielen, gemeinsam ist.«

»Was ihnen *gemeinsam* ist?«

»Solche Geschichten funktionieren immer nach dem gleichen Schema. Es geht immer darum, dass der Held das, was er für die Wahrheit gehalten hat, als Schein durchschaut. Angebliche Fakten entpuppen sich als Inszenierung. Bestes Beispiel, das David auch selbst erwähnt: der Film ›Matrix‹. Hat er davon mal gesprochen?«

Sie schüttelte den Kopf. »Mit mir nicht.«

»Der Film führt vor, wie der Held entdeckt, dass das, was er für die Wirklichkeit gehalten hat, gar nicht die Wirklichkeit ist, sondern nur Schein«, fuhr Flo fort. »In diesem Fall wird der Schein durch ein Computerprogramm erzeugt, das an die Nervenenden der Menschen angeschlossen ist. Alle Menschen glauben, sie laufen durch die Welt und sehen alles Mögliche – in Wirklichkeit aber liegen sie in einer Nährflüssigkeit, und das Programm speist ihr Gehirn. Und die Geschichte des Films ist nun, dass der Held diesen Schein durchschaut und dahinter auf die wahre Wirklichkeit stößt.« Er holte Luft. »Soweit alles klar?«

Thea nickte. Ein bisschen sah sie aus, als ob sie fürchtete, wieder nicht zu verstehen, worauf es hinauslief. Und ein bisschen so, als ob sie noch immer das Gefühl hätte, das ganze Projekt sei ein Irrweg.

»Willst du das alles überhaupt wissen?«

Thea griff nach ihrem Glas und lächelte. »Mach schon weiter, so schwer kann es doch gar nicht sein.«

»Also weiter.« Flo überlegte kurz, dann fuhr er fort. »So einen Film wie ›Matrix‹, in dem der Held hinter dem Schein die Wirklichkeit erkennt, so einen Film hat David ja auch gemacht.«

»Das ›Corps‹.«

»Genau. Aber je länger er über diesen Film nachgedacht hat, desto unzufriedener wurde er damit. Er wollte nicht nur *scheinbar* irgendeinen Schein durchschauen, er wollte *wirklich* einen Schein durchschauen. Darüber hat er mir auch mal in einem Brief berichtet.«

Thea seufzte. »Wenn ich so etwas höre, werde ich immer ganz nervös. Was soll das heißen: scheinbar einen Schein durchschauen?«

»Denk an das ›Corps‹. Der Held durchschaut die Studentenverbindung als Inszenierung, die einzig und allein den Zweck hat, ihn zu täuschen. Um diese Geschichte aber erzählen zu können, musste David die Wissenschaftler erfinden, die eine solche Inszenierung aufbauen. Sie sind diejenigen, die sich verschworen haben, um dem

Helden eine Welt vorzuspiegeln, die in Wahrheit eben nur Schein ist. Solche Wissenschaftler gibt es aber natürlich nicht wirklich. Kein Wissenschaftler verschwört sich mit Kollegen, um einen Menschen derart hinters Licht zu führen. Es ist reine Fiktion. Ebenso wie es nur eine Erfindung, eine Illusion, eine Fiktion ist, dass uns Maschinen in Nährflüssigkeit halten. Um also so eine verschwörungstheoretische Geschichte wie in ›Matrix‹ oder im ›Corps‹ erzählen zu können, muss man erst einmal jemanden *erfinden*, der den Helden absichtlich *täuscht*. Man muss die *Verschwörer* erst mal erfinden, um ihre Verschwörung dann aufdecken zu können. Ergo …«

Er machte eine Kunstpause. Thea unterdrückte ein Lächeln, sagte aber nichts.

»… ergo durchschauen wir in so einer Geschichte nicht *wirklich* irgendeinen Schein, sondern nur *scheinbar*. Es gelingt uns sozusagen nicht, durch eine solche Geschichte das Reich des Scheins zu verlassen. Richtig?«

Thea atmete erleichtert aus. »Richtig.«

Flo freute sich, dass sie ihm folgte. »Als David das erkannt hatte, überlegte er, ob er es nicht besser konnte. Ob es nicht doch eine Möglichkeit gab, dem Schein zu entkommen. Und er kam auf die Idee mit der Tokio-Doku. Seine Antwort auf die Probleme, die er im Laufe der Arbeit am ›Corps‹ erkannt hatte, lautete: Wir können nicht *wirklich* in einem Film einen Schein durchschauen. Aber wir können mit einem Film den *Argwohn* des Zuschauers *schüren*. Siehe die Tokio-Doku. Wenn der Zuschauer sie sieht, fragt er sich: Ist das echt? Gibt es diese verrückten Bildmuster wirklich? Oder werde ich an der Nase herumgeführt? Sollte ich mir diese Spiralen angucken? Oder werde ich am Ende dadurch noch wahnsinnig? Und was ist mit meinem Kind? Besser, es sieht sich das nicht an. Oder?«

Flo nahm einen Schluck aus seinem Glas und fuhr fort. »Als Zuschauer weiß man bei dieser Doku nicht, was Schein ist und was Wirklichkeit. Auf jeden Fall wird man misstrauisch. Und das ist wiederum keine Illusion, kein Schein – kein Scheiß. Dieses Misstrauen ist *echt*, es ist dem Schein sozusagen entkommen.«

Seine Aufregung begann sich langsam auch auf Thea zu übertragen. »Okay, aber was ist mit dem ›Metafilm‹?«, wollte sie wissen. »Wie passt der ins Bild?«

»Richtig, das ist jetzt die Frage.« Flo schenkte sich nach. »David hat zwar in seinen Aufzeichnungen einiges recht anschaulich zum Ausdruck gebracht. Wie aus diesen Überlegungen ein kompletter Film werden sollte, ist mir aber nicht klar geworden.«

»Nicht?« Thea runzelte die Stirn. »Also tappen wir weiter im Dunkeln?«

»Nicht ganz. Was er beabsichtigte, ist schon erkennbar geworden.«

»Und?«

Flo stellte sein Glas auf den Tisch. »Um es kurz zu machen: Auch mit der Tokio-Doku war er eigentlich nicht zufrieden. Ist das Wahrhaftigste, was Film kann, wirklich nur eine Kette von Lügen, von Inszenierungen, von verschiedenen Formen der Illusion? Das war die Frage, die die Doku aufwarf. Denn natürlich gibt es solche Bildmuster, die wie eine Droge wirken, ebenfalls nicht wirklich. Wieder musste eine Lüge sozusagen vorausgesetzt werden, um an etwas Wahres heranzukommen. Und das hat David nicht gereicht. Er wollte mehr als nur Misstrauen schüren, er wollte zu einer positiven Aussage kommen.«

Er hielt inne. Thea hatte die Decke über die Schultern gelegt und sich aufmerksam nach vorn gebeugt.

»Also?«, fragte sie.

Wieder fiel ihm auf, welcher Sog von ihren grünblauen Augen ausging. Jedes Mal, wenn er hineinsah und ihrem Blick begegnete, war es, als flatterte ein ganzer Schwarm Wildvögel in seinem Bauch auf.

Er versuchte seine Gedanken zu ordnen. »Also war Davids Grundidee einfach folgende: Was wäre, wenn wir nicht länger die *angebliche Wirklichkeit* als *Schein* durchschauen wollen – wie es die üblichen Verschwörungstheorien versuchen. Sondern wenn wir durchschauen, dass der *Schein* die *wahre Wirklichkeit* ist!! *Das* ist es, was F3=F1 bedeutet. Es bedeutet, dass wir sozusagen die *Durchschaurichtung* – wenn du mir folgen kannst – *umdrehen!*«

Thea hob die Augenbrauen. »Wie bitte?«

Flo holte Luft. »Wenn du dir vergegenwärtigst, wie er den ›Metafilm‹ konzipiert hat, wird es ganz einfach. In diesem Film geht es um einen Regisseur, der einen Film übers Filmemachen dreht. Der Film aber, den die Crew dreht, die der fiktive Regisseur in Szene setzt, ist genau der Film, den wir sehen. Verstehst du? Film 3 gleich Film 1. Der Film im Film im Film ist selbst der Film, den wir sehen.«

Thea musste lachen. »Entschuldige, aber ich verstehe immer noch nicht, was das soll.«

Flo stand auf. »Wie gesagt, ganz habe ich es auch noch

nicht durchdrungen, aber ich bin mir sicher, dass David mehr oder weniger in diesen Bahnen gedacht hat. Und wenn man es mal ganz unvoreingenommen betrachtet, finde ich es auch durchaus überzeugend. Ist unsere Wirklichkeit nicht schon durch und durch von den Filmen geprägt, die wir tagtäglich sehen? Worüber sprechen die Leute im Büro am nächsten Tag? Über das, was wirklich passiert ist? Oder über den Film, den sie gesehen haben? Doch über den Film, weil er das Einzige ist, was alle gemeinsam erlebt haben! So gesehen, scheint es mir gar nicht so unverständlich, wenn David meint, dass wir den Schein als die Wirklichkeit durchschauen sollten!«

Er hielt inne und sah sie an. »Hast du dir die Sequenz des ›Metafilms‹ einmal angesehen, die David fertiggestellt hat, bevor das Projekt abgebrochen wurde?«

Thea schüttelte den Kopf. »Er wollte nicht, dass ich mich damit beschäftige, nachdem er gemerkt hatte, dass ich so meine Schwierigkeiten mit dem Projekt habe.«

Flo nickte, holte Filmbüchse und Lupe, die er neben dem Schrank mit den Gläsern liegen gelassen hatte, und legte sie auf den Glastisch. »Man kann sich auch einfach die einzelnen Filmbilder anschauen. Es ist umwerfend.« Er öffnete die Büchse und holte das Negativ daraus hervor.

Thea stellte sich neben ihn. »Kann man denn darauf etwas erkennen?«

Flo hielt den Filmstreifen gegen das Licht und reichte ihr das Vergrößerungsglas. »Es ist das Negativ. Aber die Grundidee wird schon deutlich.«

Thea nahm die Lupe, beugte sich vor und begann die einzelnen Bilder zu betrachten, die Florian langsam vor ihr abrollte.

Es handelte sich um einen historischen Film. Mit großem Aufwand hatte David die zwanziger Jahre wieder aufleben lassen. Die Männer trugen Hüte und Anzüge mit breiten Aufschlägen, ihre Haare waren angeklatscht, die Gesichter markant. Die Frauen wirkten kleiner und gedrungener als heute, ganz so, wie man es von Fotografien aus jener Zeit kennt. Gleich die erste Szene spielte in einem Filmstudio und rief Assoziationen an die große Zeit des deutschen Films wach: Babelsberg und Marlene Dietrich, »Metropolis« und Fritz Lang, »Caligari« und Heinrich George. Vom ersten Kader an fiel ein Mann ins Auge, der an dem Set, an dem gerade ein Film gedreht wurde, offenbar das Sagen hatte. Wie durch eine unsichtbare Magnetkraft gelenkt, gruppierten sich die anderen immer wieder um ihn herum.

Thea lächelte und zeigte auf den Mann. »Das ist der Regisseur, oder? Ein Stummfilmregisseur! Ich erinnere mich, von so einer Figur hatte David einmal gesprochen. Er stellte sich ihn so ähnlich wie Murnau vor.«

Flo nickte. Längst hatte er beim Anblick des Mannes an Friedrich Wilhelm Murnau denken müssen, jenen rätselhaften Regisseur aus der Frühzeit des Kinos, dessen Filme David immer gefesselt hatten. Woher diese Assoziation kam, hätte Florian gar nicht genau zu sagen gewusst. Vielleicht lag es einfach an der vernebelten, düster-gotischen Atmosphäre, die in der riesigen Filmhalle zu herrschen schien und die unwillkürlich an die unheimlichen Filme Murnaus erinnerte.

Florian ließ den Filmstreifen weiter durch seine Hände laufen. Das Material ringelte sich auf dem Boden. Sie würden es später wieder ordentlich aufrollen müssen.

Jetzt aber wollte er Thea erst einmal zeigen, worum es in dem Film überhaupt ging. Das war nicht ganz einfach, da es sich beim »Metafilm« selbst keineswegs um einen Stummfilm handelte, sie die Tonspur bei ihrer Betrachtungsweise jedoch nicht abhören konnten.

»Wollen wir versuchen, das Negativ zu projizieren? Im kleinen Kino hinten müsste auch ein Projektor für dieses Format stehen.« Thea sah Flo an und strich sich eine Haarsträhne hinters Ohr.

»Ein Negativ durch die Maschine jagen? Wahrscheinlich ist es ein Unikat.« Es erschien Flo zu riskant. »Was ich meine, kann man auch so erkennen. Hier, sieh dir das an.« Er deutete auf den Filmstreifen. »Hier fängt dieser Murnau damit an, eine neue Szene einzurichten.«

Es war deutlich zu erkennen: Nachdem sich der Regisseur mit seinen Schauspielern abgesprochen hatte, gingen sie zusammen ans andere Ende der Halle. Dort war eine Kulisse aufgebaut, die bisher im Dunkeln gelegen hatte, jetzt aber durch mächtige Scheinwerfer in gleißendes Licht getaucht wurde. Offensichtlich drehte das Team einen Film, der in der Zukunft spielte, denn organische Formen und technizistische Elemente dominierten das Design der Kulisse. David und seinem Bühnenbildner war es gelungen, eine Welt zu gestalten, die so aussah wie eine Zwanziger-Jahre-Vision der Jahrtausendwende. Wie man sich 1928 die Welt um 2000 vorgestellt hatte. Oder vielmehr, wie David sich vorstellte, dass man sich damals die Zukunft vorgestellt hatte.

»Ich denke, es ist so«, sagte Flo. »Der Film, den wir hier in der Hand halten, ist Film 1. Darin gibt es einen Regisseur, der einen Film dreht. Nennen wir ihn Murnau. Der

Film, den er dreht, ist Film 2. Und was ist in Film 2 zu sehen?«

Thea lachte. »Die Arbeit an Film 3?«

Flo grinste. Ihre Lebhaftigkeit war hinreißend.

Sie nahm ihm die Rolle aus der Hand und spulte den Film weiter ab. »Lass sehen!«

Langsam ordnete sich die Szene, die der Regisseur einrichtete. Und es kam, was kommen musste. Die Figuren in Murnaus Zukunftsvision inszenierten selber einen Film. Film 3. Eine dieser Figuren hob sich von den anderen deutlich ab. Offensichtlich hatte sie das Sagen. Und als sich diese Figur in die Kamera drehte, konnte man auch erkennen, wer es war.

Es war David!

Und der Film, den er drehte? Film 3? Es war ein historischer Film. Über die zwanziger Jahre. Es war der Film, den Thea und Flo sich gerade ansahen!

F3=F1!

Thea ließ den Streifen sinken.

Flo lächelte sie an. »Wenn man es so im Bild sieht, ist es ganz einfach, oder? Und was mich am meisten daran fasziniert: die Idee funktioniert. In gewisser Weise ist Murnaus Film wahrhaftiger als Davids Film.«

Thea runzelte die Stirn. »Weil in Murnaus Film das, was in Davids Film außerhalb des Rahmens bleibt, nämlich David und seine Crew, selbst als Teil des Films zu sehen ist.«

Florian nickte. »Genau.« Nachdenklich sah er durch das große Wohnzimmerfenster in den Garten. Draußen war es inzwischen stockfinster. Die Bäume wogten wie schwarze Riesen in der winterlichen Brise.

»Ich erinnere mich dunkel«, murmelte Thea. »Etwas in dieser Richtung hatte David mal gesagt. Aber ich hatte mir das gar nicht richtig vorstellen können.«

»Er hat es einfach umgedreht. Der Schein ist die Wirklichkeit.« Fast sprach Flo zu sich selbst. »Es ist nicht so, dass wir erst den Schein durchdringen müssen, um dadurch an die wahre Wirklichkeit zu gelangen. In Wahrheit ist das, was wir für bloßen Schein halten, sozusagen das Wirklichste, was wir bekommen können. Das aber müssen wir uns erst einmal klarmachen!«

Er öffnete die Glastür zum Garten. Das Rauschen der Zweige war bis ins Zimmer hinein zu hören. Hatte er da etwas gesehen? Florians Blick wanderte über den Rasen. Zu den mächtigen Bäumen, zu den Terrakottavasen mit den Lorbeerbäumchen auf den Pfeilern des Gitters, zu der kleinen Marmorskulptur einer römisch gekleideten Frau, die am Ende eines Weges aufgestellt war. Am Ende des Abhangs schimmerte durch die Bäume hindurch der See, an den das Grundstück grenzte.

Er drehte sich zu Thea um. »Verstehst du? Es kommt nicht darauf an, eine Wirklichkeit hinter unseren Vorstellungen und angeblichen Illusionen zu suchen. Sondern darauf, unsere Vorstellungen als das zu begreifen, was die Wirklichkeit prägt – nicht umgekehrt!«

Thea zog die Decke enger um sich. Von draußen kam es kalt herein. Sie starrte an Flo vorbei. Plötzlich zuckte sie zusammen. »Ist da draußen was?«

28

Flo starrte in die Dunkelheit. Auch ihm war etwas aufgefallen. Aber was? Der Eindruck musste so flüchtig gewesen sein, dass er ihn nur unbewusst wahrgenommen hatte. Dennoch fühlte er, dass irgendetwas da draußen seine Aufmerksamkeit erregt haben musste, so wie er manchmal den Eindruck hatte, es spüren zu können, wenn jemand ihn anschaute, auch wenn er dem anderen den Rücken zuwandte. War es das? Hatte ihn jemand angeschaut?

»Hast du eine Katze oder so was?« Er sah zu Thea, die hinter ihm stand.

»Nein. Aber manchmal streunen die Katzen der Nachbarn hier rum.« Sie trat neben Flo. »Hast du was gesehen?«

Er schüttelte den Kopf und machte einen Schritt hinaus auf die Terrasse. Je länger er in die Dunkelheit starrte, desto weniger konnte er erkennen. Die Silhouetten der Bäume, die Schatten, das Schwarz des Himmels, alles schien ineinander zu verschwimmen – wie ein Suchbild verschwimmt, wenn man zu lange daraufstarrt in dem Bemühen, die Figur zu entdecken, die der Maler darin versteckt hat.

Plötzlich sah er sie. Eine Gestalt. Im Schatten der Bäume! »Da!«

Thea zuckte zusammen. »Was denn?«

Flo machte noch einen Schritt nach vorne. »Da ist was –«

»Bist du sicher?«

Er kniff die Augen zusammen. Alles lag ruhig da. Hatte er sich getäuscht? Er atmete aus. »Vielleicht sollte ich mich mal richtig ausschlafen, ich bin völlig übermüdet.«

Thea nickte. »Lass uns kurz nachsehen, ja?«

Ein kalter Wind blies ihnen entgegen, als sie dicht nebeneinander durch den nächtlichen Garten schritten.

Thea sah zu ihm hoch. »Meinst du, die Polizei ist so dreist und schleicht hier herum?«

Flo brummte und lief weiter. Schon möglich.

Der verwilderte Garten war wunderschön. Die Pflanzen waren kräftig und gesund, der Baumbestand teilweise uralt. Flo wandte sich um, um einen Blick auf die Villa zu werfen. Vom Garten aus kam ihre Fassade besonders gut zur Geltung. Im Mondschein sah es so aus, als würden die Stuckfiguren, die auf der Gartenseite ebenso wie auf der Straßenseite den Balkon im ersten Stock trugen, jeden Moment zu ihnen herabsteigen.

Eine Hand berührte seinen Arm. Es war Thea. Sie hakte sich bei ihm ein und lächelte verlegen. »Lass uns zusammenbleiben, ja? Man weiß nie, ob sich nicht ein Hund in den Garten verirrt hat.«

Gemeinsam liefen sie den Abhang weiter hinunter auf den See zu, der zwischen den Stämmen hindurchglitzerte und dessen Oberfläche vom Wind gekräuselt wurde. Als sie aus den Bäumen heraus ans Seeufer traten, bemerkte Flo linker Hand einen blassblau getünchten, stuckverzierten Pavillon, der Anfang des letzten Jahrhunderts errichtet worden sein musste und auf dessen Dach eine verrostete Treppe aus Eisen führte.

»Kann man da rauf?« Er sah Thea fragend an.

»Mein Lieblingsplatz.« Sie zog ihre Hand unter seinem Arm hervor, ging zu dem Pavillon und kletterte die Eisentreppe nach oben. Florian folgte ihr.

Vom Dach des Pavillons hatte man einen weitreichenden Blick über den See. Die Ufer lagen im Schatten der Bäume, weiter draußen spiegelte sich der Mond, der zwischen den niedrig hängenden Wolken hervorlugte. Florian stützte sich auf die Balustrade und blickte über das Wasser.

»Hast du ihn noch mal gesehen?« Er vermied es, Thea anzublicken, die neben ihm stand und ebenfalls auf den See schaute.

»Nein.« Sie zog die Decke fester um sich. »Ich weiß nicht. Vielleicht ist er wirklich tot.«

Er wollte ihr einen Arm um die Schulter legen, sie vor der Kälte und der Dunkelheit schützen. Doch dann berührte er sie nur vorsichtig am Kinn und drehte ihr Gesicht seinem zu. Sie blickte ihn nachdenklich an. Eine seltsame Ruhe ging von ihr aus. Florian sah in ihre grünblauen Augen. Sie nahmen ihm beinahe den Atem. Fast war es, als brächen die Worte aus ihm hervor, bevor er darüber nachdenken konnte.

»Ich habe mich in dich verliebt, Thea.«

Sie sah ihn an. Es schien ihm, als sänke sein Gesicht wie von außen gezogen zu ihrem hinab.

Da zuckte sie weg und bückte sich. Die Wolldecke war ihr von den Schultern gerutscht.

»Lass uns wieder hineingehen, es ist kalt.« Sie raffte

die Decke auf, lief, ohne ihn noch einmal anzusehen, zur Eisentreppe und begann die Stufen hinabzusteigen.

Florian hielt den Blick starr auf den See gerichtet. Eine glühende Faust schien sich in seine Eingeweide zu bohren. Er kannte das Gefühl, es kam immer dann, wenn er spürte, dass sein Leben sich ein kleines Stückchen in die falsche Richtung bewegt hatte. Was war denn in ihn gefahren, dass er sie hatte küssen wollen!

Im selben Moment fiel ihm draußen auf dem Wasser etwas auf. Ein Glitzern, eine Bewegung, eine Veränderung hatte seine Aufmerksamkeit erregt. Da, im Schatten der Weiden am Ufer des Sees! Was war das? Eine Gestalt? Ein Boot?

»Florian, komm, mir ist kalt!«

Unwillkürlich wandte er den Kopf und blickte nach unten. Thea stand auf dem Rasen neben dem Pavillon und schaute zu ihm nach oben. Als er den Blick reflexartig zurück auf das Wasser richtete, lag der See unter den Weiden am Ufer wieder ruhig da. Das Boot war verschwunden.

29

Schwarz erhob sich die Silhouette Sanssoucis in dem nächtlichen Park. Bedrückt schritt Flo die Straße hinab, die an dem Schlösschen vorbei in die Potsdamer Innenstadt führte. Die unausgesprochene Komplizenschaft, die bei der ersten Begegnung zwischen ihm und Thea geherrscht hatte, hatte er durch seine Kurzschlusshandlung vorhin wohl endgültig beendet.

Er hatte auf dem Pavillondach noch ein wenig gewartet, ob das Boot wieder auftauchen würde, aber das tat es nicht. Es blieb dabei, er sah Gespenster. Kurz darauf hatte er sich von Thea verabschiedet. Sie war freundlich und zugleich ein wenig abweisend gewesen, als wäre sie enttäuscht darüber, dass er eine in ihren Augen selbstverständliche Grenze überschritten hatte.

Als er aus der Villa auf die Straße getreten war, hatte es wieder begonnen zu schneien.

Während er durch die leise fallenden Flocken hindurch die Weinbergstraße weiter bergab schlenderte, vergrub er die Hände in den Taschen seines dünnen Regenmantels und befahl sich, nicht länger an Thea zu denken.

So kam ihm schließlich der »Metafilm« in den Sinn und Davids Idee, den Regisseur und die Crew des Films darin auftreten zu lassen. Florian kannte diese Idee. David hatte sie ihm gegenüber vor Jahren einmal erwähnt. Und zwar an einem Abend, den Flo nie vergessen würde und an den er sich auch jetzt wieder erinnerte.

Es war ein Frühlingsabend in jener Zeit gewesen, als die Mauer noch gestanden und er sich mit David eine Wohnung in Berlin geteilt hatte. David hatte sich bereits mehrere Nächte lang in der Stadt herumgetrieben, war immer nur spätnachmittags kurz in der Wohnung aufgetaucht, hatte hastig einen Happen hinuntergeschlungen und war danach wieder losgezogen. Flo hatte keine Ahnung gehabt, was er trieb, aber er hatte geahnt, dass es Dinge waren, die er selbst eher vermieden hätte.

An diesem Abend nun hatte er David nicht wie sonst wieder losziehen lassen wollen, sondern dazu überredet, gemeinsam mit ein paar Freunden noch ein Bier trinken zu gehen. Er hatte das Gefühl gehabt, dass es David guttun würde, die Kette seiner nächtlichen Exkursionen einmal zu durchbrechen. Zuerst hatte David gezögert, dann aber war er doch darauf eingegangen, und so waren sie schließlich alle gemeinsam aufgebrochen, um den Abend im sogenannten Kreuzberg 36 zu verbringen, im letzten Zipfel des Bezirks vor der Sektorengrenze.

Schon damals war die Oranienstraße das Rückgrat des Kiezes gewesen. Eine Flaniermeile, die die seltsamsten Gestalten angezogen und einem das Gefühl gegeben hatte, sich in einer Art Unterwelt verloren zu haben, die aus unerfindlichen Gründen an die Oberfläche gespült worden war. Gut besuchte Kneipen und Bars hatten Tür an Tür die gesamte Länge der Straße gesäumt und für eine ausgelassene Atmosphäre gesorgt. Groupies, Drugheads, Verrückte und Penner hatten die Bürgersteige bevölkert und in den heruntergekommenen Altbauten links und rechts von der Straße gehaust. Das ganze Viertel hatte eine überdrehte Quirligkeit ausgestrahlt, der allerdings – so war es Florian jedenfalls immer vorgekommen – jegliche Lebensfreude abgegangen war. Stattdessen hatten die zum Teil beängstigend kaputten und verwirrten Nachtgestalten vielmehr den Eindruck erweckt, darauf bedacht zu sein, den Rest von Lebendigkeit, der noch in ihnen steckte, mit vollen Händen zu verschleudern.

Flo, David und die anderen hatten bereits mehrere Kneipen hinter sich gehabt, als sie auf den Bänken vor einem Café Platz genommen hatten, das unweit vom Oranienplatz lag. Während Florian und die anderen ihre Unterhaltung fortgesetzt hatten, war David, der den ganzen Abend über ohnehin eher abwesend gewirkt hatte, zunehmend schweigsam geworden. Keine halbe Stunde, nachdem sie sich niedergelassen hatten, war er plötzlich aufgestanden und hatte zu Flo gesagt, dass er nur kurz auf den Platz gehen und gleich wieder zurück sein würde, und hatte sich entfernt.

Es war bereits weit nach Mitternacht gewesen, als sich die kleine Runde schließlich auflöste. Statt wie die anderen gleich den Nachhauseweg anzutreten, hatte Florian sich noch auf dem Oranienplatz umgesehen, da er hoffte, David dort zu entdecken. Tatsächlich hatte er ihn auch ganz in der Nähe auf einer Parkbank sitzend vorgefunden. David hatte den Kopf in die Hände und die Ellbogen auf die Knie gestützt und geradeaus in die Dunkelheit gestarrt. Dabei war er so sehr in seine Träumereien versunken, dass er Florians Herankommen gar nicht bemerkt hatte.

Erst als Flo ihn an der Schulter berührte, hatte er ihm – unendlich langsam, wie es Florian damals vorgekommen war – sein Gesicht zugewandt. Und als Flo in dieses Gesicht blickte, war ihm schlagartig klar geworden, dass irgendetwas geschehen sein musste. Davids Miene, seine ganze Gestalt und Haltung wirkten, als hätte er eine schwere Krankheit überstanden. Seine Gesichtszüge schienen sich auf geheimnisvolle Weise überdeutlich verschärft, vertieft, verhärtet zu haben, zum Teil so sehr, dass Flo glaubte, den Schädel unter der Haut erkennen zu können.

Schweigsam hatte David ihn angeblinzelt – und mit seinem Blick zugleich verraten, dass er sich über etwas wunderte, das seine Vorstellungskraft bei Weitem überstieg. Doch als Flo versucht hatte, aus ihm herauszubekommen, worüber er sich so wunderte, hatte David nur ratlos den Kopf geschüttelt.

Und dann hatte es angefangen. Erst hatte er unvermittelt ein wenig nach Luft geschnappt, doch anstatt wieder auszuatmen, hatte er gleich noch einmal Luft geholt. Plötzlich schien er zu bemerken, dass etwas nicht stimmte, hatte nach Atem gerungen, dadurch aber nur noch weitere Luft hinterhergepumpt. Mit einem Wort: David hatte verzweifelt begonnen zu hyperventilieren, und zwar so unvermittelt und heftig, wie Florian es noch nie erlebt hatte. Erschrocken hatte er seinem hilflosen Freund hochgeholfen, in der vagen Hoffnung, er würde sich wieder beruhigen, wenn er erst einmal auf seinen Beinen stehen würde. Aber auch das hatte David nicht geholfen. Mit angsterfüllten Augen hatte er Flo angestarrt und weiter nach Luft geschnappt, immer verkrampfter, verbissener und verstörter, obwohl er offensichtlich seinen ganzen Willen und seine ganze Kraft einsetzte, um endlich Herr über die eigene Atmung zu werden.

Flo hatte Davids Hand genommen und sie gedrückt. Sie war kalt gewesen, die Innenfläche feucht von Schweiß. Und David hatte Flos Hand zusammengepresst, als wolle er sie nie wieder loslassen. Gleichzeitig hatte er angefangen, zwischen den einzelnen Atemzügen, mit denen er seine Lunge voller und voller pumpte, in abgehackten Sätzen hervorzustoßen, dass Flo ihn nach Hause bringen solle, er wolle sich hinlegen, endlich hinlegen und einschlafen können.

Erst als sie ihre Wohnung erreicht hatten, Florian ihm beim Entkleiden geholfen, ihn sogar ins Bett gelegt und die Decke über ihn gezogen hatte, hatte David sich wieder ein wenig beruhigt und begonnen, regelmäßiger zu atmen.

Hilflos und von der Wucht des unerwarteten Anfalls geschwächt, hatte er Flo von seinem Bett aus mit seltsam dunklen Augen angesehen. »Mensch Flo, ich weiß gar nicht, was ich ohne dich gemacht hätte«, hatte er gesagt und nur sein Kopf hatte unter der Decke hervorgelugt. »Was für ein Scheiß.«

Seine Stimme war noch ein wenig brüchig gewesen, aber klar. Flo hatte genickt und sich zurückziehen wollen, aber David hatte ihn noch einmal zurückgehalten.

»Weiß du was?«, hatte er gesagt. »Eine Idee hab ich vorhin schon gehabt. Willst du sie hören?«

Flo hatte gelächelt. »Sicher.«

»Wenn wir unseren Film machen, dann müssen wir den Blickwinkel ausweiten! Das ist es, was ich gedacht habe. Ich glaube, Fellini, der hat das auch mal gemacht in einem Film, der nicht sehr beachtet wurde. ›E la nave va‹ hieß der, besonders gut war er nicht, aber das hat mir doch gefallen: dass man den Blickwinkel weitet. Dass man nicht nur die Geschichte erzählt, sondern auch, wie sie zustande gekommen ist. Dass man das Team zeigt, das den Film produziert.«

Flo hatte genickt. Klar, das konnte man machen.

Aber David war noch nicht fertig. »Vor allem aber gehört in so einen Film nicht nur das Team, das ihn macht. Sondern auch der Zuschauer, der ihn sieht.« Seine Augen hatten geleuchtet. »Verstehst du?«

Flo hatte ihn nur angesehen.

»Weißt du, was jeder einzelne Film in Wirklichkeit ist?«, hatte David seinen Gedanken zu Ende gesponnen. »Ein Schachspiel! Und weißt du auch, wer die Partie spielt? Der Regisseur und sein Zuschauer! Der Regisseur versucht, seinen Zuschauer zu manipulieren, der Zuschauer versucht, die Zeichen, die ihm der Regisseur gibt, zu entschlüsseln. In den Filmen sind die beiden aber nie zu sehen. Obwohl *sie* es sind, um die es eigentlich geht. Zu sehen sind nur die Figuren des Films, die Schauspieler. Aber die sind nichts anderes als die Schachfiguren auf dem Brett.«

Er hatte Flo angestrahlt. »Der Regisseur zieht die Figuren – und worum geht es ihm? Darum, den Zuschauer mattzusetzen! Deswegen müssen wir einen Film machen, in dem wir den Regisseur zeigen. Und den Zuschauer. Denn er versucht, die Spielzüge des Regisseurs zu antizipieren. Erst wenn diese beiden auch in dem Film zu sehen sind, ist er vollständig. Dann ist er perfekt. Verstehst du?«

Flo hatte bemerkt, wie sehr Davids Wangen eingefallen waren. Er hatte nicht gewusst, was er sagen sollte. David aber war nicht mehr zu bremsen gewesen.

»Und einen perfekten Film – das war es doch, was wir immer machen wollten, oder, Flo?« Er hatte gegrinst, mitgenommen von dem, was er gerade erlebt hatte, und doch voller Freude über das, was er sich ausgedacht hatte.

»Na klar, David. Lass uns morgen weiterreden«, hatte Flo gemeint.

David hatte genickt und sich mühsam im Bett umgedreht. Und Flo hatte das Zimmer verlassen und leise die Tür hinter sich geschlossen.

Den Regisseur und seine Crew hatte er nun also im »Metafilm« auftreten lassen, überlegte Flo, während er weiter durch das nächtlich stille Potsdam schritt. Nicht aber den *Zuschauer.* Hatte David den »perfekten Film« also noch nicht gemacht?

Das durchdringende Klingeln seines Handys riss ihn abrupt aus seinen Grübeleien. Florian blieb stehen und nahm den Anruf an. Die Nummer auf dem Display kannte er nicht. »Ja?«

»Herr Baumgartner?«

»Ja?«

Flo sah sich um. Er hatte Sanssouci inzwischen weit hinter sich gelassen und befand sich in der Nähe der Nikolai-Kirche.

»Riemschneider hier. Schön, dass ich Sie erreiche«, hörte er die Stimme des Beamten aus seinem Handy kommen. »Ich hoffe, Sie entschuldigen, dass ich Sie so spät noch anrufe.«

Flo setzte sich wieder in Bewegung. »Woher haben Sie meine Nummer?«

»Von Ihrem Redakteur. Hölzemann? Schöne Grüße übrigens.«

»Ah.«

»Ich muss Sie bitten, morgen früh zu uns zu kommen, Herr Baumgartner.«

»Und wieso?«

»Das möchte ich morgen in aller Ruhe mit Ihnen besprechen. Sie finden mich im LKA in Tempelhof, der Pförtner zeigt Ihnen den Weg.«

»Ist das wirklich unvermeidlich?«

»Ich würde Ihnen dringend raten, meiner Bitte nachzukommen«, hörte er Riemschneider antworten.

Flo schnaufte. Aber bevor er etwas erwidern konnte, klickte es in der Leitung.

Riemschneider hatte aufgelegt.

30

Eine knappe halbe Stunde später wurde Florian von dem Taxi, das er in Potsdam kurz nach dem Gespräch mit Riemschneider angehalten hatte, vor seinem Hotel abgesetzt.

Müde betrat er das Foyer und ging zu den Fahrstühlen. Der Nachtportier nickte ihm freundlich zu. Flüchtig streifte Flos Blick die Hotelbar im Nebenraum. Sollte er noch einen nehmen? Er sah, dass an der Theke ein Mann saß, der ihm den Rücken zuwandte. Hinter dem Tresen, dem Mann gegenüber, stand der Barkeeper und lachte.

»Kommen Sie, das kann doch nicht sein!«, sagte der Barmann und beugte sich mit leuchtenden Augen zu seinem Gast vor.

Er könnte ja noch oben in seinem Zimmer etwas aus der Minibar trinken, dachte Flo und drückte die Taste, um den Fahrstuhl zu holen. Während er wartete, fiel sein Blick erneut auf den Rücken des Gastes in der Bar. Plötzlich durchrieselte es ihn kalt. Kannte er den Mann?

Verwirrt ging er ein paar Schritte vom Fahrstuhl weg auf die Bar zu. Sein Blick fiel auf den Mantel des Mannes, auf seinen Hinterkopf, auf seine braunen Maßschuhe, die er auf das Querholz des Barhockers gestellt hatte. Er bemerkte die feingliedrige Hand des Mannes, die auf dem

Tresen lag und ein Schnapsglas umschloss. Er registrierte, wie der Barkeeper zu ihm sah und wie sich der Mann auf seinem Barhocker langsam zu ihm umwandte. Schon schaute er Flo direkt in die Augen, mit einem Schmunzeln, das die Lippen umspielte, mit zwei ausgebreiteten, blassen Händen, die jetzt wie eine Frage vor Flo in der Luft standen, und einem Gesicht, in dem ein Hauch von Arroganz, aber auch von Verschmitztheit, Vergnügtheit und Unerschrockenheit lag.

Mit einem Mal war es Flo, als presse eine Stahlklammer seine Brust zusammen, als schwanke der Boden, der Tresen, die Bar, der ganze Raum und mit ihm das Hotel, als würden die Wände, die Decke, die rechten Winkel und Balken, die der Welt Härte, Profil und Verlässlichkeit gaben, in einem plötzlichen Sog miteinander verschmelzen, verschwimmen, verlaufen. Als müsse er sich an etwas festhalten in diesem Strudel aus Rutschen, Fließen und Gleiten, griff er, wie nach Halt suchend, nach der Hand dieses Mannes, der dort vor ihm auf dem Barhocker saß, der Florian jetzt packte und dessen Stimme seltsam klar zu ihm durchdrang. »Na, Flo, wie geht's denn so?«, hörte er ihn sagen, während er mit zittrigen Beinen kraftlos gegen die Theke sank.

Er fühlte, wie ihm ein Barhocker untergeschoben wurde, dann hörte er wieder die Stimme des Mannes: »Was ist denn los, du siehst ja total fertig aus«, und »Geben Sie ihm doch endlich was zu trinken, der Mann braucht einen Schnaps.«

Schwer lehnte Florian auf der Theke der Bar und starrte dem Mann ins Gesicht, der breitbeinig und bestens gelaunt auf dem Barhocker neben ihm saß.

Es war David.

Die Wut, die in ihm aufstieg, belebte Flo wieder. »Was soll das, Mann!«, stieß er zornig hervor. »Du läufst hier einfach so rum? Ich denk, keiner weiß, wo du bist!«

David musterte ihn lächelnd.

»Willst du mich verarschen?«, fauchte Flo, aber David warf dem Barkeeper, der sich besorgt vor ihnen aufgebaut hatte, nur einen um Nachsicht bittenden Blick zu.

»Er ist sicher gleich wieder in Ordnung«, murmelte er und zeigte auf den Schnaps, den der Barmann Florian hingestellt hatte. »Auch einen für mich, bitte«, orderte er, dann wandte er sich wieder Flo zu. »Schön dich zu sehen«, sagte er, und seine Stimme klang wunderbar freundlich.

Florian starrte ihn an. Da stand David von seinem Barhocker auf und breitete die Arme aus. Plötzlich musste Flo grinsen. Auch er rutschte von seinem Hocker herunter, und sie nahmen sich in die Arme. Der um einen Kopf kleinere David den schlaksigen Flo, dem noch immer die Beine ein wenig zitterten.

»Verdammt, David.« Etwas Besseres fiel Flo nicht ein, als sie wieder auf ihre Hocker geklettert waren. Er sah auf das kleine, beschlagene Glas mit der durchsichtigen Flüssigkeit, das vor ihm stand, und wusste nicht, wie er mit der Situation umgehen sollte.

»Wie geht's dir, Flo?«, hörte er David neben sich sagen. Und als er den Blick hob, bemerkte er, dass in Davids Augen der Spaß an der gelungenen Überraschung blinkte.

»Weißt du überhaupt, was hier los ist?« Unwillkürlich hatte Florian die Stimme gesenkt.

David griff nach dem Schnapsglas, das ihm der Barkeeper gerade hinstellte. »Du hast recht. Es ist ein verdammtes Chaos!« Wieder blitzte sein Gesicht auf, als müsse er ein Lachen unterdrücken. »Ich hab gehört, du sollst einen Artikel über mich schreiben. Was ist, komm ich schlecht darin weg?«

Jetzt griff auch Flo nach seinem Schnaps. »Woher weißt du, dass ich was schreiben soll?«

»Vorsichtig wie immer, was, mein Lieber?«

David klickte sein Glas gegen Flos und kippte den Drink. »Du kannst schreiben, was du willst. Es würde mich nur interessieren, wie du's angehst.«

Flo trank ebenfalls. Der Schnaps rann warm durch seinen Körper und tat gut. Er warf David einen Blick zu. Das vertraute Gesicht des Freundes.

»Ist das alles, was dich beschäftigt? Was ich über dich schreibe?«

David zog die Augenbrauen hoch. »Natürlich nicht. Wie läuft's denn unten in Spanien? Ich hab ja ewig nichts von dir gehört.«

Florian hatte schon immer gern neben David an einer Theke gesessen. So wurde aus jeder Bar – und mochte sie noch so anonym sein – ganz plötzlich ein vertrauter Ort. Als hätte man ein gemeinsames Projekt vor Augen statt nur Fremde und Feinde um sich herum. Aber so einfach wollte er David nicht davonkommen lassen.

»Gerade hat mich ein gewisser Riemschneider angerufen«, konterte er, »und für morgen früh zu sich bestellt. Kennst du den Mann?«

David holte Luft. »Riemschneider? Nein.«

»Er will mich im LKA sehen, drüben in Tempelhof.«

David zuckte zusammen. Die Erwähnung der Kripo schien ihm unangenehm zu sein.

»Was haben sie gegen dich in der Hand, David?«, hakte Flo nach.

David stellte das geleerte Schnapsglas auf den Tresen.

»Was ist los, Mann?«, setzte ihm Florian zu. »Warum weiß keiner, wo du bist? Was ist das für ein Gerede von illegalen Filmen? Warum verfolgt die Polizei dich?«

David blinzelte. Jetzt bemerkte Florian, dass er nervöser war, als es zunächst den Anschein gehabt hatte.

»Es sind Lappalien, Flo, glaub mir«, sagte er und breitete die Arme aus. »Ich arbeite, probiere Sachen aus. Und das gefällt ihnen nicht.«

»Und Hannes' Tod? Auch eine Lappalie?«

David zog die Augenbrauen hoch.

»Oder hast du davon noch gar nichts gehört?«, setzte Flo nach.

»Doch ... doch, ich weiß. Ein Unfall.« Davids Stimme war etwas leiser geworden. »Ich ... ich meine, was hab ich mit diesem Unfall zu tun?«

»Ich hab Hannes getroffen, David, er hatte Angst. Er war schlecht auf dich zu sprechen.«

»Ja, ich weiß«, unterbrach David ihn. »Wir waren irgendwie auseinandergeraten.«

»Und warum? Hat es mit den Filmen zu tun, die ihr gemacht habt? Was für Filme waren das denn?«

Der andere ließ die Hände sinken, nun doch ein wenig düster.

»Zum Beispiel ›Audience‹«, beharrte Flo. »Was ist denn nun, ist der von dir?«

David winkte ab. »Irgendein Filmstudent sagt, das sei ein echter Mosbach – ist es aber nicht.« Er stockte. »Warst du in so einer Vorführung?«

Flo nickte. »Ich hab gekotzt danach.«

»Wie bist du denn da hineingekommen?«, fragte David und sah ihn aufmerksam an.

»Der Redakteur, für den ich den Artikel schreiben soll. Er hat mir eine Einladung besorgt«, antwortete Flo.

»Ach ja?«

»Ja, wieso?«

David starrte ihn an. Sagte aber nichts.

Flo ließ nicht locker. »Deine Villa in Potsdam, die muss doch ein Vermögen gekostet haben. Woher hast du denn das ganze Geld? Von dem einen Film, dem ›Corps‹, der nur drei Wochen im Kino gelaufen ist, kann es ja wohl nicht sein.«

David lächelte wieder. »Du warst in Potsdam? Hat sie dir gefallen? Die Villa, meine ich? Ich hab lange gesucht, bis ich sie gefunden habe.«

Er nickte dem Barkeeper zu, der sich ans andere Ende der Theke zurückgezogen hatte. »Noch zwei, Chef.« Dann sah er wieder zu Flo. »Ich hab Glück gehabt. Mein Vater, erinnerst du dich? Er betrieb zwar nur eine kleine Eckkneipe, aber er hat auch ein wenig mit Immobilien spekuliert. Damals in den Sechzigern und Siebzigern. Erst als er starb, hab ich erfahren, dass er einige Mietshäuser besaß, deren Wert im Lauf der Zeit erstaunlich angestiegen war. Als wir die vor ein paar Jahren verkauft haben, kam ein schönes Sümmchen zusammen. Genug, um das Haus in Potsdam zu kaufen und trotzdem noch ganz gut davon zu leben.«

Er griff nach einem der beiden Gläser, die der Barkeeper ihnen hingestellt hatte. »Warst du denn auch schon drinnen? Wir haben uns den Umbau einiges kosten lassen.«

Flo nickte. »Thea hat mich reingelassen –«

David unterbrach ihn. »Tatsächlich? Wie hast du das denn geschafft?«

Jetzt musste auch Flo wieder lächeln. »Sie kannte meinen Namen durch dich.«

David kippte den Drink.

»Sie hat mich sogar in dein Arbeitszimmer geführt.«

»Ist ja allerhand.« David grinste. »Das hätte ich euch gar nicht zugetraut.«

»Sie macht sich große Sorgen«, sagte Flo, wieder ernster.

»Ja.« Über Davids Gesicht huschte ein Schatten. »Ich weiß.« Aber dann gab er sich einen Ruck. »Hast du das Material gesehen, das ich in meinem Zimmer gesammelt habe? Zu einem Projekt namens ›Metafilm‹?«

»Das ist alles, was dich interessiert?« Flo sah ihn fassungslos an. »Deine Projekte? Was denkst du dir eigentlich? Du wirst gesucht! Die Polizei ist hinter dir her! Deine Freundin weiß nicht, wo du steckst! Hannes hat einen Unfall gehabt, den er vielleicht nicht überlebt hat. Was ist los, David?«

»Du hast recht«, sagte David. »Vergessen wir den ›Metafilm‹. Den bekomme ich sowieso nicht mehr fertig. Das bisschen, was wir damals gedreht haben, war zwar ganz in Ordnung, aber um weiterzumachen, hätte das Studio noch mal ordentlich drauflegen müssen. Da haben sie kalte Füße bekommen.« Er gluckste. »Scheiß drauf, irgendwie war das Projekt falsch aufgezogen, Thea hatte es immer gesagt. Ich hätte auf sie hören sollen.«

David hob eine Hand und zeigte dem Barkeeper zwei Finger. »Andererseits«, er warf Flo einen Blick zu,

»wenn man es nicht ausprobiert, wird man nie schlauer, oder?«

Flo schwieg.

»Es ist ein Jammer«, fuhr David fort, »ich komm von den Achtzigern nicht los. Die unendliche Verschiebung des Signifikanten ersetzt das Signifikat – so war das doch, oder? Wer soll da geradeaus denken?« Er grinste. »Manchmal glaube ich, dass mir das endgültig den Verstand vernebelt hat.«

Flo starrte ihn an. Was war los mit ihm? Hatte er wirklich den Verstand verloren? Er wollte etwas sagen, brach aber ab.

David sah ihn an. »Was?«

»Nichts.«

»Nichts?«

»Was redest du denn da?«, brach es aus Flo hervor. »Bist du jetzt vollends übergeschnappt? Denkst du, dass du einfach so in mein Hotel platzen kannst? Dass ich so tue, als wär nichts geschehen?« Er starrte David an.

Der hatte wieder die Augenbrauen hochgezogen. Abwartend.

Flo spürte, wie seine Wut ein wenig verrauchte.

»Also was ist? Du versteckst dich! Wieso? Wer weiß davon? Hast du dir was zuschulden kommen lassen? Was denn?« Er musste Luft holen.

»Fertig?« David lächelte ihn an.

Flo antwortete nicht.

»Natürlich könnte ich jetzt groß ausholen und erzählen, was alles passiert ist«, sagte David. »Aber«, und damit deutete er auf die Uhr, die über den Flaschen hinter der Bar hing und auf zwei ging, »so viel Zeit haben wir nun auch nicht mehr. Deshalb lass mich ganz ehrlich sein. Ich habe dich aus einem ganz bestimmten Grund herkommen lassen.«

Flo traute seinen Ohren nicht. »Herkommen lassen?«, schnaufte er. »Was soll das denn heißen?«

David lachte. »Schön, wie man dich überraschen kann! Doch, doch, Hölzemanns Chef ist ein Freund von uns oder zumindest der Freund eines Freundes. Ich hab ihn angerufen. Ohne Scheiß, Flo, sosehr das alles auch Spaß macht, ich brauch Leute, auf die ich mich verlassen kann. Jemanden wie dich.«

Da war sie wieder, die Wut. David hatte es eingefädelt! David hatte dafür gesorgt, dass er hierhergekommen war. Um nach ihm zu suchen, obwohl er sich putzmunter irgendwo herumtrieb! »Was fällt dir ein, mich, wie es dir gerade passt, herumzappeln zu lassen?«, fauchte Flo ihn an.

David starrte mit so etwas wie gespielter Erschrockenheit zurück.

»Wusste das Arschloch Hölzemann, dass du dahintersteckst?«, knurrte Flo. Hatten sich jetzt verdammt noch mal alle gegen ihn verschworen? »Und Thea? Weiß die am Ende auch, dass es dir gutgeht und dein Verschwinden nur ein verfluchtes Spiel ist?«

David legte ihm eine Hand auf den Arm, jetzt doch ernst. »Hör zu, Flo, ist schon okay. Kein Wunder, dass du sauer bist. Aber ein Spiel ist das Ganze eigentlich nicht. Tut mir leid, dass ich dich so hergeholt habe. Hölzemann und Thea haben natürlich keine Ahnung. Und im Moment kann ich Thea auch nicht sagen, dass es mir gutgeht. Sie weiß von nichts. Das ist besser so. Wegen der Polizei.«

»Deshalb hat Hölzemann mich auch zu ›Audience‹ geschickt – obwohl der Film gar nicht von dir ist, oder was?«, bohrte Flo nach.

David nickte. »Ich bin schon länger nicht mehr direkt mit ihm in Kontakt, sonst hätte ich das nie zugelassen.« Er überlegte kurz, bevor er weitersprach. »Weißt du, ich wollte dich nicht einfach anrufen und bitten herzukommen. Ich dachte, dass es besser wäre, wenn gleich ein Auftrag für dich dabei rausspringt.«

»Und was willst du von mir hier?« Flo runzelte die Stirn.

»Ich brauche deine Hilfe bei dem, was ich vorhabe.«

»Und was hast du vor?«

»Ich will mit dir zusammen an einem Projekt arbeiten. Ich will, dass du mir dabei hilfst.«

»Aha.« Zusammen mit David etwas auf die Beine stellen. Hatte er davon nicht immer geträumt?, musste Flo unwillkürlich denken.

»Willst du wissen, was für ein Projekt das ist?« David sah ihn abwartend an.

Flo antwortete nicht gleich. »Du bist den Weg nach dem ›Metafilm‹ weitergegangen?«

Davids Augen blitzten auf. »Ich wusste, dass ich mich auf dich verlassen kann, Flo!« Er ließ die flache Hand auf den Tresen klatschen.

Flo musste grinsen. Es funktionierte immer noch. Im Grunde genommen gab es nichts Fesselnderes, als sich mit David zu unterhalten. »Okay«, sagte er. »Schieß los! Woran arbeitest du?«

»Es stimmt schon, es geht um den Schritt nach dem ›Metafilm‹«, antwortete David.

Flo starrte in sein Glas. Der »Metafilm« war nicht das Ende des Weges. Natürlich nicht!

»Dessen Grundidee war ja recht einfach«, hörte er David neben sich sagen. »Das, was für Schein gehalten wird, unsere Wahrnehmungen, Meinungen, Überzeugungen – das, was die Wirklichkeit angeblich verschleiert –, ist das, worauf es in Wirklichkeit ankommt. Verstehst du? Der wahre Schein ist der Glaube an eine wahre Wirklichkeit dahinter, wenn du so willst.«

Flo nickte. »So schlau bin ich aus den Unterlagen in deinem Arbeitszimmer auch schon geworden.«

»Umso besser«, entgegnete David. »Aber diese Grundidee zu begreifen reicht nicht aus. Man muss auch die Konsequenz aus dieser Erkenntnis ziehen.« Verschmitzt blinzelte er Flo an. »Und die Konsequenz ist, dass man einem Umstand, der in letzter Zeit fast schon in Vergessenheit geraten ist, wieder mehr Beachtung schenkt. Und zwar dem Umstand, dass das, worauf es ankommt, auch *änderbar* ist. *Das* ist der Kern! Und wie ist es änderbar? Indem *wir* es ändern! Du. Ich.« Er tippte sich an die Stirn. »Und zwar, indem wir in den Köpfen der Menschen ansetzen. Genau da, bei den Meinungen und Überzeugungen, verstehst du? Und wie beeinflussen wir das, was in den Köpfen ist? Durch Zeichen. Durch Worte. Oder eben durch Filme! Wir müssen die richtigen Filme machen, das ändert die Überzeugungen der Menschen! Und diese Menschen ändern dann die Welt. Kein Wunder, dass das verboten ist, oder?« Er lachte. Man hörte, dass es von Herzen kam.

Flo musste grinsen. »Du willst mit deinen Filmen die Welt verändern?« Wie oft hatte er schon zugehört, wenn

David versuchte, einen Gedanken zu entwickeln. Es hatte ihm immer Spaß gemacht, und meistens hatte er sich von Davids Feuer anstecken lassen. Immer wieder hatten Freunde oder Bekannte, die mit halbem Ohr zugehört hatten, danach gemeint, dass David doch kompletten Unsinn geredet habe. Und Flo hätte auch nicht wiedergeben können, was David ihm noch kurz vorher erklärt hatte. Doch wenn David auf ihn einredete, schien ihm das, was er sagte, immer einen Sinn zu ergeben. Manchmal einen verborgeneren, manchmal einen klareren, aber immer einen Sinn, der in Florian den Wunsch weckte, mehr darüber zu erfahren.

»Na klar!«, antwortete David. »Oder glaubst du, sie wird immer so bleiben, wie sie jetzt ist? Was machen denn die Islamisten heutzutage? Die ändern auch die Welt, und zwar nur, indem sie ein paar Vorstellungen und Meinungen gezielt ins Zentrum der Aufmerksamkeit ihrer Anhänger rücken. Das ist nur eine Verschiebung im Bewusstsein, mein Lieber, aber sie greift inzwischen ganz schön real auf die Welt aus!«

Davids Augen blitzten voller Freude über die Möglichkeiten, die er vor sich zu sehen schien. »Willst du das Feld den anderen überlassen, Flo? Das Feld der Werte und der Überzeugungen, was richtig ist und was falsch? Diese Auffassungen in den Köpfen der Menschen – das ist doch nichts anderes als ein großes, bewegliches Netz von Gedanken und Meinungen. Ein Netz, das auf jeden Einfluss von außen hochgradig sensibel reagiert! Lass uns darauf einwirken! Und zwar so, dass es dadurch seine Form verändert. So, dass sich die Gedanken und Meinungen der Menschen verändern. Oder lass uns das zumindest versuchen!«

Flo war sich nicht sicher, ob er verstand, was David meinte. Er starrte wieder auf die Theke.

David sah ihn von der Seite an. »Was ich meine, ist sicher nichts Neues. Es geht einfach um die Hirne der Leute, verstehst du. So und so sind die Zellen in den Köpfen verschaltet, daraus ergeben sich die und die Überzeugungen. Wenn man die ändern will, muss man die Verschaltung in den Köpfen verändern. Und zwar nicht, indem man die Schädel aufmeißelt. Sondern indem man die richtigen Zeichen über Augen und Ohren hineinschmuggelt!«

Flo spielte mit seinem Glas. »Und welche Überzeugungen willst du ändern, David?«

David lachte. »Es ist spät, Flo. Aber im Ernst, das ist, woran ich arbeite. Und ich würde mich freuen, wenn ich dich dabeihätte.« Er strahlte. »Wir wollten mal die Welt aus den Angeln heben, Flo. Schon vergessen? Irgendwann ist der Augenblick dafür vorbei.«

31

Am nächsten Morgen stand Florian frühzeitig auf. Er hatte keine Lust, sich von Riemschneider sagen zu lassen, dass er spät dran wäre.

Sie hatten in der Nacht noch ein paar Kurze an der Bar getrunken, bevor David sich erhoben hatte. Florian hatte noch hundert Fragen gehabt, aber David war ihm ausgewichen. Flo solle sich überlegen, ob er mitmachen wolle. Er könne ihn jederzeit über die Galerie Tegtmeyer kontaktieren. Und von Riemschneider solle er sich bloß nicht einwickeln lassen. Dann war er gegangen.

Auf seinem Zimmer hatte Florian trotz der zahlreichen Schnäpse erst nicht einschlafen können. Alles das, was David ihm nicht beantwortet hatte, ging ihm im Kopf herum. War es Zufall, dass Hannes überfahren worden war, ausgerechnet Hannes, dem man die Angst doch buchstäblich angesehen hatte? Wieso ermittelte Riemschneider gegen David, wenn der sich nur ein paar Lappalien hatte zuschulden kommen lassen? Was war Davids Beziehung zu Tegtmeyer, zu Walter, zu Hölzemann? Was hatte er vorhin gesagt: Hölzemann ist ein Freund »von uns«? Wer uns? Mit wem hatte David sich eingelassen?

Aber das Grübeln hatte zu nichts geführt. Und so war

Flo über den Fragen schließlich in einen unruhigen Schlaf gesunken, aus dem ihn der Weckruf der Rezeption um Punkt sieben Uhr unsanft gerissen hatte.

Für die U-Bahn-Fahrt von Zoo zum Platz der Luftbrücke brauchte er eine gute halbe Stunde. Kurz vor neun schritt Florian die steinernen Stufen des alten Flughafengebäudes empor, in dem das Landeskriminalamt untergebracht war. Er musste daran denken, was Davids Vater ihm einmal gesagt hatte, dass man ein Polizeigebäude immer unglücklicher verlässt, als man es betreten hat.

Nachdem er sich vom Pförtner den Weg hatte erklären lassen, marschierte er durch die schmutzig-grünen Gänge und hoffte, so schnell wie möglich aus diesem Labyrinth wieder heraus zu sein. Immer wieder kamen ihm Beamte entgegen, Schutzpolizisten, aber auch Männer in Zivil, die so aussahen, als ob man lieber keinen Ärger mit ihnen bekommen sollte.

Endlich fand er Riemschneiders Büro, klopfte und trat, ohne zu warten, ein. Der Beamte saß allein an seinem Schreibtisch und stand auf.

»Haben sich *Ihre* Leute gestern Nacht im Garten der Villa von Frau Harloff herumgetrieben?« fragte Flo zur Begrüßung. Er hatte entschieden, dass Angriff noch immer die beste Verteidigung war.

»Wir haben das Haus im Auge, das stimmt. Aber ich glaube nicht, dass Sie unsere Leute bemerkt hätten. Dafür ist die Technik heute zu ausgefeilt. Aber setzen Sie sich doch.«

Riemschneider deutete auf den Stuhl, der vor seinem Schreibtisch stand.

Doch Florian zog es vor, stehen zu bleiben. »Sie wollen mich sprechen? Schießen Sie los.«

Riemschneider warf ihm einen kurzen Blick zu. »Ich nehme fast an, Sie können sich denken, warum ich Sie hergebeten habe.« Er setzte sich wieder. »Es geht um Hannes Marin, Mosbachs Kameramann.«

Ein kaltes Gefühl floss durch Florians Körper. Hannes. Natürlich!

»Die beiden haben eine ganze Reihe von Filmen zusammen gemacht«, fuhr Riemschneider fort. »Marin wurde gestern Nachmittag getötet.«

Getötet? Flo zuckte zusammen. Er spürte, wie der Beamte ihn beobachtete.

Riemschneider lehnte sich zurück. »Der Mord war als Autounfall inszeniert. Der Fahrer ist flüchtig, von dem Wagen fehlt jede Spur. Aber ich bin sicher, es war kein Zufall, dass es Herrn Marin ausgerechnet jetzt erwischt hat. Außerdem haben wir die Aussage der Tochter –«

»Der Tochter?«, fiel Florian ihm ins Wort. »Die Kleine ist keine drei Jahre alt.«

»Das stimmt. Was sie ihrer Mutter erzählt hat, war in der Tat ziemlich konfus. Andererseits: So etwas denkt ein Kind sich nicht aus.«

»Was denn?«

»Mit uns hat die Mutter die Kleine nicht sprechen lassen. Aber sie sagte, Maja habe ihr erzählt, dass sie ins Wohnzimmer gelaufen sei, um andere Stifte zu holen – da habe plötzlich ein Mann die Glastür geöffnet, die in den Garten führt …«

»Die lässt sich von außen öffnen?«

Riemschneider nickte und fuhr unbeirrt fort: »… sei

hereingekommen, habe sie ergriffen und hochgehoben.«

»Ohne dass sie einen Mucks gemacht hat.«

»Sie hat wohl Angst gehabt. Der Mann habe die Kleine in ein Auto gebracht, sagt die Mutter, dort festgehalten und etwas später wieder zurück in den Garten getragen. Dann sei er verschwunden.«

»Ach ja?«

Riemschneider ließ sich nicht aus der Ruhe bringen. »Wir gehen davon aus, dass Maja keine zehn Minuten in seiner Gewalt war. So lange hat es in etwa gedauert, bis Frau Marin ihre Tochter wiedergefunden hat.«

»Und während sie sie gesucht hat ...«

»Hat sie ihren Mann angerufen. Genau. Der ist natürlich in höchster Aufregung nach Hause gerast. Als er den Wagen geparkt hatte und die Straße überqueren wollte, ist er von einem Lieferwagen überfahren worden, der mit überhöhter Geschwindigkeit auf der Straße unterwegs war. Aber es war kein Unfall. Er war sorgfältig eingefädelt.«

Flo wurde schwindlig. »Hören Sie, das ... Niemand konnte doch sicher sein, dass Hannes die Straße überqueren würde – er hätte doch auch auf der *anderen* Straßenseite parken –«

»Hätte er nicht«, unterbrach ihn Riemschneider trocken. »Es ist eine Einbahnstraße, und auf der Seite von Marins Bungalow herrscht Parkverbot. Er *musste* die Straße überqueren.«

Flo spürte, wie sich kalter Schweiß in seinen Achselhöhlen sammelte.

»Hannes Marin hatte Angst«, fuhr Riemschneider fort,

als Florian nichts sagte. »Ich weiß das, denn er hat versucht, Kontakt mit uns aufzunehmen. Ihm war die Arbeit mit Mosbach über den Kopf gewachsen. Sein Bestreben, aus dem Machtbereich Ihres Freundes herauszukommen, war mit Sicherheit auch einer der Gründe dafür, dass Mosbach abgetaucht ist.«

Wie versteinert blickte Florian aus dem Fenster. Draußen hatte es lautlos zu schneien begonnen. Es konnte ja sein, dass David in irgendeine hässliche Sache verwickelt war. Und ob Hannes' Unfall wirklich ein Zufall sein konnte, hatte er sich ja selbst schon gefragt. Aber das, was Riemschneider da andeutete – dass David in irgendeiner Weise für Hannes' Tod verantwortlich sein sollte –, das war doch völlig undenkbar!

»Ich will ganz offen mit Ihnen sein, Herr Baumgartner«, ergriff Riemschneider wieder das Wort. »Wir wissen, dass Sie gestern Nachmittag bei Herrn Marin waren, kurz bevor er starb. Was wollten Sie denn von ihm?«

Florian strich sich über die Stirn. Was sollte das denn jetzt? Wenn er nicht aufpasste, wurde er hier in etwas hineingezogen, womit er beim besten Willen nichts zu tun haben wollte. »Habe ich Ihnen das nicht gesagt? Meine Zeitung hat mich beauftragt, einen Artikel über David Mosbach zu schreiben«, antwortete er. »Sie sagen es ja selbst, Marin war Davids Kameramann. Also, was wollte ich von ihm? Mich interessierte, was er über Herrn Mosbach erzählen konnte. Wundert Sie das?«

»Ich will es Ihnen noch einmal ganz deutlich sagen, Baumgartner«, entgegnete Riemschneider, dessen Stimme jetzt einen harten, unerbittlichen Klang bekommen hatte. »Wir wissen noch nicht genau, wie weit Mosbach persönlich in den Tod Marins verwickelt ist, aber ich bin davon überzeugt, dass er informiert war. Wenn er es nicht selber in Auftrag gegeben hat.«

Florian warf Riemschneider einen Blick zu. Das Gesicht des Beamten war verschlossen und zäh. Ein Gesicht, dem Florian jederzeit zugetraut hätte, dass es mitleidlos einem Menschen beim Sterben zusah. Er zweifelte keinen Moment daran, dass Riemschneider jedes Mittel recht sein würde, um an sein Ziel zu gelangen. Je weniger er mit diesem Polizisten zu tun hatte, desto besser. »Hören Sie doch auf, Riemschneider! Ich kenne David Mosbach, seit ich acht Jahre alt bin. Er ist keiner, der sich anpasst – okay. Er macht, was er will – okay. Wenn er damit Ihr Rechtsgefühl verletzt, dann ist ihm das scheißegal – na schön.«

Riemschneider sah ihn an. Es war ein kalter, abschätzender Blick.

Flo reichte es langsam. »Aber erzählen Sie mir nicht, dass er seinen besten Mitarbeiter auf dem Gewissen hat. Das ist Unsinn. David Mosbach bringt keine Menschen um. Das garantiere ich Ihnen, ich kenn ihn gut genug!«

»Mag sein, dass er es nicht selber war. Mit Sicherheit sogar nicht, da haben Sie völlig recht. Das habe ich auch nicht behauptet.«

»Was hat Ihnen Hannes Marin denn erzählt, dass Sie glauben, es hätte ihn das Leben gekostet?«

Riemschneiders Gesicht leuchtete kurz auf, wurde aber sofort wieder undurchdringlich. »Das gehört zu den laufenden Ermittlungen, darüber kann ich nicht mit Ihnen sprechen. Eines aber kann ich Ihnen sagen: Sie sollten uns helfen, Mosbach zu stellen.«

Flo blickte aus dem Fenster. Das Schneetreiben hatte

zugenommen. Die weißen Flocken tanzten durch die Luft und setzten sich auf das Fensterbrett. Die Luft war ein einziges Flirren und Hüpfen kleiner weißer Punkte. »Es kotzt mich an«, sagte er, ohne den Blick vom Fenster abzuwenden.

»Mich auch, Baumgartner, das kann ich Ihnen sagen.« Irgendetwas im Ton von Riemschneiders Stimme gab Flo das Gefühl, dass er meinte, was er sagte. Aber er hatte genug. Abrupt wandte er sich ab. »Sie wissen ja, wie Sie mich erreichen.« Und damit ging er zur Tür des Büros. In seinen Eingeweiden brannte es.

Da schnitt die Stimme des Beamten noch einmal durch den Raum. «Einen Moment noch, Baumgartner, wir sind noch nicht fertig.«

Flo zuckte zusammen und sah sich um. Was denn noch?

Riemschneider deutete auf ein kleines, mobiles Abspielgerät, das auf dem Schreibtisch lag und Flo noch gar nicht aufgefallen war. »Kommen Sie, sehen Sie sich das einmal an.« Er schob das Gerät in Florians Richtung.

Flo atmete aus. »Und wenn ich nicht will?«

»Seien Sie nicht albern, Baumgartner. Es ist ein Clip. Von Ihrem Freund. Interessiert Sie das nicht?«

Ärgerlich kehrte Flo zu dem Schreibtisch zurück, ließ sich nun doch in den Stuhl fallen und warf einen Blick auf den Monitor des Geräts.

Darauf war ein eingefrorenes Bild zu sehen, eine Art Tunnel, in dem sich drei oder vier Dutzend Menschen aufhielten. Arbeiter mit verschwitzten, verschmierten Gesichtern, die schwere Sicherheitskleidung trugen, dicke Jacken und Sicherheitshelme. Die meisten hatten Gasmasken über ihre Gesichter gestülpt, einige aber nicht.

Flo sah zu Riemschneider. »Was ist das?«

»Ein Standbild.« Der Beamte schob seine Finger ineinander und blickte Flo darüber hinweg an. »Wenn Sie die Play-Taste drücken, fangen die Bilder zu laufen an. Ein Filmschnipsel, der im Internet kursiert. Es ist einer von mehreren Clips, die kürzlich im Netz aufgetaucht sind. Wir haben Grund zu der Annahme, dass Mosbach das Zeug unter die Leute bringt.«

Das kann schon sein, schoss es Flo durch den Kopf. Aber was habe ich damit zu tun?

»Es sind allesamt Dokumentaraufnahmen, so viel wissen wir inzwischen«, fuhr Riemschneider fort. »Ein Polizeivideo aus Südamerika, Bilder aus einem Krankenhaus in Singapur und so weiter.«

»Aha.«

»Nicht klar ist uns, was Mosbach mit der Verbreitung dieser Clips bezweckt. Und da kommen Sie ins Spiel, Herr Baumgartner. Sie kennen ihn lange genug, vielleicht können Sie uns weiterhelfen.«

Flo schaute auf den Bildschirm des Abspielgeräts.

Riemschneider beugte sich vor. »Das hier ist der sogenannte ›Dig-Clip‹. Er zeigt die Bilder einer Überwachungskamera, die in einem chinesischen Bergwerk installiert ist. In dem Bergwerk ist es Ende der Neunziger zu einer schweren Explosion gekommen.«

Flo sah auf.

»Grubengas.« Riemschneider deutete auf den Monitor. »Sehen Sie, hier?«

Jetzt erkannte Flo, dass der Tunnel weiter hinten im Bild verschüttet war. Die Seitenwand war eingesackt, Geröll und schwere Gesteinsbrocken versperrten den Weg.

»Keine Ahnung, wie Mosbach an das Material herangekommen ist«, fuhr Riemschneider fort. »Er muss Himmel und Hölle in Bewegung gesetzt haben. Über die chinesische Botschaft wissen wir, dass die Regierung ziemlich entsetzt war, als sich herausstellte, dass die Bilder an die Öffentlichkeit gelangt sind. Irgendjemand muss ihm das Material für viel Geld verkauft haben.« Riemschneider betätigte die Play-Taste. »Sehen Sie sich das ruhig mal an.«

Der Clip begann zu laufen. Die Überwachungskamera war starr an der Decke des Tunnels montiert. Es war deutlich zu erkennen, dass sich die Bergarbeiter in heller Aufregung befanden. Die meisten von ihnen hatten sich vor der Stelle versammelt, an der das Geröll den Tunnel versperrte. Leise waren ihre Stimmen über den Lautsprecher des Geräts zu hören.

Flo warf dem Beamten einen Blick zu. »Was sagen sie?«

Riemschneider deutete mit einem Kugelschreiber auf den Bildschirm. »Sehen Sie die Gasmasken? Nach der Explosion strömte weiterhin Grubengas aus, teilweise direkt in den Tunnelabschnitt, den Sie hier sehen. Natürlich wussten die Arbeiter, dass die Grubenleitung alles versuchen würde, um sie da wieder rauszuholen. Aber es war auch klar, dass niemand sagen konnte, wie lange es dauern würde. Es war buchstäblich ein Wettlauf mit dem Tod.«

Flo blickte auf den Monitor. Immer mehr Arbeiter begannen, in den Tunnelabschnitt zu strömen. Die meisten von ihnen machten sich daran, mit Schippen und Hacken das abgesackte Geröll beiseitezuschaufeln. Einige schienen jedoch Probleme mit der Atmung zu haben. Sie machten den anderen dort, wo der Schutt den Weg versperrte, Platz und legten sich am Rand des Tunnels auf den Boden. Es waren diejenigen Arbeiter, die keine Gasmasken trugen.

»Das Gas war zwar hoch toxisch, konnte jedoch teilweise abziehen. Dadurch konnten auch die Arbeiter, die über kein Atemgerät verfügten, längere Zeit überleben«, hörte Flo Riemschneider sagen, während er weiter auf den Bildschirm starrte.

Ihm fiel einer der Arbeiter auf, der eine Gasmaske trug, vom verzweifelten Schaufeln jedoch erschöpft innehielt und sich auf einen Felsbrocken setzte, um auszuruhen. Zuerst achtete keiner auf ihn, doch nach und nach begann er den anderen aufzufallen. Bald hatten auch einige derjenigen Männer, die ohne Maske am Tunnelrand lagen, den Mann auf dem Felsbrocken entdeckt. Sie richteten sich auf und riefen ihm etwas zu.

»Sie sagen, dass er seine Maske abgeben soll. Dann könnte ein anderer weiterschaufeln«, erläuterte Riemschneider.

Aber der erschöpfte Mann dachte nicht daran, seine Maske einfach so herzugeben. Plötzlich wurde er von zwei anderen Kumpeln gepackt, ein dritter begann, ihm die Maske vom Kopf zu ziehen. Sein angstverzerrtes Gesicht kam darunter zum Vorschein. Schon hatten sie die Maske herunter und sie denjenigen zugeworfen, die ohne Maske am Tunnelrand lagen. Einer der Männer fing sie auf, stülpte sie über und machte sich unverzüglich daran, neben den anderen das Geröll zur Seite zu schaufeln – während sich derjenige, dem sie die Maske abgenommen hatten, zum Tunnelrand schleppte und dort auf den Boden fallen ließ. In diesem Augenblick blieb das Bild stehen.

»Der Grubenleitung ist es am Ende tatsächlich gelungen, die eingeschlossenen Kumpel zu befreien«, sagte Riemschneider und tippte mit seinem Kugelschreiber erneut auf den kleinen Bildschirm. »Und zwar in letzter Minute. Hätten die Männer nicht selbst mitgeholfen, das Geröll beiseitezuschippen, wäre für einige von ihnen jede Hilfe zu spät gekommen. Wie für die ohne Maske.«

Florian starrte auf das eingefrorene Bild. Die einzelnen Pixel flimmerten vor seinen Augen. Und er spürte, wie er sauer wurde. Sauer, weil ihn dieser Clip wütend machte. Sauer, weil David so etwas verbreitete. Sauer, weil Riemschneider ihn nötigte, sich das anzusehen. Und sauer, weil er nicht verstand, was hier gespielt wurde.

Riemschneider nahm ihm das Gerät aus der Hand. »Was soll das? Warum bringt Mosbach so einen Clip unter die Leute?«

»Das wollen Sie jetzt von mir wissen?« Flo fixierte den Mann mit dem grauen Stoppelhaarschnitt. Warum ließ er ihn nicht endlich in Frieden?

»Ja, verdammt noch mal.« Auch Riemschneider schien langsam die Nase voll zu haben. »Wenn Sie wollen, kann ich Ihnen noch mehr solche Clips vorspielen. Den ›Cop-Clip‹ zum Beispiel, da wird ein Dealer von der uruguayischen Polizei so lange verprügelt, bis er sagt, wo er seine Ware versteckt hat. Oder den ›Doc-Clip‹, da geht's um eine Operation in einem Krankenhaus.«

Flo stand auf. Er nahm sich zusammen. »Das hat keinen Sinn. Ich kann Ihnen nicht weiterhelfen.«

Diesmal würde er sich nicht aufhalten lassen. Entschlossen schritt er zur Tür. Sollte Riemschneider ihn doch festnehmen. Er hatte nichts getan. Als er sie aufstieß, liefen gerade zwei Schutzpolizistinnen im Gang daran vorbei und sahen erstaunt zu ihm herüber.

Im selben Moment hörte er Riemschneiders Stimme hinter sich. »Ich kann Sie nicht aufhalten, Baumgartner. Aber ich will, dass Sie eines wissen: Mosbach hat keine Skrupel, bei gar nichts. Es ist ihm scheißegal. Und wissen Sie, wieso?«

Florian trat auf den Korridor hinaus, blickte sich aber noch einmal zu Riemschneider um.

Der Beamte saß an seinem Schreibtisch und sah ihn an. »Weil er glaubt, dass er das Recht hat, andere Menschen zu quälen.«

Florian schluckte. Hatte er wirklich »quälen« gesagt? Aber er hatte endgültig genug. So hart er konnte, warf Flo die Tür hinter sich zu.

Dumpf hallte der Knall durch den Flur der Behörde.

32

Konnte das sein? Sollte David wirklich etwas mit dem Tod von Hannes zu tun haben? Ziellos irrte Flo durch die Straßen. Jetzt war sie wieder da, die Panik, die ihn nach Hannes' Tod gepackt hatte. Er hatte das Gefühl, nicht zu wissen, wohin er seine Schritte lenken sollte. Was war mit dem Artikel? Sollte er ihn noch schreiben? David hatte Hölzemann dazu gebracht, ihm den Auftrag dafür zu geben? Hatte sich das also erledigt? Oder nicht? Sollte er so tun, als wüsste er von nichts, und den Artikel trotzdem schreiben? Allein schon wegen des Geldes? Aber das kam eigentlich nicht infrage.

Er lief weiter. Ziellos. Kopflos. Hilflos. Es hörte nicht auf zu schneien, und Florian war wie aus dem Wasser gezogen. Der Schweiß lief ihm den Rücken hinunter, das Hemd klebte zwischen den Schulterblättern, sein Mantel war durch den Schnee klatschnass.

Sosehr er auch versuchte, sich gegen den Gedanken zu wehren, er wurde ihn doch nicht los: Es war Unsinn, zu glauben, dass Riemschneider David ohne Grund in irgendeine Schweinerei verstricken wollte. Möglicherweise wussten die Beamten nicht genau, was abgelaufen war, und spekulierten wild drauflos. Mit Sicherheit jedoch war David in etwas verwickelt, das weit über das hinausging, was er jemals mit Florian besprochen hatte. Sonst würden sie nicht so hinter ihm her sein.

Er wusste, dass David skrupellos war. Dass ihm seine Ziele heilig waren und er einiges in Kauf nehmen würde, um sie zu erreichen. Aber war das, was Riemschneider behauptet hatte, nicht völlig unvorstellbar? David mochte ein Draufgänger sein, ein Verrückter auch, auf seine Weise. Und sicher hatte er eine gewisse kriminelle Energie. Sollte er sich jedoch wirklich so sehr verändert haben, dass er ein Leben auf dem Gewissen hatte? Hannes' Leben?

Flo irrte weiter. Und plötzlich fiel ihm wieder ein, was David gestern Abend gesagt hatte. Dass er ihn brauchen würde, dass sie gemeinsam etwas auf die Beine stellen sollten. Hatte er, Flo, sich das nicht immer gewünscht? Das war es doch, was seinem Leben den Sinn zurückgeben würde, den er schon fast verloren geglaubt hatte! Was ihn aus seiner Sackgasse herausführen würde. Gemeinsam mit David etwas aufbauen! Anknüpfen an ihre alte Freundschaft – an ihre alten Träume!

Schlagartig wandelte sich seine Laune, und er schöpfte wieder Mut. Er brauchte sich nicht länger den Kopf zu zerbrechen, er wusste doch längst, was er machen wollte! David war auf ihn zugekommen – die Irrfahrt fand endlich ein Ende! War es da nicht völlig gleichgültig, was Riemschneider sich zusammengereimt hatte?

Florian beschleunigte seine Schritte. *Natürlich* konnte er nicht einfach die Augen vor dem verschließen, was Riemschneider ihm erzählt hatte. Aber konnte er nicht David einfach danach fragen? Was war dran an Riemschneiders Verdächtigungen? Was war dran an dem Gerede von illegalen Filmen? Und mit vagen Ausflüchten würde er sich nicht abspeisen lassen!

Er sah sich um. Jetzt war ihm alles klar. Er musste so schnell wie möglich mit David Kontakt aufnehmen. Über Tegtmeyers Galerie könne er ihn erreichen, hatte David gesagt. Aber was, wenn Riemschneider ihn observieren ließ?, schoss es Flo durch den Kopf. Musste er nicht vorsichtig sein? Keinesfalls wollte er die Polizei auf Davids Spur führen.

Dann wieder fiel ihm ein, dass Riemschneiders Kollege ihn ja genau vor Tegtmeyers Galerie abgepasst hatte. Die Kripo kannte die Galerie und ihre Verbindung zu David doch längst! Er würde sie also nicht auf Davids Spur bringen, wenn er sich dorthin begab!

Als er die Galerie nach einer nervenaufreibenden U-Bahn-Fahrt endlich erreicht hatte, wummerte er rücksichtslos gegen die Rauchglasscheiben. Hineingehen wollte er nicht. Wenn David sich etwas hatte zuschulden kommen lassen, dann steckte dieser Tegtmeyer mit drin, dessen war Florian sich sicher. Tegtmeyer hatte er von Anfang an nicht ertragen können.

Durch den Sichtschlitz sah er, wie der Galerist aufgeregt aus einem Hinterzimmer kam. Mit dem Gesicht eines Mannes, der ein lästiges Kind loszuwerden versucht, trippelte er nach vorne und öffnete die Tür.

»Um Himmels willen, was ist denn los?«

Flo baute sich breitbeinig vor dem Alten auf.

»Ich muss David sprechen.«

Tegtmeyer wich ein wenig zurück. »Was reden Sie denn? Mosbach wird seit Wochen vermisst!«

Florians Blick fiel auf Walter, der jetzt ebenfalls in der Tür erschien und ihn verunsichert anstarrte.

»Hallo, Walter! David war gestern bei mir. Ich will mit ihm sprechen. Die Polizei hat mich heute früh vollgelabert.«

Walter warf Tegtmeyer einen Blick zu. Dann trat er zu Flo auf die Straße. Aber er sah nicht freundlich aus.

»Was ist Flo, brauchst du Geld?«

Flo schoss die Wut in den Kopf.

»Was fällt dir ein, du Arsch? Je weniger ich von euch sehe, desto besser. Alles was ich will, ist, David sprechen. Und er hat mir gesagt, ich soll mich hier melden. Also was ist?«

Sie zögerten. Er ertrug ihre Visagen nicht. Alles in ihm schrie, dass er mit diesen Leuten nichts zu tun haben wollte. Wie konnte sich David nur mit ihnen eingelassen haben?

»Er soll mich anrufen«, stieß er hervor, zog eine von seinen Visitenkarten aus der Tasche und hielt sie Walter hin. Als der keine Anstalten machte, sie zu nehmen, schleuderte Flo die Karte kurzerhand durch die Tür in die Galerie. Und wandte sich ab.

Bleich und gequält stapfte er die Straße hinunter. Er brauchte dringend etwas zu trinken.

In einer alteingesessenen Berliner Eckkneipe bekam er ein Bier und einen Korn. Er saß an der Theke und nippte daran, durch die offene Tür hindurch drangen dumpf die Geräusche der Straße. Sonst herrschte in dem Raum Ruhe. An den Tischen mit fleckigen gelben Decken hockten vereinzelte Männer, die wie Flo ihr Bier tranken. Sie waren älter als er, dick und unbeweglich, eingehüllt in abgewetzte Lederjacken. Ihre Hände waren die von Arbeitern, ihre Gesichter aufgequollen, ihre Augen verrieten, dass sie sich damit abgefunden hatten, zu trinken. Das Leben hatte ihnen nichts mehr zu bieten.

Sein Handy klingelte, und er ging ran.

»Wo steckst du?«

Es war David. Flo musste grinsen. Davids Stimme hatte sich nicht verändert. Sie klang noch immer so, als hätten sie gerade nichts anderes vor, als eine ganz wunderbare Idee in die Tat umzusetzen. Flo nannte ihm den Namen der Kneipe.

»Ich hol dich ab.« David hängte auf.

Zwanzig Minuten später kam er durch die Tür spaziert. Die anderen Kneipenbesucher sahen kurz auf. David passte nicht hierher, sein Mantel war zu elegant, sein Gang zu federnd, seine Augen zu wach.

Als er Florian sah, runzelte er die Stirn. »Was gibt's denn, Flo, hast du es dir überlegt?«

Florian hatte inzwischen noch ein Bier und einen Korn hinter sich gebracht und wirkte ein wenig zerknautscht. Aber der Alkohol tat ihm gut, nahm die Spannung aus seinen Schultern. Und er freute sich, David zu sehen. »Ich hab drüber nachgedacht, ja.«

Ein Anflug von Spott glitt über Davids Gesicht. Jedoch kein verletzender Spott, eher der, mit dem zwei Freunde sich aufziehen.

»Und? Bist du dabei?«

Da fiel Flo wieder ein, dass er David zur Rede stellen wollte. Dass er nicht einfach so zur Tagesordnung übergehen, sondern dass er wissen wollte, was dran war an dem, was Riemschneider ihm erzählt hatte. Für einen Augenblick hatte er das regelrecht vergessen gehabt, zu sehr hatten sich seine Gedanken, während er auf David gewartet hatte, in den Erinnerungen verloren.

Aber jetzt sah er wieder klar. Er musste Bescheid wissen. »Lass uns ein paar Schritte gehen«, krächzte er, legte dem Wirt Geld auf die Theke und trat aus der Kneipe.

Draußen wurde es bereits dunkel. Die Menschen kamen von der Arbeit, die Straßen waren von Autos verstopft. Sie liefen ein Stück schweigend nebeneinander, Flo suchte nach Worten. Ich hätte vielleicht doch ein Bier weniger trinken sollen, dachte er.

Davids Ausdruck verhärtete sich. »Was ist, Flo?«, fragte er schließlich. »Du siehst schlecht aus. Bekommt dir Berlin nicht?« Er schlug den Mantelkragen hoch. »Kann ich verstehen. Der Winter hier ist fürchterlich, ich werde mich nie daran gewöhnen. Kein Wunder, dass du nach Spanien abgehauen bist.«

Flo blieb stehen. »Ich war heute früh bei Riemschneider.«

David blieb ebenfalls stehen. »Ich weiß. Und? Haben sie schlecht über mich gesprochen?« Wieder tanzte der Spott in seinen Augen. »Ich hab's dir doch gleich gesagt.«

Doch Flo konnte nicht mitgrinsen. »Was ist dran an der Geschichte?« Fast duckte er sich ein wenig. Er hatte Angst vor der Antwort.

David wurde ernst. »Hannes?«

Flo nickte.

David stöhnte auf. »Ich wusste es! Was wollen die von mir?« Jetzt war es ehrlicher Ärger und Wut. »Scheiße!« Er sah Flo an. »Ich hab dich gewarnt, sie werden dir irgendeinen Dreck erzählen. Und? Sie haben's gemacht. Ich hab keine Ahnung, was mit Hannes passiert ist. Trotzdem wollen sie mich da reinziehen. Es ist echt zum Kotzen!« Er fing wieder an zu laufen, Flo hielt mit. »Aber sie werden mich nicht damit kriegen, nicht mit so einem Scheißdreck.«

Flo berührte ihn am Arm, damit er stehen blieb. »Du hast nichts mit Hannes' Tod zu tun?«

David sah ihn an. »Natürlich nicht, Flo. Was denkst du denn? Haben sie dir jetzt vollkommen den Kopf verdreht?«

Flo sah ihm in die Augen. Er kannte David. Sicher, sie hatten sich länger nicht gesehen. Aber er traute ihm.

David packte seinen Arm. »Hör zu, Flo. Okay, ich habe bei ein paar Filmen mitgemacht, die vielleicht nicht ganz so schön sind. Aber das hab ich nur fürs Geld gemacht, Tegtmeyer hat immer gut gezahlt. Und es hat mich nie wirklich interessiert. Woran ich wirklich arbeite, ist etwas ganz anderes!« Er starrte Flo mit leuchtenden Augen an.

Florian schwankte ein wenig. »Riemschneider hat mir eine Aufnahme aus einem Bergwerk in China gezeigt. Heftiges Zeug. Er hat auch ein Polizeivideo erwähnt. ›Cop-Clip‹, ›Doc-Clip‹, wie sie alle heißen. Ist es das, was dich wirklich interessiert? Wovon du gestern gesprochen hast?«

David nickte. »Zum Teil. Hast du ein bisschen Zeit? Dann könnte ich dir was zeigen.«

Flo zögerte. Wollte er das wirklich? Jetzt, wo sein Ziel zum Greifen nahe war, übermannte ihn plötzlich die Unsicherheit.

David grinste. »Was ist? Bist du nicht neugierig? Ich

will dir nur einen Film zeigen. Und ich kann dir versprechen: So was hast du noch nicht gesehen! Keine Special Effects oder so, nein, eine ganz einfache Geschichte, aber eine, die es in sich hat.«

Flo sah ihn an. »Die Filme, die du gemacht hast. Riemschneider hat die auch erwähnt. Was sind das für Filme? Warum sind die verboten? Sind sie einfach nur zu brutal?«

David schnaufte. »Ja, zu brutal. Vielleicht sadistisch, kommt drauf an, wie dünnhäutig man ist. Lass mich mit dem Dreckszeug in Ruh, das hab ich nur für ein paar Spezialkunden gemacht.«

»Wie Tegtmeyer.«

»Wie Tegtmeyer, ja. Das kann ich dir sagen: Was dem gefällt, willst du gar nicht wissen.«

Flo schluckte. Nein, vielleicht besser nicht. »Riemschneider sagte, dass du ... Menschen quälst ... verstehst du, Mann?«

Davids Augen richteten sich voller Mitleid auf ihn. »Im Film, Flo. Lass dich doch nicht verrückt machen. Die wollen dich da in was reinziehen.«

»Deshalb sind die Filme verboten.«

»Das kann ich sogar verstehen!«, erwiderte David. »Muss ja nicht jedem gefallen.«

Es sind nur Filme, dachte Flo.

»Komm schon.« David schlug ihm leicht mit dem Handrücken gegen die Brust und sah ihn aufmunternd an. »Lass uns gehen, ich will dir was zeigen.«

Florian nickte. »Na klar.«

David lachte. »Also los!«

33

Ein Taxi brachte sie zum Filmstudio Babelsberg. An dem großen steinernen Hauptportal, an dem trotz später Stunde ein reges Kommen und Gehen herrschte, ließ David den Fahrer jedoch vorbeifahren.

»Lass uns einen anderen Eingang nehmen«, meinte er. »Es müssen uns ja nicht alle sehen.«

Florian hatte immer davon geträumt, in dem Studio einmal zu arbeiten. Tatsächlich hatte er das Gelände jedoch noch nie betreten. Er erinnerte sich daran, wie er mit David kurz nach dem Mauerfall einmal hierhergefahren war. Die Gebäude, die jetzt die Straße säumten, standen damals noch nicht, ebensowenig das großspurige Portal, das seit den frühen Neunzigern den Eingang des Studios markierte. Nur ein halbverrottetes Tor in einem Metallzaun, das aussah wie das Gatter zu einem Bauernhof, hatte es zur Wendezeit gegeben. Und doch konnten sie damals schon von der Straße aus die Marlene-Dietrich-Halle erkennen, die sich auch jetzt wieder groß im Hintergrund auftürmte. Ein bisschen enttäuscht waren sie dennoch gewesen. Das also sollte das legendäre Filmstudio sein, in dem die »Nibelungen« und der »Blaue Engel« entstanden waren? Sie hatten es sich irgendwie grandioser vorgestellt, gehofft, so etwas wie ein versunkenes Hollywood zu entdecken, das bald aus seinem Dornröschenschlaf geweckt werden würde. Stattdessen aber hatte alles nach DDR-Muff und Abbruch ausgesehen. Das hatte sich nun grundlegend geändert. Längst hatte das Filmstudio wieder begonnen zu leben, das war offensichtlich. Babelsberg war wieder Traumfabrik.

Als sie die südliche Spitze des weitläufigen Geländes erreichten, bat David den Fahrer zu halten. Er zahlte, und sie stiegen aus. David ging auf eine unscheinbare, halb verrostete Pforte zu, die hier – überwuchert von Gestrüpp und Dornen – in die Umzäunung des Studiogeländes eingelassen war. Er drückte die Klinke des Türchens hinunter, und sie gab mit leisem Knirschen nach. Hinter der Pforte führte ein enger Trampelpfad durch mannshohes Unkraut und Sträucher.

Schweigend marschierten sie im Gänsemarsch durch das Dickicht, bis es sich nach knapp fünfzig Metern zu lichten begann. Eine gepflegte Studiostraße tat sich auf, die in einem weniger belebten Bereich des Geländes lag und auf der um diese Zeit nur ein paar müde Beleuchter herumlungerten, die darauf warteten, in der nächsten Drehpause die Scheinwerfer umstellen zu müssen. Niemand beachtete sie.

Zügig schritten sie zwischen den hohen, fensterlosen Filmhallen hindurch, bis David auf ein hübsches, symmetrisches Art-Déco-Häuschen zeigte, das halb versteckt hinter den schmuckloseren Produktionshallen neueren Baujahrs lag.

»Das Tonkreuz«, sagte er. »Da hat schon Fritz Lang drin gearbeitet!«

Er zückte einen Schlüssel und steuerte eine schmale

Metalltür in der Seitenwand des Tonkreuzes an. »Es ist albern, ich weiß, aber ich muss mich hier reinschleichen wie ein Dieb.«

Durch die Metalltür gelangten sie in einen weiß gekalkten Gang, von dem auf beiden Seiten in regelmäßigen Abständen Türen abzweigten, zwischen denen die Plakate deutscher und internationaler Kinoproduktionen aus den letzten Jahren aufgehängt waren.

»Die Büros der Firma, die meinen letzten Film produziert hat«, erläuterte David mit Blick auf die Türen, an denen sie vorbeikamen. »Du hast davon gehört, oder?«

»Du meinst ›Tabu‹?«

»Das ist der Arbeitstitel, ja.«

»Deswegen hat Hölzemann mich ja losgeschickt. Der Regisseur des ›Corps‹, auf dessen neuen Film alle warten, ist spurlos verschwunden. Das war der Aufhänger.«

David kicherte. »Na ja. Immerhin hast du angebissen.« Er blieb vor einer Tür stehen und schloss sie auf.

»Zeigst du mir jetzt etwa ›Tabu‹?«, fragte Flo, nun doch neugierig.

David nickte und stieß die Tür auf. »Nicht den ganzen Film, er ist noch nicht fertig. Aber ein Stück daraus.« Er betrat den noch dunklen Raum und knipste das Licht an. »Wenn ich mich nicht dauernd verstecken müsste, hätten wir die Arbeit längst abschließen können.«

Flackernd erwachten die Neonröhren an der Decke zum Leben. Das fahle Kunstlicht erhellte zahlreiche technische Geräte: Bandmaschinen, Bildschirme, Computer, Tonmischer, Referenzmonitore, Oszillografen und Lautsprecher. Flo musste unwillkürlich an ein Flugzeugcockpit denken.

»Willkommen in meinem Schneideraum«, erklärte

David, während er begann, die Geräte einzuschalten, die sich zum Teil auch unterhalb des Tisches befanden, auf dem die Tastaturen standen.

Nacheinander glommen die Leuchtanzeigen auf, und das elektrische Surren der erwachenden Apparaturen begann den fensterlosen Raum zu erfüllen. Verständnislos, aber beeindruckt beobachtete Flo die Anzeigen, die auf den Bildschirmen erschienen. Seit Jahren träumte er vom Filmen, einen richtigen Schneideraum aber hatte er noch nie gesehen.

David richtete sich wieder auf und wies auf einen bequemen Sessel, der etwas hinter dem Schneidetisch stand und von dem aus man eine gute Sicht auf den großen Flachbildschirm hatte, der in der Mitte des Tischs eingelassen war.

»Setz dich, ich bleib hier vorne, dann kann ich die Knöpfe bedienen.«

Flo nickte, zog seinen Mantel aus, warf ihn über die Lehne des Sessels und ließ sich in das Polster sinken. »Jetzt bin ich aber gespannt.«

David lächelte. »Ich hoffe, ich enttäusche dich nicht.« Er zog ebenfalls seinen Mantel aus und nahm auf dem Drehstuhl des Cutters Platz.

»Außer dem ›Auge‹ hab ich ja noch keinen Film von dir richtig gesehen«, meinte Flo. »Und selbst den hab ich nicht bis zum Ende durchgehalten.«

David klickte sich durch das Menü, das auf dem Flachbildschirm erschienen war. »Na, klasse.«

Flo wurde unruhig. »Ist ›Tabu‹ eher was für Hartgesottene? Muss ich mir Sorgen machen? Nicht, dass du mich hier mit Bildern vergiftest.«

David lachte, wandte den Blick von dem Bildschirm ab und sah zu Flo. »Vorab nur so viel. Wenn du eine Mega-Produktion im Stil vom ›Metafilm‹ erwartest, liegst du falsch. Damit hat ›Tabu‹ nichts zu tun.«

»Schade. Ich dachte, jetzt gibt's 'nen richtigen Kinoabend.«

»Gibt es auch, aber vielleicht anders, als du dir das vorstellst. Diese Hochglanzproduktionen, sicher, das ist eine tolle Sache, das hat mich auch immer fasziniert. Mit dem ›Corps‹ und dem ›Metafilm‹ hab ich ja auch etwas in der Richtung versucht.« David wischte sich mit der Hand über den Nacken. »Bis ich begriffen habe, dass nicht die Bilder das sind, was bei einem Film wirklich zählt.«

Die Bilder sind nicht das, was wirklich zählt? Das hätte man David mal vor ein paar Jahren sagen sollen, dachte Florian. Er hätte nur gelacht. Die Bilder waren es doch, was sie ursprünglich nach Filmen geradezu süchtig gemacht hatte.

»Keine tollen Bilder?« Er sah David ein wenig skeptisch an.

Der lächelte. »Nein, die sind schon okay, wirst du ja gleich sehen. Aber mir ging es in dem Film nicht darum, großartige Bildkompositionen zu gestalten, weißt du? Außergewöhnliche Kamerafahrten, atemberaubende Schnitte, fantastische Farben – all das nicht. Das lenkt doch nur ab von dem, worum es wirklich geht.«

»Und worum geht es wirklich?«

»Um die Geschichte.«

»Aber die wird doch durch die Bilder transportiert.«

»Ja, klar. Aber in dem Moment, in dem dem Zuschauer ein Bild regelrecht auffällt, weil es so besonders ist, wird er von der Geschichte, vom Inhalt, von der Handlung ja abgelenkt. Und das schadet letztlich der Wirkung des Films.«

»Findest du.«

»Ja.« David zögerte kurz. »Aber du wirst sehen, es wird dir gar nicht auffallen. Ich sag das auch nur, weil ich vermeiden will, dass du sozusagen einen typischen Mosbach erwartest und dann enttäuscht bist, weil es nicht wieder so ein Bilderstrudel ist wie beim ›Auge‹. Das war nicht, was ich erreichen wollte.«

»Sondern? Was wolltest du denn erreichen?«

»Das wirst du ja gleich sehen.«

Flo dachte, dass er David ja auch bitten könnte, ihm die Geschichte einfach nur zu erzählen, wenn es nicht um die Bilder ging. Aber dann ließ er es doch bleiben.

»Das ist auch billiger, was?«, sagte er stattdessen. »Wenn es auf die Bilder nicht so sehr ankommt.«

David lehnte sich in seinem Drehstuhl zurück. »Kann man wohl sagen. Anders hätte ich den Film gar nicht machen können. Nachdem das Projekt ›Metafilm‹ gescheitert war, wollte ja keiner mehr richtig Geld rausrücken. Ich bin froh, dass ich überhaupt drehen konnte.«

»Na dann, lass mal sehen«, versetzte Flo.

David nickte. »Aber nachher nicht sauer sein, okay?«

»Wieso sauer?«

»Ich mein ja nur.«

»Na, mach schon, Mann. Zeig, was du hast!«

»Also gut.«

David wandte sich lachend zum Keyboard und drückte eine Taste. Auf dem Bildschirm verschwanden die Farbbalken, die darauf zu sehen gewesen waren, und ein

Countdown begann. 9 … 8 … 7 … David beugte sich vor und löschte das Deckenlicht. 6 … 5 … 4 …

Flos Blick wanderte noch einmal zum anderen, der schräg vor ihm saß und dessen Profil jetzt nur noch vom blauen Widerschein des Bildschirms erhellt wurde. Erst wusste er nicht, was ihn an Davids Gesicht plötzlich irritierte, doch dann wurde ihm schlagartig klar, dass die Ironie, die Davids Miene eben noch umspielt hatte, jetzt restlos daraus verschwunden war. Stattdessen hatten sich die harten Züge darin überraschend verschärft, und die tiefen Falten an seinen Mundwinkeln schienen sich noch weiter ins Fleisch gegraben zu haben.

Verunsichert wollte er David schon bitten, den Countdown noch einmal zu stoppen, wollte ihn fragen, was er denn gemeint habe, warum er nicht sauer sein solle. 3 … 2 … 1 …

Aber da blitzte der Bildschirm schon abrupt auf, ein weißes, grelles Licht schien förmlich aus ihm herauszuschlagen, zwang Florian, die Augen zu Schlitzen zu verengen, und tauchte den Schneideraum in ein heißes Bad aus Licht und gleißendem Schein.

Es war zu spät.

»Tabu« hatte begonnen.

34

Das Erste, was Florian nach dem Weißblitz aus dem überstrahlten Bild auftauchen sah, waren graue, unförmige Schlieren. Die Bilder erinnerten an Unterwasseraufnahmen in einem völlig verschmutzten Hafenbecken. Gleichzeitig flimmerte das Bild, und er meinte, jedes Körnchen einzeln darauf zu erkennen. Offensichtlich waren es Aufnahmen, die mit einer alten Videokamera bei miserablen Lichtverhältnissen gedreht worden waren.

Schemenhaft tauchte ein erster Umriss in dem schwarzweißen Bilderbrei auf. Es sah aus wie ein dunkler Flur, an dessen Ende ein überstrahltes Licht schlierte. Die Kamera bewegte sich den Flur entlang auf das Licht zu, dumpf waren Gemurmel und verzerrte Musik zu hören. Das Licht kam aus einem Raum am Ende des Flurs. Und in dem Raum waren Leute.

Florian stutzte. Den Flur kannte er doch. Die billige Kommode, deren Farbe abgeplatzt war? Die hatte er doch schon mal gesehen!

Die Kamera erreichte das Ende des Flurs und schwenkte in eine Küche. Eine Handvoll junger Leute saß dort zusammen. Sie tranken, rauchten und redeten. Musik knatterte aus einem alten Ghettoblaster.

Flo fuhr zusammen. Da stand er. Er selbst! Am Herd.

Mit einem Glas in der Hand. Er hatte getrunken, redete ausgelassen mit einem Mädchen, das an seinen Lippen hing. Wegen der Musik konnte man jedoch nicht verstehen, was er sagte.

Die Kamera schwenkte von ihm weg, näherte sich einem anderen jungen Mann, der an dem Küchentisch saß.

Die Aufregung presste Flos Brustkorb zusammen. Es war David.

Jetzt erinnerte er sich wieder, es musste '90 oder '91 gewesen sein. Zu der Zeit hatten sie noch zusammengewohnt, an dem Abend hatten sich ein paar Freunde bei ihnen getroffen. David war bereits Student an der Akademie gewesen, und er, Flo, hatte sich mehr schlecht als recht mit seinen ersten Zeitungsartikeln durchgeschlagen.

Als er die Bilder nach all den Jahren jetzt plötzlich wiedersah, war es Flo, als wäre der Abend erst gestern gewesen. Einer der Gäste hatte eine alte VHS-Kamera mitgebracht, das wusste er noch genau. Damals hatte noch nicht jeder eine Kamera im Schrank, geschweige denn im Handy gehabt, und dementsprechend begeistert waren sie gewesen, als der Gast damit ankam. Man musste VHS-Kassetten einlegen und nahm dann direkt darauf auf. Immer wieder hatten sie gierig in den winzigen Sucher der Kamera gestarrt, um zu sehen, was der Gast gefilmt hatte. In dem Sucher konnte man die Bilder noch einmal abspielen, und alle wollten wissen, wie sie darauf wirkten. Jahrelang hatte Flo nicht mehr daran gedacht. David musste das Material irgendwo ausgegraben haben.

Da begann sich langsam das Bild vor seinen Augen zu ändern. An den äußeren Rändern der grau-breiigen Videobilder, die sie damals gedreht hatten, begann plötzlich Farbe aufzutauchen.

Flo richtete sich in seinem Sessel auf und starrte auf den Flachbildschirm vor ihm. Jetzt war es deutlich zu erkennen: Die Bilder, die sie gedreht hatten, waren im Sucher einer Videokamera zu sehen! Und die Kamera selbst begann ins Bild zu rücken!

In seinem Kopf arbeitete es. Wenn die Kamera selbst zu sehen war, konnten die Bilder dort vorn auf dem Monitor nicht mehr die Bilder sein, die sie damals gedreht hatten!

Jetzt war zu erkennen, dass die Kamera auf einem Küchentisch stand. Es war genau so ein Küchentisch, wie er damals in ihrer Küche gestanden hatte! Und um den Tisch herum saßen Leute!

Flos Handflächen wurden feucht. Was war hier los? Hatte David den ganzen verdammten Abend *nachgestellt*?

Nach und nach konnte man den Leuten, die an dem Tisch saßen, ins Gesicht blicken. Als Ersten erkannte Flo David. Beziehungsweise einen, der aussah wie David.

Er musste schlucken. Es war also wirklich so! David hatte Schauspieler engagiert, die diesen Abend bei ihnen zu Hause nachspielten! Die nachspielten, wie sie sich gegenseitig mit der alten VHS-Kamera gefilmt und die Aufnahmen im Sucher angesehen hatten!

Da! Flo zuckte zusammen. Das sollte er sein! Vorhin, im Schwarzweißbild, das war wirklich er gewesen, sozusagen das Original. Aber der Typ da, der jetzt im Farbbild zu sehen war? Das war nicht er! Natürlich nicht! Der Kerl sah ihm nur verdammt *ähnlich*! Der Typ trug zwar genau so ein schwarzes Jackett, wie er es damals immer getragen hatte. Er hatte auch die gleichen verwuschelten Haare, die Florian damals immer gehabt hatte, als er das Geld für den Friseur hatte sparen wollen. Und ebenso wie Flo hatte der Kerl auf dem Bildschirm auch tiefe Ringe unter den Augen, die zu verraten schienen, dass er sich lieber die Nächte um die Ohren schlug, als zu schlafen. Aber die Ringe waren geschminkt, die Haare künstlich frisiert, und das Jackett ein Kostüm. Es war ein verdammter *Schauspieler*!

Florian holte Luft. David hatte einem Schauspieler beigebracht, sich so zu benehmen, wie er es tat? Es nahm ihm fast den Atem. Für einen Augenblick kam es ihm so vor, als würde ihm ein Teil seines Lebens schlichtweg geraubt, indem es dort auf dem Bildschirm nachgespielt wurde. Als würde ihm seine Eigenständigkeit gewaltsam aus den Händen gedreht, als würde sich jemand rücksichtslos in sein Leben drängen! Was hatte David verdammt noch mal für ein Recht, ihn *nachzuinszenieren*?

Schon wollte er David, der reglos vor ihm saß, etwas zurufen – da drehte sich der plötzlich um und starrte ihn an. »Nicht schlecht, oder? Was denkst du?«

Schemenhaft konnte Florian erkennen, wie David ihn anlächelte. Die Überraschung war wirklich gelungen!

»Du hast den Abend für den Film noch mal nachgespielt?« Flo konnte es kaum fassen.

David nickte. »Verstehst du jetzt, warum ich wollte, dass du es dir ansiehst?« Doch dann schien er zu bemerken, wie aufgewühlt Florian war, und stand auf. Offenbar wollte er einer drohenden Auseinandersetzung erst mal aus dem Weg gehen.

»Am besten, wir reden nachher drüber«, murmelte er,

bevor Florian etwas erwidern konnte. »Ich lass den Film jetzt einfach weiterlaufen. Wenn du fertig bist, findest du mich in der kleinen Teeküche gleich hier draußen am Ende des Gangs. Okay?« Und damit verließ er den Raum.

Florian aber sank in seinen Sessel zurück. Auf dem Flachbildschirm vor ihm flimmerte der Film weiter – und erzählte eine Geschichte, an die er sich nur zu gut erinnern konnte. Denn der Film erzählte nichts anderes als die Ereignisse, die ihn schließlich dazu bewogen hatten, Berlin zu verlassen und nach Madrid zu ziehen.

Der Abend mit der VHS-Kamera hatte in einer Zeit stattgefunden, in der sich David und er bereits seit Wochen den Kopf über die Arbeit an einem Drehbuch zerbrochen hatten.

Natürlich war es Davids Einfall gewesen, sich auf das Schreiben eines Skripts zu konzentrieren. Flo erinnerte sich noch genau: Bei ihrem Drehbuch, so hatte David mit dem ihm eigenen Purismus verkündet, gehe es nicht darum, ob der Film jemals produziert werden würde. Von diesen Überlegungen sollten sie sich bei ihrer Arbeit nicht ablenken lassen. Entscheidend sei nur eins: Dass sie ein Skript entwickelten, das so spannend, innovativ und aufwühlend wie möglich sein würde. Sie sollten dafür auch ein ganz bestimmtes Genre wählen, und zwar das Science-Fiction-Genre, das in Deutschland seit Langem vollkommen brachliege. Ein SF-Knaller, der jedem, der ihn einmal gesehen hat, nicht mehr aus dem Kopf geht – *das* war es doch, was sie entwickeln sollten. So etwas wie »Blade Runner« eben oder »Total Recall«!

Am Ende aber war es Florian gewesen, der die zündende Idee für ihr Drehbuch gehabt hatte. Auf diese Idee war er gerade durch den Besuch des Freundes mit der Videokamera gebracht worden. Und genau damit, wie sie seine Idee ausgearbeitet hatten, ging der Film, den er jetzt sah, weiter.

Detailgenau hatte David nachinszeniert, wie Flo ihm die Idee zum ersten Mal vorgestellt hatte. Es war am darauffolgenden Abend gewesen. Sie hatten in der Küche gesessen, jeder ein Bier in der Hand, und Flo hatte seine Idee kurz skizziert.

Du musst dir einen Helden vorstellen, hatte er gesagt – und genauso sagte es jetzt auch der Flo im Film, während er und David sich am Küchentisch gegenübersaßen –, du musst dir einen Helden vorstellen, der als Baby ein Auge verliert. Okay? Jetzt der entscheidende Punkt: Von seinem Vater, der Arzt ist, bekommt er als Ersatz für das Auge eine *Miniaturkamera* in die Augenhöhle eingesetzt. Wohlgemerkt, als er noch ein Baby ist. Da der Film ja in der Zukunft spielen soll, ist es ganz unproblematisch, sich die technische Realisierung einer solchen Miniaturkamera vorzustellen. Wichtig ist nur, dass jeder Blick, jeder Augenblick des Helden – und das seit frühester Kindheit – so aufgezeichnet wird, wie er ihn erlebt! Und die entscheidende Frage, die den ganzen Film dann durchziehen wird, lautet, wie sich diese besondere Form der Erinnerung auf das Leben des Helden auswirkt!

David war auf Anhieb begeistert gewesen. Damals, als Flo ihm die Idee vorgestellt hatte, und jetzt wieder, in dem Film, den Florian sah. Die Geschichte war genau nach Davids Geschmack. So ein Held würde ja über *zwei* Sets von Erinnerungen verfügen, schwärmte er. Einmal die objektiven, die er auf Band hat, und einmal die subjektiven, die er sozusagen nur in der *Innenschau* abrufen kann.

Flo freute sich, dass dem anderen seine Idee so gut gefiel. Aber er kam nicht zu Wort. David war nicht mehr zu bremsen. Vor allem, brainstormte er weiter, wäre es doch spannend, wenn den Helden plötzlich das Gefühl beschleicht, die aufgezeichneten Erinnerungsbilder würden in einem bestimmten frühen Abschnitt seines Lebens von seinen subjektiven Erinnerungen *abweichen*. Wenn ihn also der Verdacht beschleicht, die aufgezeichneten Bilder seien *manipuliert* worden. Diesen Verdacht kann er aber nicht ohne Weiteres erhärten. Warum? Weil ihm dazu ja nichts anderes als die *subjektiven* Erinnerungen bleiben, die sich aber, je mehr man versucht, sie zu fassen zu bekommen, immer mehr zu verformen scheinen. Oder?

Der Florian im Film zögerte, so wie Flo damals gezögert hatte. Verstand er genau, was David meinte?

Nehmen wir an, so schlug der Film-David vor und vibrierte förmlich vor Aufregung – und auch dies entsprach den Ereignissen, an die sich Florian nur zu gut erinnerte –, nehmen wir an, der Held hat sich immer wieder gerne seine aufgezeichneten Erinnerungsbilder angesehen, so wie wir uns gerne Erinnerungsfotos anschauen. Im Alter von vierzehn, fünfzehn Jahren, in der Pubertät also, fällt ihm zum ersten Mal auf, dass mit den Bildern, die aus seinem dritten und vierten Lebensjahr stammen, irgendetwas nicht stimmt. Also mit Bildern, die aus einer Zeit herrühren, an die er sich subjektiv nur noch sehr schwach und vage erinnert.

Er befragt seine Eltern, aber sie behaupten, dass sich

nichts Außergewöhnliches in jener Zeit ereignet habe. Unser Held jedoch lässt nicht locker. Tagelang, wochenlang beschäftigt er sich mit den Aufzeichnungsbändern, untersucht akribisch jeden Augenblick seines Lebens als Kleinkind – und stößt tatsächlich auf eine heiße Spur. Als Erstes fällt ihm auf, dass seine Mutter damals offenbar schwanger war. Auf den Bildern ist deutlich ihr Bauch zu sehen. Dieser Bauch ist dann aber von einem Tag auf den anderen plötzlich verschwunden. Und als sich der Held die Bilder, die ab diesem Tag gespeichert sind, genauer ansieht, stellt er fest, dass sie *gefälscht* sein müssen!

Woran er das erkennt? Daran, dass auf diesen Bildern nicht – wie sonst immer – ein Teil seines eigenen Körpers zu sehen ist. Es gibt auf den gefälschten Bildern keine Selbstwahrnehmung von ihm, keine Hände, keine Füße, keinen Rumpf – etwas, das auf allen anderen Erinnerungsbildern sehr wohl immer wieder am Rand auftaucht. Wie ist das möglich? Hat jemand die Bilder absichtlich gefälscht und in die Erinnerungsarchive eingefügt? Wo aber sind dann die *echten* Erinnerungsbilder aus dieser Zeit? Und was ist darauf zu sehen?

Je länger sich der Held in seine Vergangenheit vertieft, desto überzeugter ist er davon, dass die Manipulation seiner Erinnerungsbilder etwas mit dem plötzlichen Ende der Schwangerschaft seiner Mutter zu tun haben muss. Hat er ein Geschwisterchen bekommen, dem der Vater, der Arzt, ebenfalls ein Aufzeichnungsgerät anstelle eines Organs eingepflanzt hat – so wie er dem Helden eine Kamera eingepflanzt hatte anstelle des Auges? Einen Apparat zum Messen der Gehirnströme vielleicht, eine Magensonde zum Aufzeichnen der Nahrungsaufnahme?

Zu welchem unmenschlichen Experiment hat sich der Vater diesmal verstiegen?

Jetzt kennt der Held kein Halten mehr, fuhr der David im Film fort. Wieder und wieder bestürmt, beschuldigt, beschimpft er seinen Vater, seine Mutter, die ja Komplizin gewesen sein muss, das hilflose Geschwisterchen auf dem Altar der Forschung geopfert zu haben – bis sein Vater ihn eines Tages mit den echten Bändern konfrontiert. Und mit einem Mal muss der Held die wahren Zusammenhänge erkennen. Denn auf diesen Bändern ist zu sehen, dass *er selbst* es ist, der das Schwesterlein in der Wiege erstickt. Er muss zusehen, wie er es als Kind damals gesehen hat. Muss zusehen, wie er den Todeskampf des Babys wahrgenommen hat, wie seine Hände dem Kindchen das Kissen aufs Gesicht drücken. Aus Neid darüber, dass das Schwesterlein kein Glasauge, kein Kameraauge hat so wie er.

Nachdem diese Idee einmal formuliert war, war David nicht mehr zu bremsen. Liebevoll war in dem »Tabu«-Film, den Flo jetzt sah, dargestellt, wie sie in den folgenden Tagen begannen, fieberhaft den skelettartigen Grundgedanken zu einem Drehbuch auszuarbeiten. Es war zu sehen, wie sie an jeder Szene, jeder Dialogzeile feilten, während sich langsam der Winter um sie herum auf die Stadt legte. Manchmal schrieben sie zusammen, einer über den Computer gebeugt, der andere hinter ihm auf und ab laufend. Manchmal schrieben sie, jeder für sich in seinem Zimmer eingeschlossen. Wenn sie dann mitten in der Nacht aufeinandertrafen, ausgehöhlt vom unerbittlichen Wühlen in den eigenen Hirnwindungen und mit brennenden Lungen von viel zu vielen Zigaretten, gingen sie meist noch ein Bier trinken, um gemeinsam an dem Stoff weiterzubasteln. Bis sie schließlich einen Weg fanden, die innere Zerrissenheit ihres Helden in einem großartigen filmischen Monolog darzustellen, der darin gipfelte, dass er sich selbst als Schuldigen erkannte. Diesen Monolog konzipierten sie als Bewusstseinsstrom eines Mannes, dessen Erinnerung sich unter seinem Blick nach innen gleichsam zu deformieren scheint, als Bewusstseinsstrom eines Mannes also, der das Gefühl hat, dass sich seine Persönlichkeit umso mehr verflüchtigt, je länger er versucht, sie zu ergründen. Der glaubt, miterleben zu müssen, wie sich seine Identität, seine Seele, sein Selbst, sein Ich langsam auflösen und verflüssigen, während er verzweifelt versucht, sie zu fixieren.

Es war fast Weihnachten, als der David im Film – gerade so, wie es der echte David getan hatte, wie Flo noch sehr wohl wusste –, als David das Skript unter dem Titel »Der Zyklop« an Produzenten, Filmförderungen und Fernsehanstalten verschickte. Er brannte darauf, es zu Geld zu machen, und war fest davon überzeugt, dass es sich um einen gelungenen Wurf handelte. Dennoch vergingen Wochen, bis die ersten Antworten eintrafen.

Florian befand sich gerade in Spanien, wo er bis über beide Ohren in den kniffligen Recherchen zu einer längeren Reportage steckte, als David ihn am Telefon erreichte. Und in dem Gespräch, das sie damals geführt hatten, gipfelte der Film, den Flo jetzt sah.

»Stör ich?«, waren Davids erste Worte. Das ganze Gespräch über war er nur zu hören. Zu sehen war Florian.

»Ein bisschen«, antwortete Flo. »Ich wollte gerade los, ein dringender Termin.«

»Is schon klar, Flo, ich will dich nicht lange aufhalten«, hörte er David durchs Telefon sagen. »Können wir trotzdem kurz reden?«

»Ich sag doch, jetzt ist es schlecht, ich melde mich heute Abend bei dir«, versuchte Florian ihn abzuwimmeln. Die Zeit drängte, und er hatte ewig gebraucht, um diesen Interviewtermin zu bekommen, den er für seine Reportage dringend brauchte.

»Ja gut, aber pass auf, Folgendes: Es geht um die Autoren-Nennung bei unserm Skript.«

»Wieso, was ist damit?« Flo fiel aus allen Wolken. »Hast du es etwa verkauft?«

»Ja«, kam es aus der Leitung zurück. »Eine Firma aus Köln hat zugegriffen.«

Flo hieb mit der flachen Hand gegen die Wand. »Wie viel?!«

»Dreißigtausend.«

Yes! Flo spürte, wie sein Herz schneller schlug. Da hörte er Davids Stimme wieder in der Leitung.

»Also, pass auf, weshalb ich anrufe: Wir teilen das Geld. Okay?«

Flo musste grinsen. »Wie, okay? Na klar! Wir haben das Ding zusammen entwickelt, jetzt teilen wir die Kohle. Deshalb rufst du an?«

»Na ja, wie ich gesagt hab, es geht um die Autoren-Nennung.«

Flo starrte auf den Telefonhörer. »Hä?«

»Für mich ist es wichtig, dass es ein Skript von David Mosbach ist, verstehst du? Das Buch ist nicht von dir und mir, sondern vor allem von mir. Das muss auch deutlich werden.«

»Wie, von dir?« Flo wechselte den Hörer in die andere Hand. »Die ursprüngliche Idee war ja wohl von *mir*.«

»Das war doch nur die Grundidee! Den ganzen Ablauf der Geschichte hab ich dann entwickelt.«

»Na und? Wir haben tagelang zusammen daran gearbeitet.«

»Ach ja? Du warst auch dabei, klar, aber die wesentlichen Einfälle kamen von mir. Und abgeschickt hab ich es auch.«

»Das ist doch scheißegal!« Florian wurde langsam nervös.

»Nein, ist es nicht, Flo.« Auch Davids Stimme wurde härter. »Ich hab auch die Firma aufgetan, die es schließlich gekauft hat, das ist nicht egal. Tut mir leid«, fuhr er fort, »aber wenn du dich querstellst, lass ich den Deal platzen, und es gibt gar kein Geld.«

Flo glaubte, er höre schlecht. Was redete David denn da? »Hör zu, David, ich hab dir gesagt, ich muss los, ich ruf dich nachher an –«

»NEIN, verdammt!« Davids Stimme wurde scharf wie ein Rasiermesser, das in Flos Gesicht zu wüten schien. »Nicht nachher. Nicht in drei Tagen, nicht in drei Stunden, JETZT, du Idiot. Ich hab dir gesagt, was los ist. Es ist ein Drehbuch von David Mosbach. Das solltest du wissen. Alles klar?«

Flo schluckte, da polterte David schon weiter. »Was du mir gegeben hast, die Idee von dem Kameraauge, das war doch geradezu peinlich. Es war mir peinlich, dass mein Kumpel so einen albernen Einfall hatte, verstehst du? Aber das wollte ich dich nicht spüren lassen. Deshalb hab ich gesagt, wunderbar, und versucht, was daraus zu machen.«

Seine Stimme blieb bedrohlich, gefährlich, voller unterschwelliger Aggressivität. »Hast du überhaupt eine Ahnung davon, wie schwer es ist, etwas zu schaffen, das andere Menschen begeistert? Oder bist du auch dafür zu blöd? Verdammte SCHEISSE!«

»Was redest du denn da, Mann?« Flo bekam kaum noch Luft.

»KAPIER'S ENDLICH«, kam es aus dem Hörer zurück. »Du und ich – das ist nicht das Gleiche! Du bist ein netter Kerl, aber deine Ideen sind Scheiße. Wir haben vielleicht gleich lange an dem Skript gearbeitet, aber das heißt nicht, dass wir gleich viel daraus gemacht haben. Deine Einfälle, deine Entscheidungen, deine Beiträge – das ist einfach viel weniger wert, okay? Und ich hab keine Lust, mich von dir ausnehmen zu lassen.«

Und dann fing er an zu brüllen. So laut er konnte. »Deshalb wird in dem verdammten Scheiß-Vorspann auch nur EIN verfickter Name stehen. DAVID MOSBACH! Drehbuch von Mosbach. HAST DU JETZT BEGRIFFEN?«

Flo begriff überhaupt nichts mehr. »Du meinst, deine Arbeit ist mehr wert? *Du* bist mehr wert? Ist es das?«

Davids Wut schien Flo aus dem Telefonhörer heraus förmlich anzuspringen. »JA, DAS IST ES. WAS DAGEGEN?!« Das war nicht mehr die Wut eines Freundes. Das war blanker, blinder, gnadenloser Hass.

»WAS WILLST DU DENN NOCH?«, raste er. »SOLL ICH DIR VIELLEICHT NOCH DEN ARSCH ABPUTZEN, DU ARMSELIGER SACK? ODER REICHT'S JETZT LANGSAM MAL?«

Flo zitterte. Ihm war der Schweiß ausgebrochen, seine verklebte Hand klammerte sich um den Hörer. Er spürte, wie es in ihm bröckelte. Alles, worauf er sein Leben lang stolz gewesen war, schien plötzlich sinnlos zu werden. Alles, was er angepackt hatte, schien sich in einen Haufen Dreck und Müll zu verwandeln. So etwas hatte er noch nicht erlebt. Sie kannten sich, seit sie Kinder waren. David war wichtig für ihn, er liebte ihn in gewisser Weise wie einen Bruder. Aber David hatte nichts Besseres zu tun, als ihm mit voller Wucht ins Gesicht zu treten. Zum ersten Mal schien er zu zeigen, was er wirklich von ihm hielt. Unfähig, einen klaren Gedanken zu fassen, unfähig, zu verarbeiten, was gerade geschah, starrte Flo auf den Hörer.

Da knackte es in der Leitung, rauschte, knackte noch mal, noch mal und noch mal – David schien den Hörer mit voller Wucht auf den Tisch zu schlagen, ihn zerreißen, zermalmen, zertreten, zermatschen zu wollen.

Dann wurde es still. Die Leitung war tot.

Und im nächsten Augenblick wurde der Flachbildschirm in dem Schneideraum schwarz.

35

Wie betäubt blieb Florian in seinem Sessel sitzen. Die Erinnerung an diesen Streit hatte er immer gescheut. Stets hatte er das Gefühl gehabt, dass er die Kränkung, die er damals erfahren hatte, noch so sehr in seinem Kopf hin und her wälzen konnte, es würde nichts nutzen. Am besten war es, wenn er sie so weit wie möglich von sich wegschob. Aber je mehr er die Erinnerung aus seinem Bewusstsein verdrängt hatte, desto milder hatte sie gewirkt, wenn sie sich dann doch einmal einstellte. Hatte er sich die Heftigkeit des Streits nur eingebildet? Waren seine Nerven durch die Arbeit an der Reportage damals so gereizt gewesen, dass ihm alles verzerrt und übersteigert vorgekommen war? Sicher, David hatte durchgesetzt, dass er als alleiniger Autor des Skripts genannt wurde. Und Florian war – letztlich aufgrund ihres Streits – wenig später endgültig nach Spanien gezogen. Aber hatte David ihn am Telefon wirklich regelrecht beschimpft?

Nachdem Florian das Gespräch jetzt in dem Film wiedergesehen hatte, war ihm klar, dass ihr Streit sich wirklich so unerbittlich abgespielt haben musste, wie er unterschwellig immer gefürchtet hatte. Plötzlich war es wieder da: Das ohnmächtige Gefühl, das ihn damals ergriffen hatte, als David ihn beleidigt hatte. Als er aus heiterem Himmel ihre Freundschaft in den Schmutz gezogen und mit Füßen getreten hatte. Plötzlich war sie wieder da, die Frage, wie er einer Freundschaft nachtrauern konnte, wenn das das wahre Gesicht des Freundes war. Wäre es nicht besser gewesen, wenn er David nie wiedergesehen hätte? Was wollte er von ihm? Wusste er nicht, was David für ein Typ war? Wie konnte er ernsthaft daran glauben, sie würden etwas gemeinsam auf die Beine stellen? Offensichtlich hatte David diesen elenden Streit nicht vergessen. Und nicht nur das: Offensichtlich war er ihm sogar so wichtig, dass er ihn mit großer Sorgfalt *nachinszeniert* hatte! Dieser verdammte Streit war das, worauf sein ganzer »Tabu«-Film hinauslief! Das hässliche Ende einer Freundschaft, aufgekündigt aus krankhaftem Ehrgeiz, aus Missgunst und Selbstherrlichkeit!

Wie ausgepumpt starrte Flo auf den erloschenen Bildschirm. Er wusste nicht, was er David sagen sollte. Sollte er sich endlich gegen die Art, wie David sich damals benommen hatte, zur Wehr setzen? Wenn David ihn wirklich brauchte, wenn er ihn nach Berlin gelockt hatte, weil er ihn brauchte, konnte Flo es ihm dann jetzt nicht heimzahlen? Aber er sehnte sich gar nicht danach, David etwas heimzuzahlen. Er war nur verletzt. Verletzt von dem, was damals vorgefallen war. Und verletzt, weil David diesen Streit noch einmal hervorgeholt hatte. Warum hatte er das getan? Was wollte David von ihm? Am liebsten hätte sich Flo einfach aus dem Staub gemacht. Stattdessen blieb er sitzen.

Es vergingen fast zwei Stunden, bis sich die Tür zum Schneideraum öffnete. David steckte den Kopf herein. »Hey, Flo, was machst du denn?« Er knipste das Licht an.

Florian blinzelte. Der Augenblick im Kino, in dem das Licht angeht und man den anderen in die Augen sehen muss, war ihm schon immer verhasst gewesen. Aber es half nichts. Da musste er durch.

Mühsam stand er auf.

Davids Augen blinkten. »Bist du jetzt sauer, oder was?«

Flo sah ihn an.

David lachte. »Ach, komm schon, Mann, das ist Jahre her. Erzähl mir nicht, dass du dich immer noch ärgerst!«

Flo bemühte sich, ruhig zu bleiben. »Das also wolltest du mir zeigen?«

»Fandest du es nicht spannend?«

»Das ist der Film, der die Leute verstört hat? Die Mitarbeiter im Kopierwerk? Das ist der große, geheimnisvolle neue Mosbach, auf den alle warten?«

David lehnte sich an den Türrahmen, nun doch wieder ernst. »Okay, ich geb's zu. Dass die Mitarbeiter verstört gewesen sein sollen, die Teile von dem Film vorab gesehen haben – das war ein Marketing-Trick.« Er blinzelte Flo an. »Aber es funktioniert, oder? Wenn man das Gerücht hört, denkt man sofort: Will ich sehen.«

Er hielt inne. Als Flo nichts sagte, sprach er weiter. »Dass wir keine Presse, keine Besucher, keine überflüssigen Leute während der Dreharbeiten am Set haben wollten, das ist aber nicht erfunden, das war wirklich so.« Er lächelte. »Das Plakat allerdings, mit der Pistole und der nackten Frau im Hintergrund, das gehört wieder mehr in die Abteilung Trick-Marketing. Das hat mit dem Film ja eigentlich nichts zu tun.«

Flo sah ihn an. »Leck mich am Arsch.«

Er griff nach seinem Mantel. David war ein Arsch. Er hatte es immer gewusst. Und er hatte keine Lust mehr, darüber hinwegzusehen. Sollte der Arsch ihn doch in Frieden lassen. Wortlos wollte er an ihm vorbei nach draußen gehen. Aber David hielt ihn zurück.

»Flo?« Er senkte ein wenig die Stimme.

Als Florian vor ihm in der Tür stehen blieb, sah er zum ersten Mal, wie alt David inzwischen geworden war. Die Jahre waren nicht spurlos an ihm vorbeigezogen, er hatte auch schon vereinzelt graue Haare bekommen.

»Es tut mir leid.«

»Was?« Flo glaubte, er habe nicht richtig gehört.

»Was damals war. Was ich getan hab.«

Flo stutzte. »Im Ernst?«

David nickte. »Stell dir vor, sie haben den ›Zyklopen‹ nie verfilmt. Das Skript verschimmelt heute in irgendeiner Produzentenschublade. Aber egal. Ich hab mich dir gegenüber damals nicht richtig verhalten. Und dafür wollte ich mich entschuldigen.«

Flo schwieg. Deshalb hatte er diese alte, hässliche Sache wieder hervorgeholt? Weil er sich entschuldigen wollte, nach all den Jahren? Das änderte natürlich alles! »Hm.«

»Also, kommst du? Ich hab ein Bier in der Teeküche. Ich will mit dir reden.«

Flo warf sich seinen Mantel über die Schulter. Plötzlich ließ der Druck nach, und ihn durchströmte unbändige Freude. David hatte sich entschuldigt! Eben noch hatte er geglaubt, alle Träume für die Zukunft begraben zu müssen – jetzt waren sie wieder da! Es konnte ja doch noch ein gutes Ende nehmen! Im Übermut schlug er David auf den Rücken. »Alles klar, Mann, lass uns reden!«

Und dann liefen sie, den Arm jeweils auf die Schulter des anderen gelegt, den Gang hinunter. Der Krampf in Flos Bauch, der während des Films unerträglich geworden war, hatte sich schlagartig wieder gelöst.

36

Die Teeküche am Ende des Gangs war mit einem hochbeinigen Tisch, ein paar Barhockern, einer Kaffeemaschine, einem Spülbecken und einem Kühlschrank ausgestattet. David holte eine beschlagene Bierflasche aus dem Kühlschrank und warf sie Flo zu. Dann machte er sich an der Kaffeemaschine zu schaffen. Flo hebelte die Flasche mit einem Schlüssel auf, setzte sie an und trank in tiefen Schlucken. Das Bier war angenehm frisch und prickelte in seiner Kehle. Er nahm auf einem der Barhocker Platz und stellte die Flasche vor sich auf den Tisch.

»Dieser Film ist also das Ende des Weges, den du gegangen bist?«, fragte er schließlich. Er hatte keine Lust, die alte Geschichte jetzt endlos breitzutreten. David hatte sich entschuldigt, das war doch was. Jetzt kam es auf das an, was David mit ihm gemeinsam auf die Beine stellen wollte.

»Das Ende?« David setzte die Kaffeemaschine in Gang, drehte sich um, lächelte und hockte sich zu Flo an den Tisch. »Ich weiß nicht. Auf jeden Fall der Versuch, einen Schritt weiter auf dem Weg zu gehen, den ich mit meinen anderen Filmen eingeschlagen habe. Was hältst du davon?«

Flo strich sich über den Mund. Sollte David doch erst

mal ein bisschen erzählen. »Der Schein ist die Wirklichkeit, richtig? Das war es doch, worum es dir im ›Metafilm‹ ging. Aber wie kommst du von dieser Idee auf unseren alten Streit?«

David grinste. Offenbar hatte er beschlossen, Flo Rede und Antwort zu stehen.

»Je länger ich am ›Metafilm‹ gebastelt habe, desto mehr wurde das ganze Projekt ein Haufen Müll. Es lief tatsächlich darauf hinaus, dass die gute alte Wahrheit aufgelöst schien in eine unendliche Verweisung der Zeichen. Wir zitieren uns gegenseitig zu Tode, sozusagen. Es war zum Kotzen.« Er stand vom Barhocker auf und begann unruhig im Raum auf und ab zu gehen. »Aber erst als das Projekt ›Metafilm‹ endgültig den Bach runterging, sah ich plötzlich klar: Es gibt *doch* eine Wahrheit hinter dem Schein. Nur ist sie nicht theoretisch, sondern *praktisch*. Das war der Schlüssel.« Er blieb stehen und schaute zu Flo. »Verstehst du?«

Flo starrte ihn an. Er verstand gar nichts. »Nee.«

»Denk mal an diesen Wachowski-Film. ›Matrix‹. Der funktioniert wie das ›Corps‹. Was die Helden erkennen müssen, ist, dass das, was sie *sehen*, Täuschungen sind. In ›Matrix‹ sind es Sinnestäuschungen. Im ›Corps‹ ist es die Täuschung, dass der Held glaubt, in einer Studentenverbindung zu leben, während er in Wirklichkeit nur Versuchskaninchen in einem wissenschaftlichen Experiment ist. Typisch ausgehende Neunziger, übrigens.« Er grinste.

Flo wartete ab.

»Im ›Metafilm‹ bin ich dann einen Schritt weiter gegangen«, fuhr David fort. »Dort war die Idee, dass nicht länger irgendeine Scheinwelt durchschaut werden muss, um dahinter auf die Wahrheit, die wirkliche Welt zu stoßen, sondern dass wir sozusagen die Durchschaurichtung umdrehen müssen. Dass wir erkennen müssen, dass der Schein selbst die Wirklichkeit ist. Aber das ist eine Idee, die nur kurz einleuchtet. Die einen nicht befriedigt. Postmoderner Scheiß, kann man auch sagen. Man gibt sich sozusagen mit der Scheinwelt zufrieden. Erklärt den Schein plötzlich zur Wahrheit. Eine Verzweiflungstat. Ein Aufgeben. Eine Sackgasse. Als ich an dem Punkt stand, war ich nicht besonders gut drauf. Ich hatte Angst, dass das wirklich das Ende sein könnte.« Wieder hielt er inne, starrte Flo an.

»Und?«, sagte der. »War's doch nicht das Ende?«

»*Nein!*« schrie David fast, lachte dann aber. »War es eben nicht. Das ist ja das Tolle, es geht weiter! Deshalb hab ich dich auch nach Berlin geholt. Weil du mir helfen musst bei dem, was auf uns zukommt, wenn wir jetzt weitermachen.«

»Weitermachen in welche Richtung denn, herrje!«, brüllte nun auch Flo, denn er verstand immer weniger, was David da faselte.

»Ich hab's doch eben gesagt. Die Idee, dass ein Schein durchschaut werden muss, die ist schon richtig. So gesehen, war der ›Metafilm‹ ein Schritt in die *falsche* Richtung. Aber der Schein, der durchschaut werden muss, ist eben nicht *theoretisch.* Es müssen keine täuschenden Sinneswahrnehmungen durchschaut werden, keine Scheinwelt. Der Schein, der durchschaut werden muss, ist *praktisch*!«

Flo griff nach der Flasche. Praktisch. Was sollte das heißen? Aber er spürte, dass das, was David sagte, kein sinnloses Geplapper war. Er hatte nur noch nicht begriffen, wie es zusammenhing.

David sprach schon weiter. »Was wir durchschauen müssen, sind nicht unsere falschen *Wahrnehmungen*, sondern dass wir falsch *handeln*, wenn wir glauben, moralisch zu handeln, verstehst du? Und dafür ist Film ein hervorragendes Mittel. Wenn wir eine bestimmte Situation in einem Film sehen, haben wir sofort und instinktiv ein moralisches Urteil. Und dieses Urteil stimmt nicht immer mit dem Urteil überein, das sich aus der herrschenden Moral ergibt.«

Die Worte klingelten in Flos Ohren.

»Es gibt tatsächlich einen Schein, eine Illusion, die durchschaut werden muss«, redete David weiter auf ihn ein. »Und zwar unsere *Moral*! Hinter dieser Scheinmoral müssen wir die *richtige* Moral erkennen! Das ist der nächste Schritt nach dem ›Metafilm‹!« Seine Augen blitzten. »Das ist der entscheidende Punkt, verstehst du? Darum geht es. Wir müssen den Leuten begreifbar machen, dass sie die Scheinmoral durchschauen müssen.«

»Ich hör hier immer Moral. Was meinst du denn damit?« Langsam wurde Flo richtig ungeduldig.

David nickte, überlegte einen Moment und antwortete dann langsam. »Na, zum Beispiel, dass alle Menschen gleich sind.«

Es durchrieselte Flo ein wenig. »Womit wir wieder bei ›Tabu‹ wären.«

»Genau.«

»Also noch mal. Wie hängt das alles zusammen?«

David holte Luft, setzte sich an den Tisch, offensichtlich gewillt, sich alle Zeit zu nehmen, die es ihn kosten würde, Flo zu erklären, worum es ihm ging. »Pass auf. Mit meinen letzten Filmen habe ich zu erreichen versucht, dass die Zuschauer etwas kapieren. Und zwar, dass sie auf eine Scheinmoral abgerichtet worden sind.«

»Scheinmoral.«

»Genau.«

»Wobei es also eine Scheinmoral ist, zu glauben, dass alle Menschen gleich sind?« Flos Stimme wurde schärfer.

»Ja. Aber«, beeilte sich David hinzuzufügen, »hör mir erst mal zu, bevor du jetzt gleich wieder ausrastest. Die Grundidee ist, dass wir begreifen sollen, wie sehr unser spontanes Urteil in Extremfällen von der herrschenden Moral abweichen kann. Denk zum Beispiel mal an eine Situation im Krankenhaus. Stell dir vor, es gibt nur ein Organ, jedoch zwei Menschen, die das Organ brauchen, um zu überleben. Wer soll das Organ nun bekommen? Wie entscheidet man da?«

Flo knallte die Flasche auf den Tisch. »Was weiß ich!«

David breitete die Arme aus. »Soll man durch Los entscheiden, dem Zufall das überlassen? Ich finde nicht! Viele sagen, dass derjenige das Organ bekommen sollte, der uns allen mehr hilft. Wenn man beispielsweise zwischen einem alten Säufer und einer jungen Chirurgin entscheiden muss, soll es die junge Chirurgin bekommen.«

Plötzlich dämmerte Flo etwas. »Darum geht es doch auch in diesen Clips. Riemschneider hat mir davon erzählt. Der ›Doc-Clip‹. Der ›Cop-Clip‹. Er hat mir auch einen gezeigt. Den ›Dig-Clip‹, den aus China.«

David nickte. »Dann weißt du ja, was ich meine. Denk

an den ›Dig-Clip‹: Der Grubenarbeiter, der schaufelt, bekommt eine Maske. Wer nicht schaufelt, muss sie abgeben. So haben es die Arbeiter in dem Tunnel instinktiv gehandhabt. Die sind da unten nicht alle gleich viel wert. Wer nicht schaufelt, ist weniger wert. Deshalb zieht er den Kürzeren, wenn es nicht genug Masken für alle gibt.« Er verengte die Augen und sah Flo genau an. »Und der springende Punkt ist nun, dass das unserer herrschenden Moral widerspricht. Denn die sagt ja, dass alle Menschen gleich sind. Also sollte auch kein Unterschied zwischen den Grubenarbeitern gemacht werden, die noch schaufeln können, und denjenigen, die es nicht mehr können. Wenn die Leute aber den Clip sehen, ist ihre spontane Reaktion absolut eindeutig. Sie finden es *richtig*, dass die Masken an diejenigen Kumpel gehen, die noch schaufeln können. Denn das ist für alle das Beste. Mit diesem Urteil aber distanzieren sie sich von der Moral der Gleichheit. Und indem sie sich davon distanzieren – verstehst du?! –, indem sie das tun, geschieht etwas ganz Wichtiges. Es zeigt sich, dass die Moral der Gleichheit eine *Scheinmoral* ist. Es ist nicht die Moral, die die Leute empfinden oder die sie leben wollen. Sie wollen sie eben genau *nicht*. Sie wollen vielmehr die Moral, bei der derjenige bevorzugt wird, der für alle wichtiger ist. In dem Moment, in dem du das verstehst, begreifst du, dass die herrschende Moral eben eine *Schein*moral ist!«

»Aha.« Die Faust in Flos Eingeweiden war wieder da. Und wütete. So sehr, dass es ihm fast den Atem nahm. »Und was hat das mit ›Tabu‹ zu tun?«

»In ›Tabu‹ geht es mir darum, dass der Zuschauer instinktiv zu einem ganz bestimmten Urteil kommt. Er soll denken, dass der, der in dem Film David heißt, recht hat, wenn er sagt, er und der andere Typ seien nicht gleich.«

Flo sprang auf, richtig sauer jetzt. »Damit hat er *recht*? Hast du dich nicht eben genau dafür entschuldigt? Hast du nicht eben gesagt, dass es dir leidtut, was damals passiert ist?«

David blieb sitzen. »Ja, es tut mir leid. Weil ich weiß, dass ich dich verletzt habe. Aber es war trotzdem richtig.«

»Was?!«

»Dass wir nicht gleich sind.«

»Und das hat dir das Recht gegeben, als alleiniger Autor genannt zu werden?«, schleuderte Flo ihm empört entgegen.

David wich der Frage aus. »Hör zu, Flo. Wirf jetzt nicht einfach alles achtlos über den Haufen. Überleg einen Moment. Ist dir nie in den Sinn gekommen, dass es einen Unterschied zwischen uns geben *muss*? Dass wir nicht gleich sind.«

Flo erschrak. Aber er bemühte sich, es nicht zu zeigen. »Du erwartest keine Antwort darauf, oder?«

»Ich weiß, ich tu dir damit weh. Es tut mir leid. Aber ich mach das alles hier nicht zum Spaß. Es ist mir wichtig, verstehst du?«

Flo sah ihm in die Augen. Er erkannte, dass David nicht log, man sah es seinen Augen an. Er war hochkonzentriert, sah angestrengt aus, mitgenommen von ihrem Gespräch. Seine Augen schimmerten wässrig und waren rot umrändert.

»Glaubst du wirklich, wir beide können gleich viel für – ja – für die Gesellschaft tun?«, fragte er.

Es schnürte Flo die Kehle zusammen. Er hasste David

dafür, dass er ihn so weit trieb, dass er so sehr in den Wunden bohrte. Aber hatte ihn dieses vage Gefühl nicht all die Jahre hindurch gequält? Das Gefühl, seinem Freund David in gewisser Weise unterlegen zu sein? Hatte er es sich nicht insgeheim immer eingestanden? Er und David waren gleichzeitig mit der Idee gestartet, Filme zu machen. Schon, dass diese Idee von David stammte, sprach ja für sich. Beide hatten sie alles gegeben, um dieses Ziel zu erreichen. David hatte seitdem mehrere Filme gedreht. In den vergangenen Tagen hatte Flo einiges davon gesehen, und es hatte ihn zum Teil tief beeindruckt. Und was hatte *er* in der gleichen Zeitspanne gemacht? Er hatte ein paar lausige Artikel geschrieben, die er selbst nicht besonders gut fand. War es da nicht geradezu lächerlich, wenn er sich dagegen sträubte anzuerkennen, dass es einen Unterschied gab zwischen ihnen? Natürlich gab es den! Was David machte, war einfach besser! Und genau das hatte David damals ja auch behauptet, als er das Skript für sich allein in Anspruch genommen hatte. Was war daran so ein Skandal? Natürlich konnte das, was verschiedene Leute machten, nicht alles gleich gut sein, gleich viel wert sein. Hatte David nicht *recht,* wenn er es wagte, diese Binsenweisheit einmal auszusprechen? Eine Wahrheit, vor der doch keiner, der sich damit auseinandersetzte, die Augen verschließen konnte und die dennoch tabu war in der Gesellschaft. Hatte David also nicht recht, wenn er sagte, dass es eine Scheinmoral gab? War es nicht eine Scheinmoral, die herrschte, die alle zwang, auf die Gleichheit zu schwören, obwohl doch jeder, der einmal genau hinsah, sehr genau wusste, dass es so etwas wie Gleichheit nicht gab? Nicht geben konnte!

Er sah David an. Ihre Blicke trafen sich. Flo hasste das, was er eben gedacht hatte. Und er schämte sich. Er spürte, wie David versuchte, sich nicht anmerken zu lassen, dass er Flo die Scham ansah. Und das vertiefte sie nur.

»Du hast mir diesen Film also gezeigt, um zu sehen, ob ich mich selbst degradiere, wenn ich ihn sehe«, sagte er schließlich und ließ David nicht aus den Augen. »Ist es das, worauf du hinauswillst? Weshalb du mich nach Berlin gelockt hast?«

David richtete sich auf und schlug auf den Tisch. »Ich wusste, dass du der Richtige bist, Flo!«, rief er. Man sah ihm seine Erleichterung an.

»Es soll ein perfekter Film werden, stimmt's?«, zischte Flo. »Ein Film, in dem auch Regisseur und Zuschauer auftreten.« Sein Blick irrte in der Teeküche umher. »Deshalb ist er noch nicht fertig! Du musst meine Reaktion noch hineinschneiden. Meine Reaktion, die du jetzt gerade irgendwo aufnimmst.«

David strahlte und zeigte auf eine kleine Überwachungskamera in der oberen Ecke des Raumes, die Flo noch gar nicht aufgefallen war. »Da ist sie.«

Flo schleuderte seine Bierflasche nach der Kamera. Mit lautem Klirren zersprang das Glas an der Wand.

David riss die Arme über den Kopf und lachte.

Flo schrie. »Wie selbstherrlich du bist, Mann! Du machst einen Film, in dem eine abartige Moral vertreten wird. Eine Moral, die sagt, dass die Menschen nicht wirklich gleich sind. Eine Moral – du *Arsch!* – derzufolge du mehr wert bist als ich! Und dann zeigst du mir den Film. Ausgerechnet mir. Ich soll als Zuschauer dazu gebracht werden, diese neue, angeblich richtige Moral gutzuheißen. Ich soll mich in die Rolle fügen, die du mir zugeteilt hast. Die Rolle des Zweitklassigen! Schämst du dich nicht! Das ist grausam, David. Das ist widerlich. Es ist unerträglich!«

Die Tränen liefen ihm übers Gesicht. Er fühlte sich zutiefst gekränkt, so gekränkt, wie er in seinem ganzen Leben noch nie gekränkt worden war. Wie hatte er auch nur eine Sekunde lang glauben können, mit diesem Monster befreundet zu sein? Er lehnte am Tisch, versuchte, seine Fassung wiederzuerlangen.

David stand vor ihm, seine Arme hingen herunter, seine Augen waren tief in die Höhlen getreten. Auch aus ihnen liefen Tränen. Er machte einen Schritt nach vorn, nahm Flo in den Arm und drückte ihn. Als er sprach, klang seine Stimme rau. »Es tut mir so leid, Flo. Es tut mir so leid«, sagte er. «Es tut mir so leid.«

37

Flo starrte aus dem Taxifenster auf die Stadt, die daran vorbeiflog. Muffige Mietshäuser aus den fünfziger Jahren, blinkende Döner-Buden, dunkle Geschäfte.

»Trotzdem. Es funktioniert nicht.« Er wandte den Kopf und sah zu David, der neben ihm auf der Rückbank des Taxis saß. »Was du dir ausgedacht hast, funktioniert nicht. Und zwar aus einem einfachen Grund. Als Zuschauer widert mich der David aus deinem Film an. Deshalb überzeugt mich auch nicht, was er sagt. Wenn er sagt, dass die Menschen nicht gleich sind, dann denk ich nicht: Stimmt! Endlich sagt mal einer die Wahrheit. Sondern ich denke: Was für ein Arsch!« Er schnaubte. »Und dass ich das sage, hat nichts damit zu tun, dass du in dem Stück unsere alte Geschichte aufkochst. Frag, wen du willst, das wird dir jeder bestätigen.«

David hatte in der Teeküche noch vorgeschlagen, nicht einfach so auseinanderzugehen, sondern gemeinsam noch ein Bier zu trinken. Er wollte Flo einen neuen Club in der Stadt zeigen. Dort könnten sie auch in Ruhe weiterreden.

Florian hatte dazu eigentlich gar keine Lust mehr gehabt. Andererseits hatte ihn die Vorstellung, den restlichen Abend allein in seinem Hotelzimmer zu verbringen, allein mit der Aufgabe, sein Leben in den Griff zu kriegen, derart abgeschreckt, dass er schließlich doch auf Davids Vorschlag eingegangen war.

Jetzt im Taxi antwortete David ihm nicht gleich. Er sah auf seine Knie hinab und regte sich nicht.

»Also was ist?«, hakte Florian nach. »Was sagst du dazu? Ich dachte, du bist ein so brillanter Filmemacher. Wie kannst du so etwas Einfaches und zugleich Fundamentales bei dem Entwurf zu deinem Film übersehen? Wie kannst du übersehen, wie deine Figuren auf die Leute wirken?!«

David rutschte ein wenig tiefer in den Rücksitz und legte den Kopf auf die Lehne. »Ich hab's nicht übersehen.«

»Aber?«

»Nichts aber. Ich hab's dir doch gesagt. Der Film ist noch nicht fertig.«

»Aber auch wenn du meine Reaktion reinschneidest, ändert das doch nichts daran, dass der David aus deinem Film jeden abstößt!«

David nickte. »Deine Reaktion ist eine Sache, aber es fehlen auch noch ein paar andere Passagen.«

»Ach ja. Und was?«

»Das weiß ich selbst noch nicht so genau.«

Florian wandte sich ab, sah aus dem Fenster hinaus. Es war ein langer Tag gewesen. Er fühlte sich zerschlagen. Ausgehöhlt. Verwirrt.

Vor dem Fenster zog die Stadt vorbei. Er kannte die Gegend gut, durch die sie fuhren. Links die stählernen Stützen der U-Bahn, rechts die Altbauten, die sich früher Studenten und Türken geteilt hatten. Wer heute darin wohnte, wusste er nicht. Sie waren in Kreuzberg und fuhren weiter Richtung Osten.

Da hörte er, wie David sich neben ihm an den Fahrer

wandte. »Dort vorne ist gut. Lassen Sie uns an der Ampel raus, bitte.«

Als Florian aus dem Taxi stieg, registrierte er, dass sie die Oberbaumbrücke erreicht hatten, die hier über die Spree hinweg Kreuzberg mit Friedrichshain verband. Seit jeher eine Gegend, in der sich zahlreiche Bars, Kneipen und Clubs befanden.

David deutete auf ein heruntergekommenes Industriegebäude auf der anderen Straßenseite, das sich direkt am Ufer der Spree erhob. Das sei der Club, den er ihm zeigen wolle.

Ein niedriger, weit ausgestreckter Raum tat sich vor ihnen auf, nachdem sie den Türsteher passiert hatten. Zahlreiche Gäste nippten an ihren Getränken und versuchten, sich trotz der lauten Musik miteinander zu unterhalten. Flo sah in gut gelaunte Studentengesichter, auch Schüler schienen darunter zu sein. Im Hintergrund blinkte bunt eine Tanzfläche.

Was wollten sie hier?

Aber David war bereits vorausgelaufen, Flo hatte Mühe, ihm zu folgen. Erst vor einer vollständig mit Plakaten beklebten Tür am hinteren Ende des Raumes blieb er stehen. Florian verzog das Gesicht. Die Tür konnte eigentlich nur zu den Toiletten führen.

David beugte sich vor und schrie ihm ins Ohr. »Na los, Flo, wie lange warst du nicht in der Stadt? Das hat sich hier alles ein wenig verändert.«

Florian machte eine vage Bewegung Richtung Tanzfläche. »Die Kinder hier sind halb so alt wie wir. Lass uns woandershin gehen.«

»Das meine ich doch.« David stieß die plakatverklebte Tür auf. »Und zwar hier lang.«

Süßlicher Uringestank waberte ihnen entgegen. Angeekelt wischte sich Florian mit dem Ärmel über die Nase. Er hatte auf seinen Reisen schon viele Klos gesehen. In Afrika waren die Toiletten auch nicht gerade sauber. Aber das hier war schlimmer. Erst schienen seine Schuhe am Boden festzukleben, dann wieder fürchtete er, auf den glitschigen Kacheln auszurutschen. Eben wollte er David zurufen, dass er ja draußen auf ihn warten könne, da sah er, wie der andere in der hintersten Toilettenkabine verschwand.

Flo blieb stehen. Wieder strich ihm der süßliche Gestank um die Nase. Sie sollten so schnell wie möglich hier verschwinden, entschied er. Mit zwei Schritten war er an der Kabinentür, hinter der David verschwunden war, trat sie auf – und prallte zurück. Die Kabine war leer!

Erst bei genauerem Hinsehen entdeckte er, dass in die gemauerte Seitenwand der Kabine ein Holztürchen eingelassen war, das weder Griff noch Klinke hatte, aber ein paar Millimeter weit offen stand. Er klemmte die Fingerkuppen hinter das Türchen und zog. Ein unverputzter Gang kam zum Vorschein.

Flo musste sich ein wenig herunterbeugen, um durch die niedrige Türöffnung hindurch in den Gang zu gelangen. Eine Reihe vergitterter Kellerleuchten spendete diffuses Licht. Gleichzeitig hörte er eine entfernte Musik, die durch den Gang hindurch auf ihn zu wehte – während das Wummern der Disco jetzt in seinem Rücken war.

Von David keine Spur.

Er begann, den Gang hinunterzulaufen.

»David?«

Keine Antwort. Aber die Musik wurde lauter. Nach etwa zwanzig Schritten endete der Gang vor einer Öffnung im Boden. Eine eiserne Leiter führte senkrecht hinab. Die Musik kam von dort.

Flo trat an den Rand der Öffnung und sah hinunter. Tief unten auf dem Boden des Schachts stand David und starrte nach oben.

»Wo bleibst du denn?«

Flo atmete auf. »Renn doch nicht so!«

Er schwang sich auf die Leiter und kletterte vorsichtig Sprosse für Sprosse hinab. Je tiefer er kam, desto wärmer wurde es. Der Abstieg schien direkt in ein Heizkraftwerk zu führen. Als er unten ankam, sah er, dass auch David seinen Mantel aufgeknöpft hatte.

»Wo sind wir hier?«

»Auf dem Weg zu dem neuen Laden, hab ich doch gesagt. Die haben ein altes Kraftwerk umgebaut. Hast du davon noch nichts gehört? Eine Riesenanlage.«

»Und der Eingang führt durchs Klo dieser Teenie-Disco?«

David lachte. »Der Eingang ist auf der anderen Seite. Aber da hätten wir bestimmt zwei Stunden in der Schlange gestanden.«

Florian wischte den Rost der Leiter von den Händen. Es kam ihm so vor, als hinge der Gestank der Klos noch immer in seinen Klamotten. »Na schön, gehen wir!«

Sie liefen den Tunnel entlang, in den sie die Leiter geführt hatte. Mit jedem Schritt wurde die Musik, auf die sie zugingen, lauter. Der Tunnel führte direkt auf eine Eisentür zu. David zog einen Schlüssel aus der Tasche, schloss die Tür auf und öffnete sie. Dahinter befand sich eine Art Balkon, ein Balkon, der über eine gigantische unterirdische Halle ragte.

Mit den Händen über den Ohren, um sie vor den betäubenden Bässen zu schützen, trat Flo an das Geländer des Balkons. Tief unter ihm war der Boden der Halle über und über mit Menschen bedeckt, die sich dem Wogen der Musik hingaben. Von oben wirkten sie fast wie eine amorphe Masse. Aus dieser Masse stiegen gewaltige Backsteinpfeiler wohl vierzig Meter hoch auf und trugen weit über den Köpfen der Tanzenden die Decke des kolossalen Gewölbes.

Flo ließ die Hände sinken und hielt sich an dem Geländer fest. So etwas hatte er noch nicht gesehen. In den Ecken der Halle waren durch einen feinen Nebel hindurch zwei schwarze Türme zu erkennen, Teile der Musikanlage, die den Raum in ein Meer von Klängen tauchte. Aber die gewaltige Geräuschkulisse bestand nicht nur aus der Musik, sondern auch aus einem tausendfachen Geschwirr von Stimmen, die sich an der Decke brachen und die Musik wie ein Kribbeln unterlegten.

Über eine Art Feuertreppe kletterten sie über mehrere Stockwerke hinab auf die Tanzfläche. Dort unten war die Luft vom Schweiß und Atem der Menschen dickflüssig wie Schlamm. Monatealter Zigarettenqualm hing über den Köpfen der Menge, schlich sich in Flos Haar, biss sich in seinen Augen fest. Als er sie rieb, trieb er ihn nur noch tiefer unter die Lider. Seine Augen begannen zu tränen.

David drängelte sich durch die Tanzenden. War am Rand zwischen den einzelnen Gästen noch Platz gewesen, schmiegten sich die Menschen immer enger aneinander, je weiter sie ins Zentrum der Halle vordrangen. Die Musik schien die Tanzenden wie Marionetten vor sich her zu treiben. Keiner der Körper bewegte sich mehr in seinem eigenen, sondern alle zusammen in einem gemeinsamen Rhythmus. Das war es, was von oben wie das Wogen eines Meeres gewirkt hatte.

David jedoch nahm keine Rücksicht auf die selbstverliebten Bewegungen der Tanzenden, sondern bohrte sich hartnäckig zwischen sie, bog die Leiber auseinander, als wolle er sich einen Tunnel durch sie hindurchgraben.

Wenn die Menschen hinter ihm wieder zusammenklatschten, hatte Flo ihre Gesichter oftmals unmittelbar vor Augen. Eine seltsame Stumpfheit in ihrem Blick fiel ihm auf. Als wäre hinter ihren Pupillen eine hauchdünne, aber blickundurchlässige Membran gewachsen, die verhinderte, dass die Seele in diesen Körpern wahrnahm, was um sie herum passierte.

Endlich hatten sie das Zentrum der Halle hinter sich. Auf der anderen Seite ging die düstere Tanzkathedrale in eine lichtdurchflutete Ruhezone über. Hier lungerten die Menschen ausgelaugt und erschlafft in der warmen Luft auf dem Boden, erholten sich von den stundenlangen Exzessen oder ließen einfach die Zeit verrinnen.

Flo fiel ein gewaltiges Rechteck auf, das an einer Wand der Ruhezone vom Boden bis fast unter die Decke reichte. Zuerst hielt er es für ein recht eintöniges, abstraktes Gemälde. Bei näherem Hinsehen aber erkannte er, dass es sich um eine Art Fenster handelte. Durch das meterdicke Glas hindurch blickte man direkt in die Spree! An seiner unteren Kante schloss das Fenster mit dem Bett des verschmutzten Flusses ab, in seinem oberen Drittel ragte es jedoch über die Wasseroberfläche hinaus, so dass Flo sogar ein Stück des schwarzen Nachthimmels sehen konnte. Dort, wo das Fenster in das Wasser des Flusses hinausging, war zwar nicht viel zu erkennen, doch der Effekt war erstaunlich. Die Farben des Flusses wirkten wie ein abstraktes Gemälde, dessen Schöpfer eine Reise in die Abstufungen und Schattierungen von Brauntönen unternommen hatte. Zugleich war der bildliche Eindruck jedoch viel lebendiger als bei einem Gemälde, da sich die schmierigen Wasserschlieren unentwegt miteinander vermengten, einander durchflossen, umspülten und durchdrangen. Eine schleppende, unaufhörliche Bewegung, die entfernt an das Wogen der Tanzenden in der Halle erinnerte.

Flo ließ den Blick über die anderen Gäste schweifen. Ihm fiel eine Gruppe auf, die sich gegenüber vom Spreefenster ein Plätzchen an der Wand gesucht hatte. Erst erkannte er nicht genau, was dort vor sich ging, doch dann sah er es. Es waren zwei Männer. Sie hatten Sex mit einer Frau. Direkt neben all den anderen Leuten, die sich darum nicht weiter scherten. Das Gesicht des Mädchens war von Schweiß verschmiert, dem Jungen, den sie zwischen den Beinen hatte, hing die Hose unter den Pobacken. Der andere, auf dessen Bauch sie lag, hatte ihr einen Daumen in den Mund gebohrt und versuchte, ihren Kopf so weit nach hinten zu biegen, dass er ihr auch seine Zunge in den Mund schieben konnte. Doch das schien sie nicht zu wollen, denn immer wieder drehte sie den Kopf zur Seite. Rhythmisch bewegten sich die drei ineinander verkeilten Leiber auf und nieder wie eine sechsbeinige Spinne.

Flo musste grinsen. »Was für ein Scheiß, Mann.«

David lachte. »Komm, es geht noch weiter.« Er deutete

auf eine aluminiumverkleidete Röhre, die aus der Chill-out-area hinausführte. »Siehst du den Tunnel dort?«

Als sie die Röhre betraten, zeigte sich, dass die aufwendige Ausstattung der Haupthalle hier endete. Nach wenigen Schritten kam unter der billigen Aluverkleidung roher Beton zum Vorschein. Kurz dahinter versperrte ein gelblicher Plastikvorhang den Weg. David schlug einen Lappen des Vorhangs zur Seite. Der weitere Verlauf des Tunnels lag im Dunkeln.

Flo hielt ihn zurück. »Von mir aus können wir uns das auch ein andermal ansehen.«

Doch David schüttelte den Kopf. »Komm schon!«

Sie setzten ihren Weg fort. Tiefer und tiefer schien sich der Betontunnel wie ein modriger Korridor in den Untergrund der Stadt zu bohren.

Neben sich hörte Florian, wie David zu ihm sprach. Seine Stimme war leiser geworden, aber je mehr Flo ihr lauschte, desto bedrohlicher erschien ihm diese Stimme. Als schnitte ihm jedes Wort ins Gehirn, als sezierten die Sätze seine Gedanken. »Ich bin gespannt, was du sagst, Flo«, sagte er. Und: »Ich hoffe, ich hab nicht zu viel versprochen.«

Schweigsam stolperte Flo weiter.

»Was ist, Mann, antwortest du mir nicht mehr?«, hakte David nach.

Überrascht sah Florian zur Seite. Bei dem schwachen Licht, dessen letzte stumpfe Strahlen durch den gelblichen Plastikvorhang bis hierher drangen, konnte er gerade noch Davids Silhouette erkennen.

Flo suchte nach Worten. Was war nur los? Er kam sich vor wie auf einem Irrweg in eine Richtung, in der nur noch mehr Verwirrung und auch Bosheit lagen, die sich noch hinzuaddieren würden zu dem bedrückenden Gefühl, das ihn ohnehin schon quälte. Was konnte er David sagen? Seinem alten Freund, der sich inzwischen so weit von den Vorstellungen und Träumen entfernt hatte, die sie einmal geteilt hatten.

Da sah er, dass David den Kopf ein wenig gewendet hatte. Das schwache Restlicht, das hier noch schien, erhellte seine Züge. Und er bemerkte, dass Davids Gesicht all das verloren hatte, was ihm daran einmal vertraut gewesen war.

Im selben Augenblick beugte sich David nach unten. »Lass es uns hinter uns bringen«, murmelte er und zog an einem Hebel, der dicht über dem Boden an einer Luke angebracht war.

Mit einem feinen Zischen hob sich ein kreisrunder Deckel. David klappte ihn auf und kletterte durch die Luke hindurch. Flo hinterher.

Die Luke führte in eine pechschwarze, niedrige Höhle. Ein Raum, der nicht nur schlecht beleuchtet war, sondern in dem es schlichtweg keine einzige Lichtquelle mehr gab. Die Luft war zum Schneiden, statt Musik war nur ein schleichendes Gurgeln zu hören, das mehr darauf ausgerichtet schien, sich in der Bauchhöhle zu verfangen, als über die Ohren ins Bewusstsein zu dringen. Flo konnte die eigene Hand nicht vor Augen sehen, spürte jedoch, dass sich zahlreiche Menschen in dem schwarzen Loch befinden mussten. Er roch sie, fühlte ihre Anwesenheit, nahm die Spannung wahr, die von ihnen ausging.

Plötzlich packte ihn jemand am Arm. Es war David. Sehen konnte Florian ihn nicht. Aber hören. David zischte ihm ins Ohr. »Das sind auch Menschen hier drinnen. Stimmt's, Flo?«

Florian schwirrte der Kopf. Die Dunkelheit lastete wie ein Albdruck auf ihm. Mühsam rang er nach Luft. Sauerstoff schien hier unten keiner zu sein. Der Schweiß rann ihm den Rücken hinab. David hielt seinen Arm fest. Er sprach immer noch leise, aber die unverhohlene Wut, die sich in ihm zusammenzuziehen schien, verlieh seiner Stimme eine Intensität, die Florian beinahe schmerzte.

»Und wir sind alle gleich, ja?«, sagte er, und plötzlich glaubte Flo, Davids Augen im Dunkeln aufblitzen zu sehen.

Er zuckte zurück und entriss seinen Arm der Umklammerung. »Bist du jetzt endgültig übergeschnappt?«, herrschte er ihn an. Laut brach sich seine Stimme in der schwarzen Höhle Bahn. Er spürte, wie die anderen, die sich hier unten befanden, ihre Köpfe in ihre Richtung drehten. Er ruderte durchs Dunkel, um David zu fassen zu bekommen, erwischte eine Schulter.

»Was soll das David, das ist doch alles verworrenes Zeug! Tauch auf, lass dieses Grauen hinter dir. Was du sagst, was du versuchst – das ist nichts als trostloser Wirrwarr, voller Kummer und Entsetzen.« Er senkte seine Stimme. Er wollte nicht, dass die Umstehenden alles mitbekamen. »Glaubst du wirklich, du bist was Besseres, David? Das ist doch Wahnsinn!«

Auch David hielt seine Stimme gesenkt. »Du kannst sie nicht sehen, Flo. Aber die Menschen hier unten sind zum Teil seit Wochen in diesem Loch. Erst sind sie eher zufällig hineingeraten, sie waren neugierig und wollten nach kurzer Zeit wieder gehen. Aber dann war es, als sauge sich das Loch an ihnen fest. Je länger sie blieben, desto mehr schwand ihr Wille, wieder zu gehen. Sie blieben Stunden. Tage. Wochen. Irgendwann wollten sie nicht mehr heraus. Es war, als hätte ihnen die Höhle den Willen aus den Knochen gesaugt. Wenn du sie sehen könntest, würdest du erschrecken. Der Aufenthalt hier drinnen frisst sie langsam auf.«

Flo lauschte der Stimme in zunehmender Verwirrung. Je mehr er hörte, desto drängender wurde sein Wunsch, aus diesem verdammten Loch so schnell wie möglich wieder herauszukommen.

David zog ihn noch näher zu sich heran. »Wir sind alle gleich? Dann bleib doch hier. Oder ist das hier nicht deine Welt?«

Ein Gefühl der Panik begann Florians Brustkorb zusammenzuschnüren. »Lass uns endlich verschwinden, Mann!« David musste genau vor ihm sein. Er spürte seinen Atem. Sehen konnte er nichts.

»Du willst hier raus?«, hörte er Davids Stimme. »Du hast Glück. Du kannst es noch wollen. Die meisten hier unten nicht mehr.«

Im selben Augenblick spürte Florian, wie eine Hand aus dem Dunkeln nach ihm griff. Er unterdrückte einen Aufschrei und stieß sie zurück. »Lass uns die armen Teufel doch einfach mitnehmen! Oder wir kommen mit einem Licht wieder her und zeigen ihnen den Ausgang!« Er zuckte zurück. David hatte ihm einen kleinen Schlag gegen den Brustkorb versetzt.

»Ich sagte es doch schon, Flo. Sie wollen nicht mehr raus hier. Sie fühlen sich wohl hier. Sie sind anders als du.«

Florian spürte, wie die Gestalten aus der Dunkelheit langsam auf ihn zu rückten. Arme und Hände griffen nach seinen Füßen, nach seinen Haaren, nach seinem Hals und seinem Bauch. Mit einem Aufschrei entwand er sich ihren klebrigen Gliedern. Doch schon im nächsten Augenblick zogen sie wieder an ihm.

Da flammte plötzlich ein Feuerzeug auf, genau vor seinen Augen, und in dem irrlichternden Schein sah er Davids Gesicht. Auch ihm hingen bleiche und dreckige Hände im Haar und am Hals. Ringsum blinkten im Schein des Flämmchens trübe Augen auf. Die Mienen waren stumpf, die Menschen schienen ihre Körper wie eine behindernde Hülle hinter sich herzuziehen. Das Leben in ihnen wirkte verkrüppelt wie eine todkranke Pflanze.

David hielt das Feuerzeug umklammert. Seine Augen waren auf Florian gerichtet, sein stechender Blick hielt ihn fest.

Flo packte seinen Arm. »Lass uns von hier verschwinden, David.«

Jeglicher Spott, jede Ironie war aus Davids Zügen gewichen. »Du willst nicht enden wie sie?«

Flo starrte ihn an. Wieder griffen Hände nach ihm, ölige Finger legten sich um seine Kehle.

Da schrie David ihn an. »Sag es, Florian.«

Flo zitterte. Er fühlte, dass seine Beine ihn nicht mehr lange tragen würden.

Wieder schrie David ihn an. »*Sag es*!«

Die Wucht, mit der David ihn anbrüllte, brachte Flos Herz zum Rasen. »Ja«, flüsterte er.

»Ja – *was?*«, donnerte David.

»Ja, ich will nicht enden wie sie.«

»Dein Wille ist stärker als ihrer?«

»Ja.« Flos Stimme war kaum zu vernehmen.

Davids Gesicht leuchtete auf. »Na also. So schwer ist das doch gar nicht!«

Flo nickte. Mühsam. Wie im freien Fall.

»Und mein Wille ist stärker als deiner«, fauchte David, wechselte das Feuerzeug von der rechten in die linke Hand und hielt es dort mit Daumen und Zeigefinger fest. »Siehst du das hier?« Er hielt die linke Hand hoch, spreizte drei Finger ab.

Flo nickte. »Ja.«

»Gut!« Und damit ergriff David mit seiner rechten Hand den Mittelfinger seiner Linken. Für einen Augenblick öffnete sich sein Mund, als wolle er noch etwas sagen.

Irritiert sah Flo ihn an.

Da bog David mit aller Kraft den Mittelfinger, den er gegriffen hatte, nach hinten zum Handrücken. Mit hohlem Geschnatter ließen die Gestalten von ihnen ab und wichen zurück – wie eine Schnecke, die in ihr Haus zurückquillt, wenn man sie am Fühler berührt. Für einen Moment war nur ihr Geraschel zu hören.

»Kannst du das?« Davids Stimme spitzte sich zu, schien sich tief aus seinem Leib herauszuwinden und in der fetten Luft der nachtschwarzen Höhle zu verfangen.

Weiter und weiter bog er seinen Finger nach hinten. Wie durch einen Strudel darauf zugespült, starrte Flo auf Davids Hand. Da knackte es, und der Finger, den David mit seiner Rechten umklammerte, knickte ruckartig nach hinten ab. Für einen Sekundenbruchteil schien der Anblick von Davids verstümmelter Hand wie eingefroren – dann begann sein Körper an dieser Stelle zu einem blutigen Brei auseinanderzufließen.

Entsetzt zuckte Flos Blick in Davids Gesicht. Der Schmerz schien es in die Länge zu ziehen.

David schnappte nach Luft – und wendete seine linke Hand, sodass Flo den Handrücken sehen konnte. Unnatürlich senkrecht ragte der Mittelfinger davon ab.

Davids Stimme war heiser jetzt, schlingerte wie eine alte Kassette. »Sind wir immer noch gleich? Was meinst du?«

Und dann riss er kurzentschlossen den Finger einfach ab, der nur noch mit Haut und Sehnen an seiner Hand gehangen hatte. Blut, Fleischpartikel und Gewebereste spritzten in die Luft und benetzten Flos Gesicht wie ein feiner Regen –

ein Gesicht, das jetzt schrie, schrie, schrie –

– und auch dann noch schrie, als Florian schlagartig spürte, dass er erwachte. Schweißgebadet und verzweifelt registrierte er, dass sich der Schrei noch immer seiner Kehle entwand – bis er sich gewaltsam zusammenriss und seine Lippen aufeinanderpresste, um ihn endlich zu kappen.

Stille.

Der Schweiß, der ihn bedeckte, war eisig.

Die Kälte der Winternacht war tief in seinen Körper gekrochen. Der Schrecken umklammerte sein Herz.

38

Zitternd richtete sich Florian auf und sah sich um. Er lag auf einer Bank am Ufer der nächtlichen Spree. Langsam kehrte die Erinnerung an das zurück, was passiert war. David hatte ihm seinen »Tabu«-Film gezeigt, sie hatten in der Teeküche geredet. Auch darüber, ob der Film funktioniere oder nicht. Dann hatte David ihn zur Pforte im Gitter des Studiogeländes gebracht, und sie hatten sich voneinander verabschiedet. Flo solle sich sein Angebot, gemeinsam zu arbeiten, überlegen. Er könne ihn jederzeit über Tegtmeyer kontaktieren oder auch über Thea, die David in den nächsten Tagen informieren wollte. Dann hatte Florian sich ein Taxi gerufen und war nach Berlin gefahren. Allein.

Er hatte den Taxifahrer gebeten, ihn zur Oranienburger Straße zu bringen. Er wusste, dass dort – wie früher auch – jede Menge Kneipen waren, und er hatte unbedingt noch etwas trinken wollen. Kaum hatte er jedoch die erste Bar betreten, hatte er seinen Entschluss bereut. Die Männer und Frauen, die in Gruppen an den Tischen saßen, waren mindestens zehn, wenn nicht zwanzig Jahre jünger als er. Alle waren in fröhliche Gespräche vertieft, einen einsamen Besucher wie ihn gab es sonst nicht.

Flo hatte auf dem Absatz kehrtgemacht und war froh gewesen, als er zurück auf die Straße gekommen war.

Ein paar Schritte weiter war er an einer weniger aufgemotzten Kneipe vorbeigekommen und hatte noch einmal sein Glück versucht. Voll war es auch dort, aber die Gäste schauten nicht mehr ganz so sehr von sich selbst überzeugt drein. Sie waren älter, und es gab auch ein paar Einzelgänger unter ihnen. Flo hatte sich an die Theke gehockt und ein Bier bestellt.

Wie soll es nun weitergehen?, hatte er zu grübeln begonnen. In Berlin hatte er jedenfalls nichts mehr verloren. David lebte sein Leben, Riemschneider tat seine Arbeit, sollten sie sich doch gegenseitig die Köpfe einrennen – ihn ging es nichts an. Er hatte sich nach Spanien abgesetzt, eigentlich nur vorübergehend, aber dann blieb er eben dort. Warum auch nicht? Ein Scheißleben war es sowieso.

Er hatte das Bier runtergekippt und Nachschub bestellt.

Und Thea? Der einzige Ort in Berlin, an dem er sich wohlgefühlt hatte, war bei ihr gewesen. Hatte sie die ganze Zeit über gewusst, wo David steckte, und ihn nur belogen? Sollte er sich wirklich so sehr in ihr getäuscht haben?

Er hatte die Kneipe verlassen und ihre Nummer gewählt. Wenigstens von ihr verabschieden wollte er sich. Nach mehreren Klingelzeichen hatte sie sich gemeldet.

»Harloff.«

»Thea! Florian hier. Ich werde morgen wieder nach Madrid fliegen.«

»Florian! Hey … Du fährst wieder?«

»Ja, mir reicht's.« Er hatte ein missglücktes Lachen ausgestoßen, und eine Pause war entstanden.

»Ist David bei dir?«, hatte er schließlich gefragt.

»Nein«, hatte sie ruhig geantwortet.

Sie hatte nicht empört gewirkt, dass er das fragte. Auch nicht überrascht oder schockiert.

»Hat er sich bei dir gemeldet?«, hatte er gefragt.

»Ja, gerade eben«, hatte sie geantwortet, aber schnell weitergesprochen, bevor er etwas sagen konnte. »Ich will nicht unfreundlich sein, Florian. Aber es ist spät. Ich bin müde. Es ist nett, dass du noch einmal angerufen hast.«

Ein Auto war an ihm vorbeigefahren, der Beifahrer hatte zu ihm herübergesehen. Es war nicht das erste Mal, dass Florian das Gefühl beschlich, in Berlin überwacht zu werden. Riemschneiders Leute? Unwillig hatte er sich abgewandt, und der Wagen war weitergefahren.

»David hat mir ›Tabu‹ gezeigt, weißt du«, hatte er zu Thea gesagt. »Und er hat mich gefragt, ob ich bei seinen nächsten Projekten mitmachen will.«

Aber sie hatte nicht geantwortet.

»Darauf habe ich eigentlich immer gewartet«, hatte er hinzugefügt. »Und jetzt ist es so weit. David fragt mich, ob ich mit ihm etwas auf die Beine stellen will. Aber jetzt ist es zu spät. Es ist zu viel passiert.«

Als sie wieder nicht geantwortet hatte, hatte er laut gehustet und hart. Er hatte gespürt, dass es keinen Sinn hatte. Je mehr er sich öffnete, desto schwieriger würde es ihm fallen, aus dieser Sackgasse wieder herauszukommen. Er musste das Telefongespräch so schnell wie möglich beenden.

»Wie auch immer. Ruf mich an, wenn du mal unten bist, Thea. Hat mich gefreut, dich kennenzulernen.«

Dann hatte er aufgelegt.

Vor ihm war die Oranienburger Straße schnurgerade auf den Fernsehturm zugelaufen. Noch hatten die meisten Kneipen geöffnet. Er würde eine nach der anderen abklappern, in jeder Pinte ein Bier, hatte er beschlossen. Das hatte er auch früher mit David so gemacht. Und mit dem Lächeln, das die Erinnerung auf seine Lippen gebracht hatte, hatte er die Tür zur nächstbesten Bar aufgestoßen. Es war die mit den zu jungen Leuten gewesen. Aber das hatte ihn jetzt nicht mehr gestört. Es war eh alles egal.

Auf seiner fünften oder sechsten Station war er hängengeblieben und hatte angefangen, Schnäpse zu trinken. Er war mit einer Frau an der Theke ins Gespräch gekommen, und sie hatten sich sogar ganz gut verstanden. Aber zu diesem Zeitpunkt war er bereits viel zu betrunken gewesen, um noch etwas daraus zu machen. So hatte er sie allein im Taxi davonfahren lassen, nachdem sie die Kneipe verlassen hatten, und beschlossen, noch ein wenig frische Luft zu schnappen.

Am Ufer der Spree, die ein paar Häuserblocks weiter an der Museumsinsel vorbeifloss, hatte er sich auf eine Bank gesetzt, den Kopf in den Nacken gelegt und hinauf in den Himmel gestarrt. Keine Wolke war zu sehen gewesen, weit und breit nur der Nachthimmel. Dann hatte er ein Flugzeug weit oben im schwarzen Gewölbe blinken gesehen – und schließlich hatte ihn der Schlaf übermannt.

Florian wischte sich den eiskalten Schweiß aus dem Gesicht, der sich anfühlte, als wäre er wirklich mit dem Blut und den Gewebespritzern vermengt, von denen er eben geträumt hatte.

Er saß noch immer auf der Bank – stand jetzt aber ruckartig auf. Sein Rücken schmerzte. Er musste sich zusammenreißen, um nicht mit den Zähnen zu klappern. Er war mit den Kräften ziemlich am Ende.

Schwerfällig ging er die paar Schritte zum Geländer, mit dem das Ufer der Spree hier gesichert war, und starrte in den schwarz dahinfließenden Strom.

Der Morgen graute, als er im Savoy ankam. Schnurstracks ging er auf sein Zimmer, schälte sich aus den schmutzigen Kleidern und stellte sich unter die Dusche. Langsam kehrten seine Lebensgeister zurück. Ihm wurde klar, dass er keine Zeit mehr verlieren wollte. Nur weg hier, bevor er es sich noch mal anders überlegte – bevor er ernstlich krank wurde. Er trat aus der Dusche, rubbelte sich ab und rief von seinem Zimmertelefon aus die Hotelrezeption an. Sie sollten für ihn den nächsten Flug nach Madrid buchen.

Als er sich die Schuhe zuband, kam der Rückruf von der Rezeption. Der nächste Flieger ging in knapp zwei Stunden. Flo musste sich beeilen.

39

»Herr Baumgartner!«

Riemschneider gab seinem Kollegen ein Zeichen. Es war der Beamte, der Florian bei der Galerie niedergeschlagen hatte. Mit ein paar Schritten schnitt der Mann Flo den Weg ab, während Riemschneider geradeaus auf ihn zusteuerte.

Florian war noch keine zehn Minuten in Tegel. Er hatte sich an einem Monitor seinen Flug herausgesucht, festgestellt, dass er noch ein wenig Zeit hatte, nach einem Café Ausschau gehalten, von dem aus er die Anzeigetafel der Abflüge im Auge behalten konnte, und sich einen Espresso geholt. Gerade als er mit dem Tässchen in der Hand an einem der Tische Platz nehmen wollte, hatte er Riemschneider zusammen mit seinem Kollegen in die Haupthalle eilen sehen. Für einen Augenblick hatte er überlegt, ob er versuchen sollte, sich zu verstecken. Aber da hatte Riemschneider ihn schon erspäht.

»Sie wollen Berlin wieder verlassen?« Die blaugrauen Augen des Beamten waren auf sein Gesicht gerichtet.

Florian stellte die Tasse, die er in der Hand hielt, auf den Tisch, setzte sich aber nicht. »Was dagegen?«

Er wollte nur noch weg. Dass Riemschneider ihn abgefangen hatte, machte ihn wütend. Warum ließen sie ihn nicht endlich in Ruhe? In wenigen Minuten wäre er im Flugzeug gewesen und endlich raus aus der Stadt. Jetzt aber steckte er wieder fest.

»Ich bin froh, Sie noch anzutreffen, Herr Baumgartner«, sagte Riemschneider und warf einen Blick auf den Alukoffer, den Flo hinter sich herzog.

»Wie haben Sie mich denn gefunden?«

»Ihr Hotel hat uns weitergeholfen. Ich würde Ihnen gern etwas zeigen, wäre das möglich?«

»Ich fürchte, dafür reicht die Zeit jetzt nicht mehr.« Flo sah auf seine Uhr. »Ich muss in wenigen Minuten einchecken«.

»Es dauert nicht lange, kommen Sie.«

Riemschneider griff ihn locker am Arm – und Flo ahnte, dass er da nicht mehr rauskam.

Sie brachten ihn in ein Hinterzimmer der Bundespolizei, die in Tegel für die Luftsicherheit zuständig ist. Ein hässlicher, gesichtsloser Raum, rundum mit beigefarbenem Plastik verkleidet, ohne Fenster, mit einer Plastiktür, Plastikstühlen und einem Plastiktisch. Auf dem stand ein geöffnetes Notebook, daneben lag eine blassrote Mappe.

Riemschneider bat Flo, sich an den Tisch zu setzen, und nahm ihm gegenüber Platz. Dann schob er ihm die Mappe zu. Ob er sich die freundlicherweise einmal ansehen könnte? Der Beamte tippte auf den Pappdeckel der Mappe. Florian nahm sie hoch und schlug sie auf. In der Mappe befand sich ein Dossier. Das Dossier David Mosbach. Ärgerlich klappte er die Mappe wieder zu und warf sie zurück auf den Tisch.

»Ich hab Ihnen doch gesagt, dass mich dieses Zeug

nicht interessiert! Mein Flieger geht in ein paar Minuten. Ich habe in Madrid wichtige Termine, die ich nicht verschieben kann. Haben Sie überhaupt das Recht, mich hier festzuhalten?«

Riemschneider musterte ihn. »Sie scheinen immer noch nicht begriffen zu haben, um was es geht. Sehen Sie sich die Mappe ruhig an, Herr Baumgartner. Wenn ich es Ihnen erzähle, glauben Sie es mir ja doch nicht.«

Flo lehnte sich nach vorn. Die vergangene Nacht war ihm anzusehen. »Wozu, Riemschneider, was wollen Sie von mir?«

Wortlos zog Riemschneider eine große dunkelblaue Nylontasche unter dem Tisch hervor, zippte den Reißverschluss auf und holte ein längliches Gerät daraus hervor, das in durchsichtige Zellophanfolie verpackt war. Er stellte das Gerät auf den Tisch. Es war eine Videokamera, ein teurer, professioneller Apparat, kein normales Amateur-Equipment, das sah Florian gleich. Trotz der Plastikfolie fiel ihm auf, dass das Gerät teilweise mit einer klebrigen Substanz beschmiert war.

»Wissen Sie, was das ist?«, fragte Riemschneider.

»Eine Kamera?«

»Wir haben sie vorige Woche sichergestellt. In Tschetschenien. Jemand hatte uns einen Tipp gegeben.«

Flo starrte auf das Gerät.

»Hannes Marin«, sagte Riemschneider. »Er hat uns den Tipp gegeben. Schon einige Wochen her. Bis wir die Kamera dann endlich gefunden haben, hat es ein wenig gedauert.«

Lasst mich endlich gehen!, dachte Flo.

»Als Mosbach mitbekommen hat, dass Marin auspackt,

ist er abgetaucht. Aber erst, als wir die Kamera hatten und kriminaltechnisch untersuchen konnten, ist mir klargeworden, wieso. Hier, sehen Sie die bräunlichen Spuren? Wissen Sie, was das ist?« Er deutete durch das Zellophan auf die Schmierspuren am Griff.

Florian schüttelte müde den Kopf.

»Es ist Blut, Baumgartner.«

Flo atmete aus. Blut. Warum ließen sie ihn nicht einfach in Ruhe?

Riemschneider schob die Kamera zur Seite und angelte sich die Mappe, die Flo zurück auf den Tisch geworfen hatte. Er schlug sie so auf, dass Florian hineinsehen konnte, und begann darin zu blättern. Unter dem Deckblatt kamen Fotos zum Vorschein, DIN-A4-große Schwarzweißfotografien, aufgenommen mit langer Brennweite. Fotos von David, entstanden offensichtlich im Laufe einer Überwachung. Riemschneider blätterte weiter. Florian überflog die Überschriften auf den eng betippten Blättern, die nach den Fotografien abgeheftet waren. Vernehmungsprotokolle, Zeugenaussagen, Observationsberichte. Dann ein Bericht des Labors der Kriminaltechniker. Eine Liste mit Laborwerten, Vergrößerungen der braunen Schlieren, Analysen.

»Der Befund ist eindeutig«, ergriff Riemschneider wieder das Wort. »Das Blut ist menschlich. Kein Theaterblut. Kein Tierblut.«

Na und? *Na und?* Florian war kurz davor, den Mann anzuschreien. Aber er nahm sich zusammen. Vielleicht war ja auch gleich alles vorbei, dachte er, vielleicht wollte Riemschneider ihm nur etwas zeigen. Wenn alles gutging, war er in ein paar Minuten hier wieder raus, dann konnte er sogar noch seine Maschine kriegen.

Aber Riemschneider war noch nicht fertig.

»Die Techniker haben sich die Spuren am Griff der Kamera genau angesehen und Fingerabdrücke darin sichergestellt.« Er blätterte weiter zu einem Formular, auf dem die unverkennbaren Abbildungen der Papillarleisten zu erkennen waren. »Man sollte meinen, wir hätten heute andere Methoden, um Beweismaterial zuzuordnen. Aber Fingerabdrücke tun's auch.«

Jetzt sah Flo doch hoch, in Riemschneiders Gesicht.

»Die Abdrücke stammen von Mosbach. Zweifel ausgeschlossen«, sagte der.

Flo spürte, wie die Wut in ihm hochkochte. »Na und? Was heißt das schon? Ich habe Ihnen schon mal gesagt, David arbeitet unkonventionell. Es ist menschliches Blut. Okay. Und? Weiß der Teufel, was sie angestellt haben. Irgendeine wilde Szene, orgiastisch, exzessiv, was weiß ich.« Er brach ab. Er wollte die Augen vor dem verschließen, was Riemschneider ihm da zeigte. Aber es ging nicht.

Der Beamte schlug die Mappe wieder zu und schob sie beiseite. »Wir haben auch den Film sichergestellt, der mit der Kamera aufgenommen wurde. Typen wie Tegtmeyer, die stehen auf so was.« Er zog ein Päckchen Zigaretten aus der Tasche und zündete sich eine an. Dann hielt er Flo das Päckchen hin. »Auch eine?«

Florian schüttelte den Kopf.

Riemschneider steckte die Zigaretten wieder ein. »Das, was Mosbach mit der Kamera hier gemacht hat, sind nicht einfach nur illegale Filme. Die sind nicht einfach nur brutal oder sadistisch.«

»Sondern?« Flo starrte ihn an.

»Im Grunde genommen interessiert es uns überhaupt

nicht, ob ein Film dabei rauskommt oder nicht. Für uns entscheidend ist, dass Menschen gequält werden. Und zwar nicht nur scheinbar, sondern wirklich.«

Flos Hände schlossen sich um die Armlehnen des Stuhls, auf dem er saß. Vielleicht würde sich noch alles klären. Das war doch möglich, oder?

»Ich glaube nicht, dass Mosbach einer von denen ist, die solche Filme genießen«, fuhr Riemschneider fort. »Aber er macht sie. Für Geld. Denn er braucht Geld. Für die anderen Sachen, die er machen will und die ihm keiner finanziert.« Er warf seinem Kollegen einen Blick zu, der bis jetzt an der Tür des Raumes gestanden hatte. »Können wir?«

Der Kollege kam an den Tisch und betätigte eine Taste auf dem Notebook. Der Bildschirmschoner verschwand, darunter kam ein Mediaplayer zum Vorschein, in dem jedoch noch kein Bild zu sehen war.

Florian holte Luft. »Muss ich mir das ansehen?«

Riemschneiders Gesicht war undurchdringlich. »Genau genommen nicht. Aber ich denke, Sie sollten es tun.«

Er gab seinem Kollegen ein Zeichen.

Und der fuhr den Film ab.

Wie in Trance starrte Flo auf den Bildschirm. Erst erkannte er gar nichts. Dann wurde ihm klar, was er sah. Es war ein Raum, ringsum gekachelt. Decke, Wände, Boden. In der Mitte des Bodens befand sich ein Abfluss, darüber stand eine Pritsche. Auf der Pritsche war ein junger Mann festgeschnallt, fast noch ein Junge. Seine Gesichtszüge wirkten ein wenig grobschlächtig, die Stirn war niedrig, der Mund breit.

Flo schlug auf eine Taste des Notebooks, der Film fror ein.

»Die Bilder kenn ich«, stieß er hervor. »Der Film heißt ›Audience‹, ich hab ihn erst neulich gesehen. Er ist nicht von David.«

»Ich habe Ihnen doch gerade die Analyseergebnisse aus dem Labor gezeigt«, knurrte Riemschneider. »Auf jeden Fall hat Mosbach die Kamera bedient, als die Aufnahmen gemacht wurden. Er war nicht der Einzige. Marins Abdrücke sind auch auf dem Gerät. Aber Mosbach war dabei. Das steht fest.«

Also doch!, schoss es Flo durch den Kopf. Er hatte es immer geahnt. David hatte ihn angelogen. Natürlich war dieser Film von ihm! Deshalb hatte er auch so betroffen reagiert, als Flo ihm erzählt hatte, dass er ein »Audience«-Screening besucht hatte. David hatte zwar dafür gesorgt, dass Hölzemann ihn nach Berlin schickte. Dass er eine Einladung zu »Audience« bekam, hatte er jedoch nicht gewollt. Das war Hölzemanns Idee gewesen.

Aufgewühlt stieß Florian das Notebook zurück. »Aber dem Jungen wurde kein Haar gekrümmt!«

Riemschneider schnaubte. »Woher wollen Sie das wissen? Weil bei den Vorführungen jemand auftritt und das behauptet?«

Flo fühlte, wie seine Handflächen nass wurden. Er wollte etwas sagen, konnte aber nur nicken.

Riemschneider griff nach der blassroten Mappe, schlug sie noch einmal auf, holte ein weiteres Foto daraus hervor und warf es auf den Tisch. Es war ein Polizeifoto, die Aufnahme eines Fundorts. Ein menschlicher Körper war zu erkennen, vollkommen entstellt. Das Fleisch war grau und aufgedunsen, die Haare hingen klatschnass ins Gesicht. Es war eine Wasserleiche, fotografiert am Ufer eines Flusses.

»Das ist der Junge«, hörte Flo Riemschneider sagen. »Er hat die Stromstöße nicht überlebt. Der Kollege von der Rechtsmedizin schätzt, dass Mosbachs Leute ihn zwei Tage lang in ihrer Gewalt hatten.«

Er warf Florian weitere Fotos hin. Aufnahmen derselben Leiche aus anderen Winkeln, Großaufnahmen von Brandwunden an der Brust und im Gesicht. Die Bilder verschwammen vor Flos Augen. Dumpf spürte er, wie plötzlich nichts mehr so war wie vorher, wie der Anblick der Fotos sein Leben veränderte.

»In ›Audience‹ wird den Zuschauern gesagt, es sei nur ein Horrorfilm, man habe ihnen nur einen schrecklich schönen Schauer über den Rücken jagen wollen«, vernahm er Riemschneiders Stimme. »Für andere Kunden, wie Tegtmeyer, wird das Material anders aufbereitet. Da werden die Beweise dafür, dass es ein authentischer Snuff-Film ist, gleich mitgeliefert. Auch ein schrecklicher Schauer, und Leute wie Tegtmeyer genießen das.«

Er schob die Fotos beiseite und fixierte Florian. »Begreifen Sie denn nicht, Baumgartner? Ihr Freund hat nicht einfach nur ein paar Filme gedreht, die vielleicht zu brutal waren, um öffentlich gezeigt zu werden. Er hat getötet – und warum? Für Geld! Der Junge hier«, er nickte zu den Aufnahmen, »war ihm scheißegal. Er hat seinen Tod ausgebeutet – um sich selbst zu bereichern.« Riemschneider lehnte sich zurück. »Ich weiß ja nicht, was Sie für ein Mensch sind. Aber mir kommt das kalte Kotzen, wenn ich daran denke. Es kann ja sein, dass Mosbach und Sie gut befreundet waren. Das ist aber kein Grund, jetzt die Augen zu verschließen! Vielleicht war er früher anders. Heute jedenfalls muss alles getan werden, damit dieser Mann«, und damit tippte er auf Davids Mappe, »gestoppt wird. Bevor der nächste Bengel, der wirklich nichts dafür kann, von diesem Schwein verstümmelt und ausgeschlachtet wird.«

»So ist es nicht«, stammelte Flo. »Das … es kann nicht sein. Für David war Geld nie wichtig –«

»Nicht, um es zu besitzen«, unterbrach Riemschneider ihn, »natürlich nicht. Er hat ja mit den Immobilien seines Vaters genug geerbt. Aber er braucht Geld für seine anderen Projekte, das hab ich doch gerade gesagt. Für die Projekte, um die es ihm wirklich geht. Für die ist er bereit, über Leichen zu gehen. Wenn Sie Mosbach wirklich so gut kennen, wie Sie behaupten, dann wissen Sie das.«

In Flos Kopf brauste es. Würde David wirklich alles tun, um seine Ideen zu verwirklichen? Würde er so weit gehen? Und in dem Moment, in dem Flo sich das fragte, musste er sich eingestehen, dass es möglich war. Er bemerkte, wie Riemschneider seinem Kollegen noch einmal zunickte. Der fuhr den Film wieder ab.

Der Arzt mit der randlosen Brille und dem weißen Kittel kam ins Bild. Flo musste würgen.

»Wir können Ihnen eine psychologische Betreuung besorgen, Herr Baumgartner«, hörte er Riemschneider sagen. »So etwas kann einen nachhaltig traumatisieren.«

Aber Flo sah von dem Film schon nichts mehr, vor seinen Augen waren nur noch Schlieren und Schleier. »Warum zeigen Sie mir das dann?«, fauchte er Riemschneider an und wischte sich über die Augen.

»Weil Sie uns helfen können«, antwortete der Beamte.

40

Florian war dann doch nicht mehr geflogen. Den Rest des Tages verbrachte er im Freien. Erst ging er in den Zoo und sah den Affen und Löwen zu. Im Zoorestaurant holte er sich einen Kaffee und ein Stück Kuchen, ließ beides jedoch unberührt stehen. Er schlenderte durch den kalten Tiergarten und sah den Enten beim Tauchen zu. Entfernt drang das Brummen der Großstadt zu ihm herüber. Irgendwann am frühen Nachmittag setzte er sich auf eine Parkbank, von der man bis zum Potsdamer Platz sehen konnte. Eine Zeit lang schaute er in den Himmel. Dann musste er weinen.

Bevor es dunkel wurde, suchte er Davids Villa in Potsdam auf. Er klingelte und wartete, bis Thea ihm öffnete. Sie bat ihn herein, und sie gingen ins Wohnzimmer. Aber Thea bot ihm keinen Platz an und auch nichts zu trinken.

»Wolltest du nicht abfahren, Flo? Was machst du noch hier?«

»Die Polizei hat mich heute befragt«, sagte er. »Es war widerlich.«

Thea musterte ihn ruhig, sagte aber nichts. Wie gestern am Telefon.

Flo strich sich über die Stirn. Jetzt! »Ich muss David

sehen«, sagte er. Er musste es hinter sich bringen! »Ich hab es mir noch mal überlegt. Ich will doch mit ihm arbeiten. Er hat gesagt, dass ich dir Bescheid geben soll.«

Thea hatte den Blick gesenkt.

»Am besten, er trifft mich gleich heute Abend um zehn in unserer alten Kneipe«, fuhr Florian fort. »Sag ihm das so, dann weiß er Bescheid.«

Sie reagierte nicht.

»Bleib ruhig hier, ich finde den Weg auch allein«, murmelte Flo und wandte sich zum Gehen. Er hatte gehofft, sie würde ihn noch zur Tür bringen. Aber das tat sie nicht. Sie blieb einfach im Wohnzimmer stehen, während er durch die Eingangshalle zur Haustür lief, sie aufzog und ins Freie trat.

41

»Sind Sie Florian?« Die Frau hinter der Theke hielt einen Telefonhörer in der Hand. »Ein gewisser David will sie sprechen.«

Flo stand auf, ging zum Tresen und nahm den Hörer. »David?«

Er hatte bereits gut zwanzig Minuten in der Kneipe gesessen und gewartet. Es war die Kneipe, in der sie schon als Studenten abends ihr Bier getrunken hatten, in der sie mit Walter gesessen hatten, in die sie gegangen waren, wenn sie nach der Arbeit am »Zyklop« noch etwas relaxen wollten, und die sich schräg gegenüber von dem Mietshaus befand, in dem sie sich zu Beginn ihres Berlin-Aufenthalts eine Wohnung geteilt hatten.

»Hör zu«, war Davids Stimme zu vernehmen. »In der Kneipe erkennt mich vielleicht jemand. Treffen wir uns woanders.«

»Okay.«

»Ich bin hier oben, gleich gegenüber. Weißt du noch? Auf dem Dach. Was hältst du davon, hier hochzukommen? Hier können wir in Ruhe reden.«

»Gut.«

»Die Tür unten ist offen. Die oben auch.« Und damit legte er auf.

Florian gab der Barfrau den Hörer zurück. Sollte er Riemschneider Bescheid geben? Aber der hatte ihm eingeschärft, sich nicht um die Polizei zu kümmern. Sie würden ihn nicht aus den Augen lassen und wüssten selbst am besten, was zu tun sei.

Florian verließ die Kneipe und überquerte die Straße. Wenn David etwas bemerkt hatte? Wenn da oben eine Falle lauerte? Er stieß die schwere Haustür seines alten Wohnhauses auf. Geradeaus ging es zum Hof und Hinterhaus, linker Hand führte eine Treppe in die oberen Stockwerke des Vorderhauses. Er begann, die Treppe nach oben zu steigen. Keine Spur von den Polizeikräften. Das musste man Riemschneider lassen, seine Männer arbeiteten absolut unauffällig.

Als er das Ende der Treppe erreicht hatte, ging sein Atem schwer. Er sah sich um. Vom letzten Treppenabsatz ging nur eine Tür ab. David hatte recht, sie war unverschlossen.

Flo zog sie auf. Dahinter befand sich eine Dachkammer. Schräge Decke, Holzbalken, ein paar alte Klappstühle an der Wand in der Ecke. Mitten in der Kammer führte eine Leiter bis zu einem Dachfenster, das in die schräge Decke eingelassen war. Das Fenster war hochgeklappt, kühler Wind wehte hindurch.

Flo kletterte die Leiter empor und steckte den Kopf durch das Fenster ins Freie. Unterhalb des Ausstiegs endete die Dachschräge und ging in eine geteerte Plattform über. Er kraxelte durch das Fenster auf die Plattform, richtete sich auf und sah sich um. Über ihm wölbte sich die Nacht. Florian hatte es immer geliebt, hier oben zu sein. Man hatte einen herrlichen Blick über die Stadt. Das Kreuzberg-Denkmal, die Hochhäuser der Leipziger Straße, im Hintergrund der Fernsehturm. Der Verkehr, das Hickhack und Gehetze schienen mit einem Mal wie entrückt. Sanft strich ihm der Wind ins Gesicht, während er sich auf dem Dach orientierte. Ein paar Antennen, schwarz geteerte Dachpappe, marode Schornsteine und Mauervorsprünge. Es hatte sich nichts verändert.

Vorsichtig lief er über das Dach des Vorderhauses zum Seitenflügel. Von David nichts zu sehen. Ihr Sitzplatz war immer auf dem Dach des Hinterhauses gewesen, das sich an den Seitenflügel anschloss. Da es ein Stockwerk niedriger war, konnte er nicht sehen, ob David sich schon an ihrem alten Platz aufhielt. Erst als er das Ende des Seitenflügels erreichte, erblickte er ihn. David saß auf einem Mauervorsprung, durch zwei Schornsteine vor den unliebsamen Blicken der Nachbarn aus den Seitenflügeln geschützt.

Er sah zu Florian hoch. »Was ist, willst du nicht runterkommen?«

Ein spöttisches Lächeln umspielte seine Mundwinkel. Trotzdem wirkte er angespannt. Flo wusste, dass er keine Zeit verlieren durfte. Es konnte jeden Augenblick losgehen.

»Riemschneider hat mir die Kamera gezeigt, die sie in Tschetschenien sichergestellt haben.«

Er sah, wie Davids Augen sich weiteten, und registrierte unterschwellig ein elektrisches Knistern. Im selben Augenblick wirbelte David herum. Eine kleine, birnenförmige Kapsel flog auf das Hinterhausdach, prallte von einem der Schornsteine ab und kollerte ihm zwischen die

Füße. Schon sprintete er los. Mit grellem Blitz und ohrenbetäubendem Knall detonierte die Kapsel.

Die Druckwelle traf Florian frontal. Er schlug die Hände vors Gesicht, taumelte und warf sich auf das Dach des Seitenflügels, um nicht vom Haus zu stürzen. Instinktiv rollte er sich zusammen und umklammerte die angezogenen Beine. Durch das Klingeln in seinen Ohren hindurch hörte er die Kommandorufe der Polizisten. Sie schienen aus dem Nichts gekommen zu sein.

Dann sah er ihn rennen. Überall war weißer Rauch, der sich im kalten Abendwind jedoch rasch verzog. David sprintete über das Dach des Hinterhauses zum Nachbargebäude. Mit einem gewaltigen Satz sprang er auf die Dachschräge, die beide Häuser trennte, krachte auf die Ziegel, rutschte einen halben Meter hinab, bis ein Brett, das dort für die Schornsteinfeger angebracht war, seinen Sturz bremste. Er fing sich, rannte auf dem Brett bis zu dem Flachdach, das an die Schräge grenzte, sprang darauf, drehte sich um und bückte sich nach dem Brett. Mit einem kräftigen Ruck riss er es aus der Verankerung. Lautlos segelte die zentnerschwere, massive Holzplanke in den Hinterhof, fünf Stockwerke in die Tiefe, bevor sie hart in die Mülltonnen und Fahrradständer krachte. Der Schrei eines Mieters vermischte sich mit den elektronisch verstärkten Rufen der Polizisten, die zwischen den Mauern widerhallten.

Flo blinzelte. Da sah er ihn wieder. David kletterte an den Stahlsprossen empor, die von dem Flachdach auf das höhergelegene Hauptdach des Nachbargebäudes führten. Gleichzeitig seilten die Polizisten einen Kollegen an, der ihm über die Dachschräge folgen sollte.

Schon hatte David das Hauptdach des Nachbarhauses erreicht. Flos Augen tränten vom Rauch. Aber er konnte es deutlich erkennen. David war stehen geblieben und hatte sich umgedreht. Seine Hand kam aus einer Manteltasche hervor, sie umklammerte eine Pistole. Ein Schuss durchschnitt die Nacht.

Stille.

Tack. Tack. Tack. Tack.

Viermal hatte er abgedrückt, dann rannte er weiter. Flo blickte zur Dachschräge. Der angeseilte Beamte war erstarrt, presste eine Hand in die Seite. David musste ihn getroffen haben. Jetzt verlor der Polizist den Halt, rutschte ab, ratterte die Dachschräge hinunter, knallte gegen das Schneegitter, riss es um, flog ins Leere.

Die Kollegen, die das Seil hielten, warfen sich auf den Boden. Einen Moment lang starrten alle wie gelähmt auf den Mann, der in die Tiefe sauste. Dann straffte sich das Seil mit einem Knall. Der Mann schrie auf. Aber das Seil hielt.

Flo riss sich hoch. Immer neue Polizisten kamen in schwerer Kampfausrüstung über das Dach des Seitenflügels gerannt. Sie trugen schwarze Waffen, und ihre Helme glänzten. »Bleiben Sie in Deckung«, herrschte einer ihn an, rannte weiter.

Aber Flo wollte nicht in Deckung bleiben. Er wollte sehen, was mit David geschah. Er hastete den Seitenflügel Richtung Vorderhaus, Richtung Straße. Flo kannte das Nachbarhaus, er wusste, dass es an einer Durchfahrt stand. Dass David in eine Sackgasse hineingerannt war. Es waren nur drei Meter bis zum nächsten Gebäude. Mehr nicht. Drei Meter. Aber an denen führte kein Weg vorbei.

Da sah er ihn wieder. David spurtete das Dach des Nachbarhauses entlang. Parallel zum Seitenflügel, auf dem sich Florian befand. Sein Mantel flog im Wind, der Widerschein starker Taschenlampen hatte ihn erfasst. Die Rufe der Polizisten hallten durchs Dunkel.

Dann krachte ein Schuss. Lauter als vorher. An Davids Schulter spritzte etwas auf. Er stolperte, fing sich, rannte weiter. Sie mussten ihn getroffen haben.

Flo erreichte das Vorderhaus, lief bis zur Dachkante, blieb vor dem Abgrund, der sich jäh vor ihm öffnete, stehen. Und sah zum Nachbarhaus. Dort rannte David, geduckt wie eine Katze.

Plötzlich wusste Flo, was er tat. David nahm Anlauf. Er wollte es versuchen, er wollte über die Durchfahrt hinwegspringen. Früher hatten sie oft darüber gesprochen, ob man es nicht doch schaffen könnte. Drei Meter seien doch nicht unmöglich. Man würde es nur aus einem einzigen Grund nicht versuchen. Aus Angst davor, hinunterzustürzen. Am Boden würde man so einen Abstand ohne Weiteres schaffen –

Da sprang David ab.

Seine Beine ruderten in Kreisbewegungen durch die Luft, als würde er die Pedale eines unsichtbaren Fahrrads treten. Die Arme hatte er nach hinten gerissen.

Flos Atem stand still.

Die ganze Stadt schien für einen Augenblick den Atem anzuhalten.

Es kam ihm so vor, als wende ihm David den Kopf zu. Als sehe er sein Gesicht, obwohl es doch dafür zu dunkel war –

Da sah er, wie viel noch fehlte. Wie weit David vom

Dach auf der anderen Seite noch entfernt war. Dass er es nicht schaffen würde.

Der Schrei, den David ausstieß, klang wie ein heiseres Stöhnen. Die Arme, die er eben noch kraftvoll ausgestreckt hatte, verkrampften sich plötzlich in einer verzweifelten Abwehrhaltung. Sein Oberkörper aber drehte sich weiter, langsam nach vorne, durch den Schwung des Absprungs in der Bewegung ...

Dann knallte er gegen die fensterlose Hauswand auf der anderen Seite. Der Aufprall war deutlich zu hören. Es schien, als versuche David, an der senkrechten Wand etwas zu fassen zu bekommen, etwas, das den mörderischen Sturz abbremsen könnte. Aber da war nichts, da war nur die senkrechte Wand. Und der Abgrund, der ihn wie ein mächtiger Staubsauger dem Boden entgegenriss. Vier, fünf Meter weit rutschte David an der Wand entlang nach unten, dann entfernte sich sein Körper noch einmal von der Mauer, drehte sich auf den Rücken, er begann mit den Armen zu rudern ... stürzte, stürzte, stürzte –

– und knallte im nächsten Augenblick hart auf den Bürgersteig.

Flo warf sich nach hinten. Um ein Haar wäre er hinterhergestürzt, wie magnetisch von Davids Aufschlag nach vorne gezogen. Er robbte zum Rand des Dachs, von dort konnte er ihn auf dem Bürgersteig liegen sehen. Flos Knie zitterten, und ihm war schwindlig. Aber er konnte den Blick nicht von dem Körper auf der Straße wenden, auf den jetzt entsetzte Passanten zuliefen.

Davids Mantel hatte sich unter ihm verdreht. Seine Beine und Arme lagen wie die einer Puppe übereinander.

Aufgeschlagen aber war er mit dem Kopf. Der Schädelknochen war aufgeknackt und eine dunkle Flüssigkeit aufs Pflaster gespritzt. Da rollte der Kopf herum, und Flo bekam die Augen zu sehen. Augen, in denen kein Weiß mehr war – die schwarz waren vom Blut, als wären die Pupillen über die Augäpfel gewuchert.

42

Die Luft war klar und kalt, der Himmel schien sich in seinem strahlenden Blau bis in die Stratosphäre hineinzuwölben.

Ein Taxi rollte die Straße entlang, rumpelte über die Bürgersteigkante und stoppte, keine hundert Meter von Davids Villa entfernt.

Auf dem Rücksitz des Wagens saß Flo. Er ließ das Fenster ein wenig herunter. Die kühle Luft tat ihm gut. Von hier aus konnte er den Eingang der Villa im Blick behalten. Dort herrschte ein ständiges Kommen und Gehen. Zivilbeamte schleppten kistenweise Material aus dem Haus zu einem Lieferwagen, der in der Einfahrt parkte.

Florian wartete. Er hatte keine Lust, aus dem Taxi zu steigen. Keine Lust, nachzudenken. Keine Lust, eine Entscheidung zu fällen. Er wollte einfach nur warten. Auf Thea.

Er hatte sich vorgenommen, sie abzupassen, wenn sie aus dem Haus kam. Er würde versuchen, ihr zu erklären, was gestern Nacht passiert war. Vielleicht würde sie ihn nicht verstehen. Vielleicht würde sie ihn nicht ausreden lassen. Aber er musste es versuchen.

Zäh floss die Zeit dahin. Erst Minuten. Dann Stunden. Die erste. Die zweite. Der Lieferwagen stand noch immer an seinem Platz vor der Tür. Beamte kamen jetzt nicht mehr aus dem Haus.

Flo schloss die Augen. Seine Gedanken kehrten zurück zur vergangenen Nacht. Wieder sah er die Bilder vor sich. Wie David bei dem Versuch, den Sturz doch noch zu bremsen, an der Wand abrutschte.

Sollte er Thea anrufen? Aber um ihr was zu sagen?

Da hörte er den Motor des Lieferwagens starten. Florian öffnete die Augen und blickte zur Villa. Gerade kamen Riemschneider und Thea aus dem Haus. Flo beobachtete, wie Riemschneider sich von Thea verabschiedete und in den Lieferwagen setzte. Wie der Wagen davonfuhr. Wie Thea allein die Straße in entgegengesetzter Richtung hinunterlief – aufrecht, vielleicht ein wenig zu aufrecht, wie um ihre Unsicherheit zu verbergen.

Er beugte sich zu dem Taxifahrer nach vorn und zahlte. Dann stieg er aus.

»Thea?«

Sie blieb stehen und sah sich um. Ihr Gesicht erschien ihm eine Spur hagerer als sonst, die Augen matt. Als sie ihn sah, zuckte sie unmerklich zusammen.

»Hast du einen Moment?«

Für einen Augenblick sah sie ihm in die Augen, dann wandte sie sich wieder nach vorn und setzte ihren Weg fort. Flo beschleunigte seine Schritte und holte sie ein.

»Ich … Thea, es … es tut mir leid.«

Was sonst sollte er sagen? Er warf ihr einen Blick zu. Sie lief weiter, das Gesicht undurchdringlich. Er meinte förmlich zu spüren, wie unangenehm er ihr war. Aber er wollte sie so nicht gehen lassen.

»Hast du das gewusst?«, fragte er. »Von dem Jungen? In ›Audience‹?«

Jetzt blieb sie doch stehen, mit hängenden Armen, eine Spur Gehetztheit im Blick. »Was willst du, Florian?«

»Der Junge – du hättest die Fotos sehen sollen. Riemschneider hat sie mir gezeigt. Ich hatte ›Audience‹ doch gesehen? Ich … ich versteh es nicht … wusstest du, dass David so was gemacht hat?«

Sie blickte ihm starr ins Gesicht, die Augen glanzlos, beinahe erloschen.

»Was hätte ich denn tun sollen?«, redete Flo auf sie ein. »Ich konnte doch nicht die Augen einfach davor verschließen. Es ist grausam. Es ist von einer unvorstellbaren Niedertracht.« Er holte Luft. »Aber es passte, verstehst du? Es passte zu dem, was David mir in Babelsberg erzählt hat. Er fand das wahrscheinlich in Ordnung, den armen Jungen zu quälen. Er hatte sich das ja so zurechtgelegt. Er glaubte zu wissen, was gut ist und was böse. Das gab ihm das Recht, den Jungen zu töten.« Sein Blick suchte in ihrem Gesicht Halt. »Wusstest du das, Thea?«

Aber sie antwortete ihm nicht. »Und da hast du ihn ans Messer geliefert«, sagte sie stattdessen.

»Ich musste doch etwas tun! Wie konntest du all die Jahre mit ihm zusammenleben und diese Dinge einfach geschehen lassen?« Er meinte wahrzunehmen, wie ein Hauch von Schmerz über ihr Gesicht huschte.

»Ich wusste das alles doch nicht«, flüsterte sie.

»Was wusstest du nicht? Was er für Filme macht? Dass er für sie tötet?«

Sie hatte den Blick gesenkt. »Ich hab es dir doch schon mal gesagt. Er hat nicht über alles mit mir gesprochen.«

»Nicht über alles?«

»Dass der Junge sterben musste? Das hätte er mir niemals gesagt.«

»Und Hannes?«

Sie schüttelte den Kopf, den Blick weiter gesenkt. »Ich ahnte, dass die Sachen, von denen er mir nichts erzählte, unschön sein würden ...«

»Unschön?«

»... aber ich wollte nichts davon wissen. Und ich hätte niemals gedacht, dass er so weit gehen würde.« Sie hob den Blick, die Stimme jetzt rau. »Ich habe es Riemschneider eben auch schon gesagt. Es ist Tegtmeyer, verstehst du, er hat David dazu getrieben –«

»Erzähl mir doch nichts«, unterbrach Florian sie. »Tegtmeyer hat vielleicht das Geld gegeben – aber David ging es nicht um das Geld. Es ging ihm um seinen eigenen Weg. *Er* hat sich das ausgedacht – er hat Tegtmeyer doch erst davon überzeugt. Was er mit den Clips erreichen wollte? Das war doch nicht Tegtmeyers Idee. Das war Davids Einfall! Er hat Tegtmeyer für seine Ideen benutzt – nicht umgekehrt!«

Sie schaute ihm in die Augen.

»Und dass er mich absichtlich nach Berlin hat holen lassen«, insistierte Florian. »Davon wusstest du auch nichts?«

»Nein.« Ihre Stimme war tonlos. »Denk, was du willst, Florian. Es ist mir egal.«

Sie wollte sich wieder abwenden, aber Flo hielt sie noch einmal zurück. »Und wozu, verdammt! Wozu er mich hier haben wollte – das kannst du mir auch nicht sagen?«

Mit einer kurzen, energischen Bewegung schüttelte sie

seine Hand ab, mit der er sie am Arm festgehalten hatte. »Ich hab dir alles gesagt, was ich weiß. David war mir keine Rechenschaft über seine Pläne schuldig.« Und dann zischte sie mit einer solchen Geringschätzung, dass ihm der Atem stockte: »Kann ich jetzt gehen?«

Verwirrt und beschämt senkte Flo den Blick zu Boden. Er hörte das Klackern ihrer Absätze, während sie sich entfernte. Es schnitt ihm in den Bauch. Aber es gab nichts mehr, womit er sie noch einmal hätte aufhalten können.

Zwei Stunden später saß er im Flugzeug. Die Maschine sollte noch vor Einbruch der Dunkelheit in Madrid-Barajas landen. Während sie zu ihrer Startposition rollte, begann es zu regnen.

Flo lehnte sich in seinem Sitz zurück und schnallte sich an. Dann zog er ein zerknittertes Foto aus der Innentasche seines Leinenjacketts. Es war die Aufnahme, die er aus seinen eingelagerten Kartons mitgenommen hatte.

Sie zeigte ihn zusammen mit David. Sie waren nicht älter als zwanzig. Ein Bild aus Berlin, im Hintergrund waren die typischen Altbaumietshäuser zu erkennen. Es sah nach Kreuzberg aus, Kreuzberg im Sommer. Sie standen nebeneinander, hatten einer dem anderen den Arm auf die Schulter gelegt und grinsten in die Kamera.

Glücklich – das war es, dachte Flo. Sie sahen glücklich aus.

In dem Moment brausten die Düsen des Flugzeugs auf, der Flughafen rollte an Flos Fenster vorbei – und die Maschine schoss in den nächtlichen Himmel über der Stadt.

43

Vier Monate später

Es war ein lauer Frühlingsabend. Florian hatte sich gerade ein Glas Weißwein eingeschenkt und nach dem Abendessen wieder an seinen Schreibtisch gesetzt. Er wollte den Abend nutzen, um seine Mail-Korrespondenz zu erledigen. Da stieß er noch einmal auf Davids Namen.

Seit er aus Berlin zurückgekehrt war, hatte er beschlossen, seinem Leben in Madrid noch eine Chance zu geben. Am Anfang war es besser gelaufen, als er zu hoffen gewagt hatte, doch lange hatte die Glückssträhne nicht angehalten. Inzwischen stand er mehr oder weniger wieder genau dort, wo er sich schon vor seinem Berlin-Trip befunden hatte. Er gab mehr Geld aus, als er verdiente, und sagte sich jeden Morgen, dass sich bald etwas ändern müsse, wenn er nicht in ein paar Monaten feststellen wollte, dass nun auch die letzte Reserve aufgebraucht war.

Es war eine Mail von Riemschneider, die ihn auf David brachte. Ihr Betreff war »Mosbach«, und sie war äußerst kurz. »Ich dachte, das könnte Sie interessieren«, lautete sie, »in der Anlage schicke ich Ihnen auch das Ergebnis unserer Untersuchung zu dem Video.« Darunter hatte der Polizist einen Link abgespeichert. Flo aktivierte die Verbindung.

Nachdem sich sein Browser aufgebaut hatte, wurde er zu einem Clip auf einer Videoplattform gebracht. Neugierig sah sich Florian die Angaben an, die auf der Site zu dem Clip standen, während der Film geladen wurde. Als er den Titel des Videos sah, zuckte er unwillkürlich zusammen. Der Titel war »Florian«! Und dann sah Flo, wer den Film gemacht hatte. David Mosbach. Natürlich! Mit einem Mal war er wie elektrisiert.

Ein Film von David, der »Florian« hieß? Hastig öffnete er eine Suchmaschine, gab »Mosbach« und »Florian« ein und erzielte zahlreiche Treffer. Der Film war auf mehreren Plattformen im Netz zu finden! Er klickte eine Filmdatenbank auf, dort fand er weitere Informationen. »Florian« sei Mosbachs letzter Film gewesen, stand dort. Viele Fans würden den Streifen für sein Hauptwerk halten, in dem er die für ihn typische Mischung aus Fakten und Fiktion auf die Spitze getrieben habe. Seit 2006 habe er an dem Film gearbeitet, unter dem Arbeitstitel »Tabu« habe der Streifen bereits in der Drehphase Schlagzeilen gemacht, weil die Produktion nach außen hin hermetisch abgeschottet worden war.

Flo schluckte. Dieser Clip war das, was aus »Tabu« geworden war? Der endgültige Titel war »Florian«?

Angespannt klickte er sich zurück zu der Videoplattform, auf die Riemschneider ihn hingewiesen hatte. Als der Cursor über dem Icon schwebte, über das man den Film streamen konnte, hielt er inne. Sollte er es vielleicht besser bleiben lassen? Aber während er noch darüber nachdachte, hatte sein Zeigefinger schon die Maus aktiviert – und der Film begann.

Als Flo die ersten Bilder sah, erkannte er sie sofort wieder. Es waren Bilder aus dem Stück, das David ihm unter dem Titel »Tabu« in Babelsberg vorgeführt hatte. Dieser Film hier, mit dem Titel »Florian«, begann mit dem heftigen Streit zwischen ihnen, der der Höhepunkt von »Tabu« gewesen war. Rücksichtslos stauchte der junge David den jungen Flo am Telefon zusammen. »Du und ich – das ist nicht das Gleiche! Du bist ein netter Kerl, aber deine Ideen sind Scheiße. Wir haben vielleicht gleich lange an dem Skript gearbeitet, aber das heißt nicht, dass wir gleich viel daraus gemacht haben!«

Man sah Florian, der von der ungebändigten Wut, vom Hass des Freundes wie erschlagen wirkte, der sich nicht wehren zu können schien, verschreckt, getroffen, enttäuscht davon, dass der andere ihn so geringschätzte.

Während Flo der Szene zusah, fiel ihm wieder ein, was er David nach der Vorführung in Babelsberg gesagt hatte. Dass der Film nicht funktioniere. Dass kein Zuschauer, der miterlebt hatte, wie David ihn anschrie, auch nur eine Sekunde lang von dem, was David sagte, überzeugt sein würde. Nein, David war nicht überzeugend – er war vielmehr abstoßend. Und genau das empfand Florian auch jetzt wieder, als er die Szene verfolgte.

Der Film lief weiter. Nach dem Streit – den Flo ja schon kannte – folgte eine Rückblende, die er zwar noch nicht gesehen hatte, die aber in eine Zeit führte, die ihm ebenfalls nur zu bekannt war. In eine Zeit, als sie noch bei ihren Eltern gewohnt hatten, in zwei Wohnungen übereinander, in dem Haus mit der Eckkneipe von Davids Vater.

Mit viel Liebe zum Detail und einem guten Auge für

das Zeitkolorit hatte David diese Rückblende inszeniert. Die beiden Jungen, die die Rollen von David und Florian übernommen hatten, machten ihre Sache ganz ausgezeichnet. Voller Begeisterung vertieften sie sich in ihr Kriegsspielzeug, voller Begeisterung begannen sie, das Kino für sich zu entdecken. Und immer wieder war es der junge David, der mit seinen überraschenden Ideen ihren Spielen neue Impulse verlieh. Wer war es, der als Erster seine Leidenschaft für den Film entdeckte? David. Wer kam auf die Idee, selbst Filme zu machen? David. Wer besorgte sich eine Filmkamera und drehte? David. Und wer folgte ihm in all diesen Schritten? Florian.

Die lange Rückblende mündete schließlich in den Streit um das Skript. Als man diese Auseinandersetzung nun jedoch zum zweiten Mal sah, verfolgte man sie mit ganz anderen Augen. Sicher, wie David Flo anschrie, das war nicht schön. Andererseits – so musste man als Zuschauer, so musste Flo als Zuschauer unwillkürlich denken –, ganz unrecht hatte David ja nicht. Florian war ihm über die Jahre hinweg immer gefolgt. Immer wieder hatte David ihn an seinen Ideen teilhaben lassen, immer wieder hatte er Florians Leben neue Impulse gegeben. Natürlich hatte auch Florian seinen Beitrag zu dieser Freundschaft geleistet. Nicht jedoch mit Ideen, die sie vorangebracht hätten. Eher dadurch, dass er einfach anwesend war, dadurch, dass er dem anderen eine Projektionsfläche bot, auf der der seine Einfälle prüfen konnte. Kein Wunder also, wenn David meinte, das Verdienst für das Skript, in das all seine Ideen eingeflossen waren, die er über die Jahre hinweg geformt, formuliert und perfektioniert hatte, läge vor allem bei ihm und nicht bei Florian, auch wenn der sich redlich bemüht hatte, dem anderen als Stichwortgeber zu dienen.

Und doch: Die Art und Weise, wie David seinen Freund, mit dem er all seine Bemühungen, Irrwege und Höhenflüge geteilt hatte, in diesem Streit abkanzelte, befremdete einen noch immer.

Doch damit war der Film nicht vorbei. Vielmehr machte er nach dem Streit einen gewaltigen Zeitsprung nach vorn. Als Flo das nächste Bild sah, verschlug es ihm beinahe den Atem. Da war er, er selbst, nicht irgendein Schauspieler, er selbst, wie er ankam am Flughafen Tegel, im letzten Winter, als er in Hölzemanns Auftrag nach Berlin gereist war. Er trug seinen dünnen Regenmantel und eilte durch das Flughafengebäude zum Ausgang. Man erkannte in ihm unwillkürlich den jungen Mann aus der Rückblende wieder, gealtert, sicher, aber doch unverwechselbar.

Sie mussten ihn bei seiner Ankunft gedreht haben! Natürlich! Die junge Frau, die ihn auf dem Flughafen angestarrt hatte. Sie war es gewesen, die die Aufnahmen gemacht hatte!

Als Nächstes sah man ihn das Sachs betreten, das Lokal, in dem er sich mit Walter getroffen hatte. Die Bildqualität war nicht besonders gut, aber sie waren deutlich zu erkennen. Offensichtlich hatte jemand sie durch das große Fenster des Restaurants hindurch gefilmt, ohne dass er etwas bemerkt hatte. Auch was sie besprochen hatten, war gut zu verstehen. Walter musste verkabelt gewesen sein und den Ton aufgezeichnet haben. Doch nicht das war es, was Florian vor allem auffiel, als er ihrem Gespräch jetzt zusah. Was ihm vor allem auffiel, war, wie freundlich, hilfsbereit und aufgeschlossen Walter in den

Aufnahmen wirkte. Ganz im Unterschied zu Flo selbst, der den anderen eher misstrauisch zu belauern schien.

Er erinnerte sich, dass es ihm bei ihrem Gespräch genau andersherum vorgekommen war, dass er Walter als jemanden empfunden hatte, vor dem man sich in Acht nehmen musste – während es in dem Film, den er jetzt sah, vielmehr so wirkte, als sei er, Flo, derjenige, der unangenehm war, der schamlos ausfragte und auch dann noch hartnäckig nachbohrte, als längst klar war, dass Walter versuchte, ihm auszuweichen.

Es folgte die Begegnung zwischen Florian und Thea in der Potsdamer Villa. Als er Thea jetzt in dem Film wiedersah, gab es ihm einen Stich. Er war sich sicher, dass sie nichts von den Aufnahmen wusste, die gemacht worden waren, während sie redeten. Es waren Aufnahmen, die zum Teil vom Garten aus durch die große Fensterfront hindurch geschossen worden waren, zum Teil von den verschiedenen Überwachungskameras stammten, die in der Villa installiert waren. Aus den unterschiedlichen Blickwinkeln ergab sich ein gutes Bild ihres Gespräches, und auch hier wieder fiel Florian auf, wie sehr seine Erinnerung abwich von dem, was er jetzt von dem Gespräch wiedersah.

Wenn man ihm in diesem Film zuschaute, musste man den Eindruck gewinnen, dass er sich schamlos an Davids Freundin heranmachte. Dass er ihre Trauer über das ungewisse Schicksal ihres Freundes regelrecht ausnutzte. Dass er sie verstohlen ansah, ihr sogar die Hand auf den Arm legte und nicht bemerkte, wie sie immer wieder versuchte, von ihm abzurücken.

Nicht anders wirkte die Begegnung zwischen Florian

und Hannes, die aus dem Café heraus mitgedreht worden war, von dem aus man eine gute Sicht auf den Garten hatte, in dem sie sich begegnet waren. Es war offensichtlich, dass Hannes Florian auf Abstand halten wollte, dass Flo aber nicht locker ließ, bis Hannes schließlich halb außer sich in den Geländewagen flüchtete, der auf der Straße vor dem Café auf ihn gewartet hatte. Und auch dann noch ließ Flo nicht locker, sondern rannte ihm nach, packte sogar den Türgriff des anfahrenden Wagens und hämmerte gegen die Scheibe!

Flo stoppte den Film, ging in die Küche und schenkte sich Weißwein nach. »Florian« hatte David den Film genannt. Tatsächlich war er die Hauptfigur in dem Stück. Aber um was ging es David darin? Fest stand für Flo jetzt jedenfalls, dass David ihn nur aus einem einzigen Grund nach Berlin gelockt hatte. Er wollte diesen Film drehen, den Florian gerade sah. David hatte »Tabu« von Anfang an nur als Vorarbeit für »Florian« geplant. Und dieser Film, »Florian«, war es auch, wohin der Weg führte, den er mit dem »Auge« zu beschreiten begonnen hatte. David hatte es ihm selbst gesagt. Er wollte mit seinem letzten Film nach dem »Metafilm« und den Doku-Clips etwas ganz Bestimmtes erreichen. Er wollte eine neue Moral propagieren. Mit diesem Film? Mit ihm, Florian, als Hauptfigur?

Flo nahm einen Schluck aus dem Glas, schenkte sich nochmals nach, kehrte an seinen Schreibtisch zurück und ließ den Film weiterlaufen.

Auch in seinem Hotelzimmer im Savoy war eine versteckte Kamera installiert gewesen. Natürlich. Das Zimmer hatte er über Hölzemanns Sekretärin bekommen, und dass Hölzemann und David unter einer Decke gesteckt hatten, wusste er ja bereits. Man sah, wie Flo »Das Auge« Bild für Bild am Fernseher durchging, wie er dem Interview mit David folgte, das er auf der DVD gefunden hatte. Man sah ihn mit Thea im Einstein sitzen, aufgenommen offenbar von einem anderen Gast, der für David arbeitete. Kurz darauf pöbelte er Walter vor der Galerie Tegtmeyer an, gedreht durch die Sichtschlitze in den Scheiben der Galerie. Und je länger man ihm zusah, desto mehr irritierte einen das Verhalten dieses Typen, der in Davids Leben herumschnüffelte, Davids Freunde vor den Kopf stieß, seine Freundin bedrängte und sich bei all dem selbst ein wenig gehenzulassen schien.

Als Nächstes sah man ihn aus einiger Entfernung mit Hannes durch die winterlichen Bäume im Wald spazieren. Was sie besprachen, war allerdings kaum zu verstehen. Offensichtlich war Hannes – ebenso wie Thea – bei den Aufnahmen nicht verkabelt gewesen. Und das Richtmikro, das Davids Leute benutzt hatten, hatte nur einen sehr schlechten Ton eingefangen. Doch immerhin gut genug, um den Eindruck zu erwecken, Florian würde Hannes weiterhin zusetzen, obwohl der ihn wiederholt darum bat, aus der ganzen Sache herausgelassen zu werden. Bis Hannes ihn plötzlich stehen ließ, in seinen Wagen sprang und losraste, aufgewühlt, gepeinigt und gequält von Florians Drängen und Bohren.

Nach einem Umschnitt sah man den Geländewagen die Straße herunterrasen, auf eine zweite Kamera zu, die sich in einem der parkenden Autos vor Hannes' Bungalow befunden haben musste. Man sah den Geländewagen halten, Hannes die Wagentür aufstoßen und kopflos auf die Straße laufen – auf der genau in diesem Augenblick ein Lieferwagen heransauste, dessen Fahrer offenbar nicht mehr rechtzeitig auf die Bremse treten konnte. Es knallte, Hannes wurde erfasst, durch die Luft geschleudert und krachte aufs Pflaster, während der Fahrer des Lieferwagens, dessen Gesicht man aus diesem Kamerawinkel nicht sehen konnte, offenbar in Panik Gas gab und in der nächsten Sekunde samt seinem Wagen aus dem Bildausschnitt verschwunden war.

Dann war Florian zu erkennen, der atemlos vor dem Bungalow ankam, die Umstehenden befragte und zu dem Haus ging. Auch in Hannes' Bungalow musste gefilmt worden sein, denn als Nächstes sah man Florian in das Haus kommen, sah, wie Hannes' Frau außer sich auf ihn zustürzte, wie sich die verzweifelte Wut der Witwe gegen ihn entlud, sie mit ihren kleinen Fäusten auf ihn eintrommelte und ihm nichts anderes einfiel, als sich fortzustehlen, bevor ihn die Nachbarn aufhalten konnten.

Dann sah man ihn wieder bei Thea sitzen, aufgenommen mit langer Brennweite vom Garten aus, von dem man gut in das hell erleuchtete Wohnzimmer hineinschauen konnte. Man sah ihn in Davids Arbeitszimmer herumschnüffeln, mit Thea Wein trinken, über Davids Ideen sprechen, mit Thea in den Garten heraustreten. Man sah die beiden auf das Dach des Pavillons steigen und über den See schauen, gedreht vom Wasser aus, von einem Boot aus, in dem man für einen Moment auch David erkennen konnte, der in diesem Boot saß, der zu ihnen hinüberblickte und kurz ins Bild kam, als er die Kamera schwenkte. David war also der Schatten gewesen, den er unter den Weiden am Ufer gesehen hatte, schoss es Flo durch den Kopf. Und er beobachtete, wie David ihn filmte, als er sich zu Thea hinunterbeugte und versuchte, sie zu küssen.

Im nächsten Bild saßen sie gemeinsam in der Bar des Savoy. David und Florian. Auch hier mussten die Bilder von einer Überwachungskamera stammen, die Flo nicht bemerkt hatte. Man sah, wie David versuchte, Flo für eine gemeinsame Arbeit zu gewinnen. Aber Florian begegnete ihm zögerlich, er schien nur seinen Termin mit Riemschneider am nächsten Morgen im Kopf zu haben. Er wirkte misstrauisch, reserviert, undurchschaubar, während David sich bemühte, ihm klarzumachen, dass er nicht alles glauben dürfe, was die Polizei ihm erzählte. Aber man hatte das Gefühl, als spräche er gegen eine Wand.

Es folgten Bilder, die Florian im Babelsberger Schneideraum zeigten, wie er sich »Tabu« anschaute, unter anderem den Streit, den David nachgestellt hatte. Und als man nun zum dritten Mal diesen Streit mitbekam, hatte er endgültig seine Schärfe eingebüßt. Jetzt wirkte es nicht mehr, als schütte ein unberechenbarer David seinen Hass über den wehrlosen Flo aus. Jetzt wirkte es, als müsste David zum Äußersten gehen, um sich davor zu schützen, dass sein Freund Flo ihn restlos ausnahm.

Mit großer Geduld versuchte David in dem Gespräch – das sie nach der Vorführung des Films in der Teeküche geführt hatten und von dem Flo inzwischen ja wusste, dass es aufgezeichnet worden war – sein Verhalten bei dem Streit zu verteidigen. Aber Florian wollte nichts davon wissen. Beleidigt und empört beschwerte er sich, wie David es damals wagen konnte, ihn bei der Arbeit an dem Drehbuch nicht als gleichberechtigten Autor anzuerkennen. Flo wollte auch nichts davon wissen, dass das eine alte Geschichte sei, dass es David inzwischen um etwas ganz anderes gehe. Im Gegenteil: dass David den Streit in seinem Film noch einmal hatte aufleben lassen, verbitterte ihn offenbar nur noch mehr. Und so ließ er ihn mit dem Verdikt, dass der Film nicht funktioniere, schließlich stehen.

Im nächsten Bild sah man Florian über die Oranienburger Straße wanken, aufgenommen von einem vorbeifahrenden Auto aus. Es war deutlich zu erkennen, dass er sternhagelvoll war und sich kaum auf den Beinen halten konnte. Dann sah man ihn auf der Bank am Spreeufer schlafen, die Kamera diesmal dicht dran an seinem Gesicht, unter dessen Lidern die Pupillen zuckten. Dass jemand ihn auf der Bank schlafend gefilmt hatte, hatte er natürlich nicht bemerkt.

Mit seinem Besuch bei Thea am nächsten Tag ging der Film weiter. Flo wirkte unaufrichtig, berechnend, verlogen. Hatte er nicht am Vortag noch David vorgeworfen, überheblich und selbstherrlich zu sein? Und jetzt? Jetzt bat er Thea, David auszurichten, dass er ihn treffen, dass er mit ihm arbeiten wolle. Wieso? Wieso ausgerechnet jetzt, wo er doch offensichtlich überhaupt nicht klarkam mit dem, was David machte und was er sagte?

Was Florian mit seinem Besuch bei Thea bezweckt hatte, wurde in der nächsten Szene allerdings schlagartig klar. Man sah ihn, wie er sich der Kneipe näherte, die er

Thea als Treffpunkt mit David genannt hatte. Eine Schrift wurde eingeblendet: »Material der Kripo Berlin – Dokumentationstrupp«. Die Kamera schwenkte, und es war zu erkennen, dass sich mehrere Polizisten in voller Kampfausrüstung unweit der Kneipe positioniert hatten.

Irritiert stoppte Florian den Film. Bei diesem Polizeieinsatz war David ums Leben gekommen. Er konnte den Film »Florian« also nicht *selbst* fertiggestellt haben. Wer aber hatte es dann gemacht? Hatte er seinen eigenen Tod mit *eingeplant* für den Film? Und Anweisungen hinterlassen, wie der Tod in den Film eingebaut werden musste?

Er erinnerte sich, dass Riemschneider in seiner Mail ein Dokument mitgeschickt hatte, in dem die Ermittlungen zu dem Film zusammengefasst waren. Mit zwei Klicks hatte Flo das Dokument in der Anlage der Mail geöffnet. Gebannt überflog er die Zeilen, in denen der zuständige Beamte vom LKA seine Ermittlungsergebnisse dargelegt hatte.

»… handelt es sich zweifelsfrei um eine Collage aus verschiedenen Formaten: Aufnahmen, die mit kleinen Digitalkameras gemacht wurden, auf Video umkopierte Filmaufnahmen, Bilder, die von Überwachungskameras stammen, sowie Material, das eindeutig vom Dok-Trupp der Kollegen vom SEK gefertigt wurde. Das gesammelte Material ist auf einem Online-Schnittplatz auf ein gemeinsames Format umgespielt und zusammengefügt worden.

Da der Schnitt professionell durchgeführt wurde, sind die in Berlin ansässigen Cutter systematisch befragt worden. Der verantwortliche Schnittmeister konnte ausfindig gemacht werden. Seine Vernehmung hat die Gerüchte, die in einschlägigen Netz-Foren im Umlauf sind, bestätigt: Mosbach muss vor seinem Tod eindeutige Aufzeichnungen darüber angefertigt haben, wie der Film fertigzustellen sei. Dem Cutter wurden fast neunzig Prozent des Films bereits fertig zusammengeschnitten angeliefert. Außerdem bekam er detaillierte Anweisungen von Mosbach, wie er die Bilder von dessen Tod in das übrige Material einzufügen habe.

Der Cutter konnte glaubhaft versichern, dass er keinerlei Kontakt zu Mosbach hatte, auch nie zuvor mit ihm gearbeitet hatte. Das Honorar, das ihm auf sein Konto überwiesen wurde, konnte jedoch zu einem Unternehmen zurückverfolgt werden, an dem unter anderen auch Robert Tegtmeyer beteiligt ist.

Tegtmeyer ist durch den Boom des Berliner Kunstmarkts in den achtziger Jahren zu Geld gekommen und hatte bereits 1996 bei der Produktion ›Das Corps‹ mit Mosbach zusammengearbeitet. Es ist davon auszugehen, dass er die Kosten für die Postproduktion von ›Florian‹ getragen hat. Völlig unklar ist allerdings, warum er diese Finanzierung übernommen hat, da der Film auf mehreren Videoplattformen für einen unentgeltlichen Konsum eingestellt worden ist.

Befragt werden konnte Tegtmeyer dazu nicht mehr. Bei der Fahndung nach seiner Person stellte sich heraus, dass er bereits am Tag nach Mosbachs Tod Deutschland verlassen hat. Beamte brachen seine Wohnung in Berlin-Mitte auf: Sie war geräumt. Der Aufenthaltsort von Herrn Tegtmeyer ist unbekannt. Um seine Galerie in der Linienstraße kümmert sich Rechtsanwalt Walter Kunert.

Nach Tegtmeyer befragt, gab Kunert sich überrascht, dass er nicht mehr in Berlin sei. Herr Tegtmeyer habe ihn über seine Pläne nicht in Kenntnis gesetzt. Welche Absicht Tegtmeyer mit der Finanzierung des ›Florian‹-Films verfolgt haben könnte, wusste Kunert nicht.«

Damit endete der Bericht. Flo schloss das Dokument wieder und klickte sich zurück zum Film, der noch immer in dem Moment eingefroren war, als das SEK die Kneipe observierte, in der Flo sich mit David verabredet hatte.

Tegtmeyer, Walter, David, Hölzemann – wer steckte noch alles mit drin?, dachte er. Das waren die Leute, die David gemeint hatte, als er von »uns« gesprochen hatte. Er hatte ihn zu einem von ihnen machen wollen. Zu einem von den Leuten, deren Verbindungen weit genug reichten, um an das Filmmaterial des Dok-Trupps vom SEK zu kommen oder an das Überwachungsmaterial eines chinesischen Bergwerks oder an das Material des »Doc-Clips«, des »Cop-Clips« und wie sie alle hießen. Leute, die einflussreich genug waren, um auch diesen Film hier zu produzieren. Aber warum? Warum taten sie das?

Nachdenklich aktivierte Florian den Play-Button und ließ den Film weiterlaufen.

Es folgten verwackelte Bilder, die der Polizeikameramann im Laufen aufgezeichnet haben musste. Auf der Tonspur war die metallisch klingende Stimme des Truppführers zu vernehmen, der via Headset mit seinen Männern kommunizierte. Sie müssten umdisponieren, Mosbach wollte Baumgartner auf dem Dach treffen, hörte man ihn sagen. Mit einem Tritt wurde die Tür zum Vorderhaus rechts neben dem, in dem Flo verschwunden war, aufgestoßen. Die Beamten hasteten die Treppe hoch. Die Luke zum Dach war verschlossen, Sekunden später aufgebrochen.

Wie Katzen huschten die Polizisten ins Freie, dicht gefolgt von ihrem Kameramann. Hinter Mauervorsprünge geduckt, arbeiteten sie sich zum Hinterhaus vor. Jetzt sah man ihn. David saß hinter den Schornsteinen des benachbarten Hauses. Gerade kam Florian über den Seitenflügel auf ihn zu. David erhob sich, Flo blieb stehen. Im selben Moment kam über Headset der Befehl: »Zugriff!«

Ein Beamter zuckte hinter einem Dachaufbau hervor, warf etwas in Davids Richtung. Ein Blitz flammte auf, ein Donnerschlag zerriss die Ruhe. Man sah Flo, wie er sich auf das Dach des Seitenflügels warf, gleichzeitig begann David zu sprinten, weg von dort, wo die Rauchbombe hergekommen war.

Im nächsten Augenblick hatte der weiße Rauch alles vernebelt. Vorsichtig hastete der Kameramann durch die dicken Schwaden dem Flüchtenden über das Hinterhausdach nach. Da sah man ihn wieder. David hatte eben das Flachdach erreicht, drehte sich um, riss das massive Brett aus der Verankerung und stieß es in die Tiefe. Der Kameramann stabilisierte das Bild, zoomte heran. Immer näher, näher heran an Davids Gesicht, das zum ersten Mal richtig zu erkennen war.

Als Flo es jetzt im Film sah, erschrak er. Denn in dieses Gesicht, das sich einen gewissen Ausdruck der Überheblichkeit immer bewahrt hatte, war ein neuer Zug getreten. Das Antlitz der Angst. Nackter Angst. Der Angst des gehetzten Tiers. David war in die Ecke getrieben, und es war ihm deutlich anzusehen, dass er das wusste. Dass er wusste, dass es das Ende war, dass er nicht mehr lebendig davonkommen würde. Jetzt sah man nicht mehr den wütenden, ironischen oder selbstherrlichen Mann vor sich, sondern die verletzliche, empfindliche und verzweifelte Kreatur, die sich an ihr Leben klammerte, weil sie spürte, dass es kurz davor stand, zu verlöschen.

Dann raste er weiter, die Sprossen empor und über das Dach des Nachbarhauses. Die Bewegung verlangsamte sich, wurde zur Zeitlupe, man sah ihn rennen, so schnell er konnte, aber durch die Zeitlupe wirkte es, als steckten seine Füße in Betongewichten. Die Zipfel seines Mantels flatterten hinter ihm her, schwerfällig sackten seine Gesichtszüge nach unten, nach oben, übergenau von der extremen Zeitlupe registriert.

Es war Davids Lauf in den Tod. Man hörte das dumpfe Grollen eines in Zeitlupe abgespielten Schussgeräuschs, gleichzeitig sah man etwas an seiner Schulter aufspritzen, er schien zu stolpern, zu fallen, aber er fing sich und rannte weiter.

Erst jetzt sah man, wohin. Auf den Abgrund zu, auf die Lücke zwischen den Häusern. Im Ton war der Truppführer zu hören, der seine Männer anwies, Mosbach den Rückzug abzuschneiden, gleichzeitig schienen Davids Schritte immer länger zu werden, immer ausgreifender, als hole er noch einmal Schwung, dabei war es nicht zu schaffen – von der Position des Kameramanns aus schien man es deutlich sehen zu können, niemand war in der Lage, diese Lücke zwischen den Häusern zu überspringen.

Da riss er schon sein Bein in die Luft, noch klebte das andere auf dem Häuserdach, dann zog er es nach, zog es an, streckte die Arme nach oben, um seinem Satz den größtmöglichen Schwung zu verleihen, segelte durch die Luft, ruderte mit den Beinen in Kreisbewegungen, als würde er die Pedale eines unsichtbaren Fahrrads treten …

War es möglich? War es möglich, dass er es doch noch schaffte, dass er das gegenüberliegende Dach erreichte?

Im selben Augenblick prallte David gegen die senkrechte Wand – ein Knall, dumpf durch die Zeitlupe verzogen –, man sah, wie er mit den Händen verzweifelt versuchte, an der Mauer Halt zu finden, wie er hinabrutschte, sich noch einmal drehte, nicht vermeiden konnte, dass sein Kopf nach unten zeigte, wie die Füße in die Luft stießen, sein Körper sich von der Mauer entfernte, wie er stürzte, stürzte, als hätte sich der Boden aufgetan, und er würde im unendlichen Fallen dem Aufprall entkommen …

Da krachte der Schädel aufs Pflaster, es knackte, spritzte, die Beine brachen über dem schlagartig den inneren Halt verlierenden Leib zusammen, er rollte ab – und blieb liegen.

Der Schädel aufgeplatzt, der Mantel verdreht, die Glieder wie die einer Puppe. Noch einmal zoomte der Kameramann heran an diesen Kopf, heran an die Augen, deren Lider weit aufgerissen waren, das Weiß darunter blutschwarz getränkt.

Dann fror das Bild ein.

44

Fassungslos starrte Flo auf den Bildschirm in Davids Gesicht. Das Gesicht einer Leiche. Grau. Wächsern. Und stumpf. Ein Gesicht, das er gekannt hatte wie kein zweites. Wie ein glühendes Eisen durchbohrte ihn jetzt wieder das Bewusstsein, dass *er* derjenige gewesen war, der David verraten hatte, dass er schuld daran war, dass David dort lag. In dem Moment versank das Bild im Schwarz.

Wie betäubt blieb Florian vor seinem Computer sitzen. Das also war der fertige Film, um den es David gegangen war. Jetzt, wo er ihn ganz gesehen hatte, begriff er zum ersten Mal, was David gemacht hatte. Er hatte ihn getäuscht. Benutzt. Gesteuert. Er hatte es darauf *angelegt*, dass Flo ihn verriet! Und zwar aus dem einzigen Grund, der ihm jemals etwas bedeutet hatte: um einen Film fertigzustellen, genau so, wie er es geplant hatte! Um seinen Zuschauer genau das empfinden zu lassen, was er sich für ihn ausgedacht hatte.

Flo musste es zugeben. So, wie David ihn zu Ende geführt hatte, funktionierte der Film. Genau das, was Florian an »Tabu« bemängelt hatte – dass man als Zuschauer David nicht ausstehen konnte –, genau das war im »Florian«-Film nicht mehr der Fall. Im Gegenteil. Hier ergriff man Partei für den Verratenen, auch wenn er zunächst einen Standpunkt eingenommen hatte, der einem instinktiv widerstrebte. Man sah, wie er dafür kämpfte, man sah, wie er für seinen Standpunkt gejagt und letztlich getötet wurde. Und das nahm einen für ihn ein. Wie auf Befehl änderte sich dadurch das Urteil, das man sich als Zuschauer gebildet hatte. Hier hasste man David nicht mehr, hier liebte man ihn – und hasste Flo, weil er den Freund verraten hatte.

Flos Blick wanderte zum Fenster, vor dem die ersten Strahlen der Morgendämmerung die Nacht zu vertreiben begannen.

Erst jetzt, als er darüber nachdachte, fiel ihm auf, dass in dem Film sein ganzer Berlin-Aufenthalt getreu begleitet worden war. Nur ein Detail fehlte. Der wahre Grund, warum er David verraten hatte! In dem »Florian«-Film schien es, als habe er seinen Freund ans Messer geliefert, weil er in seiner Eitelkeit gekränkt worden war. Weil er es nicht ertrug, dass David ihm ins Gesicht gesagt hatte, dass er besser war. In Wahrheit aber hatte Florian es getan, weil David den Jungen in seinem »Audience«-Projekt hatte töten lassen!

Er starrte aus dem Fenster. Da stimmte doch etwas nicht! Hastig klickte er den Bildschirmschoner weg, der sich auf den Monitor gelegt hatte, und den Browser, in dem der Film gelaufen war. Darunter kam Riemschneiders Mail zum Vorschein. An ihrem Ende waren die Telefonnummern des Beamten verzeichnet. Im LKA. Und mobil. Wahrscheinlich würde er ihn wecken, aber das war Flo jetzt egal. Er wählte die Handynummer.

»Riemschneider.« Die Stimme des Beamten klang heiser und verschnupft.

Flo machte es kurz. Es ging ihm um Hannes.

»Sie sagten, Hannes Marin hätte Ihnen den Tipp gegeben, der Sie zu der Kamera vom ›Audience‹-Film geführt hat.«

Durch die Leitung hörte er, wie Riemschneider sich eine Zigarette anzündete. »Und?«

»Gibt es dazu was Neues?«

»Wie kommen Sie darauf?«

»Nur so eine Idee.«

»Es ist erstaunlich, dass Sie das fragen. Ja, es gibt tatsächlich was Neues. Wir sind noch mal die Sachen durchgegangen, die wir im Haus des Kameramanns beschlagnahmt hatten. Dabei hat sich gezeigt, dass Marin nicht selbstständig gehandelt hat, als er uns den Tipp gegeben hat.«

Flo atmete aus. »Nicht?«

»Nein. Im Gegenteil. Er hat in Mosbachs Auftrag gehandelt.«

Flo nickte. Natürlich. Es musste so gewesen sein. Wenn David *wollte,* dass Flo ihn verriet, musste er auch derjenige gewesen sein, der die Polizei auf seine Spur brachte.

Da sprach Riemschneider schon weiter. »Und wir haben noch etwas gefunden. Die Belege, die Marin uns besorgt hat, passten nicht zusammen.«

»Zusammen womit?«

»Sie müssen das verstehen, Baumgartner. Es ging alles sehr schnell. Wir hatten keine Zeit, die Spuren eingehend zu prüfen. Und ich wusste, dass ich Sie unter Druck setzen musste, wenn ich an Mosbach herankommen wollte.«

»Der Junge aus dem ›Audience‹-Film?«

»Er ist nicht tot.«

Flo schluckte.

»Die Aufnahmen der Wasserleiche waren sogar schon ziemlich alt«, fuhr Riemschneider fort. »Die stammten aus dem Jahr 2005, von einem Fall, der längst abgeschlossen war und nichts mit Mosbach zu tun hatte. Aber das haben wir erst Wochen nach Mosbachs Tod endgültig feststellen können. Keine Ahnung, wie Marin an die Aufnahmen herangekommen ist. Jedenfalls waren wir aufgrund der Fotos davon überzeugt, dass der Junge, den man in dem ›Audience‹-Film sieht, bei den Dreharbeiten zu Tode gekommen wäre. Aber das stimmte nicht. Der Junge lebt.«

Plötzlich schien sich alles um Flo herum zu drehen.

»Soll das heißen, Marin ist von David beauftragt worden, getürkte Beweise gegen ihn vorzulegen?«, stieß er hervor.

»Fragen Sie mich nicht, was Mosbach damit bezweckt hat. Fest steht, dass er Marin in der Hand hatte. Auch wenn der ›Audience‹-Film kein echter Snuff ist – Mosbach und Marin haben zusammen Filme gemacht, die nicht nur in ihrer Brutalität und Blutrünstigkeit weit über das hinausgehen, was bei uns erlaubt ist, sondern bei deren Produktion auch schwere Verbrechen begangen worden sind. Soweit wir bisher wissen, sind zwar keine Menschen zu Tode gekommen. Vor echten Verletzungen, vor Tierquälerei, auch vor einer Vergewaltigung sind sie jedoch nicht zurückgeschreckt.«

»Deshalb hat Marin die gefälschten Belege abgeliefert. Er hatte Angst, dass David ihn auffliegen lässt.«

»Sieht so aus. Aber dann ist ihm die Sache wohl doch zu heiß geworden – und er wollte aussteigen. Das hat er nicht überlebt.«

Flo fühlte, wie ihm die Wut in den Kopf stieg. »Was

heißt denn das, Riemschneider? Wie können Sie sicher sein, dass Herr Marin nicht doch einem Autounfall zum Opfer gefallen ist? Haben Sie stichhaltige Beweise für diese Anschuldigungen?«

»Wir haben den Mann, der den Lieferwagen gefahren hat.«

»Und?«

»Er hält dicht. Aber er ist einschlägig vorbestraft. Manch einer wird sagen: ein armer Teufel. So arm, dass er für ein paar tausend Euro bereit ist, einen wildfremden Menschen über den Haufen zu fahren.«

»Das können Sie doch gar nicht beweisen!«

»Wir sind dabei, die fehlenden Puzzleteile zusammenzufügen. Noch sind wir nicht so weit – aber das ist nur eine Frage der Zeit. Wie wurde er beauftragt, was ist mit seinem Honorar, wo hatte er den Wagen her? Das sind eine Menge Spuren. Wir arbeiten eine nach der anderen ab.«

Flo nickte. Also doch. David war in Hannes' Tod verwickelt. Einen Moment lang hörte er nur das Rauschen in der Leitung.

Dann ertönte Riemschneiders Stimme wieder. »Nur an einen kommen wir wohl nicht mehr ran.«

»An Tegtmeyer.«

»Er hat sich ins Ausland abgesetzt. Wahrscheinlich nach Thailand.«

Flo sah den Mann vor sich. Die kleinen, stechenden Augen, das spitze Gesicht.

»Dabei verstehe ich eines nicht«, sprach Riemschneider weiter. »Tegtmeyer war ganz versessen auf Mosbachs Filme. Er bekam Formen von Gewalt und Sex zu sehen, die ihm sonst keiner bieten konnte. Er war bereit, viel

Geld dafür zu bezahlen. Aber der ›Florian‹-Film? Seine Gier nach abartigen Szenen kann er damit doch nicht befriedigt haben. Warum hat er ihn dann finanziert? Wirklich um Geld damit zu verdienen? Ursprünglich sollte der Film ja groß im Kino rauskommen. Unter dem Titel ›Tabu‹ war er sogar schon beworben worden. Als jedoch bekannt wurde, dass ein echter Tod, Mosbachs Tod, darin zu sehen sein würde, wurde die Genehmigung für den Vertrieb wieder entzogen.«

Das wird Tegtmeyer und David kaum überrascht haben, dachte Flo. Wahrscheinlich wollten sie mit der Werbung für »Tabu« nur die Aufmerksamkeit der Leute auf den »Florian«-Film lenken.

»Trotzdem: Ich kann mir nicht vorstellen, dass Tegtmeyer diesen Film finanziert hat, um Geld damit zu machen«, hörte er Riemschneider sagen. »Warum aber dann?«

Ohne zu antworten, legte Flo auf. Ihn schwindelte, und er barg sein Gesicht in den Händen. Ja, er wusste, warum Tegtmeyer den Film bezahlt hatte und was David mit seinem letzten Film erreichen wollte. Der »Florian«-Film funktionierte genau so, wie David sich das gedacht hatte. Wie David es ihm in Babelsberg angekündigt hatte. Und er hatte zwei Leben gekostet. Davids und Hannes'.

Wieder sah Florian das Gesicht von Hannes' Töchterchen vor sich. Wie es ihm nachschaute, als er sich auf der Straße noch einmal zu dem Haus umgedreht hatte. Dann sah er David vor sich, der in den Tod stürzte, so, wie der Film es gezeigt hatte – verraten und hintergangen von seinem Freund. Wer das sah, für den musste es feststehen: Man hatte sich getäuscht. Nicht David war der Täter und

Florian das Opfer. Sondern Florian war der Täter und David das Opfer. Dabei war es in Wahrheit genau andersherum. Das zu verschleiern war David perfekt gelungen. Bei ihm war der Gute der Böse und der Böse der Gute.

Es war ihm gelungen, seine Zuschauer für eine neue, eine furchteinflößende Moral einzunehmen. Und genau diese Moral war es, an der auch Tegtmeyer gelegen war. Sonst hätte er niemals dafür gesorgt, dass Davids Film fertiggestellt werden konnte. David war tot. Tegtmeyer aber nicht. Und er würde darauf achten, dass Davids Film die Köpfe der Leute weiter verseuchte.

Flo lehnte sich zurück. Er fühlte sich wie zerschlagen. David hatte ihn für seine Ideen missbraucht. Hasste er ihn deshalb? Verachtete er ihn? Nein. Er konnte es nicht. Er hatte ihn immer wie einen Bruder geliebt. Das würde sich nach Davids Tod nicht ändern. Wenn er jemanden verachtete, dann sich selbst. Denn er hatte mit seinem Leben nicht mehr angefangen, als sich von einem anderen ausschlachten zu lassen. Für dessen Ideen, die ihn tief hineingeführt hatten in ein todkrankes Labyrinth voller Entsetzen und Angst.

Lange blieb Florian an seinem Schreibtisch sitzen, bevor er endlich die Hände von seinem Gesicht löste. Vor seinem Fenster war die Stadt längst zum Leben erwacht.

Er stand auf.

Ein neuer Tag hatte begonnen.

Aber ihm war, als würde das Leben ohne ihn weitergehen.

ENDE

Filmografie David Mosbach

1988 »Das Auge«
Super8, schwarzweiß, Eigenproduktion, als DVD in ausgewählten Videotheken erhältlich

1992 »Der Zyklop«
nur Drehbuch

1996 »Das Corps«
16mm, Abschlussfilm Filmakademie, Spezialpreis der Jury Cannes 1997, Silberner Bär Berlinale 1997, zerstört

1998 »Tokio-Candy«
Betacam, TV-Dokumentation für öffentlich-rechtliche Anstalt, unter Verschluss

Seit 2002 »Individualfilme«
Sonderanfertigungen für Privatkunden, 5 bis 25 Minuten, diverse Formate, kein öffentlicher Vertrieb

2004 »Metafilm«
35mm Breitwand, deutsch-amerikanische Koproduktion, unvollendet

2006 Doku-Clips
»Doc-Clip«, »Cop-Clip«, »Dig-Clip« u.a.; als Videostreams auf diversen Plattformen im Internet

2007 »Audience«
Urheberschaft umstritten; DigiBeta, je nach Screening individuell geschnitten

2008 »Tabu« (Arbeitstitel)
122 Minuten, 35mm, miniDV, DigiBeta und andere Formate

Kurt Aurin

GEMEINSAM SCHULE MACHEN

Schüler, Lehrer, Eltern – ist Konsens möglich?

Klett-Cotta

Klett-Cotta

Printed in Germany
Schutzumschlag: Klett-Cotta-Design
Gesetzt aus der 10 Punkt Bembo von
Steffen Hahn GmbH, Kornwestheim
Auf säure- und holzfreiem Werkdruckpapier gedruckt und
gebunden von Söderström, Finnland

Die Deutsche Bibliothek – CIP-Einheitsaufnahme
Aurin, Kurt:
Gemeinsam Schule machen: Schüler, Lehrer, Eltern –
ist Konsens möglich?/Kurt Aurin. –
Stuttgart: Klett-Cotta, 1994
ISBN 3-608-91655-5

Inhalt

Vorwort

Vorliegendes Buch hätte ohne einen entsprechenden durch Forschung gesicherten Erfahrungshintergrund nicht geschrieben werden können. Es verdankt sein Zustandekommen mehreren glücklichen Umständen.

Die Ermittlung der Vorstellungen, die Lehrerinnen und Lehrer, Eltern und Schüler über Schule und ihre zentralen Gestaltungsbereiche haben, sowie der Konsens darüber war nur durch ihre konstruktive Mitarbeit möglich. Sie hätte aber auch nicht ohne die Unterstützung von Schulleitungen, Vorsitzenden der Elternbeiräte und Schülervertretungen realisiert werden können. Ihnen allen sei auch auf diesem Wege noch einmal ausdrücklich dafür gedankt, daß sie sich spontan zur Teilnahme an der Untersuchung bereit fanden, für die verschiedenen Erhebungen Interesse und die notwendige Zeit aufbrachten und auch noch für ergänzende Gespräche zur Verfügung standen.

Ebenso konnte die Erfahrungsgrundlage dieser Publikation nur durch die Mitwirkung engagierter wissenschaftlicher Mitarbeiter und deren Unterstützung durch wissenschaftliche Hilfskräfte erarbeitet werden. Ihnen allen wie auch den Wissenschaftlern, die die Untersuchung zum Konsens und zur Kooperation in Schulen durch ihren Rat förderten, sei hiermit gedankt. Besonderer Dank gilt dabei den Mitarbeitern, die die Verantwortung für einzelne Teilprojekte hatten: Cornelia Hösl-Kulike, Gabriele Jerger, Martina Maurer, Veronika Nölle, Ursula Reck-Hog und Thomas Eckert. Daß die Untersuchung durchgeführt werden konnte, danken wir der finanziellen Förderung durch die Deutsche Forschungsgemeinschaft (Bonn-Bad Godesberg).

Der Förderung der Qualität von Schulen und damit insbesondere der pädagogischen Ausrichtung und Gestaltung der einzelnen Schule wird gegenwärtig erhöhte Aufmerksamkeit zugewandt. Der Autor wurde sowohl von seinen Fachkollegen als auch von Fachleuten der Schulverwaltung und von Schulpraktikern dazu angeregt und ermutigt, das Thema der gemeinsamen Gestaltung einer Schule, des dazu unumgänglichen Konsenses und der für sein Zustandekommen förderlichen Voraussetzungen darzustellen und auf die hierbei bestehenden Probleme einzugehen. Der Verfasser versucht, nicht nur theoretische Klärung, sondern auch konkrete Hilfen und Anregungen zu geben.

Nicht zuletzt dankt der Verfasser seiner Frau, die mit viel Verständnis das Werden auch der vorliegenden Publikation begleitete.

Freiburg/Müllheim i. Br., Februar 1994 Kurt Aurin

1 Konsens in pluralen Gesellschaften

Allgemeine Problematik

In unserer plural ausgerichteten demokratischen Gesellschaft finden Tag für Tag Auseinandersetzungen über Probleme unterschiedlicher Art statt. Verschiedene Positionen werden vertreten und mit ihnen verbundene Interessen ins Spiel gebracht. Der Schutz der Umwelt, das Zusammenleben mit Ausländern, die Aufnahme von Asylsuchenden und Einwanderern sowie die Pflegeversorgung im Alter sind Probleme, die alle betreffen. Die öffentliche Diskussion über ihre Regelung zeigt, wie schwierig es ist, zu einer Lösung zu gelangen, für die ein hinreichender Grad an Konsens gegeben ist, dem alle Gruppen unserer Gesellschaft zustimmen können. Lösungen hinauszuschieben führt meist dazu, daß sich die Probleme verschärfen. Es erweckt den Eindruck der Handlungsunfähigkeit und der Politikschwäche. Mit der Frage nach dem Konsens und der noch weiterreichenden, ob wir überhaupt noch konsensfähig sind, haben wir es mit einem zentralen Sachverhalt unserer demokratischen Gesellschaft und ihrer politischen Kultur zu tun.

In politischen Strukturen, in denen alles von oben vorgegeben war und reglementiert wurde, waren Meinungsbildung, Problemklärung und gegenseitige Verständigung über mögliche Lösungen nicht unbedingt erforderlich. Die Mitglieder einer Gesellschaft hatten sich den von oben kommenden Entscheidungen und Direktiven zu fügen, ihnen ihre eigenen Interessen unterzuordnen. Dabei war es relativ gleichgültig, ob ihre Interessen berechtigt oder unberechtigt waren. Kritik wurde nicht geduldet, Konsens war nicht gefragt, sondern wurde, wie die älteren Generationen aus der Zeit des NS-Regimes es noch in bitterer Erinnerung haben, durch vorbehaltlose Zustimmung und bedingungslose Gefolgschaft ersetzt. Ein neues Beispiel der Unfreiheit und Unterdrückung freier Meinungsbildung und des Fehlens pluraler Auseinandersetzung über politische Gestaltungsaufgaben lieferte uns das sozialistische doktrinäre System der DDR.

Eine freiheitliche, plural ausgerichtete, demokratische Gesellschaft ist auf die Mitwirkung ihrer Bürger angewiesen; sie braucht die lebendige Auseinandersetzung ihrer Bürger, aber im Interesse des Gemeinwohls ebenso die Fähigkeit und Bereitschaft zum Konsens.

Konsens ist dort gefordert, wo im Interesse aller unmittelbar vor Ort von staatlichen Einrichtungen Aufgaben wahrgenommen werden, die sich hinsichtlich der Art ihrer Durchführung nicht von vornherein und schon gar nicht im einzelnen festlegen lassen. Das trifft in besonderer Weise für den Bereich der Bildung und Erziehung zu.

Von der Schwierigkeit, einen Konsens zu finden, die zur Zeit im politischen Leben besteht, sind unsere Schulen nicht ausgenommen. Über sie, über ihre Zielausrichtung und vor allem über die Art ihrer Gestaltung haben in den zurückliegenden drei Jahrzehnten vielfältige Auseinandersetzungen stattgefunden. Zwar hat ihre Heftigkeit abgenommen, und die schulischen Spannungen und Konflikte haben sich auf andere Bereiche verlagert, aber Diskussion und Streit über Schulprobleme und für notwendig erachtete Verbesserungen halten nach wie vor an.

Diese Auseinandersetzungen müssen auf dem Hintergrund des sozialen Wandels gesehen werden, der sich seit dem Ende des zweiten Weltkrieges vollzogen hat. Er führte in allen Lebensbereichen und auch in unseren Schulen zu vielfältigen Veränderungen. Diese ergaben sich nicht nur als Folge der Niederschlagung der NS-Diktatur, des Wiederaufbaus und der Neubegründung eines demokratisch freiheitlichen Gemeinwesens auf rechtsstaatlicher und föderativer Basis; sie beruhten ebenso auf Entwicklungen in Wissenschaft und Technik und ihren sozialen Auswirkungen. Hiermit waren vor allem Veränderungen in den Wertauffassungen und -einstellungen der Menschen verbunden, womit wiederum Orientierungskrisen und entsprechende Unsicherheiten einhergingen. Auffassungen und Einstellungen, wie zum Beispiel über Leistung, Arbeit, Wert der Familie, über das Verständnis von Erziehung und des Erziehungsverhältnisses, haben sich gewandelt. Sie galten im ersten Nachkriegsjahrzehnt und bis in die sechziger Jahre hinein als selbstverständlich; über sie bestand ein relativ breites Einvernehmen. Für diese Auffassungen und Einstellungen gibt es keine Grundlage mehr, die von allen als selbstverständlich angesehen wird; sie besteht nur noch teilweise hinsichtlich bestimmter für unverzichtbar gehaltener Werte und mit ihnen verbundener Vorstellungen, wie zum Beispiel der im Grundgesetz festgelegten allgemeinen Menschenrechte, so der „Achtung der Würde und Freiheit des einzelnen" oder der „Freiheit der Berufsausübung".

Angesichts dieser Veränderungen und der zunehmend unübersichtlich gewordenen allgemeinen Situation sowie der Schwierigkeiten, Konsens zu finden, glaubt ein Schultheoretiker und Zeitkritiker feststellen zu müssen, daß es für die Institution Schule keinen ausreichenden Konsens in unserer Gesellschaft gibt und Schule „mehr und mehr ein hohler Sammelname für alle möglichen in sich jeweils höchst disparaten Konzepte" sei.[1] Wenn das auch für die Schulpraxis zuträfe, dann müßte sich das auf die innere Verfassung einer jeden Schule verheerend auswirken.

Vorgaben für die Schule als soziale Institution

Die Ziele und Organisationsformen unserer Schulen sind, wie für andere staatlich verantwortete Bereiche auch, durch Gesetze, Erlasse und Richtlinien eines Landes geregelt. Insofern ist für diejenigen, die in der Schule tätig sind, Entscheidendes bereits festgelegt. Konsensbildung erscheint somit nicht notwendig, handelt es sich doch um für alle Lehrerinnen und Lehrer verpflichtende Vorgaben; dies ist unabhängig davon, welche Positionen sie in der Schule einnehmen und welches Fach sie unterrichten.

In den Schulgesetzen ist die Formulierung des Bildungs- und Erziehungsauftrags notwendigerweise allgemein gehalten. Es gibt zwischen den einzelnen Ländern der Bundesrepublik durchaus Gemeinsamkeiten, aber je nach den politischen Vorstellungen der parlamentarischen Mehrheit wurden bei der Festlegung des allgemeinen Auftrags unserer Schulen unterschiedliche Akzente gesetzt. So besteht zum Beispiel durchgängig Übereinstimmung darin, daß eine Allgemeinbildung erforderlich ist, die die Persönlichkeitsentwicklung des einzelnen Schülers fördert, dessen künftiger Lebensgestaltung und Lebensbewährung dient. Man ist sich weiterhin einig darüber, daß die Schüler eine Grundbildung haben sollten, die sich an den Ergebnissen der Wissenschaft orientiert. Was aber zur Allgemeinbildung gehören soll, welche Fächer zu welchen Anteilen Allgemeinbildung vermitteln und wo mit Bezug auf die Arbeitswelt die Schwerpunkte liegen sollen, darüber gehen die Auffassungen eher auseinander. Um noch ein anderes Beispiel zu geben: Daß der Aufbau und die Gliederung des Schulwesens der Mannigfaltigkeit der Lebens- und Berufsaufgaben entsprechen und Schüler nach ihren Begabungen, ihren Fähigkeiten und Neigungen unabhängig von sozialer Herkunft und dem Einkommen der Eltern in unseren Schulen gefördert werden sollen, hierüber besteht offensichtlich länderübergreifend Einvernehmen. Dies läßt sich zum Beispiel den Verfassungen des Freistaates Bayern (Artikel 132) und des Landes Nordrhein-Westfalen (Artikel 10) entnehmen. Wie jedoch im Hinblick darauf die Schulorganisation gestaltet sein soll, darüber bestehen unterschiedliche Vorstellungen.

So gibt es verschiedene Ebenen von Konsens. Einvernehmen auf übergeordneter, mehr grundsätzlicher Ebene hat keineswegs Konsens auf unter- oder nachgeordneten Ebenen zur Folge. Obwohl die Art und Weise, wie die Grundsätze oder Leitvorstellungen realisiert werden sollen, voneinander abweichen, so gibt es doch Berührungspunkte und Überschneidungen und damit partiell Gemeinsamkeiten, zum Beispiel hinsichtlich der Möglichkeit, eine bestimmte Schullaufbahn oder einen bestimmten Bildungsgang einschlagen und einen entsprechenden Abschluß erreichen zu können.

Spielräume der Interpretation und Ausgestaltung von Schule

Was das Verständnis der Gesetze, Erlasse, Verfügungen und anderer Vorgaben der Schulverwaltung betrifft, so sind auf Grund ihres hohen Allgemeinheitsgrades Spielräume der Interpretation gegeben und unterschiedliche Akzentsetzungen möglich. So ist zum Beispiel durchaus eine ausgleichende schulische Förderung möglich; das heißt dem schwächeren Schüler kann besondere Fürsorge zuteil werden – oder: es kann sowohl den Bedürfnissen schwächerer als auch denen besonders befähigter Schüler angemessen Rechnung getragen werden. Es besteht damit ein gewißes Maß an Freiheit, wie der Bildungs- und Erziehungsauftrag einer bestimmten Schulart oder -form innerhalb einer einzelnen Schule umgesetzt wird. Das gilt erst recht hinsichtlich der konkreten methodischen Gestaltung des Unterrichts, für die dem Lehrer prinzipiell Freiheit eingeräumt ist, wie für die Gestaltung des Schulgeschehens insgesamt. Dies schließt nicht aus, daß hierfür von der Schulaufsicht Empfehlungen gegeben werden, daß auf die Berücksichtigung wichtiger Grundsätze und auf neue didaktische Ansätze hingewiesen wird und mit neuen Lehrplanvorgaben, wie zum Beispiel „fächerübergreifende Themenbehandlung“, eine andere, für sinnvoll gehaltene Form der Inhaltsvermittlung gefordert wird.

Auftrag und Struktur einer Schule sind sehr komplex. Niemals können jeweils alle Ziele, die mit dem Bildungs- und Erziehungsauftrag der Schule verbunden sind, in gleicher Weise erreicht werden. Im Hinblick auf die besondere pädagogische Situation, die für eine Schule besteht, ist es erforderlich, innerhalb der Ziele einer Schule unterschiedliche Akzente zu setzen und diese auf verschiedenartige Weise zu realisieren. Ferner wird die Struktur jeder Schule durch eine Vielzahl einander zugeordneter, sich wechselseitig beeinflussender Elemente und aufgabebedingter Spannungen bestimmt. Diese wirken sich auf die Schule insgesamt und damit auch auf die einzelnen Elemente ihrer Handlungsstruktur aus – wie zum Beispiel auf Fördern und Fordern, Ordnungen und Spielregeln, welche die Unterrichtsabläufe sichern und die die Selbsttätigkeit der Schüler sowie ihre Initiative fördern. Zu diesen Spannungen gehören zum Beispiel „Schülerorientierung" einerseits – „Sach- oder Lerngegenstandsorientierung" andererseits, „Verantwortung für sich selbst und das eigene Lernen" – aber auch „Mitverantwortung für die Lerngruppe und für die Schulgemeinschaft und ihre Förderung". Zu Recht wird festgestellt, daß man sich in der Schulpraxis nicht mit der Herausstellung und Benennung solcher Gegensätze begnügen könne: „Für den Lehrer in der Schule ist eine praktische Vermittlung zwischen den Gegensätzen nötig, wenn der Unterricht nicht in der Zufälligkeit der einen oder anderen Position hängen bleiben soll."[2] Eine solche Vermittlung liegt, wenn auch in jeweils unterschiedlicher Weise, den Schulkonzepten zugrunde, wie sie im Verlauf der historischen Entwicklung der Schule und in der Gegenwart herausgebildet wurden. Sie werden von den einzelnen Schulen und ihren Lehrern aus unterschiedlichen Gründen zum Vorbild genommen.*

Es kann somit nicht von der Vorstellung ausgegangen werden, daß die Verwirklichung einer Schule lediglich in der linearen Umsetzung von Gesetzesvorgaben und Verwaltungsregelungen bestünde. Pädagogische Einrichtungen bedürfen der Gestaltung, und pädagogische Prozesse können nicht reglementiert werden, sondern für sie gilt, es im Hinblick auf ihre Ziele die geeigneten Rahmenbedingungen zu schaffen. Auch sind bei der Realisierung einer jeden Form von Schule die konkreten Bedingungen der Praxis zu berücksichtigen, so zum Beispiel die Zusammensetzung der Lehrerschaft, ihr Ausbildungs- und Erfahrungsstand, Ausstattung mit Lehr- und Lernmitteln sowie mit Räumen.

* Wenn hier und im folgenden von Lehrern, Eltern, Schülern und Schulleitern gesprochen wird, so sind damit stets auch Lehrerinnen, beziehungsweise Mütter und Väter, Schülerinnen und Schulleiterinnen gemeint.

Erwartungen an Schule

Ferner können weder Schulpolitiker und Schulverwaltung noch Schulleitungen und Kollegien die Erwartungen übergehen, welche die von Schule direkt und indirekt Betroffenen an sie herantragen. Die Frage, was die Gesellschaft und ihre einzelnen Gruppen von der Schule erwarten, ist nicht so leicht auf eine einfache Formel zu bringen. Sie wird von den einzelnen Gruppen je nach Perspektive und Art der Betroffenheit von Schule anders beantwortet werden.

- Eltern erhoffen in der Regel eine gute Förderung ihrer Kinder und deren angemessene Vorbereitung auf das Leben; sie wünschen sich, daß Lehrer und Schulleiter pädagogisch engagiert sind, individuell auf ihre Kinder eingehen und deren Entwicklung fördern. Eltern erwarten, daß sie in der Erziehung ihrer Kinder unterstützt werden, daß Lehrer sich mit ihnen abstimmen und ihren Erziehungsvorstellungen nicht entgegenwirken.
- Schüler wünschen sich vor allem gute Klassenkameraden, einen verständigen, gerechten Lehrer, der sie ernst nimmt; sie möchten einen interessanten, anregenden Unterricht und ein lebendiges Schulleben; aber sie erwarten auch, daß sie Antworten auf die vielen Fragen und Probleme erhalten, die sie innerlich beschäftigen, und daß Schule sie auf das Leben vorzubereiten hilft.
- Lehrer werden die Schule vorwiegend aus der Perspektive ihrer beruflichen Tätigkeit und der jeweils angetroffenen Arbeitsbedingungen sehen. Sie erwarten ein gutes kollegiales Schulklima, einen fürsorglichen Schulleiter, der sie vor lästigen Verwaltungsarbeiten bewahrt und ihnen viel Organisatorisches abnimmt, – überschaubare Schulverhältnisse, kein zu großes Kollegium, angenehme Kollegen und vor allem lernwillige und motivierte Kinder mit guter Arbeitshaltung, aber auch hilfreiche Eltern, die ihre Bemühungen unterstützen und nicht „zur Rebellion neigen".
- Die Arbeitswelt erwartet solides Grundwissen, Initiative und Fähigkeit zur Zusammenarbeit im Team, Überblick,

Sich-Umorientieren- und in neue Aufgaben rasch Einarbeiten-können sowie organisatorische und planerische Fähigkeiten, insbesondere Denken in Systemzusammenhängen, vernetztes Denken.

- Auch die Universitäten haben Forderungen aufgelistet, mit denen sie für das Studium als besonders wichtig angesehene Fähigkeiten beschreiben, oft auch als Schlüsselqualifikationen bezeichnet, deren Förderung sie sich von den Schulen, insbesondere von den Gymnasien, erhoffen.[3]

Diesen Erwartungen zu entsprechen, sie alle „unter einen Hut zu bringen" und dabei „Schule jedem recht zu machen", ist eine kaum zu lösende Aufgabe. Und doch sind Lösungen im Sinne der Annäherung nicht nur möglich, sondern im Interesse der heranwachsenden Generation und der Gesellschaft im ganzen unerläßlich. Hierfür wird immer wieder die Besinnung darauf notwendig sein, was Schule eigentlich soll, welche besonderen Ziele man mit ihr verfolgt, was den Erwartungen der von Schule unmittelbar Betroffenen gemeinsam ist – und wie dies alles in ein Konzept gebracht und darüber Konsens herbeigeführt werden kann.

In Anbetracht dieser Aufgabe, die jeder Schule immer wieder neu gestellt wird, wie auch der angesprochenen Problematik der Konsensfindung und der für sie bestehenden Erschwernisse ist es notwendig, danach zu fragen, wie es mit dem pädagogischen Konsens in unseren Schulen bestellt ist, ob ein solcher besteht und wie er beschaffen ist.

Diesen Fragen wird in den nachfolgenden Kapiteln am Beispiel des Gymnasiums nachgegangen. Dabei werden Ergebnisse einer empirischen Untersuchung herangezogen, die von einer Projektgruppe von Erziehungswissenschaftlern der Universität Freiburg mit Unterstützung durch die Deutsche Forschungsgemeinschaft in den Jahren 1988 bis 1992 durchgeführt wurde. Doch bevor versucht wird, Antworten auf diese Fragen zu geben, muß zunächst dargelegt werden, was wir bislang über Konsens in Schulen wissen, was generell unter Konsens zu verstehen ist und welches seine Aspekte oder Dimensionen sind.

2 Was wissen wir über pädagogischen Konsens?

Das Interesse der Pädagogik am Konsens

So sehr sich heute Schulfachleute und Wissenschaftler darüber einig zu sein scheinen, daß mit „pädagogischem Konsens" ein zentraler Bereich ihrer Schule und ihres Geschehens angesprochen ist, so wenig wissen wir Genaueres über ihn. Dort, wo der Schulalltag relativ problemlos erfolgt und die Schulziele im großen und ganzen erreicht werden, wird immer ein gewisses Einvernehmen innerhalb der Schulleitung und Lehrerschaft bestehen. Aber wird der Konsens wirklich von allen Lehrern einer Schule mitgetragen? Erstreckt er sich auf alle Tätigkeitsbereiche einer Schule? Über seinen Umfang und über seine Inhalte wissen wir nichts Näheres.

Früher wurden im Schulalltag oder auch in der pädagogischen Literatur Begriffe verwandt, die dem Begriff Konsens nahe waren; aber keiner würde inhaltlich ganz dem entsprechen, was wir heute unter pädagogischem Konsens verstehen. Der „Geist einer Schule" oder „ihre Tradition" beinhalten Dimensionen, die mit dem Begriff Konsens auch angesprochen werden, aber nicht mit ihm identisch sind. Sprachwendungen wie „pädagogisch eine einheitliche Linie einhalten" oder „in der Schule sollten alle (womit meistens die Lehrer gemeint sind) an einem Strang ziehen" gehen bereits stärker in die Richtung dessen, was wir heute unter Konsens verstehen. Ohne Zweifel dürfte auch früher schon manchen Schulfachleuten die pädagogische Bedeutung dessen, was Konsens beinhaltet und was er für die Gestaltung des täglichen Schulgeschehens zu bewirken vermag, bewußt gewesen sein. Aber als ein zentrales Phänomen, das die Qualität einer Schule mitbegründet und über diese wiederum Wirksamkeit und Erfolg einer Schule indirekt beeinflußt, ist pädagogischer Konsens erst in jüngster Zeit entdeckt worden. Etwa seit Ende der siebziger Jahre wird ihm von Schulforschern und Schulpraktikern Beachtung geschenkt. Das hat unterschiedliche Gründe.

Was die Wissenschaft und speziell die Erziehungswissenschaft betrifft, so dürfte hier von Bedeutung gewesen sein, daß die Schule lange Zeit – und vielfach auch heute noch – vorwiegend unter bildungstheoretischem Blickwinkel gesehen wurde. Dabei standen das Nachdenken über das Verständnis von Bildung, über ihre pädagogisch anthropologischen Voraussetzungen und Ziele sowie über Unterrichtsinhalte und -prinzipien im Mittelpunkt. Weniger reflektiert beziehungsweise kaum untersucht und analysiert wurde die tatsächliche Schulpraxis mit ihren vielfältigen Prozessen. Die Schule wurde nicht als ein Handlungs- und Interaktionssystem begriffen.

Was bedeutet das? Die konkreten Tätigkeiten, die jeder Lehrer im Unterricht ausübt, und die Lernaktivitäten der Schüler, die Lehrer bei ihnen auslösen, werden als ein System wechselseitig aufeinander bezogener Handlungen aufgefaßt. Daneben gibt es zwischen beiden Seiten auch Prozesse, die meist ungeplant verlaufen und sich im Umgang von Lehrern und Schülern miteinander sowohl im Unterricht als auch außerhalb desselben ergeben. Diese werden – ebenso wie die aufgeführten und mehr geplanten Tätigkeiten – als Interaktionen verstanden. Jede Schulklasse stellt ein solches Handlungssystem dar ebenso wie andere Lerngruppen, eine Theaterarbeitsgemeinschaft oder eine Projektgruppe. Die Schule als Ganzes kann so als ein äußerst komplexes System verstanden werden, das auf den verschiedenen Jahrgangsstufen und in den einzelnen Bereichen (Unterricht/außerunterrichtliche Bereiche) aus einer Reihe mehr oder minder miteinander verknüpfter Teil- und Untersysteme besteht. Im Sinne eines solchen Systems von Handlungen beziehungsweise Interaktionen wird jede Schule täglich immer wieder neu realisiert: von besonders hierfür ausgebildeten Fachleuten, den verschiedenen Fachlehrern und Mitgliedern der Schulleitung, mit den Schülern und in Abstimmung mit Eltern, als den zunächst Erziehungsverantwortlichen und Partnern der Schule.

Ferner sollte nicht vergessen werden, daß wir in Deutschland keineswegs eine gesicherte Tradition in der demokratischen Ausrichtung und Gestaltung des Schulgeschehens haben. Sie wurde vielmehr erst in der Zeit nach dem zweiten Weltkrieg neu entwickelt und aufgebaut. Die Elemente einer demokratischen Schulkultur und die wechselseitigen Zusammenhänge, die zwischen „Demokratie und Erziehung“ bestehen (und die insbesondere von dem amerikanischen Erziehungsphilosophen und Schulreformer John Dewey herausgearbeitet worden waren), wurden erst schrittweise erkannt. Zwar sind Absprachen und Abstimmungen in Schulen aus unterschiedlichen Anlässen, zum Beispiel hinsichtlich der Lehrbücher, der Stofferarbeitung, der Durchführung von Klassenarbeiten, schon immer vorgenommen worden. Sie erfolgten zwischen einzelnen Lehrern, die in ein und derselben Klasse unterrichteten, in Fachlehrerkonferenzen und natürlich in den Lehrerkonferenzen, an der alle Lehrer einer Schule teilnahmen. Das geschah im Prinzip auf kollegialer Basis. Dennoch überwogen in der Praxis die lenkenden, direktorialen Elemente und die Bindung an die Vorgaben, aber auch Weisungen der Schulverwaltung, die nur wenig Spielräume ließen. Erst im Verlauf der letzten Jahrzehnte wurden Lösungen verfolgt, die auf eine Balance zwischen direktorialer Leitung und kollegialer Mitverantwortung und Mitwirkung ausgerichtet sind.[4] Bei ihrer Realisierung spielen Konsensfindung und -förderung eine immer stärkere Rolle.

In den Jahren der Bildungsreform – 1968 bis etwa 1975 – und auch noch in den Jahren danach wurden Fragen nach dem pädagogischen Konsens in der Schule immer häufiger bewußt und zur Diskussion gestellt. Dies hing zum einen damit zusammen, daß im Zuge der Bemühungen um die Bildungsreform viele neue Ideen in unseren Schulen Eingang fanden. Zum bestehenden Schulsystem wurden Alternativen entwickelt und diskutiert und neue Methoden und Lehrprogramme aufgegriffen. Wenn das nicht innerhalb der Lehrerschaft einer Schule zu Desorientierungen führen und zu Unstimmigkeiten im Unterricht führen sollte, war es unerläßlich, sich abzustimmen und zu einem Einvernehmen zu kommen. Mit dieser Entwicklung waren die bereits im vorausgegangenen Kapitel angesprochenen Veränderungen in den Wertvorstellungen verbunden, insbesondere hinsichtlich des Verständnisses von Leistung und von Selbstverwirklichung. Damit ist auch ein besonderes Verständnis von Emanzipation – im Sinne der Herauslösung aus allen Herrschaftsverhältnissen, Bevormundungen und Einengungen – verbunden gewesen. Vormals pädagogisch für unumstritten Gehaltenes wurde in Frage gestellt. Bislang schien in Kollegien der Eindruck vorzuherrschen, daß ein gewisses Einvernehmen selbstverständlich gegeben sei. Dieser Eindruck wich jedoch zunehmend der Wahrnehmung, daß unterschiedliche Positionen von Schule vertreten werden, schulpolitische Auseinandersetzungen bis in die Kollegien der einzelnen Schulen eingreifen, den Schulalltag belasten und es erschweren, zu einer gemeinsamen pädagogischen Ausrichtung zu gelangen, die für die Lösung der täglich anfallenden pädagogischen Probleme unverzichtbar ist.

Diese Situation wurde aus unterschiedlichen Ansätzen heraus problematisiert. Im Zusammenhang mit den Orientierungsproblemen Heranwachsender, mit ihren Formen des Protestes, des Ausweichens, der Flucht in Ersatzwelten wurde die Frage danach gestellt, inwieweit unsere Schulen diesen Problemen gerecht werden könnten und ob hierfür ein ausreichend tragfähiger pädagogischer Konsens vorhanden sei.[5]

Das Interesse am pädagogischen Konsens ergab sich aber auch aus der Entwicklung, welche die an der Reform und Weiterentwicklung der Schule engagierte erziehungswissenschaftliche Forschung im Verlauf der letzten zwei Jahrzehnte genommen hat. In den siebziger Jahren und bis in die achtziger Jahre hinein war die Frage nach der Wirksamkeit von Schulsystemen – weiterentwickeltes gegliedertes Schulsystem beziehungsweise Gesamtschule – bildungspolitisch von herausgehobener Bedeutung. Zu ihrer Beantwortung dienten vor allem Schulvergleichsuntersuchungen. Diese führten unter anderem zu dem Ergebnis, daß die Unterschiede in den Förderwirkungen zwischen den Schulen beider Schulsysteme weniger groß waren als zwischen denen ein und desselben

Schulsystems. Das war allein schon aus statistischen Gründen naheliegend, ließ jedoch – empirisch gesprochen – die Wirkung des Faktors „System" kritischer als bisher einschätzen. Anders ausgedrückt: Die Unterschiede, die in den Schulleistungen von Schülern beider Schulsysteme und auch in anderen Persönlichkeitsbereichen gegeben waren, lassen sich in höherem Grade durch den Faktor „einzelne Schule" erklären und zu einem geringeren durch die Zugehörigkeit zu einem bestimmten Schulsystem. Zwar stellen die Bedingungen (unter anderem Differenzierungsformen, Wahrung des Klassenverbandes beziehungsweise häufiger Wechsel der Lerngruppe, Durchlässigkeitsregelungen und -praxen), die durch die Art des jeweiligen Schulsystems (gegliedertes Schulsystem/integriertes Gesamtschulsystem) gegeben sind, keine zu vernachlässigende Größe dar; aber die Faktoren, durch die offensichtlich innerhalb der einzelnen Schule das jeweilige System realisiert wird und von denen die Nutzung der systemspezifischen Bedingungen abhängt, sind bedeutsamer: so das pädagogische Engagement der Lehrer, die Steuerung der Schule durch die Schulleitung, die Kooperation der Lehrer untereinander und nicht zuletzt die gemeinsame Zielausrichtung, der pädagogische Konsens.[6] Hierdurch wurde die Aufmerksamkeit der Forschung und ebenso der pädagogisch interessierten Öffentlichkeit auf die pädagogisch zentralen Faktoren gelenkt, die in jeder Schule wirksam sind. Die Art, wie diese zentralen Faktoren ausgebildet sind, macht offensichtlich die Qualität einer Schule aus und ist ebenso auf ihre Wirksamkeit von Einfluß.

Hinzu kam, daß seit Ende der siebziger Jahre und Anfang der achtziger Jahre zunehmend durch ausländische Untersuchungen Anstöße dazu gegeben wurden, den Faktoren, die das Schulgeschehen stärker zentral bestimmen, mehr Beachtung zu schenken. Hierzu zählt vor allem die Studie von Rutter und Mitarbeitern. Durch sie wurden nicht nur Merkmale herausgestellt, die die erfolgreichen und als gut zu bewertenden Schulen gegenüber den weniger erfolgreichen kennzeichnen. Vielmehr wurde auf Grund der Tatsache, daß die Wirkung miteinander verbundener Merkmale guter Schulen höher war als die der einzelnen Merkmale (oder Faktoren), die Annahme nahelegt, daß es einen zentralen Faktor gibt, der die einzelnen Wirkungsfaktoren einer Schule beeinflußt. Dieser zentrale Faktor wurde von den englischen Autoren als „Schulethos" bezeichnet; dieses liegt den Einstellungen und Verhaltensweisen der Lehrerschaft einer Schule zugrunde und bestimmt ihre Ausrichtung.[7] In der Folgezeit wurden in zunehmenden Maße auch Untersuchungen der amerikanischen Schulforschung aufgenommen, insbesondere diejenigen, die sich damit beschäftigten, was die guten, erfolgreichen Schulen kennzeichnet und worauf ihre Wirksamkeit beruht. Analysen über die Ergebnisse dieser Untersuchungen zur Wirksamkeit von Schulen (School-Effectivness-Studies), die nach unterschiedlichen methodischen Ansätzen durchgeführt worden waren, machten vor allem auch auf den Faktor der gemeinsamen Zielausrichtung einer Schule – sowie den pädagogischen Konsens darüber – aufmerksam. Hier wurden jedoch auch kritische Hinweise gegeben, unter anderem der, daß „Konsens nicht als ein 'Puffer' wirken und die kritische Überprüfung einer Schule oder einer vorgeschlagen Veränderung verhindern" dürfe. Konsens innerhalb eines Kollegiums sei zwar „wichtig", er dürfe jedoch „nicht unkritisch" sein.[8]

Die Anstöße, die von diesen Entwicklungen ausgingen, führten dazu, daß die Bedeutung des Konsenses in Schulen immer stärker bewußt wurde. Sie veranlaßten eine Gruppe von Wissenschaftlern, sich mit dem Sachverhalt „Pädagogischer Konsens" zu beschäftigen und ihn mit Hilfe einiger Fallstudien zu untersuchen.[9]

Damit ist bereits einiges über Konsens und seine Bedeutung für die Schule gesagt worden. Es muß jedoch noch näher darauf eingegangen werden, was im wissenschaftlichen Bereich darunter verstanden wird.

Mit dem Thema Konsens ist die Politik- und Gesellschaftswissenschaft vertrauter als die Pädagogik. Darüber hinaus spielt der Konsensbegriff in der sozialen und politischen

Philosophie eine bedeutsame Rolle, so bei Habermas im Rahmen seiner Diskursethik und in jüngster Zeit vor allem bei Rawls in seinen Abhandlungen zur Idee des politischen Liberalismus. – In der Politikwissenschaft und Soziologie wird unter Konsens Grad und Umfang gemeinsamer Vorstellungen und Auffassungen verstanden, in deren Wahrnehmungen, Beurteilungen und Entscheidungen eine Gruppe von Menschen übereinstimmt. Ebenso wird von Konsens im Sinne „übereinstimmender Wertorientierung" gesprochen. Die Übereinstimmung hinsichtlich der Ziele, die erreicht, und der Mittel, mit deren Hilfe sie umgesetzt werden sollen, ist dabei mitgedacht.[10]

Bereiche und Formen des Konsenses

Konsens gibt es immer im Hinblick auf etwas, – hinsichtlich eines mehr oder minder großen Gestaltungs- und Aufgabenbereichs, in der Forschung als Gegenstands- oder Objektbereich bezeichnet. Er kann sich auf die Grundwerte beziehen, von denen eine Gesellschaft, die staatliche Ordnung und das Zusammenleben der Menschen bestimmt sein sollten, oder auf einen begrenzten Aufgabenbereich innerhalb des großen Sektors von Bildung und Erziehung, auf die Familie, die Schule, die Hochschule und die Weiterbildung. Ebenso kann sich Konsens auf eines der Gebiete erstrecken, mit denen es die genannten sozialen Einrichtungen zu tun haben, zum Beispiel im Falle der Schule auf die wichtigsten Erziehungsvorstellungen und -prinzipien, von denen die Lehrer im Unterricht, sowie das Schulleben insgesamt, geleitet werden. Einvernehmen kann also jeweils auf unterschiedlichen Ebenen und bei verschiedenen Inhalts- oder Gegenstandsbereichen bestehen. Zwar spricht manches für die Annahme, daß, wenn Konsens auf übergeordneter Ebene vorhanden sei, Konsens auch auf den nachgeordneten Ebenen bestehen müsse. Aber der Konsens über die Ziele einer Ganztagsschule zum Beispiel besagt noch nicht zwangsläufig, daß über die

Wege und Formen ihrer Realisierung Einvernehmen besteht. Konsens darüber, wie im Englischunterricht methodisch am besten in den Anfangsklassen vorzugehen sei, kann durchaus mit unterschiedlichen Auffassungen über den erzieherischen Umgang mit Schülern verbunden sein. Konsens in einem bestimmten pädagogischen Bereich hat nicht notwendig Konsens in einem anderen zur Folge; zu unterschiedlich können die von Lehrerinnen und Lehrern sowie von Schulleiterinnen und Schulleitern gemachten Erfahrungen wie auch die Perspektiven sein, unter denen ein pädagogischer Gegenstandsbereich gesehen wird. Dennoch gibt es Formen des Einvernehmens, die mehrere pädagogische Bereiche übergreifen, zum Beispiel den Bereich „erziehungsleitender Vorstellungen" und des „Verständnisses von Schule und Schulleitung" – von der Natur der Sache ist dies naheliegend.

Was die Art des Konsenses betrifft, so werden in der Regel folgende Formen unterschieden: Von *Grundkonsens* wird dann gesprochen, wenn damit die Basisvoraussetzungen, die wesentlichen Werte und Prinzipien, gemeint sind, die der Ausrichtung und Gestaltung einer umfassenden Aufgabe zugrunde gelegt werden. *Mindestkonsens* wird oft im gleichen Sinne wie Grundkonsens verwandt; er bezeichnet jedoch stärker das unerläßliche Maß an Übereinkünften, das erforderlich ist, um eine Sache regeln, ein Problem lösen zu können: Unter Mindestkonsens wird so das Übereinkommen über die Prinzipien und Spielregeln verstanden, die unumgänglich sind, um Konflikte zu lösen, Kompromisse herbeizuführen und ein gewisses Maß an Einvernehmen zu erreichen. Das heißt, Mindestkonsens ist Voraussetzung für Konfliktlösung und Konsensfindung.

Bei Konsens und Konsensbildung geht es im gesellschaftlich-politischen Bereich wie auch in allen Teilbereichen menschlichen Lebens um komplexe Aufgaben oder Sachverhalte, die in der Regel nie eindeutig zu bestimmen beziehungsweise nicht in jeder Hinsicht festzulegen sind. Ebenso wird ein mit viel Mühe gefundener Konsens nicht in allen seinen Elementen von allen Mitgliedern einer Gruppe geteilt werden. *Konsens ist somit immer nur graduell gegeben,* niemals in Gänze. So kann von einem Mehrheitskonsens, von einem eingeschränktem oder auch partiellem Konsens über einen Gegenstandsbereich gesprochen werden, der nur von einer knappen Mehrheit oder einer größeren Gruppe geteilt wird. Daneben kann es eine Minderheit geben, die sich in jeder Hinsicht über den gleichen Sachverhalt einig ist und in der hoher Konsens herrscht.

Konsens als Prozeß und reflexive Koorientierung

Konsens zu finden ist bei unterschiedlichen Auffassungen und Vorstellungen, die in plural ausgerichteten, freiheitlichen Gesellschaften stets gegeben sind, immer wieder notwendig. Dies gilt im Hinblick auf die Bewältigung sozial bedeutsamer Aufgaben und deren Gestaltung im Interesse aller Beteiligten und des Gemeinwohls. Insofern hat es Konsensforschung nicht nur mit der Ermittlung von Konsens, seines Umfangs und seiner Formen zu tun. Sie untersucht gerade auch die unterschiedlichen Auffassungen und Formen, die Voraussetzung und Ausgang für Konsensbildung sind. Dies bedeutet, daß *Konsens als Prozeß und Aufgabe* immer schon im Zusammenhang mit Problemspannungen – und mit den damit gegebenen versteckten und offenen Formen des Konflikts – zu sehen ist. Im Spannungsfeld zwischen Auffassungs- und Meinungsunterschieden, die sowohl plural bedingt als auch auf die Komplexität der jeweiligen Aufgabe zurückzuführen sein können, sind Dissens und Konflikt zu Konsens die ergänzende andere Seite.

Einvernehmen oder Übereinstimmung herstellen heißt auch nicht notwendig, Harmonie zu schaffen; vielmehr bedeutet es, im Interesse einer sozialen Aufgabe, die gemeinsam zu verantworten und zu gestalten ist, vernunftgeleitete Übereinkunft herbeizuführen. Dies erfolgt im Sinne der Orientierung an einem aufeinander abgestimmten Handeln, im Fall der Schule an pädagogischem Handeln. Einvernehmen erzielen bedeutet meist, Spannungen auf sich zu nehmen und sie auszuhalten. Wenn nur eine Auffassung von vornherein dominiert oder zugelassen wird, ist eine Konsensfindung überflüssig, und es wären die Gefahren der einseitigen Orientierung, der Uniformität, der Verfestigung und des Dogmatismus gegeben.

Hiermit sind bereits wichtige strukturelle Merkmale des komplexen Sachverhalts Konsens herausgestellt worden. Es gibt jedoch noch weiterreichende Bestimmungen des Konsensbegriffs. Zurückgehend auf die amerikanische Sozialforschung[11] und ihre Theorievorstellung[12] der Erwartungserwartungen, wird davon ausgegangen, daß die einzelnen Mitglieder einer Gruppe sich in ihrem Verhalten auf die anderen Mitglieder einstellen. Sie tun dies auf Grund ihrer Wechselbeziehungen als Interaktionspartner im eigenen Interesse wie auch in dem ihrer Gruppe. Sie steuern oder leiten ihr Verhalten auf Grund der in einer Gruppe gemachten Erfahrung darüber, welches die von den anderen Gruppenmitgliedern bevorzugten Reaktionen, Sichtweisen oder Wertaspekte sind. Es sind Annahmen über erwartete Reaktionen anderer, insofern „Erwartungserwartungen", die das Verhalten des einzelnen bestimmen. Diese können mit den eigenen Auffassungen und Verhaltensweisen übereinstimmen oder auch nicht.

Konsens unter dieser eher formalen Betrachtungsweise wechselseitig aufeinander bezogener Handlungen (= interaktionistische Sicht) ist auf konkrete Gruppen (auf soziale Mikrostrukturen im Unterschied zu den Makrostrukturen großer Gesellschaftsbereiche) bezogen, er hat reflexiven Charakter. Das einzelne Gruppenmitglied reflektiert darüber, inwieweit die von ihm vertretenen Meinungen von anderen geteilt werden (= *reflexive Koorientierung* ersten Grades).

Als noch weiterreichend kann die reflexive Orientierung an den Interaktionspartnern darüber angesehen werden, inwieweit der Angehörige einer Gruppe sich dessen bewußt ist, ob die anderen Mitglieder seine Einstellung zu einem Sachverhalt und seine Auffassung über ihn teilen und beides einvernehmlich mit der ihren oder als unterschiedlich (abweichend, dissent) wahrnehmen. Dies wird als reflexive Koorientierung zweiten Grades bezeichnet.[13]

Der amerikanisch-deutsche Gesellschafts- und Demokratietheoretiker Etzioni hat im Rahmen seiner grundlegenden Auseinandersetzung mit der offenen, pluralen, demokratischen Gesellschaft und den sie erhaltenden wie auch gefährdenden Prozessen Bedeutung und Funktion von Konsens behandelt. Im Zusammenhang mit unserem Thema sind zwei von ihm getroffene Unterscheidungen von Interesse:

- einmal die „von oben", von staatlichen Instanzen, Spitzen von Verbänden und Organisationen, ausgehenden Prozesse, durch die Konsens herbeigeführt werden soll, auch Konsensmobilisierungsprozesse genannt;
- ferner die „von unten" in Gang gesetzten Konsensprozesse, die von den Mitgliedern einer Organisation, von Initiativen vor Ort ausgehen. Sie werden von Etzioni als Konsensformungsprozesse bezeichnet.

Beide Prozesse können sich auch gleichzeitig und mit unterschiedlicher Intensität wie auch inhaltlich gegenläufig vollziehen. Hier ist eine weitere Unterscheidung Etzionis von Bedeutung: Von der offenen Form der Konsensbildung, bei der den Grundbedürfnissen möglichst aller Mitglieder der Gesellschaft (oder der jeweiligen gesellschaftlichen Gruppe) Rechnung getragen wird und deren Ergebnis ein authentischer Konsens ist, wird die schon eher festgelegte und verdeckte Form der Konsensbildung unterschieden, die zum nichtauthentischen Konsens führt. Dieser trägt weniger den Grundbedürfnissen der Menschen Rechnung. Das beabsichtigte Handeln, über das Einvernehmen erzielt wurde, und die tatsächlich verwirklichten Maßnahmen stehen im Widerspruch zueinander – der bestehenden Problemlage wird meist nicht oder nur ungenügend entsprochen.[14]

Nicht minder wichtig ist schließlich die Einsicht, daß Konsens schwächer wird und mit der Zeit dahinschwinden kann, wenn er nicht gepflegt wird, zum Beispiel wenn man sich bei neuen Aufgaben und in veränderten situativen Gegebenheiten seiner nicht vergewissert, wenn man sich die Inhalte und Dimensionen des Einvernehmens nicht immer wieder bewußt macht. Einvernehmen muß daher, soll es in den Einstellungen und Verhaltensweisen der Mitglieder einer Gruppe oder Institution als Basis täglicher Gestaltung wirksam bleiben, immer wieder gefördert werden, sonst bleibt Konsens nur Potential.[15] Ein entscheidendes Mittel hierfür ist die Kooperation beziehungsweise die in ihrem Rahmen erfolgende Abstimmung, aber auch die durch kooperativen Erfahrungsaustausch geförderten Übereinkünfte über gemeinsames Vorgehen. Insofern ist *Kooperation Voraussetzung und Weg für Konsensbildung,* -förderung und -erhaltung, wie umgekehrt Konsens Kooperation erleichtert und fördert.

Ergebnisse erfahrungswissenschaftlicher Forschung

Es gibt nicht viele wissenschaftliche Arbeiten, die sich speziell mit dem pädagogischen Konsens auf empirischer Basis befassen. In der Psychologie erfolgte die Auseinandersetzung mit dem Konsens aus sozialpsychologischer Sicht und vorwiegend im Hinblick auf die Wirkung, die ihm bei der Einschätzung von Situationen und Problemsachverhalten zukommt, und zwar bei für selbstverständlich gehaltenen Annahmen über die Meinung und das Denken anderer. In der Soziologie wurden teils ähnliche Fragestellungen wie in der Sozialpsychologie verfolgt, die in die Richtung grundsätzlicher Klärung zielten, zum Beispiel wie bei der bereits angesprochenen reflexiven Koorientierung. Aber sowohl Psychologie als auch Soziologie haben bislang dem Konsens in einzelnen sozialen Einrichtungen und speziell dem Konsens in Schulen kaum Aufmerksamkeit gewidmet.

In der Politikwissenschaft wurden in neuester Zeit einige, überwiegend theoretische Analysen über Konsens durchgeführt; von besonderem Interesse war bei einer mehr empirisch ausgerichteten Untersuchung, die auf Ergebnisse von

Meinungsumfragen und von Wahlen zurückgriff, die wichtige Frage nach dem Konsens über gesellschaftliche Grundwerte, einem Grundkonsens also, der in der deutschen Bevölkerung besteht beziehungsweise sich im Verlauf der letzten drei Jahrzehnte verlagert hat.[16]

Drei Untersuchungen kommen der Konsensthematik, wie sie pädagogisch interessant ist, schon näher: Eine davon wurde in Kalifornien durchgeführt, erstreckte sich aber nicht so sehr auf die einzelne Schule, sondern auf die Ebene der Schulbezirke (Schulverwaltung), der Schulleitungen und Lehrer von mehreren Schulen. Dabei stand die Frage im Vordergrund, wie Schule als stark aufgegliedertes und dezentral organisiertes Unternehmen auf der Basis von mehr oder minder vorhandenem Konsens gesteuert und stabil gehalten wird.[17] In Deutschland wurde in einem Erfahrungsbericht über die konkreten Reformprozesse in einer Gesamtschule erörtert, welche Probleme es bei Konsens hinsichtlich der allgemeinen Reformziele einerseits und bei dem Dissens und den Konflikten bei ihrer schulpraktischen Umsetzung andererseits gibt.[18] Schließlich liegt eine weitere Untersuchung vor, die Auskunft darüber zu geben versucht, inwieweit Lehrer verschiedener Schularten die Mehrheitsmeinung ihrer Kollegen – hinsichtlich grundsätzlicher Erziehungsziele und unterrichtspraktischer und rollenspezifischer Aufgaben – richtig einschätzen. Während bezüglich gruppenspezifischer Wertorientierungen (Erziehungsziele) hoher Konsens und eine gute sozial-kognitive Orientierung nachgewiesen werden konnte, wurden für den praktischen Bereich Unsicherheiten und Polarisierungen festgestellt. Aber auch hier wurde nicht auf den Konsens eingegangen, der für die Lehrerschaft einer einzelnen Schule bedeutsam und für ihr Handeln leitend ist.[19]

Ferner sind im Rahmen der Erörterungen über die Aufgaben und Problembereiche der Schulleitung sowohl mehr theoretisch gehaltene Überlegungen als auch solche schulpraktischer Art zu finden, die den Konsens in Schulen und seine Funktion betreffen.[20]

Was jedoch die Schulwirklichkeit betrifft, so verfügen wir – wie bereits festgestellt – außer dem, was durch Hören-Sagen von Schulen und deren Konsens bekannt ist, über kein genaues Wissen zu diesem für unsere Schulen so wichtigen zentralen Sachverhalt.

3 Unterschiedliche Auffassungen von Schule und Konsens bei Lehrern

Die Erfahrungsgrundlage der Aussagen über Konsens und der Untersuchungszusammenhang

Die Überlegungen, die im vorangegangenen Kapitel angestellt wurden, fordern dazu auf, folgenden Fragen nachzugehen:
- Welche unterschiedlichen Vorstellungen über Schule und ihre Aufgabenbereiche gibt es?
- Inwieweit kann man dabei Konsens im Sinne übereinstimmender Einstellungen und Auffassungen voraussetzen, und in welchem Umfang besteht er?

Befunde, die hierüber Auskunft geben, wurden an Kollegien von fünf Gymnasien gewonnen. Aus methodischen Gründen waren Schulen ausgewählt worden, die unterschiedliche Einzugsgebiete, teils verschiedenartige, teils ähnliche Traditionen und Bildungsangebote aufwiesen (im Sinne von Schulzweigen wie alt-, neusprachlich, mathematisch-naturwissenschaftlich etc.); ferner unterschieden sie sich in ihrer Größe (Schülerzahl). Hierdurch sollte der Einfluß von Faktoren, wie zum Beispiel soziokulturelle Einflüsse des sozialen Umfeldes der Schule und ihre durch Tradition und Bildungsauftrag bestimmte pädagogische Ausrichtung, auf die Art des Konsenses überprüft werden.

Im folgenden wird zunächst auf die Schulvorstellungen der Lehrer eingegangen und gezeigt, welche gemeinsamen Auffassungen in Richtung Konsens sie entwickeln. Doch zunächst seien einige Hinweise gegeben, wie die Untersuchung durchgeführt und welchem Konzept gefolgt wurde und welche Methoden Anwendung fanden.

Jeweils 40 Prozent des Kollegiums einer Schule wurden mit Hilfe eines *qualitativen Interviews* ausführlich befragt. Dies bedeutete vor allem, daß Fragen völlig frei beantwortet werden konnten und bloße „Ja-Nein-

Antworten" weitgehend ausgeschlossen waren. Das Interview enthielt Fragen über die „Vorstellungen von Schule" von Lehrerinnen und Lehrern, über ihre „erziehungsleitenden Vorstellungen und Grundsätze" sowie über ihre Ansichten zur „Schulorganisation", „Schulleitung" und „Kooperation". Das kürzeste Interview dauerte fünf Viertel, das längste etwa zwei Stunden. Ferner wurde, soweit dies möglich war, bei allen Mitgliedern des Kollegiums der fünf Gymnasien eine *Einstellungserhebung* durchgeführt. Mit ihrer Hilfe wurden wichtige Aspekte der fünf aufgeführten Bereiche ermittelt; damit konnten die in den Interviews gemachten Aussagen an den Befunden überprüft werden, die an einer größeren Gruppe gewonnen worden waren. Da Kooperation, wie dargelegt, einerseits Voraussetzung für Konsens ist, andererseits Konsens fördert und seine Bildung erleichtert, erfolgten auch *Erhebungen über Formen der Kooperation,* wie zum Beispiel Teilnahme an Konferenzen (Lehrer-, Fachgruppen-, Klassen- und andere Konferenzen) und Gespräche, die der Kooperation dienten. Ferner wurden mit einem *Schulmerkmalsbogen* Angaben erhoben, die sich auf objektive Gegebenheiten der einzelnen Schulen bezogen (unter anderem auf ihr Bildungsangebot/pädagogische Besonderheiten, auf ihre bisherige Entwicklung, ihr Einzugsgebiet und soziales Umfeld, auf ihre Größe, Zusammensetzung der Schüler und Lehrer sowie ihre Ausstattung, ihre Gebäude- und Raumverhältnisse). Diese Angaben dienten dem besseren Verständnis der Schule und ihrer Situation, was vor allem im Hinblick auf die Aussagen der interviewten Lehrer, Eltern und Schüler wichtig war, die sie über ihre Schule, deren Praxis und jeweiligen Gegebenheiten machten.

Wer sich über die Durchführung der Untersuchung, die Art ihrer Auswertung und ihre Ergebnisse im einzelnen informieren möchte, der sei auf den ausführlichen Forschungsbericht hingewiesen.[21]

Zum Konzept der Untersuchung, mit deren Hilfe zum ersten Male versucht wurde, Konsens an Schulen zu erfassen und der damit wie auch in methodischer Hinsicht eine Pilotfunktion zukommt, ist noch folgendes anzumerken:

- Zum einen wurde im Rahmen der Interviews auch danach gefragt, inwieweit die über die Schule und ihre einzelnen Aufgabenbereiche gemachten Äußerungen (im Sinne ihrer bestmöglichen Gestaltung) auch auf die Praxis der Schule zutreffen, an der der jeweils Befragte tätig war.

– Zum anderen wurden Fragen zum Schulklima und den besonders hervorstechenden Merkmalen der eigenen Schule gestellt.

Durch diese Fragen, die auf die *Einschätzung der realen Schulsituation* abzielten, war eine Kontrolle darüber gegeben, inwieweit die für ideal gehaltenen Vorstellungen auch im Schulalltag umgesetzt wurden, das heißt handlungsrelevant waren. Umgekehrt konnte überprüft werden, inwieweit die praktizierte Schulrealität die idealen Vorstellungen von Lehrern, Eltern und Schülern beeinflußte, beziehungsweise auch welche Hindernisse sich ihrer Realisierung in den Weg stellten und dadurch den Wunsch nach besseren Lösungen verstärkten.

Ferner wurde bei den Bereichen „Schulverständnis", „erziehungsleitende Vorstellungen" und „Organisation" im Interview auch danach gefragt, inwieweit die dargelegten eigenen Auffassungen von den Kollegen der eigenen Schule geteilt würden. Es sollte hierdurch der Konsens im Sinne reflexiver Koorientierung ersten Grades erfaßt werden: Wird vom einzelnen Lehrer die eigene Vorstellung über den jeweiligen schulischen Sachverhalt als a) übereinstimmend, b) als nur teilweise im Einklang stehend mit der Meinung anderer Mitglieder des Kollegiums oder c) als abweichend (dissent) von dieser erfahren – 1. mit der Mehrheit, 2. mit Teilen oder 3. einer Minderheit desselben?

Schließlich war in Anbetracht des hohen Stellenwertes, den das Berufsethos der Lehrer für ihre Tätigkeit und die Schule insgesamt besitzt, von vornherein vorgesehen, ihre Interviewäußerungen hinsichtlich der mit ihnen verbundenen ethischen Aspekte oder Begründungen auszuwerten. Es wurde jedoch nicht direkt nach berufsethischen Aspekten, Prinzipien oder Begründungen gefragt, um Antworten in Richtung „sozialer Erwünschtheit" möglichst zu vermeiden. Es zeigte sich, daß alle Lehrer in ihren Äußerungen zu den verschiedenen schulischen Aufgabenbereichen von sich aus auf ethische Aspekte ihrer Tätigkeit Bezug nahmen und diese teils direkt, teils indirekt ihren Aussagen zu entnehmen waren. Somit war auch über diesen Gegenstandsbereich eine Auswertung möglich.

Für jeden der untersuchten fünf beziehungsweise mit „Berufsethos“ sechs Bereiche konnten drei bis vier miteinander verwandte Formen des Verständnisses von einem schulischen Aufgabenbereich oder auch der Auffassung über ihn ermittelt werden.

Die Begriffe Verständnis und Auffassung werden oft im gleichen Sinne verwandt. Hier wird jedoch unter Verständnis (zum Beispiel „von Schule“ oder eines anderen der fünf Gegenstandsbereiche der Untersuchung wie „Kooperation“) eine differenzierte, über Einzelaspekte hinausgehende komplexe Vorstellung über einen Gegenstandsbereich verstanden. Sie enthält grundsätzliche Aspekte desselben sowie Begründungen und schließt Aussagen über deren Zusammenhänge ein. Von Auffassungen oder auch Auffassungsschwerpunkten wird dann gesprochen, wenn aus den Interviewaussagen der Lehrer (und ebenso der Eltern und Schüler) weniger ein Verständnis im dargelegten Sinne entnommen werden konnte, sondern aus ihnen eher die dominante Sichtweise hervorging, aus der ein schulischer Gegenstandsbereich wahrgenommen beziehungsweise dargestellt wurde; das heißt: Differenzierte Ausführungen über den jeweiligen Gegenstandsbereich und eine relative argumentative Geschlossenheit lagen weniger vor. In diesem Sinne konnten zum Beispiel bei Lehrern für die Bereiche „Schule, Schulleitung“ und „Kooperation“ Formen von Verständnissen erschlossen und für den Bereich „Organisation“ hingegen mehr Auffassungen ermittelt werden.

Erste Einschätzung der Ergebnisse

Die Ergebnisse bestätigten zunächst die grundlegende Annahme: Lehrerinnen und Lehrer, Schulleiter eingeschlossen, äußerten sich ähnlich oder begrenzt voneinander abweichend über Schule generell sowie über deren wichtigste Aufgabenbereiche. Das heißt: Ihre Vorstellungen und Auffassungen sind miteinander verwandt, beziehungsweise sie überschneiden sich. In keinem Fall wurden extrem gegensätzliche, sich ausschließende Auffassungen von den 125 ausführlich interviewten Lehrern vertreten. An allen fünf Schulen fanden sich ähnliche Verständnisse oder Auffassungen zu einem Aufgabenbereich. Es ergaben sich aber Unterschiede darin, zu welchem Anteil die eine oder andere Form schulischen Verständnisses von den Lehrern der einzelnen Schulen bevorzugt wurde. Diese Feststellungen schließen nicht aus, daß der eine oder andere Lehrer zur Verdeutlichung seiner Vorstellungen Schulkonzepte anführte, wie sie eher von Schulen besonderer Prägung realisiert werden, wie zum Beispiel der Waldorfschule von Rudolf Steiner oder der Montessori-, der Petersen- oder der Europa-Schule.

Darin, wie sich die Lehrer zu den entsprechenden Interviewfragen äußerten, wurde deutlich, daß sie versuchten, den grundlegenden Aspekten – oder auch Polen – Rechnung zu tragen, die durch die komplexe Struktur ihrer Aufgabe bedingt sind, zum Beispiel: Dem Schüler und seiner Persönlichkeit gerecht zu werden und der Struktur und den Inhalten des jeweiligen Faches zu entsprechen – oder Theorie- und Wissenschaftsbezug einerseits, Lebens- und Praxisbezug andererseits – Betonung der Förderung kognitiver Fähigkeiten oder des emotionalen Bereichs der Persönlichkeit von Schülern und zentraler Faktoren wie Selbstvertrauen und Selbstkonzept. Ähnlich äußerten sich die Eltern.

Zunächst werden die wichtigsten Ergebnisse für die drei zentralen, inhaltlich miteinander verbundenen Bereiche „erziehungsleitende Vorstellungen“, „Schulverständnis“ und „Berufsethos“ dargestellt. Danach wird auf die übrigen drei Bereiche eingegangen, die mehr den Charakter des Mittels haben und dazu dienen, Schule relativ unabhängig von ihrer pädagogischen Ausrichtung zu realisieren.

Erziehungsleitende Vorstellungen

Die Äußerungen der Lehrer aller fünf Schulen ließen sich nach folgenden „erziehungsleitenden Vorstellungen" ordnen, die sie ihrer beruflichen Tätigkeit zugrunde legen:[22]

1. Es dominieren die Ausrichtung der Erziehung auf die *gehaltvolle Vermittlung fachlicher Inhalte* sowie das Bemühen, unter Bezug auf den Bildungsgehalt des Faches oder/und die Inhalte des Lehrplans guten Unterricht zu realisieren.
2. Eine zweite Gruppe von Lehrern betont die Ausrichtung ihrer Erziehungsbemühungen auf eine *ganzheitliche Persönlichkeitsförderung* des Schülers, für die Grundlage die Vorstellung eines vernunftgeleiteten Menschen ist. Dabei wird die Vermittlung von Wissen und die Förderung *fachübergreifender kognitiver Fähigkeiten* hervorgehoben. Der Unterricht ist an dialogischen Prinzipien orientiert, und auf die Mitgestaltung des Unterrichts durch die Schüler wird Wert gelegt.
3. Der *Erwerb allgemeiner Fähigkeiten und Kenntnisse* (Wissen) im Sinne der *Vorbereitung auf künftige Lebensbewährung* wird betont. Der Akzent wird stärker auf die „formale Bildung" gesetzt. Hinsichtlich der Vermittlung von Inhalten und der Art unterrichtlichen Vorgehens wird vor allem der Bezug zur Praxis und zu den Problemen der Lebenswirklichkeit gefordert.
4. Schließlich zielen Lehrer auf eine Erziehung der Persönlichkeit ihrer Schüler ab, indem sie vor allem *Selbständigkeit und soziale Fähigkeiten* zu fördern suchen. Dabei wird vor allem auf den wechselseitigen Bezug im Erziehungsverhältnis und die Forderung der Umkehrbarkeit des Erziehungsverhaltens abgehoben (das heißt, Schüler sollten sich so verhalten können, wie Lehrer sich ihnen gegenüber verhalten). Lehrer dieser Auffassung sprechen eine Vielfalt von Methoden an, was für die Lehrer der drei erstgenannten Formen des Erziehungsverständnisses weniger zutrifft.

Das unter 1. beschriebene Erziehungsverständnis wurde von 40 Prozent der Lehrer aller fünf Schulen, die Formen 2. und

3. von jeweils etwa einem Fünftel (18 bis 20 Prozent) und die Form 4. von etwa einem Siebentel der Lehrer vertreten.

Von den Lehrern, die sich in diesen vier Formen erziehungsleitender Vorstellungen und deren Schwerpunkten voneinander unterschieden, wurden Motive angesprochen, welche die Mehrzahl von ihnen für wichtig hielt. Unter Motiven werden hier Ziele, Beweggründe, Grundsätze oder andere dominante Argumente wie auch bevorzugte Mittel zusammengefaßt. Lehrer, die diese Motive ansprechen, unterscheiden sich einerseits darin, aus welcher Perspektive sie diese Motive beziehungsweise speziellen Ziele sahen, wie sie sie begründen – oder in dem Zusammenhang, in den sie ein Mittel bringen. Andererseits verfolgen sie trotz der etwas anderen grundsätzlichen Sicht ein ähnliches oder gleiches Ziel oder bejahen das gleiche Mittel oder den gleichen Beweggrund wie ihre Kollegen, wenn sie diesen auch ein etwas anderes Gewicht beimessen. Insofern werden Lehrer unterschiedlicher Verständnisse oder Auffassungen von einem Gegenstandsbereich durch diese Motive miteinander verbunden. Sie können daher auch als *konsensrelevante* oder *konsensuelle* Brücken verstanden werden, welche die Lehrer unterschiedlicher Formen von Verständnissen oder Auffassungen von einem Gegenstandsbereich miteinander verbinden.

Solche die Lehrer unterschiedlicher, erziehungsleitender Vorstellungen verbindenden Motive waren bezüglich der drei Aspekte, die im Bereich „erziehungsleitende Vorstellungen" zu unterscheiden waren – Ziele, Mittel, Argumente/Beweggründe –, folgende:

- Kenntnis der für wichtig angesehenen Inhalte der Fächer;
- Förderung von Anstrengungsbereitschaft, des Einhaltens von Ordnung und Pünktlichkeit;
- Förderung der Freude am Unterrichtsfach und am Lernen;
- Anwendung gemeinschaftsbezogener Formen des Lernens und auf die Förderung der Aktivität von Schülern ausgerichtete Unterrichtsgestaltung;
- Einnahme einer verständisvollen Grundhaltung gegenüber Schülern;

- Gerechtigkeit in der Leistungsbeurteilung und hinsichtlich der Berücksichtigung der Bedürfnisse von Schülern;
- den Erfordernissen Rechnung tragen, die sich a) aus dem Unterrichtsfach und dem Lehrplan ergeben, b) aus der Relevanz von Inhalten für die Praxis und das spätere Leben und c) aus der Unterrichtspraxis (Erfahrung und Bewährung).

Diese von Lehrern aller fünf Gymnasien bejahten Motive können als ein relativ breiter Bereich potentiellen Konsenses angesehen werden.

Verständnis von Schule

Das „Verständnis von Schule" wird hauptsächlich durch die Ziele, die der einzelne Lehrer verfolgt, und durch die damit verbundene Form der Gestaltung einer Schule gekennzeichnet, für die er tätig ist – in unserem Fall des Gymnasiums. Damit ist nicht allein der Unterricht gemeint, der nach wie vor als zentraler Bereich jeder Schule anzusehen ist, sondern die Schule insgesamt, alle Schulstufen und Bereiche, wie das Unterrichtsangebot, der Umgang miteinander, die außerschulischen Aktivitäten, kurz das Schulleben und seine Gestaltung.

Drei Formen des Schulverständnisses wurden von den Lehrern vertreten:

1. Etwa ein Drittel von ihnen versteht Schule hauptsächlich als Stätte der Bildung, wobei vor allem auf die Förderung einer geordneten Vorstellungswelt und der Persönlichkeit des Schülers abgezielt wird. Dies wird mit bildungstheoretischen und anthropologischen Überlegungen begründet, wobei auf den Bildungsgehalt der Fächer ebenso wie auf Erfordernisse der Schulpraxis Bezug genommen wird.
2. Ein gutes Viertel der Lehrer setzt den Schwerpunkt auf eine human gestaltete, am Schüler orientierte Schule, wobei das Wohlbefinden des Schülers und die Förderung des Zusammenlebens in der Gemeinschaft besonders betont werden.

Auffassungen und Verständnisse bei Lehrern sowie Konsensbereiche

Bereich „Erziehungsleitende Vorstellungen" N = 125

1. Es überwiegt die Ausrichtung auf die Vermittlung fachlicher Inhalte unter Bezug auf den Bildungsgehalt der Fächer und/oder die Lehrplanvorgaben n = 50 (40 %)	2. Betonung der Wissensvermittlung bei ganzheitlicher Förderung der Persönlichkeit; Ausrichtung an Rationalität, Mündigkeit bei entsprechenden anthropologischen Begründungen n = 25 (20 %)
3. Im Vordergrund steht der Erwerb übergreifender Fähigkeiten und allgemeinen Wissens i. S. der Vorbereitung auf die Zukunft; Aspekte der formalen Bildung werden dabei besonders betont n = 22 (18 %)	4. Die Bildung der Persönlichkeit i. S. der Förderung von Selbständigkeit und sozialen Fähigkeiten steht im Mittelpunkt; die Wechselseitigkeit des Bezugs und die Reversibilität des Erziehungsverhaltens werden betont n = 18 (14 %)

n. z. = 10 (8 %)

Konsensrelevante Motive (= konsensuelle Brücken zwischen o. a. Formen unterschiedlich ausgerichteter „Erziehungsleitender Vorstellungen"):

- Kenntnis der für wichtig angesehenen Inhalte der Fächer
- Förderung von Arbeitstugenden wie Anstrengungsbereitschaft und Einhalten von Ordnungen
- Förderung der Freude am Unterrichtsfach und am Lernen
- Anwendung gemeinschaftsbezogener Form des Lernens und auf Förderung der Aktivität von Schülern ausgerichtete Unterrichtsgetaltung
- Einnahme einer verständnisvollen Grundhaltung gegenüber Schülern
- Gerechtigkeit in der Leistungsbeurteilung und hinsichtlich der Bedürfnisse von Schülern
- Erfordernissen Rechnung tragen, die sich
  - aus dem Unterrichtsfach und dem Lehrplan ergeben
  - aus der Relevanz von Inhalten für die Praxis u. das spätere Leben
  - aus der Unterrichtspraxis (Erfahrung und Bewährung)

Bereich „Schulverständnis" N = 125

1. Schule wird hauptsächlich als Stätte der Bildung gesehen i. S. der Förderung einer geordneten Vorstellungswelt und der Persönlichkeit des Schülers, unterbaut durch bildungstheoretische und anthropologische Reflexionen sowie durch Bezug auf den Bildungsgehalt der Fächer und auf die Schulpraxis n = 43 (34 %)	2. Schule wird vorwiegend i. S. human gestalteten, am Schüler orientierten unterrichtlichen und außerunterrichtlichen Geschehens verstanden; Betonung von Wohlbefinden und Förderung des Zusammenlebens in der Gemeinschaft n = 35 (28 %)	3. Schule wird vor allem als Ort der Vorbereitung auf Lebensanforderungen verstanden; die pragmatische Ausrichtung überwiegt; Förderung allgemeiner kognitiver Fähigkeiten und von Persönlichkeitseigenschaften (Selbständigkeit/Toleranz) wird betont. n = 30 (24 %)

n. z. = 17 (14 %)

Konsensrelevante Motive:

- Ausrichtung der Schule an der Persönlichkeitsbildung des Schülers
- Schule soll sich an den Bedürfnissen der Schüler orientieren (u. a. im Sinne ihrer humanen Gestaltung)
- Bezug zum Leben durch entsprechende Auswahl und Vermittlung von Fachinhalten

(Weitere konsensuelle Brücken bestehen zwischen den Verständnisformen 1. u. 3. [eine] und 2. u. 3. [zwei]).

n. z. = Anzahl der nicht zuordenbaren Personen

3. Ein weiteres (knappes) Viertel will vor allem auf spätere Lebensanforderungen vorbereiten. Dabei wird besonders auf die Förderung allgemeiner kognitiver Fähigkeiten (zum Beispiel Urteils- und Entscheidungsfähigkeit) und von Persönlichkeitseigenschaften (insbesondere auf Selbständigkeit sowie Toleranz) Wert gelegt.

Auch hier sind inhaltlich Überschneidungen gegeben. Die Lehrer aller drei Gruppen sprechen Motive (Ziele, Grundsätze/Gestaltungsprinzipien und Sachverhalte) an, die zu beachten die Mehrzahl von ihnen für wichtig hält und die als konsensuelle Brücken verstanden werden können. Die Schule soll durch die Auswahl geeigneter Fachinhalte auf künftige Lebensaufgaben vorbereiten; – sich an den Bedürfnissen der Schüler orientieren; – die Persönlichkeit bilden. Darüber hinaus sind weitere inhaltliche Verbindungen zwischen den Lehrern der ersten und zweiten Gruppe zur dritten, jedoch nicht zwischen der ersten und zweiten Gruppe gegeben.

Bei etwa einem Siebtel der Lehrer aller fünf Gymnasien ließ sich kein eindeutiges Schulverständnis ausmachen. Die Aussagen dieser Lehrer waren teils nicht ausreichend und differenziert genug, teils waren sie zu vage und unbestimmt gehalten.

Berufsethos

Die Ergebnisschwerpunkte und -tendenzen, die sich in beiden Bereichen abzeichnen, wurden analog bei den Befunden angetroffen, die für das „Berufsethos" von Lehrern ermittelt wurden.[23] Hier wird ein noch höherer Grad an einvernehmlichen Auffassungen deutlich als in den zwei bereits dargestellten. Über die Hälfte der Lehrer vertritt hinsichtlich der Unterrichtsgestaltung und des Umgangs mit Schülern eine ethische Auffassung, folgender Ausrichtung: Sie versuchen, sowohl auf den Schüler individuell einzugehen und ihn fürsorglich zu fördern, als auch den inhaltlichen Anforderungen des Faches (seiner Struktur, Sachzusammenhängen, Betrachtungsweisen und Denkformen) und damit der Bildungsaufgabe der Schule gerecht zu werden. Jeweils ein knappes Viertel der Lehrer betonte entweder stärker den Pol „Gerechtigkeit gegenüber dem Schüler und seiner fürsorglichen Förderung" oder den Pol der „Sach- und Fachgerechtheit des Lehrerhandelns und der Realisierung guten Unterrichts".

Die Mehrheit der Lehrer teilt also übereinstimmende berufsethische Vorstellungen: Die beiden Hauptpole ihrer Tätigkeit, der Schüler und seine Persönlichkeit – das Fach und die mit ihm zu vermittelnde Bildung, und die mit diesen Polen verbundenen ethischen Dimensionen werden in annähernd gleicher Weise beachtet. Ferner „überschneidet" sich diese große Gruppe von Lehrern in ihrem berufsethischen Verständnis mit dem ihrer Kollegen. Diese betonen jeweils einen Pol stärker als die Mehrheit ihrer Kollegen, sprechen jedoch auch die ethischen Aspekte des jeweils anderen Schwerpunktes an. So sind die Lehrer aller drei Gruppen durch folgende Motive miteinander verbunden, die sie im Zusammenhang ihrer ethosbezogenen Aussagen lediglich anders gewichten:

- Hilfe zur individuellen Persönlichkeitsförderung;
- Selbstverwirklichung der Schüler;
- Menschlichkeit, Empathie und Verständnis für die Schüler;
- Partnerschaftlichkeit im Umgang mit den Schülern;
- Achtung ihrer Person;
- Berücksichtigung ihrer Bedürfnisse bei der Unterrichtsgestaltung; aber auch
- Sich-verantwortlich-Fühlen für die Erhaltung ihrer eigenen fachwissenschaftlichen Kompetenz, um den Anforderungen der Schule und des Unterrichts gerecht zu werden.

Es besteht somit eine breite Basis des Konsenses über die ethischen Dimensionen, die Lehrer mit dem Umgang mit Schülern und der Gestaltung des Unterrichts verbinden. Das den Lehrern gemeinsame Ethos kann als ihr pädagogisches Gewissen verstanden werden, in dem sich die individuelle Verantwortung des einzelnen mit der der anderen verbunden weiß.

Berufsethos – Schwerpunkte in den Handlungsfeldern „Umgang mit Schülern" und „Unterrichtsgestaltung" N = 124

1. Sowohl Betonung ethischer Dimensionen der Sachgerechtheit als auch der Gerechtigkeit gegenüber dem Schüler und seiner fürsorglichen Förderung	2. Betonung der Sach- und Fachgerechtheit des Lehrerhandelns und der Realisierung guten Unterrichts	3. Betonung der Gerechtigkeit gegenüber dem Schüler und seinen Bedürfnissen sowie seiner fürsorglichen Förderung
n = 70 (56 %)	n = 27 (22 %)	n = 27 (22 %)

Konsensrelevante Motive:
- Individuelle Persönlichkeitsförderung/Hilfe bei der Selbstverwirklichung der Schüler
- Menschlichkeit im Umgang mit Schülern
- Empathie und Verständnis für Schüler
- Achtung vor dem Schüler als Person*
- Partnerschaftlichkeit im Umgang mit Schülern*
- Berücksichtigung der Bedürfnisse von Schülern bei der Gestaltung des Unterrichts*
- Bemühen des Lehrers um die Erhaltung seiner fachwissenschaftlichen Kompetenz*

Bereich „Verantwortung und Engagement für die eigene Klasse und sie übergreifende Schulbereiche" – Auffassungsschwerpunkte N = 125

1. Betonung der Verantwortung und des Engagements für die eigene(n) Klasse(n)	2. Verantwortung und Engagement über die eigene(n) Klasse(n) hinaus für die verschiedenen Schulstufen und/oder die Schule als Ganzes
n = 71 (57 %)	n = 54 (43 %)

Konsensrelevante Motive:
Durchgängig werden von den nachstehend aufgeführten fünf Motiven beziehungsweise Argumenten des Bereichs „Verantwortung und Engagement für die eigene Klasse" von allen Lehrern jeweils ein bis zwei genannt:
- Verantwortung für das Klima in der Klasse
- Verantwortung dafür, die Lernbedingungen der eigenen Klasse durch Engagement für außerunterrichtliche Aktivitäten zu verbessern
- Da wenig Einfluß auf das Schulganze gesehen wird, nur Verantwortung für die eigene Klasse wahrnehmen
- Verantwortung nur für die eigene Klasse wahrnehmen, da die Energie (seelische Kraft) darüber hinaus nicht reicht
- Verantwortung auf die eigene Klasse beschränken, um sich Ärger zu ersparen und das Privatleben nicht zu beeinträchtigen

---

Legende: n. z. = Anzahl der nicht zuordenbaren Personen
* = Die Motive, die nicht mit einem * versehen sind, werden jeweils von der Mehrheit aller Lehrer (50 bis zu 80 %) der o. a. Verständnisformen vertreten, die mit * markierten von größeren Gruppen (25 bis 49 % der Lehrer).

Hinsichtlich der „Verantwortung für Kooperation" wird von nahezu einer Drei-Viertel-Mehrheit der Lehrer betont, daß sie Kooperation sowohl aus Gründen der Hilfe für den einzelnen Schüler als auch als Prinzip alltäglichen Handelns im Ganzen schulischen Geschehens für unerläßlich ansehen; nur ein knappes Viertel der Lehrer bezieht ihre Verantwortung für Kooperation vor allem auf den einzelnen Schüler, um ihm bei akuten Anlässen zu helfen. Verantwortung und Engagement werden von etwas mehr als der Hälfte der Lehrer hauptsächlich in Bezug auf die Schüler und die Klasse gesehen, in der sie unterrichten. Die übrigen sehen ihre Verantwortung und ihr Engagement über die eigene Klasse hinaus ebenso für die verschiedenen anderen Schulbereiche (zum Beispiel Schulstufen, Arbeitsgemeinschaften) und die Schule als Ganzes.

Wie zu erwarten war, besteht zwischen dem Schulverständnis der Lehrer und ihren erziehungsleitenden Vorstellungen sowie zwischen ihrem Schulverständnis und den ethischen Schwerpunkten, die sie in ihrer Tätigkeit setzen wollen, ein enger Zusammenhang. (Er konnte in beiden Fällen statistisch abgesichert werden.)[24] Viele Lehrer verstanden ihre Erziehungsvorstellungen – was von der Sache her nahelag – als den Weg, die Art der Schule zu verwirklichen, die sie als ideal ansehen. Für sie ist zum Beispiel Schule als Bildungsstätte und Ort der Persönlichkeitsentwicklung vor allem mit den Erziehungsvorstellungen verbunden, vom Bildungsgehalt der Fächer, deren Inhalten und Strukturen sowie entsprechenden pädagogisch-anthropologischen Vorstellungen und Grundsätzen auszugehen. Lehrer, die sich im Bereich Schulverständnis besonders für eine humane Gestaltung der Schule aussprachen, legten bei der Darlegung ihrer erziehungsleitenden Vorstellungen den Schwerpunkt auf Aspekte des wechselseitigen Bezugs im Erziehungsverhältnis und in ihren ethisch relevanten Äußerungen besonders auf Gerechtigkeit gegenüber dem Schüler. Lehrer, die in ihren berufsethischen Einstellungen in annähernd gleicher Weise dem Schüler und seinen Bedürfnissen als auch den Fach- und Sachanforderungen des Unterrichts gerecht zu werden suchten, verstanden Schule vorwiegend als Ort der Bildung und Persönlichkeitsförderung oder als Vorbereitung des einzelnen Schülers auf seine späteren Lebensaufgaben.

Auffassungen von Organisation

Bei den Vorstellungen über die „Organisation von Schule" fiel auf, daß ein Drittel der Lehrer sich hierzu nicht äußerte und kaum Interesse an ihr zeigte. Diese Lehrer waren im großen und ganzen mit der bestehenden Form der Schulorganisation, insbesondere mit der der eigenen Schule, zufrieden. Hier scheint nach wie vor durchzuschlagen, daß auf Grund ihrer Schwerpunktaufgabe „Unterricht zu halten", für einen Teil der Lehrer die „Organisation" von Schule kein Thema ist; hierfür halten sie vornehmlich Schulleitung und -verwaltung für zuständig. Die eigene Unterrichtsarbeit wird als relativ isoliert von der anderer Lehrer und auch von anderen Schulbereichen gesehen.

Ein weiteres Drittel der Lehrer war mehr auf die pädagogischen Anliegen ausgerichtet, der die Organisation der Schule zu dienen und für deren möglichst reibungslose Wahrnehmung sie zu sorgen habe; vorwiegend Mitwirkungsaspekte der Schulorganisationen sprachen etwa ein Fünftel der Lehrer an; pädagogische Anliegen und Mitwirkungsinteressen wurden in annähernd gleicher Weise nur von knapp einem Zehntel aller Lehrer betont. Der Grad an einvernehmlichen Auffassungen ist hier begrenzt. Immerhin werden von Lehrern aller drei Formen der genannten Auffassungen in bezug auf schulische Organisation mehrheitlich die pädagogischen Anliegen angesprochen. Konsensrelevante Brücken sind hier die folgenden Motive: – „Durch organisatorische Regelungen sollen bessere Bedingungen für pädagogische Kooperation und zur Entlastung von Verwaltungsarbeiten geschaffen werden", – „Die Konferenzen bedürfen einer stärkeren pädagogischen Ausrichtung“ und – „Durch Organisation sollen gute Rahmenbedingungen für erfolgreichen Unterricht hergestellt werden.“[25]

Verständnis von Schulleitung

Ein Bereich, in dem inhaltlich und bezogen auf die Anzahl der Lehrer aller fünf Schulen ein hoher Grad an Übereinkunft bestand, ist das „Verständnis von Schulleitung“: Nahezu zwei Drittel aller Lehrer betonten die vermittelnde, integrierende und ebenso auf Fürsorge ausgerichtete Aufgabe der Schulleitung, wobei ein kooperativer, vermittelnder und offener Führungsstil erwünscht ist (sowohl in bezug auf ein Problem und dessen Inhalt als auch im Hinblick auf Zugänglichkeit und Ansprechbarkeit der Schulleitung). Etwa ein Viertel der Lehrer erwartet von ihr die Wahrnehmung pädagogischer Aufgaben in Verbindung mit einer stärkeren Ausrichtung auf Neuerungen (innovative und kreative Impulse geben!). Nur wenige Lehrer verstehen Schulleitung vorwiegend im Sinne des reibungslosen guten Managements, das Lehrern möglichst viele Arbeiten, vor allem die der Verwaltung, abnimmt.

Verständnis von Kooperation

Im Verständnis von „Kooperation“ setzen die Lehrer folgende Schwerpunkte: Für ein Drittel von ihnen bedeutet Kooperation, daß die erzieherischen Anliegen im Vordergrund stehen; für ein Fünftel der Lehrer erstreckt sich Kooperation hauptsächlich auf die fachunterrichtliche Arbeit; für ein knappes Drittel waren beide Anliegen gleich wichtig, und wenig an Kooperation interessiert zeigte sich etwa ein Zehntel der Lehrer. Was die letztgenannte Gruppe betrifft, so bestand bezüglich des geringen Interesses an Kooperation kein Zusammenhang mit der Fachzugehörigkeit der Lehrer, auch nicht mit ihrem Alter und Geschlecht. Mehrheitlich wurden von den Lehrern, die diese drei Formen des Verständnisses von Kooperation vertraten, sowohl erzieherische (zum Beispiel Austausch über Problemschüler und schwierige Klassen) als auch fachunterrichtliche Beweggründe der Kooperation genannt (zum Beispiel Absprachen hinsichtlich der Unterrichtsinhalte und des methodischen Vorgehens). So sind auch hier sich ergänzende Vorstellungen über Kooperation gegeben, beziehungsweise es besteht potentiell ein relativ hoher Grad an Einvernehmen, da die komplexe Form der Auffassung (sowohl erzieherisch als auch fachunterrichtlich) die beiden anderen inhaltlich einschließt. Nur sehr wenige Lehrer (unter fünf Prozent) verstanden unter Kooperation, daß die Bedürfnisse der Lehrer selbst im Vordergrund stehen, zum Beispiel Arbeitserleichterung, Zeitersparnis und Hilfen durch andere Kollegen.

Somit besteht bezüglich der beiden „Mittel", Schulleitung und Kooperation, mit deren Hilfe Schule und ihre Organisation verwirklicht und Erziehungsvorstellungen realisiert werden sollen, ein größeres Einvernehmen als hinsichtlich der Schul- und Erziehungsvorstellungen. Das steht keineswegs im Widerspruch dazu, daß dieselben Lehrer unterschiedlich und teilweise kritisch einschätzen, wie Kooperation an ihrer Schule realisiert und wie sie geleitet wird. Darauf wird in den nachfolgenden Kapiteln 6–8 näher eingegangen.

Einschätzung des Konsenses

Insgesamt haben die Lehrer aller fünf gymnasialen Schulkollegien ähnliche oder miteinander verwandte Vorstellungen von Schule sowie übereinstimmende Auffassungen hinsichtlich zentraler Aspekte schulischer Aufgaben und wichtiger Dimensionen ihres Berufsethos. Diese Tatsache ist im Interesse einer einvernehmlichen pädagogischen Ausrichtung des Schulgeschehens und seiner Stimmigkeit als positiv zu bewerten. Zwar vertreten die Lehrer der einzelnen Gymnasien die aufgezeigten verschiedenen Auffassungen über die sechs schulischen Bereiche (Schulverständnis, erziehungsleitende Vorstellungen, Berufsethos, Organisation, Schulleitung, Kooperation) in unterschiedlichem Umfang, und Schule und ihr Erziehungsauftrag werden aus unterschiedlichen Blickwinkeln heraus gesehen; *dennoch besteht bei den Lehrern aller fünf Gymnasien Übereinstimmung in vielen Vorstellungen und Motiven, also ein schulübergreifender und mehrheitlich getragener Konsens.* Das zeigt, daß es auch innerhalb der einzelnen Schulen die Grundlage für einen Konsens gibt, aber über die Form und über seinen Umfang ist noch nichts Näheres ausgesagt. Hierüber kann nur die Analyse der Befunde auf der Ebene der einzelnen Schule Aufschluß geben, und dort vor allem wird Konsens konkret wirksam. Das nächste Kapitel wird hierüber Auskunft geben. Zuvor ist jedoch noch auf einige wichtige Sachverhalte und Zusammenhänge hinzuweisen, die die Lehrer aller Schulen betreffen.

Spannungen, Konflikt- und Problembereiche

Die Tatsache, daß Lehrer in wichtigen Punkten gemeinsame Vorstellungen über die Schule haben, darf nicht darüber hinwegtäuschen, daß dieselben Lehrer in allen fünf Gegenstandsbereichen Probleme, Spannungen und Konflikte ansprechen. Sie beschäftigen die Lehrer innerlich, und sie stimmen der Art, wie sie im Schulalltag zu lösen gesucht oder von Teilen eines Kollegiums und manchmal auch von der Schulleitung nicht beachtet oder beiseite geschoben werden, keineswegs zu. Zu diesen Spannungen und Konflikte auslösenden Bereichen gehören die Leistungsbewertung (Form der Notenvergabe/anzulegende prinzipielle Gerechtigkeitsaspekte etc.) und das Problem pädagogisch sinnvoller Antworten auf Disziplinverstöße einzelner Schüler. Ferner rechnen dazu Fragen der didaktisch problemangemessenen Umsetzung für notwendig gehaltener neuer Aufgaben, zum Beispiel der Umwelterziehung oder der fachübergreifenden Themenbehandlung.

Insbesondere besteht für Lehrer folgendes Spannungsfeld: Einerseits soll der Erfahrungs-, Handlungs- und Praxisbezug schulischen Lernens gesichert und sollen Zusammenarbeit, Solidarität, Gemeinsinn, Eigen- und Mitverantwortung gefördert werden; andererseits sollen eine solide Basis an wissenschaftsorientierter Grundbildung vermittelt und dabei eine geordnete Vorstellungswelt und ein differenziertes Welt- und Wirklichkeitsverständnis sowie Orientierungs-, Urteils- und Kritikfähigkeit herangebildet werden.

Im Bereich des Verständnisses von Schule waren es besonders an altsprachlichen Gymnasien mit humanistischer Tradition grundlegende Fragen, zum Beispiel wie angesichts der veränderten Zeitsituation Humanismus und eine humanistische Ausrichtung der Bildung heute zu verstehen seien. Ferner geht es nach wie vor darum, den zueinander in Spannung stehenden Aufgaben zu entsprechen, weniger befähigte, lernschwächere Schüler zu fördern, die zum Teil aus bildungsungünstigen sozialen Verhältnissen kommen, und die Förderung tüchtiger, begabter Schüler nicht zu vernachlässigen. Das ist mit der Sorge verbunden, das angestrebte Niveau gymnasialer Bildung ohne Abstriche einzuhalten und die Bildung der Fähigkeiten und des Wissens zu gewährleisten, die für ein späteres Studium als unerläßlich angesehen werden.

Im Bereich „Organisation" waren es Fragen der Gestaltung und des Ablaufs von Konferenzen sowie der Fachgruppenbildung und der Besetzung von Funktionsstellen (Fachgruppen-/Schulleiter), bei der Lehrer eine stärkere Mitsprache wünschen. Einzelne Lehrer, die nur ein geringes Stundendeputat haben (zehn Wochenstunden und weniger), empfinden es als Problem, daß sie nur ungenügend in das Kollegium eingebunden sind und hierdurch unfreiwillig in eine Sonderstellung gelangen.

Die Spannungen, die von Lehrern im Bereich der „Schulleitung" angesprochen wurden, bestehen zwischen Freier-Hand-haben-Wollen einerseits und dem Wunsch nach stärkerer Vorgabe einer pädagogischen Linie andererseits – oder darüber, daß über die Vermittlungs-, Integrations- und Betreuungsaufgabe hinaus vom Schulleiter mehr innovative Impulse ausgehen sollten. Nicht zuletzt ergeben sich für Lehrer Spannungen und Konflikte auf Grund von Problemen, die mit unterschiedlichen Auffassungen über den Führungsstil des Schulleiters und über die von ihm geübte Verwaltungspraxis, aber auch mit seiner Persönlichkeit zusammenhängen.

Für die „Kooperation" erwies sich vor allem der Zeitfaktor als Problem (im Schulalltag bleibt für Kooperation kaum Zeit übrig beziehungsweise es wird von vornherein zu wenig Zeit dafür vorgesehen). Ferner wurden Spannungen angesprochen, die Kooperation erschweren, zum Beispiel durch Gruppen- oder auch durch Frontenbildungen innerhalb eines Kollegiums. Probleme bestehen auch in der Kooperation mit Eltern, unter anderem auf Grund elterlicher Forderungen nach mehr Wissen und besseren Leistungen (beziehungsweise höherem Leistungsniveau) sowie hinsichtlich elterlicher Einwände zur Unterrichtsgestaltung und zu Fächerinhalten.

Hierauf wird in den Kapiteln 7 und 8 noch näher eingegangen. Vor allem die in den Bereichen „Schulleitung" und „Kooperation" erfahrenen Spannungen wirken sich auf das Schulklima und die Zusammenarbeit untereinander wie auch mit den Eltern nachteilig aus; jedoch hat dies auf die von Lehrern mehrheitlich für wünschenswert angesehenen Auffassungen und Vorstellungen über Schule und ihre Gestaltungsbereiche keine einschränkenden, sondern eher eine verstärkende Wirkung.

Konsens im Sinne reflexiver Koorientierung

Es gab jedoch einen Zusammenhang zwischen dem Grad der Auseinandersetzung über einen schulischen Problembereich und dem Bewußtsein darüber, inwieweit die eigene Ansicht von den anderen Kollegen geteilt oder nicht geteilt wird. Der Grad der reflexiven Koorientierung (sich im Konsens oder

Dissens zur Auffassung anderer zu befinden) war dort höher, wo über Spannungen und Konflikte verstärkt diskutiert und Meinungen ausgetauscht wurden, sowie dort, wo auf Grund der Zusammensetzung der Lehrerschaft (unter anderem ein hoher Anteil an qualifizierten und erfahrenen Fachleitern/-beratern und Ausbildern für Studienreferendare und damit verbunden ein entsprechender pädagogischer Selbstanspruch) grundlegende Fragen immer wieder überdacht wurden, zum Beispiel hinsichtlich des Verständnisses des Gymnasiums und des Humanismus heute.

Insgesamt hielten sich jedoch die Aussagen über Konsens/Dissens im Sinne reflexiver Koorientierung in Grenzen. Das heißt: *Es besteht mehr Übereinstimmung über die Vorstellungen von Schule und ihrer einzelnen Gestaltungsbereiche, als den Lehrern bewußt ist.* Die Ursachen hierfür sind mehrfacher und vorwiegend struktureller Art. So gehören dazu nicht nur Zeitknappheit infolge hoher Arbeitsbelastung und der Tatsache, daß ein Lehrer im dichten Wochenstundenplan hochgradig verplant ist; es zählen dazu auch die „zellulare Struktur" der Schule (jeder Lehrer arbeitet mehr oder minder für sich in seiner Klasse und relativ isoliert von den anderen; Schule als „loosely coupled system") und ein hierdurch unbeabsichtigt geförderter Lehrerindividualismus; schließlich damit zusammenhängend zu wenig praktizierte Kooperation.

Zwischenbilanz – Einfluß der einzelnen Schule und anderer Faktoren

Noch in den sechziger und siebziger Jahren wurde kritisiert, daß die Lehrer der Gymnasien sich hauptsächlich als Fachwissenschaftler verstehen.[26] Die Ergebnisse jedoch, die vor allem in den Bereichen Schulverständnis, erziehungsleitende Vorstellungen und Berufsethos vorliegen, geben zu erkennen, daß sich hier in der Zwischenzeit offensichtlich eine durchgreifende Veränderung vollzogen hat: *Die Lehrer der Gymnasien verstehen sich überwiegend als erzieherisch engagierte Unterrich-*

tende, und das Fach wird als Medium der Persönlichkeitsbildung begriffen. Die Hinwendung zum Pädagogischen drückt sich auch in der Verantwortung und im Engagement für Kooperation aus; diese Hinwendung wird sowohl in bezug auf den einzelnen Schüler als auch grundsätzlich im Hinblick auf die alltägliche Arbeit in der Schule gesehen. Zwar hat die Mehrzahl der Lehrer die eigene Klasse oder die Klassen im Auge, in denen sie unterrichten; zunehmend größere Teile der Lehrerschaft sehen sich aber über diese hinaus ebenso für die Schule als Ganzes verantwortlich.

Die Ergebnisse der Untersuchung sprechen somit eher für das berufsethische Bewußtsein von Lehrern und widersprechen kritischen Äußerungen der letzten Jahre, daß es mit ihrem Berufsethos generell im Argen läge.

Von Interesse war auch, ob das Unterrichten eines bestimmten Faches (das heißt die Fachzugehörigkeit), das Geschlecht und das Lebensalter des Lehrers mit seinem Verständnis für einen schulischen Gestaltungsbereich zusammenhängt. Dies war jedoch, wie entsprechende Überprüfungen ergaben, nicht der Fall. Ausgenommen allerdings ist der Bereich des Berufsethos: Lehrer unter 50 Jahren verstanden ihre Verantwortung für Kooperation prinzipieller als ihre älteren Kollegen, für die die Verantwortung für den einzelnen Schüler im Vordergrund stand. Auch legten jüngere Lehrer größeren Wert auf die Sach- und Fachgerechtheit des Unterrichts, die älteren dagegen darauf, dem Schüler gerecht zu werden. Während die Männer auch ihre Verantwortung für die Schule insgesamt betonten, sahen die Frauen diese stärker auf die eigene Klasse und den einzelnen Schüler begrenzt. Für diese Zusammenhänge bieten sich unterschiedliche Erklärungen an (Maurer-Wengorz, ebenda); einige Hinweise hierfür ließen sich den jeweiligen Interviewaussagen der Lehrer entnehmen.

Von besonderer Bedeutung aber ist hier die Tatsache, daß offensichtlich Faktoren, die mit der einzelnen Schule zusammenhängen, stärkeren Einfluß darauf haben, welche Auffassung man über einen schulischen Gegenstandsbereich entwickelt und bevorzugt, als die Faktoren Fachzugehörigkeit, Alter und Geschlecht. Denn zwischen den Schulen ergaben sich teilweise erhebliche Unterschiede in den Anteilen an den verschiedenen Formen eines Verständnisses, das von den einzelnen Lehrern einem der schulischen Gestaltungsbereiche zu Grunde gelegt wurde. Dies zeigte sich besonders in den „erziehungsleitenden Vorstellungen" und im „Verständnis von Schule", eher begrenzt im Bereich des „Berufsethos". Das gilt entsprechend für Inhalt und Umfang des pädagogischen Konsenses der einzelnen Schulen.

Diese Feststellung bedeutet nicht, daß Persönlichkeit und Individualität des Lehrers keinen Einfluß auf seine Vorstellungen und Auffassungen über Schule haben. Der einzelne Lehrer kann entsprechend seiner Ausbildung, die er erfahren hat, und der Vorstellungen, die sich bei ihm auf Grund von Praxiserfahrungen ergeben haben, mit den Spannungen und Polen, die das Schulgeschehen und seine tägliche Arbeit bestimmen, in unterschiedlicher Weise umgehen. Aber ebenso kann er sich auch unter dem Gesichtspunkt der gemeinsamen pädagogischen Ausrichtung einer Schule und der Herbeiführung einer ihr gerecht werdenden Schulgestaltung mit anderen abstimmen. Das heißt: Sowohl individuell als auch kollektiv bedingt erfolgen Akzentuierungen oder Schwerpunktsetzungen im Verständnis von Schule und ihrer Gestaltungs- und Handlungsbereiche. Die Bildung von Vorstellungen und Auffassungen nimmt ihren Ausgang zwar immer wieder von der Sache, von der Berufsaufgabe und der täglich erfahrenen Schulrealität. Wie diese aber wahrgenommen, eingeschätzt, bewertet oder gewichtet werden, hängt ebenso von der individuellen Sichtweise des einzelnen Lehrers und seiner Persönlichkeit ab. Dabei sind lebensgeschichtliche Entwicklungen und mit ihnen wiederum soziale Faktoren (berufliche Sozialisation, Vorbilder, befreundete Kollegen, Lehrergruppen, denen man sich zugehörig fühlt) von Einfluß. Auch wurden, um Mißverständnissen vorzubeugen, keine „Idealtypen" des Lehrerseins erfaßt, wie sie früher als vornehmlich in der Persönlichkeit des einzelnen Lehrers verankert angesehen wurden, so bei Caselmann. Vielmehr wurden Formen oder Typen handlungsbezogener Auffassungen und Verständnisse ermittelt, wie sie sich bei Lehrern auf Grund ihrer bisherigen Erfahrungen und Auseinandersetzungen mit der Schulrealität sowie infolge Berücksichtigung der jeweiligen Sach- oder Anforderungspole ihres Tätigkeitsfeldes in ihrem Bewußtsein in eher „vermischter Form" herausgebildet haben.

4 Die einzelne Schule und ihr Konsens Fallstudien und vergleichende Analysen von vier Gymnasien

Ausgangsüberlegungen

Gibt es bei der Lehrerschaft und Schulleitung der einzelnen Gymnasien bestimmte Schwerpunkte im Verständnis der Schule und ihrer Aufgabenbereiche? Worin stimmen Kollegien in ihren Schulauffassungen überein? – und – Welches sind die Formen schulspezifischen Konsenses und womit hängen sie jeweils zusammen?

Um die Ausführungen darüber besser nachvollziehen zu können, wird zuvor auf Vorüberlegungen und einige methodische Aspekte eingegangen, die für die hier zugrunde gelegte Untersuchung leitend waren. Naheliegend war die Annahme, daß die pädagogische Ausrichtung der Lehrerschaft von Gymnasien durch den Bildungsauftrag ihrer Schulart und das konkrete Bildungsangebot bestimmt wird – neusprachlich, mathematisch-naturwissenschaftlich, altsprachlich –, das sie täglich zu realisieren hat. Ferner war davon auszugehen, daß Geschichte und Tradition einer Schule Einfluß auf die Vorstellungen und Auffassungen über Schule haben. Ebenso konnte auf Grund aller bisherigen Erfahrungen und Beobachtungen in Schulen angenommen werden, daß die soziokulturellen Gegebenheiten des sozialen Umfeldes sich auf die Schulvorstellungen der Lehrer auswirken, so vor allem die Zusammensetzung der Bevölkerung (speziell der Elternschaft) und deren Einstellungen, Bildungsverhalten und Erwartungen gegenüber der Schule. Die Tradition einer Schule, ihre Tätigkeit und Leistungen drücken sich im Ruf oder auch Image aus, den beziehungsweise das eine Schule innerhalb einer Region (Großstadt, Stadt, Kleinstadt im ländlichen Bereich) besitzt.

Was die Schule selbst betrifft, so dürften neben ihrer

Tradition und Geschichte die Zusammensetzung der Lehrerschaft (zum Beispiel Anteil an älteren oder jüngeren Lehrern, Verhältnis Frauen zu Männern), ihre Qualifikation und ihr Engagement die spezifische pädagogische Ausrichtung der einzelnen Schule beeinflussen, vor allem aber auch die Schulleitung, deren pädagogische Vorstellungen und Formen der Steuerung des Schulgeschehens. Die Größe einer Schule ist kein absolut anzusehender Faktor; sie wirkt sich indirekt über die Schulorganisation, über deren Struktur und Form der Gestaltung aus. Diese werden von Lehrern als förderlich oder auch erschwerend für ihre Unterrichtsarbeit erfahren. Hier kann ein – allerdings mehr indirekter – Zusammenhang zwischen der Größe einer Schule und den jeweiligen Vorstellungen von ihr bestehen.

Unterschiede bei ein oder zwei der genannten Faktoren (Bildungsauftrag und -angebot, Geschichte/Tradition etc.) – so war anzunehmen – mußten sich auf die Vorstellungen der Lehrerschaft über Schule und die Gestaltung innerhalb ihrer verschiedenen Bereiche auswirken. Die aufgeführten unterschiedlichen Einflußfaktoren wurden bei der Auswahl der Gymnasien berücksichtigt, an denen dann die Fallstudien durchgeführt wurden. Wenn bei einer Schule bestimmte Faktoren in anderer Weise ausgebildet und wirksam waren als bei anderen Schulen, zum Beispiel das Einzugsgebiet der Schule mit seinen sozio-kulturellen Gegebenheiten (City- oder Außenbereiche größerer Städte, ländlicher Raum), und andere Einflußgrößen waren hingegen ähnlich oder gleichartig, wie zum Beispiel Bildungsangebot und Schulgröße, so ließ das eher und leichter Rückschlüsse darauf zu, welcher Faktor auf die jeweils schulspezifischen Auffassungen und den Konsens der Lehrer besonderen Einfluß hatte. Methodisch kam somit im Rahmen der Fallstudien der vergleichenden Analyse der Befunde, die bei der Lehrer-, Eltern- und Schülerschaft der einzelnen Schulen ermittelt worden waren, eine wichtige Funktion zu.[27]

Ferner konnten Hinweise auf mögliche Zusammenhänge der Schulvorstellungen sowohl mit den aufgeführten wie auch mit anderen Einflußfaktoren den Aussagen der Lehrer, Eltern und Schüler entnommen werden, die diese im Rahmen des Interviews gemacht hatten. Ebenso gingen Hinweise auf diese Einflußfaktoren aus ihren Äußerungen über die Schulrealität hervor, so wie sie von ihnen erlebt und wahrgenommen wurde. Auch konnten Aussagen von Eltern und Schülern, die sich auf Verhalten, Einstellungen und Intentionen von Lehrerschaft und Schulleitung bezogen, deren Auffassungen und Vorstellungen bestätigen oder in Frage stellen.

Im folgenden werden von vier Kollegien Schwerpunkte im Verständnis von Schule und deren Aufgabenbereichen aufgezeigt, und es wird dargelegt, worin sie sich unterscheiden. Auch wird dabei auf die Schulvorstellungen von Eltern und begrenzt auf die von Schülern eingegangen; diese werden zu den von Lehrern vertretenen in Beziehung gesetzt. Ebenso werden die Formen des Konsenses beschrieben. Dabei wird herausgestellt, inwieweit sich innerhalb der einzelnen Schule ein übergeordneter Konsens bei Lehrern herausgebildet hat, die unterschiedliche Auffassungen oder Verständnisse von Schule haben. Und es wird versucht aufzuzeigen, mit welchen besonderen Gegebenheiten und Einflußfaktoren der einzelnen Schule ihr pädagogischer Konsens zusammenhängt.

Gymnasien A und B im Vergleich

Entsprechend den dargelegten methodischen Überlegungen erfolgt die vergleichende Gegenüberstellung zunächst anhand von zwei Gymnasien, die beide jeweils in einer größeren Stadt liegen und die auf Grund ihrer Schülerzahl (700 beziehungsweise 900 Schüler) als relativ große Schulen anzusehen sind. Sie sind ebenso in ihrem Bildungsangebot annähernd gleich, da sie auf Grund ihrer Größe und im Interesse ihrer Schülerschaft fast alle Formen gymnasialer Zweige (oder auch Bildungsgänge) anbieten können. Beide verfügen über einen Musikzug sowie ein reichhaltiges Angebot an Arbeitsgemeinschaften und an anderen außerunterrichtlichen Aktivitäten. Sie unterscheiden sich jedoch besonders hinsichtlich ihres Einzugsgebietes, ihrer Tradition und der damit verbundenen Ausrichtung. Im folgenden werden sie der Einfachheit halber als Schule A und B bezeichnet.

Das Gymnasium A wurde 1970/71 im Zuge der Bildungsreform sowie der Bemühungen um den Ausbau und die Verbesserung des regionalen Bildungsangebots in einem Außenbezirk einer größeren Stadt (Oberzentrum) errichtet. Die Bevölkerung des Einzugsgebietes setzt sich überwiegend aus Angehörigen der sozialen Grundschicht (Arbeiter, Facharbeiter, einfache Angestellte) und unteren Mittelschicht zusammen (Angestellte und Beamte in gehobenen Positionen, Handwerksmeister und andere); im Einzugsgebiet der Schule liegen Wohngebiete, die als „soziale Brennpunkte" zu bezeichnen sind.

Das Gymnasium B hingegen kann auf eine längere, ins 18. Jahrhundert zurückreichende Tradition als Konfessionsschule blicken; es hat einen konfessionellen Träger und ist eine Schule nur für Mädchen. Im Citybereich einer Großstadt gelegen verfügt die Schule über ein Einzugsgebiet, das sich über die Stadt hinaus auf über sechzig Gemeinden des Umlandes erstreckt. Entsprechend ist der Anteil an „auswärtigen" Schülerinnen sehr hoch (rund 60 Prozent). An der Schule ist eine Sozialpädagogin tätig, die entsprechende Beratungs- und Betreuungsaufgaben wahrnimmt. Im Unterschied zum Kollegium des Gymnasiums A, in dem Lehrerinnen und Lehrer fast zu annähernd gleichen Anteilen vertreten sind, überwiegen im Kollegium des Gymnasiums B – Folge vor allem der Ausrichtung auf Mädchenbildung – die Frauen; ihr Anteil beläuft sich auf 74 Prozent aller Lehrer.[28]

Gymnasium A: Sozial engagierte Schule der siebziger Reformjahre

Im Verständnis von Schule überwiegt bei den Lehrerinnen und Lehrern die Vorstellung einer human gestalteten, am Schüler, seinen Entwicklungsvoraussetzungen, Lern- und Fördererfordernissen ausgerichteten Schule. Dabei wird die ausgleichende Förderung schwächerer Schüler, die zum Teil aus eher ungünstigen sozialen Verhältnissen kommen, besonders betont. Nur jeweils kleinere Gruppen von Lehrern, nämlich ein Sechstel beziehungsweise ein Fünftel aller Lehrer, sehen Schule hauptsächlich als Stätte der Bildung beziehungsweise unter dem Aspekt der Vorbereitung auf das Leben. Die Elternvertreter hatten in ihrer Mehrheit ein Verständnis von Schule, bei dem sowohl die Förderung der Persönlichkeit des Schülers und seiner Entwicklung als auch die Vermittlung von Wissen und Bildung im Vordergrund stand. Die Ausrichtung der Schule, wie sie im Schwerpunkt von der Lehrerschaft mehrheitlich vertreten wird, erfährt durch die Eltern Bestätigung. Sie äußern sich dazu in folgender Weise:

„Also, die Kinder gehen eigentlich relativ ohne Angst rein [in die Schule]* und die Atmosphäre . . ., die kollegiale Schulatmosphäre muß sehr positiv sein. Der Direktor vermittelt auch das Gefühl, wenn ein Kind schlecht ist, daß es nicht unbedingt vom Gymnasium geschmissen werden muß . . . Für diese speziellen Kinder, die vielleicht ein bißchen andere Entwicklungsschritte tun . . ., daß für diese Kinder vielleicht eher Verständnis gezeigt wird.“

Die Bildung der Persönlichkeit des einzelnen Schülers bestimmt vor allem die erziehungsleitenden Vorstellungen und Grundsätze der Lehrer. Dabei dominieren die Orientierung

* In [ ] gesetzte Wörter sind zur besseren Verständlichkeit der Interviewaussagen vom Vf. eingefügt worden. Mit . . . oder [. . .] gekennzeichnete Stellen bedeuten, daß einzelne unwesentliche Wörter oder Sätze gleichfalls aus Gründen der besseren Lesbarkeit und Verständlichkeit ausgelassen wurden.

am Schüler sowie am Wechselbezug „Lehrer und Schüler". Sie betonen, daß das Verhalten der Lehrers so beschaffen sein soll, daß Schüler es übernehmen und auch ihnen gegenüber anwenden können, das heißt im Sinne von Tausch/Tausch[29] soll es umkehrbar (= reversibel) sein. Typisch hierfür ist folgende Lehreraussage:

„Für mich wäre ganz entscheidend, daß der Schüler als Partner gleichberechtigt angesprochen wird, daß man ihn ernst nimmt und nicht von vornherein als Lehrer an ihn herangeht und sagt: ‚Ihr habt eh' noch einen langen Weg zu gehen, mit Dir red' ich gar nicht ernsthaft und Du hast auch an mir nichts zu kritisieren'. [...] Ich glaube, daß man die Schüler ernst nehmen muß und daß man auch Kritik an der eigenen Person ernst nehmen muß und vor allem auch unempfindlich dagegen werden muß; daß man sich nicht gleich persönlich in Frage gestellt sieht, wenn ein Schüler sagt, ich finde das nicht gut, wie Sie dies oder jenes machen."

Zum anderen werden die Lehrer in der Erziehung der Schüler davon geleitet, soliden Unterricht zu erteilen, der sich am Bildungsgehalt der Fächer oder kritisch am Lehrplan orientiert. Um die Schüler gut auf das Leben vorzubereiten, betont eine etwas kleinere Gruppe von ihnen die Förderung von Wissen und allgemeinen Fähigkeiten.

Dem entspricht, daß die Lehrer dieser Schule im Vergleich zu allen anderen Gymnasien am stärksten ein Ethosverständnis vertreten, das vor allem auf Gerechtigkeit gegenüber dem Schüler und dessen fürsorglicher Förderung ausgerichtet ist. Ein etwa gleich großer Anteil von Lehrern (zwei Fünftel des Kollegiums) betont in annähernd gleicher Weise die ethische Ausrichtung am Schüler sowie an der Sach- und Fachgerechtheit unterrichtlichen Handelns.

Im Sinne des *übergeordneten Konsenses,* der sich auf Lehrer unterschiedlichen Verständnisses über Schule erstreckt, besteht an Schule A weitgehend Einvernehmen über eine humane, am Schüler orientierte Gestaltung des Schulgeschehens. Dabei sollen der ausgleichenden Förderung schwächerer Schüler sowie dem sozialen Lernen besondere Aufmerksamkeit gewidmet werden. Diese Ausrichtung steht im Zusammenhang mit der Gründung der Schule und den in dieser Zeit, den Jahren der Bildungsreform, besonders vertretenen Zielen und neuen Schulkonzepten:

„Die Kerngruppe [der Lehrer], die noch weitestgehend da ist, hat seinerzeit sehr intensiv in der Gesamtschule mitgearbeitet oder hat Elemente der Gesamtschulpädagogik, des pädagogischen und methodischen Ansatzes, übernommen. Auch im Organisatorischen sind seinerzeit [...] interne Strukturen entwickelt worden, die sehr auf kollegialen und partnerschaftlichen Unterrichtsstil und sehr schülerbezogen ausgerichtet waren. Das ist etwas schwächer geworden, oder es kommt zu Divergenzen, die nicht immer voll ausgetragen werden."

Zugleich macht das Zitat, das stellvertretend für viele andere angeführt wurde, deutlich, daß sich die Lehrer der Spannungen durchaus bewußt sind, die mit der von ihnen einvernehmlich getragenen pädagogischen Ausrichtung ihrer Schule verbunden sind.

Ferner ist der Konsens über pädagogische Ausrichtung der Schule und ihre Schwerpunkte im Zusammenhang mit ihrem Einzugsgebiet – und der hierdurch bedingten Zusammensetzung der Schülerschaft – zu sehen. Stärker als dies bei Schule B wie auch bei den anderen drei Gymnasien der Fall ist, kommen Schüler hier aus sozial ungünstigen Verhältnissen. Diese Schüler weisen Leistungsschwächen und Lerndefizite auf und sind auf besondere Förderung angewiesen. Insofern bestehen für die Schule A von ihrem sozialen Umfeld her gesehen objektive Erfordernisse, denen sie sich zu stellen hat. Die charakteristische Förderorientierung der Schule findet auch in der Aussage von Lehrern ihren Ausdruck, daß „an ihrer Schule jeder sich bemühe, auch jenen Schülern noch eine Chance zu geben, deren Aufnahme an anderen Schulen abgelehnt worden wäre."

Auch die Eltern sehen das so und erkennen es an:

„... das ist vielleicht auch ein Kennzeichen unserer Schule, daß man versucht, dem einzelnen Schüler ein bißchen nachzugehen, also dem auffälligen, oder denen, die Aussiedler und Asylanten [sind, und] was da an Schülern kommt. Und [um] auch [dort] die Probleme soweit als möglich aufzuarbeiten."

„... daß offenkundig an dieser Schule die Bereitschaft seitens der Lehrer [da ist], sich um Schüler zu kümmern, die sich nicht ... [einem] normalen Verhalten entsprechend entwickeln ..., daß da sofort nachgehakt wird."

Andererseits bestehen hinsichtlich der Realisierung der dargelegten einvernehmlichen Schulvorstellung, wie bereits angesprochen, auf unterschiedlichen Auffassungen beruhende Spannungen. Sie ergaben sich auf Grund verschiedener Anforderungen in folgender Hinsicht:

- Spannungen zwischen den charakteristischen Förderabsichten der Schule und der allgemeinen Zielsetzung des Gymnasiums, die für das spätere Studium notwendigen Kenntnisse zu vermitteln und Fähigkeiten heranzubilden sowie das damit geforderte Leistungsniveau zu erreichen. Von hier aus erfährt die sozialpädagogische Einstellung einiger Lehrer, die manchmal eher als therapeutisch zu bezeichnen ist, Kritik.
- Ebenso wird von der Mehrzahl der Lehrer als Spannung empfunden, daß die angestrebte Form humaner Schulgestaltung durch Schwierigkeiten immer wieder Einschränkungen unterliegt, die mit der Größe der Schule, ihrer räumlichen Ausdehnung und architektonische Gestaltung zusammenhängen, vor allem hinsichtlich längerer Verkehrswege innerhalb der Schule und der Verwirklichung einer relativ reibungslosen Schulorganisation.
- Von einem begrenzten Teil der Lehrer wird ebenso als Spannungsbereich angesehen, daß einerseits ein reiches, vielfältiges Angebot an Arbeitsgemeinschaften und anderen außerunterrichtlichen Aktivitäten realisiert wird, hierdurch andererseits die Gefahr gegeben ist, daß Aktivitäten, Kräfte und Aufmerksamkeit der Schüler zu sehr abgelenkt

und zersplittert werden und hierdurch Engagement und Teilnahme am Unterricht leiden.

Die Lehrer nehmen hinsichtlich dieser Problembereiche unterschiedliche Positionen ein. Sie verbindet jedoch eine eher kritische Haltung gegenüber dem eigenen Tun und dem der anderen. Dabei sind sie darauf bedacht, geübte Kritik konstruktiv zu verarbeiten, und gehen davon aus, daß der sie kritisierende Kollege das gleiche oder ähnliche Ziel wie sie im Auge hat: Das Wohl des Schülers, die Förderung seiner Persönlichkeitsentwicklung, wenn er auch dieses Ziel auf anderen Wegen als sie selbst verfolgt. Ferner spricht es für die kritische Reflexion ihrer eigenen Situation, daß die Lehrer der Schule A stärker als die der anderen Schulen die zunehmende Überalterung ihres Kollegiums problematisieren:

„... dadurch daß wir alle ungefähr gleich alt sind und gemeinsam älter werden, daß sich wirklich Verschleißerscheinungen einstellen, und dadurch [bestehen] auch 'ne größere Unzufriedenheit und eigentlich bei fast allen Kollegen so ein stärkerer Rückzug ins Private und weniger Bereitschaft zu kooperieren und auch in der Schule was zu tun, gemeinsam für die Schule."

Zur Klärung pädagogischer Fragen wie auch von Problemen, die die Entwicklung der Schule und die Einführung von Neuerungen betreffen, wurde in der Schule A ein „Pädagogischer Rat" gebildet. Er trägt dazu bei, die Probleme der Schule bewußt zu machen und eine gewisse Leitlinie für ein gemeinsames Vorgehen zu finden. Er fördert hierdurch in nicht unbeträchtlichem Maße Meinungsklärung und Konsensfindung. Das Bewußtsein darüber, daß dies dank seiner Tätigkeit möglich ist, scheint sich wiederum auf Kooperation und gegenseitiges Verständnis positiv auszuwirken, obwohl einige Lehrer sich zum Pädagogischen Rat auch kritisch äußern.

Als förderlich für die einvernehmliche Ausrichtung der Schule wird von der Lehrerschaft vor allem der Schulleiter angesehen. Die Lehrer bestätigen durchgängig sein pädagogisches Engagement wie auch seine Fähigkeit, zwischen unterschiedlichen Positionen der Lehrer zu vermitteln und im Hinblick auf das Erreichen der Schulziele die Verschiedenartigkeit der Lehrer positiv zu nutzen. Die vorwiegend auf die Aufgaben der pädagogischen Führung ausgerichtete Form der Schulleitung wie auch die liberale Einstellung des Schulleiters können ebenso als Elemente angesehen werden, die sich auf die Bildung des pädagogischen Konsenses und seines Erhalts positiv auswirken. Die Art, wie das Schulgeschehen gelenkt wird, drückt sich auch in der positiven Einschätzung des Schulklimas aus: Von der Mehrzahl der Lehrer werden die Beziehungen zwischen ihnen und der Schulleitung als gut bewertet, ebenso die Beziehungen der Lehrer untereinander sowie zwischen ihnen und den Schülern und Eltern. Nachfolgendes Zitat belegt dies:

„Ein Charakteristikum [unserer Schule] ist, glaub' ich, eine relativ große Liberalität allen anderen gegenüber. Es wird diskutiert; ich glaub', das ist an anderen Schulen nicht gegeben. Und darüber hinaus ist die Schülerschaft und die dahinterstehende Elternschaft genauso liberal. Es wird selten Stellung bezogen in dem Sinn: Dem wischen wir eins aus oder so ... Es gibt selten Diskussionen über Noten, wie es wohl an anderen Schulen ist, daß Eltern scharenweise den Rechtsanwalt anrufen und irgendwelche Noten einklagen. Insofern ist eine Einhelligkeit [gegeben]: ... Jeder akzeptiert eigentlich, was der andere macht und wertet das natürlich für sich und findet das vielleicht auch mal gut oder schlecht. Aber es ist nicht so, daß dort massiv [gegen etwas] angegangen wird und daß man sich deswegen unter Druck fühlt. Das ist weder [bei] den Eltern vorhanden noch [bei] der Schulleitung und [bei] den Schülern."

Gymnasium B: Schule gemeinsam getragener christlicher Grundorientierung in Auseinandersetzung um gegenwartsbezogene Lösungen

Annähernd die Hälfte der Lehrer dieses Gymnasiums versteht Schule vorwiegend als Ort der Bildung. Diese vollzieht sich auf der Basis eines christlichen Welt- und Menschenbildes in Auseinandersetzung des jungen Menschen mit den Fächern anhand entsprechender Aufgaben- und Problemstellungen; mit ihr wird eine möglichst individuelle Förderung der Persönlichkeit des einzelnen Schülers angezielt. Die christliche Ausrichtung, die in der Grundordnung dieser Schule in konfessioneller Trägerschaft verankert ist, wird dabei nicht im engen Sinne verstanden, wie nachstehende Lehreraussage verdeutlicht:

„Ich meine, daß das [die christliche Ausrichtung der Schule] nicht in erster Linie darin besteht, daß wir Schülergottesdienst haben, sondern in einer bestimmten Haltung. Und zwar einer Haltung dem Leben gegenüber. Auch Einstellung einfach, wie man mit [der] Berufswelt und so fertig wird. Und auch natürlich im Umgang miteinander."

Erst in zweiter Linie sprechen sich die Lehrer dieser Schule (etwas über ein Viertel des Kollegiums) für ein Schulverständnis aus, das vor allem auf die Vorbereitung auf spätere Lebensbewährung ausgerichtet ist. Das wird insbesondere aus dem Blickwinkel der Erziehung von Mädchen gesehen, die individuelle und gesellschaftliche Behauptung als Frau zu fördern. Damit ist die christliche Wertorientierung verbunden, die die Lehrer dieser Schule miteinander teilen.

Entsprechend sind auch die Erziehungsvorstellungen der Mehrzahl der Lehrer von einer anthropologisch-christlich orientierten Sicht bestimmt, die einer von ihnen in folgender Weise zum Ausdruck bringt:

„Ich glaube, der Kernpunkt ist der, daß man in jedem Schüler das Individuum sieht, daß man jeden Schüler als das von Gott geschaffene Wesen betrachtet, mit seinen Eigenarten, mit seinen Fehlern und Schwächen, und daß man ihn so annimmt und dort abholt, wo er steht ... Und daß man auch in seinem Fach den schlechten Schülern genauso zugetan ist wie den sehr guten."

Der größte Teil der Lehrerschaft, fast drei Viertel, hatte ein berufsethisches Verständnis, das in gleicher Weise sowohl die Gerechtigkeit gegenüber dem Schüler, seine individuelle Förderung und die Fürsorge für ihn betont als auch den Anforderungen der Fächer und ihrem Bildungsgehalt Rechnung zu tragen sucht. Die ethischen Dimensionen „Menschlichkeit im Umgang mit Schülern", „Vorbildhaftigkeit des Lehrers" und seine „Verantwortung für die Erhaltung der eigenen fachwissenschaftlichen Kompetenz" erachten fast alle Lehrer als wichtig; sie stellen die am stärksten verbindenden berufsethischen Elemente (=konsensrelevanten Brücken) dar. Der besonders hohe Grad an Übereinstimmung in diesem Bereich und seine inhaltliche Ausrichtung sind im Zusammenhang mit der konfessionellen Prägung der Schule, mit ihrer privaten (nicht-staatlichen) Trägerschaft wie auch mit ihrer Situation als Mädchenschule zu sehen: Die Schule sucht dem in ihrer Grundordnung verankerten Anspruch als christliche Schule gerecht zu werden. Als Privat- und Mädchenschule hat sie auf die Qualität der von ihr vermittelten Bildung in besonderer Weise zu achten. Der Konsens im Berufsethos entspricht den von der Mehrheit der Lehrer vertretenen Formen des Schulverständnisses, den erziehungsleitenden Vorstellungen und den hier bestehenden Gemeinsamkeiten.

Der damit umrissene pädagogische Konsens findet seine Ergänzung darin, daß hinsichtlich der Vorstellungen über die Schulleitung innerhalb des Kollegiums ein hoher Grad an Einvernehmen besteht. Fast zwei Drittel der Lehrer betonen die Aufgaben des Schulleiters: Integration – Vermittlung – und Fürsorge –, und sie sprechen sich für einen kooperativ offenen Führungsstil aus. Ebenso vertritt die Mehrzahl des Kollegiums folgendes: teils ein hauptsächlich auf Erziehungsfragen ausgerichtetes Verständnis von Kooperation, teils eine erweiterte, komplexe Ausrichtung, die sowohl Erziehungs- als auch fachunterrichtlichen Anliegen Rechnung zu tragen sucht. Stärker als an Schule A ist hier der Anteil an Lehrern, der sich an organisatorischen Fragen wenig interessiert zeigte (44 Prozent aller Lehrer); das scheint jedoch weniger mit dem hohen Anteil an Frauen im Kollegium der Schule B zusammenzuhängen (74 Prozent der Mitglieder), sondern eher damit, daß die mit der Größe der Schule verbundenen Probleme nicht so stark empfunden und reflektiert werden wie dies für einen Teil der Lehrer der Schule A zutrifft. Diejenigen Lehrerinnen und Lehrer der Schule B, die für Organisationsfragen Interesse zeigten (etwa die Hälfte des Kollegiums), hielten teils pädagogische Anliegen, teils die der Mitwirkung für wichtig.

Die Eltern teilen mit den Lehrern die christliche Ausrichtung der Schule. Sie vertreten vorwiegend ein umfassendes Verständnis von Schule, bei dem den Bedürfnissen des Schülers und seiner ganzheitlichen Förderung ebenso Rechnung getragen werden soll wie einer möglichst umfassenden Vermittlung von Wissen und der Vorbereitung auf Leben und Beruf, zum Teil betonen sie stärker die Ausrichtung am Schüler und an der Förderung seiner Persönlichkeit. Ihre Schulvorstellungen stehen nicht im Widerspruch zu denen der Lehrer, sondern haben mit ihnen vieles gemeinsam. Das gilt analog für das Verständnis der Eltern von Kooperation mit der Schule. Das Gymnasium B erfährt durch seine Eltern hohe Zustimmung, die gegenüber den Eltern der vier anderen Gymnasien am meisten ihre Schule spontan als „gute Schule" bezeichneten.

Insgesamt besteht hinsichtlich der pädagogischen Ausrichtung und der Schwerpunkte auch bei Schule B ein hoher Grad an Einvernehmen im Sinne eines *übergeordneten Konsenses,* der auch von den Eltern mitgetragen wird. Er beinhaltet ein Unterrichts- und Schulgeschehen, das auf die individuelle Förderung der Schüler und auf die Bildung ihrer Persönlichkeit ausgerichtet ist und das sich auf eine christliche Wertorientierung und ein christliches Welt- und Menschenverständnis gründet. Wie bereits deutlich wurde, ist es das Ziel, a) den Anforderungen der Fächer und ihrem Bildungsgehalt Rechnung zu tragen – sowie b) den mit der Zeitentwicklung verbundenen Herausforderungen zu entsprechen. Insbesondere wird eine Förderung der Mädchen angestrebt, die ihren Entwicklungs- und Fördererfordernissen wie auch ihren Intentionen der Selbstverwirklichung im Hinblick auf ihre spätere Behauptung in Leben und Beruf gerecht wird. Innerhalb dieses Zielrahmens sieht ein Teil der Lehrer gute Möglichkeiten, eigene Ideen und Zielvorstellungen zu realisieren. Dem kommt der kooperativ-vermittelnde und offene Führungsstil des Schulleiters entgegen.

Probleme und Spannungen bestehen jedoch in Bezug darauf, wie
a) in bestimmten Bereichen der Fächer und
b) auch im Schulleben insgesamt
die mit der pädagogischen Ausrichtung der Schule gegebenen Ziele umgesetzt werden sollen.

„Im Prinzip ist [die Orientierung der Schule an christlichen Werten] schon ein Anliegen aller Kollegen, wenngleich die Lösungsansätze sehr verschieden sind. Einmal im Hinblick auf Mädchenschule, bis hin zu feministischen Ansätzen und auch als christliche Schule mit ökologischen Ansätzen, Bewahrung der Schöpfung und ähnliches."

Damit sind bisweilen Auseinandersetzungen verbunden, die bis zu Konflikten führen. Sie beruhen zum einen auf unterschiedlichen Auslegungen modernen Christentums beziehungsweise darauf, in welcher Weise Christentum heute auf gesellschaftliche Entwicklungen und Zeitherausforderungen zu antworten hat. Zum anderen hängen sie mit unterschiedlichen Vorstellungen von Umwelt- und Mädchenerziehung zusammen. Einer besonders engagierten, eher kämpferisch und progressiv eingestellten kleinen Gruppe innerhalb des Kollegiums steht eine eher konservativ ausgerichtete, ebenfalls kleinere Gruppe gegenüber.

Die aus unterschiedlichen Anlässen zwischen beiden Gruppen immer wieder geführten Auseinandersetzungen beeinträchtigen die Kooperation und auch den Zusammenhalt im Kollegium. Dabei versucht die progressiv und eher radikal eingestellte Gruppe ihre Ideen in mehr oder minder vermittelnder Form in das Kollegium hineinzutragen. Hierdurch sehen sich viele Lehrer beeinträchtigt. Das führt wieder zu entsprechenden Reaktionen der Abwehr oder auch des Abblockens. So äußern zwischen beiden Positionen stehende Kolleginnen und Kollegen: „Man versteht sich nicht mit den Kollegen, ... hat Angst, Schwächen zu zeigen und sich Blößen zu geben." Die Gruppenbildungen werden bedauert, und man versucht, sich aus Auseinandersetzungen und ihren Spannungen herauszuhalten. Dies wie auch die Tatsache, daß die meisten Kollegiumsmitglieder sich relativ lange Zeit kennen und gut miteinander vertraut sind, führt dazu, daß die Lehrer das Schulklima trotz der negativen Auswirkungen der Gruppenauseinandersetzungen eher als positiv einschätzen.

„Insgesamt, würd' ich sagen, ist es [das Schulklima] schon sehr gut. Wenn ich mir anhöre, was ich von anderen Schulen höre. Also im Vergleich dazu ist es sicherlich sehr gut. Es könnte sicherlich um vieles besser sein, wenn diese unterschwelligen Gegensätze nicht so stark bestünden."

„Ja [das Schulklima] wird eben punktuell durch solche Dinge stark beeinträchtigt. Sobald es nicht um gravierende Unterschiede geht, vertragen wir uns eigentlich relativ gut. [Es] sind ja auch sehr viel Kollegen sehr lange da, so daß wie ich vorhin schon sagte, diese privaten und persönlichen Beziehungen bestehen, und das trägt sehr zum Verständnis füreinander bei, und da würd' ich das Klima eigentlich eher als positiv bezeichnen."

Der Schulleiter versucht, vermittelnd und ausgleichend zu wirken und den einzelnen Gruppen wie auch der Mehrzahl des Kollegiums und ihren verschiedenen Anliegen gerecht zu werden. Allerdings zieht er sich dabei von einem Teil der Lehrer den Vorwurf zu, keine eigene Linie zu vertreten, ein anderer Teil der Lehrer wünscht sich einen stärkeren Rückhalt von ihm. Die Lehrer betonen jedoch immer wieder die stets gegebene Bereitschaft des Schulleiters zum Gespräch und seine freundliche und offene Haltung.

Am Beispiel der Schule B wird folgendes deutlich: Ein relativ hoher Grad an Übereinstimmung

a) über die Schwerpunkte in der pädagogischen Ausrichtung der Schule und
b) in allgemeinen schulpädagogischen Vorstellungen schließt keineswegs Spannungen und Konflikte in wichtigen Fragen aus.

Ebenso sichert breiter Konsens auf übergeordneter Ebene weder die Kooperation zwischen einzelnen Gruppen noch ihre Integration in das Ganze der Schule. Auch scheint eine kritische und differenzierte Wahrnehmung der Positionen beider sich streitender Gruppen allein nicht auszureichen, um eine rationale und produktive Auseinandersetzung herbeizuführen. Beeinträchtigende Erlebnisse, Ängste und Unsicherheiten scheinen hier – im Zusammenhang mit unterschiedlichen Lebensstilen und Verhaltensweisen – eine entscheidende Rolle zu spielen.

Andererseits war festzustellen, daß innerhalb des Kollegiums zunehmend die Bereitschaft gewachsen ist, die bestehenden Reibungsflächen zu beheben und Spannungen abzubauen.

Zwischenbilanz

Die vergleichende Betrachtung beider Schulen zeigt, daß ihre pädagogische Ausrichtung und ihr Konsens, freilich in unterschiedlicher Weise, mit der Geschichte der Schule und ihrer Entwicklung im hohen Grade zusammenhängen: Im Fall der Schule A waren es ihre Gründung in der Zeit der Bildungsreform und die damit verbundenen Ziele, für die sich der Schulleiter und mit ihm eine reformaufgeschlossene Gruppe von Lehrern engagierten. Bei der Schule B hatte ihre Tradition als Konfessionsschule und Schule nur für Mädchen großen Einfluß auf ihre Ausrichtung sowie die Art und den Umfang des Konsenses. In beiden Fällen waren die stark voneinander abweichenden Einzugsgebiete, die Erwartungsvorstellungen der Eltern sowie der Ruf der Schule in der Öffentlichkeit, ihr soziales Image von entscheidender Bedeutung.

Das differenzierte Angebot an Bildungsgängen und ihr reichhaltiges außerunterrichtliches Programm tragen zwar zum Ruf der Schule bei, sind aber für ihre pädagogische Ausrichtung und die Form ihres Konsenses weniger von Bedeutung. Wichtiger hierfür ist die Schulleitung. Wie beide Beispiele zeigen, kommt ihr auf Grund der unterschiedlichen Form der Steuerung des Schulgeschehens im Hinblick auf

- die Integration des Kollegiums und
- die Lösung von Problemen und Konflikten

eine wichtige Funktion zu. Hierauf wird im Kapitel 8 besonders eingegangen.

Positiv scheint sich in beiden Fällen die längere Zugehörigkeit des größten Teils der Lehrer zum Kollegium und das hierdurch bedingte Vertrautsein miteinander auf Konsensbildung und -findung ausgewirkt zu haben. Dies wird aber auch, was vor allem für die Lehrerschaft der Schule A zutrifft, kritisch gesehen, insbesondere im Hinblick auf neue Anregungen, das Aufgeschlossensein für Innovationen und die innere Lebendigkeit der Schule. Engagierte einzelne Lehrer beziehungsweise kleinere Gruppen von Lehrern sind in beiden Kollegien hinsichtlich der Konsensfindung und -förderung von Bedeutung (im Fall der Schule A jedoch mehr unterstützend, mittragend und eher konstruktiv problematisierend und dadurch zur Reflexion anregend, im Fall von Schule B kritisch in Frage stellend, Konflikte und Spannungen auslösend, aber hierdurch ebenso verstärkt Reflexion fördernd).

Gymnasien C und D im Vergleich

Im folgenden werden zwei weitere Gymnasien einander gegenübergestellt. Auch an ihnen sollen der schulspezifische pädagogische Konsens und die unterschiedlichen Schwerpunkte, die Schulen bei ihrer Tätigkeit setzen können, aufgezeigt und die Zusammenhänge mit den jeweiligen Einflußfaktoren dargestellt werden.

Beide Gymnasien unterscheiden sich in mehrfacher Hinsicht:

Gymnasium C ist von eher mittlerer Größe (um die 530 Schüler); es liegt im bevorzugten Wohngebiet einer größeren Stadt (Oberzentrum), dessen Bevölkerung sich vorwiegend aus Angehörigen der Oberschicht und oberen Mittelschicht zusammensetzt. Die Schule kann auf eine lange Tradition als humanistisches Gymnasium zurückblicken; sie bietet neben einem altsprachlichen einen neusprachlichen Zweig I an. Hinsichtlich der Zusammensetzung des Kollegiums besteht insofern eine Besonderheit, als der Anteil an qualifizierten und erfahrenen Lehrern relativ hoch ist (über ein Viertel des Kollegiums). Das ist dadurch bedingt, daß zum Kollegium außer den drei Fachgruppenleitern der Schule noch neun Fachberater gehören (sie sind in dieser Funktion für das Oberschulamt tätig). Außerdem zählen noch zwei Gymnasialprofessoren dazu, die an einem Seminar für Schulpädagogik (Gymnasien) tätig sind und an Schule C unterrichten.

Im Unterschied dazu ist das Gymnasium D von der Zahl seiner Schüler her gesehen (etwa 330) als kleine Schule zu bezeichnen. Es liegt am Rande einer Kleinstadt (Unterzentrum) im ländlichen Raum und verfügt über ein großes Einzugsgebiet, das elf Umlandgemeinden mit vielen abgelegenen Ortsteilen umfaßt. Entsprechend kommen rund 60 Prozent der Schüler aus dem Umland. Der Anteil an Schülern aus der Oberschicht und oberen Mittelschicht ist eher gering; die Mehrzahl von ihnen kommt aus Facharbeiter- und Angestelltenfamilien sowie aus Familien, deren Angehörige ländliche Berufe ausüben. Die Schule D wurde wie Schule A in den Jahren der Bildungsreform (1970/71) gegründet. Dabei war es das spezielle Ziel, durch Verbesserung des regionalen Schulangebots mehr Chancengleichheit im Zugang zu qualifizierten Bildungsgängen zu verwirklichen und damit zugleich Begabungsreserven des ländlichen Bereichs zu erschließen.[30]

Gymnasium C: Traditionsreiche Schule mit hohem Anspruch an sich selbst, nicht frei von Spannungen

Fast zwei Drittel der Lehrerschaft dieses Gymnasiums verstehen Schule hauptsächlich als Ort der Bildung. Auf Grund der langen Tradition der Schule wird die humanistische Ausrichtung befürwortet. Zwei kleinere Gruppen von Lehrern, jeweils ein Siebtel, sehen Schule vor allem entweder aus dem Blickwinkel der Vorbereitung auf spätere Lebensbewältigung oder ihrer schülergerechten humanen Gestaltung. Dem hauptsächlich vertretenen Schulverständnis entspricht, daß sich die Lehrer in ihrem Unterricht ebenfalls mehrheitlich vor allem vom Bildungsgehalt der Fächer leiten lassen und auf die Einhaltung eines guten Unterrichtsniveaus bedacht sind. Dazu korrespondiert, daß die überwiegende Mehrzahl (fast drei Viertel von ihnen) berufsethisch darauf ausgerichtet ist, dem einzelnen Schüler sowie dem jeweiligen Fach, seinen Wissensanforderungen und Bildungsinhalten gerecht zu werden. Hinsichtlich eines personalen, anthropologisch begründeten Verständnisses von Bildung, die auf die Förderung einer geordneten Vorstellungswelt und eines differenzierten Verständnisses der Wirklichkeit abzielt und an einem den Herausforderungen der Gegenwart gerecht werdenden Humanismus ausgerichtet ist, besteht innerhalb der Lehrerschaft eine Art übergeordneter Konsens. Dieser beruht auch darauf, daß eine differenziert geführte Diskussion über die pädagogische Ausrichtung ihrer Schule sie miteinander verbindet. Dabei spielt besonders die Frage eine Rolle, wie angesichts veränderter schulischer Gegebenheiten und gewandelter gesellschaftlicher Verhältnisse sowie neuer Herausforderungen Humanismus heute verstanden werden kann. In der Auseinandersetzung darüber respektiert man die Meinung der anderen, die allerdings teils ähnliche, teils gleiche Erziehungs- und Bildungsziele verfolgen. Das Spektrum der unterschiedlichen Sichtweisen verdeutlichen folgende Zitate:

„Die [humanistische Orientierung] hängt sicher nicht unbedingt damit zusammen, welches Fach die Kollegen haben, sondern das ist eher eine Grundeinstellung gegenüber einer bestimmten historischen Tradition. Es gibt Naturwissenschaftler, die sehr viel die Geschichte der Naturwissenschaften [behandeln] und deswegen in dieser Rahmenkonzeption ‚Tradierung der Antike und des Denkens der Antike' durchaus viel beizutragen haben; aber es gibt auch Naturwissenschaftler, die – ich will das gar nicht bestreiten, daß das sicher genauso nötig ist – sagen, die Welt des 20. Jahrhunderts und des kommenden Jahrhunderts hat ganz andere Zukunftsprobleme und ganz andere Perspektiven, so daß nicht mehr viel Platz ist für die Frage, wie sind gewisse Dinge tradiert worden."

„Es gibt natürlich auch eine Diskussion zur Frage: humanistisches Gymnasium, was heißt das überhaupt heutzutage? [...] Da gibt's Probleme: ... das Fach Latein hatte früher eine zentralere Bedeutung, Latein war die Gelehrtensprache im 16. Jahrhundert, und jetzt ist es Anfängersprache, und es kommen weiterer Sprachen dazu. Außerdem ist Mathematik Pflicht in der Oberstufe, die Schüler müssen in Mathematik ihr Abitur bauen; das heißt, die humanistische Ausrichtung ist verlorengegangen. Latein ist eines von fünf Kernfächern, und dann fragt man natürlich, wo bleibt da noch konkret Spielraum für Humanismus? Wenn man da nicht hochtrabende ideelle Gesichtspunkte ins Spiel bringt, die nachher praktisch im Unterricht doch wenig Bedeutung haben, dann ist das eine schwierige Frage. Ich persönlich hab' mir vorgenommen, solche Dinge zu machen, die tatsächlich beim Schüler ankommen."

Ebenso belegen die Zitate eine relativ hohe reflexive Koorientierung innerhalb des Kollegiums; sie können durch viele weitere Zitate und Aussagen darüber ergänzt werden, ob andere Lehrer die gleiche Auffassung vertreten wie der jeweils befragte Lehrer.

Die Mehrzahl der Eltern vertritt ein umfassendes Verständnis von Schule. Unter fast allen Eltern besteht hohes Einvernehmen darüber, daß die Schule schülergerecht sein und nicht nur intellektuelle, sondern auch soziale Fähigkeiten und die Selbständigkeit des jungen Menschen fördern soll; ebenso soll die Schule ein möglichst umfangreiches Wissen vermitteln, das Leistungsverhalten der Schüler fördern und die Unterrichtsziele konsequent verfolgen. Die Schule und ihre Tradition werden von den Eltern anerkannt, jedoch von ihnen vor allem aus dem Blickwinkel eines späteren Studiums und entsprechender akademischer Laufbahnen gesehen. Der mit der humanistischen Tradition der Schule verbundene Anspruch und ihr guter Ruf am Ort kommen vielen Eltern entgegen, besonders denen, die selber eine akademische Ausbildung haben und in entsprechenden Berufen und in verantwortlichen Positionen tätig sind.

Die Erwartungen, die daher die Eltern an die Schule hinsichtlich einer individuellen Persönlichkeitsförderung ihrer Kinder und der Vermittlung von Allgemeinbildung stellen, sind sehr hoch. Die Eltern sind an der Schule besonders engagiert, teilweise recht kritisch eingestellt und besonders darauf bedacht, ihr Recht auf Mitwirkung aktiv wahrzunehmen. Beides trägt dazu bei, daß Teile der Elternschaft von den Lehrern als anspruchsvoll empfunden werden.

Zwar verstehen die Lehrer verantwortliche Partnerschaft von Elternhaus und Schule über die Sorge für den einzelnen Schüler und seine Schulprobleme hinaus, nämlich hinsichtlich allgemeiner Schulfragen (unter anderem der Stundenplangestaltung, des Lehrplans, der Lehrwerke oder Unterrichtsbücher). Jedoch sind mehr Lehrer als an anderen Schulen (über ein Drittel gegenüber im Schnitt knapp einem Viertel) der Auffassung, daß die Erziehungspartnerschaft mit Eltern vor allem darauf abziele, bei Schulschwierigkeiten der Kinder zusammenzuarbeiten. Lehrer dieser Schule sehen die Erziehungspartnerschaft vielfach allein schon dadurch gegeben, daß die Eltern infolge ihres Bildungshintergrundes ähnliche Erziehungs- und Bildungsvorstellungen wie sie vertreten. Die Eltern dagegen möchten stärker auch in allgemeinen Schulfragen mitsprechen und an der Gestaltung des Schullebens mitwirken. Entsprechend ihrer zum Teil hohen Erwartungen, die sie an die Schule stellen, wie auch ihres Selbstanspruchs haben sie ein betont aktives Verständnis von Erziehungspartnerschaft mit der Schule. Ein Lehrer kennzeichnet das so:

„Die Eltern nehmen sehr stark Einfluß. Das sind Eltern, die eben außerhalb der Schule auch gewohnt sind, Einfluß auszuüben, und selbstverständlich nehmen die hier ihre Rechte auch voll wahr, ... und [sie] haben auch ganz konkrete Vorstellungen, was die Gestaltung des Unterrichts betrifft. Die scheuen sich auch nicht, gegenüber Schulleitung gleich eben ihre Meinung zu vertreten über den Unterricht im Fachbereich, ..."

So führten eine Diskussion über die Einhaltung angemessener Leistungs- und Wissensstandards, die von einem Teil der Eltern ausgelöst wurde, zu entsprechenden Spannungen zwischen Lehrern und Eltern. Sie entstehen ebenso durch die immer wieder von Eltern vorgebrachte Kritik an Fächerinhalten und Problemen ihrer Vermittlung. Aber es bestehen auch Spannungen unter den Eltern infolge unterschiedlicher Vorstellungen über Wissens- und Leistungsanforderungen.

Die Lehrer empfinden die elterliche Kritik als einseitig; sie sehen sie aus ihrer Sicht als nicht gerechtfertigt an, erfahren sie als Infragestellung ihrer Kompetenz und befürchten Eingriffe in ihre Zuständigkeit. In dieser Hinsicht unterscheidet sich die Schule C deutlich von dem im ländlichen Bereich gelegenem Gymnasium D. Die Elternschaft dieser Schule erhebt ihr gegenüber nicht in gleicher Weise Ansprüche; sie bringt zwar auch Kritik vor, ist aber hierin eher zurückhaltend und ängstlich (siehe dazu S. 82).

Die Auffassungen der Lehrer über die Schule und die von ihnen verfolgten Erziehungsvorstellungen sowie die Erfahrungen der Schüler und das Bild, das diese sich zum Teil vom Schulalltag machen, stehen zueinander in Widerspruch. Das trifft weniger auf die Vorstellungen zu, wie sich die Schüler eine Schule wünschen. Das Bemühen der Schule, „eine gute Bildung" zu vermitteln, wird von ihnen anerkannt; ein Teil von ihnen beklagt jedoch deren „Kopflastigkeit" und daß „die Schule den Lebensproblemen hinterherhinkt". Die Hauptkritik wird jedoch am prestigebetonten Verhalten der Mitschüler und am elitären Ruf der Schule geübt:

„ ... die Schule ist einfach zu einseitig von den Elternhäusern [her gesehen]. Es ist [...], einfach nicht die Mischung von verschiedenen Schichten und verschiedenen Eltern da. Wohlhabend sind fast alle – man verliert den Blick [dafür], daß es auch ganz anders sein könnte."

Lehrerschaft und Schulleitung wissen um diese Einschätzung der Schüler und suchen, so weit ihnen dies möglich ist, Anlässen entgegenzuwirken, die solchen Einschätzungen Nährboden geben.

Auf das Kollegium und die innerschulische Kooperation begrenzt werden von den Lehrern noch zwei Problembereiche angesprochen: Zwei Fünftel der Lehrer dieser Schule (gegenüber nur 24 Prozent der Lehrer aller fünf Gymnasien) haben ein Verständnis von Schulleitung, in dem hauptsächlich deren pädagogische Führungsaufgaben und die der Weiterentwicklung und Innovation betont werden. Die Hälfte dieser Lehrer (darunter zum großen Teil jüngere) sprach sich zusätzlich für einen mehr pädagogisch innovativen Schulleiter aus und erwartet von ihm mehr Lenkung und Richtlinienvorgabe. Die Mehrheit der Lehrer hingegen ist hauptsächlich auf die Vermittlungs-, Integrations- und Fürsorgefunktion des Schulleiters ausgerichtet, und sie weiß die im Schulalltag von ihrem Schulleiter praktizierte Form der Führung zu schätzen. Dieser läßt den Lehrern auf Grund seiner eher zurückhaltenden und liberalen Art viel freie Hand und bestärkt sie in ihrer Verantwortung.

Der andere Problembereich hängt mit der Zusammensetzung der Lehrerschaft, insbesondere mit dem hohen Anteil an besonders erfahrenen und fachlich qualifizierten Lehrern zusammen, die an sich und ihre Tätigkeit einen entsprechend hohen Anspruch stellen. Diesem glaubt ein Teil der anderen, insbesondere jüngeren Kollegen nicht immer entsprechen zu können; daher sind sie hinsichtlich einer Kooperation eher zurückhaltend, nicht zuletzt auch, um sich keine Blößen zu geben. Insofern ist es keinesfalls widersprüchlich, wenn ein Teil der Lehrer die im Schulalltag praktizierte Kooperation als gut einschätzt, während ein anderer Teil einen Mangel an Austausch und Abstimmung beklagt.

Daneben stellt auch an dieser Schule Zeitmangel ein Erschwernis für die Kooperation der Lehrer untereinander dar.

Gymnasium D: Junge leistungsorientierte Schule im ländlichen Raum

Etwas andere Schwerpunkte im Verständnis von Schule setzen hingegen die Lehrer des im ländlichen Raum gelegenen mathematisch-naturwissenschaftlichen Gymnasiums D. Von einer größeren Gruppe der Lehrer, etwa einem Drittel, wird die Vorbereitung auf spätere Lebensbewährung stärker betont. Das Verständnis der Schule vorwiegend als Stätte der Bildung wird von einem Viertel der Lehrer vertreten; ein Viertel gab kein Schulverständnis zu erkennen. Durchgängig kommt in den ersten zwei Gruppen der Bezug zum Alltag und zum sozialen Umfeld der Schule in besonderer Weise zum Ausdruck, wie es nachfolgende Zitate wiedergeben:

„Die Schüler erleben hier [im ländlichen Raum] so etwas wie einen Heimatraum, der bestimmte Rituale hat: Blasmusik, Kilwi [Kirchweihfest], Trachten und solche Dinge. Und sie kommen dann hier in eine Welt, die so tut, als gäbe es das nicht, was sie mitbringen ... [Sie kommen] in ein Gymnasium, das mehr eine Bildungsanstalt auf höherer Ebene sein will und das dann keine Reflexionshilfen mehr gibt für ihre Umgebung. Also versuche ich, diesen Gegensatz zwischen Tradition und Bildung zu überbrücken."

„Also allgemein gesehen ist [es] Aufgabe der Schule, Kritikfähigkeit [zu fördern], vom Kognitiven her der Versuch, den Schülern Wechselwirkungen, wirklich komplexe Zusammenhänge beizubringen. Ich denk' nicht an Naturgeographie, ich denk' auch an Sozialgeographie, um überhaupt kritikfähig zu sein gegenüber all dem, was in der Zeitung steht. Ich denk' jetzt zum Beispiel mal an die Dritte Welt; daß die ein Grundwissen haben, um überhaupt einen Artikel – grad' um den Bereich der Dritten Welt – [verstehen zu können]. Auch nachher dann, was in der Landwirtschaft hier zur Zeit passiert und in der Industrie, das sind solche Themen …"

Erziehungsleitende Vorstellungen, in denen stärker der Bezug zum Schüler, zu seiner Person im Vordergrund steht, wurden von den Lehrern hingegen weniger geäußert; es dominiert die Ausrichtung an den Fächern, an ihren Wissensbeständen und Bildungsgehalten. Diese werden auf das Leben bezogen, wobei argumentativ der Lebensbezug oft durch die Sache beziehungsweise durch die Inhalte und Problemstellungen der Fächer als gegeben angesehen wird. Das Berufsethos drückt sich, wie bei allen anderen Schulen auch, für die Mehrheit der Lehrer darin aus, daß sie sowohl die Gerechtigkeit gegenüber dem Schüler und die Verantwortung für seine individuelle Förderung als auch die Sach- und Fachgerechtheit in annähernd gleicher Weise als wichtig erachten. Hinsichtlich der Verantwortung und des Engagements für Kooperation wird von mehr Lehrern, als dies für das Großstadtgymnasium C zutrifft, die Notwendigkeit gesehen, die Schule in das Kultur- und Vereinsleben einzubinden, nicht zuletzt auch deshalb, um die Bevölkerung mit der Schule vertraut zu machen und hierdurch ihre Existenz sichern zu helfen.

Eine Art *übergeordneter Konsens* im Hinblick auf die pädagogische Ausrichtung der Schule, die ihr ein entsprechendes Profil verleihen würde, ist an Schule D weniger auszumachen. Wohl aber bestehen Ansatzpunkte hierzu: So einerseits in der Einhaltung eines guten Leistungsniveaus, das als Gradmesser für die Qualität der Schule angesehen wird. Dieses hält man auch deshalb für besonders wichtig, weil sich die Schule in Konkurrenz zu dem differenzierten gymnasialen

Angebot einer nur 16 Kilometer entfernt gelegenen Stadt befindet. Ein zweiter besteht in der positiven Einschätzung der Schülerschaft, was Arbeitshaltung, Leistungsbereitschaft und ihr Verhalten betrifft (Disziplinprobleme treten nach Aussage von Schulleitung und Kollegium kaum auf), sowie in den Möglichkeiten, sich Problemschülern besonders annehmen zu können. Hierfür bestehen auf Grund der Kleinheit der Schule und der im Schnitt niedrigen Klassenfrequenzen (10 bis16 Schüler je Klasse) besonders günstige Voraussetzungen. Ein Lehrer beschreibt das so:

„Als ich hierher kam, mit kleinen Klassen, mit kleinen Grundkursen, sehr kleinen Leistungskursen, da ist natürlich ganz intensive Arbeit möglich [...] Einzelschülerprobleme sind vergleichsweise sehr selten, zur Zeit im Schuljahr fällt mir keiner ein, der mir besondere Schwierigkeiten bereitet [...] Sehr viele Kollegen sind sich voll bewußt, daß das hier ein pädagogisches Eldorado ist, die also hier nicht wegwollen ...“

Die Vorstellungen der Lehrer von Schule kommen den Einstellungen der Mehrzahl der Eltern sehr entgegen. Gegenüber den Eltern des großstädtischen Bereichs betonen sie weniger die individuelle Persönlichkeitsbildung, sondern stärker die Vermittlung von Wissen und die Förderung von Leistung. Diese Einstellung gelangt ebenso, wenn auch in anderer Form, bei den Schülern zum Ausdruck:

„Ich will es mal so ausdrücken, daß viele gute Lehrer hier sind ... Also ein gewisser Leistungsdruck sollte schon bestehen.“

Die Mehrzahl der Lehrer schätzt den Rückhalt durch das Kollegium positiv ein, ebenso die Beziehungen untereinander und zur Schulleitung. Auch die Kooperation untereinander wird als gut bewertet. Dennoch wird von einem Viertel der Lehrer über mangelnde Bereitschaft zur Kooperation geklagt und ein über aktuelle Anlässe hinausgehender Austausch gewünscht. Als Grund der fehlenden Kooperation wird vor allem Zeitmangel angeführt; dieser hängt offensichtlich auch damit zusammen, daß ein relativ hoher Anteil des Kollegiums nicht am Schulort wohnt, die betreffenden Lehrer längere Anfahrtswege haben und hierdurch die Motivation etwas gedrückt wird, Zeit für Kooperation aufzubringen. Kooperationsbeeinträchtigend scheint sich ebenso eine hin und wieder vertretene Haltung des „gegenseitigen Sich-nicht-Einmischenwollens" auszuwirken (siehe dazu auch Kapitel 7).

Obwohl von den Lehrern die Beziehungen zur Elternschaft überwiegend als gut eingeschätzt werden, und die Zusammenarbeit mit den Lehrern von Seiten der Eltern insgesamt positiv bewertet wird, bestehen doch in der Kooperation mit den Eltern einige Schwierigkeiten und Spannungen. So sehen sich die Lehrer – im Unterschied zur Mehrzahl der Eltern – auch aus grundsätzlichen Überlegungen heraus stärker als Erziehungspartner. Die Eltern hingegen streben hauptsächlich anläßlich akuter Probleme bei Schülern die Zusammenarbeit mit der Schule an. Einige der Eltern vertreten sogar die Ansicht, Schule habe nicht zu erziehen; ihre Aufgabe bestünde nur in der Wissensvermittlung. Eine solche mißverständliche Auffassung erschwert es den Lehrern, mit diesen Eltern konstruktiv zusammenzuarbeiten. Ferner befürchten Eltern, mehr als dies bei den Eltern der anderen Gymnasien zum Ausdruck kam, daß ihre an Lehrern und an der Schule geübte Kritik sich letztlich nachteilig auf ihr Kind auswirken könne. Auch scheuen manche Eltern davor zurück, zur Schule zu gehen und mit Lehrern Kontakt aufzunehmen; denn das würde von anderen Eltern negativ gesehen und in der Nachbarschaft Gerede und Klatsch auslösen – eine Sorge, die besonders in manchen ländlichen Bereichen leider immer noch zu bestehen scheint. Schulleitung und Lehrer sind sich dieser bei Teilen der Elternschaft bestehenden Schwierigkeiten bewußt und suchen nach Wegen, sie abzubauen.

Zwischenbilanz

Das relativ hohe pädagogische Einvernehmen, das an Schule D besteht, ist nicht so sehr, wie bei Schule C, durch differenzierte Formen der Auseinandersetzung über die pädagogische Ausrichtung der Schule und den besonderen Anspruch bestimmt, den dort große Teile der Lehrerschaft und ebenso die Schulleitung an sich selbst und ihre Tätigkeit stellen. Bei Schule C tragen dazu auch ihre humanistische Tradition, ihr Ruf in der Öffentlichkeit und die anspruchsvollen Erwartungen der Elternschaft bei.

Vielmehr werden bei Schule D Form und Inhalte des Konsenses, wie es die Aussagen der Lehrer belegen, zum einen durch die charakteristische Aufgabe eines Gymnasiums im ländlichen Raum sowie durch die Sorge um Behauptung ihrer Schule gegenüber dem konkurrierenden Angebot eines nahegelegenen Mittelzentrums bestimmt. Zum anderen hängen sie mit den Erwartungen der auf Tüchtigkeit, spätere Lebensbehauptung und sozialen Aufstieg ihrer Kinder bedachten Elternschaft dieses ländlichen Bereichs zusammen. Nicht zuletzt wird Konsens indirekt durch die günstigen Voraussetzungen gefördert, die durch die Kleinheit der Schule gegeben sind. Sie fördern das Vertrautsein der Lehrer untereinander und erleichtern den Kontakt und das persönliche Gespräch. Von entscheidendem Einfluß ist jedoch die Art, in der es dem Schulleiter gelingt, zu vermitteln. Die Kontakt- und Integrationsfähigkeit des Schulleiters werden geschätzt, sein Organisationstalent wird von allen anerkannt; die Lehrer (85 Prozent des Kollegiums) finden bei ihm Rückhalt und sehen sich durch ihn unterstützt:

„Ich finde es hier sehr gut, was die Organisation angeht. [Auch] fühle ich mich überhaupt nicht autoritär behandelt, was die Organisation durch die Schulleitung angeht. Das ist genau der richtige Mittelweg zwischen Autorität im guten Sinne [...], sowohl was mich als Kollegen angeht, als auch eben, wie ich sehe, wie der Chef mit den Eltern und Schülern umgeht. Das ist ein sehr guter Stil."

„Wesentlich für das Schulklima ist, daß die Schulleitung eine einheitliche Linie aufstellt und diese auch konsequent verfolgt, so daß nicht einzelne Kollegengruppen das Sagen haben und sich die anderen unterdrückt fühlen. Vor allem darf – wie zeitweilig geschehen [meint den früheren Schulleiter] – die Schulleitung nicht der einen und dann der anderen Lehrergruppe mal mehr zugetan sein."

„Den Schulleiter schätze ich [als] souverän ein, infolgedessen packt er es, die Freiheit der Lehrer zu verantworten. Von daher [ist]ein gutes Klima [gegeben]."

Mit dem Organisationstalent des Schulleiters wie auch mit der Kleinheit der Schule, auf Grund derer sich vieles leichter durch persönlichen Kontakt und auf informeller Basis regelt, scheint es zusammenzuhängen, daß die Schulorganisation für viele Lehrer (42 Prozent des Kollegiums gegenüber 32 Prozent im Schnitt der Lehrer aller fünf Schulen) kein Problem ist und sie an ihr wenig Interesse haben.

Resümee: Die Bedingtheit pädagogischen Konsenses durch die einzelne Schule und ihr individuelles Profil

Die Gegenüberstellung der Schulen macht die unterschiedlichen Schwerpunkte deutlich, die ihre Lehrer- und Elternschaft setzen, und läßt die jeweils für sie charakteristischen Formen des Konsenses besser hervortreten. Das heißt: Pädagogischer Konsens ist schulspezifisch.

Formal gesehen sind bei allen vier Schulen die gleichen Faktoren oder auch Wirkungsbereiche von Einfluß. Sie stehen zueinander in Wechselwirkung und können hierdurch in einer bestimmten Richtung verstärkt Einstellung, Denken und Handeln der Lehrerschaft einer Schule beeinflussen und sich entsprechend auf ihre Auffassungen und ihren pädagogischen Konsens auswirken. Sie sind jedoch, wie die Fallstudien zeigen, bei den einzelnen Schulen unterschiedlich ausgebildet. Das wird besonders deutlich an entscheidenden Faktoren wie Tradition und Geschichte, am Ruf der Schule bei der

Bevölkerung und den Erwartungen insbesondere der Elternschaft, an den sozio-kulturellen Faktoren ihres Einzugsgebiets und der hierdurch bedingten Zusammensetzung der Eltern- und Schülerschaft. Das gilt nicht minder für die Schulleitung sowie für die Zusammensetzung der Lehrer, für ihren Zusammenhalt untereinander, ihr Engagement und ihre Initiativen zur Meinungs- und Problemklärung. Beispiele für Letzteres geben vor allem das Kollegium der Schule C, des altsprachlichen, humanistisch ausgerichteten Gymnasiums, und das der Schule B, des konfessionellen Mädchengymnasiums.

Die Faktoren, die die Vorstellungen von Schule und den pädagogischen Konsens beeinflussen, bilden insgesamt ein Geflecht von Wirkungen. Dieses ist in seiner Konstellation bei jeder Schule anders, und innerhalb dieses Wirkungsgeflechts kommt den einzelnen Faktoren ein unterschiedliches Gewicht zu.

Während zum Beispiel bei Schule A, dem 1970/71 neugegründeten Gymnasium mit reformmotivierter Ausrichtung am Konzept humaner Schulgestaltung, der Schulgeschichte, dem charakteristischen Einzugsgebiet der Schule sowie den Erwartungen der Eltern annähernd gleich großer Einfluß beizumessen ist, sind bei Schule B ihrer Tradition und der mit ihr verbundenen besonderen Ausrichtung (Konfessionsschule und Gymnasium nur für Mädchen) ein stärkerer Einfluß beizumessen. Hinsichtlich der pädagogischen Ausrichtung der Schule und ihres Konsenses wird dem Schulleiter der Schule A größeres Gewicht zuerkannt werden müssen als dem der Schule C, des altsprachlichen humanistisch orientierten Gymnasiums. Die Schulleiter aller vier Gymnasien werden von der Mehrzahl ihres Kollegiums als liberal angesehen; aber sie unterscheiden sich in der Art und Weise, wie sie ihre Schule führen, und auf Grund ihrer Persönlichkeitsstrukturen auch in ihrer Autoritätswirkung.

Ebenso sind die Bedingungen und Möglichkeiten für Kommunikation und Kooperation, die Konsensbildung erleichtern und fördern, keineswegs an allen Schulen gleich. Sie sind allein schon auf Grund der Größe der Schulen verschieden.

Bei Schule D, dem Gymnasium im ländlichen Raum mit niedriger Schülerzahl und entsprechend kleinem, überschaubarem Kollegium, regelt sich so manches – wie bereits herausgestellt und wie Schulleitung und Lehrer übereinstimmend berichten – von selbst durch informelle Gespräche sowie persönlichen Austausch, und es bedarf keiner besonderen Abstimmungen. Anders ist dies bei der großen Schule A, wo – nicht zuletzt infolge der mit der Größe des Kollegiums (72 Lehrerinnen und Lehrer gegenüber nur 39 bei Schule D) und ebenso der Schule zusammenhängenden Schwierigkeiten – eine Arbeitsgruppe zur Sondierung und Klärung pädagogischer Probleme gebildet wurde.

Auf die Konsens fördernden und auch erschwerenden Bedingungen wird in den folgenden Kapiteln noch besonders eingegangen. Das gilt auch für die bereits in den Fallbeispielen angesprochenen Auseinandersetzungen mit bestimmten Problemen und die Reflexion darüber.

Die schulspezifischen Schwerpunkte pädagogischer Auffassungen und die für die einzelnen Schule charakteristische Ausbildung pädagogischen Konsenses hängen – vereinfacht ausgedrückt – mit der Unterschiedlichkeit der Schulverhältnisse zusammen. Das trifft gleichfalls für die Spannungen, Problem- und Konfliktbereiche zu, die an jeder Schule – wie aus den Darstellungen der vier Gymnasien entnommen werden kann – in spezifischer Weise gegeben sind.

Würden Schulen keine Schwerpunkte in der Ausrichtung ihres Geschehens und bei der täglichen Gestaltung ihrer Arbeit setzen und würden sie sich dadurch nicht immer wieder um ein eigenes Profil bemühen, sie würden ihrer besonderen Situation nicht gerecht werden. Auch würde es ihnen an innerer Lebendigkeit und an der für pädagogisches Handeln erforderlichen Spannung fehlen. Nicht zuletzt würden sich Schulen auch entscheidender Möglichkeiten dafür begeben, daß sich Lehrer, Eltern und Schüler an ihrem Geschehen engagieren und mit ihrer Schule identifizieren. Auch wird deutlich, daß das Geflecht von Bedingungen und

Wirkungsfaktoren in jeder Schule eine charakteristische Konstellation annimmt, aus der heraus ihre verschiedenen Aktivitäten erfolgen und sich ihre Arbeit insgesamt vollzieht. Entsprechend besitzt das Geschehen jeder einzelnen Schule eine für sie typische Ausrichtung und Form der Gestaltung. Insofern hat jede Schule ihre „eigene Physiognomie".[31] Dies macht ihre „Individualität" aus.

In diesem Kapitel wurden die Formen schulspezifischen pädagogischen Konsenses dargestellt, wie sie sich bei den für das Schulgeschehen und seine Gestaltung hauptsächlich Verantwortlichen, der Schulleitung und den Lehrern herausgebildet haben. Die Vorstellungen von Eltern und Schülern und der bei ihnen bestehende Konsens wurden zwar angesprochen und an einigen Stellen skizziert, sie wurden aber nicht näher erörtert. Das soll im nächsten Kapitel geschehen.

5 Schulvorstellungen von Eltern und Schülern – Gemeinsamkeiten mit denen der Lehrer und Unterschiede

Daß Eltern und Schüler Schule anders als Lehrer sehen, ist nur allzu natürlich. Doch worin bestehen die Unterschiede? Und stehen sie im Widerspruch zu den Vorstellungen der Lehrer? Nicht zuletzt: Worin stimmen Eltern und Schüler überein und welche Schwerpunkte setzen sie in ihrem Konsens über Schule?

Nachfolgend werden das Verständnis der Eltern von Schule und ihre Vorstellungen über die Zusammenarbeit mit ihr beschrieben und erörtert. Für die Schüler erfolgt dies analog. Zusätzlich wird der Bereich „Schulorganisation" behandelt. Zu diesem äußerten sich die Schüler im Unterschied zu den Eltern ebenso ausführlich wie zu den Bereichen Schulverständnis und Kooperation.

Eltern: Allgemeine Einschätzung der Befunde

Die Erkenntnisse über das Verständnis von Schule wurden vorwiegend an Elternvertretern der gleichen fünf Gymnasien gewonnen worden, über die in den vorangegangenen Kapiteln berichtet wurde.

Auch hier handelt es sich um eine Auswahl, bei der darauf geachtet wurde, daß jeweils Eltern aller Jahrgangsstufen vertreten waren und möglichst auch Väter. Die überwiegende Mehrzahl der interviewten Eltern waren Elternvertreter, wobei sich ihre Anzahl auf 20 Prozent der Elternvertreter aller fünf Gymnasien belief. Insgesamt wurden mit 71 Eltern inhaltlich ähnlich aufgebaute Interviews wie mit den Lehrern geführt; dabei waren die einzelnen Fragen auf die Sichtweisen, Aufgaben und Erfahrungen von Eltern abgestimmt. Methodisch wurde bei der Auswertung der Eltern- und Schülerinterviews in gleicher Weise vorgegangen, wie dies für die Auswertung der Interviews bei Lehrern und Schulleitern zu Beginn des Kapitels 3 bereits geschildert wurde.

Die schulischen Vorstellungen der Eltern bewegen sich gleichfalls zwischen den durch die Aufgabe der Schule bedingten Polen „Subjekt: Kind“ (dessen bestmöglicher Förderung) und dem „Objekt: Sache“ – anders ausgedrückt: Unter dem Sachpol verstehen Eltern den Erwerb von Wissen und die damit verbundene Bildung von Fähigkeiten. Dazu gehört für sie auch die Förderung eines entsprechenden Leistungsverhaltens. Je nach individueller Sicht wird dabei entweder der eine oder der andere Pol stärker betont, oder beide Aspekte werden in annähernd gleicher Weise berücksichtigt. Insofern unterscheiden sich Eltern – was vom Charakter der grundsätzlichen Aufgaben der „Schule“ her gesehen nahelag – nicht grundsätzlich von Lehrern. Aber ihre Aussagen sind stärker als die der Lehrer am Kind orientiert und von ihrer Verantwortung für dessen Entwicklung und angemessene Vorbereitung auf Leben und Beruf geleitet.

Schulverständnis der Eltern

Entsprechend konnten *drei Formen elterlichen Verständnisses von Schule* ausgemacht werden:[32]

1. Dasjenige, welches vorwiegend an den Bedürfnissen des Kindes und einer möglichst ganzheitlichen Förderung seiner Persönlichkeit ausgerichtet ist. Die Bereiche des „Herzens“ und der „Hand“ sollen ebenso berücksichtigt werden wie der Bereich des „Kopfes“.
2. Eltern, die Schule als Ort möglichst umfassender Wissensvermittlung und Förderung des hierzu erforderlichen Leistungsverhaltens sehen; beides halten sie im Hinblick auf spätere Lebens- und Berufsbewährung für unerläßlich.
3. Eine dritte komplexe Form des Schulverständnisses besteht darin, daß Eltern die beiden vorstehend aufgeführten Aspekte gleich wichtig erachten.

In den nachfolgenden Zitaten, die den Interviews von Elternvertretern entnommen wurden, kommen die genannten Sichtweisen zum Ausdruck:

„Ja, und das find ich eben sehr wichtig, daß mein Kind sich wohlfühlt in einer Schule, daß Rücksicht auf die Kinder genommen wird ... Das Fachliche ist natürlich auch wichtig, aber ich finde, das ist nicht das Grundlegende ... Daß es schon Möglichkeiten gibt, wenn man auf die Kinder eingeht und die ein bißchen mitzieht auch ... sie motivieren zu können. Das seh' ich eigentlich als [eine der] wichtigsten Sachen in der Schule [an], das Fachliche natürlich auch, aber ich meine, erst muß eine Vertrauensgrundlage da sein, und auch, daß der Kontakt zwischen Schule und Eltern gut ist. Daß die Eltern zu den Lehrern kommen können, ... das würd' ich gern befürworten, daß Eltern und Lehrer irgendwie gleichberechtigt sind und auf einer Ebene miteinander sprechen können. Und eben, daß das Wohl des Kindes auch im Vordergrund steht. ..."

„Wenn die Kinder gute Leistungen bringen, dann sind die Eltern auch mit der Schule zufrieden. Da gibt es weniger Probleme ... Ich bin auch nicht unbedingt der Meinung, daß ein lockerer, entspannter, entkrampfter, nicht so druckvoller Unterricht sein muß. Man kann sehr wohl einen sehr strengen und konzentrierten Anforderungs- und anspruchsvollen Unterricht machen, und die Kinder sind trotzdem zufrieden und machen da mit. Auch daß die Lehrer sich so geben, daß die Kinder die Autorität der Lehrer anerkennen ... eben eine vernünftige Autorität, wie man sie Erwachsenen entgegenbringt oder eben Vorgesetzten oder Lehrern, weil das ja auch später im Leben vorkommt, und das sollten sie schon lernen."

Etwa die Hälfte der Elternvertreter neigt zu einem komplexen Schulverständnis, in dem beide aufgezeigten Aspekte – die Ausrichtung sowohl am Schüler als auch die Förderung von Wissen und Leistung – sich die Waage halten; gut ein Viertel gab dem schülerorientierten und ein knappes Viertel dem mehr wissens- und leistungsbezogenen Verständnis von Schule den Vorzug.

Auffallend war dabei folgendes: An zwei Schulen bevorzugten die Eltern einzelne Formen des Schulverständnisses stärker als an den übrigen Schulen. Die Schwerpunkte, die sie dabei setzten, stehen inhaltlich in einem gewissen Zusammenhang

– mit dem von den Lehrern der gleichen Schulen mehrheitlich vertretenen Schulverständnis und ebenso

- mit den Schwerpunkten der pädagogischen Ausrichtung der Schulen.[33]

So sprechen sich die Eltern und Lehrer der Schule C zu ähnlich hohen Anteilen (61/62 Prozent) für ein umfassendes Verständnis von Schule aus. Die Eltern der Schule D hingegen vertreten in der Mehrzahl (60 Prozent) ein Schulverständnis, bei dem, ähnlich wie dies für das der Lehrer zutrifft, die Aneignung von Wissen (beziehungsweise solider Allgemeinbildung) und die Förderung von Leistung, insbesondere im Hinblick auf spätere Lebens- und Berufsbewährung, im Vordergrund stehen (zusammengefaßt 58 Prozent).

Weil sich die dargelegten drei Formen des Schulverständnisses inhaltlich überschneiden, ist das elterliche Einvernehmen darüber, was sie von Schule erwarten, an den einzelnen Schulen relativ hoch. Das wird durch eine Reihe von Motiven noch verstärkt, die alle Eltern miteinander teilen und – wie schon dargelegt – als Brücken potentiellen Konsenses anzusehen sind. Eltern, denen die Schülerorientierung besonders wichtig ist, legen gleichfalls auf Kenntnisvermittlung und Leistungsförderung Wert, wünschen unter anderem eine konsequente Verfolgung von Unterrichtszielen und keinen „Leerlauf". – Eltern, die sich besonders für Wissens- und Leistungsförderung aussprachen, wollen gleichfalls, daß die Lehrer ihren Kindern Wertschätzung entgegenbringen, sie anerkennen und achten, und daß sich ihre Kinder in der Schule wohlfühlen. Unabhängig davon, zu welchem Verständnis von Schule sie neigen, vertreten Eltern die Ansicht, daß die Schule ihrem Erziehungsauftrag nachkommen sollte. Dabei sind für sie vor allem die Vorbildwirkung des Lehrers und dessen Erziehungsgeschick von Bedeutung.

Unterschiedlichen Wert legen Eltern hingegen darauf, daß durch die Schule „soziales Verhalten [Lernen] zu fördern" ist. Hierfür sprechen sich hauptsächlich die Eltern aus, die vor allem die Ausrichtung der Schule an den Bedürfnissen des Schülers und seiner möglichst ganzheitlichen Förderung betonen. Daß in der Schule „mehr lenkender Umgang mit

Schülern" und „die Förderung von Sekundärtugenden [Arbeitshaltung, Sorgfalt, Fleiß] erforderlich sei", wird vor allem von Eltern erwartet, die zu einem mehr wissens- und leistungsbezogenem Verständnis von Schule neigen.

Hervorzuheben ist ferner, daß sich die Eltern ihres Einvernehmens über die für sie bedeutsamen Gesichtspunkte über die Schule und die Anforderungen an sie bewußt sind [reflexive Koorientierung]. Über 80 Prozent von ihnen machten Aussagen in dieser Richtung, wie dies beispielhaft mit nachstehendem Zitat wiedergegeben wird:

„Das heißt für viele Eltern, ... den bestmöglichen Wissensstand zu erreichen, irgendwo in dieser Richtung doch auch ehrgeizig zu sein. Also ein gutes Sprungbrett durch Schule zu haben für später, für die Berufswahl und für den weiteren Gang [zu haben], ... Ich glaube, so langsam sind auch mehr Eltern an der Schule, gerade in den jüngeren Klassen, die eigentlich die Persönlichkeitsentwicklung und die Förderung dieser Entwicklung doch auch sehr wichtig nehmen."

Ebenso *sieht sich der größte Teil der Eltern aller fünf Gymnasien* (knapp drei Viertel) *in ihren Schulvorstellungen im großen und ganzen im Einvernehmen mit den Lehrern.*[34] Das schließt jedoch nicht aus, daß Eltern aus unterschiedlichen Anlässen Kritik an ihrer Schule und den – von ihren Vorstellungen anscheinend abweichenden – pädagogischen Praktiken der Lehrer üben. Zum Beispiel legen nach ihren Erfahrungen „Lehrer weniger Wert auf die Förderung sozialen Verhaltens" oder „die Persönlichkeit des einzelnen Kindes zu fördern, sei für manche Lehrer weniger wichtig".

Verständnis von Kooperation

Hinsichtlich des *Verständnisses von Kooperation mit der Schule* vertreten Eltern in der Gesamttendenz ähnliche Auffassungen wie die Lehrer. Ein gutes Drittel von ihnen versteht unter Zusammenarbeit mit der Schule vorwiegend, konkrete Schulprobleme, vor allem bezogen auf den Unterricht, zu beheben

Auffassungen und Formen des Verständnisses bei Eltern sowie Konsensbereiche

Formen des „Schulverständnisses" N = 71

1. Sowohl am Schüler ausgerichtete Schule als auch Stätte umfassender Wissensvermittlung bei möglichst ganzheitlicher Förderung der Persönlichkeit und der Vorbereitung auf Leben und Beruf n = 28 (39 %)	2. Schule soll vorwiegend am Schüler und seinen Bedürfnissen ausgerichtet sein und dessen möglichst ganzheitliche Persönlichkeitsentwicklung anstreben n = 16 (23 %)	3. Schule wird hauptsächlich als Stätte umfassender Wissensvermittlung und der Förderung von Leistungsverhalten zur Vorbereitung auf Beruf und Leben verstanden n = 14 (20 %)

n. z. = 13 (18 %)

Durchgängig von der Mehrheit der Eltern aller drei Verständnisformen **vertretene Motive:**
- Schule soll Wissen vermitteln
- Schülergerechte Schule
- Wertschätzung der Schülerpersönlichkeit
- Schule soll Leistungsverhalten fördern
- Konsequente Zielverfolgung im Unterricht

Ferner verbinden **konsensrelevante Motive** die Eltern miteinander, die folgende Formen des Schulverständnisses vertreten:

1 und 2
- Schule soll soziale Kompetenz fördern
- Schule soll Persönlichkeitsbildung fördern*

1 und 3
- hinsichtlich lenkenden Umgangs mit Schülern
- Schule soll auf die Förderung von Sekundärtugenden Wert legen*

Formen des „Kooperationsverständnisses"

1. Kooperation dient sowohl der Förderung der Erziehungspartnerschaft und der Mitgestaltung des Schulgeschehens als auch als Mittel zur Lösung konkreter Erziehungs- und Unterrichtsprobleme bei Schülern n = 41 (58 %)	2. Kooperation dient hauptsächlich als Mittel zur Lösung konkreter Erziehungs- und Unterrichtsprobleme vorwiegend bezogen auf die eigene Klasse oder das eigene Kind n = 24 (34 %)

n. z. = 6 (8 %)

Durchgängig wurden von den Motiven des Bereichs „Kooperation dient hauptsächlich als Mittel zur Lösung konkreter Erziehungs- und Unterrichtsprobleme ..." von allen Eltern mindestens jeweils **zwei genannt.**

Konsensrelevante Motive sind ferner:
- Kooperation zur Förderung und Gestaltung des Schullebens
- Kooperation, um Einfluß auf die Schule zu nehmen
- Kooperation, um Erziehungspartnerschaft zwischen Elternhaus und Schule zu realisieren

---

Legende: n. z. = Anzahl der nicht zuordenbaren Personen
* = Die nicht mit * markierten Motive werden jeweils von der Mehrzahl aller Personen (50–80 %) der o. a. Verständnisformen vertreten, – die mit * gekennzeichneten von größeren Gruppen (25–49 % aller Personen).

– oder auch Fragen nachzugehen, die die einzelne Klasse und weniger die Schule als Ganzes betreffen. Bei den Lehrern äußert sich nur ein Viertel von ihnen in dieser Richtung. Fast zwei Drittel der Elternvertreter hat, gleich der überwiegenden Mehrheit der Lehrer (etwa drei Viertel), ein weitergefaßtes Verständnis von schulischer Kooperation. Abgesehen von dem Anliegen, den Schwierigkeiten und Problemen der Schüler nachzugehen und sie auch zu beheben, wird von diesen Eltern und Lehrern die verantwortliche Mitsprache bei wichtigen Fragen, die die Gestaltung des Schulalltags betreffen, für notwendig angesehen. Darunter werden unter anderem verstanden: Stundenplanregelungen, Lehrpläne, Lektüreauswahl, die Schule als Ganzes betreffende Veranstaltungen beziehungsweise die Gestaltung des Schullebens, Arbeitsgemeinschaften, Ausflüge, Studienreisen, Partnerschaftsaufenthalte, Ferienregelungen. Im Sinne einer solchen, mehr grundsätzlich zu verstehenden Erziehungspartnerschaft halten die Eltern dieses erweiterten Kooperationsverständnisses auch eine entsprechende Mitwirkung am Schulleben, im Interesse beider Seiten, für wünschenswert.

Abgesehen vom bereits erwähnten Zusammenhang zwischen der pädagogischen Ausrichtung der einzelnen Schule und den von ihrer Schulleitung und Lehrerschaft hauptsächlich vertretenen Vorstellungen, spielen bei der Bevorzugung eines bestimmten Schulverständnisses zwei weitere Sachverhalte eine Rolle:

- Die Zugehörigkeit der Eltern zu einem pädagogischen Beruf (Lehrer aller Schularten, Sozialpädagogen und Sozialarbeiter).
- Das Lebensalter der Kinder in Verbindung mit der Schulstufe (Unter- und Mittelstufe des Gymnasiums) und die damit zusammenhängende Zukunftsperspektive.

Eltern, die pädagogischen Berufen angehören, sprechen sich mehr als die anderer Berufe für eine am Schüler orientierte Schule oder auch für das komplexe Verständnis von Schule aus, bei dem Schülerorientierung, Wissensaneignung und Leistungsfähigkeit in gleicher Weise betont werden. Eltern, deren Kinder die Unterstufe des Gymnasiums besuchen, legen am meisten Wert darauf, daß die Schule den Bedürfnissen der Schüler und damit auch ihrer Erziehungsaufgabe gerecht wird, wie es aus nachstehendem Zitat hervorgeht:

„[Daß man einen] Unterstufenlehrer nimmt, der besser auf die Kleinen eingehen kann und sie besser führen kann und halt auch in der Mittelstufe, wo die Kinder am problematischsten sind. In der Oberstufe, da wissen sie ja, daß sie lernen müssen, daß man dort jemanden einsetzt, oder Lehrer einsetzt, die wirklich standhaft sind und sich behaupten können. Ich glaub', für die Kinder wär's schon günstiger dann, daß sie also zu Anfang ein bissele geführt werden und dann gebremst werden sozusagen, bis sie dann allein wissen, wie's weitergeht."

Bestätigung des pädagogischen Konsenses der Lehrer durch die Eltern

Bereits in Kapitel 4 wurde gesagt: Zwischen Schulleitung und Lehrern wie auch unter den Lehrern besteht über die pädagogische Ausrichtung der Schule Konsens. Diese Tatsache wird von den Eltern bestätigt und von den meisten von ihnen auch die pädagogische Ausrichtung der Schule und deren Schwerpunkte geteilt. Die Elternvertreter heben dabei nicht nur die pädagogischen Absichten der Schule hervor, sondern sie belegen diese auch durch Aussagen über entsprechende Einstellungen und Verhaltensweisen der Lehrer und der Schulleitung oder auch Sachverhalte. So kennzeichnen die Eltern der Schule A ihre sozialpädagogische, auf humane Gestaltung des Unterrichts- und Schulgeschehens angelegte Ausrichtung wie folgt:

„Unsere Schule ist sehr sozial eingestellt, und deshalb hat sie auch sehr viel Zulauf aus anderen Schulen. [...] Wenn einer an keiner anderen Schule mehr zurecht kommt, dann ist er am A-Gymnasium richtig, weil das ... sich dann doch auch grad' so mit solchen Problemfällen beschäftigt."

„Meine Tochter [...] hat etwas Schwierigkeiten mit der Rechtschreibung, und ich habe gemeint, das wär' dann erforderlich, daß das Kind Stützunterricht bekäme. Aber das war an dieser [früheren] Schule nicht vorgesehen. [...] Ja [hier] wird das angeboten. Da ist eine Extra-Gruppe nachmittags, wo sie hin kann. Und das macht sie auch ganz gerne, weil sie selber fühlt, sie braucht ein bißchen Hilfe. Und das kriegt sie dort."

„Für mich ist wichtig: Die Schule ist liberal. Also wir haben einen gewissen Pluralismus und schotten uns nicht ab und versuchen offen zu sein, ... die Schüler zu verstehen, was sie beschäftigt. [...] Sagen wir mal so: Wir wissen, daß das 'ne Schule ist, die ein bißchen pädagogisch was will."

„Es ist zwar eine sehr große Schule, aber das muß nicht nur negativ sein. Also man kriegt ja auch viele Impulse dann, und ich finde es eben sehr wichtig, daß die Kinder sich dort wohl fühlen."

Für die Eltern der Schule B, das konfessionelle Gymnasium für Mädchen, sind folgende Aussagen charakteristisch:

„Mädchen können sich hier in einer druckfreieren Atmosphäre entwickeln und zwar in allen ihren Anliegen und nicht nur in den hausmütterlichen. [...] Das prägt ... noch mal das Kollegium; dadurch, daß auch Frauen als Lehrer naturwissenschaftlicher Fächer da sind, daß hier die Mädchen wirklich in einer Breite sich entwikkeln können. Das zweite, das Christliche: In dieser Schule können sich die Mädchen mit Themen auseinandersetzen, die woanders an den Rand gedrängt werden. Also die Frage nach dem Glauben, nach Gott, die Frage nach einem verantwortlichen Leben aus dem Glauben spielt hier in der Schule eine Rolle, nicht nur im Religionsunterricht und nicht nur im Gottesdienst, sondern darüber hinaus bis hinein in die Öko-AG, also die Frage des Umgangs mit der Schöpfung. Oder die Frage – sie hat ganz entscheidend die Gestaltung des letzten Schulfestes mitgeprägt –: Was können wir tun, so war eigentlich das Leitthema, für die Menschen in Haiti – was können wir tun für ein unterdrücktes Volk."

„Also ich finde, daß das B-Gymnasium eigentlich genau das bietet, was man sich eigentlich erträumt, daß ein Kind gern hingeht und daß es auch mal sprechen kann mit den Lehrern. ... Also [die Lehrer] gehen auf die Kinder ein; man hat das Gefühl, sie werden nicht so abgestempelt. Und dann hat man auch das Gefühl, daß das sehr viel Lehrer sind, die in geordneten Verhältnissen leben. [...] Aber die strahlen eigentlich alle so was aus, ... zum Beispiel jetzt ein Fall: Unsere Tochter ist jetzt in Amerika. [...] Wir haben seinerzeit den Vorschlag gemacht, bevor man losfliegt mit der Gruppe, man trifft sich noch einmal in dem kleinen Andachtsraum. Das hat nämlich die Schule. [...] Und dann war so ein kleines ökumenisches Andächtchen [...], und es waren alle da [...], und auch der Direktor kam noch dazu."

Bei den Lehrern des Gymnasiums im ländlichen Raum (D), dessen Lehrerschaft überwiegend auf die Vermittlung breit angelegter Allgemeinbildung, solider Kenntnisse und eines guten Leistungsniveau ausgerichtet ist, heben die Eltern hervor:

„Man kann sagen, daß hier an der Schule alle ein überdurchschnittliches Abitur machen. Wenn man so weit kommt, und daß die Kinder dann noch geschulter und sicherer sind, wie wenn sie in einer anderen [größeren] Schule in der Masse versteckt [gewesen] waren."

Schüler: Allgemeine Einschätzung der Ergebnisse

Im Unterschied zur Sicht der Lehrer und Eltern war die der Schüler weniger durch die Aufgaben der Schule und deren unterschiedliche Gewichtung bestimmt; auch hatten für sie die Spannungen, die mit den vielfältigen Zielen der Schule gegeben sind, nicht die gleiche herausgehobene Bedeutung wie für die Lehrer und Eltern. Allerdings waren Ansätze in dieser Richtung durchaus zu verzeichnen. So wurde von ihnen

- die Vorbereitung auf die Berufs- und Arbeitswelt von der auf den späteren Lebensalltag unterschieden
- wurde einerseits die Förderung sozialer Beziehungen

durch Kooperation gewünscht, andererseits erhofft, daß durch Kooperation gleichfalls die Mitwirkung und Mitgestaltung am Unterricht- und Schulgeschehen gefördert wird.

Die Sicht der Schüler ist vor allem durch ihre unmittelbare Betroffenheit von der Schule, die damit verbundenen Erlebnisse und emotionalen Erfahrungen bestimmt, die ihre Selbstbefindlichkeit direkt beeinflussen. Ferner ist sie durch das gekennzeichnet, was die Schüler hinsichtlich ihres Lebens in der Schule und schulischen Lernens als sinnvoll ansehen.

Es wurden nur die Schüler von vier Gymnasien (der drei in größeren Städten gelegenen Gymnasien A, B, C und des Gymnasiums im ländlichen Raum D) erfaßt – insgesamt 68 (das sind 20 Prozent aller Schülervertreter der einzelnen Schulen; hinzu kommen noch einige Schüler ohne Vertretungsfunktion). In die Einstellungserhebung konnten 75 bis 90 Prozent aller Schülervertreter und zur Kontrolle 20 Prozent der Schüler der Klassen 9 bis 13 von allen vier Schulen einbezogen werden.[35]

Schulverständnis der Schüler

Für Schüler wird das Verständnis von Schule vor allem dadurch geprägt, daß diese für sie ein wichtiger Bereich ihres Lebens ist, so wie dies für Erwachsene hinsichtlich ihres Arbeits- und Berufsfeldes gilt.

Alle Schüler betonen, daß Schule für sie vor allem das Zusammensein mit Gleichaltrigen bedeutet. Hierdurch sind für sie Austausch und Anregung nicht nur in bezug auf das Lernen in der Schule gegeben, sondern auch hinsichtlich ihres Lebens in der Familie, ihrer Freizeit, ihrer Freundschaften und Unternehmungen mit Gleichaltrigen. Von Bedeutung ist für sie aber auch das Lernen voneinander im schulischen Vorankommen. Dabei wird Kameradschaftlichkeit im Sinne gegenseitigen Verstehens, wechselseitiger Unterstützung und des fairen Umgangs miteinander erhofft. Schüler wünschen sich ferner, in einem angenehmen Schulklima lernen zu können, ernst genommen, anerkannt und von Lehrern gerecht behandelt zu werden. Sie erhoffen sich interessanten Unterricht, Mitwirkung an diesem sowie an der Gestaltung des Schullebens, das möglichst lebendig sein soll. In diesem sehr komplexen Sinne ist die Schule für sie ein „Lebensraum“:[36]

„Es soll so eine Art Gemeinschaft sein, daß man wieder mal zusammenkommt mit den Gleichaltrigen. Die ganze Klasse trifft man eigentlich nur in der Schule mal zusammen [...], und daß auch ein bißchen so mehr in der Freizeit passiert mit der Schule, mit der Klasse zusammen“.

„Ich geh' auch gerne in die Schule, weil ich weiß, ich treff' jetzt meine Kameraden am nächsten Tag wieder. Das ist auch ein wichtiger Grund, der spielt bei den meisten eine große Rolle.“ – „Ich meine, es gibt auch Gemeinschaft, daß man mal wieder zusammenkommt mit Gleichaltrigen.“ – „Wenn ich meine Klassenkameraden treffen [will], dazu muß ich ja in die Schule gehen, sonst seh' ich ja nur ein paar davon.“

„Wenn ich ganz allgemein an Schule denke – also Alltag eben –, an das Finden von Freunden [...], eigene Aktivitäten, die auch dadurch zustande kommen, um eben aus dieser Eintönigkeit rauszukommen. Sonst eben Qualifikation erlangen für das spätere Leben, [den] Beruf. Wir arbeiten jetzt auf das Abitur hin.“ „Wenn sich einer sehr stark für Musik oder Autos oder so was interessiert, dann meine ich, sollte man in der Schule dann gerade diese Interessenslagen, Fähigkeiten fördern. Wenn einer mathematisch sehr begabt ist, dann kommt in der Schule sehr viel mehr raus als zu Hause.“

„Daß man die Schüler auch bewegt, die Schule anders zu sehen als halt nur diesen Lernbau, wo einem so in schönen Häppchen immer was reingestopft wird, was man dann auch möglichst immer behalten sollte. Sondern daß man da auch Spaß drin sieht, [...] weil das dann auch wieder ein ganz anderer Anreiz zum Lernen wär', zum eigentlichen Inhalt der Schule.“

„Und [es wäre gut] die Schüler stärker in die Entscheidungen mit einzubeziehen, daß sie sich engagieren [. . .], und da was verändern können.“

Das Verständnis von Schule ist bei zwei Fünfteln der Schüler, vorwiegend den jüngeren, auf die Vorstellung des „Lebensraums“ begrenzt. Sowohl diese komplexe Vorstellung, die sich vor allem auf die Gegenwart und das eigene Erleben bezieht, als auch weitere, auf die Zukunft ausgerichtete Vorstellungen, kennzeichnen hauptsächlich das Schulverständnis der Schüler der oberen Jahrgangsstufen 11 bis 13.[37] Bei ihnen kann daher von einem *erweiterten* Schulverständnis gesprochen werden. Dabei war für ein Drittel der Schüler das fachunterrichtliche Lernen hinsichtlich der Vorbereitung auf den späteren Beruf wichtig. Etwa ein Viertel von ihnen sah die Schule – zusätzlich und in Ergänzung zu ihrer Funktion als Lebensraum – unter dem Blickwinkel der Vorbereitung auf den Lebensalltag. Die Förderung sozialen Verhaltens wurde dabei von ihnen besonders betont. Dies galt vor allem für Schülervertreter, weniger für Schüler ohne Funktion oder ein spezielles Amt. Dabei ist nicht auszuschließen, daß die Schülervertreter, die als besonders aufgeweckte Gruppe unter den Gymnasiasten anzusehen sind, dieses Ziel der Schule, das eine Art Gemeinplatz darstellt, von Erwachsenen übernommen haben.

Die Schüler aller drei Formen des Schulverständnisses sind sowohl durch die komplexe Vorstellung „Schule als Lebensraum“ miteinander verbunden als auch dadurch, daß fast alle von ihnen – entweder in allgemeiner Form oder speziell bezogen auf den späteren Beruf oder die Bewältigung alltäglicher Lebenssituationen – die Vorbereitung darauf als Aufgabe der Schule ansprachen, freilich mit unterschiedlichem Gewicht. *Somit bestehen unter nahezu allen Schülern einvernehmliche Vorstellungen von Schule.*

Auch hier gibt es bei den Schülern von zwei Gymnasien gegenüber denen der beiden anderen beträchtliche Unter-

Auffassungen und Formen des Verständnisses bei Schülern sowie Konsensbereiche

Formen des „Schulverständnisses“ N = 68

1. Schule als Lebensraum im Sinne von Zusammensein mit Gleichaltrigen, positivem Schulklima und lebendigem Schulgeschehen n = 25 (37 %)	2. Schule als Lebensraum und Ort vor allem des fachlichen Lernens zur Vorbereitung auf das Berufs- und Arbeitsleben n = 21 (31 %)	3. Schule als Lebensraum und Ort vor allem des sozialen Lernens zur Vorbereitung auf das Alltagsleben n = 16 (23 %)

n. z. = 6 (9 %)

Durchgängig vertretene Motive der Lebensraumvorstellungen von Schülern sind:
- Zusammensein mit Gleichaltrigen
- angenehmes Schulklima
- Von den übrigen Motiven dieses Konzepts („schülerfreundlicher Unterricht“, „keine zu hohe Belastung“, „lebendige Schule“, „gegenseitige Fairneß“, „Kooperation miteinander“, „aktives Mitgestalten“) werden von jedem Schüler zwei bis drei genannt.

Ferner verbinden **konsensrelevante Motive** die Schüler miteinander, die das oben genannte Schulverständnis 2 und 3 vertreten:
- Erwerb sozialer Kompetenzen im Umgang
- Vermittlung von fachlichem Wissen und Fähigkeiten
- Erziehung/persönliche Entfaltung
- individuelle Förderung der Schüler

Auffassungen von „Kooperation“

1. Durch Kooperation sollen soziale Beziehungen gepflegt und verbessert werden n = 29 (43 %)	2. Durch Kooperation sollen sowohl soziale Beziehungen gepflegt als auch die Mitwirkung der Schüler gewährleistet werden n = 30 (44 %)

n. z. = 9 (13 %)

Durchgängig vertretene Motive im Bereich „Pflege/Verbesserung sozialer Beziehungen“:
- durch Kooperation im Schulleben soziale Beziehungen verbessern; ... Kontakte (vor allem der Schüler zu Lehrern) vertiefen; ... Gemeinschaftsgefühl (vor allem zwischen Schülern) und Schulklima fördern; ... Hilfestellung leisten bei der Bewältigung von Problemen vor allem sozialer und persönlicher Art.

Ferner wird von den übrigen Motiven dieses Bereiches („Bedürfnissen und Anliegen der Schüler Rechnung tragen“, „durch persönliche Gespräche soziale Beziehungen verbessern“, „bei Konflikten vermitteln“) von jedem Schüler mindestens eins genannt.

Außerdem bestehen folgende **konsensrelevante Motive** zwischen Schülern beider Auffassungen:
- durch Kooperation Mitwirkung und freie Meinungsäußerung vor allem der Schüler fördern
- Mitbestimmung durch SMV und Konferenzteilnahme
- Mitwirkung bei der Gestaltung des Schullebens

Legende: n. z. = Anzahl der nicht zuordenbaren Personen
* = Die nicht mit * markierten Motive werden jeweils von der Mehrzahl aller Personen (50–80 %) der o. a. Verständnisformen vertreten, – die mit * gekennzeichneten von größeren Gruppen (25–49 % aller Personen).

schiede darin, wie Schule gesehen und verstanden wird. Die Schülervertreter des Gymnasiums A wünschen sich stärker als die der anderen Schulen, daß Schule durch Förderung sozialen Verhaltens auf die Behauptung im Lebensalltag vorbereiten soll. Zwar sehen auch die Schüler des Gymnasiums D (des kleinen Gymnasiums im ländlichen Raum) Schule aus dem Blickwinkel des Lebensraumes; jedoch betont dabei ein größerer Teil von ihnen (fast zwei Fünftel) gleichzeitig die Vorbereitung auf den späteren Beruf mit Hilfe fachunterrichtlich geförderter Kenntnisse und Leistungen (siehe dazu auch Kapitel 4 S. 81).

Die Schüler scheint das jeweilige Geschehen ihrer Schule, in dem ihre pädagogische Ausrichtung zum Ausdruck gelangt, entsprechend beeinflußt zu haben:

- Schule A: Ausrichtung an der Leitvorstellung „humane Schulgestaltung“, insbesondere Sich-Kümmern um schwächere Schüler/Förderung sozialen Lernens (vergleichsweise hoher Anteil von Schülern aus der sozialen Grundschicht und aus Aussiedler- und Asylantenfamilien).
- Schule D: Auf Vermittlung soliden Wissens und Förderung von Leistung wird von Seiten der Schule und auch der Eltern besonderer Wert gelegt (überschaubare Schulsituation, kleine Klassen mit guten Kontakt- und Betreuungsmöglichkeiten; die Schüler kommen aus unterschiedlichen Orten, an denen kaum oder nur wenige Mitschüler wohnen).

Auffassungen über die Organisation einer Schule

Die „Organisation der Schule“ sehen Schüler hauptsächlich als Mittel dafür, schulisches Wohlbefinden zu gewährleisten, so vor allem durch Vermeidung von zu starkem Druck auf sie und Förderung eines angenehmen Klimas. Dazu gehört zum Beispiel auch, daß das „Schulgebäude nicht eintönig und kein langweiliges Gebäude ist“, daß „die Klassenräume nicht trist sind“ und „es angenehme Aufenthaltsräume für Freistunden gibt". Ein Viertel der Schüler hat weitergehende Vorstellungen; sie erwarten von der Schulorganisation gleichfalls, daß sie ihren Anliegen der Mitwirkung und ihrem Bedürfnis nach Teilhabe besser Rechnung tragen soll. Dies bringt nachstehendes Zitat zum Ausdruck:

„Wenn's um die Organisation der Schule geht, ... sollten eben auch die Schüler Mitsprache haben. Und ich glaub', daß [es gut wäre], wenn man solche Besprechungsmeetings oder so was einführen würde, in denen man praktisch so 'ne Art Feed-back geben kann, – einfach irgendeine kleine, repräsentative Gruppe aus gezielten Klassenstufen vielleicht und eben einige Lehrer, die dann einfach wirklich sich hinsetzen und dann sagen, was denn so gegenseitig voneinander erwartet wird. Sowohl Schüler als auch Lehrer eben das sagen können."

Etwas weniger Schüler, etwa ein Fünftel, betonen nicht so sehr die Mitwirkungsanliegen, sondern erwarten, daß die Schulorganisation der Förderung von Schülern Rechnung trägt. Dies erhoffen sie sich hauptsächlich in bezug auf die Vermittlung soliden Wissens und auf das Erreichen guter Leistungen. Wieder waren es die Schüler der Oberstufe, die die inhaltlich *erweiterten zwei Auffassungen von Schulorganisation* vertraten. Auch in diesem Bereich ist das Einvernehmen unter den Schülern relativ hoch: Zum einen auf Grund der von allen Schülern durchgängig vertretenen Sicht, daß die Organisation dem Sich-Wohlfühlen der Schüler zu dienen habe; zum anderen, weil die Schüler unterschiedliche Auffassungen, Motive beziehungsweise Bedürfnisse der Mitwirkung und des Gefördertwerdens – im Sinne konsensueller Brücken – miteinander verbinden.

Kooperationsauffassungen

Was die Auffassung der Schüler über Kooperation in der Schule betrifft, so waren hier die Befunde nicht überraschend. Durchgängig besteht unter ihnen Einvernehmen darüber, daß Kooperation die sozialen Beziehungen untereinander und auch zu den Lehrern fördern, aufrechterhalten und verbessern solle:

„Es muß erstmal eine gute Klassengemeinschaft da sein, wo die Schüler sich echt auf die anderen verlassen können. Und daß sie auch irgendwo bereit sind, den anderen Schülern zu helfen, daß jeder für jeden da ist. [...] Ich finde, alle Punkte, die die Schüler angehen in der Schule, sollten auf jeden Fall mit den Schülern besprochen und nicht über die Köpfe der Schüler hinweg bestimmt werden."

Wiederum waren es vorwiegend Schülervertreter der oberen Klassen (11 bis 13), die mit schulischer Kooperation zusätzlich die Förderung der Mitwirkung von Schülern verbanden. Der Grad des Konsenses ist auch in diesem Bereich als hoch anzusehen, da alle Schüler unter Kooperation vorwiegend die Verbesserung der sozialen Beziehungen verstanden und ebenso, wenn auch in geringerem Grade, Anliegen der Mitwirkung für wichtig hielten, die durch Kooperation zu berücksichtigen und zu fördern sei.

Bilanz

Hervorzuheben ist, daß von den Schülern keine besonders auffallenden Schulvorstellungen geäußert wurden, die von den bereits herausgestellten Formen des Schulverständnisses abwichen. Zwar übten sie, wie dargelegt, an ihrer Schule wie auch an Schule generell Kritik und machten auch entsprechende Verbesserungsvorschläge. Sie hatten jedoch keine extremen Vorstellungen, wie sie in den siebziger Jahren und auch noch Anfang der achtziger Jahre im Umlauf waren, zum Beispiel: „Die Schule sei abzuschaffen", „sie könne durch moderne Medien oder Medienzentren ersetzt werden", oder: „Unterricht sei durch von Schülern gesteuerte Projektgruppen zu ersetzen", „Lernen müsse im Leben selbst und in den Berufsfeldern stattfinden, nur dadurch würden Praxisbezug und Eigenaktivität zum Zuge kommen".

Die dargelegte Sicht der Schüler über Schule und die Kooperation mit ihr steht nicht im Widerspruch zu der der Lehrer und ebenso nicht zu der der Eltern. Inhaltlich berühren sich die Vorstellungen der Schüler am stärksten mit denen derjenigen Lehrer, die eine an den Bedürfnissen der Schüler orientierte, human gestaltete Schule vertreten und für die ferner im Unterricht und im Umgang mit Schülern die Gerechtigkeit gegenüber dem einzelnen Schüler und die Achtung seiner Persönlichkeit sowie der wechselseitige Bezug im Erziehungsverhältnis leitend sind. Zwar werden durch die Schüler, die Schule in erster Linie als „Lebensraum" sehen, Motive herausgestellt, die Lehrern und Eltern keineswegs unbekannt sind. Diesen schenken aber manche Lehrer auf Grund ihrer didaktischen und fachinhaltlichen Ausrichtung oft weniger Beachtung oder sie verlieren sie sogar gar aus dem Blick.

Es sollte zur Kultur einer Schule gehören, daß den von Schülern herausgestellten sozialen und psycho-hygienischen Bedürfnissen entsprochen wird – dem Zusammensein mit Gleichaltrigen, dem Austausch mit ihnen und der Anregung durch sie, dem Sich-Wohlfühlen sowie den Forderungen nach einem angenehmen Schul- und Unterrichtsklima, nach Sozialbeziehungen, die von gegenseitiger Anerkennung getragen werden, und nach gerechter Behandlung. Hierdurch wird den Grundbedürfnissen der Schüler Rechnung getragen, und für ihr Lernen und ihre geistig-seelische Entwicklung werden förderliche Bedingungen geschaffen.

6 Schulische Spannungsbereiche, Konflikte und pädagogischer Konsens

Zwei Fallbeispiele und Elemente eines Grundkonsenses für Schulen

Die Vorstellung, daß Konsens in Schulen – wie unterschiedlich breit und tragfähig er auch sein mag – Spannungen und Konflikte von vornherein ausschließen würde, ist wirklichkeitsfremd. Das zeigten bereits die in den letzten beiden Kapiteln angesprochenen Konflikt- und Spannungsbereiche der einzelnen Schulen. Ebenso wäre die Annahme ungerechtfertigt, Spannungen und Konflikte hätten mit Konsens nichts zu tun und ständen seiner Bildung nur im Wege. Daß dem nicht so ist, sondern Spannungen und Konflikte sich in beiden Richtungen, sowohl Konsens beeinträchtigend als auch fördernd, auswirken können, soll an folgenden zwei Beispielen näher dargelegt werden.

Fall 1
Konflikte in wichtigen pädagogischen Teilbereichen bei Grundkonsens im Kollegium

Im Gymnasium B, dem Mädchengymnasium in konfessioneller Trägerschaft, über das schon im Kapitel 4 berichtet wurde, bestanden seit längerer Zeit Auseinandersetzungen innerhalb des Kollegiums und damit verbundene Spannungen. Zum Zeitpunkt als die Schule untersucht wurde, hatte dies zu einer offenen Form der Auseinandersetzung darüber geführt, wie die für die Schule vom Schulträger vorgegebenen Richtlinien interpretiert und pädagogisch umgesetzt werden sollten. Umstritten waren das Gebiet der „Umwelterziehung“ und im Zusammenhang damit das „Verständnis modernen Christentums“ sowie die „Mädchen- und Frauenbildung“, wie sie heutigen Anforderungen entsprechen sollen. Die Auseinandersetzung hatte zwar die Lehrerschaft nicht gespalten, doch zur Bildung zweier Gruppen von jeweils fünf bis acht Lehrern innerhalb des Kollegiums geführt. Eine von ihnen verfolgt bei der Einführung von Neuerungen eine pädagogisch eher behutsame Linie und kann als mehr konservativ eingestellt bezeichnet werden; sie wird von den Vertretern der anderen Gruppe mit dem Etikett „Betonfraktion" versehen. Die andere Gruppe, die zwar gleichfalls an den zentralen Intentionen der Schule festhalten will, ist progessiv eingestellt und möchte Neues konsequent und ohne Abstriche umsetzen; sie wird im Kollegium als „Öko-Fraktion" bezeichnet, eher als radikal angesehen und ebenfalls in unterschiedlicher Weise etikettiert. Die Mehrheit des Kollegiums versucht, sich aus den zwischen beiden Gruppen bestehenden Kontroversen herauszuhalten. Wiederholt hatte sich das Kollegium in Konferenzen mit der dem Konflikt zu Grunde liegenden Thematik beschäftigt. Dies hat aber noch nicht dazu geführt, daß sich die beiden Gruppen annähern, geschweige denn ihre Auseinandersetzungen beilegen.

Obwohl das Schulklima von der Mehrzahl des Kollegiums als positiv erfahren wurde, wirkten sich doch der von beiden Gruppen immer wieder neu vom Zaun gebrochene Streit und die mit ihm wachsenden Spannungen auf den Umgang miteinander sowie bei Zusammenkünften nachteilig aus. Das wird von einem Mitglied des Kollegiums in folgender Weise geschildert:

„Wenn ich ins Lehrerzimmer komme, ... hört diese *Stahlkopffraktion* schlagartig auf zu reden. Was soll das? Das ist ja kindisch. Nun gut, die werden dasselbe über mich auch sagen ... Es sind also schon harte Fronten da, die zum Teil so weit gehen, daß wenn ich weiß, daß bestimmte Kollegen in Klassen unterrichten, die zu dieser *Betonkopffraktion* gehören, ich mich gar nicht mehr melde, um dort zu unterrichten, weil ich ganz genau weiß, daß über kurz oder lang die Fronten da sind. Ich habe einfach oft die Kraft nicht und habe auch die Lust nicht mehr, mich da auseinanderzusetzen, vor allen Dingen mich so unterhalb der Gürtellinie auseinanderzusetzen."

Der gegenseitige Kontakt und das Gespräch werden auf Grund der bestehenden Situation in Mitleidenschaft gezogen und ebenfalls, wie das Zitat zeigt, die innerschulische Kooperation. Das äußert sich auch in der Sorge darin, von den Vertretern der einen Streitgruppe, in diesem Fall der progessiven, die Maßgeblichkeit beanspruchen, mißverstanden zu werden und sich ihnen gegenüber Blößen zu geben:

„Ich möchte eine ganze Reihe von Kolleginnen und Kollegen nicht in meinem Unterricht haben, weil ich berechtigt oder nicht berechtigt befürchte, daß sie ... [Dinge] auch gegen mich verwenden würden oder könnten, irgendwie. In dem Maße, wie ich merke, daß ich mit Kollegen [und], Kolleginnen gut auskomme, vielleicht sogar befreundet bin, inhaltlich diskutiert habe, in dem Maße ist es kein Problem mehr, sie auch am Unterricht teilnehmen zu lassen oder, was ich verstärkt versuche, auch fächerübergreifend zu arbeiten und sich damit ein Stück weit auch Blößen zu geben."

Die jeweiligen Kontrahenten heben die Verschiedenartigkeit der beiden Positionen wie auch die Tendenz hervor, die Vertreter der jeweils anderen durch entsprechende Bewertungen in Mißkredit bringen:

„Da bestehen gewaltige Unterschiede. Wenn wir noch mal zu dem Thema Ökologie zurückkehren, da ist's schon so, daß ich mit einigen Kollegen in eine Ecke abgedrängt werde. Das geht also in Richtung *grüne Front, Müsli-Fresser* und *Körnerzähler,* und was man da sich alles anhören muß."

Ein Teil der Lehrer dieser Schulen (32 Prozent des Kollegiums nach Ergebnissen der Einstellungserhebungen) sieht sich eher als „Einzelkämpfer", und die Hälfte der Lehrer beklagt den geringen Zusammenhalt im Kollegium. Die geschilderte Konfliktsituation wirkte sich ebenso auf die Zusammenarbeit innerhalb des Kollegiums aus, die die Mehrheit der Kollegiumsmitglieder als auf nur wenige Kollegen eingeschränkt empfand. Zwar kommen immer wieder Gegensätze darüber auf, wie Christentum heute zu verstehen ist und wie es der Gegenwart und ihren Herausforderungen gerecht wird, wie auch über die dabei einzuschlagenden Wege schulpädagogischer Umsetzung. Dennoch besteht hinsichtlich der Grundintentionen einer am christlichen Menschen- und Weltverständnis ausgerichteten Erziehung Einvernehmen. Allerdings ist dieses hin und wieder durch die Art der geführten Auseinandersetzungen gefährdet.

Auch über die Notwendigkeit der Umwelterziehung besteht Konsens; der Streit entbrennt hinsichtlich der Form ihrer Realisierung, insbesondere im Hinblick auf eine konsequente Umsetzung im Schulalltag. Anlaß zu Auseinandersetzungen sind zum Beispiel, gesundes Pausenbrot durchzusetzen (kein Süßigkeitenverkauf durch den Hausmeister in den Pausen), oder das Problem, wie sich in der Schule Müll vermeiden läßt.

Die „Mädchen- und Frauenbildung" stellt für die Schule ein Dauerthema dar. Sie muß sich hier sowohl vor sich selbst als auch vor der „Außenwelt", dem Schulträger und vor allem der Öffentlichkeit, immer wieder rechtfertigen. Kontrovers sind auch hier die Formen der Umsetzung. So vertritt die „Öko-Gruppe" eine betont emanzipatorische Förderung der Mädchen. Deshalb setzte sie sich in früherer Zeit dafür ein, die Schule für Jungen zu öffnen. Sie ist aber später wieder davon abgerückt, weil sie sich hinsichtlich einer konsequent zu realisierenden emanzipatorischen Erziehung für Mädchen und einer Förderung, die deren Selbstbewußtsein stärkt, mehr durch eine Schule nur für Mädchen erhofft. Dabei möchte sie unter anderem mehr Frauenthemen im Lehrplan und Unterricht berücksichtigt wissen. Die von dieser Gruppe angestrebte Form der Mädchenerziehung steht im Widerspruch insbesondere zu den Auffassungen der mehr konservativ eingestellten Gruppe, aber auch zu Ansichten der Mehrzahl des Kollegiums. Diese verfolgt eine eher moderate Form, die Fähigkeit zur Selbstbehauptung der Mädchen zu fördern und hier, wie auch in anderen Bereichen der Persönlichkeit, den besonderen Fähigkeiten, Neigungen und Eigenschaften des weiblichen Geschlechts Rechnung zu tragen. Ebenso sind sie der Ansicht, daß Mädchen besser ihre Fähigkeiten entfalten und ihr Können zu zeigen vermögen, wenn sie frei von Konkurrenzdruck und einseitigen Erwartungen der Jungen lernen, die durch herkömmliche Sozialisationsmuster bedingt sind. Eine größere Gruppe von Lehrern ist der Auffassung, allein schon die Abwesenheit von Jungen ermögliche eine bessere Förderung der Mädchen. Andere Lehrer wieder argumentieren, in einer Mädchenschule könne man besser auf die spezifische Mentalität und Anlagen der Mädchen eingehen. Nicht zuletzt wird als Grund für die Einrichtung einer Schule ausschließlich für Mädchen geltend gemacht, daß Mädchenklassen leichter als gemischte zu unterrichten seien.

Hinsichtlich der grundsätzlichen Erfordernisse und der Notwendigkeit einer modernen Bildung für Mädchen besteht jedoch Konsens. Trotz der geschilderten unterschiedlichen Auffassungen scheint das Thema „Mädchenbildung“ eher abgeschlossen zu sein. Zu Konflikten geben vor allem die anderen beiden Themen Anlaß.

Folgen des Konflikts – Sich-Abzeichnen der Konfliktlösung

Eine Folge der Auseinandersetzungen ist, daß die meisten Kollegen der sich streitenden Gruppen die Auffassungen der jeweils anderen Gruppe gut kennen und auch den übrigen Mitgliedern des Kollegiums die Standpunkte beider Seiten vertraut sind. Die inhaltliche Auseinandersetzung über die beiden Problembereiche bringt die sich widerstreitenden Einzelgruppen wie auch das restliche Kollegium zusammen; es „vereint“ sie. Darauf ist der hohe Grad an reflexiver Koorientierung zurückzuführen, der bei den Lehrern gerade dieser Schule hinsichtlich des Bewußtseins über Dissens oder Konsens mit anderen festgestellt wurde. Das Dissensbewußtsein ist natürlich bei den Lehrern besonders stark ausgebildet, die einer der beiden streitenden Gruppen angehören; das drückt sich darin aus, daß zwei Drittel der Dissensäußerungen, die insgesamt vorlagen, von nur vier Lehrern gemacht wurden.

Mit Schulleitung und Lehrerschaft waren von vornherein Rückmeldungen über die Ergebnisse vereinbart worden, die an ihrer Schule gewonnen worden waren. Dadurch wurde die Schule – von Außenstehenden, die an ihrem Geschehen nicht beteiligt waren – mit ihrer inneren Situation konfrontiert. Die vorgetragenen Ergebnisse fanden im Kollegium Zustimmung; Zusammenhänge, die die aufgefundenen Schwerpunkte im Verständnis von Schule und ihrer Aufgabenbereiche betrafen und von den Mitgliedern der Projektgruppe aufgezeigt worden waren, wurden bekräftigt, teilweise inhaltlich ergänzt oder auch weiter erläutert. Ferner lösten die Rückmeldungen bei den besonders engagierten Lehrkräften wie auch bei der Schulleitung Initiativen aus, die bestehende Problemsituation zu beheben, die immer wieder zu belastenden Auseinandersetzungen Anlaß gab und die zur Vermeidung von Kontakten und zur Einschränkung der Kooperation führte. So wurden Arbeitsgruppen gebildet, die sich des Gruppenkonflikts und der damit verbundenen Probleme annehmen und konkrete Wege zu ihrer Lösung vorschlagen sollten. Auch wurden die Mitglieder der Forschungsgruppe wiederholt um Rat gefragt und um Hilfe gebeten, zum Beispiel um beim Prozeß der Konfliktlösung Moderatoren-Aufgaben zu übernehmen.

Auf diesem Wege kam der Prozeß der Konfliktlösung in Gang. Dazu dürfte ohne Zweifel die Tatsache beigetragen haben, daß Lehrerschaft und Schulleitung bereits über längere Zeit die bestehende innere Situation als unbefriedigend erlebten. Dadurch, daß sie ihnen erneut vor Augen geführt und kritisch an Hand der Aussagen der von Konflikten und Spannungen besonders betroffenen Kollegen analysiert wurde, gab die Untersuchung einen weiteren und vermutlich entscheidenden Anstoß dazu, daß konkrete Bemühungen um eine Lösung einsetzten.

Die Voraussetzungen hierfür können aus folgenden Gründen als günstig angesehen werden:

- Die Mehrzahl der Kollegiumsmitglieder ist verstärkt zur Konfliktlösung bereit; dies kam vor allem durch die nachteiligen Erfahrungen zustande, die die Lehrer dieser Schule in den vorangegangen Zeiträumen immer wieder durch die nicht gelösten Konflikte gemacht hatten.

- Es besteht ein hohes Maß an reflexiver Koorientierung bei den Mitgliedern des Kollegiums. Dies ist als eine förderliche Voraussetzung für ein differenziertes Sich-Hineinversetzen in die Position des jeweils anderen anzusehen und für eine Änderung der Sichtweise.
- Es ist ein relativ breiter Konsens in der grundsätzlichen pädagogischen Ausrichtung der Schule und deren wesentlichen Dimensionen gegeben.

Fall 2
Konflikt zwischen Schulleiter und Teilen des Kollegiums bei Einvernehmen in der Konfliktbegrenzung

Der bei der Schule E bestehende Konflikt ist anderer Natur, jedoch keineswegs ungewöhnlich. Es handelt sich um Spannungen und Konflikte zwischen einem pädagogisch stark engagierten und um die Schule besonders besorgten Schulleiter und Teilen des Kollegiums. Das Beispiel ist insofern aufschlußreich, als an ihm gezeigt werden kann, inwieweit die Auffassung über einige schulische Gestaltungs- und Interaktionsbereiche durch die Konfliktauseinandersetzung beeinflußt wird und wie diese das Kollegium aufzufangen sucht, ohne daß die Schule aus dem Gleichgewicht gerät.

Über diese Schule, ein Gymnasium mittlerer Größe (um die 500 Schüler und 46 Lehrer), wurde noch nicht berichtet. Es handelt sich um eine traditionsreiche Schule einer Stadt mittlerer Größe. Sie führt einen neusprachlichen, einen mathematisch-naturwissenschaftlichen und einen altsprachlichen Zweig. Die Schule ist am Ort sehr angesehen und wird von Schülern aller Bevölkerungsgruppen, vorwiegend von solchen der Mittel- und Oberschicht, besucht. Sie ist baulich gut gegliedert; ihre Fachraum- und Lehrmittelausstattung wird als gut bezeichnet.

Das Schulverständnis und die von den Lehrern dieser Schule hauptsächlich bevorzugten erziehungsleitenden Vorstellungen weichen in der Tendenz nicht wesentlich von denen ab, die im Schnitt bei allen fünf untersuchten Gymnasien ermittelt wurden. Lediglich bei den erziehungsleitenden Vorstellungen legt, ähnlich wie bei dem im großstädtischen Bereich gelegenen Gymnasium A (siehe Kapitel 3 und 4), eine größere Gruppe von Lehrern (ein knappes Drittel) auf eine ganzheitlich ausgerichtete Persönlichkeitsbildung der Schüler besonderen Wert und betont den wechselseitigen Bezug im Erziehungsverhältnis wie auch die Forderung, daß das Erzieherverhalten reversibel, potentiell umkehrbar, sein soll. Hingegen wird kaum die Lebens- und Zukunftsorientierung als Leitmotiv erzieherischen Handelns angesprochen. Die berufsethischen Vorstellungen der Lehrer und auch die Schwerpunkte, die sie dabei setzen, weichen nicht von denen ab, die im Schnitt bei den Lehrern aller fünf Gymnasien in den vier Handlungsbereichen ermittelt wurden. Auch die Vorstellungen des Kollegiums der Schule E über den idealen Schulleiter, liegen in der Tendenz ähnlich wie bei den anderen Gymnasien. Etwas stärker jedoch wird von den Lehrern dieser Schule die integrative, vermittelnde und Fürsorgefunktion des Schulleiters betont (69 Prozent der Lehrer bei Schule E; 60 Prozent im Schnitt aller Schulen).

Was die Auffassungen der Lehrerschaft über die Schulorganisation betrifft, so wird von ihnen überwiegend auf ihre Ausrichtung an den pädagogischen Anliegen besonderer Wert gelegt; aber mehr Lehrer als an anderen Schulen (28 Prozent gegenüber 19 Prozent) sprechen sich dafür aus, daß dem Bedürfnis nach Mitwirkung und Teilhabe bei der Organisation der Schule besonders Rechnung getragen wird. Das weist ebenso wie die Tatsache, daß nur ganz wenige Lehrer dieser Schule sich an organisatorischen Fragen uninteressiert zeigten (6 Prozent gegenüber 32 Prozent der Lehrer aller Schulen), darauf hin, daß den Lehrern Organisationsfragen nicht gleichgültig sind und sie hier spezifische Akzente setzen. Dies hängt ganz offensichtlich, was aus den nachfolgenden Ausführungen zum Kooperationsbereich deutlich hervorgeht, mit der dort bestehenden Konfliktproblematik „Schulleitung – Kollegium“ zusammen.

Anhand der Lehreraussagen wurde, wie eingangs dargelegt, auch ermittelt, wie die Lehrer die im Schulalltag praktizierte Kooperation einschätzen. Die hier bei den Lehrern der Schule E gewonnenen Befunde stehen im Widerspruch zu den Vorstellungen, die sich die Mehrzahl von ihnen über „Kooperation“ und „Schulleitung“ macht. Entsprechend den bereits herausgestellten Schwerpunkten im Bereich der erziehungsleitenden Vorstellungen sprach sich die Mehrzahl der Lehrer für eine vorwiegend auf Erziehungsanliegen ausgerichtete Kooperation aus; das entspricht den Schwerpunkten, die sie in ihren erziehungsleitenden Vorstellungen setzen.

In der Praxis wurde die Kooperation mit der Schulleitung als beeinträchtigt empfunden; man sah sie auch mit Teilen des Kollegiums als eingeschränkt an. In diesem Zusammenhang war auffallend, daß an Schule E die Mehrzahl der Lehrer (70 Prozent) die im Kollegium vorherrschende Einzelkämpfermentalität beklagte (35 Prozent hingegen im Schnitt aller Schulen). Dem entspricht, daß Zusammenhalt und Rückhalt im Kollegium unterschiedlich eingeschätzt werden; 40 Prozent der Lehrer empfinden beides als unzureichend, ein gleich großer Anteil von ihnen sieht beides als eher gegeben an. Mehr Lehrer als an anderen Schulen wünschen sich stärkeren Erfahrungsaustausch und mehr Zusammenarbeit, insbesondere auch hinsichtlich der Klärung pädagogischer Fragen und Probleme.

Die überwiegende Mehrheit der Lehrer schätzt die Beziehungen zur Schulleitung als eher schlecht ein. Das gilt, wenn auch etwas abgeschwächt, ebenso für die Beziehungen der Lehrer untereinander. Dies ist im Zusammenhang mit einem verstärkten Bemühen des Schulleiters zu sehen, alles möglichst perfekt zu regeln, wie auch mit einem Führungsverhalten, das als widersprüchlich und mißverständlich erfahren wird. Nachstehende Lehreraussagen geben dies wieder:

„Auf der einen Seite wünscht er [der Schulleiter] – das ist sein höchstes theoretisches Ziel – viele pädagogische Konferenzen, auch viel didaktisches Gespräch. Auf der anderen Seite ist es fast ein tragischer Vorgang, daß er das Kollegium in lauter einzelne auseinanderdividiert hat."

„... Das Kollegium hat es schwer mit der Direktion, weil überorganisiert wird und ... viele Dinge einfach ungeschickt gemacht werden. Das gibt Differenzen zwischen den Kollegen."

„Eine Schule sollte nicht unter einer Profilneurose möglichst vieles noch zusätzlich anbieten, sondern sie sollte ihren Unterricht [halten und], den Auftrag, den sie hat [erfüllen], die Verpflichtung, junge Menschen auszubilden, sie zu formen, zu bilden zu dem, was man heute – als 'ne runde Persönlichkeit empfindet."

Die Spannungen, die Lehrer hier erfahren, erstrecken sich gelegentlich auch auf Auseinandersetzungen mit den Eltern; die Lehrer sehen sich hier hinsichtlich ihrer Position nicht immer durch den Schulleiter angemessen unterstützt.

„Wir haben viele Kinder aus Akademikerfamilien ... Wenn ein Elternteil kommt und irgendwas will, ist man [die Schulleitung] oft geneigt, nachzugeben. Entgegen manchmal den Belangen der Kollegen ... Man muß dazu sagen, die Eltern sind sicher schwierig hier. Die kennen sich aus, die lesen die Lehrpläne. Bei meinem ersten Elternabend hier war ich entsetzt, da wurde also die Deutschlehrerin befragt, warum sie jetzt gerade Maria Stuart liest, im Lehrplan stünde doch dies und jenes. Viele Kollegen sind natürlich schon überempfindlich gegen ein solches Gebaren."

Die damit gegebene Problematik wirkt sich entsprechend auf die Kooperationsbereitschaft der Lehrer aus. Hierzu äußert sich ein Lehrer, ähnlich wie dies eine Reihe anderer Kollegiumsmitglieder tut, in folgender Weise:

„Ich bin sicher, daß einige Kollegen gerne noch mehr machen würden, wenn sie wüßten, daß das entsprechend ankommt nachher und bei der Direktion entsprechend Resonanz hervorrufen würde. Das ist aber leider oftmals nicht der Fall."

Ebenso beklagen die Lehrer der Schule E, mehr als die der anderen Gymnasien, mangelnde Information und eine zu geringe Einbeziehung in Prozesse der Entscheidungsfindung.

Die hier bestehenden Spannungen scheinen innerhalb des Kollegiums aufgefangen zu werden. Das geschieht durch die Kontakte, die die Lehrer auf Grund ihrer Unterrichtsfächer in den einzelnen Fachgruppen haben, und vor allem durch die Aussprache und Unterstützung miteinander befreundeter Lehrer. Auch greift der Konflikt nicht auf die Eltern- und Schülerschaft über. Eine vermittelnde Rolle kommt hier besonders dem Personalrat der Schule zu, der diese Aufgabe mehr wahrzunehmen scheint als die von ihrer Funktion und Stellung her sich anbietenden Lehrer, wie zum Beispiel der stellvertretende Schulleiter und Fachgruppenleiter.

Auswirkungen des Konflikts – Bemühen um seine Eingrenzung durch Lernen am Konflikt

Die Auseinandersetzungen über die mit der Leitung der Schule verbundenen Probleme und Spannungen haben auch an dieser Schule zur verstärkten Reflexion über schulische Gestaltungsbereiche geführt. Andererseits wirkten sie sich dahingehend aus, daß die Behandlung wichtiger Fragen über pädagogische Schwerpunkte oder die Ausrichtung der Schule (worin zum Beispiel eine zeitgemäße humanistische Orientierung bestünde) unterblieb. Um weiteren möglichen Konflikten aus dem Weg zu gehen, werden Themen wie die genannten immer wieder beiseite geschoben, obwohl sie manchen Lehrer innerlich beschäftigen. Hierdurch unterbleiben Klärungen, die konsensfördernd sein könnten.

Andererseits scheint sich auf Grund wiederholter Kontroversen eine Art Einvernehmen darüber herausgebildet zu haben, wie man Konflikten begegnen und mit ihnen umgehen kann. Beide Seiten sind darum bemüht, trotz Spannungen und Konflikten, die jederzeit neu entstehen können – um eine Metapher zu benutzen –, die „Schule in Balance zu halten". Hierfür ist es förderlich, daß hinsichtlich der Vorstellungen über die verschiedenen schulischen Gestaltungsbereiche ein teils begrenztes, teils relativ hohes Einvernehmen besteht. Ferner werden von den Lehrern entscheidende Rahmenbedingungen ihrer Tätigkeit als günstig angesehen: Die gute Raum- und Lehrmittelausstattung, die Überschaubarkeit der Schule, die Zugehörigkeit qualifizierter Fachleute zum Kollegium und – trotz des von einem Teil der Lehrer kritisierten unzureichenden Zusammenhalts – eine dem einzelnen Rückhalt gebende Solidarität innerhalb der erwähnten verschiedenen sozialen Bezugsgruppen im Kollegium. Diese Sachverhalte werden innerhalb des Kollegiums als stabilisierend empfunden.

Auch an dieser Schule hat sich die innere Situation weiterentwickelt. Zwei bis drei Jahre nach den Interviewerhebungen stattfindende Aussprachen über die Ergebnisse der Untersuchung (Rückmeldungen) zeigten, daß zwischen Kollegium und Schule „Lernprozesse" eingesetzt haben, wie es die Beteiligten selber charakterisierten. Diese hätten zwar nicht dazu geführt, daß es nunmehr keine Probleme und Auseinandersetzungen mehr gibt, aber man habe gelernt, besser mit ihnen umzugehen.

Resümee

Aus beiden dargestellten Fällen geht hervor, daß Konflikte die verschiedenen Gruppen eines Kollegiums beziehungsweise Schulleitung und Kollegium in der Auseinandersetzung „zusammenführen". Wie es von dem amerikanischen Soziologen Lewis A. Coser in seiner bekannten Auseinandersetzung mit Thesen Georg Simmels herausgearbeitet wurde, können Konflikte eine „vereinende" und auch „vereinheitlichende" Funktion haben: Sie verhelfen dazu, neue Formen der Interaktion herbeizuführen, und dienen der Neuanpassung von Beziehungen an veränderte Bedingungen. Sie geben Anstöße, neue Normen und Regeln aufzustellen, und können so zur Sozialisierung der sich streitenden Gruppen beitragen. Nicht zuletzt vermag der Konflikt in Vergessenheit geratene Normen zu reaktivieren.[38] Das bedeutet gleichfalls, daß Konflikte – wie die beiden Fallbeispiele zu erkennen geben – Chancen zur Bildung von Konsens enthalten, allerdings auf einer durch die Art der Konfliktlösung herbeigeführten veränderten oder auch erweiterten Basis. Entscheidende Voraussetzung dafür, daß es dazu kommt, ist: Beide Seiten sollten ein wenn auch unterschiedliches, so jedoch von der jeweils anderen Seite als berechtigt anerkanntes Interesse an der Konfliktbehebung haben und gemeinsame Grundintentionen finden beziehungsweise sich diese wieder bewußt machen. Hierfür sind Fähigkeiten gefordert, die an die Persönlichkeit des einzelnen gebunden sind: Kritische Distanz zur eigenen Position, Reflexivität, Sich-Hineinversetzen-Können in die Situation des anderen, Einfühlungsvermögen und die Fähigkeit zum Perspektivenwechsel wie auch die weitere, Spannungen auf sich nehmen und aushalten zu können (= Ambiguitätstoleranz).[39] Ebenso kommt es von vornherein auf gegenseitige Fairneß an. Über ihre grundsätzlichen Aspekte und handlungspraktischen Folgerungen sollte im Handlungs- und Interaktionssystem Schule eine Art selbstverständlichen Einvernehmens bestehen.

Elemente eines Grundkonsenses für Schulen

Auf Grund der Einsichten und Erfahrungen, die im Rahmen der vorliegenden Untersuchung gewonnen wurden, könnte ein auf fairen Umgang miteinander ausgerichteter „Grundkonsens" folgendes beinhalten:

- Prinzipielle Anerkennung der Tatsache, daß es in Kollegien – und ebenso darüber hinaus bei Eltern und Schülern – unterschiedliche Zugänge zum Verständnis von Schule und ihrer zentralen Aufgabenfelder gibt. Daraus resultieren Auffassungen und Verständnisse, die einen Sachkern haben und die auf Grund der unterschiedlicher Form von Betroffenheit, Engagement und Bedeutung jeweils eine charakteristische moralische Dimension einschließen.

- Einvernehmen darüber, daß die unterschiedlichen Auffassungen oder Verständnisse schulischer Aufgaben und Gestaltungsbereiche zur Lebendigkeit der geistigen Auseinandersetzung beitragen. Die Pluralität geistiger Auseinandersetzung im Kollegium muß gewährleistet sein; sie darf nicht mit Beliebigkeit verwechselt werden. Vielfältige Vorstellungen müssen nicht zwangsläufig zum Zerreden pädagogischer Probleme führen; vielmehr können sie angesichts der Vielzahl schulischer Aufgaben und Ziele und der Komplexität von Unterricht und Schulleben beim Suchen nach angemessenen Lösungen oder Alternativen hilfreich sein. Sie können die eigene Meinung ergänzen, korrigieren, differenzieren und besser begründen helfen; sie sind sowohl für jeden einzelnen Lehrer als auch für eine Schule im ganzen nützlich.
- Konsens darüber, daß die Lehrer einer jeden Schule ihr Verständnis über sie klären, deren pädagogischen Schwerpunkte und die Form der Gestaltung des Schulgeschehens finden müssen. Dies sollte im Hinblick auf das von ihr zu realisierende Bildungsangebot geschehen und dabei die sozio-kulturellen Gegebenheiten ihres Umfeldes, ihre bisherige Tradition und Entwicklung wie auch ihre jeweiligen schulinternen Bedingungen berücksichtigt werden.
- Verständigung darüber, daß eine jede Schule, wenn neue Aufgaben an sie herangetragen werden, wie das zum Beispiel auf Grund der Auswirkungen gesellschaftlicher Veränderungen in der Regel der Fall ist, ihre Ziele immer wieder neu absteckt und Konsens über sie herbeiführt.
- Anerkennung der Tatsache, daß Schüler und Eltern notwendig andere Erwartungen an die Schule haben und sie anders als Lehrer sehen, weil sie in anderer Weise von ihr betroffen sind. Dem sollte insbesondere bei der Erörterung von Schulschwierigkeiten und -problemen Rechnung getragen werden.

- Schüler und Eltern sind als Personen und Partner ernst zu nehmen. Eltern haben ihre eigene Art der Verantwortung, ihre Kompetenzen und Erfahrungen; die Schule kann von ihnen lernen, Lehrer können hierdurch ihren Blickwinkel erweitern und Schüler besser verstehen. Eltern gut zu informieren, ist unerläßlich, wenn mit ihnen gemeinsam Schulprobleme geklärt und behoben werden sollen. Eltern sind jedoch weder „Aufzuklärende“ noch zu „Belehrende“, sondern Partner im Erziehungsprozeß.
- Einvernehmen darüber, daß – obwohl jeder Lehrer seinen Unterricht selber zu gestalten, zu verantworten und zu realisieren hat – seine Tätigkeit kein isoliertes Vorhaben ist.
- Die Unterrichts- und Erziehungsbemühungen jedes Lehrers sind in vielfältiger Weise mit denen ihrer Kolleginnen und Kollegen verbunden und sollten die elterliche Erziehung ergänzen und unterstützen. Von daher und um der Stimmigkeit von Bildung und Erziehung sowie ihrer Wirksamkeit willen ist pädagogischer Konsens gefordert und immer wieder neu herbeizuführen.
- Einvernehmen darüber, daß Unterricht, der zentral für jede Schule und entscheidender Erfahrungsraum für Schüler ist, lebendiger Gestaltung bedarf und daß das „Schulleben“ sich auf weitere Bereiche und Aktivitäten erstreckt. An diesen sollte jeder Lehrer auf Grund seiner fachlichen Kompetenz und pädagogischen Fähigkeiten und Kräfte mitwirken und somit für das Leben der Schule insgesamt Mitverantwortung tragen.
- Anerkennung der Tatsache, daß jede Schule ihre spezifischen Probleme, potentiellen Spannungs- und Konfliktbereiche hat und daß diese wie auch deren stillschweigendes Übergehen den Boden für Unzufriedenheit liefern können. Daher ist es notwendig, diese Probleme, Spannungen und Konflikte zu erkennen und sie zu beheben zu suchen, um dem Aufkommen von Gleichgültigkeit, Bequemlichkeit und unguter Routine sowie von Praktiken des gegenseitigen Ausweichens und Sich-in-Ruhe-Lassens von vornherein zu wehren.

- Übereinstimmung darin, daß für alle verbindliche Spielregeln darüber zu vereinbaren sind, wie Spannungen und Konflikte beizulegen sind.

Voraussetzung für einen solchen Grundkonsens ist ein demokratisches Verständnis von Schule und Gesellschaft, das die Anerkennung grundsätzlicher pädagogischer Sachverhalte und der an sie geknüpften Erfordernisse einschließt. Ein ähnlicher Katalog ließe sich auch in der Weise formulieren, daß der jeweiligen Situation einer Schule und ihren Gegebenheiten Rechnung getragen wird. Es wurde deshalb ein relativ ausführlicher Konsenskatalog erstellt, um zentrale pädagogische Zusammenhänge aufzuzeigen und notwendige Begründungen zu geben.

Die Einhaltung oder Umsetzung eines solchen Kataloges ist keinesfalls selbstverständlich. Auch Lehrer haben Schwächen, machen negative Erfahrungen, haben Ängste und sehen sich in ihrer Position und in ihren Zuständigkeiten hin und wieder gefährdet.

Auch ist es ein Irrtum zu glauben, Konflikte und Spannungen ließen sich ohne größere Umschweife und bei richtigem Zugriff innerhalb kurzer Zeiträume beheben. Die hier beschriebenen Fälle zeigen das Gegenteil. Es kommt auf den richtigen Zeitpunkt, ein differenziertes Vorgehen sowie auf gruppendynamische Kenntnisse und Fähigkeiten an. Hier ist generell die Lehrerfortbildung und besonders die Ausbildung von Schulleitern und anderer schulischer Funktionsträger gefordert.

Um das pädagogische Selbstverständis einer Schule, ihre Problemzonen und Konfliktbereiche zu klären, reichen Lehrerkonferenzen allein nicht aus, zumal grundlegende pädagogische Sachverhalte und Sichtweisen erörtert werden müssen. Die Konferenzen in ihrer bisherigen Form müßten daher entweder anders ausgerichtet oder durch andersartige Zusammenkünfte und Besprechungen, die der Weiterentwicklung der eigenen Schule dienen, ergänzt werden. Sie wären mit schulinterner Fortbildung zu verbinden, beziehungsweise die

Klärung des pädagogischen Selbstverständnisses einer Schule und ihrer jeweiligen Probleme könnte zur Fortbildung der Lehrer entscheidend beitragen und auch für ihre persönliche Weiterentwicklung Anstöße geben; beides kann ineinander übergehen. Hierauf wird in den nachfolgenden Kapiteln noch einmal eingegangen.

7 Innerschulische Kooperation, Partnerschaft und Konsens

Einstellungen der Lehrer zur Kooperation

Erfahrungsaustausch, Abstimmung untereinander, die Erörterung fachlicher, didaktischer und erzieherischer Probleme wie auch die Klärung grundsätzlicher pädagogischer Fragen sind ohne Kooperation nicht möglich. Das setzt die Bereitschaft der Beteiligten dazu voraus, und der Berufskollege muß als Partner im Unterrichts- und Erziehungsprozeß verstanden werden.

Doch wie ist es um die Kooperation in Schulen bestellt? In welcher Weise wird sie praktiziert? Und wo liegen die Schwierigkeiten, Kooperation im Schulalltag zu realisieren?

Über das Verständnis von Kooperation, das die Lehrer der untersuchten fünf Gymnasien im Schwerpunkt vertreten – mehr erzieherisch oder mehr fachunterrichtlich ausgerichtet oder beide Anliegen in annähernd gleicher Weise berücksichtigend – wurde bereits in Kapitel 3 berichtet. Dort wurde ebenso herausgestellt, daß die überwiegende Mehrzahl der Lehrer sich, abgesehen von der Förderung des einzelnen Schülers und der Klassen, in denen sie unterrichten, auch dafür verantwortlich fühlt, mit anderen Kollegen aus grundsätzlichen Erwägungen heraus zusammenzuarbeiten; Kooperation wird von ihnen als Prinzip pädagogischen Handelns begriffen. Was die Bereiche der Kooperation betrifft, so sehen allerdings nur zwei Fünftel der Lehrer ihre Verantwortung auch über die eigenen Klassen hinaus in anderen Bereichen der Schule und bei Vorhaben, die sich auf die Schule als Ganzes erstrecken. Der größere Teil der Lehrer (etwas über die Hälfte) fühlt sich hingegen stärker für die einzelnen Schüler und die Klassen verantwortlich, in denen sie Unterricht erteilen; sie sehen vor allem hier ihr Engagement gefordert.

In der Gesamttendenz kann das Verständnis schulischer

Kooperation als positiv eingeschätzt werden. Folgende Zitate, an denen dies besonders deutlich wird, seien stellvertretend für viele andere wiedergegeben:

„Also wichtig ist, daß sich die Lehrer um gemeinsame Leitlinien bemühen, denn für mich ist ganz wichtig der fächerübergreifende Unterricht. Ich hasse dieses verhackstückeln: da ist die Schublade Biologie, die Schublade Erdkunde. – Wir tauschen auch mal Klausuren aus, also da sind wir offen miteinander, wir haben ja nichts zu verbergen, denn man kann ja nur voneinander lernen, was man im Unterricht besser machen kann. Es gibt natürlich auch Kollegen, die wollen das nicht, die lehnen die Zusammenarbeit ab. Aber mit den Kollegen, mit denen man sich gut versteht, geht's gut."

„Was Neuerungen angeht, da muß man ein Projekt doch intensiver vorbereiten, ich vermute, ein bißchen auch aus Bequemlichkeit von vielen Kollegen; also ich habe schon versucht sie aufzumuntern, auch einmal Experimentalunterricht zu machen, ich hab's schon ausprobiert, aber da bin ich nicht sehr weit gedrungen. – Also es ist schade, daß gerade in dem Bereich zu wenig gesprochen wird. Vor einem Landschulheimaufenthalt sollte eigentlich immer eine zusätzliche Klassenkonferenz stattfinden, damit man sich einig wird, wie die Schüler zu behandeln sind und was es für Probleme geben könnte."

Wie wichtig Lehrern im Zusammenhang mit Kooperation Erziehungsanliegen sind, gelangt in folgenden Aussagen zum Ausdruck:

„Ich finde Absprachen einfach wichtig, damit man Schüler nicht ungerecht behandelt, wenn mal einer Sorgen hat. Das weiß der Klassenlehrer manchmal besser, und ich möchte schon wissen, was so los ist in der Klasse. [. . .] Wir tun das schon, wenn man bei einer Schülerin sieht, sie ist in zwei Noten schwach, dann besprechen wir uns vorher, was jetzt für das Mädchen gut ist."

„. . . bei Problemen muß man mit den Kollegen sprechen; dann bei disziplinarischen Sachen, Verhaltensstörungen, Hyperaktivität, da haben wir viele Sitzungen gemacht schon eines Kindes wegen. – Aber das ist ein Fall, disziplinarische Verhaltensstörungen, Fälle,

Versetzungsschwierigkeiten, wenn einer in Not kommt. Da fragt man auch, woher die Note kommt, da wird also auch der Hintergrund – soweit man das weiß – von dem Schüler ... nicht jeder weiß gleich viel! Man bespricht sich und versucht zu helfen. Also so ein Richterkollegium, das gibt es bei uns nicht ..."

Darüber, daß Kooperation erforderlich ist, besteht bei Lehrern ein hohes Maß an Einvernehmen. Dieses erstreckt sich auf folgende Bereiche:

- auf die Abstimmung der Unterrichtsinhalte der Parallelklassen und didaktisch-methodische Probleme; auf den Austausch von Unterrichtsmaterialien, ferner auf die Planung und Durchführung fächerübergreifenden Unterrichts;
- auf Gespräche, die dem Gedankenaustausch und der Verständigung über Problemschüler und einzelne Klassen dienen; ebenso auf Gespräche mit Eltern, um sich bei Auftreten von Unterrichts- und anderen Problemen ihrer Kinder mit ihnen zu verständigen;
- auf Gespräche mit Kollegen, um sich mit ihnen über allgemeine Erziehungsfragen auszutauschen und nach Lösungen zu suchen.

Als Begründung wird meist angeführt, man könne durch Kooperation „Schülern besser individuell gerecht werden" und auch ihre Probleme besser lösen, – Kooperation sei „wichtig für den pädagogischen Erfolg" und nicht zuletzt „könne durch sie ein einheitlicher Wissensstand bei Schülern gesichert werden".

Kooperation – ein Problembereich in der Schule

Die Tatsache, daß die Einstellung der Lehrer zu schulischer Kooperation so positiv ist, darf jedoch nicht darüber hinwegtäuschen, daß die im Schulalltag tatsächlich praktizierte Zusammenarbeit nach Meinung der Mehrzahl der Lehrer manches zu wünschen übrig läßt. Hier bestehen eine Reihe von Schwierigkeiten.

Fast alle Lehrer beklagen, daß in der Praxis für Kooperation zu wenig Zeit bleibe und die organisatorischen Regelungen nicht immer kooperationsfördernd seien. Hierin würden hauptsächlich die Gründe dafür liegen, daß Zusammenarbeit über das Notwendigste hinaus (zum Beispiel Absprachen mit Kollegen, die Unterricht in derselben Klasse oder in Parallelklassen abhalten) kaum praktiziert würde. Das, was man sich an pädagogischer Kooperation wünscht, wird oft differenziert ausgeführt und wie folgt begründet:

„... ich würde mir verstärkt auch in kleineren Gruppen Formen der Kooperation wünschen, wo etwa besprochen wird, warum haben so viele Schüler Angst vor diesem Fach, oder warum scheitern so viele in diesem und jenem Bereich, oder wie ist da die gewisse Unlust der Schüler zu erklären, oder wo gibt's neue methodische Ansätze, mal dieses sture Üben etwas zu durchbrechen, wie übe ich effizient, so daß es nicht Paukerei wird und langweilig wird, so was würde ich mir verstärkt wünschen. Und wenn's dergleichen mehr gäbe, das würde ich ungemein begrüßen ... und zwar fächerübergreifend, das hängt vom Thema ab. [...] Es gibt die Frage, warum haben viele Schüler Schwierigkeiten mit dem Bruchrechnen, bis hin zum Abitur, das ist jetzt eine fachimmanente Frage, warum sind Schüler lernunwillig, warum nimmt diese Lernbegeisterung mit den Jahren ab. Das sind ja Fragen, die nicht nur in ein Fach hineingehören; das sind nun Themen, wo ich nun gerne auch mal im Kreis mit Kollegen sitze mit den unterschiedlichsten Fächern."

„Ich würde meinen, wir sollten viel mehr das persönliche Gespräch führen, viel weniger durch Austausch von Papieren kommunizieren. Und dann halte ich es für wichtig, daß wir viel weniger verwalten, sondern daß wir eigentlich mehr Ideen, Anregungen zum Zentralen machen und nicht so sehr den reibungslosen Ablauf des Betriebsgeschehens hier in den Vordergrund stellen. Viele von uns sollten sich mehr einbringen und sollten also wesentliche pädagogische und erzieherische Ziele besprechen, diskutieren und auch im persönlichen Gespräch klären ..."

Inhaltliches (stärkere Ausrichtung der Kooperation auf die in der täglichen Unterrichts- und Erziehungspraxis anfallenden pädagogischen Fragen und Probleme) und Organisatorisches (Zeitfaktor und Formen der Kooperation) greifen hier ineinander über.

Im Schulalltag stellt sich somit „Kooperation" als ein Bereich dar, der von Lehrern in vieler Hinsicht als verbesserungsbedürftig angesehen wird. So besteht bei der Mehrzahl der Lehrer aller fünf Gymnasien Konsens darüber, daß durch die organisatorischen Regelungen, die innerhalb jeder Schule getroffen werden müssen, „bessere Bedingungen für pädagogische Kooperation und zur Entlastung von Verwaltungsaufgaben geschaffen werden sollen".[40] Knapp ein Drittel aller Lehrer kritisiert in diesem Zusammenhang das Konferenzsystem, speziell die Gesamtlehrerkonferenzen. Nach ihren Erfahrungen werden die Konferenzen zu sehr durch Verwaltungs- und Organisationsangelegenheiten in Anspruch genommen und tragen weniger den pädagogischen Anliegen der Schulpraxis Rechnung. Um dies zu ändern, sind Lehrer bereit, auch mehr Zeit aufzubringen:

„... was jetzt diese äußere Organisation anbetrifft, würde ich sagen, das Konferenzsystem vom Organisatorischen entschlacken. Das kann auf schriftlichem Wege genauso gut passieren. Und die Konferenzen, wenn ich es machen könnte, würde ich eher inhaltlich zu einzelnen Problemen der pädagogischen Praxis an der Schule, zu Erziehungszielen, zum Klima, zur Kooperation untereinander [abhalten] und so Aussprachen herbeiführen. Das würde ich so organisieren, daß da also thematische Konferenzen zu einem Punkt [stattfinden], der dann diskutiert würde. In welcher Form, das müßte man dann sehen. Vielleicht sind zwei Stunden zu wenig, daß man dann häufiger sinnvolle pädagogische Tage machen würde, oder so zu Beginn des Schuljahres eine pädagogische Woche, wo Lehrer zusammen sind und versuchen, sich zu verständigen über das, was sie jetzt im nächsten Jahr, oder überhaupt an der Schule machen wollen."

Im Schulalltag erfolgt die *Kooperation der Lehrer untereinander* durch Absprachen, wechselseitige Unterrichtung und gegenseitigen Erfahrungs- und Gedankenaustausch. Sie vollzieht sich hauptsächlich *auf informeller Basis;* das heißt, sie erfolgt spontan und ist nicht förmlich (institutionell) geregelt, gleichwohl institutionell sinnvoll und notwendig. Nach Schätzungen der Lehrer liegt die Zeit, die hierfür innerhalb eines Schulhalbjahrs aufgewendet wird, im Schnitt bei 20,5 Stunden. Das ist um etwa 40 Prozent höher als der Stundenanteil, den Lehrer im gleichen Zeitraum für Klassen-, Fach-, Fachgruppen-, Stufen- und Gesamtlehrerkonferenzen insgesamt aufbringen müssen.

Die informelle Kooperation findet meist in Zweiergesprächen statt. Gelegentlich beteiligt sich der eine oder andere Kollege oder er wird hinzugezogen; die Gespräche werden vor allem in den Pausen zwischen den Unterrichtsstunden am Vormittag geführt, finden aber auch in den frühen Nachmittagstunden statt. In erster Linie geht es dabei um den einzelnen Schüler, die einzelne Klasse und ihre jeweiligen Probleme; danach rangieren Tagesereignisse und private Themen gefolgt von allgemeinen pädagogischen Themen, methodisch-didaktischen Fragen und Fragen wissenschaftlicher Art, die sich auf das jeweilige Fach beziehen. Auch außerhalb der Schule nehmen Lehrer häufig telefonisch Kontakt miteinander auf, da Zeit und Gelegenheit hierzu während des Aufenthalts in der Schule nicht ausreichen.

Der Wert dieser Lehrerkontakte und informellen Kooperation für das tägliche Gelingen von Schule sollte nicht unterschätzt werden. Der einzelne Lehrer wird über Schwierigkeiten informiert, die unerwartet bei Schülern aufgetreten sind, er wird über Klassenereignisse, Sorgen und auch Klagen von Eltern unterrichtet und so über für seine Tätigkeit wichtige Dinge auf dem Laufenden gehalten. Diese Form der Kooperation hat folgende Vorteile:

- Die unmittelbar Betroffenen schalten sich kurz.
- Sie können relativ rasch und flexibel wie auch situationsgerecht reagieren.
- Der Zeitaufwand hierfür hält sich in Grenzen.
- Es bedarf keiner Anordnungen und keiner besonderen Organisationsformen.

Letztere würden die Eigenverantwortung des einzelnen Lehrers und seine Initiative eher einengen und die notwendigen Absprachen, Verständigungen und Unterrichtungen unnötig erschweren.

Die Nachteile sind:

- Die Gespräche finden, sofern sie in den Pausen geführt werden, unter Zeitdruck statt.
- Meist begrenzt sich der Kontakt auf nur einen Partner, wo in manchen Fällen die Einbeziehung eines weiteren oder auch mehrerer Kollegen angezeigt wäre.
- Die persönlichen Beziehungen der Lehrer untereinander spielen eine stärkere Rolle; man kooperiert leichter und öfter mit Kollegen, mit denen man gut auskommt oder befreundet ist oder die ähnliche Auffassungen haben wie man selbst. Insofern sind informelle Kontakte nicht frei von einer gewissen Beliebigkeit oder auch Subjektivität.

Unsicherheiten und Ängste als Kooperationshemmnisse

Abgesehen von der fehlenden Zeit und den Organisationsstrukturen, die einen ausreichenden Kontakt im Schulalltag immer wieder erschweren, um für wünschenswert angesehene Kooperation zu praktizieren, lassen auch bei Lehrern bestehende Unsicherheiten und Ängste eine Kooperation nicht zustande kommen. So äußerten Lehrer aller fünf Gymnasien, daß Kooperation oft deshalb unterbleibt, weil man Angst habe, daß dabei den anderen Kollegen eigene Schwächen deutlich würden. Ängste dieser Art treten vielfach bei jüngeren, erst kürzere Zeit dem Kollegium angehörenden Lehrern gegenüber älteren erfahrenen Kollegen auf. Ein weiteres Motiv, der Kooperation aus dem Weg zu gehen, ist, daß man dem Kollegen nicht in seine Arbeit hineinreden möchte oder – umgekehrt – nicht will, daß die eigene Handlungsfreiheit durch Einmischung anderer eingeschränkt wird:

„Ich möchte eine ganze Reihe von Kolleginnen und Kollegen nicht in meinem Unterricht haben, weil ich berechtigt oder nicht berechtigt befürchte, daß sie das [Erfahrene] auch gegen mich verwenden würden oder könnten irgendwie ..."

„Also in dem Punkt eine ganz klare Antwort: Ich kümmere mich nicht darum, was Kollegen tun, unterrichtlich meine ich. Es ist ganz klar, daß jeder Lehrer seine Methode hat und das möglicherweise auch ungern sieht, wenn man ihm Verbesserungsvorschläge machen würde."

„Ich war noch bei keinem Unterricht [der Kollegen] mit drin. Da kann ich also wirklich nichts sagen, ich meine, das hängt von der Persönlichkeit ab, da bin ich einfach nicht informiert und möchte mich an und für sich nicht einmischen, weil ich mir sage, ich bin vor meinem Gewissen, vor den Schülern und deren Eltern verantwortlich, und da versuche ich auch mein Bestes zu geben, und wie gesagt, ich achte halt die Persönlichkeit des Kollegen, und möchte halt da ihm nicht zu nahe treten ..."

Beide Vermeidungsmotive – die Angst, sich Blößen zu geben, und die Befürchtung, in der eigenen Tätigkeit eingeengt zu werden – können zu Verhaltensformen der Nichteinmischung führen, im Sinne eines stillschweigend praktizierten „Sich-gegenseitig-in-Ruhe-Lassens". Schulforscher der USA bezeichnen es auch als ein Lehrerverhalten, das von „hands-off"-Normen bestimmt wird.[41] Mit solchen, menschlich durchaus verständlichen Verhaltensweisen wollen Lehrer einerseits sich psychisch entlasten und sich ihre Tätigkeit nicht unnötig schwer machen. Andererseits spielen hier oft eine individualistische Auffassung der eigenen Tätigkeit und möglicherweise eine enge Vorstellung von Kollegialität eine Rolle.[42]

Kollegialität besteht nicht nur darin, anderen in schwierigen oder belastenden Situationen Beistand zu geben und zu ihnen zu stehen. Sie erweist sich ebenso in der Hilfe, kritische Situationen zu meistern, Kollegen vor sich anbahnenden Schwierigkeiten oder Krisen zu warnen und sie vor möglichen Fehlern zu bewahren. Sie schließt konstruktive Kritik ein, zum Beispiel indem man Anregungen und Anstöße gibt, die es ermöglichen, zu einem Schüler eine andere Einstellung oder einen besseren Zugang zu finden oder didaktisch-methodisch in anderer Weise vorzugehen, um damit erfolgreicher zu sein.

Mit der Organisation von Schule zusammenhängende Schwierigkeiten

Außer den genannten Schwierigkeiten, die die Verwirklichung von Kooperation beeinträchtigen, besteht noch eine weitere: Sie hängt mit der Organisationsstruktur der Schule zusammen und einer hierdurch indirekt geförderten Sicht des Unterrichts und der Schule als Ganzes. Jede Schule gliedert sich in Stufen- und Jahrgangsbereiche sowie in entsprechende Klassen oder Lerngruppen; in ihnen vollziehen sich Unterrichten und Lernen. Die Gliederung nach dem Klassensystem kann als „zellular" bezeichnet werden: Wenn die Tür des Klassenzimmers geschlossen wird, ist jeder Lehrer mit seiner Klasse „allein"; er arbeitet getrennt von allen übrigen.

Die relativ lose Verknüpfung dieser Handlungseinheiten (wie Klassen, Lerngruppen) und Handlungsebenen (wie Jahrgangsstufen, Stufenbereiche) wird von amerikanischen Forschern als „loosely coupled system" bezeichnet.[43] Sie hat zwar gewisse Vorteile, wie einen relativ hohen Grad an Unabhängigkeit des Lehrers und ein flexibles, unmittelbares Reagierenkönnen. Ihr Nachteil aber ist vor allem folgender: Die eher lose Verknüpfung schulischer Handlungseinheiten (wie Klassen, Lerngruppen) scheint in Verbindung mit der Methodenfreiheit, die jeder Lehrer in der Gestaltung des Unterrichts besitzt, einer individualistischen Einstellung Vorschub zu leisten, die sich auf Kooperation nachteilig auswirkt. So kann die beim Unterrichten notwendig eintretende Isolation der Lehrer voneinander im Zusammenhang mit der Tatsache, daß nur begrenzt eine Standardisierung erfolgreicher Unterrichts- und Erziehungsmethoden möglich ist, dazu führen, daß in der Lehrerrolle liegende Unsicherheiten nicht als *gemeinsame* Probleme erkannt, sondern als persönlichkeitsbedingt angesehen werden.[44]

Über die genannten organisatorisch strukturellen Schwierigkeiten und sozialpsychologisch bedingten Hemmnisse hinaus dürften an jeder Schule weitere spezifische Erschwernisse für Kooperation bestehen, wie dies im vorangegangenen Kapitel anhand der zwei Fälle eines Schulkonflikts aufgezeigt und erörtert wurde.

Auf ein Erschwernis für Kooperation innerhalb der Lehrerschaft sei jedoch noch kurz eingegangen. Es tritt sicherlich nicht bei allen Schulen in gleichem Maß auf, ist aber offensichtlich bei denen, die ihren Standort in einem mehr ländlichen Bereich haben, eher gegeben. So beklagten Lehrer und Schulleitung des im ländlichen Raum gelegenen Gymnasiums D (siehe auch Kapitel 4, vergleichende Analyse von Schule C und D), – Standort in einer Kleinstadt (Unterzentrum), die Mehrzahl der Lehrer wohnt weiter entfernt von der Schule in unterschiedlichen Gemeinden und hat längere Fahrzeiten –, daß die Bereitschaft und Gelegenheit zur Kooperation eingeschränkt seien. Die hier bestehende Situation wird von einem Lehrer wie folgt beschrieben:

„Was bei uns bestimmt eine Rolle spielt, das sind die großen Entfernungen, in denen die Kollegen auseinander wohnen. Zum Beispiel der Kollege, der jetzt dasselbe Thema unterrichtet, wohnt irgendwo in der Rheinebene. Und sich dann hier am Nachmittag zu treffen, nur um irgend eine Kleinigkeit vorzubereiten? – Das versucht man halt in den fünf Minuten zwischen den Stunden zu machen, oder in der großen Pause. Bei uns [beim Schulstandort] wohnt vielleicht die Hälfte. Die anderen wohnen zerstreut irgendwo außerhalb. Man versucht also nach Möglichkeit, alles in der Schule zu machen, und da ist halt die Zeit sehr begrenzt. Und dann hat nicht jeder dauernd die Freistunden, die der andere hat, wo man das vielleicht auch mal machen könnte. Also ich glaube, das ist mit ein Grund. Ich kann also bei den anderen nicht so beurteilen, wie die das empfinden."

Wie die Gelegenheiten zur Kooperation verbessert werden könnten, wurden von Lehrern und Schulleitung dieser Schule im Rahmen eines pädagogischen Studientages erörtert, der der Auseinandersetzung mit den bei ihnen ermittelten Befunde diente. Unter anderem wurde vorgeschlagen, hierfür im Monat einen festen Tag und eine bestimmte Uhrzeit (zum Beispiel die 6. und 7. Stunde) festzulegen. Diese Zeit soll dann sowohl für einen generellen Erfahrungsaustausch im Kollegium insgesamt oder je nach Bedarf für Besprechungen in Fachgruppen oder auf der Ebene der Jahrgangsstufen genutzt werden.

Kooperation „Eltern - Schule" und „Lehrer - Eltern"

Die Mehrzahl der Elternvertreter wie auch die Mehrzahl der Lehrer strebt - wie bereits dargelegt - mit Kooperation an, daß Schwierigkeiten beim einzelnen Schüler und Klassenprobleme behoben werden; ebenso suchen beide, eine *Erziehungspartnerschaft zu verwirklichen,* die sich auf generelle Fragen der Erziehung und des Unterrichts sowie auf die Ausrichtung der Schule und die Gestaltung des Schullebens erstreckt.

Obwohl die meisten Eltern die Kooperation mit der Schule als zufriedenstellend bezeichnen und sie von nur etwa einem Viertel als schwierig und mit Problemen verbunden gekennzeichnet wird, bestehen auch hier bei der Verwirklichung der mehrheitlich angestrebten Form der Kooperation Schwierigkeiten und Hemmnisse.

Das trifft analog für die Lehrer zu, die die Zusammenarbeit mit den Eltern eher zurückhaltend einschätzen: Nur ein Drittel von ihnen hält die Kooperation für befriedigend, und ein Fünftel gibt an, nur wenig mit Eltern zusammenzuarbeiten. Bei der letztgenannten Gruppe hängt die geringe Kooperation nicht mit der Fachzugehörigkeit der Lehrer zusammen; vielmehr scheint sie teils mit der Persönlichkeit des einzelnen Lehrers, teils mit besonderen Aufgaben, die für die

Schule insgesamt wahrgenommen werden, im Zusammenhang zu stehen. Drei Fünftel der Lehrer aller fünf Gymnasien sind der Auffassung, „Eltern würden sich zuviel in die Aufgabenbereiche der Lehrer einmischen“. Daneben werden als kooperationsbeeinträchtigend angeführt: „Vorurteile, Mißverständnisse und Auffassungsunterschiede“. Gelegentlich wird auch ein „unangemessener Umgangston“ beklagt, der die Kooperation von vornherein beeinträchtigen würde. Und nicht wenige Lehrer (etwa jeder Siebente) sehen sich hinsichtlich der Zusammenarbeit mit den Eltern überfordert, wie es im nachstehenden Zitat zum Ausdruck gebracht wird:

„Das liegt aber vielleicht auch an meiner Situation; ... ich habe auch einfach die Energie nicht und ich hab auch den Willen nicht, mich permanent anschießen zu lassen. Ich empfinde die Eltern nahezu auch als Bedrohung, zum Teil speziell die Mütter.“

Die Eltern bestätigen zum Teil die von den Lehrern aufgeführten Spannungen, die ihrer Ansicht nach auf Vorurteilen und Mißverständnissen beruhen: „Lehrer empfinden Elternengagement als Einmischung“, „Lehrer reagieren auf kritische Fragen empfindlich“. Teilweise führen Eltern andere Hemmnisse an: Es bestünden Barrieren auf Grund von Ängsten, sie könnten daher ihre Anliegen nicht richtig vorbringen; Lehrer seien redegewandter, und an Lehrern vorgebrachte Kritik könne sich nachteilig auf ihr Kind auswirken.

Ein Drittel der Elternvertreter sieht Schwierigkeiten in der Kooperation auch darin, daß viele Eltern an der Kooperation mit der Schule kein Interesse haben.

Termin- und Zeitprobleme scheinen hingegen weniger eine Rolle zu spielen; sie werden nur von einem geringen Teil der Eltern und Lehrer angesprochen, allerdings etwas stärker von den Eltern des im ländlichen Raum gelegenen Gymnasiums D, wo die Entfernungen größer sind und Eltern sich offensichtlich auch schwerer von Alltagsverpflichtungen freimachen können.

Die Aussagen der Eltern zu der in der Schule praktizierten Kooperation sind dort positiver, wo die Mehrheit ein erweitertes, auf prinzipielle Partnerschaft mit der Schule ausgerichtetes Verständnis hat, dieses auch von den Lehrern mehrheitlich vertreten wird und wo bei Lehrern, Schulleitung *und* Eltern hoher Konsens über die pädagogische Ausrichtung ihrer Schule besteht. Das traf in besonderer Weise beim Gymnasium A zu, was sich auch entsprechend auf die Mitwirkung der Eltern im Schulalltag auswirkt. Dies wird von einem Lehrer dieser Schule wie folgt beschrieben:

„Wir haben schon Eltern gehabt, die bei Arbeitsgemeinschaften oder bei Projekttagen mitgearbeitet haben. Und ich halte es auch für wichtig, daß die Kinder hier sehen, Eltern kommen auch zur Schule, identifizieren sich auch im Idealfall mit der Schule und üben Kritik, arbeiten auch mit. Das ist ganz wichtig für das Wohlbefinden der Schüler, daß sie sehen, daß ihre Eltern sich nicht von der Schule distanzieren, sondern sich in die Schule einbinden."

Auch bestätigen nahezu alle Lehrer des Gymnasiums A den Einfluß, den Eltern – sei es über ihre Kinder, sei es durch ihre Mitwirkung am Schulleben – auf die pädagogische Ausrichtung der Schule haben.

Fazit: Die Aussagen von Eltern und Lehrern und ihre Einschätzungen machen deutlich, daß die im Schulalltag praktizierte Kooperation in der Gesamttendenz beiderseits zwar positiv gesehen wird, es bestehen jedoch auch Spannungen und Hemmnisse, die die Verwirklichung der von beiden Seiten mehrheitlich gewünschten Erziehungspartnerschaft erschweren. Das gilt, wenn auch im geringen Maß, selbst dort, wo die überwiegende Mehrzahl der Eltern die Arbeit der Schule besonders anerkennt und sie den spezifischen Schwerpunkten ihrer pädagogischen Ausrichtung zustimmt.

Beide Seiten, Eltern und Schule, sollten daher immer wieder ihr Verhältnis zueinander kritisch prüfen. Dort, wo gegenseitig Ängste oder Vorbehalte bestehen, sollten sie möglichst abgebaut und hierdurch die Voraussetzungen für die Zusammenarbeit verbessert werden. Da die Schule als Institution für

Eltern „in der stärkeren Position“ ist, sollte sie den ersten Schritt in dieser Richtung tun.

Schulische Kooperation aus der Sicht von Schülern

Für die Schüler aller fünf Gymnasien war es wichtig darzulegen, wie sie die *Kooperation untereinander* sehen und verstehen. Erst in zweiter Linie sehen sie Kooperation im Hinblick auf die Zusammenarbeit mit Lehrern. Was die Kooperation der Schüler untereinander betrifft, so liegen, wie es im Kapitel 5 bereits ausgeführt wurde, die Schwerpunkte in der Förderung sozialer Beziehungen. Durch sie werde Gemeinschaftsgefühl und gegenseitige Hilfe gefördert und ihre Mitwirkung und Mitgestaltung am Schulgeschehen gewährleistet.

Folgende Vorstellungen haben die Schüler von einer idealen Zusammenarbeit mit den Lehrern:

- Sie möchten durch Kooperation mit ihnen, auf ihre spätere Tätigkeit und die dort geforderten Qualifikationen gut vorbereitet werden. Als wichtige Hilfen hierfür sehen sie konkrete Informationen über ihren jeweiligen Leistungsstand wie auch Beratungen darüber an, zum Beispiel im Hinblick auf eine bessere Vorbereitung auf Klassenarbeiten und besonders bei der Gefahr, nicht versetzt zu werden.
- Sie wünschen sich, daß Lehrer ihnen bei Konflikten innerhalb ihrer Klasse Hilfestellung geben, daß sie aber auch bei Problemen beraten und unterstützt werden, die in den Lebensbereichen außerhalb der Schule auftreten und die sich nachteilig auf ihre Lernanstrengungen auswirken.
- Schließlich hoffen Schüler, durch Zusammenarbeit Lehrer besser kennenzulernen und zu ihnen ein persönliches, beziehungsweise mehr „kameradschaftliches“ Verhältnis zu bekommen. Die Möglichkeiten dazu sehen sie bei Projekten, Landschulheimaufenthalten, Ski-Ausflügen, Studienfahrten und anderen gemeinsamen außerunterrichtlichen Unternehmungen.

Was die im Schulalltag praktizierte Zusammenarbeit mit

Lehrern betrifft, so äußerten sich die Schüler – entsprechend ihrem Verständnis von Kooperation – teils positiv, teils negativ. Etwa die Hälfte von ihnen äußerte sich anerkennend darüber, daß Lehrer ihnen bei akuten schulischen, aber auch bei eher privaten Problemen und bei der Vermittlung in Konfliktsituationen Hilfestellung geben. Ein begrenzter Teil sieht sich „in seiner persönlichen Entwicklung und im schulischen Vorankommen" durch die Art der Unterrichtsgestaltung und die Zusammenarbeit mit den Lehrern im Unterricht gefördert. Diese Schüler äußern sich ebenfalls spontan positiv über eine transparente Notengebung sowie über eine Beratung durch die Lehrer bei Versetzungsproblemen. Etwa ein Drittel der Schüler war eher unzufrieden über den Umgang der Lehrer mit ihnen und vertrat die Ansicht, aufgetretene Spannungen würden zu wenig mit ihnen gemeinsam behoben.

Kritik üben Schüler ebenso daran, daß sie in die Zusammenarbeit mit Lehrern nicht genügend individuell gefördert würden, und zwar sowohl im Hinblick auf ihre persönliche Weiterentwicklung als auch hinsichtlich ihres schulischen Weiterkommens.

Bezüglich ihrer Mitwirkung bei der Gestaltung des Schullebens durch Kooperation, des zweiten Hauptmotivs im Kooperationsverständnis der Schüler, waren ihre Aussagen zurückhaltender. Etwa ein Drittel von ihnen war mit der bestehenden Praxis einverstanden, ein etwas geringerer Teil übte Kritik, vor allem im Hinblick auf unzureichende Information. Dadurch sei die Wirksamkeit ihrer Mitarbeit von vornherein beeinträchtigt. Die „Mitwirkung" in der Schulpraxis ist somit für Schüler eher ambivalent. Leider liegen hierzu kaum Aussagen von Lehrern und Schulleitern vor, obwohl sie mit den Praxisproblemen bei der Mitwirkung von Schülern vertraut sein dürften. Das lag nicht zuletzt an der generellen Fragestellung der Untersuchung und speziell an der Anlage des Interviews.

Wird das Ziel verfolgt, eine demokratisch ausgerichtete Schulkultur zu realisieren – siehe dazu das abschließende

Kapitel 9 –, gibt es vor allem hier Ansatzpunkte, den Bedürfnissen der Schüler als Partnern im Erziehungsprozeß noch besser gerecht zu werden. Sie sind stärker als bisher am Schulgeschehen zu beteiligen, nicht zuletzt, um sie die Erfahrungen der Mitwirkung machen zu lassen, sie in demokratisches Verhalten einzuüben und sie auch hierdurch in ihrer Persönlichkeitsentwicklung zu fördern.

Kooperation und Konsens

Die Befunde der Untersuchung machen deutlich, daß der Kooperation in der Schule im Hinblick auf Konsensfindung und -förderung eine Schlüsselfunktion zukommt. Andererseits wird Kooperation durch Konsens gefördert. Im vorangegangenen Kapitel wurde er bereits als förderliche Voraussetzung für das Lösen von Konflikten hervorgehoben.

Die Aussagen von Lehrern und Eltern aller fünf Gymnasien, Kooperation in den von ihnen gewünschten Richtungen zu verbessern, weisen ferner auf zwei wichtige Sachverhalte hin:

1. Ihren Anregungen und wiederholten Vorstößen, die Zusammenarbeit insbesondere in pädagogischer Hinsicht zu verbessern, stehen organisatorische und psychologische Schwierigkeiten, vor allem konträre Einstellungen und Sichtweisen, entgegen. Aber ihre „von unten“ kommenden Initiativen sind wichtig, weil sie denen, die möglicherweise von der Schulleitung ausgehen, entgegenkommen und damit innerhalb des Kollegiums wie auch zwischen „Schule und Eltern“ Prozesse in Gang bringen, die konsensfördernd sein können.
2. Bei Lehrern und Eltern besteht über die Notwendigkeit, bei Schülerschwierigkeiten, Klassenproblemen, generellen Erziehungsfragen, bei Fragen des Schulgeschehens und dessen Gestaltung zusammenzuarbeiten, kaum Zweifel. Auch fühlt sich die Mehrzahl der Lehrer hierfür verant-

wortlich und bekundet entsprechendes Engagement. Für die Verbesserung der Kooperation bestehen positive Voraussetzungen bei allen fünf Gymnasien, weil einvernehmliche Grundeinstellungen herrschen.

Größere Teile eines Kollegiums pflegen zu wenig Gedanken- und Erfahrungsaustausch. Das wird indirekt dadurch bestätigt, daß Lehrern oft nur wenig bewußt ist (beziehungsweise bei ihnen eine geringe reflexive Koorientierung darüber besteht), wie die meisten ihrer Kollegen über einen schulischen Aufgabenbereich denken.

Die Bereitschaft zur Selbstkritik und kritische Distanz gegenüber schulischen Zielen und Normen wie auch gegenüber dem System „Schule" hängen, wie weitergehende Auswertungen ergeben haben, mit der Bereitschaft zur Kooperation eng zusammen.[45] Beide fördern sich wechselseitig.

Bemühungen, auf der Ebene schulischen Alltagshandelns Probleme zu klären, Erfahrungen auszutauschen und einvernehmliche Lösungen zu finden, fördern teils indirekt, teils direkt Konsens über die Vorstellungen von Schule, über ihre Ausrichtung und Gestaltung. Umgekehrt bewährt sich ein auf übergeordneter Ebene bestehender Konsens in den konkreten Bereichen schulischen Alltagshandelns und erweist dort seine Tragfähigkeit.

Durch Kooperation können

- die sozialen Beziehungen verbessert,
- die Angst der Lehrer voreinander und wechselseitig bestehende Befürchtungen abgebaut sowie
- den Gefahren der Vereinzelung des Lehrers entgegengewirkt werden.

Das verhilft zu der Auffassung, daß Unterrichten nicht nur gemeinsames Schicksal von Lehrern, sondern eine von ihnen gemeinsam leichter und besser zu lösende Aufgabe ist. Konsens sowohl in dieser Richtung als auch eines andersgearteten Schulverständnisses würde damit gefördert werden.

Was die *organisatorischen Voraussetzungen für Kooperation* betrifft, so fällt in dieser Hinsicht auf Grund der vorliegenden Untersuchungserfahrungen folgendes besonders auf: Sie sind ganz offensichtlich an der Schule günstiger, wo die Zusammensetzung der Schüler besondere Probleme aufwirft, was entsprechend zur Zusammenarbeit herausfordert, und wo hinsichtlich der pädagogischen Ausrichtung der Schule (humane Schulgestaltung, sozialpädagogische und ausgleichende Förderung) hoher Konsens besteht. Es handelt sich wiederum um die Schule A: Dort finden innerhalb eines Schulhalbjahres mehr Klassenkonferenzen statt als an anderen Schulen, nämlich 4 bis 5 von jeweils einer Stunde Dauer, bei im Schnitt 2 bis 3 an den anderen Schulen. Auch die Fachlehrerkonferenzen werden an Schule A häufiger (drei Mal im Schulhalbjahr bei 2,5 bis 3 Stunden Dauer) durchgeführt. Und nicht zuletzt besteht an dieser Schule ein Pädagogischer Rat, ein Gremium, das pädagogische Fragen sondiert und aufbereitet, damit sie mit allen Lehrern erörtert werden können. Ihm kommt eine wichtige Vermittlungs- und Anstoßfunktion zu; durch seine Existenz werden Zufälligkeit und Beliebigkeit reduziert, die bei Kooperation auf rein informeller Basis nur allzu leicht gegeben sind.

Möglichkeiten zur Verbesserung der Kooperation

Die konkreten *Möglichkeiten zur Verbesserung innerschulischer Kooperation* sind somit hauptsächlich zu sehen:

- in einer verstärkten Durchführung von Konferenzen in kleinen Gruppen auf Klassenebene und der des Faches beziehungsweise einer Fächergruppe;
- in der Bildung von Arbeitsgruppen, die Fragen, die im Schulalltag auftreten und Lehrer innerlich beschäftigen, sammeln, erkunden und sie zur Diskussion im größeren Kreise in Zusammenarbeit mit der Schulleitung vorbereiten helfen;
- in der Festlegung regelmäßiger Termine (innerhalb eines

Monats und Schulhalbjahres) für die genannten und andere Formen von Konferenzen;

- in der Bildung von Ad-hoc-Arbeitsgruppen oder Ausschüssen, die sich der Klärung schulischer Konflikte und Probleme annehmen, Lösungen erarbeiten und vorbereiten helfen;
- in der Nutzung der Möglichkeiten schulinterner Fortbildung um: a) pädagogische Erfahrungen auszutauschen; b) grundsätzliche Fragen zu klären, zum Beispiel die Schwerpunkte einer Schule und ihre pädagogische Ausrichtung, was je nach Themenschwerpunkt unter Einbeziehung von Vertretern der Elternschaft und auch von Schülervertretern geschehen sollte. Das trägt nicht nur zur Verbesserung der Kooperation innerhalb der Lehrerschaft, sondern auch zwischen Lehrern, Eltern und Schülern bei.
- in der Durchführung von Klausurtagungen und einer gemeinsamen Fortbildungswoche in den Schulferien, um zum Beispiel Konflikte zu klären und zu beheben;
- nicht zuletzt in der Entwicklung eines Konzepts zur Verbesserung schulischer Kooperation mit dem Ziel: a) die im Kollegium und von der Schulleitung gemachten Erfahrungen für die Verbesserung des Unterrichts und die Gestaltung des Schulgeschehens auszuwerten und zu nutzen; b) die innerhalb des Kollegiums bestehenden Kompetenzen gezielter in Vorhaben konstruktiv einzubringen, die notwendigen Weiterentwicklungen der Schule und der Verbesserung ihrer Erziehungswirksamkeit dienen; und dies c) mit der pädagogischen und fachlichen Förderung des Kollegiums zu verbinden.

Ähnliches wäre auch für die *Verbesserung der Kooperation mit Eltern* zu entwickeln. Eltern empfinden sich oft als Bittsteller, wenn sie zur Schule kommen. Das liegt auch an dem „Behördencharakter", den die Schule immer noch für manche Eltern hat und dem manche Schule, allerdings meist ungewollt, durch atmosphärisch-klimatische Gegebenheiten Vorschub leistet. Ihn abzubauen und auch hierdurch ein partnerschaftliches Verhältnis zu den Eltern zu fördern, würde die Kooperation „Schule-Elternhaus“ entscheidend verbessern helfen. Dabei wäre es zum Beispiel wichtig, die beiderseits bestehenden Vorstellungen von Erziehung zu klären, sie sich bewußt zu machen und sich über Wege und Ziele ihrer Realisierung abzustimmen. Hierzu würde vor allem auch gehören, daß Erziehungsprobleme erörtert werden und man sich gegenseitig über die Form ihrer Behebung verständigt, zum Beispiel bei aggressivem Verhalten, Drogengefährdung, bei Konflikten, die mit der Entwicklung im Jugendalter zusammenhängen, und bis hin zu Verhaltensauffälligkeiten, die den Unterricht und das gemeinschaftliche Zusammenleben im Schulalltag beeinträchtigen. Auch Fragen wie die folgenden sollten diskutiert werden: Was können Eltern tun, um die Erziehungs- und Bildungsbemühungen der Schule zu unterstützen? Welche Literatur und Lesestoffe sind wünschenswert? Welche Computeraktivitäten von Schülern sind zu fördern, welchen entgegenzuwirken? Wie können moderne Medien in der Freizeit sinnvoll genutzt werden?

Dabei kommt es darauf an, Formen der Zusammenarbeit mit den Eltern zu praktizieren, die einen möglichst ungezwungenen, partnerschaftlichen Charakter haben und gegenseitig bestehende Hemmnisse und Ängste abbauen helfen.

Ein Schweizer Projekt, das im Rahmen von Überprüfungen der „Situation der Primarschule in der Schweiz“ (abgekürzt: SIPRI) vor einiger Zeit durchgeführt wurde, gibt ein gutes Beispiel der erfolgreichen Zusammenarbeit von Eltern und Lehrern hinsichtlich der Verbesserung des Schulklimas in einer Oberwaldener Gemeinde.

Bilanz

Kooperation innerhalb der Schule ist ein für ihr Geschehen und Gelingen entscheidender Bereich. Sie ist keine den Unterricht nur ergänzende Aufgabe. Schon gar nicht kann Kooperation „nebenbei erledigt“ werden oder nur auf informeller Basis erfolgen. Sie ist eine wichtige und für die Schule zentrale Aufgabe. Um sie zu verwirklichen, bedarf es der differenzierten Reflexion, verantwortlicher Wahrnehmung und des Engagements aller. Die Lehrer sind, von wenigen Ausnahmen abgesehen, zur Kooperation bereit.

Aber Zusammenarbeit, gemeinsam Schule zu planen und zu realisieren, erfordert auch Zeit.

Wenn daher zum Beispiel hinsichtlich politisch bedeutsamer Themen (wie dem Prozeß der politischen Integration Europas, Umweltschutz oder Friedenserhaltung) fächerübergreifende Kooperation (auch im Sinne fächerverbindenden Unterrichts) nötig ist und wenn hierdurch und durch Zusammenarbeit auch in allen anderen Bereichen die Qualität und Wirksamkeit von Schulen verbessert werden soll, so wird es einer Überprüfung der Stundenverpflichtungen der Lehrer bedürfen. Im Rahmen einer Neuformulierung der Lehrertätigkeit wird eine Reduktion der Unterrichtsverpflichtungen notwendig sein, auch zugunsten einer besseren schulischen Kooperation und der Berücksichtigung ihrer vielfältigen Erfordernisse.

Die Förderung schulischer Zusammenarbeit darf nicht allein unter dem Blickwinkel der Konsensfindung und -bildung gesehen werden. Die Frage ist, was durch bessere Partnerschaft und pädagogischen Konsens für die Schule und ihre Schüler – und damit auch für unsere Gesellschaft – erreicht werden soll und kann. Verbesserte Kooperation trägt – wie Beispiele nicht nur im schulischen Bereich, sondern gerade auch in Wirtschaft, Industrie und ebenso der Kultur zeigen – entscheidend dazu bei, die Fähigkeiten und Kräfte des einzelnen zu aktivieren. Sie kann bei entsprechender partnerschaftlicher Abstimmung zur Reaktivierung oder auch Reform der Schule führen.

8 Der Schulleiter – Motor der Konsensbildung

Steuerung des Schulgeschehens und Konsens

Auf den Konsens einer Schule hat der Schulleiter, wie in Kapitel 4 bereits dargelegt wurde, entscheidenden Einfluß. Ist er doch für die Abstimmung aller pädagogischen Aktivitäten einer Schule – und damit auch für die Kooperation – verantwortlich, die – wie es besonders aus dem letzten Kapitel hervorging – zur Herbeiführung von Konsens, zu seiner Erhaltung und Pflege unerläßlich ist. *Die Bemühungen des Schulleiters um Konsens* hinsichtlich der pädagogischen Ausrichtung einer Schule und der Gestaltung ihres gesamten Geschehens stellen innerhalb seiner Tätigkeit eine der wichtigsten, wenn nicht gar *die wichtigste Führungs- und Lenkungsaufgabe* dar. Der Schulleiter ist als Motor der Konsensbildung anzusehen. Das Herbeiführen von Übereinstimmung im Hinblick auf die Leitvorstellungen, Ziele und Normen gehört – auch nach Auffassung anglo-amerikanischer Forscher[46] – für die Verbesserung einer Schule zu den zentralen Aufgaben des Schulleiters. Es wird die zielbewußte Führung des Kollegiums einer Schule gefordert und dem Schulleiter zuerkannt, daß er für die Wahrnehmung seiner vielfältigen Aufgaben einen beträchtlichen Grad an Autonomie benötigt. Auch muß er über die erforderliche Kompetenz verfügen und persönliche Autorität besitzen.

Was bedeutet das? Der Schulleiter ist dafür verantwortlich, daß entsprechend der staatlich vorgegebenen Regelungen die Schule ihre Ziele erreicht. Aber er darf eben nicht nur oder überwiegend als Ausführender von Schulgesetzen, Erlassen oder Verordnungen und den damit zusammenhängenden Vorgaben, wie Lehrplanrichtlinien oder Lehrplänen, gesehen werden. Dafür gibt es vor allem folgende Gründe: Zum einen gilt es, bei der Umsetzung der genannten Rechtsvorschriften die Situation einer Schule und ihre konkreten Gegebenheiten zu berücksichtigen. Zum anderen ist es erforderlich, den

Erwartungen sowohl der Lehrer als auch denen der Eltern und Schüler Rechnung zu tragen und natürlich ebenso den unterschiedlichen Qualifikationen und Kompetenzen der Lehrer. Die Verwirklichung des schulischen Bildungsauftrages bedarf entsprechender pädagogischer Gestaltung. Hierfür sind jeder Schule Spielräume gegeben. Die Art und Weise, wie der Bildungsauftrag umgesetzt wird, erfordert das Mitdenken, Mitgestalten und Mitgehen der Lehrer und entsprechende Zusammenarbeit mit Schülern und Eltern. Für die pädagogische Gestaltung jeder Schulart sind zwar verbindliche Rahmenbedingungen vorgegeben, sie vollzieht sich aber auf der Basis innerer Einsicht und frei übernommener Verantwortung. Abstimmungen und Übereinstimmungen sind auf allen Ebenen schulpraktischen Handelns unerläßlich; sie geben dem einzelnen nicht nur Orientierung für sein Tun, sondern – was ebenso wichtig ist – sie begründen und rechtfertigen es.

Schritte der Konsensbildung und Konsensförderung

Prozesse, die Konsens fördern und herstellen, bestehen zunächst darin, daß Schulleiter und auch Lehrer sich über die Vorstellungen innerhalb des Kollegiums und auch bei Eltern klar werden. Sie sollten die unterschiedlichen Auffassungen über die schulischen Aufgaben- und Gestaltungsbereiche und die wichtigsten Begründungen kennen. Das geschieht zum Beispiel durch Gedankenaustausch und Diskussion über anstehende pädagogische Fragen, sei es mit einem Lehrer oder mit mehreren Lehrern, sei es mit einer größeren Gruppe im Rahmen von Konferenzen. Ebenso wichtig ist es, daß dabei nicht nur die unterschiedlichen Auffassungen und Sichtweisen wahrgenommen werden, sondern das den Lehrern, ihren einzelnen Gruppen und dem Kollegium Gemeinsame bewußt wird.

Die vorliegende Untersuchung ergab, daß es gerade am reflexiven Konsens zu fehlen scheint. Viele Lehrer wissen zu wenig von den pädagogischen Vorstellungen und Auffassungen der anderen. *Es besteht somit potentiell mehr an Gemeinsamkeit, als dem einzelnen Lehrer bewußt ist.*

Erst danach sollte man sich in einem weiteren Schritt über Zielschwerpunkte, Möglichkeiten der Zielerreichung (Methoden und Mittel) einigen, zum Beispiel über das individuelle Profil einer Schule oder über die Schwerpunkte an Arbeitsgemeinschaften, an außerunterrichtlichen, das Schulleben betreffenden Aktivitäten in einem Schulhalbjahr.

In einem dritten Schritt könnte Einvernehmen über die jeweils konkret anstehenden Aufgaben oder Neueinführungen hergestellt werden, zum Beispiel über die einzelnen Schritte der Realisierung, von wem sie wahrgenommen, wie sie kontrolliert und kritisch ausgewertet werden sollen.

In der Praxis greifen diese drei Schritte meist ineinander über. Oft wird in dem Augenblick, in dem über Möglichkeiten und Wege, ein Ziel zu erreichen, Übereinstimmung erzielt wird, erst deutlich, wie die Ziele und konzeptionellen Vorstellungen überhaupt aussehen. In der Phase der konkreten Umsetzung und deren Planung wird den Beteiligten meist stärker bewußt, was realisierbar ist, wo Einschränkungen gemacht oder zusätzliche Aspekte berücksichtigt werden müssen und wo ein Kompromiß eingegangen werden muß.

Auch ist es erforderlich, daß man sich eines Konsenses, der aus einem bestimmten Anlaß gefunden wurde, bei gleichen oder ähnlich gearteten Anlässen bewußt wird und ihn gegebenenfalls erneuert. Zum einen ist das deshalb erforderlich, weil die Bedingungen, unter denen in einem vorangegangen Fall Konsens erreicht wurde, sich verändert haben können (zum Beispiel infolge von Versetzungen, zeitweisen Abordnungen und Pensionierungen von Lehrern oder unerwartet hohen beziehungsweise geringen Anmeldungen für die Eingangsklassen). Zum anderen können weitere, neue Erfahrungen über den gleichen Sachverhalt vorliegen, zum Beispiel über Schulpartnerschaft, Schüleraustausch, Studienfahrten oder Unterrichtsprojekte. Erhaltung und Pflege von Konsens sind immer wieder erforderlich, weil gemeinsame Vorstellungen und Auffassungen sonst allzuleicht nur Potential bleiben und Konsens im Zeitverlauf und Wandel der Ereignisse verloren gehen kann.

Koordinierung auf Konsens abzielender Prozesse

Initiativen zur Konsensbildung können sowohl von der Schulleitung, als auch von den Lehrern ausgehen. Aber ebenso können Eltern- oder Schülerschaft dazu Anstöße geben. Entscheidend ist nicht unbedingt, von welcher Seite aus der Prozeß der Konsensklärung und -findung in Gang gesetzt wird, sondern daß er zustandekommt. Initiativen dazu sollte der Schulleiter im Interesse seiner Schule zu nutzen wissen oder sie selber ergreifen, beziehungsweise er sollte seine Absichten in dieser Hinsicht mit Anregungen in gleicher oder ähnlicher Richtung verbinden können. Er sollte in der Lage sein, konsensbildende Prozesse auf den unterschiedlichen Ebenen und innerhalb der verschiedenen Aufgabenfelder seiner Schule zu unterstützen und zu steuern.

Wenn zentrale schulische Sachverhalte nicht geklärt und akute Probleme nicht aufgegriffen werden, leidet darunter die Klarheit über die pädagogische Ausrichtung einer Schule. Darüber hinaus wirkt sich dies nachteilig auf den Zusammenhalt innerhalb eines Kollegiums und die Identifikation der Lehrer mit „ihrer Schule" aus. Zentrale Sachverhalte und akute Probleme können sein:
- wichtige Zielvorstellungen, wie eine humane Schulgestaltung oder eine zeitgemäße humanistische Ausrichtung, über die Unsicherheiten und divergierende Ansichten bestehen;
- fragwürdig gewordene Schulpraktiken, die das Erreichen vorgegebener allgemeiner Ziele erschweren oder ihnen gar entgegenstehen;
- Mißstände, zum Beispiel bei unterschiedlicher Belastung der Lehrer, nicht gerechtem Eingehen auf die Bedürfnisse der verschiedenen Schülerjahrgänge;

- oder bei Kommunikations- und Verständigungsproblemen mit Eltern.

Nicht minder problematisch für eine Schule ist es, wenn sich stillschweigend und in verdeckter Form ein vordergründiger Konsens bildet. Er schadet ihrer pädagogischen Lebendigkeit, beeinträchtigt ihre Gestaltungskraft und hemmt so auch ihre Weiterentwicklung. Dies kann zum Beispiel dann geschehen, wenn sich Einstellungen und Verhaltensweisen entwickeln und breit machen, wie sie bereits angesprochen wurden: „Sich gegenseitig möglichst in Ruhe zu lassen", „Es lohne nicht, sich darüber den Kopf zu zerbrechen; alles sei schon einmal dagewesen und versucht worden", oder „Jeder müsse eben für sich eine Lösung finden".

Aufgabe des Schulleiters und auch seiner engeren Mitarbeiter bestünde dann darin, einem solchen blockierenden Konsens von vornherein entgegenzuwirken und ihn nicht aufkommen zu lassen. Sollten sich dennoch verschiedene Lehrer diese Einstellungen zu eigen machen oder diese sich innerhalb einer Lehrergruppe verfestigen, müßten sie dort, wo sie sich offenkundig nachteilig auf die Schule auswirken, problematisiert und die Betroffenen für die möglichen Folgen ihres Verhaltens sensibilisiert werden. Nur wenn sich ihre Einstellung erweitert und differenziert und sich so ihre Perspektive ändert, wird es möglich sein, eine Umorientierung herbeizuführen.

Eine innerlich lebendige Schule zeichnet sich, was Konsensbildung und -pflege betrifft, dadurch aus, daß

- in ihr von allen Seiten (der Schulleitung, der Lehrer, der Schüler und Eltern) die Konsensbildung initiiert wird,
- man sich bezüglich der Ziele möglichst entgegenkommt und man sich wechselseitig unterstützt.

Die Aufgabe und das Führungsgeschick des Schulleiters beziehungsweise des Schulleitungsteams würden dann darin bestehen, alle Initiativen und Absichten einschließlich derjenigen, die den eigenen Überlegungen und Problemanalysen entspringen, zu sondieren und zu koordinieren. So könnte bereits im Vorfeld in Gesprächen auf breiterer Basis geklärt werden, worauf die Initiativen letztlich abzielen, welche Vorstellungen mit ihnen konkret verbunden sind und wo Prioritäten gesehen werden.

Der Soziologe und Demokratieforscher Etzioni hat zwischen folgenden Prozessen der Konsensbildung unterschieden: Konsensmobilisierende Prozesse, die „von oben“, das heißt von einer Regierung oder von Parteien ausgehen, und Konsensformungsprozesse, die „von unten“, von den Bürgern oder den Mitgliedern einer Partei, in Gang gesetzt werden (siehe Kapitel 2, S. 29). Diese Unterscheidung ist auf die Institution Schule und die Tätigkeit des Schulleiters nicht anwendbar. Schulleiter müssen beides tun. Sie müssen, um Konsens herbeizuführen, sowohl selbst die Initiative ergreifen, das heißt für einen anzustrebenden Konsens im Sinne Etzionis „mobilisieren“, als auch die Anstöße und Initiativen aus ihrem Kollegium aufgreifen, das heißt konsensrelevante Prozesse zu steuern beziehungsweise Konsens zu formen oder zu bilden suchen.

Wie im Kapitel 6 (Erörterung der „Konfliktthematik“) dargestellt, kommt es darauf an, Konflikten nicht auszuweichen, sondern die Chancen, die sie bieten, zu nutzen. Die Aufgabe des Schulleiters wäre dann, die kontroversen Standpunkte aufzugreifen, diese in die weiterführende Diskussion einzubringen und so alternative Lösungen zusammen mit seinen Lehrern beziehungsweise mit ihnen und den Eltern zu erarbeiten. Konsensfähige Aspekte oder Motive, die im Interesse aller liegen, aber unter Umständen nicht genügend bewußt sind, wie auch solche übergeordneten Charakters müssen dabei herausgearbeitet werden. So kann Einvernehmen herbeigeführt und auf eine von allen mitgetragene Lösung hingewirkt werden.

Zu berücksichtigen ist hierbei, daß sich Prozesse der Konsensfindung nicht nur innerhalb der jeweiligen sach- und problembedingten Spannungen vollziehen. Sie sind ebenso Spannungen ausgesetzt, die – mit Watzlawick gesprochen –

auf der Beziehungsebene liegen und deren Ursachen in *subjektiven Faktoren,* der Persönlichkeit der Kooperationspartner, und deren Beziehungen untereinander liegen. Kooperationsbereitschaft, Einfühlungsvermögen, Reflexivität, Selbstkontrolle, die Bereitschaft, den eigenen Standpunkt in Frage zu stellen und die Perspektive zu wechseln sowie Spannungen auf sich nehmen zu können, sind Persönlichkeitseigenschaften, die Konsensbildung fördern. Andere Einstellungen und Verhaltensweisen wirken sich dagegen nachteilig aus, so Antipathie (zum Beispiel als Folge vorausgegangener negativer Erfahrungen), Ängste, Vorurteile, Rivalität und durch sie bedingte einseitige oder eingeengte Wahrnehmung des Verhaltens und der Äußerungen anderer. Gerade diese subjektive emotionale Seite und die mit ihr zusammenhängenden Probleme der Kommunikation und Kooperation gilt es bei Konsensfindungsprozessen besonders zu beachten. Der Schulleiter sollte sie rechtzeitig erkennen und mit ihnen umgehen können, das heißt ausgleichend, vermittelnd und einstellungsändernd wirken.

Schulische Spannungsfelder und Konsenserfordernisse

Viele der Spannungen, um die es hier geht, hängen mit der charakteristischen Aufgabenstruktur der Schule und speziell des Gymnasiums zusammen. Sie scheinen die Lehrerschaft der einzelnen Schulen in unterschiedlichem Grade innerlich zu beschäftigen, und sie wirken sich nicht an jeder Schule in gleicher Weise aus. Aber die meisten dieser Spannungen wurden in fast allen untersuchten Gymnasien registriert.

Nachfolgend werden noch einmal die Spannungsfelder zusammengefaßt, in denen sich Lehrer und Schulleitungen aller fünf Gymnasien befinden und die ihnen zum Zeitpunkt der Untersuchung am wichtigsten erschienen.

- *Bildungspolitisch – pädagogischer Spannungsbereich*
  Einerseits will man leistungsschwächere Schüler fördern, deren Lerndefizite beheben, Wissensrückstände aufholen und ihre Emotionalität und Persönlichkeit stabilisieren. Andererseits darf man tüchtige und befähigte Schüler nicht unterfordern. In jedem Fall ist es notwendig, dem Bildungsauftrag des Gymnasiums gerecht zu werden und insbesondere den Erwerb der für die Studierfähigkeit erforderlichen Kenntnisse und Fähigkeiten zu gewährleisten.

- *Persönlichkeitsförderung – Allgemeinbildung*
  Auf der einen Seite müssen Schüler Erfahrungen durch handlungs- und praxisbezogenes Lernen machen (learning by doing). Ebenso sind Zusammenarbeit, Solidarität, Eigen- und Mitverantwortung und Selbständigkeit zu fördern. Auf der anderen Seite soll Wissen angeeignet und sollen Fähigkeiten sowie eine geordnete Vorstellungswelt im Hinblick auf differenziertes Welt- und Wirklichkeitsverständnis, Orientierungs-, Urteils- und Kritikfähigkeit herangebildet werden.

- *Wissenschaftsorientierte Allgemeinbildung – lebendiges Schulleben*
  Einerseits soll eine an den Wissenschaften orientierte, differenzierte Allgemeinbildung vermittelt und, um das Ziel der Studierfähigkeit zu erreichen, in das Denken der Wissenschaft, in ihr systematisches und methodisches Vorgehen eingeführt und eingeübt werden.
  Andererseits sollten nicht nur die intellektuellen Fähigkeiten der Schüler, sondern auch ihre emotionalen gefördert und ihren sozialen Bedürfnissen, ihren Neigungen und Interessen durch ein lebendiges Schulleben entsprochen werden, ohne ihre Kräfte zu zersplittern und ihren Erfolg im Unterricht zu gefährden. Dabei gilt es, das soziale Verhalten der Schüler, ihr Zusammengehörigkeitsgefühl und ihren Gemeinsinn wie auch ihre Identifizierung mit der Schule zu fördern.

- *Führung der Schule: Handlungsvorgaben – Eigenverantwortung*
  Einerseits muß man dem Bedürfnis nach Vorgaben, notwendigen Orientierungen und Verdeutlichungen des Ziel- und Handlungsrahmens gerecht werden; ebenso sollten schulische Weiterentwicklungen und pädagogische Innovationen angeregt und eingeleitet werden.
  Andererseits soll die pädagogische Eigenverantwortung der Lehrer gestärkt, ihre unterrichtliche Handlungsfreiheit gewährleistet, Initiativen der Lehrer ermöglicht und unterstützt werden. Dabei darf man die Förderung ihrer fachlichen, pädagogischen und persönlichen Entwicklung nicht aus dem Auge verlieren.

- *Zuständigkeit der Schule – Kooperation mit Eltern*
  Auf der einen Seite muß die pädagogische Verantwortung und Zuständigkeit der Schule und ihrer Lehrer gewahrt werden; es ist den Lehrern für ihre Tätigkeit Rückhalt zu geben, auf die Einhaltung von Kollegialität zu achten und Selbstkritik und Selbstkontrolle zu fördern.
  Auf der anderen Seite muß man den Anliegen der Eltern gerecht werden, sich mit ihnen in Erziehungsfragen und -vorstellungen absprechen, zwischen ihnen und den Lehrern vermitteln und sowohl Mitverantwortung als auch Mitwirkung der Eltern am Schulgeschehen und Leben der Schule fördern.

Zwar liegen die herausgestellten fünf Spannungs- und Problembereiche auf etwas unterschiedlichen Ebenen, doch sie alle haben für die Lenkung einer Schule und ihre Gestaltung eine zentrale Bedeutung. Auch ist zu vermuten, daß sie nicht nur zum gegenwärtigen Zeitpunkt, sondern auch in den kommenden Jahren Schulleitungen, Kollegien und auch Elternschaft beschäftigen und zu Auseinandersetzungen Anlaß geben. Die aufgezeigten Spannungen können als konkrete Ausformungen grundlegender Antinomien verstanden werden, wie sie in der ersten Hälfte unseres Jahrhunderts vor allem von Theodor Litt herausgearbeitet worden sind.[47] Es wird erforderlich sein, immer wieder möglichen Konflikten, die sich auf dem Hintergrund einer oder auch mehrerer dieser Spannungen ergeben, zu begegnen. Dissens wird aufgearbeitet und Konsens neu herbeigeführt werden müssen. Dabei kommt es darauf an, zwischen den Sach- und Aufgabenpolen vermittelnde, konsensfähige Lösungen zu finden und die damit verbundenen Spannungen durchzuhalten.

Konsensförderndes Führungsverhalten

Der Schulleiter trägt für das Ganze der Schule die Verantwortung. Allerdings sind seine Zuständigkeiten innerhalb der Länder der Bundesrepublik Deutschland unterschiedlich geregelt. Unabhängig davon wird von ihm auf Grund seiner koordinierenden, vermittelnden und integrierenden Funktion und insbesondere auf Grund der dargelegten zentralen Aufgabe der Konsensbildung und -förderung ein entsprechender Führungsstil gefordert. Die kooperative, Verantwortungsbewußtsein, Initiative und Aktivität fördernde (proaktive) Form der Schulleitung entspricht den Vorstellungen, die die überwiegende Mehrzahl der Lehrer aller fünf hier untersuchten Gymnasien hat.[48] Dabei wird auf die „Offenheit" des Schulleiters und seine vermittelnde und integrierende Aufgabe besonders Wert gelegt.

Unter „Offenheit" des Führungsverhaltens verstehen Lehrer die Möglichkeit, jederzeit den Schulleiter ansprechen, ihm Sorgen vortragen oder ihn um Unterstützung bitten zu können. Aber sie verbinden damit auch, daß er keine persönlichen Vorbehalte hat, ungezwungen im Umgang und offen für Anregungen und Initiativen ist, von welcher Seite auch diese kommen. Darüber hinaus sollte er offen für die besondere Situation und die Probleme des einzelnen Lehrers sein. Das schließt meist ein, daß er auf demokratischem Wege Entscheidungen herbeiführt. Lehrer erwarten, daß mit einer solchen Grundhaltung ein entsprechendes kommunikatives Verhalten, Fürsorglichkeit und eine demokratische Einstellung verbunden sind. Dem entspricht, daß die Mehrzahl der Lehrer vom Schulleiter „Fähigkeiten zur Vermittlung und Integration“, „Gesprächsbereitschaft“ und „Mitmenschlichkeit“ wie auch „Souveränität“ und „Unparteilichkeit“ fordert.

Vor allem sollte der Schulleiter dazu in der Lage sein, eine gewisse Grundlinie zu vertreten. Letzteres könnte als Wunsch nach einem starken Schulleiter und einem mehr lenkenden Führungsstil mißverstanden werden; tatsächlich jedoch wünschen sich die Lehrer eine klare Zielorientierung und die Vorgabe eines entsprechenden Handlungsrahmens, der ihnen für ihr Handeln Orientierung und Verhaltenssicherheit gibt. Eine solche Grundlinie ist, das zeigen die Ergebnisse vielfältiger Untersuchungen über erfolgreiche Schulen auch in der amerikanischen Schulforschung, ein wichtiger, den Schulprozeß steuernder Faktor.[49]

Aus all dem ergibt sich ein verändertes Bild vom Schulleiter. Die pädagogischen Führungs- und Lenkungsaufgaben stehen im Vordergrund, Verwaltungsaufgaben treten zurück und können delegiert werden; gutes Management wird als selbstverständlich angesehen, aber stellt nicht die Hauptaufgabe des Schulleiters dar.

Da die pädagogische Führung und Kooperation den Aufgabenschwerpunkt bilden, ist damit ein hohes Maß an Sich-Kümmern um die Schwierigkeiten und Probleme im Ablauf des Schulalltags sowie hinsichtlich der Gestaltung des Unterrichts und des Schullebens verbunden. Ebenso ist es Aufgabe der Schulleitung, sich um die Stimmigkeit schulischen Geschehens und die Einhaltung der Schwerpunktziele und -aktivitäten, die einer jeden Schule ihr besonderes Profil geben, zu sorgen.

Das ist nur möglich, wenn der Schulleiter im Schulalltag für Lehrer, Schüler und Eltern präsent ist. Eine Form, dies zu realisieren, besteht im „management by wandering around“, wie die Schulforscher der USA es bezeichnen.[50] Der Schulleiter hält auf den verschiedenen Handlungsebenen und in den unterschiedlichen Aufgabenbereichen mit den Lehrern Kontakt und kooperiert mit ihnen. Nicht zuletzt berät und unterstützt er den einzelnen Lehrer in dessen Unterrichtsarbeit und in den über diese hinausgehenden Aktivitäten.

Ein Wandel im Verständnis des Schulleiters hat sich auch im anglo-amerikanischen Bereich vollzogen. Nicht mehr der „big leader“ oder „coach“ sind Leitvorstellungen. Vielmehr wird eine Führungspersönlichkeit gefordert, die auf den Unterricht, das heißt auf die schüler- und sachgerechte Umsetzung des Bildungs- und Erziehungsauftrags der Schule und die damit verbundenen Probleme ausgerichtet ist und dabei der besonderen Situation „ihrer“ Schule und deren Gegebenheiten Rechnung trägt. Das wird unter „instructional/educational leadership“ und „situational leadership“ verstanden.[51] „Situationsbezogene Führung“ bedeutet dabei vor allem, daß der Schulleiter die Situation seines Kollegiums berücksichtigt, zum Beispiel die Wechselbeziehungen zwischen Lehrern sowie zwischen ihm und der Lehrerschaft richtig einschätzt, und insbesondere daß er den Kompetenzen seiner Lehrer, ihrem Entwicklungs- und Erfahrensstand sowie ihrer Bereitschaft und ihrem Engagement Rechnung trägt. Die Bereitschaft, bestimmte Aufgaben zu übernehmen, zum Beispiel solche der Beratung, die Entwicklung neuer Curriculum-Einheiten oder die Organisation eines Schulfestes, kann bei den einzelnen Lehrern sehr unterschiedlich ausgebildet sein. Ebenso gilt es, situationsbedingten Einflüssen oder Sachverhalten Rechnung zu tragen, die sich aus der Zusammensetzung der Schüler und ihren Bedürfnissen wie auch auf Grund ihrer Interessen ergeben.

Ferner wird vom Schulleiter „kooperative Planung“ gefordert, das heißt Kommunikation über die Ziele der Schule und die an den Schüler und auch Lehrer zu stellenden Erwartungen.[52] Nicht zuletzt werden von ihm Fürsorge, Sensibilität für mitmenschliche Beziehungen wie auch einfühlsame Zuwendung den Schülern gegenüber und das Vertrautsein mit ihnen erwartet.

Einige Forderungen und Empfehlungen

Das weiterentwickelte und neue Verständnis von Schulleitung bedeutet somit gleichfalls, pädagogischen Konsens zu fördern, zu erhalten und zu pflegen und damit Schule gemeinsam zu gestalten. Das erfordert allerdings, daß bei der Auswahl künftiger Schulleiter andere Kriterien gelten und in ihrer Ausbildung die Akzente anders gesetzt werden müssen. In einer Reihe von Ländern gibt es bereits eine solche Neuausrichtung der Schulleiterausbildung, beziehungsweise sie wird von ihnen angestrebt.[54]

Die Fähigkeiten, die – wie in den vorangegangenen Kapiteln beschrieben – für Konsensbildung und -förderung wichtig sind (wie Kooperationsbereitschaft, Einfühlungsvermögen, Reflexivität, Selbstkontrolle und -kritik, die Fähigkeit zum Perspektivenwechsel und Aushalten von Spannungen) wären in besonderem Maße auch von künftigen Schulleitern zu fordern. Ohne sie wird es kaum möglich sein, bei einzelnen Lehrern wie auch in Kollegien Klärungsprozesse in Gang zu setzen, wie sie im Zusammenhang von Konfliktbehebung und Konsensfindung erforderlich sind.

Schulleiter sollten daher über die hierfür wichtigen sozial- und kommunikationspsychologischen Kenntnisse und Fähigkeiten verfügen, gruppendynamische Erfahrungen besitzen, Gruppenprozesse erfassen und analysieren, aber auch auf sie in geeigneter Form Einfluß nehmen können. Sie sollten ferner in der Beobachtung und Analyse des Unterrichts sowie des Schullebens und seiner Abläufe geschult sein, um beides kritisch reflektieren, Problembereiche identifizieren und immer wieder neu auf die Verbesserung der Schulrealität hinwirken zu können.

Auf Grund der im Rahmen der Untersuchung gewonnenen Einsichten – und im Hinblick auf die Konsensförderung – würde sich für die Aus- und Fortbildung von Schulleitern vor allem die Behandlung folgender Themenkreise anbieten:

- Konzepte kooperativer Schulleitung, Mitwirkung von Lehrern und Förderung von Schulengagement;

- Konzepte und Formen schulinterner Fortbildung, Kompetenz- und Persönlichkeitsförderung von Lehrern;
- Erkennen von Entwicklungen, Spannungs- und Problembereichen im Schulgeschehen;
- Verständnisse und Auffassungen von Lehrern über Schule, Konsensfindung und -förderung in der Schule, Konfliktlösung und Konsens;
- Das Profil einer Schule – wovon hängt es ab?, Fragen der Schulkultur und ihrer Förderung, Qualitative Schulentwicklung – Planung und Realisierung;
- Erwartungen von Eltern an die Schule, Was kann Schule von Eltern als Erziehungspartnern erwarten?, Wie und wodurch können Eltern die schulische Förderung ihrer Kinder und ihr Lernen unterstützen?;
- Schule aus Schülersicht, Formen der Mitgestaltung der Schüler am Schulleben.

9 Demokratische Schulkultur und Konsens

Handlungseinheit, Handlungs- und Interaktionssystem „Schule“ und Konsens

Die Erörterung der Konsensthematik, wie sie in den vorausgegangenen Kapiteln erfolgte, hat gezeigt, in welch vielfältigen Zusammenhängen pädagogischer Konsens zu sehen ist:
- Hinsichtlich seiner Inhalte und seines Grades,
- im Hinblick auf seine schulspezifische Ausformung,
- hinsichtlich der Spannungen und Konflikte sowie der Kooperation innerhalb der Schule und der Aufgaben der Schulleitung.

Die einzelne Schule als pädagogische Handlungseinheit ist der Rahmen, in den pädagogischer Konsens und die mit ihm verbundenen Prozesse gestellt sind.

Gibt es außer dem bereits herangezogenen formalen und mehr analytisch beschreibenden systemischen Ansatz – Schule als Handlungs- und Interaktionssystem – einen stärker inhaltlich ausgerichteten, innerhalb dessen die Konsensthematik näher verortet werden kann? Ist ein solcher Theorieansatz unter den Entwürfen zu einer Theorie der Schule zu finden, die im Verlauf der letzten Jahre weiter- und neu entwickelt wurden?

Die wissenschaftliche Diskussion über eine Theorie der Schule ist in Deutschland im Verlauf der achtziger Jahre erneut in Gang gekommen.[55] In den Vereinigten Staaten hat sie bereits etwas früher eingesetzt.[56] Es besteht bei einigen der neueren schultheoretischen Entwürfe, die seit einigen Jahren diskutiert werden, durchaus die Möglichkeit, die Konsensthematik einzubeziehen und ihren spezifischen, hier aufgezeigten Aspekten und Zusammenhängen gerecht zu werden. Von diesen Ansätzen scheint der der Schulkultur derjenige zu sein, der am entwicklungsfähigsten und auch für die Einbeziehung der Konsensthematik am geeignetsten ist. Genauer gesagt handelt es sich um den Entwurf einer an demokratischen Grundsätzen und Wertvorstellungen ausgerichteten Schulkultur.

Hier kann der Einwand vorgebracht werden, daß sei im Grunde nicht neu, das Leitbild einer demokratischen Schule bestehe spätestens seit John Dewey. Und letzten Endes sei das, was in den sechziger und siebziger Jahren die Bildungsreform innerhalb der einzelnen Länder zum Ziel hatte und unter anderem auch vom Deutschen Bildungsrat mit seinem Strukturplan beabsichtigt wurde, die Vorstellung von einer an demokratischen Grundsätzen ausgerichteten Schule gewesen. Das wird auch keineswegs bestritten. Jedoch waren die damaligen bildungspolitischen Bemühungen vor allem auf das Schulsystem insgesamt ausgerichtet. Den Fragen der Organisationsstruktur und der Differenzierung galt das besondere Interesse. Die *einzelne Schule* als soziales Interaktionssystem und Handlungseinheit gelangte erst im Verlauf der Bildungsreform stärker ins Blickfeld. Inzwischen sind weitere Erfahrungen hinzugekommen, und es haben sich neue Entwicklungen in Schulpraxis und -forschung ergeben. Mit dem theoretischen Konzept der Schulkultur, wie es im folgenden noch näher ausgeführt wird, sind zum einen Aspekte verbunden, die bei anderen Ansätzen weniger Berücksichtigung finden; zum anderen läßt es sich besser als die bisher vorliegenden schultheoretischen Ansätze mit entwicklungsökologischen Vorstellungen verbinden.

Um jedoch Mißverständnissen vorzubeugen, sind zunächst noch einige Sachverhalte und Begriffe zu klären.

Wenn von Schule als Handlungs- und Interaktionssystem gesprochen wurde, so war damit immer die einzelne Schule gemeint, so wie sie in der Praxis Tag für Tag in ihren verschiedenen Bereichen und auf unterschiedlichen Ebenen verwirklicht wird. Sie ist ebenso als pädagogische Handlungseinheit zu verstehen. Das bedeutet wiederum nicht, daß in der Praxis jede Schule als ein auf harmonisierten Prozessen beruhendes, in sich stimmiges Ganzes anzusehen ist. Obwohl die einheitliche Ausrichtung des Schulgeschehens und seine Stimmigkeit durchaus pädagogisch wünschenswerte Vorstellungen sind. Vielmehr ist Handlungseinheit im Sinne eines Funktionsganzen zu verstehen. Anders ausgedrückt: Jede Schule ist auf Grund ihrer personellen und materiellen Ausstattung und ihrer charakteristischen Organisationsstruktur in der Lage, zugleich „Unterricht“, „außerunterrichtliche Aktivitäten“ und „Schulleben“ zu realisieren und ein positives Klima herbeizuführen. Mit Hilfe dieser „Mittel“, die ebenso als Wege zu verstehen sind, sucht sie ihren Bildungs- und Erziehungsauftrag zu erfüllen.

Dabei können, wie die Fallstudien gezeigt haben, Unstimmigkeiten, sich widersprechende und entgegenwirkende Prozesse (Dysfunktionalitäten) auftreten. Hierdurch entstehen Spannungen und Konflikte, die wiederum innerhalb einzelner Bereiche Problemzonen zur Folge haben können. Damit bestehen für jede Schule und insbesondere für ihre Leitung besondere Herausforderungen. Auch die auf Grund ihrer Fördererfolge besonders angesehenen Schulen sind nicht in jeder Hinsicht perfekt.[57] Auch sie haben mit Unzulänglichkeiten zu kämpfen und sich mit spezifischen Problemen auseinanderzusetzen. Doch unabhängig davon, wie Schulen hierauf zu reagieren versuchen, sind in jedem Fall zur Realisierung des täglichen Schulgeschehens Kooperation, Abstimmung und Herstellung von Einvernehmen sowie Lenkung und Führung notwendig. Die letztgenannten beiden Aufgaben gehen in der Praxis meist ineinander über; Lenkungsprozesse beziehen sich mehr auf die organisatorischen und verwaltenden, die der Führung mehr auf die Wahrnehmung pädagogischer Aufgaben.

Pädagogischer Konsens stellt für den Lehrer und sein Handeln einen Orientierungsrahmen dar. Konsensbewußtsein zu fördern bedeutet, die individuelle Orientierungsbasis des Lehrers zu festigen, zu verbreitern und sie zu differenzieren. Durch Konsens wird Lehrern und Schulleitung mehr Sicherheit gegeben. Der Konsens bindet zwar den einzelnen und kann ihm auch bestimmte Grenzen setzen, die subjektiv als Festlegung oder auch Einengung erfahren werden können. Andererseits wird durch ihn der Rahmen abgesteckt, innerhalb dessen der einzelne Lehrer tätig wird, sein fachliches und pädagogisches Können erweist, Initiative und Originalität entfaltet und sich engagieren kann.

Konstitutive Elemente des Konsensprozesses: Mitwirkung und Partnerschaft

Die zur Konsensfindung notwendige Kooperation führt die Lehrer und Eltern untereinander wie auch beide Gruppen mit der Schulleitung immer wieder zusammen. Hierdurch kann jeder bei Problemklärungen und -lösungen, beim Sich-Verständigen über Weiterentwicklungen und neue Aufgaben mitdenken und mitsprechen und die eigenen Erfahrungen und Ansichten einbringen. Vor allem jedoch besteht für jeden einzelnen die Chance, am Zustandekommen von Entscheidungen mitzuwirken, sie begründen zu helfen oder auch ursprünglich ins Auge gefaßte Vorhaben zu modifizieren oder ihnen eine andere Ausrichtung zu geben. Dabei können Aspekte, die nicht oder nur unzureichend berücksichtigt wurden, aufgezeigt, auf mögliche Nebenwirkungen aufmerksam gemacht oder auch Alternativen entwickelt und vorgeschlagen werden.

Eine Rückwirkung aktiver Beteiligung an Konsensfindungsprozessen kann wiederum darin bestehen, daß die eigenen Vorstellungen und Auffassungen überprüft und geklärt werden. Jeder der Beteiligten wird sich des Einvernehmens mit den anderen oder des Dissenses zu ihnen bewußt. Die reflexive Koorientierung wird gefördert. Durch demokratische Mitwirkung können sich für den einzelnen Anregungen und Anstöße ergeben, die seine pädagogischen Vorstellungen differenzieren und seinen Gesichtskreis erweitern helfen. *Das Gelingen jeder Schule hängt von konsensfördernder Kooperation und mit ihr verwirklichter Partnerschaft ab.*

Mit Absicht wurde hier nicht der Begriff Kollegialität verwandt. Dieser wird im Zusammenhang mit der Zugehörigkeit zu einem Beruf, Betrieb oder auch mit einem bestimmten Amt gebraucht. Kollegialität bedeutet das Verbundensein mit anderen durch Beruf oder Betrieb; sie erweist sich in gegenseitiger Unterstützung wie auch in der Achtung der Belange des anderen Kollegen (im Betrieb, in der gleichen Berufssparte oder im Amt) und im Eintreten für dessen Rechte. Jedoch kann Kollegialität nicht mit Partnerschaft gleichgesetzt werden. Partnerschaft umfaßt mehr und enthält andere Aspekte. Lehrer sind beides: Sie sind untereinander Kollegen und miteinander Partner im Erziehungsprozeß.

Der Begriff der *Partnerschaft* eignet sich sowohl dazu, die Beziehung zwischen Lehrern, die für eine innerschulische Kooperation wünschenswert ist, zu kennzeichnen als auch die zwischen „Lehrern und Schülern“ und „Schule und Elternhaus“. „Schule als Partner von ...“ (zum Beispiel einer anderen ausländischen Schule oder von Kunst und Theater, von Wirtschaft und Industrie) kennzeichnet ihre Beziehung als Institution zu ihrem sozialen Umfeld im engeren und weiteren Sinne und zu dessen Einrichtungen.

Partnerschaft enthält demokratische Elemente, insbesondere im Sinne der Gleichberechtigung, des Nicht-Vorgesetzt-, Über- oder Untergeordnetseins sowie der gegenseitigen Achtung und Anerkennung unabhängig vom Alter, von der Lebenserfahrung und der Art der erfahrenen Ausbildung. Sie beinhaltet ferner das Zusammenwirken bei einer gemeinsam zu bewältigenden Aufgabe, bei der jeder auf den Beitrag und die Mithilfe des anderen angewiesen ist. Aber ebenso schließt Partnerschaft die Anerkennung der Unterschiedlichkeit des anderen und seiner Eigenständigkeit und damit auch die Fähigkeit zur Distanz ein. Bei Partnerbeziehungen kann einerseits Mut (Zivilcourage) gefordert sein, sachlich wie sittlich nicht gerechtfertigten Ansprüchen des Partners entgegenzutreten; andererseits kann es notwendig werden, sich einzuschränken, um den anderen schwächeren Partner nicht von vornherein einzuengen und ihm nicht seine Spielräume zu entziehen.[58]

Partnerschaft ist zwischen Menschen unterschiedlicher Berufe, verschiedenartiger Kompetenzen wie auch unterschiedlichen Standes der Persönlichkeitsentwicklung und Lebenserfahrung möglich. Trotz dieser im Einzelfall beträchtlichen Verschiedenartigkeit ist es – im Verständnis von Partnerschaft – eine Beziehung Gleichberechtigter. Sie kann auch als symmetrisch bezeichnet werden. Dabei ist zugleich die Möglichkeit wechselseitiger Kontrolle gegeben.[59]

In Lehrerkollegien ist keiner dem anderen vorgesetzt. Zwar hat der Schulleiter in direktorial ausgerichteten Schul- beziehungsweise Schulleiterordnungen eine Vorgesetztenfunktion und die Verantwortung für die Schule als Ganzes wahrzunehmen, aber er versteht sich gleichfalls als Kollege oder als primus inter pares und ist zu einem kooperativen Führungsstil verpflichtet. Somit sind nicht nur auf Grund der Komplexität des Unternehmens Schule und der zu ihrer Realisierung erforderlichen Planungen Abstimmungen und Absprachen notwendig; ebenso sind infolge der Tatsache, daß jeder Lehrer gleiche Rechte und annähernd gleiche Verantwortungen, jedoch unterschiedliche Vorstellungen, Erfahrungen und auch Interessen hat, Einvernehmen und Kooperation gefordert.[60]

Auf partnerschaftlicher Basis erzielter Konsens ist das Ergebnis gegenseitiger Verständigung und Abstimmung. Damit sind Vorgehensweisen verbunden, die von demokratischen Prinzipien geleitet sind. Die demokratische Ausrichtung einer Schule drückt sich in der Art und Weise aus, wie Konsens zustande kommt, wie er inhaltlich begründet wird und pädagogisches Handeln leitet. So werden von den Beteiligten gegenseitige Anerkennung, schulbezogener Gemeinsinn, Erziehungsverantwortung, Fairneß und Solidarität im Handeln praktiziert und wechselseitig erfahren.

Auch hier gibt es im Einzelfall graduelle Unterschiede; ebenso kann sich mancher Lehrer den pädagogischen Forderungen entziehen, die sich aus Konsensfindung und -einhaltung ergeben. Es ist Aufgabe der Schulleitung hier entgegenzuwirken, und bei intakten Kollegien kann einem solchen Verhalten auch jederzeit durch soziale Kontrolle Einhalt geboten werden.

Die partnerschaftliche Gestaltung des Verhältnisses „Lehrer – Schüler", die Erziehungspartnerschaft von „Elternhaus und Schule" und die auf der Basis partnerschaftlicher Kooperation erfolgte Konsensbildung der Lehrer untereinander wie auch mit Eltern und Schülern sind als Kernbereiche einer demokratisch ausgerichteten Schulkultur anzusehen.

Schule und Lebensform „Demokratie"

Demokratie ist nicht nur eine Regierungsform, sondern – wie es der amerikanische Erziehungsphilosoph, Pädagoge und Schulreformer John Dewey sah – ebenso eine Lebensform. „Sie ist in erster Linie eine Weise des gemeinsamen Lebens, der miteinander geteilten, wechselseitig vermittelten Erfahrung." Sie ist offen gegenüber den Erfahrungen, Fähigkeiten und Anregungen anderer, die das geistige Wachstum des einzelnen fördern und der wechselseitigen Bereicherung dienen können. Erziehung heißt, die Erfahrungen zu mehren, die für das Erkennen der Wirklichkeit und ihre Bewältigung und damit für die Bildung der Persönlichkeit von erhöhter Wirksamkeit sind. Das schließt jene Erfahrungen ein, die die Fähigkeiten fördern, den Lauf nachfolgender Erfahrungen lenken zu können, und dadurch zu „intelligenter Selbstführung" beitragen.[61] Das Aufgreifen und die Auseinandersetzung mit Problemen, die alle angehen und deren Lösung im Interesse des einzelnen wie auch der größeren Gemeinschaft (community) liegt, spielen dabei eine entscheidende Rolle. Hilfreich hierbei ist vor allem ein entsprechend erfahrungsbezogenes, gemeinsames Vorgehen – das Projekt. Durch demokratische Formen des Schulgeschehens lebt die Schule ein Stück Demokratie vor und fördert demokratische Einstellungen und Verhaltensweisen. Sie bereitet so auf die verantwortliche Teilhabe an der Gesellschaft vor.

Angesichts der Verwerfungen, denen demokratische Willensbildungs-, Steuerungs- und Ordnungsprozesse in unserer Gesellschaft in leider zunehmenden Maße ausgesetzt sind, besteht für unsere Schulen sogar die Chance, die Gestaltung des Schullebens, das an demokratischen Grundsätzen und Wertvorstellungen ausgerichtet ist, unverfälschter und konstruktiver zu verwirklichen, als dies in manchen Bereichen der Gesellschaft gelingt.

Es besteht kein Zweifel darüber, daß der Schule, die ja eine staatlich verantwortete Einrichtung ist, die allgemeinen Ziele, die wesentlichen Elemente ihrer Organisationsstruktur und das Konzept der Allgemeinbildung durch Lehrpläne und Richtlinien „von oben" vorgegeben sind. Letztlich aber wird jedes Konzept öffentlicher Schulgestaltung auf demokratischem Wege durch den Gesetzgeber verabschiedet, kann also durch ihn Abänderung oder auch Ablehnung erfahren. Und nicht zuletzt wirken bei der Erstellung eines Schulkonzepts nicht nur die Fachbeamten der Schulverwaltung, sondern auch Schulpraktiker und Wissenschaftler mit; zudem sind bei entsprechenden Kommissionen und Anhörungen Vertreter der unmittelbar von Schule Betroffenen, insbesondere die Lehrer- und Elternverbände beteiligt. Aber Schule ist eben nicht nur ein von der Regierung auf parlamentarisch-demokratischem Wege vorgegebenes Regelwerk, sondern sie wird vor Ort von Schulleitung, Lehrern, Eltern und Schülern konkret gestaltet und mit Leben erfüllt. Dabei sind die Schülermitverantwortung (SMV) und die Elternvertretung wichtige Wege, auf denen institutionell Mitsprache und Mitwirkung der Erziehungspartner gewährleistet werden sollen. Aber sie allein reichen nicht aus, um dem zu entsprechen, was mit Demokratie als Lebensform für eine Schule gemeint ist. Es kommt darauf an, in allen Bereichen einer Schule eine Gestaltung ihres Geschehens zu verwirklichen, die sich im Interesse der Erziehung und Persönlichkeitsbildung der Schüler an demokratischen Leitvorstellungen und Prinzipien ausrichtet. Je mehr die Schule „von unten" getragen und mitentwickelt wird, um so stärker wird das Engagement für sie sein, werden Erfahrungen und Kompetenzen in sie eingebracht und wird eine Identifizierung mit ihr erfolgen. Ebenso wird sie dann besser den Erwartungen, Hoffnungen und Bedürfnissen entsprechen, die bei Schülern, Eltern oder auch bei der Bevölkerung einer Region bestehen.

Nicht zuletzt werden aus einem solchen Verständnis heraus die pädagogischen Handlungsspielräume, die jeder Schule, insbesondere auch in der Mitwirkung von Schülern (SMV) und Eltern gegeben sind, besser ausgeschöpft und im Interesse eines lebendig gestalteten, Schulgeschehens genutzt werden. In dieser Hinsicht ist Schulleitungen, Lehrern und Elternschaft oft mehr möglich, als ihnen bewußt ist und als sie oft aus Mangel an Abstand zu ihrer eigenen Arbeit und deren kritischer Reflexion wahrzunehmen vermögen. Andererseits ist zu beobachten, daß in dieser Richtung Umorientierungen erfolgten und immer mehr Schulen von den ihnen gegebenen Handlungsspielräumen Gebrauch machen.

Schulkultur - ein integrativer Ansatz

Die damit gekennzeichneten Bemühungen können mit dem bereits zu Anfang dieses Abschlußkapitels herausgestellten Theorieansatz der Schulkultur in Verbindung gebracht werden. Die Kultur einer Schule zeigt sich in allen ihren Bereichen:
- in den zentralen Aktivitäten,
- in den Einzelvorhaben,
- insbesondere im Umgang der Lehrer untereinander sowie
- im Umgang von Lehrern mit Schülern und Eltern.

Die demokratische Ausrichtung und Gestaltung des Schulgeschehens ist ein durchgehendes, die Kultur einer Schule strukturierendes Element.

Das Konzept der Schulkultur hat erst begrenzt nähere Ausarbeitung erfahren. Es stellt einen integrativen Ansatz dar. Schulkultur ist nicht als etwas von vornherein Festgelegtes oder gar als etwas Statisches anzusehen. Sie ist vielmehr dynamisch im Sinne eines sozialen Systems, das sich auf Grund der Handlungen und Interaktionen seiner Akteure realisiert und entwickelt, so wie dieses in Kapitel 2 näher beschrieben ist. Die Elemente oder Faktoren eines solchen Systems können verschieden ausgebildet sein und stehen zueinander in unterschiedlicher Weise in Wechselbeziehung. Ein Beispiel hierfür ist der Zusammenhang zwischen dem schulspezifischen pädagogischen Konsens und den jeweiligen Einflußfaktoren, die innerhalb des konkreten Handlungs- und Interaktionssystems der einzelnen Schule wirksam sind (siehe Kapitel 4, S. 84 bis 87). Die Ausbildung der einzelnen Faktoren und die Art ihres Zusammenwirkens können in jeder Schule unterschiedlich sein. Hierauf beruhen ihr jeweils spezifisches Klima und ihre individuelle Gestalt.

Durch diese Betrachtungsweise wird das Augenmerk vor allem auf den Prozeß gelenkt, durch den Schule realisiert, in Gang gehalten und weiterentwickelt wird oder auch grundlegend erneuert (reformiert) werden kann. Entscheidend hierfür sind die Konsensbildung, die von Konsens getragene partnerschaftliche Kooperation und eine entsprechende Lenkung und pädagogische Führung der Schule. Die Stimmigkeit der Schule und ihre Kultur hängen von ihnen ab.

Die Bedeutung des Schulkulturansatzes ist ferner darin zu sehen, die nur lose Verknüpfung zu überwinden, die innerhalb einer Schule auf Grund ihrer einzelnen Organisationselemente oder Subsysteme (Schulklassen/Lerngruppen) nach wie vor besteht. Schule wird eher als ein System miteinander verfugter Schichten verstanden[62] beziehungsweise als ein System, in dem relativ selbständig arbeitende Untersysteme miteinander verschränkt sind und wo sich Zwischensysteme – insbesondere durch Kooperation – bilden können. Auf Grund der wechselseitigen Verknüpfungen können sich (nach den Theorievorstellungen Bronfenbrenners, die durch eine Reihe empirischer Untersuchungen erhärtet wurden) die Erziehungswirkungen verstärken, wenn die Erziehungsprozesse zweier Unter- oder Mikrosysteme gleichsinnig verlaufen, das heißt in gleiche oder ähnliche Richtungen zielen.[63] Würden sie genau „gleich“ verlaufen, könnte das zur Uniformität führen. Diese Wirkungszusammenhänge ergeben sich ebenso bei der Verknüpfung der Lebenswelten „Schule“ und

„Familie" durch Kooperation. Aber die Erziehungswirkungen können sich auch ergänzen beziehungsweise – bei gegenläufigen Prozessen – sich gegenseitig beeinträchtigen. Der Schulkulturansatz zielt somit auf die qualitative Weiterentwicklung einer Schule, um durch eine bessere Vernetzung ihrer einzelnen Subsysteme oder Handlungsbereiche wie auch der Lebenswelten der Schüler ihr Zusammenspiel zu verbessern und damit die Erziehungswirksamkeit des Systems Schule zu fördern.

Hieraus wird deutlich, daß mit Schulkultur ein eher organisches Denken, ein Sichentwickeln schulischer Kultur aus dem Ganzen eines Systems gemeint ist. Dieses darf jedoch nicht als biologistisch mißverstanden werden. Entwicklung, Ziel und Form sind nicht naturnotwendig vorgegeben, etwa im Sinne der aristotelischen Entelechie. Vielmehr ergeben sich beide aus dem Zusammenspiel der verschiedenen Strukturelemente und Prozeßfaktoren, auf Grund verantwortlich sowie einvernehmlich getroffener Entscheidungen und abhängig vom gesellschaftlich-geschichtlichen Prozeß. Dies widerlegt auch die Vorstellung, daß die gehaltbefördernden Prozesse schulischen Geschehens, die die Kultur einer Schule ausmachen, allein durch bürokratische Regelungen gewährleisten werden könnten. Ihre Realisierung und Gestaltung hängen vielmehr von den Einstellungen, Ziel- und Wertorientierungen und Verhaltensweisen der Lehrer und Schulleitungen, von ihrer Kompetenz und ihrem Engagement sowie von ihrer Kooperation mit Schülern und Eltern ab.

Für die Entwicklung und Förderung der Schulkultur spielt *eine auf die einzelne Schule bezogene Lehrerfortbildung*, auch als schulinterne Lehrerfortbildung bezeichnet, eine entscheidende Rolle. Hierbei ist es wichtig, daß in einem Prozeß der Selbstklärung schulische Alltagsprobleme und damit zusammenhängende grundsätzliche pädagogische Fragen aufgegriffen werden, die Lehrerinnen und Lehrer innerlich beschäftigen. Zu Recht wünschen Lehrer, daß ihnen Fortbildung „etwas bringen" soll. Das ist bei einer Fortbildung, die auf die

Praxis der eigenen Schule ausgerichtet ist und deren Verbesserung zum Ziel hat, durchaus möglich. Durch sie können Erfahrungen und Einsichten vermittelt werden, die es den Lehrern ermöglichen, ihre Tätigkeit und die damit verbundenen Probleme anders zu sehen und ihre eigene Rolle besser zu verstehen. So können durch Aussprache, Gedanken- und Erfahrungsaustausch und gemeinsame Anstrengung um Klärung schulischer Probleme pädagogisch sinnvolle Lösungen gefunden und für das eigene Handeln konkrete Hinweise vermittelt werden. Für pädagogisches Handeln wird damit zugleich mehr Sicherheit gegeben.

Schlußanmerkung

Sicher sind nicht alle Fragen beantwortet worden, die mit dem Thema „pädagogischer Konsens" zusammenhängen. Hierzu bedarf es weiterer Untersuchungen und insbesondere differenzierter Aufschlüsse darüber, wie die Prozesse der Konsensbildung ablaufen. Jedoch konnte auf Grund der Untersuchung, über deren Befunde hier berichtet wurde, das Thema „pädagogischer Konsens" erstmals in seinen wichtigsten schulischen Zusammenhängen dargestellt, erörtert und Aufschlüsse über einen zentralen Sachverhalt unserer Schulen gegeben werden. Es ist zu hoffen, daß damit nicht nur für die weitere wissenschaftliche Diskussion und für die Theorie-Entwicklung Anregungen gegeben werden, sondern auch der Schulpraxis und ihrer Verbesserung dienende Informationen.

Die Bedeutung des pädagogischen Konsenses, wie sie hier unter verschiedenen Gesichtspunkten aufgezeigt wurde, kann schließlich besonders auch an folgendem Sachverhalt ermessen werden, den uns unsere jüngste Geschichte und das Schicksal der Schüler, Lehrer und Eltern im ideologisch reglementierten Schulsystem der ehemaligen DDR lehren: Wo keine freiheitliche, auf rechtsstaatlichen Grundlagen fußende Demokratie und plural orientierte Gesellschaft besteht, spielt auch in Schulen pädagogischer Konsens kaum eine Rolle und ist nicht gefragt. Wo Schule gemeinsam geplant und gestaltet wird, sich an demokratischen Grundsätzen und Wertvorstellungen ausrichtet und die Vielfalt pädagogischer Vorstellungen und Wege für sich zu nutzen sucht, dort ist pädagogischer Konsens unverzichtbar.

Anmerkungen

Zu Kapitel 1:

1 Geißler, E.E., 1984, S. 15
2 Geißler E. E., 1984, S. 56
3 Siehe dazu die Empfehlung des Deutschen Wissenschaftsrates vom November 1976 (im Auszug wiedergegeben in: Bundesminister für Bildung und Wissenschaft 1986, S. 60 bis 62) und die „Thesen des Deutschen Hochschulverbandes zur Studierfähigkeit und zum Hochschulzugang", in: Heldmann, W., 1984

Zu Kapitel 2:

4 Siehe dazu Nevermann, K./Strutz, S., 1985 in Bd. 34 des Schulleiterhandbuchs
5 Aurin, K.; 1982, S. 22ff. (Konsensbildung in der Schulpraxis ...)
6 siehe dazu BLK 1982, S. 536, 643 bis 645; Fend 1979, S. 52; Aurin 1983, S. 189, 1987a, S. 13/14, 1987b, S. 190/191
7 Rutter et al. 1980, S. 211 sowie die weiteren Ausführungen hierzu auf S. 171–176 und S. 215–217
8 Purkey/Smith 1989/90, S. 34
9 Aurin et al. 1993, S. 15 bis 17
10 siehe dazu die Definition von Eisel in: Eisel, St. 1989, S. 118, u. von Behrmann, G.C., 1983, S. 254
11 u.a. Newcomb, Th.W., 1953
12 insbesondere von G. H. Mead
13 siehe dazu Siegrist, J., 1970
14 siehe dazu die Darlegungen Etzionis, in Etzioni, A., 1985 S. 475–482 und 627–665
15 Etzioni, 1975, S. 480
16 Eisel, St., 1986
17 Meyer, J.W./Scott, W.R./Cole, S./Intili, J.K., 1978

18 Siehe dazu den Praxisbericht von Schmidt, M., 1980, aus einer Gesamtschule.
19 Siehe hier Brandtstädter, J./Krampen, G., 1979
20 Siehe besonders hier Kastner, H., 1983, der die Konsensthematik im Rahmen der schulinternen Lehrerfortbildung als Aufgabe des Schulleiters anspricht und ferner König, E., 1989, der hinsichtlich der Legitimation von Entscheidungen des Schulleiters auf den Konsens eingeht.

Zu Kapitel 3:

21 Siehe dazu Aurin et al., 1993
22 Siehe dazu ausführlich Eckert, Th., 1993, der im Rahmen des Konsensprojektes beide Objektbereiche untersuchte.
23 Die Schwerpunkte im berufsethischen Verständnis von Lehrern wurden von Martina Maurer analysiert und erfaßt; siehe Maurer-Wengorz, M., 1993
24 Angaben dazu und entsprechende Erläuterungen sind bei Maurer-Wengorz, 1993, enthalten, siehe dort Teil III, Kap. 2.1.1, S. 102 und 3.1.1., S. 112
25 Die Bereiche „Organisation", „Schulleitung" und „Kooperation" wurden von Gabriele Jerger untersucht; siehe Jerger, G., 1993
26 Siehe dazu Niemann, 1979; Schefer, 1970

Zu Kapitel 4:

27 Das methodische Vorgehen wird näher erörtert in Aurin, 1993, S. 251 bis 254. Grundsätzliches über die Methodik der vergleichenden Fallanalysen (oder auch cross-case analysis) siehe Yin, 1984, und Aurin, 1993, S. 53 bis 55.
28 Die hier verwendeten Kennzeichnungen der Gymnasien A und B erfolgte der Einfachheit halber. Sie sind im Untersuchungsbericht von Aurin und Mitarbeitern, (Au-

rin [Hrsg.]) 1993, mit den in Oberzentren gelegenen Schulen 01 und 02 identisch.

[29] Siehe Tausch, R./Tausch, A.M., 1991

[30] Die mit C und D gekennzeichneten Gymnasien sind im Untersuchungsbericht von Aurin und Mitarbeitern, (Aurin [Hrsg.]) 1993, mit den Schulen 03 und U identisch.

[31] In diesem Sinne äußert sich vor allem auch die amerikanische Schulforscherin Sara Lightfoot auf Grund ihrer Fallstudien; Lightfoot, 1983, S. 309 bis 368

Zu Kapitel 5:

[32] Die beiden Objektbereiche „Schul-" und „Kooperationsverständnis" von Eltern wurden von Cornelia Hösl-Kulike untersucht, ausführlich dargestellt in Hösl-Kulike, 1994.

[33] Siehe dazu auch Hösl-Kulike „Kooperation mit Eltern aus Lehrersicht." In: Aurin, K. (Hrsg.) 1993, a.a.O., S. 179–187, und was die Bestätigung der pädagogischen Intentionen der einzelnen Schulen durch die Eltern betrifft – Aurin, K., 1993, S. 380 bis 382 die Aussagen zur ökologischen Validierung von Lehreraussagen.

[34] Dazu im einzelnen Hösl-Kulike „Befunde zum Konsens (reflexive Koorientierung) in: Aurin, K., (Hrsg.), 1993, a.a.O., S. 167/168

[35] Die Vorstellungen der Schüler über Schule wurden von Veronika Nölle ermittelt und analysiert; siehe dazu: Nölle, V., 1992, mimeo, Diss., Universität Freiburg.

[36] Näheres zum Verständnis der Schule als „Lebensraum", in Nölle, V., 1993, S. 190 bis 192 und 195/196.

[37] Im einzelnen dazu Nölle, V., 1993, S. 190 bis 192 und, was den Zusammenhang der erweiterten Verständnisse mit Schulstufenzugehörigkeit/Lebensalter der Schüler betrifft, S. 194, 201, 204/205. Die Unterschiede waren in zwei Fällen sehr signifikant, in einem signifikant.

Zu Kapitel 6:

[38] Siehe L.A. Coser, 1965, S. 144 bis 160, insbesondere S. 154 und 180 bis 191. Coser spricht generell von einer positiv funktionalen („vereinheitlichenden") Wirkung von Konflikten, insbesondere bei „inneren sozialen Konflikten", „die nicht grundlegenden Voraussetzungen zuwiderlaufen", auf denen die Beziehungen einer Gruppe gründen.

[39] Der Begriff der Ambiguitätstoleranz wird hier in ähnlichem Sinne verwandt, wie er in der Soziologie auf der Basis der Theorie des symbolischen Interaktionismus definiert wird, so insbesondere bei L. Krappmann, 1976, S. 319/320.

Zu Kapitel 7:

[40] Ausführlicher dazu siehe G. Jerger, 1993, S. 126 bis 135, und Jerger, 1993a

[41] Feimann-Nemser, S./Floden, R. E., 1989, S. 505 ff

[42] Siehe dazu vor allem die Erörterung des Phänomens „Lehrerindividualismus" bei Leschinsky, 1986

[43] Diese Kennzeichnung geht auf K.E. Weick und dessen Organisationsanalysen von Erziehungseinrichtungen zurück; siehe Weick, 1976

[44] In dieser Richtung äußern sich die bekannten US-Schulforscher Good, T.L./Broophy, J.E., 1986, S. 597

[45] Dieser Zusammenhang wird durch entsprechende Analysen von Th. Eckert belegt; siehe Eckert, 1994.

Zu Kapitel 8:

[46] Siehe u.a. S.C. Purkey u. M.S. Smith, 1989/90, S. 34ff.

[47] Solche grundlegenden Antinomien sind „Individuum und Gemeinschaft" oder „Führen und Wachsenlassen". Beide sind ausführlich von Theodor Litt behandelt und analysiert worden; siehe Litt, Th. 1919 und 1927.

48 Siehe dazu G. Jerger, 1993, S. 121ff. u. auch 1993a

49 Purkey/Smith a.a.O., S. 34ff., siehe auch J. Lenz, 1991, S. 110ff.

50 Gronn, P.C., 1983, S. 1 bis 21

51 Über instructional/educational leadership informieren u.a. G.R. Austin und St.B. Holowenzak, 1989/90, S. 52 bis 57; zur situational leadership siehe Arbeiten von Hersey, P./ Blanchard, K.H., 1977 und Yukl, G.A., 1981 und zusammengefaßt in deutsch bei Lenz, J., 1991, S. 49 bis 51

52 Ein Konzept Kooperativer Schulleitung haben Spinks und Caldwell entwickelt, siehe J.M. Spinks/B. Caldwell, 1989/90, S. 101 bis 118

53 Dies fordert auf Grund ihrer Fallstudien vor allem S.L. Lightfoot, 1983, S. 323 bis 333

54 Siehe dazu auch die Vorschläge von Rosenbusch, 1992, und seine Vergleiche und Abgrenzungen der Schulleitertätigkeit mit, bzw. zu anderen Führungsberufen, - dort S. 250/251

Zu Kapitel 9:

55 Einen allerdings nicht ganz vollständigen und etwas einseitigen Überblick über die Entwicklung der wissenschaftlichen Diskussion über schultheoretische Ansätze gibt u.a. K-J. Tillmann, 1987; siehe auch J. Derbolav, 1981

56 Siehe dazu u.a. die Analysen und Theorievorstellungen von W.B. Brookover, 1979; M.B. Miles, 1981; Purkey/ Smith, 1983; u. Good/Brophy, 1986;

57 Hierzu äußert sich S.L. Lightfoot, 1983, insbesondere in ihren Ausführungen über „The Imperfections of Goodness“, a.a.O., S. 309 bis 341; siehe auch H.v.Hentig bereits 1973

58 Zum Partnerschaftsbegriff siehe u.a. Oetinger/Wilhelm, 1951; ferner Nell/Breuning, 1964, und Kirchhoff, 1980

59 Dazu Näheres bei Youniss, J., 1982

60 Siehe dazu auch Stolz, 1993, S. 287

61 Das Zitat ist „Democracy and Education“, New York/

London 1966, S. 87, entnommen. Was J. Dewey im einzelnen unter einer demokratischen Schule versteht, kann hier nicht weiter ausgeführt werden und bedarf auch einer gesonderten Darstellung. Daher sei auf seine Hauptwerke „Demokratie und Erziehung“ und „Schulen von Morgen“ (1915) und „Das Kind und der Lehrplan“ (1935) hingewiesen; siehe auch Bohnsack, 1976, und Schreier in Dewey 1986.

62 Amerikanische Schulforscher verwenden diese Vorstellung und sprechen von „nested layers“; siehe Purkey/Smith 1989, S. 15 und 36

63 Siehe dazu U. Bronfenbrenner, 1981 und 1990.

Literatur

Adl-Amini (1976): Grundriß einer pädagogischen Schultheorie. In: Twellmann, W. (Hrsg.), Handbuch Schule und Unterricht, Bd. 7, Henn-Vlg., Düsseldorf, S. 63–94

Aurin, K. (1982): Woran kranken unsere Schulen? Probleme des Zielkonzepts und pädagogischen Konsenses. In: Aurin, K. et al. (Hrsg.), Bleiben unsere Schulen sitzen? – Beiträge zur Situation von Schule, Jugend und Gesellschaft, Rombach-Vlg., Freiburg, S. 11–35

Aurin, K. 1983: Die Gesamtschule und ihre Grenzen. In: Ztschr. Die höhere Schule, H. 6, S. 183–189

Aurin, K. (Hrsg.), (1987): Schulvergleich in der Diskussion. Klett-Vlg., Stuttgart

Aurin, K. (1987a): Die wissenschaftliche Diskussion über Schulvergleichsuntersuchungen in der Bundesrepublik Deutschland. In: Aurin, K. (Hrsg.), 1987, a.a.O., S. 9–23

Aurin, K. (1987b): Wichtigste Ergebnistendenzen der neuesten Schulvergleichsuntersuchungen – Ende 1981–1986. In: Aurin, K. (Hrsg.), 1987, a.a.O., S. 171–191

Aurin, K. (1989/90): Gute Schulen – worauf beruht ihre Wirksamkeit? Klinkhardt-Vlg., Bad Heilbrunn

Aurin, K. (1990): Eltern als Partner und Miterzieher in der Schule – Legitimation und Begründung. In: Hepp, G. (Hrsg.), Eltern als Partner und Miterzieher in der Schule. Metzler-Vlg., Stuttgart

Aurin, K. (1991): Kooperation zwischen Lehrern in ihrer Auswirkung auf die Erziehung der Schüler. In: Wissinger, J./Rosenbusch, H.S. (Hrsg.), a.a.O., S. 78–91

Aurin, K. (Hrsg.) (1993): Auffassungen von Schule und pädagogischer Konsens. Fallstudien bei Lehrerkollegien, Eltern- und Schülerschaft von fünf Gymnasien. M&P-Verlag für Wissenschaft und Forschung, Stuttgart

Austin, G. R./Holowenzak, St. B. (1989): Erwartungen-Führung-Schulklima-Sichtung der Untersuchungen über beispielhafte Schulen. In: Aurin, K. (Hrsg.) 1989/90, a.a.O., S. 46–63

Auwärter, M./Kirsch, E./Schröter, M. (Hrsg.) (1976) Seminar: Kommunikation, Interaktion, Identität. Suhrkamp-Vlg., Frankfurt/M

Behrmann, G.C. (1983): Konsens und Konflikt. In: Handlexikon zur Politikwissenschaft, Mickel, W.W. (Hrsg.), Ehrenwirth Vlg., München, S. 253–259

Brandstädter, J. /Krampen, G (1979): Objektive und subjektive Konformität von Lehrern in der Bewertung pädagogischer Zielorientierungen. In: Psychologie in Erziehung und Unterricht, S. 140–148

Bohnsack, F. (1976): Erziehung zur Demokratie: John Deweys Pädagogik und ihre Bedeutung für die Reform unserer Schule. O. Maier-Vlg., Ravensburg

Bronfenbrenner, U. (1981): Die Ökologie menschlicher Entwicklung, Klett-Vlg., Stuttgart

Bronfenbrenner, U. (1990): The Ecology of Cognitive Development. In: Ztschr. für Sozialisationsforschung u. Erziehungssoziologie, 10. Jg.. H. 2, S. 101–114

Brookover, W.B. et al. (1979): School Social Systems and Student Achievment, Praeger, New York

Bundesminister für Bildung und Wissenschaft (1986): Schlüsselqualifikation und Weiterbildung, Heft 36 der Schriftenreihe Studien zu Bildung und Wissenschaft

Bund Länder-Kommision für Bildungsplanung und Forschungsförderung (1982): Modellversuche mit Gesamtschulen, Auswertungsbericht der Projektgruppe Gesamtschule, Konkordia-Vlg., Bühl/Baden

Caselmann, Ch. (1953): Wesensformen des Lehrers, Klett Vlg., Stuttgart

Coser, L.A. (1965): Theorie sozialer Konflikte, Luchterhand-Vlg., Neuwied/Rh./Berlin

Derbolav, J. (1981): Auf der Suche nach einer mehrdimensionalen Schultheorie. In: Twellmann, W. (Hrsg.), Handbuch Schule und Unterricht, Bd. 1, Düsseldorf, S. 24–44

Deutscher Hochschulverband (1984): Schriften des Hochschulverbandes, H. 29, Göttingen

Dewey, J. D. u. E. (1915): Schools of To-Morrow, New York, Dutton-Pbl.
Dewey, J. D. (1935): Das Kind und der Lehrplan. In: Der Projektplan. Grundlegung und Planung, Weimar
Dewey, J. D. (1949): Demokratie und Erziehung, Braunschweig
Dewey, J. D. (1986): Erziehung durch und mit Erfahrung, eingeleitet u. kommentiert von Schreier, H., Klett-Cotta-Vlg., Stuttgart
Dietrichs, E. (1989): Partnerschaft in der Schule – Schule als Partner, Klinkhardt-Vlg., Bad Heilbronn
Eckert, Th. (1993): Erziehungsleitende Vorstellungen und Schulverständnis von Lehrern. Eine Studie zum pädagogischen Konsens in Lehrerkollegien von fünf Gymnasien. In: Aurin, K. (Hrsg.), Schulpädagogische Reihe, Bd. 1, Peter Lang-Vlg., Frankfurt/M.
Eckert, Th. (1994): Analysen zum potientiellen Konsens in Lehrerkollegien. In: Stolz, G.E./Schwarz, B. (Hrsg.), Schule, Unterricht und Weiterbildung – Problemfelder der gegenwärtigen Erziehungswissenschaft. Peter Lang-Vlg., Frankfurt/M. (z. Zt. im Druck)
Edmonds, R.R./Frederiksen, J.R. (1979): Search for Effective Schools: The Identification and Analysis of City Schools that are Instructionally Effective for Poor Children Cambridge, M.A.: Center for Urban Studies, Havard University
Eisel, St. (1986): Minimalkonsens und freiheitliche Demokratie. Schöningh Vlg., Paderborn
Etzioni, A. (1975): Die aktive Gesellschaft, eine Theorie gesellschaftlicher und politischer Prozesse. Westdeutscher Vlg., Opladen
Feiman-Nemser, S./Floden, R.E. (1989): The Cultures of Teaching. In: Wittrock, M.C. (Ed.): Handbook of Research on Teaching; Rand Mc Nally Publisher, Chicago, S. 505–526
Fend, H. (1979): Erweiterte Kurzfassung der Forschungsergebnisse zur Vergleichsuntersuchung der Regionen Wetzlar und Dillkreis. In: HIBS-Info 1/1979, S. 46–60

Fend, H. (1981): Theorie der Schule, Beltz-Vlg., Weinheim
Flitner, A. (1977): Mißratener Forschritt. Pädagogische Anmerkungen zur Bildungspolitik; Piper-Vlg., München
Geißler, E. E. (1984): Die Schule – Theorien, Modelle, Kritik, Klett-Vlg., Stuttgart
Good, T.L./Brophy, J.E. (1986): Wittrock, M.C. (Ed.): School Effects. In: Handbook of Research on Teaching. Macmillan, New York, S. 570–602
Gronn, P. C. (1983): Talk as the Work: The Accomplishment of School Administration. In: Administrative Science Quarterly, Bd. 28, S. 1–21
Habermas, J. (1973): Legitimationsprobleme im Spätkapitalismus, Suhrkamp-Vlg., Frankfurt/M.
Heldmann, W. (1984): Studierfähigkeit – Ergebnisse einer Umfrage. In: Schriften des Deutschen Hochschulverbandes (Hrsg.), H. 29, Göttingen
von Hentig, H. (1973): Unlust an der Schule. In: Ztschr. Gesamtschule, H. 4, S. 13ff.
Hersey, P./Blanchard, K.H. (1977): Management of Organizational Behavior Utilizing Human Resources, Prentice-Hall Inc, Englewod Cliffs, New Jersey
Hösl-Kulike, C. (1993): Schule aus Elternsicht – Fallstudien zum pädagogischen Konsens von Eltern. Diss. (Mimeo), Freiburg
Jerger, G. (1993): Schule von innen gesehen – Kooperation und Konsens bei Lehrern – Eine Analyse der Lehrervorstellungen über Organisation, Schulleitung und Kooperation. Diss. (Mimeo), Freiburg
Kastner, H. (1983): Schulinterne Lehrerfortbildung – eine Führungsaufgabe des Schulleiters. In: Dahlke, S. (Hrsg.), Kooperation: Schlüsselfunktion der Schulleitung. Schulleiterhandbuch, Bd. 28, Westermann-Vlg., Braunschweig, S. 80–100
Kirchhoff, G. (1980): Partnerschaft. In: Gutjahr-Löser, P./Hornung, K. (Hrsg.), Politisch-Pädagogisches Wörterbuch, Olzog-Vlg., München, S. 251–256
König, E. (1989): Zur Legitimation von Entscheidungen des Schulleiters. In: Rosenbusch, H.S./Wissinger, J. (Hrsg.),

Schulleiter zwischen Administration und Innovation, SL-Verlag, Braunschweig, S. 44–51
Krampen, G. (1979): Erziehungsleitende Vorstellungen von Lehrern. In: Ztschr. für experimentelle und angewandte Psychologie, 16, H. 1, S. 94–112
Krappmann, L. (1976): Neuere Rollenkonzepte als Erklärungsmöglichkeit für Sozialisationsprozesse. In: Auwärter, M. et al (Hrsg.), a.a.O., 1976, S. 307–331
Krüger, H.H./Lersch, R. (1982): Lernen und Erfahrung – Perspektiven einer Theorie schulischen Handelns, Klinkhardt-Vlg., Bad Heilbronn
Lenz, J. (1991): Die Effective School-Forschung der USA – ihre Bedeutung für die Führung und Lenkung von Schulen. Lang-Vlg., Frankfurt/M.
Leschinsky, A. (1986): Lehrerindividualismus und Schulverfassung. In: Ztschr. f. Pädagogik, 32. Jg., S. 225–246
Lightfoot, S.L. (1983): The Good High-School – Portraits of Charakter and Culture, Basic Books, New York
Litt, Th. (1919): Individuum und Gemeinschaft, Teubner-Vlg., Leipzig
Litt, Th. (1927): Führen und Wachsenlassen, Teubner-Vlg., Leipzig
March, J.G./Olsen, J.P. (1976): Ambiguity and Choice in Organizations. Universitätsvorlage Bergen
Maurer-Wengorz, M. (1993): Berufsethos von Lehrern – Schwerpunkte und Dimensionen – Fallstudien bei Kollegien von fünf Gymnasien, Peter-Lang-Vlg., Bd. 2 Schulpädagogische Reihe, Aurin, K. (Hrsg.)
Mead, G.H. (1976): Geist, Identität und Gesellschaft aus der Sicht des Sozialbehaviourismus, Suhrkamp-Vlg., Frankfurt/M.
Meyer, J.W./Scott, W.R./Cole, S./Intili, J.K. (1978): Instructional Dissensus and Institutional Consensus in Schools. In: Meyer, M.W. and Assiociates (Hrsg.), Jossey-Bass. Publishers, San Francisco, S. 233–263
Miles, M.B. (1981): Mapping the Common Properties of Schools. In: Lehming, R./Kane, M. (Ed.), Improving Schools: Using what we know. Sage, Beverly Hills, CA

Newcomb, Th.W. (1953): An Approach to the Study of Communicative Acts, Psychological Review, 60, p. 386–404
Niemann, H.J. (1970): Der Lehrer und sein Beruf. Dimensionsanalytische Einstellungsuntersuchung (Studien zur Soziologie des Bildungswesens, 6) Weinheim
Nevermann, K./Strutz, S. (1985): Schulleitung historisch gesehen. Schulleiterhandbuch Bd. 34, Westermann-Vlg., Braunschweig
Nölle, V. (1993): Schüler sehen Schule anders – eine empirische Untersuchung über Auffassungen von Schülern und schulischen Konsens. Diss. (Mimeo), Freiburg
Oetinger, F. (1951): Wendepunkt der politischen Erziehung – Partnerschaft als pädagogische Aufgabe; J.B.-Metzler-Vlg., Stuttgart
Purkey, S.C./Marshall, M.S. (1983): Effective Schools: A Review. In: Elemantary School Journal, No. 4, S. 427–452
Purkey, St./Smith, M.S. (1989/90): Wirksame Schulen – Ein Überblick über die Ergebnisse der Schulwirkungsforschung in den Vereinigten Staaten. In: Aurin, K., a.a.O., S. 14–45
Rawls, J. (1992): Die Idee des politischen Liberalismus. In: Hinsch, W. (Hrsg.), Suhrkamp-Vlg., Frankfurt/M.
Rolff, H.G./Dalin, P. (1990): Institutionelles Schulentwicklungsprogramm, Soester Verlagskontor, Soest
Rosenbusch, H. S. (1992): Schulqualität und Schulleiterausbildung, Anmerkungen und Vorschläge zur Professionalisierung von Schulleitern/innen. In: Ernst, H./Gonnert, S./ Schulz, G. (Hrsg.): Theorie und Praxis in der Lehrerbildung, München, S. 245–262
Rutter, M. et al (1980): 15.000 Schulstunden, Beltz-Vlg., Weinheim/Basel
Schefer, G. (1979): Das Gesellschaftsbild des Gymnasiallehrers. Eine Bewußtseinsanalyse des deutschen Studienrats. Suhrkamp-Vlg., Frankfurt/M.
Schmidt, M. (1980): Zwischen Konsens und Dissens – Kooperationprobleme unter Lehrern. In: Baßmann, H./Dehnbo-

stel, I. (Hrsg.): Gesamtschulen – Lernen ohne Angst. Fischer-Vlg., Frankfurt/Main, S. 198–245
Siegrist, J. (1970): Das Consensus-Modell. Enke-Vlg., Stuttgart
SIPRI (1986): Eltern-Mitarbeit. Ergebnisbericht über die Verbesserung des Schulklimas in einer Gemeinde; Teilprojekt 4 des Projekts „Situation der Primarschule in der Schweiz" (= SIPRI); Erziehungsdirektorenkonferenz (Hrsg.), Bern
Spinks, J. M./Caldwell, B. J. (1989): Schulpolitik und Planung zur Förderung der Wirksamkeit einer Schule – Ein Ratgeber für Kooperative Schulleitung. In: Aurin, K. (Hrsg.) 1989/90, a. a. O., S. 101–118
Stolz, G.E./Eckert, Th. (1993): Pädagogischer Konsens – ein zentraler Begriff in der Diskussion um die gute Schule. In: Ztschr. Die Realschule, 101. Jg. H. 6, S. 249–253
Stryker, S. (1976): Die Theorie des symbolischen Interaktionismus. In: Auwärter, M. et al (Hrsg.), a.a.O., 1976, S. 257–274
Tausch, R./Tausch, A.M. (1991): Erziehungspsychologie. Hogrefe-Vlg., Göttingen
Tillmann, K.-J. (1987): Theorie der Schule – eine Einführung. In: Tillmann, K.-J. (Hrsg.), Schultheorien, Bergmann + Helbig-Vlg., Hamburg, S. 7–18
Watzlawick, P. et al. (1969): Menschliche Kommunikation, Bern
Weick, K.E. (1976): Educational Organizations as loosely coupled systems. In: Administrative Science Quarterly, 21, S. 1–19
Yin, R.K. (1984): Case Study Research. Sage Publications, Beverly Hills
Youniss, J. (1982): Die Entwicklung und Funktion von Freundschaftsbeziehungen. In: Edelstein, W./Keller, M. (Hrsg.): Perspektiven und Interpretation. Frankfurt/M.
Yukl, G.A. (1981): Leadership in Organizations. Prentice-Hall Inc., Englewood Cliffs, New Jersey
Zeiher, H. (1973): Gymnasiallehrer und Reformen. Eine empirische Untersuchung über Einstellungen zu Schule und Unterricht. Klett-Vlg., Stuttgart

Register